Príncipes de Irlanda

Príncipes de Irlanda

Edward Rutherfurd

Traducción de
Montserrat Gurguí y Hernán Sabaté

rocabolsillo

Penguin
Random House
Grupo Editorial

Título original: *The Princes of Ireland*

Primera edición con esta encuadernación: octubre de 2024

Printed in Spain – Impreso en España

ISBN: 978-84-10197-32-9
Depósito legal: B-17.392-2024

Impreso en Liberdúplex, S.L.U.
Sant Llorenç d'Hortons (Barcelona))

RB97329

Índice

Para Susan, Edward y Elizabeth

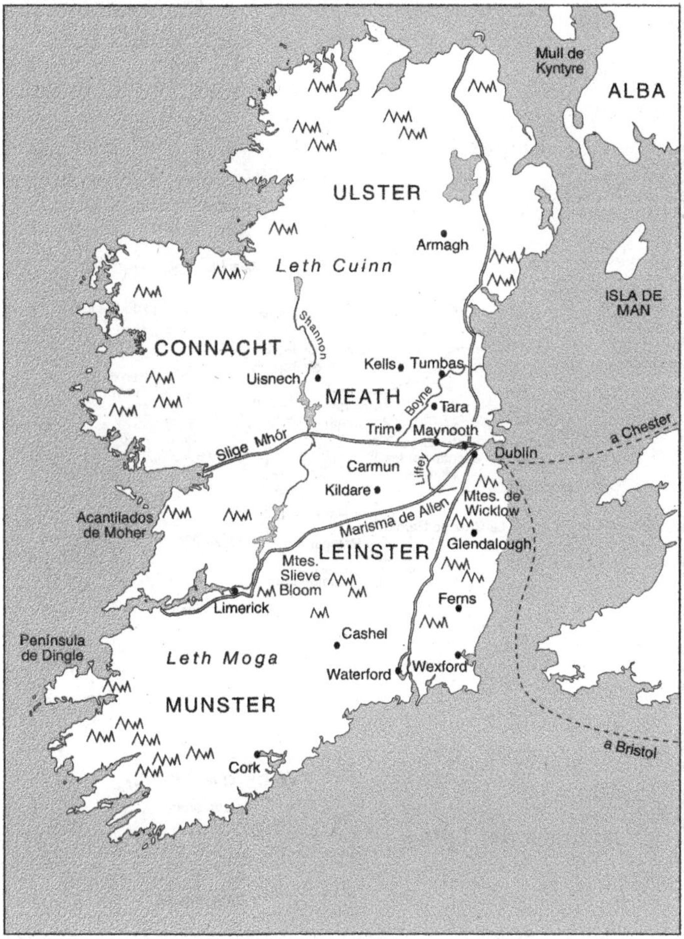

Mull de Kyntyre
ALBA
ULSTER
Armagh
Leth Cuinn
ISLA DE MAN
Shannon
CONNACHT
Kells
Tumbas
Uisnech
MEATH
Boyne
Tara
Trim
Maynooth
a Chester
Slige Mhór
Dublín
Carmun
Liffey
Kildare
Mtes. de Wicklow
Acantilados de Moher
Marisma de Allen
Glendalough
LEINSTER
Mtes. Slieve Bloom
Ferns
Limerick
Cashel
Península de Dingle
Leth Moga
Wexford
Waterford
MUNSTER
a Bristol
Cork

IRLANDA

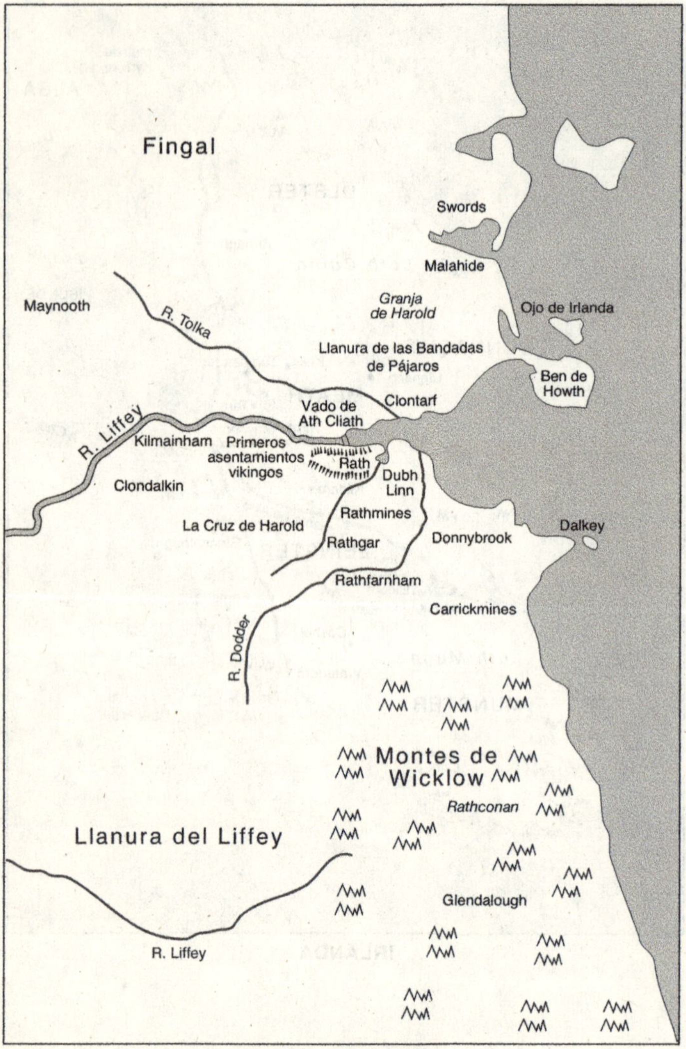

REGIÓN DE DUBLÍN

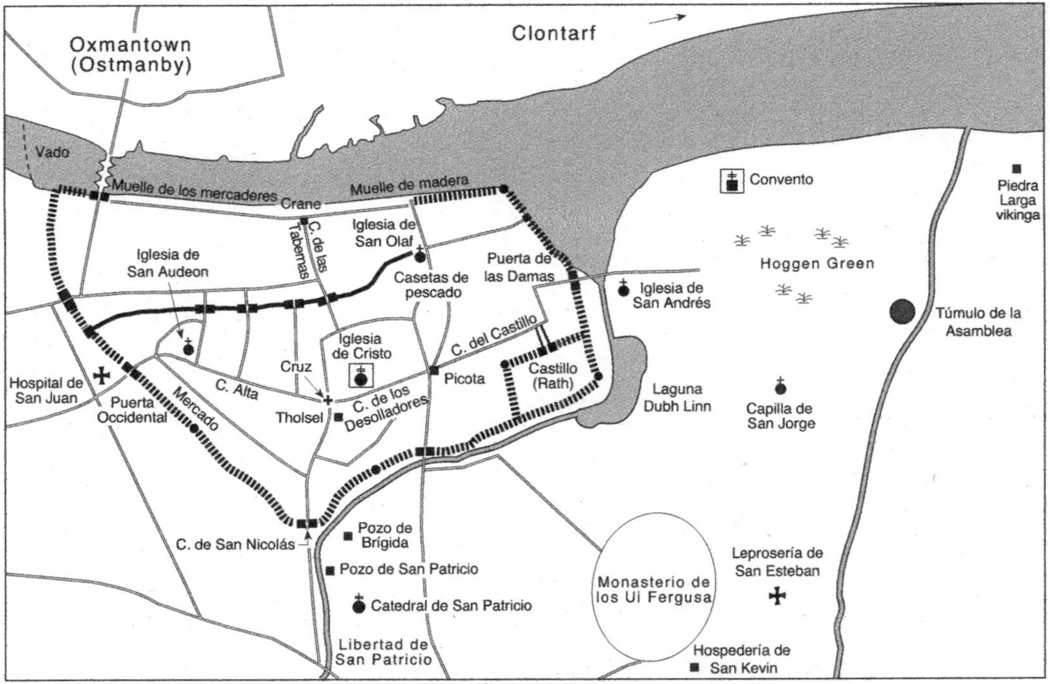

DUBLÍN MEDIEVAL

Prefacio

El presente libro es, ante todo, una novela. Todos los personajes de las diversas familias, cuyas vidas sigue la obra a lo largo de varias generaciones, son ficticios; sin embargo, al narrar sus historias, los he situado entre personas y sucesos que o bien existieron, o pudieron haber existido. El contexto histórico, cuando se conoce, se ofrece con precisión; allí donde se plantean divergencias de interpretación, he procurado reflejar o proporcionar una visión equilibrada de las opiniones de los mejores estudiosos actuales. De vez en cuando, en pro de la narración, ha sido preciso efectuar pequeños ajustes en acontecimientos complejos; sin embargo, tales ajustes son contados y ninguno contradice la historia general.

En las últimas décadas, Irlanda en general y Dublín en particular han tenido la fortuna de recibir una atención extraordinaria por parte de historiadores cualificados. Durante las amplias investigaciones que he efectuado para escribir este libro, he tenido el privilegio de trabajar con algunos de los eruditos más distinguidos de Irlanda, que han tenido la generosidad de compartir conmigo sus conocimientos y de corregir mis textos. En la nota final de este volumen, detallo sus amables contribuciones, por las que les expreso mi reconocimiento. Gracias al trabajo de los especialistas, durante el último cuarto de siglo se ha producido una revisión de ciertos aspectos de la historia de Irlanda y, como consecuencia, el relato que sigue puede contener varias sorpresas para el lector que conoce el tema. En la citada nota proporciono algunos apuntes adicionales para quien tenga curiosidad por saber más.

Los nombres irlandeses de personas o lugares y los términos técnicos aparecen siempre en su forma más sencilla y conocida. Los libros modernos publicados en Irlanda utilizan una tilde, la *fada*, para indicar que una vocal es larga y otras marcas para señalar la pronunciación correcta. Sin embargo, tales caracteres pueden resultar confusos para los lectores no irlandeses, por lo que no se han empleado en el texto de la novela.

Prólogo

El sol esmeralda

Hace mucho tiempo. Antes, mucho antes de la llegada de san Patricio. Antes de la irrupción de las tribus celtas y de que nadie hablara la lengua gaélica. En la era de unos dioses irlandeses de los que no ha quedado ni el nombre.

Muy poco puede afirmarse con rotundidad de esas épocas; aun así, pueden determinarse algunos hechos, pues en el terreno —y sobresaliendo de él— quedan rastros de la presencia de tales gentes antiguas. Además, como sucede desde que se narran historias, siempre podemos recurrir a la imaginación.

En esos tiempos arcaicos, cierta mañana de invierno, tuvo lugar un pequeño suceso. Nos consta que fue así, pues ese mismo hecho debió de producirse muchas veces: año tras año, cabe suponer. Siglo tras siglo.

Amanecía. El cielo invernal empezaba a adquirir un color azul pálido. Muy pronto, el sol se alzaría sobre el mar. Desde la costa oriental de la isla se adivinaba ya en el horizonte el resplandor dorado.

Era el solsticio de invierno, el día más corto del año, aunque si en esa época ancestral el año se señalaba con fechas, desconocemos qué sistema de denominación se empleaba.

En realidad, la isla era una de las dos que se hallaban frente a la costa atlántica del continente europeo. Una vez, miles de años atrás, cuando las dos quedaron atrapadas en la gran estancación blanca de la última Edad de Hielo, estuvieron unidas por una calzada de piedra que corría desde el extremo nororiental de la isla occidental, la más pequeña, al extremo superior de su vecina; esta, a su vez, quedaba unida por el sur a la masa continental mediante un puente de tierra cretácica. Al término de la glaciación, cuando las aguas del Ártico en fusión inundaron el resto del mundo, cubrieron la calzada de piedra y quedó roto el puente de tierra, formándose así dos islas en el mar.

Las separaciones eran muy estrechas. La calzada hundida entre la isla occidental, que un día recibiría el nombre de Irlanda, y el promontorio de Gran Bretaña, conocido como el Mull of Kintyre, medía apenas algo menos de veinte kilómetros; la distancia entre los acantilados blancos de la Inglaterra sudoriental y el continente europeo, algo más de treinta.

Cabría esperar, por tanto, que las dos islas fueran muy parecidas. Y en cierto modo lo eran, pero existían sutiles diferencias entre ellas, pues cuando el mar las separó, sus tierras apenas empezaban a deshelarse y a salir de su estado ártico y las plantas y los animales todavía se hallaban en proceso de que las colonizaran desde el sur, más cálido. Cuando la calzada de piedra quedó bajo las aguas, ciertas especies que habían alcanzado la parte meridional de la isla mayor, la más oriental, no habían tenido tiempo de llegar a la occidental. Así, mientras que el roble, el avellano y el abedul abundaban en las dos, el muérdago que crece en los robles británicos no llegó a los árboles irlandeses. Y, por la misma razón, mientras que la isla británica estaba infestada de serpientes, Irlanda gozaba de la singular bendición de estar libre de ofidios.

La isla occidental sobre la que estaba a punto de salir el sol se hallaba cubierta de bosques tupidos, interrumpidos por zonas cenagosas. Hermosas sierras se alzaban aquí y allá, y abundaban los ríos, pródigos en salmones y otros peces. El mayor de estos cursos de agua desembocaba en el Atlántico, al oeste, después de serpentear en meandros a través de una compleja red de lagos y canales por el interior de la zona central de la isla.

Sin embargo, a los primeros hombres que llegaron a esta debieron de llamarles la atención, en particular, otras dos características del paisaje. La primera de ellas era mineral. Aquí y allá, en los claros del tupido bosque o en las laderas abiertas de las montañas, aparecían afloramientos rocosos, surgidos con violencia de las entrañas de la tierra, que contenían el fulgor mágico del cuarzo. Y en algunas de aquellas rocas deslumbrantes aparecían vetas de oro aún más brillantes. Como consecuencia, en las diversas partes de la isla donde se encontraban tales afloramientos, los cursos de agua fluían cargados de pepitas y polvo de dicho metal.

El segundo rasgo era universal. Fuese debido a la humedad del viento que soplaba del Atlántico, a la calidez de la corriente del golfo o al ángulo con el que incidía la luz del sol en aquellas latitudes, o bien a una confluencia de esos tres factores y alguno más, la vegetación de la isla presentaba un color verde esmeralda extraordinario e irrepetible. Y tal vez fue esta antigua combinación de verde esmeralda y oro fluyente lo que dio a la isla occidental su fama de lugar donde moraban espíritus mágicos.

¿Y qué seres humanos habitaban la isla esmeralda? Hasta que llegaron las tribus celtas en tiempos posteriores, los nombres de las gentes que poblaron sus tierras pertenecen solo a la leyenda: los descendientes de Cessair, Partholon y Temed, los Fir Bolg y los Tuatha De Danaan. Sin embargo, resulta difícil determinar si esos nombres pertenecen a personas de carne y hueso, a antiguos dioses o a ambos a la vez. Lo que se sabe a ciencia cierta es que, tras la Edad de Hielo, hubo en Irlanda cazadores y, más tarde, agricultores. Estas gentes procedían sin duda de diferentes lugares. Como en otras partes de Europa, los isleños sabían edificar con piedra y fabricaban armas de bronce y bellas cerámicas. También comerciaban con mercaderes que llegaban de lugares tan remotos como Grecia.

Estas gentes, sobre todo, elaboraban ornamentos con el abundante oro de la isla. Adornos para el cuello, brazaletes de cordoncillo de oro, pendientes o discos solares de oro batido: los orfebres irlandeses estaban entre los más apreciados de Europa, donde se llegaba a calificarlos de «artesanos mágicos».

El sol aparecería en cualquier momento por el horizonte, encendiendo un gran surco dorado sobre el mar.

En el centro, aproximadamente, de la costa oriental de la isla esmeralda se extendía una amplia y placentera bahía entre dos promontorios. Desde la punta meridional, la panorámica de la costa hacia el sur abarcaba una sierra entre cuyas cumbres se contaban dos pequeñas montañas volcánicas, que se alzaban junto al mar con tal elegancia que un visitante podría creerse transportado a los climas más cálidos de la Italia meridional. Al norte del otro promontorio, una amplia llanura se prolongaba hasta las otras montañas, más lejanas, que yacían bajo la desaparecida calzada de piedra que comunicaba con la otra isla. En el centro de la bahía se extendían las amplias ciénagas y los arenales de un estuario fluvial.

El sol asomaba ya sobre el horizonte e iluminaba el mar con un ardiente destello dorado. Y cuando sus rayos alcanzaron el promontorio norte de la bahía y se propagaron por la llanura, encontraron la respuesta de otro destello, como si sobre el suelo hubiera un gran reflector cósmico. Este segundo destello resultaba de especial interés, pues emanaba de un objeto notable y de buen tamaño fabricado por la mano del hombre.

Unos cuarenta kilómetros al norte de la bahía, otro río caudaloso fluía de oeste a este por un valle cuyo verdor esplendoroso anunciaba la presencia de uno de los suelos más ricos del mundo. Y en las cimas de las colinas de suaves laderas que formaban el valle, las gentes de la isla habían construido varias estructuras, grandes e impresionantes, la principal de las cuales acababa de lanzar al cielo aquel destello deslumbrante.

Se trataba de unos enormes túmulos circulares cubiertos de hierba. Sin embargo, no eran en absoluto unos toscos amontonamientos de tierra. Su forma cilíndrica, los flancos verticales y los amplios techos convexos sugerían una construcción interior muy cuidadosa. Su base constaba de piedras monumentales en cuya superficie aparecían círculos grabados, zigzags y extrañas espirales alucinatorias. Pero lo más destacado era que toda la cara que daba al sol naciente estaba revestida de cuarzo blanco. Y era este enorme muro curvado y cristalino lo que, alcanzado por el fulgor del astro naciente en aquel despejado amanecer del solsticio, brillaba y refulgía y devolvía al cielo un reflejo del fuego solar.

¿Quién había edificado aquellos monumentos sobre las tranquilas aguas del río surcadas por los cisnes? No lo sabemos seguro. ¿Y con qué propósito se habían construido? Como lugar de reposo eterno para sus príncipes, eso sí lo sabemos con certeza; con todo, sobre los príncipes que los ocupaban y si sus espíritus eran benignos o malévolos, solo podemos hacer conjeturas. Allí yacían, sin embargo, los antiguos ancestros de los isleños, unos espíritus que esperaban el momento de resurgir.

Además de tumbas, estos grandes túmulos eran también santuarios que, en determinadas ocasiones, acogían a las fuerzas divinas y misteriosas del universo que habían otorgado vida cósmica al territorio. Y a ello se debía que, durante la noche que acababa de terminar, la puerta del santuario hubiera permanecido abierta.

En el centro de la brillante fachada de cuarzo había una angosta entrada, flanqueada de piedras monumentales, tras la cual discurría un pasadizo estrecho, un tanto irregular pero recto, bordeado de piedras verticales, que llevaba al corazón del gran túmulo y que terminaba en una cámara interior en forma de trébol. Igual que por fuera, muchas de las piedras del interior del pasillo y de la cámara tenían grabados dibujos, entre ellos una extraña composición de tres espirales. El estrecho pasadizo estaba orientado de tal manera que, precisamente durante el orto del solsticio de invierno, el rostro del sol naciente penetraba directamente por la parte superior de la puerta al aparecer por el horizonte y enviaba sus cálidos rayos por el oscuro pasadizo hasta el centro del monumento.

Ahora, alzándose ya en el firmamento, los rayos de sol fulguraban sobre la bahía, sobre la línea de la costa, sobre los bosques invernales y en los pequeños claros que, alcanzados por la luz, quedaban bañados de repente por el resplandor del astro rey, que emergía del horizonte acuático. Iluminando el valle fluvial, los rayos se desplazaban hacia el túmulo cuyo cuarzo destellante, captando una luz reflejada del verde paisaje del entorno, parecía encenderse en llamas y refulgía como un sol esmeralda.

¿No había algo frío e inquietante en aquel resplandor verdoso, mientras los rayos de sol penetraban por el hueco de entrada hasta el pasadizo oscuro del túmulo? Tal vez.

Sin embargo, en aquel instante sucedió algo maravilloso: tal era la precisión del trazado del pasadizo que, conforme el sol se alzaba gradualmente, sus rayos —como si renunciaran por completo a su velocidad habitual— progresaron despacio por el pasadizo, no más deprisa que un niño a gatas, palmo a palmo, bañando las rocas a su paso con un suave brillo hasta que alcanzaron la cámara triple del centro. Allí, cobrando velocidad de nuevo, centellearon en las piedras, danzando aquí y allá y aportando luz, calor y vida a la tumba del solsticio de invierno.

Uno

Dubh Linn

430 d. C.

I

Lughnasa. El momento culminante del verano. Pronto llegaría el tiempo de la cosecha. Deirdre se apostó junto a la barandilla y contempló la escena. Tendría que haber sido un día alegre, pero a ella solo le había traído congoja: el padre al que tanto amaba y el tuerto iban a venderla y no podía hacer nada por evitarlo.

Al principio, no vio a Conall.

En las carreras, era costumbre que los hombres compitieran desnudos. Se trataba de una tradición muy antigua. Siglos antes, los romanos ya mencionaban que los guerreros celtas despreciaban la protección de los escudos y gustaban de desnudarse para la batalla. Un guerrero tatuado, con los músculos prominentes, los pelos de punta como grandes púas y la cara contraída en un frenesí bélico, resultaba una visión aterradora incluso para los curtidos legionarios romanos. A veces, cuando montaban en sus carros, esos fieros guerreros celtas se ponían una capa que ondeaba a su espalda y, en algunas zonas del Imperio romano, los jinetes celtas utilizaban calzones; sin embargo, en la isla occidental, se había conservado la tradición de la desnudez en las carreras ceremoniales y el joven Conall no llevaba más que un pequeño taparrabos protector.

El gran festival de Lughnasa se celebraba cada tres años en Carmun. Éste era un enclave misterioso. En un territorio de bosques despoblados y cenagales, era un espacio abierto y cubierto de hierba que se extendía, verde y desierto, casi hasta el horizonte. El enclave, situado a poca distancia al oeste del punto donde el curso del Liffey, si uno remontaba el río, comenzaba a desviarse hacia el este en dirección a sus fuentes en los montes de Wicklow, era absolutamente llano, a excepción de algunos túmulos en los que estaban enterrados los jefes ancestrales. El festival duraba una semana y constaba de diversas áreas destinadas al intercambio de productos agrícolas, a los mercados de ganado y al comercio de hermosas telas, pero la más importante de todas era una amplia pista de carreras que se extendía sobre el prado.

La pista constituía una visión magnífica. La gente acampaba en torno a ella, agrupada por clanes en tiendas o cabañas provisionales. Hombres y mujeres vestían capas de brillantes colores escarlata, verde o azul. Los hombres lucían espléndidos torques de oro, como gruesos amuletos en torno al cuello, y las mujeres llevaban brazaletes y adornos de todo tipo. Algunos hombres iban tatuados y lucían bigotes y largas cabelleras, mientras que otros se embadurnaban el pelo de arcilla y se lo peinaban de punta, en forma de terroríficas y belicosas púas. Aquí y allá se veían carros de guerra magníficos. Los caballos se guardaban en corrales y los bardos contaban historias en torno a las hogueras. En aquel preciso instante, llegaba un grupo de acróbatas y malabaristas. Aquí y allá, el tañido de un arpa, de un silbato de hueso o de una gaita sonaba en el aire estival y el aroma de la carne asada y de las tartas de miel impregnaba la ligera humareda que flotaba sobre la escena. Y en el túmulo ceremonial, al lado de la pista de carreras y presidiendo la escena, se hallaba el rey del Leinster.

La isla estaba dividida en cuatro partes. Al norte, se encontraban los territorios de las antiguas tribus de Ulaid, la provincia de los guerreros. Al oeste, quedaba una hermosa provincia de bravas costas y lagos mágicos, que llamaban la tierra de los druidas. Hacia el sur, estaba la provincia de Muma, famosa por su música. Según la leyenda, fue allí donde los hijos de Mil se encontraron por primera vez con la diosa Eriu. Y, por último, al este se extendían los ricos pastos y campos de cultivo de las tribus de Lagin. Las provincias, que se conocían desde tiempos inmemoriales como Ulster, Connacht, Munster y Leister, seguirían siendo las divisiones geográficas de la isla en los siglos venideros.

De cualquier modo, la vida en la isla nunca permanecía estática. En las generaciones recientes se habían producido importantes cambios entre las antiguas tribus. En la mitad septentrional —Leth Cuinn, la mitad de la cabeza, como gustaban de llamarla—, se habían levantado unos poderosos clanes que habían impuesto su dominio sobre la mitad sur, Leth Moga. Y se había formado una nueva provincia central, conocida como Mide, o Meath, de modo que ahora la gente hablaba de cinco partes de la isla y no de cuatro, como antes.

Entre todos los jefes de los grandes clanes de cada una de las cinco partes, el más poderoso gobernaba como rey y, a veces, el más influyente de los monarcas se autoproclamaba rey supremo y exigía que los demás lo reconocieran como tal y le pagaran tributos.

Finbarr miró a su amigo y meneó la cabeza. Era media tarde y Conall estaba a punto de competir en las carreras.

—Podrías sonreír, por lo menos —comentó Finbarr—. Eres un tipo de lo más triste, Conall…

—Lo siento —replicó el otro—. No era mi intención.

Ser de tan alta cuna daba muchos problemas, pensó Finbarr. Los dioses le prestaban a uno demasiada atención. En el mundo celta siempre había sido así. Los cuervos volaban sobre la casa para anunciar la muerte del jefe de un clan, y los cisnes abandonaban el lago. La insensatez de un monarca podía afectar al clima. Y si uno era un príncipe, los druidas profetizaban lo que le ocurriría desde el día antes de que naciera; después de eso, ya no había modo de escapar.

Conall, delgado, moreno, de rostro aguileño, atractivo, era

un príncipe perfecto. Conall, hijo de Morna. Su padre había sido un guerrero invencible. ¿No lo habían enterrado de pie, en un túmulo de héroe, vuelto hacia los enemigos de su tribu? En el mundo céltico, este era el mejor cumplido que podía hacerse a un difunto.

En la familia del padre de Conall, vestir de rojo traía mala suerte. Sin embargo, este no era sino el primero de los problemas del joven. Había nacido tres meses después de la muerte de su padre. Tal hecho, por sí solo, lo convertía en una persona especial. Su madre era la hermana del Rey Supremo, el cual había asumido el papel de padre adoptivo. Esto significaba que toda la isla lo observaba. Y, luego, los druidas habían dado su opinión. El primero de ellos había presentado al pequeño una colección de ramas de diversos árboles y él había alargado su mano diminuta hacia el avellano. «Será un poeta, un hombre de conocimiento», declaró el druida. El segundo había hecho una predicción más sombría: «Causará la muerte de un espléndido guerrero». Pero la familia se tomó estas palabras como un buen presagio, siempre y cuando aquello ocurriera en una batalla. Fue, sin embargo, el tercer druida quien pronunció las tres *geissi* que seguirían a Conall durante toda su vida.

Las *geissi* eran las admoniciones. Cuando un príncipe o un gran guerrero vivía bajo las *geissi*, debía tener mucho cuidado. Eran terribles porque se cumplían siempre; sin embargo, igual que muchos pronunciamientos religiosos, parecían un enigma y uno nunca podía estar del todo seguro de qué querían decir. Eran como trampas. Finbarr se alegraba de que nadie le hubiera impuesto ninguna. Las *geissi* de Conall, como todo el mundo sabía en la corte del Rey Supremo, eran las siguientes:

Conall no moriría hasta que:

Primero: hubiera enterrado sus prendas de vestir.
Segundo: hubiera cruzado el mar al amanecer.
Tercero: hubiera llegado a Tara en medio de una bruma negra.

La primera era un sinsentido y tenía que cuidarse de no llevar a cabo nunca la segunda. La tercera se antojaba imposible.

En el trono real del Rey Supremo en Tara había nieblas frecuentes, pero jamás se había visto ninguna de color negro.

Conall era un joven precavido y respetaba la tradición familiar. Finbarr nunca había visto que vistiera algo rojo. En realidad, el joven evitaba incluso tocar cualquier cosa de tal color. «A mí me parece —le comentó Finbarr en una ocasión— que si te mantienes alejado del mar, vivirás para siempre.»

Eran amigos desde un día de su primera juventud en que un grupo de cazadores, entre los que se contaba el joven Conall, se detuvo a descansar en la modesta granja de la familia de Finbarr. Los dos chicos se habían conocido, se habían enfrascado en un juego y, poco después, se habían enfrentado en una pelea y se habían batido con una pelota y un bastón en un juego que los isleños llamaban *hurling*, ante la mirada de los hombres. Poco después, Conall había preguntado si podía llamar a su lado a su nuevo compañero de juegos; al cabo de un mes, ya se habían hecho amigos. Y cuando, tiempo más tarde, Conall preguntó si Finbarr podía formarse en la casa real y prepararse para ser un guerrero, le concedieron la petición. La familia de Finbarr se había alegrado mucho de que se le hubiera presentado tal oportunidad. La amistad entre los dos muchachos nunca flaqueó. A Conall le gustaba el carácter y el buen humor de Finbarr y este admiraba la actitud meditativa y profunda del joven aristócrata.

Conall no siempre era reservado. Aunque no se trataba del más musculoso de los jóvenes deportistas, probablemente era el mejor atleta. Corría como un ciervo y solo Finbarr podía seguirle el ritmo cuando competían en sus ligeros carros de dos ruedas. Cuando Conall arrojaba una lanza, esta parecía volar como un pájaro y tenía una precisión letal. Volteaba su coraza con tal rapidez que uno apenas la veía y cuando atacaba con su reluciente espada favorita, los otros podían asestar golpes más fuertes, pero, cuidado, la hoja de Conall era siempre más veloz. Los dos muchachos también estaban dotados para la música. A Finbarr le gustaba cantar y a Conall tocar el arpa, y lo hacían muy bien. Y como muchachos que eran, a veces entretenían a los invitados en las fiestas del Rey Supremo. Estas celebraciones eran ocasiones felices en las que el monarca, de buen grado, les pagaba como si fueran músicos contratados. Todos los guerreros respetaban y apreciaban a Conall y los que recordaban a Morna coincidían en que el hijo tenía madera de líder, como él.

Sin embargo —y esto a Finbarr le resultaba realmente extraño—, era como si a su amigo aquello no le interesase en absoluto.

La primera vez que desapareció, Conall solo tenía seis años. Su madre llevaba toda la tarde buscándolo cuando, al atardecer, se presentó con un viejo druida.

—El muchacho ha estado conmigo —contó este.

—Lo encontré en el bosque —explicó Conall, como si su ausencia fuese la cosa más natural del mundo.

—¿Y qué has hecho todo el día con el druida? —preguntó la madre después de que el anciano se marchara.

—Nada, hemos hablado.

—¿De qué? —quiso saber ella, asombrada.

—De todo —respondió él, contento.

Así había sido siempre, desde su infancia. Jugaba con los otros niños y luego se esfumaba. A veces se llevaba consigo a Finbarr y los dos vagaban por el bosque o seguían el curso de los ríos. Y no había una planta en la isla cuyo nombre el joven príncipe no conociera. Pero incluso en esos paseos, a veces, Finbarr notaba que, por más que su amigo lo apreciara, deseaba estar solo; entonces, lo dejaba y se marchaba y Conall seguía vagando por su cuenta durante medio día.

A Finbarr siempre le decía que era feliz, pero cuando se sumía en profundos pensamientos su rostro adoptaba una expresión melancólica. Y a veces, cuando tocaba el arpa, la melodía se tornaba extrañamente triste. «Aquí viene el hombre al que la tristeza considera su amigo», decía Finbarr con afecto cuando Conall regresaba de sus paseos en solitario, pero el joven príncipe se limitaba a sonreír o le golpeaba en broma y salía corriendo.

Así, apenas sorprendió que a los diecisiete años, cuando alcanzó la edad adulta, los otros jóvenes se refirieran a Conall, no sin temor reverente, como «el Druida».

En la isla había tres tipos de hombres instruidos. Los más humildes eran los bardos, narradores de historias que entretenían a los invitados de las fiestas; una categoría claramente superior la constituían los *filidh*, guardianes de la genealogía, compositores de poesía y algunas veces incluso profetas. Pero por encima de ambos estaban los druidas, mucho más temidos.

Se decía que mucho tiempo atrás, antes de que llegaran los romanos, los druidas más sabios y diestros vivían en la vecina isla de Britania. En tal época, los druidas no solo sacrificaban animales, sino también hombres y mujeres. Aquello, sin embargo, había ocurrido hacía mucho tiempo. Ahora, los druidas habitaban en la isla occidental y nadie guardaba recuerdo del último sacrificio humano.

La preparación de un druida podía prolongarse veinte años. A menudo, conocía todo lo que los bardos y los *filidh* sabían, pero, aparte de eso, era también un sacerdote, con el conocimiento secreto de los sortilegios y de los números sagrados y de cómo hablar con los dioses. Los druidas oficiaban las ceremonias y sacrificios del solsticio de invierno y de otros grandes festivales anuales. También aconsejaban qué días se debía sembrar la tierra y matar animales. Pocos reyes se atrevían a iniciar cualquier empresa sin consultarles. Si uno discutía con ellos, se decía que sus palabras eran tan afiladas que levantaban ampollas. La maldición de un druida podía durar diecisiete generaciones. Sabios consejeros, jueces respetados, maestros cultos, temibles enemigos: todas estas cosas eran los druidas.

Pero, además de todo esto, había algo más misterioso. Ciertos druidas, como los chamanes, entraban en trance y accedían al otro mundo. Podían incluso cambiar de forma y adoptar la de un pájaro u otro animal. Finbarr, a veces, se preguntaba si su amigo Conall poseía alguna de aquellas cualidades mágicas.

A decir verdad, desde aquel primer encuentro de la infancia, Conall había pasado un tiempo considerable con los druidas. Se decía que, al cumplir veinte años, sabía mucho más que cualquier otro joven que se preparase para la vida espiritual. Tal interés no se juzgaba extraño, pues muchos de los druidas procedían de familias nobles y, en el pasado, los guerreros más importantes habían estudiado con *filidh* y druidas; no obstante, el grado de interés que mostraba Conall era inusual, igual que su pericia y su memoria eran asimismo fenomenales.

A Finbarr le parecía que, por más que su amigo dijera lo contrario, se sentía solo en ocasiones.

Unos años antes, para sellar su amistad, el príncipe le había regalado un cachorro de perro. Finbarr iba a todas partes con el animalito, al que llamaba *Cuchulainn*, como el héroe legendario. Poco a poco, a medida que el cachorro crecía, Finbarr advirtió la verdadera naturaleza de aquel regalo. *Cuchulainn* se estaba convirtiendo en un magnífico lebrel, de esos por los que los mercaderes cruzaban el mar desde tierras lejanas hasta la isla para comprarlos, a cambio de lingotes de plata o de monedas romanas. El lebrel debía de tener un precio incalculable y nunca se separaba de Finbarr.

—Si alguna vez me ocurre algo —le dijo Conall en una ocasión—, tu lebrel *Cuchulainn* estará contigo para que te acuerdes de mí y de nuestra amistad.

—Serás mi amigo mientras viva —le aseguró Finbarr—. Creo que moriré antes que tú.

Y si a cambio no podía darle al príncipe un regalo de valor similar, podía por lo menos asegurarle que su amistad sería tan leal y constante como lo era el lebrel *Cuchulainn*.

Conall tenía, además, otro don: sabía leer.

Los isleños no eran ajenos a la palabra escrita. Los mercaderes de Britania y de la Galia que llegaban a los puertos sabían leer. Las monedas romanas que usaban contenían palabras latinas. Entre los bardos y druidas, Finbarr conocía a algunos que leían. Unas cuantas generaciones antes, los hombres cultos de la isla, utilizando sonidos vocales y consonantes del alfabeto latino, habían inventado una sencilla escritura propia para grabar recordatorios en celta en los postes o en los menhires, que ellos llamaban «las piedras alzadas». Pero aunque uno descubriese de vez en cuando esas piedras con las extrañas marcas en ogham, como las de una tarja, el primitivo alfabeto celta nunca llegó a utilizarse de manera generalizada. Ni tampoco se usaba, como sabía Finbarr, para llevar un registro del patrimonio sagrado de la isla.

—Es fácil entender por qué —le había explicado Conall—.

En primer lugar, el conocimiento de los druidas es secreto y se debe evitar que pueda leerlo una persona indigna. Eso enojaría a los dioses.

—Y los sacerdotes perderían asimismo sus poderes secretos —comentó Finbarr.

—Tal vez sea cierto lo que dices, pero existe una razón más. La gran posesión de nuestros hombres ilustrados, bardos, *filidh* y druidas, es su dominio de la memoria. Gracias a ella, su mente es tremendamente potente. Si escribiéramos todo nuestro conocimiento para no tener que recordarlo, la mente se nos debilitaría.

—Entonces, ¿por qué has aprendido a leer? —le preguntó Finbarr.

—Porque soy una persona curiosa —respondió Conall, como si se tratara de algo natural—. Además —añadió—, yo no soy druida.

¡Cuántas veces habían resonado aquellas palabras en la mente de Finbarr! Pues claro que su amigo no era druida. Iba camino de ser un guerrero. Y, sin embargo... En ocasiones, cuando Conall cantaba y cerraba los ojos, o cuando volvía de uno de sus paseos solitarios con una expresión distante y melancólica, como si estuviera en un sueño, Finbarr no podía por menos que preguntarse si su amigo no habría cruzado..., no sabía qué: una especie de región fronteriza.

Y por eso no le había sorprendido, realmente, que hacia finales de primavera Conall le confiara un anhelo: «Quiero adoptar la tonsura de los druidas».

Los druidas se afeitaban la cabeza desde las orejas hasta la coronilla. El objetivo de esta tonsura era lucir una frente alta y redondeada, a menos, por supuesto, que el druida hubiera comenzado a quedarse calvo por delante, en cuyo caso la tonsura apenas destacaba. En Conall, en cambio, que tenía el pelo muy tupido, la tonsura dejaba una zona afeitada oscura en forma de uve encima de la frente.

Antes que él, otros príncipes se habían hecho druidas. En realidad, muchos isleños consideraban más elevada la casta de los druidas que la de los monarcas, incluso. Pensativo, Finbarr había mirado a su amigo.

—¿Qué dirá el Rey Supremo? —le había preguntado.

—Pues no lo sé, la verdad. Es una lástima que mi madre fuese hermana suya.

Sobre la madre de Conall, Finbarr lo sabía todo: su devoción por el recuerdo del padre y su determinación para que el hijo siguiera los pasos de aquél como guerrero. Antes de morir, hacía dos años, había suplicado al Rey Supremo —su hermano— que se asegurase de que la línea de su esposo tuviera continuidad.

—Los druidas se casan —señaló Finbarr, pues, de hecho, el cargo de druida pasaba a menudo de padres a hijos—. Podrías tener hijos que fuesen guerreros.

—Cierto —dijo Conall—, pero el Rey Supremo tal vez opine de otro modo.

—Si los druidas quieren que te unas a ellos, ¿podría prohibírtelo?

—Creo que si los druidas saben que el Rey Supremo no lo aprueba —respondió Conall—, no me lo pedirán.

—¿Y qué harás?

—Esperar. Tal vez pueda convencerlos.

Fue un mes más tarde cuando el Rey Supremo convocó a Finbarr.

—Finbarr —comenzó—, sé que eres el mejor amigo de mi sobrino. ¿Sabes algo de su deseo de hacerse druida?

Finbarr asintió.

—Sería una buena cosa que cambiara de idea —añadió el monarca.

Eso fue todo lo que dijo, pero, proviniendo del Rey Supremo, bastó.

Deirdre no había querido acudir por dos razones. La primera, lo reconocía, era egoísta: no le gustaba ausentarse de casa.

Vivía en un sitio extraño, pero a ella le encantaba. En el centro de la costa oriental de la isla, un río, que descendía desde los agrestes montes de Wicklow situados al sur y trazaba una amplia curva tierra adentro, terminaba en forma de estuario en una amplia bahía entre dos promontorios como si, pensaba Deirdre, Eriu, la diosa de la tierra y madre de la isla, abriese los brazos para abarcar el mar. En el interior, el río formaba una cuenca de inundación conocida como la llanura del Liffey. Era un río de humor cambiante, sujeto a furias repentinas; cuando se enfadaba, sus aguas se precipitaban desde las montañas en violentas riadas que se lo llevaban todo a su paso. Pero estos accesos de cólera eran solo esporádicos. La mayor parte del tiempo, sus aguas resultaban tranquilas y su voz era suave, susurrante y melódica. Con sus anchurosas zonas mareales, sus marismas arboladas y sus tierras inundadas bordeadas de hierba, el estuario solía ser un lugar silencioso, salvo por los chillidos de las gaviotas distantes y los silbidos de los zarapitos y las garzas que se deslizaban por las arenas de las playas, sembradas de conchas.

El estuario estaba casi deshabitado, a excepción de unas cuantas granjas dispersas bajo el dominio de su padre. Sin embargo, destacaban en la zona dos pequeños hitos, cada uno de los cuales había dado ya nombre al lugar. Uno, situado justo antes de que el río se abriera en su estuario pantanoso de casi dos kilómetros de ancho, era de construcción humana: una plataforma de madera que discurría sobre los marjales, cruzaba el río sobre unos cañaverales en su punto menos profundo y continuaba hasta llegar a terreno más firme en la orilla septentrional. En la lengua celta de la isla lo llamaban Ath Cliath, el vado de los Zarzos.

El segundo punto destacado era natural. El lugar donde se encontraba Deirdre se hallaba en el extremo oriental de una sierra de poca altura que discurría paralela a la orilla meridional y que dominaba el vado. Debajo de ella, un afluente que procedía del sur se unía al río principal y, justo antes de hacerlo, al topar con el extremo de la sierra, trazaba una pequeña curva en cuyo recodo se formaba un estanque profundo y oscuro. Lo llamaban Dubh Linn, la laguna Negra.

De todos modos, y aunque el lugar tenía dos nombres, casi nadie vivía allí. Desde tiempos inmemoriales, en las laderas de los montes de Wicklow existían asentamientos humanos; y a lo largo de la costa, al norte y al sur de la boca del río, algún poblado de pescadores y hasta pequeños puertos. En los marjales, sin embargo, y aunque a Deirdre le gustaba su tranquila belleza, no había muchas razones para establecerse.

Dubh Linn era una región fronteriza, una tierra de nadie. Los territorios de los jefes poderosos se hallaban al norte, al sur y al oeste del estuario, pero, aunque uno u otro ocupase unas tierras de vez en cuando, aquel terreno no les interesaba y por eso Fergus, su padre, había sido siempre el jefe indiscutido del lugar.

Por despoblado que estuviese, el territorio de Fergus distaba mucho de ser insignificante, pues en él se hallaba una de las encrucijadas más importantes de la isla. Unas carreteras antiguas, que a menudo bordeaban los densos bosques y eran llamadas *sliges,* se cruzaban en el vado procedentes del norte y del sur. La vieja Slige Mhor, o Gran Carretera, corría al oeste. Además de ser el guardián del cruce, Fergus también acogía en su casa, con la tradicional hospitalidad isleña, a los viajeros que transitaban por sus tierras.

Antaño, el lugar había tenido una actividad considerable. Durante siglos, el mar abierto allende la bahía había sido como un gran lago entre dos islas habitadas por las muchas tribus del pueblo de Deirdre, que comerciaban y se casaban entre sí y se establecían en una y volvían a la otra. Así había sucedido durante generaciones. Cuando el Imperio romano se apoderó de la isla oriental —Britania, la llamaron—, los mercaderes de Roma llegaron a la isla occidental y fundaron pequeñas colonias comerciales a lo largo de la costa, incluida la bahía, y entraron esporádicamente en el estuario. Deirdre sabía que, en una ocasión, las tropas romanas habían desembarcado y establecido un campamento amurallado desde el cual los disciplinados legionarios romanos, con su brillante armadura, habían amenazado con conquistar también la isla entera. Sin embargo, no habían alcanzado a hacerlo; finalmente, se habían marchado y habían dejado en paz la mágica isla occidental. Deirdre estaba orgullosa de ello, orgullosa de la tierra y del pueblo de Eriu que se había mantenido fiel a las viejas costumbres y nunca se había rendido.

Y, ahora, el poderoso Imperio romano se batía en retirada. Las tribus bárbaras habían abierto brecha en sus fronteras y

Roma, la mismísima capital imperial, había sufrido un saqueo. Las legiones habían abandonado Britania y las colonias comerciales de los romanos estaban desiertas.

Algunos de los jefes más aventureros de la isla occidental habían sacado partido de aquellos tiempos cambiantes y habían llevado a cabo formidables incursiones en la ahora indefensa Britania. Oro, plata, esclavos: del otro lado del mar habían llegado todo tipo de bienes para enriquecer los brillantes salones de Eriu. Aquellas expediciones, sin embargo, habían partido de puertos situados más al norte y, aunque los mercaderes se aventuraban de vez en cuando en el estuario del Liffey, en la zona apenas se registraba actividad.

La casa de Fergus, hijo de Fergus, constaba de una serie de chozas y almacenes —unos con techumbre de bálago y otros con cubierta de turba— en un recinto circular situado en lo alto de un cerro que dominaba la laguna y rodeado por una muralla de tierra y una cerca. Tal fortificación circular —para darle a la pequeña construcción de tierra su nombre técnico— era una de las que comenzaban a aparecer en la isla. En la lengua céltica local, este baluarte se llamaba *rath*. En esencia, el *rath* de Fergus era una versión ampliada de la simple granja, formada por una vivienda y cuatro establos para animales, que predominaba en las zonas más fértiles de la isla. Constaba de una pequeña pocilga, unos corrales para las reses, un granero, una casa principal y una vivienda accesoria más pequeña. Casi todos los edificios eran circulares, con firmes paredes de mimbre. Los distintos habitáculos podían albergar fácilmente a Fergus y a su familia, al vaquero y a la suya, al pastor, a otras dos familias, a tres esclavos británicos, al bardo —porque el jefe, consciente de su estatus, tenía un bardo propio, cuyo padre y cuyo abuelo habían ocupado el mismo cargo antes que él— y, por supuesto, a los animales. En la práctica, todas aquellas almas rara vez coincidían allí al mismo tiempo, pero todas podían encontrar acomodo a la vez por la sencilla razón de que la gente acostumbraba a dormir junta. Situado en la discreta elevación que dominaba el vado, así era el *rath* de Fergus, hijo de Fergus. Abajo, un molino de agua y un pequeño embarcadero junto al río completaban el asentamiento.

La segunda razón por la que Deirdre no había querido acudir tenía que ver con su padre. Temía que lo mataran.

Fergus, hijo de Fergus. La antigua sociedad de la isla occidental era una jerarquía estricta compuesta por muchas clases. Cada clase, del rey al druida o al esclavo, tenía su *derbfine*, el precio de sangre que se pagaba en caso de muerte o lesión. Todos los hombres conocían su estatus y el de sus antepasados. Y Fergus era un jefe.

Los habitantes de las granjas diseminadas, a los que él llamaba su tribu, lo respetaban y lo consideraban un jefe de temperamento bondadoso, aunque incierto. En un primer encuentro, el jefe podía mostrarse silencioso y distante, pero no por mucho tiempo. Si se cruzaba con alguno de los granjeros que le debían obediencia o con uno de sus ganaderos, entablaba con él una larga y efusiva conversación. Por encima de todo, le gustaba conocer gente nueva, porque el guardián del aislado vado de los Zarzos era un hombre muy curioso. En Ath Cliath, los viajeros eran agasajados y entretenidos de manera espléndida, pero podían abandonar toda esperanza de reemprender su camino hasta que Fergus considerase que les había arrancado toda la información que poseían, personal y general, y hasta haber soportado la cháchara interminable del jefe local.

Cuando apreciaba especialmente a un invitado, le ofrecía vino y luego, acercándose a la mesa donde tenía sus preciadas posesiones, regresaba con un objeto pálido que llevaba con reverencia entre las manos. Se trataba de una calavera humana que había sido trabajada meticulosamente. En lo alto del cráneo se había horadado un agujero circular que estaba bordeado de plata. La calavera era muy liviana y el hueso blanco tenía un tacto suave y delicado, casi como de cáscara de huevo. Las cuencas vacías de los ojos miraban inexpresivamente, como para recordar a los humanos que, igual que el propietario de aquel cráneo, todos partirían a otro mundo. La extravagante sonrisa de la boca parecía decir que la condición de muerto tenía algo de absurdo, pues todo el mundo sabía que, en torno al fuego del hogar familiar, uno siempre estaba en compañía de los muertos.

—Ésta era la cabeza de Erc, *el Guerrero* —decía Fergus, orgulloso, al visitante—. Lo mató mi propio abuelo.

Deirdre siempre recordaba el día —era aún muy pequeña— en que habían llegado los guerreros. En el sur había habido una batalla entre dos clanes; cuando terminó, aquellos hombres habían emprendido camino hacia el norte. Eran tres y a la niña se le habían antojado enormes. Dos de ellos tenían largos bigotes y el tercero llevaba la cabeza afeitada, a excepción de una cresta puntiaguda y alta en el centro. Aquellas figuras pavorosas, le dijeron, eran guerreros. Su padre los recibió calurosamente y los hizo pasar. Y en una correa de cuero que colgaba del lomo de uno de los caballos, Deirdre había visto algo espeluznante: tres cabezas humanas, con sangre coagulada y oscura en el cuello rebanado y unos ojos muy abiertos que miraban sin ver. Las había contemplado con horror y fascinación y, al regresar a la casa, había visto a su padre brindando por los guerreros con la calavera de beber.

La pequeña pronto aprendería que debía venerar aquella extraña calavera vieja. Como la espada y el escudo de su abuelo, era un símbolo de la orgullosa antigüedad de la familia. Sus antepasados eran guerreros, dignos compañeros de príncipes, héroes y hasta de los dioses. Los dioses, en sus resplandecientes salones, ¿beberían en calaveras similares? Deirdre suponía que sí. ¿Cómo había de beber un dios, sino como un héroe? La familia solo dominaba un pequeño territorio, pero Deirdre pensaba en la espada, el escudo y la calavera de beber con el borde de plata y podía mantener la cabeza muy alta.

Deirdre recordaba haber presenciado durante su infancia algún esporádico acceso de ira de su padre. Normalmente, lo provocaba alguien que intentaba engañarlo o que no le mostraba el respeto debido, aunque a veces, descubrió la muchacha al crecer, su demostración de mal genio podía ser premeditada, sobre todo si negociaba una compra o una venta de ganado. A ella no le importaba demasiado que su padre estallara a veces y rugiese como un toro. Un hombre que no perdía nunca los estribos era como un hombre que no estuviera dispuesto a luchar en ninguna ocasión: de hombre no tenía nada. Sin tales estallidos ocasionales, la vida habría resultado monótona y carente de emoción natural.

Pero durante los últimos tres años, desde la muerte de su

madre, se había producido un cambio. El entusiasmo de su padre por la vida había disminuido, no siempre se ocupaba de sus negocios como era debido, sus ataques de ira se habían vuelto más frecuentes y las razones de sus peleas no siempre estaban claras. El año anterior casi había llegado a las manos con un joven noble que le había llevado la contraria en su propia casa. Luego, estaba la bebida. Su padre siempre había bebido con moderación, incluso en las grandes celebraciones; en los últimos meses, sin embargo, Deirdre había notado que, por la noche, el viejo bardo y él bebían más de lo habitual y su mal talante en tales ocasiones había llevado, dos o tres veces, a explosiones de mal genio por las que al día siguiente pedía disculpas, pero que, en el momento de producirse, resultaban dolorosas. Deirdre había estado orgullosa de su posición de ama de casa desde la muerte de su madre y siempre había temido en secreto que su padre tomara otra esposa. En los últimos meses, sin embargo, había comenzado a preguntarse si no sería esta la mejor solución. Y luego, pensaba, ella también tendría que casarse, porque en la casa no habría sitio para las dos mujeres. Y aquello no era una perspectiva que le apeteciese en absoluto.

Pero ¿podía haber alguna otra razón de la congoja de su padre? Nunca lo decía —era demasiado orgulloso para eso—, pero ella a veces se preguntaba si su padre no estaría viviendo por encima de sus posibilidades. Ignoraba por qué tenía que hacerlo. Casi todas las transacciones importantes de la isla se pagaban en cabezas de ganado y Fergus tenía grandes hatos. Deirdre sabía que un tiempo atrás, había empeñado sus joyas familiares más valiosas a un mercader. Llevado alrededor del cuello como un amuleto, el torque de oro era el símbolo de su estatus de jefe. La explicación que le había dado en el momento era sencilla: «Con el precio que me han ofrecido, puedo obtener ganado suficiente para volver a comprarlas dentro de unos años. Me irá mejor sin ellas», le había dicho con aspereza. En el Leinster, había pocos ganaderos más hábiles que su padre, eso era cierto, pero sus explicaciones no la habían convencido. El último año lo había oído quejarse de las deudas en diversas ocasiones y se preguntó cuánto más debería que ella no supiese. En realidad, un incidente que había ocurrido tres meses antes era lo que la había aterrorizado. Llegó al *rath* un hombre al que nunca había visto y anunció delante de todo el mundo que Fergus le debía diez vacas y que sería mejor que le pagase de inmediato. Nunca había visto a su padre tan enfadado, aunque sospechó que lo que lo había enfurecido era la humillación de verse descubierto de aquella manera. Cuando se negó a pagar, el individuo regresó al cabo de una semana con veinte hombres armados y no se llevó diez vacas sino veinte. Su padre había perdido los estribos y había jurado vengarse. Aquella amenaza nunca había llegado a materializarse, pero, desde entonces, su humor había empeorado y aquella semana había pegado dos veces a un esclavo.

Deirdre se había preguntado si en el gran encuentro de Carmun no habría otra gente con la que su padre estuviera en deuda. Imaginó que sí. ¿O decidiría que alguien lo había insultado? ¿O se enzarzaría con alguien en una pelea por otro motivo? Le pareció que aquello era muy posible y la perspectiva la llenó de miedo porque en los grandes festivales había una norma absoluta: las peleas estaban prohibidas. Era una norma necesaria en lugares donde se reunían muchedumbres a competir y a festejar. Causar un alboroto era un insulto al Rey que no sería perdonado. El mismísimo Rey podía acabar con la vida del alborotador, y contaría con el apoyo de los druidas, los bardos y todo el mundo. En otras ocasiones, uno podía pelear con sus vecinos, hacer una incursión para capturar ganado o enzarzarse en una pelea con honor, pero en el gran festival de Lughnasa, el que lo hacía arriesgaba la vida.

En su estado actual, Deirdre pensaba que era muy fácil que su padre se enzarzara en una pelea. ¿Y entonces? No habría compasión para el viejo jefe de aquel pequeño y desconocido territorio de Dubh Linn. Temblaba solo de pensarlo. Durante un mes, había intentado persuadirlo de que no fuera, pero no sirvió de nada. Estaba decidido a acudir al festival y a llevarla a ella y a sus dos hermanos.

—Allí me espera un negocio importante —le dijo, aunque no explicó de qué negocio se trataba.

Por ello, la pilló por sorpresa lo que sucedió el día antes de la partida. Cuando su padre estaba en las montañas con el ganado o se dirigía a pescar a la orilla del río, Fergus era inconfundible. Su cuerpo alto se movía con facilidad y sin prisa y sus largos y lentos pasos devoraban la distancia. Cuando caminaba, apenas hablaba, y mientras avanzaba por el tranquilo paisaje en su porte había algo que sugería que no solo consideraba propiedad personal aquel territorio sino toda la isla.

Había cruzado un tramo de césped con un largo bastón en la mano y sus dos hijos que lo seguían cumplidamente. En reposo, con el gran bigote y la larga nariz, su expresión era cautelosa y abstraída, y en aquel estado, pensaba Deirdre, le recordaba a un salmón sabio y viejo. Aun así, cuando se acercó, su cara se ensanchó en una contagiosa sonrisa.

—¿Has pescado algo, padre? —preguntó la muchacha.

Pero en vez de responder a su pregunta, explicó animado:

—Bien, Deirdre, mañana saldremos a buscarte esposo.

Para Goibniu, *el Herrero*, el extraño asunto había empezado una mañana del mes anterior. No podía realmente explicar lo que ocurrió aquel día, ya que, como era sabido, el lugar estaba plagado de espíritus.

De todos los ríos de la isla, ninguno era tan sagrado como el río Boyne. A un día de camino al norte de Dubh Linn, fluía hacia el mar oriental y sus exuberantes riberas estaban gobernadas por el rey del Ulster. De corrientes lentas, surtidas de magnífico salmón, el Boyne avanzaba suavemente a través de los suelos más fértiles de toda la isla. Pero había un lugar, un espacio en la cresta de un cerro que dominaba la orilla septentrional del Boyne, adonde casi todos los hombres temían ir. Era el emplazamiento de los antiguos túmulos.

Cuando Goibniu llegó al túmulo, era por la mañana temprano. Si pasaba por la zona, siempre subía al monumento. Los otros podían temer el lugar, pero él, no. Era una mañana muy hermosa y miró hacia abajo, hasta donde los cisnes centelleaban en las aguas del Boyne. Un hombre con una hoz, que caminaba por el sendero que orillaba el río, alzó la vista a Goibniu y lo saludó de mala gana con la cabeza, un gesto al que Goibniu respondió con irónica cortesía.

No había mucha gente que apreciara a Goibniu, pero al herrero no le importaba lo que los demás sintieran. Aunque no era alto de estatura, su ojo inquieto y su rápida inteligencia parecían subyugar enseguida a cualquier grupo al que se uniera. Su rostro no era agradable. Tenía un mentón prominente y pétreo, los labios colgantes, una nariz de gancho que descendía casi hasta ellos y una frente que avanzaba bajo un cabello cada vez más escaso: eso solo creaba una cara difícil de olvidar. De joven, sin embargo, había perdido uno ojo en una pelea y, como resultado, tenía uno permanentemente cerrado, mientras que el otro parecía brotar de la cara en un terrible estrabismo. Algunos decían que había adoptado aquella expresión de bizquera antes incluso de perder el ojo, y tal vez fuese cierto. En cualquier caso, cuando no estaba presente, la gente lo llamaba Balar, igual que el malvado rey tuerto de los formorianos, una tribu legendaria de grotescos gigantes, y él lo sabía. Aquello lo divertía. No le tenían aprecio, pero le temían y él podía aprovecharse de esa situación.

Y tenían razón en temerlo. No se trataba solo de ese único ojo que todo lo veía, sino del cerebro que había detrás.

Goibniu era importante. Como uno de los maestros artesanos más destacados de la isla, tenía el estatus de noble en todo menos en el nombre. Aunque era conocido como herrero —y nadie era capaz de forjar mejores armas de hierro que él—, su vocación lo había llevado a trabajar con metales preciosos. En realidad, se había hecho rico gracias a los altos precios que los grandes de la isla pagaban por sus adornos de oro. El Rey Supremo lo invitaba a asistir a sus fiestas, pero su verdadera importancia residía en aquel terrible y tortuoso cerebro. Los jefes máximos, incluso los druidas sabios y poderosos, le pedían consejo. «Goibniu es profundo —reconocían, antes de añadir—: Ojalá nunca lo tengas por enemigo.»

Justo a su espalda se alzaba el mayor de los enormes túmulos circulares de la cresta del cerro. Los isleños llamaban *sid* a dichas construcciones que, aunque misteriosas, eran abundantes.

Era evidente que el *sid* se había deteriorado desde tiempos más remotos. Las paredes del cilindro se habían hundido en parte o habían desaparecido en numerosos puntos bajo extensiones de césped. En vez de un cilindro con el techo curvado, ahora parecía más un altozano con distintas entradas. En su lado meridional, la cubierta de cuarzo que antaño había reflejado el sol se había derrumbado casi por completo, lo que había dado lugar a un pequeño corrimiento de tierras, compuesto de pálidas piedras metálicas, frente al antiguo umbral. Goibniu se volvió de cara al *sid*.

Allí habían morado los Tuatha De Danaan. El Dagda, el bondadoso señor del sol, vivió en este *sid*, pero todos los túmulos que tachonaban las islas eran entradas al otro mundo. Todos conocían esas historias. A la isla había llegado una tribu, y después otra. Dioses, gigantes, esclavos... Sus identidades habían quedado suspendidas en el paisaje como capas de bruma. Los más gloriosos de todos habían sido, sin embargo, los Tuathua De Danaan, miembros de la raza divina de la diosa Anu, o Danu, diosa de la riqueza y de los ríos. Guerreros y cazadores, poetas y artesanos, habían llegado a la isla, decían algunos, montados en las nubes. La suya había significado una edad de oro. Había sido a los Tuatha De Danaan a quienes las tribus actuales, los hijos de Mil, habían encontrado en la isla cuando llegaron. Y había sido una de ellas, la diosa Eriu, quien había prometido a los hijos de Mil que, si le ponían su nombre a la tierra, vivirían en la isla para siempre. De aquello hacía muchísimos años. Nadie sabía cuántos con exactitud. Y había habido grandes batallas, seguro. Y luego los Tuatha De Danaan se habían retirado de la tierra de los vivos y se habían sumido en el mundo subterráneo. Todavía vivían allí, bajo las montañas, bajo los lagos, o lejos, al otro lado del mar, en las legendarias islas occidentales, festejando en sus brillantes salones. Eso contaba la historia.

Goibniu, sin embargo, dudaba. Veía que los túmulos eran de construcción humana; en realidad, no diferían mucho de los edificios de tierra y piedra que construían los hombres de su época, pero si se decía que los Tuatha De Danaan se habían retirado debajo de ellos, probablemente datarían de una época anterior. Así pues, ¿los habían construido los Tuatha De Danaan? «Probablemente», pensó. Fueran o no una raza divina, habían sido humanos, también. Y sin embargo, si aquello resultaba correcto, lo curioso era que siempre que inspeccionaba las piedras labradas de aquellos lugares antiguos, notaba que los dibujos se asemejaban a los que se hacían en metal en el momento presente. Había visto trozos de oro bien trabajado, que habían encontrado en marismas y otros sitios, y que se suponía que eran muy antiguos. En ellos, los dibujos también eran parecidos. Goibniu era un experto en aquellos asuntos. Las tribus que llegaron, ¿copiaron los modelos que había dejado la raza desaparecida de la diosa Dana? ¿No era más probable que algunos de esos pobladores antiguos se hubieran quedado y hubiesen transmitido su saber? En cualquier caso, ¿era cierto que todo un pueblo, divino o no, se había esfumado debajo de las montañas?

Goibniu posó su ojo impasible en el *sid*. Había una piedra que, cuando pasaba junto a ella, siempre le llamaba la atención. Era una piedra grande, una enorme losa de casi dos metros en diagonal, frente a lo que otrora fuese la entrada. Se acercó a ella.

Era una cosa curiosísima. Las líneas espirales grabadas en ella formaban varios dibujos, pero el más significativo era el gran trébol de espirales de la cara izquierda. Como tantas veces había hecho antes, pasó las manos sobre la piedra, cuya áspera textura como de arena, con aquel calor le resultaba fresca y agradable, al tiempo que sus dedos recorrían las ranuras. Si seguía una de las espirales hacia fuera, llegaba a la segunda espiral, otra doble debajo de la primera. La tercera espiral, que era más pequeña y única, se apoyaba tangencialmente en los hombros arremolinados de las otras dos. Y desde sus bordes externos, las ranuras se unían en los ángulos donde se juntaban las espirales, como marcas de la marea en una caleta, antes de extenderse en forma de ríos circulares sobre la losa.

¿Qué significaban? ¿Cuál era el significado del trébol? Tres espirales, conectadas y, sin embargo, independientes, que siempre llevaban hacia dentro, pero que a la vez fluían hacia fuera, hacia una nada infinita. ¿Eran los símbolos del sol y la luna, y la tierra debajo de ellos? ¿O eran los tres ríos sagrados de un mundo medio olvidado?

Una vez, había visto a un individuo que estaba loco haciendo un dibujo como aquél. Era precisamente en esta estación del año, antes de la cosecha, cuando el último grano viejo enmohecía y los pobres que lo comían actuaban de manera extraña y tenían sueños peculiares. Se lo había encontrado sentado junto al mar, solo, alto y descarnado, con los ojos clavados en la nada y un destrozado bastón en la mano, trazando espirales de aquéllas en la arena vacía. ¿Estaba loco o era un sabio? Goibniu se encogió de hombros. A saber. Las dos cosas eran lo mismo.

Siguió las espirales con el dedo en el silencio de la mañana y movió la mano hacia delante y hacia atrás. Una cosa era segura: fuese quien fuera el que había hecho aquellas espirales, fueran los Tuatha De Danaan o no, Goibniu sintió que los conocía como solo podía conocerlos otro artesano. A los demás, el *sid* podía parecerles lúgubre y temible, pero a él no le importaba. Le gustaban las espirales cósmicas en la tierra fría como la piedra.

Y había ocurrido entonces. Había sido una extraña sensación. No podía dársele un nombre, pero era como un eco en la mente.

La festividad de Lughnasa se acercaba. En la isla habría abundantes celebraciones, y aunque le gustaba presenciar los grandes juegos del Leinster, en Carmun, este año había planeado ir a otro lugar; pero ahora, plantado junto a la piedra de las espirales, le había llegado a la mente la sensación de que tenía que ir a Carmun, aunque no sabía por qué.

Aguzó el oído. Todo estaba en silencio. Sin embargo, parecía haber un significado en la mismísima quietud, un mensaje transmitido por un emisario que todavía se encontrara muy lejos, como una nube escondida más allá del horizonte. Goibniu era un hombre obstinado; no era dado a las fantasías ni al malhumor, pero no podía negar que, de vez en cuando, mientras recorría el paisaje de la isla, experimentaba la sensación de captar cosas que era incapaz de explicar. Esperó. Ahí estaba otra vez, aquel eco, como un sueño a medias recordado y sintió que algo extraño iba a ocurrir en Carmun.

Goibniu se encogió de hombros. Quizá no significase nada, aunque uno no debía pasar por alto aquellas cosas. Su ojo recorrió el horizonte meridional. Sí, durante Lughnasa bajaría a Carmun, decidió. ¿Cuándo había sido la última vez que había ido al sur? El año anterior, cuando estuvo recogiendo oro en las montañas que quedaban por debajo de Dubh Linn. Goibniu sonrió. El oro le gustaba.

Luego frunció el entrecejo. La evocación de aquel viaje le había recordado algo más. Había cruzado por el vado de los Zarzos. Allí había encontrado a un individuo corpulento. Era Fergus. Asintió meditabundo. Aquel individuo corpulento estaba en deuda con él, tenía que pagarle unas cuantas reses. Una deuda que había vencido hacía mucho. Se preguntó si Fergus asistiría al festival.

Deirdre no había disfrutado del viaje a Carmun. Habían partido de Dubh Linn al amanecer, con una ligera y brumosa lluvia. Eran un grupo pequeño: solo Deirdre, su padre, sus hermanos, el bardo y el más pequeño de los esclavos británicos. Los hombres montaban a caballo mientras que ella y el esclavo iban en el carro. Los caballos eran bajos y robustos —en una época posterior serían llamados ponis—, pero caminaban con paso seguro y eran resistentes. Cubrirían casi toda la distancia antes del anochecer y, al día siguiente, llegarían a su destino.

La lluvia no le molestó. Era de esa suerte de llovizna que la gente de la isla no se tomaba en serio. Si alguien hubiera preguntado a Fergus, este habría dicho: «Hace un día templado». Para el viaje se puso ropa sencilla: un vestido de lana a cuadros de tartán, una capa ligera abrochada al hombro y un par de sandalias de cuero. Su padre iba ataviado de una manera muy similar, con una túnica provista de cinturón y una capa. Como casi todos los hombres de la isla, llevaba las piernas desnudas.

Avanzaron en silencio durante un rato y cruzaron el vado. Decía la historia que las vallas habían sido construidas mucho tiempo atrás, siguiendo las órdenes de un vidente legendario. Fuera cual fuese el significado, Fergus, que ahora controlaba el territorio, las había mantenido en su lugar. Cada valla estaba formada por un panel de mimbre sostenido con estacas y sujeto con pesadas piedras suficientemente sólidas, aunque una crecida del río podía arramblar con ellas. Al otro extremo, donde el puente cruzaba aquel terreno pantanoso, el carro rompió parte del mimbre que se había podrido. «Tendré que ocuparme de ello», murmuró el padre distraído, pero Deirdre se preguntó cuántas semanas transcurrirían hasta que lo hiciera.

Una vez cruzado el vado, se dirigieron hacia el oeste, siguiendo el Liffey río arriba. En las orillas crecían sauces. En la tierra seca, abundaban los robles y los fresnos que formaban los inmensos bosques de la isla. En celta, el roble se llamaba *dair* y, a veces, un asentamiento levantado en el claro de un robledal recibía el nombre de «Daire», pronunciado «Derry». Mientras seguían el sendero del bosque, la lluvia cesó y salió el sol. Cruzaron un gran claro; Deirdre no habló hasta que el camino los llevó de nuevo al bosque.

—¿Y qué marido voy a tener?

—Ya veremos. Uno que cumpla las condiciones.

—¿Y cuáles son?

—Las apropiadas para la única hija de esta familia. Tu marido se casará con la bisnieta de Fergus, *el Guerrero*. Nuada, *el de la Mano de Plata,* hablaba con él. No lo olvides.

¿Cómo iba a olvidarlo? ¿No se lo habían estado contando desde antes de que pudiera caminar? Nuada, *el de la Mano de Plata,* el hacedor de nubes. En Britania, donde lo representaban como al Neptuno romano, habían construido un gran templo consagrado a él en la orilla occidental del río Severn. Pero en la isla occidental, fue adoptado como uno de los Tuatha De Danaan, y los reyes de esa parte de la isla llegaron incluso a reivindicarlo como ancestro. Nuada había tomado mucho afecto por su bisabuelo. El futuro esposo de Deirdre tendría que habérselas con aquello y con todo el resto del patrimonio familiar. La muchacha miró a su padre de soslayo.

—Tal vez me niegue —dijo.

Según las antiguas leyes de la isla, una mujer tenía libertad para elegir a su esposo y divorciarse de él más tarde si quería. En teoría, por tanto, su padre no podía obligarla a casarse con alguien, aunque, sin duda, le haría la vida imposible si se negaba en redondo a contraer matrimonio.

En el pasado, algunos hombres habían hecho ofertas por

ella, pero, después de la muerte de la madre, con Deirdre encargada del cuidado de la casa y haciendo de madre de sus hermanos, el asunto de la boda había quedado postergado. La última ocasión de la que había tenido noticia se había dado un día mientras ella había salido a pasear. A su regreso, sus hermanos le contaron que un hombre la había pedido en matrimonio, pero el resto de la conversación no había sido alentador.

Ronan y Rian: dos y cuatro años más jóvenes que ella, respectivamente. Quizá no fuesen peores que otros chicos de su edad, pero la exasperaban.

—Vino mientras tú estabas fuera —dijo Ronan.

—¿Y qué tipo de hombre era?

—Oh, un hombre como otro cualquiera. Como padre. Más joven. Iba de viaje a algún sitio.

—¿Y?

—Estuvieron hablando.

—¿Y? ¿Y padre qué le dijo?

—Estuvo… hablando, ya sabes. —Ronan miró a Rian.

—No hemos oído demasiado —añadió Rian—, pero creo que hizo una oferta por ti.

Deirdre los miró. No se mostraban evasivos, eran así. Dos jóvenes larguiruchos sin un pensamiento que compartir entre sí. Eran como dos cachorros grandes. Si uno les señalaba una liebre, la cazarían. Eso era casi lo único que los estimulaba. No tenían remedio.

Se preguntó qué harían sin ella.

—¿Os apenaría que os dejara para casarme? —había querido saber de repente.

Los chicos se miraron de nuevo.

—Tarde o temprano, te marcharás —respondió Ronan.

—No nos pasará nada —dijo Rian y luego, como si acabase de ocurrírsele, añadió—: Podrás venir a vernos.

—Eres muy amable —replicó con amarga ironía, pero ellos no la captaron.

Era inútil, pensó Deirdre, esperar gratitud de unos muchachos de su edad.

Más tarde, cuando interrogó a su padre sobre el asunto, este se mostró lacónico.

—No ofreció suficiente.

El matrimonio de una hija era una negociación complicada. Por un lado, una joven hermosa de sangre noble era un valor para cualquier familia, pero el hombre que se casara con ella tendría que pagar unas arras, de las que el padre recibiría una parte, tal era la costumbre de la isla.

Y ahora, con la situación apurada por la que pasaba, era evidente que Fergus había decidido que debía venderla. Deirdre supo que no tenía por qué sorprenderse. Las cosas eran de ese modo. Aun así, no pudo por menos que sentirse algo herida y traicionada. «Después de todo lo que he hecho por él tras la muerte de mi madre, ¿es eso lo que soy para él? ¿Lo mismo que una cabeza de ganado, que conserva mientras le conviene y luego la vende?», se preguntó. Deirdre había pensado que su padre la amaba. Y, en realidad, decidió, tal vez fuese así. En vez de sentirlo por ella, tendría que sentirlo por él e intentar ayudarlo en la búsqueda de un esposo adecuado.

Deirdre era atractiva. Había oído decir a la gente que era hermosa. No se trataba de que fuese especial, pues estaba segura de que en la isla debía de haber decenas de muchachas con el cabello oro pálido y una boca roja y generosa con buenos dientes blancos como los suyos. Sus mejillas, como decía el refrán, eran del delicado color de la dedalera. También había pensado siempre que tenía los pechos pequeños y bonitos, pero su rasgo más sorprendente eran los ojos, de un extrañísimo y hermoso color verde. «No sé de dónde vienen, aunque dicen que en la familia de mi madre hubo una mujer con ojos mágicos», le había confesado su padre. Nadie en la familia ni de la zona de Dubh Linn tenía unos ojos como aquéllos. Acaso no fueran mágicos —ella no creía que poseyeran poderes especiales—, pero todo el mundo los admiraba. Ya de pequeña, los hombres se quedaban fascinados por ellos. Así que siempre había confiado en que, cuando llegara el momento, encontraría un buen marido.

Sin embargo, no tenía prisa. Solo tenía diecisiete años. Nunca había conocido a nadie con quien le hubiera gustado casarse y, con toda probabilidad, el matrimonio la llevaría lejos del tranquilo estuario de Dubh Linn. Y cualesquiera que fuesen los problemas de su padre con las deudas, no estaba segura de que aquél fuese el momento propicio para marcharse y dejar a su padre y a sus hermanos sin una mujer que llevara la casa.

El festival de Lughnasa era una ocasión tradicional para encontrar pareja, pero le parecía que no quería un esposo. Todavía no.

El resto del día transcurrió apaciblemente. No hizo más preguntas porque era absurdo y su padre parecía animado, algo de lo que podía estar agradecida. Y con un poco de suerte, quizá no se enzarzaría en ninguna pelea y no sería capaz de encontrarle un marido aceptable. Luego todos podrían volver a casa sanos y salvos y en paz.

A última hora de la mañana llegaron a una aldea en un claro donde su padre conocía a gente, pero, por una vez, no se detuvo a hablar. Al cabo de poco, mientras el Liffey se curvaba hacia el sur, el sendero comenzó a empinarse desde la estrecha llanura del río hasta terrenos más elevados en dirección oeste. Hacia el mediodía, llegaron a una interrupción de los árboles que los llevó a una amplia plataforma de páramo de turba, tachonada de matorrales de aulaga.

—Allí. —Su padre señaló un objeto que tenían cerca—. Allí descansaremos.

Se sentaron en la hierba a tomar el almuerzo ligero que ella les había preparado. El sol del mediodía era cálido y agradable y su padre bebió un poco de cerveza para acompañar el pan.

El lugar que había elegido era un pequeño círculo de tierra junto a una única piedra alzada. Estas piedras, solas o en grupo, eran un rasgo característico del paisaje y se decía que las habían colocado allí personajes ancestrales o los mismos dioses. Alta como un hombre, esta se hallaba muy aislada y por el oeste dominaba una llanura boscosa que se extendía hasta el horizonte. En el gran silencio, bajo el sol de agosto, a Deirdre la piedra vieja gris le pareció amigable. Después de comer, y mientras los caballos pacían en las proximidades, se tumbaron al sol para descansar un rato. Los tranquilos ronquidos de su padre pronto le indicaron que estaba echando una cabezada y Deirdre no tardó mucho en adormilarse.

Se despertó de repente y advirtió que debía de haber dormido un rato, ya que el sol había variado de posición. Todavía se hallaba en aquel estado confuso de quien ha recibido una sacudida a través de los velos del sueño para volver a un estado consciente demasiado luminoso. Mientras miraba el sol suspendido sobre la gran planicie, experimentó una curiosa visión. Era como si el sol fuera una rueda con radios, como las de un carro de guerra, extraña y amenazante. Sacudió la cabeza para despejarse de las últimas brumas del sueño y se dijo que aquello eran tonterías.

Pero el resto del día, y por la noche, acostada e intentando dormir, no consiguió librarse de aquella vaga sensación de inquietud.

Cuando Goibniu llegó, era casi mediodía. Estudió la escena con el único ojo que todo lo veía.

Lughnasa: un mes después del solsticio de verano, la celebración de la inminente cosecha, un festival donde se concertaban matrimonios. Le gustaba su dios patrón, Lugo, *el Brillante*, Lugo, *el del Largo Brazo*, el maestro de los magos en todas las artes, el guerrero valiente, el que curaba.

La gente llegaba a Carmun de todas las direcciones; jefes, guerreros, atletas de tribus procedentes de toda la isla. Se preguntó cuántas tribus habría. Unas ciento cincuenta, tal vez. Algunas eran grandes, con poderosos clanes a la cabeza, otras eran menores y estaban gobernadas por *septs* afiliados, y las había que eran poco más que un grupo de familias que probablemente compartían un ancestro común, pero que orgullosamente se denominaban tribu y tenían un jefe. En una isla que la naturaleza había dividido en innumerables territorios pequeños mediante montañas y marismas, era fácil que cada tribu tuviera sus propias tierras, en el centro de las cuales se hallaba el santuario sagrado de los ancestros, a menudo señalado con un fresno.

¿Y quiénes eran exactamente estas tribus? ¿De dónde habían venido los hijos de Mil que habían enviado a los legendarios Tuatha De Danaan bajo las montañas? Goibniu sabía que las tribus conquistadoras habían llegado a la isla occidental desde la vecina Britania y desde el sur, al otro lado del mar. Los habitantes de la isla occidental formaban parte de un gran crisol de tribus, cuya cultura y lenguaje, llamado celta, se extendía por buena parte de la Europa noroccidental. Con sus espadas de hierro, sus espléndidos carros de guerra y su magnífico trabajo en metal, sus sacerdotes druidas y sus poetas, las tribus célticas eran temidas y admiradas desde hacía mucho tiempo. A medida que el Imperio romano se extendía hacia el norte y Britania, los centros principales de cada territorio tribal iban convirtiéndose en destacamentos militares o mercados romanos y a los dioses celtas de la tribu local los vestían también con túnicas romanas. Así, en la Galia, por ejemplo, el dios celta Lugh, cuya festividad se celebraba ahora, había dado su nombre a la ciudad de Lugdunum, que más tarde se denominaría Lyon. Y las tribus, a su vez, se habían romanizado, perdiendo incluso la propia lengua para adoptar el latín.

En los márgenes externos, la cosa había sido bien distinta. En las zonas septentrionales y occidentales de Britania, que los romanos prácticamente no habían ocupado, las lenguas antiguas y las costumbres tribales se conservaban. Y sobre todo, en la isla vecina por el lado occidental, adonde los romanos habían ido a comerciar, pero no a conquistar, la antigua cultura celta seguía intacta en todo su esplendor. Los romanos no siempre sabían cómo denominar a los distintos pueblos. En la Britania septentrional, que los romanos llamaban Alba, vivían las antiguas tribus de los pictos. Cuando los colonizadores de la isla occidental celta llegaron en barco y fundaron asentamientos en Alba, empujando gradualmente a los pictos hacia el interior septentrional británico, los romanos llamaron *scotti* (escoceses) a esos colonos celtas. Pero las tribus célticas de la isla occidental no se conocían a sí mismas por ese nombre romano. Sabían quiénes eran desde que habían llegado a la isla y encontrado allí a una diosa amistosa: eran el pueblo de Eriu.

Mientras contemplaba a las tribus célticas que se acercaban al festival, su mirada permaneció serena. ¿Era uno de ellos? En parte, sin duda; pero igual que en aquellos extraños túmulos antiguos de encima del Boyne había experimentado una desconocida sensación de pertenencia al lugar, en aquellas grandes reuniones celtas no podía evitar la sensación instintiva de que era, en cierto modo, extranjero, que procedía de otra tribu que había estado en esta tierra desde mucho antes. Quizá los hijos de Mil habían conquistado a su pueblo, pero él sabía cómo sacar provecho de ello.

Siguió moviendo su único ojo sobre la escena, separando, con la precisión de una cuchilla, los pintorescos grupos en categorías distintas: importantes, no importantes, útiles, irrelevantes, los que le debían algo o le debían un favor. Junto a la gran carreta vio a dos jóvenes deportistas, con los brazos gruesos como troncos de árbol y tatuados. Eran los dos hijos de Cas, hijo de Donn. Ricos. Una amistad que cultivar. Un poco más lejos había dos druidas y un bardo viejo. Goibniu sabía que el viejo tenía una lengua peligrosa, pero conocía unos cuantos chismorreos con los que podía entretenerlo. A la izquierda vio a Fann, hija del gran jefe Ross, una mujer orgullosa. Sin embargo, Goibniu sabía que se había acostado con uno de los hijos de Cas, algo que su marido ignoraba. El conocimiento es poder. Uno nunca sabe cuándo puede utilizarse esa información para cimentar un futuro negocio. No obstante, mientras escudriñaba a la multitud, lo que más vio, fue gente que le debía algo.

El majestuoso y rechoncho Dermot: nueve vacas, tres capas, tres pares de botas, un torque de oro alrededor del cuello. Culann, diez monedas de oro. Roth Mac Roth, una moneda de oro. Art, un cordero. Todos habían pedido prestado, los tenía a todos en su poder. Bien. Entonces divisó a Fergus.

El alto individuo de Dubh Linn, que le debía el importe de veinte vacas. Una chica bonita con él. Debía de ser su hija. Aquello se le antojó interesante y caminó hacia ellos.

Deirdre también había estado observando a la multitud. Los clanes y los *septs* todavía llegaban de todas las partes del Leinster. Era realmente una imagen impresionante. Mientras, entre su padre y un mercader tenía lugar un curioso intercambio, relacionado con el magnífico torque de oro del jefe.

En la isla era costumbre que si uno daba sus joyas como prenda para un préstamo, tenía que poder recuperarlas para las grandes festividades a fin de no caer en la deshonra. Una bondadosa dispensa. Si Fergus sintió vergüenza al recuperar el espléndido collar de oro del mercader, no dio muestras de ello. De hecho, tomó la reliquia que le tendía el otro con toda solemnidad, como si de una ceremonia se tratase. Cuando Goibniu llegó, acababa de colgárselo del cuello.

Fuera lo que fuese lo que el herrero pensara de Fergus, su cortesía fue intachable y se dirigió a él con el trato ampuloso que habría utilizado con el mismísimo Rey.

—Que el bien esté contigo, Fergus, hijo de Fergus. El torque de tus nobles ancestros te sienta muy bien.

Fergus lo observó con cautela. No esperaba que el herrero bajase a Carmun.

—¿Qué ocurre, Goibniu? —preguntó un tanto severamente—. ¿Qué es lo que quieres?

—Eso es fácil de decir —respondió Goibniu, amable—. Solo quería recordarte la promesa que me hiciste, antes del invierno pasado, sobre el importe de las veinte vacas.

Deirdre miró a su padre con nerviosismo. Desconocía tal deuda. ¿Iba a ser aquello el principio de una pelea? De momento, la cara del jefe permanecía impasible.

—Es cierto —admitió Fergus—. Te lo debo, pero es duro que me lo pidas ahora —añadió en voz baja—, sobre todo durante el festival.

Porque era otra agradable costumbre del festival que Goibniu no pudiese reclamar la deuda durante su celebración.

—Tal vez quieras tratar este asunto cuando termine el festejo —sugirió el herrero.

—Sin duda alguna —dijo Fergus.

Durante esta conversación, Deirdre continuó mirando a su padre fijamente. ¿Disimulaba la ira? ¿Sería aquello la calma que precedía a la tormenta? Goibniu era un hombre con amigos muy importantes. Tal vez a eso se debía la aparente docilidad de su padre. Deseó que siguiera siendo así.

Goibniu asintió lentamente y luego posó el ojo en Deirdre.

—Tu hija es hermosa, Fergus —comentó—. Tiene unos ojos maravillosos. ¿La vas a ofrecer en matrimonio durante el festival?

—Sí, es lo que tengo en la mente —declaró Fergus.

—Será un hombre afortunado, sin duda, quien la consiga —prosiguió el herrero—. No deshonres su belleza o tu noble nombre aceptando otra cosa que no sean las arras más altas. —Hizo una pausa—. Cómo me gustaría ser bardo —dijo, señalando educadamente a la muchacha con la cabeza— para componer un poema sobre su belleza.

—¿Eso harías por mí? —preguntó ella, riendo, con la esperaza de mantener el tono cordial de la conversación.

—Ciertamente —respondió Goibniu, mirando a Fergus con su único ojo.

Y entonces Deirdre vio que su padre observaba pensativo al astuto artesano. ¿Se estaba ofreciendo Goibniu a encontrarle un marido rico? Sabía que el herrero tuerto poseía mucha más influencia que su padre. Cualquiera que fuese el aspirante que Fergus pudiera tomar en consideración, era probable que Goibniu encontrase uno mejor.

—Vayamos a dar una vuelta —dijo el padre con una amabilidad nueva en la voz.

Deirdre los vio alejarse juntos.

Así que se trataba de aquello... Este inesperado giro de los acontecimientos había dado al traste con el momentáneo alivio que había sentido cuando su padre había evitado una pelea. Con su padre, al menos, sabía que mantenía cierto control de la situación. El hombre podía enojarse y gritar, pero no la obligaría a casarse en contra de su voluntad. Su destino, sin embargo, estaba en manos de Goibniu; Goibniu, el consejero de los reyes, el amigo de los druidas... A saber qué podía pergeñar su profundo cerebro. Contra el tuerto, Deirdre no tenía ninguna esperanza. Observó a sus hermanos, que estaban admirando un carro.

—¿Habéis visto lo que ha ocurrido? —gimió.

Los chicos intercambiaron una mirada y sacudieron la cabeza.

—¿Algo interesante?

—No —respondió, irritada—. Vuestra hermana está a punto de ser vendida.

Lughnasa. La canícula. En las ceremonias, los druidas consagrarían a Lugh las ofrendas de la cosecha y las mujeres danzarían. Y ella, muy probablemente, sería entregada a un desconocido, allí y en aquel momento, y quizá nunca regresaría a Dubh Linn.

Empezó a caminar sola por el claro. Aquí y allá, la gente de los vistosos tenderetes o la que charlaba en grupo se volvía a mirarla, pero ella apenas se daba cuenta. Pasó ante algunas tiendas y corrales y advirtió que debía de estar llegando cerca de la gran pista donde tendrían lugar las carreras de caballos. No iba a celebrarse una enseguida, pero algunos de los jóvenes estarían ejercitando a sus monturas, o acaso organizando alguna competición informal, pues le pareció que sacaban a los caballos con ese objetivo. Cuando llegó a un recinto vallado en el que unos cuantos jinetes se preparaban para montar, el sol de última hora de la mañana llenaba el cielo con una mirada severa.

Deirdre se detuvo ante la valla y contempló la escena.

Los caballos de lomos desnudos estaban inquietos. Oyó risas y comentarios amables y jocosos. A su derecha había un grupo de hombres, ataviados con ropa elegante, congregados alrededor de un joven de cabello moreno. Era algo más alto que los demás y, al verle la cara, descubrió que era insólitamente hermoso. Un rostro inteligente, pensativo, tal vez, cuya serena expresión, pese a su sonrisa, sugería que su mente quizá se hallase algo distante de la actividad en la que se ocupaba. Podía tratarse, pensó, de un druida de alta cuna, más que de un joven deportista; se preguntó quién sería. El pequeño grupo se disolvió y advirtió que él debía de estar a punto de participar en una carrera, ya que, a excepción del taparrabos protector, iba completamente desnudo.

Deirdre lo miró asombrada. Le pareció que nunca había visto nada tan hermoso en su vida. Tan esbelto, tan pálido y, sin embargo, perfectamente formado. El suyo era un cuerpo de atleta y no tenía ni una sola imperfección. El joven montó y cabalgó con toda facilidad hacia la pista.

—¿Quién es ése? —preguntó a un hombre que tenía cerca.

—Es Conall, hijo de Morna —respondió y al ver que ella no lo había comprendido del todo, añadió—: Es el sobrino del mismísimo Rey Supremo.

—Oh —exclamó Deirdre.

Presenció varias carreras. Los hombres montaban a pelo. Aunque pequeños, los caballos de la isla eran muy veloces y las carreras resultaron de lo más emocionante. En la primera carrera, Conall entró justo después del vencedor; en la segunda, ganó él. En las dos siguientes no participó, pero, mientras tanto, iba llegando más gente al borde de la pista. Estaba a punto de comenzar una de las principales atracciones del día: las carreras de carros.

Deirdre vio que el rey del Leinster había llegado ya al pequeño túmulo junto a la pista, desde cuyo punto elevado presidiría el acto, porque si las carreras de caballos eran el deporte de los guerreros, las de carros representaban el arte bélico más elaborado y aristocrático. Los carros eran fuertes vehículos de dos ruedas, de construcción ligera, con una sola lanza entre dos caballos. Cada carro iba guiado por un equipo de dos hombres, el guerrero y su auriga. Eran rápidos y, en manos de un auriga experto, muy fáciles de maniobrar. Contra la disciplinada armadura de las legiones romanas no eran efectivos, por lo que en las provincias romanas de Britania y la Galia habían caído en desuso hacía mucho. Pero aquí, en la isla occidental, donde la guerra se libraba según las tradiciones célticas, aquel arte antiguo aún se practicaba. Deirdre vio unos veinte carros preparándose para acceder a la pista. Parecía, sin embargo, que primero habría una exhibición, porque dos carros acababan de entrar, solos, en el enorme ruedo cubierto de hierba.

—Ahí está Conall —comentó el hombre al que se había dirigido antes— y su amigo Finbarr —añadió con una sonrisa—. Ahora verás lo que es bueno.

Conall y Finbarr iban desnudos, ya que en la tradición céltica, los guerreros luchaban en cueros. Advirtió que Finbarr era de constitución fuerte, algo más bajo que Conall, pero tenía un tórax más ancho, sobre el que crecían unos rizos de pelo marrón claro. En pie, detrás de sus aurigas, cada uno de ellos portaba una coraza redonda decorada con bronce pulido que destellaba bajo el sol. Los carros fueron juntos al centro del terreno antes de dirigirse cada uno a un extremo. Entonces comenzaron.

Era asombroso. Deirdre había visto en acción a otros aurigas, pero ninguno como estos. Abalanzándose a la velocidad del rayo, los radios de las ruedas —que formaban una visión borrosa cada una de ellas— casi se tocaron al pasar. Los carros regresaron a los extremos y volvieron a girar. En esta ocasión, los dos héroes se habían provisto de unas grandes jabalinas. Mientras corrían juntos a la vez, lanzaron las jabalinas con una habilidad letal, Finbarr arrojando la suya un instante antes que Conall. Mientras las dos armas se cruzaban en el aire, la multitud contuvo el aliento. Y con buena razón, porque la puntería de ambos era mortal. El carro de Conall, que había encontrado un pequeño bache en el terreno, disminuyó la velocidad justo un momento, de modo que la jabalina lanzada por Finbarr habría alcanzado al auriga y le habría matado si Conall, raudo como una centella, no hubiese alargado el brazo y la hubiese desviado con la coraza. Por otro lado, la puntería de Conall fue tan perfecta que la jabalina cayó precisamente sobre el escudo que Finbarr levantaba, de modo que este pudo desviar limpiamente la afilada punta hacia un lado. La multitud rugió de admiración. Aquello era una contienda elevada a la categoría de arte.

Mientras los carros volvían a girar, los hombres sacaron sus brillantes espadas. Ahora, sin embargo, les tocaba a los aurigas demostrar su destreza. En esta ocasión no se abalanzaron el uno contra el otro, sino que comenzaron un complicado trazado de persecución y huida, describiendo mareantes círculos y zigzags en el campo, lanzándose en picado uno sobre el otro como pájaros de presa que perseguían y eran perseguidos. Cada vez que se acercaban, en ocasiones ladeándose el uno hacia el otro, los dos guerreros acometían con la espada y se defendían con la coraza. Era imposible saber si aquellas luchas se basaban en una coreografía previa y ensayada. Los aceros destellaban y tintineaban, Deirdre esperó ver sangre brotando en cualquier momento de la piel blanca de los hombres y se descubrió casi jadeante y temblorosa de nerviosismo. Y la contienda se prolongó levantando gritos entre la multitud. Era emocionante por la destreza y temible por su peligro.

Al final, terminó. Los dos carros, con Conall a la cabeza, dieron una vuelta triunfal al terreno para recibir los aplausos del público, y al hacerlo, pasaron por delante de Deirdre. Conall se había adelantado y plantado en pie, perfectamente equilibrado en la lanza de entre los caballos. Los animales estaban cubiertos de espuma y mientras recibía los vítores de la multitud, que gritaba encantada, el pecho de Conall todavía subía y bajaba debido al ejercicio. Estudiaba las caras y Deirdre supuso que se sentía complacido. Entonces, cuando el carro se aproximó, posó la vista en ella y la muchacha se descubrió mirándole a los ojos.

Pero la expresión de estos no tenía nada que ver con la que Deirdre había esperado encontrar. Eran penetrantes, pero no parecían satisfechos. Era como si una parte de él se hallara lejos, como si mientras ofrecía emoción y placer al público, permaneciera separado y solo, balanceándose hábilmente entre la vida y la muerte.

¿Por qué había elegido mirarla? Ella no lo sabía, pero sus ojos, como si quisieran hablarle, no la dejaron hasta que volvió la cabeza despacio al alejarse. Su carro pasó y Conall no volvió la vista atrás, pero Deirdre siguió mirando incluso después de que se hubiera marchado.

Entonces se volvió y divisó a su padre, que sonreía y la llamaba con una seña para que se aproximase.

Acudir a Carmun había sido idea de Finbarr, pues esperaba que allí el estado de ánimo de su amigo mejorase. Tampoco había olvidado las instrucciones del Rey Supremo.

—¿No has pensado en encontrar una mujer atractiva, en el Leinster? —le había preguntado ya a Conall.

Habían llegado la noche anterior y cuando habían ido a presentar sus respetos al rey del Leinster, no había sido solo el propio rey de la provincia el que se mostrara encantado de acoger al sobrino del Rey Supremo, sino que apenas hubo mujer en la corte real que no ofreciera a Conall una sonrisa; no obstante, si el joven notó aquellas indicaciones de admiración, decidió hacer caso omiso de ellas.

A Finbarr le pareció que se le había presentado la oportunidad.

—Antes de que montaras en el carro, había una joven que te miraba, con los cabellos de oro y unos ojos asombrosos —dijo—. ¿No la viste?

—No.

—Pues ella te miró mucho rato —prosiguió Finbarr—. Creo que le gustaste.

—No me fijé —dijo Conall.

—Es la chica a la que ahora mirabas —dijo Finbarr. Y le pareció que su amigo sentía cierta curiosidad porque ojeaba a su alrededor—. Quédate aquí —añadió—. Iré a buscarla.

Antes de que Conall pudiera poner objeciones, se encaminó con *Cuchulainn* en la dirección en que, momentos antes, había visto marcharse a Deirdre.

—Goibniu tiene un hombre para ti. —Su padre rebosaba de alegría.

—Qué suerte —dijo ella secamente—. ¿Y está aquí?

—No, está en el Ulster.

—Eso está muy lejos. ¿Y qué va a pagar? —inquirió en tono cortante.

—Una cantidad generosa.

—¿La suficiente para que saldes tu deuda con Goibniu?

—La suficiente para pagar todas mis deudas —replicó él sin avergonzarse.

—Entonces he de felicitarte —dijo Deirdre con ironía, pero su padre no la escuchaba.

—Él todavía no te ha visto, claro. Tal vez no le gustes, pero Goibniu piensa que sí. Y así será —añadió el padre con firmeza—. Un joven excelente. —Hizo una pausa y la miró con cariño—. Pero si no te gusta, no tienes por qué casarte con él, Deirdre.

«No. Me dirás que te he arruinado», pensó la chica.

—Goibniu hablará con ese joven el mes próximo —decía su padre—. Podríais conoceros antes del invierno.

Supuso que, por lo menos, debía de estar agradecida por aquel ligero retraso.

—¿Y qué puedes contarme de ese hombre? —inquirió—. ¿Es joven o viejo? ¿Es hijo de un jefe? ¿Es un guerrero?

—Es satisfactorio —respondió el padre— en todos los aspectos, pero, en realidad, quien lo conoce es Goibniu. Esta noche te lo contará todo.

Acto seguido, su padre se marchó, dejándola a solas con sus propios pensamientos.

Llevaba un rato sola cuando Finbarr y su lebrel se dirigieron hacia ella.

Finbarr había elegido a unos cuantos hombres y mujeres que estarían encantados de conocer al sobrino del Rey Supremo. Cuando se había acercado a Deirdre, esta había dudado unos momentos y tal vez no lo habría acompañado si Finbarr no le hubiese dicho que una negativa por su parte se consideraría una descortesía hacia el príncipe. Y como iría en compañía de otros, no sintió vergüenza.

Conall iba vestido con una túnica y una capa ligera. Al principio no se dirigió a ella, por lo que la muchacha tuvo la oportunidad de observarlo. Aunque todavía era joven, se movía entre el grupo con una serena dignidad que la impresionó. Mientras todo el mundo le sonreía y sus respuestas eran corteses y afables, había una seriedad en su porte que parecía distanciarlo de todo. Sin embargo, cuando se acercó a ella, Deirdre advirtió que no sabía qué decir.

¿La había mandado a buscar? No lo sabía. Cuando Finbarr le había preguntado si quería conocer al príncipe y le había indicado que sería de mala educación negarse a ello, no había dicho que Conall desease verla. Sería una más de los cientos y cientos de caras que desfilarían ante él en una celebración como aquélla, y la mitad, sin duda, serían mujeres deseosas de impresionarlo. Su orgullo se rebeló contra la situación y empezó a sentirse avergonzada. «Mi familia no es lo bastante importante como para que se interese por mí», se dijo. Y además, mi padre y Goibniu ya me han encontrado pretendiente. Por tanto, cuando Conall llegó a su lado, ya había decidido mostrase atenta pero fría.

Él la miraba a los ojos.

—Te he visto, después de la exhibición de carros.

Los mismos ojos, aunque en vez de la mirada solitaria, ahora se veían animados con una luz diferente. Escudriñaban los suyos con curiosidad, como intrigados, interesados. Pese a estar absolutamente decidida a tratarlo con frialdad, notó que comenzaba a ruborizarse.

Él le preguntó quién era su padre y de dónde venía. Era obvio que sabía de la existencia de Ath Cliath, pero, aunque cuando mencionó a Fergus como jefe del lugar, Conall dijo «ah, sí», la muchacha sospechó que nunca había oído hablar de él. Le hizo unas cuantas preguntas más, intercambiaron unas palabras sobre las carreras y Deirdre advirtió que se había detenido más tiempo a hablar con ella que con los demás. Entonces apareció Finbarr y le murmuró que el rey del Leinster preguntaba por él. La miró a los ojos con aire pensativo y sonrió.

—Quizá nos encontremos de nuevo.

¿Lo había dicho de veras o era una muestra más de cortesía? En cualquier caso, no había muchas posibilidades de que se encontraran, pues su padre no se movía en el círculo del Rey Supremo. Se sintió algo molesta porque tal vez él no había sido del todo sincero y estuvo a punto de espetarle: «Bueno, ya sabes dónde encontrarme». Por fortuna, sin embargo, se controló y casi se sonrojó al pensar lo vulgar y atrevida que hubiese parecido de haberlo dicho.

Así pues, se separaron y ella comenzó a regresar sola hacia el lugar donde probablemente encontraría a su padre. Había comenzado otra carrera de carros. Se preguntó si debía contar a su padre y a sus hermanos el encuentro con el joven príncipe, pero decidió que sería mejor no hacerlo. Solo conseguiría que se burlasen de ella, chismorrearan o la avergonzasen.

II

Era otoño y la caída de las hojas parecía el lento rasgueo de unos dedos en un arpa. A media tarde, el sol comenzaba a declinar, los helechos brillaban con destellos de oro y era como si el brezo púrpura se derritiera en los montes.

La residencia de verano del Rey estaba situada en una colina baja y de cresta llana con una extraordinaria panorámica de la zona. Los cercados, los establos para el ganado y los campamentos del séquito real, cerrados con una empalizada, se diseminaban por toda la cumbre del cerro. Resultaba impresionante, porque el séquito del Rey Supremo era numeroso. Druidas, guardianes de las antiguas leyes brehon, arpistas, bardos, escanciadores —por no mencionar a los guerreros de la corte real— eran cargos de la más alta consideración y que a menudo pasaban de padres a hijos. En el extremo meridional estaba el cercado más grande, y en su centro había una enorme sala circular con las paredes de madera y mimbre y una alta techumbre de bálago. A este salón real se accedía por un portal en cuyo centro había un madero que sostenía una cabeza de piedra tallada con tres caras que miraban en diferentes direcciones, como si quisiera recordar a los allí reunidos que el Rey Supremo, igual que los dioses, lo veía todo.

En el lado occidental de la sala había un palco elevado desde el que era posible presenciar las reuniones del interior o contemplar el cercado de césped que rodeaba el recinto y el paisaje más allá. Y era en esta galería donde se habían colocado dos bancos cubiertos de colchas, a unos palmos de distancia entre sí para que, a última hora de la tarde, el Rey Supremo y su esposa se sentaran allí a contemplar el ocaso, lo cual gustaban de hacer a menudo.

En menos de un mes llegaría la fiesta mágica de Samhain. Algunos años se celebraba en el gran centro ceremonial de Tara; otros años, en lugares distintos. Por Samhain tenía lugar la matanza de animales sobrantes, mientras que los demás eran conducidos a los páramos para ser encerrados después en establos, cuando el Rey Supremo y su corte emprendieran sus viajes invernales. Hasta entonces, sin embargo, era un tiempo tranquilo y pausado. La cosecha ya estaba recolectada y la temperatura aún era cálida. Para el Rey Supremo tendría que haber sido una época de satisfacción.

Era un hombre atezado. Sus ojos azul oscuro miraban desde debajo de los amplios despeñaderos de sus pobladas cejas, y aunque tenía la cara enrojecida por una redecilla de venas diminutas, y su robusto y otrora fibroso cuerpo había engordado, aún conservaba una energía vibrante. Su esposa, una mujer grande y de cabello claro, llevaba tiempo sentada a su lado, sumida en el silencio. Al cabo, mientras el sol que se hundía despacio se ocultaba tras una nube, dijo:

—Han pasado dos meses.

Él no respondió.

—Han pasado dos meses —repitió ella— desde la última vez que me hiciste el amor.

—¿Sí?

—Dos meses.

Si la Reina captó la ironía de su tono, no dio muestras de ello.

—Pues debemos hacerlo de nuevo, queridísima —dijo él con falsedad.

Antes hacían el amor frecuentemente, pero había transcurrido mucho tiempo desde entonces. Sus hijos ya eran mayores. Contempló el paisaje sobre el que había caído una sombra momentánea y calló.

—No haces nada por mí —dijo la Reina de mal humor.

El Rey esperó y luego chasqueó la lengua.

—¿Ves eso de ahí? —preguntó, señalando en la distancia.

—¿Qué es?

—Son corderos. —Él los observó con interés—. Ahora está el carnero. —Sonrió con satisfacción—. Puede cubrir a cien ovejas.

La Reina soltó un bufido de desprecio, pero calló.

—¡Nada! —prorrumpió de repente—. Un dedito blando y mojado, eso es todo lo que tengo. Nada a lo que una mujer pueda agarrarse. He visto un pescado más tieso, he visto un renacuajo más grande. —El estallido no era del todo auténtico, como ambos sabían; pero si ella esperaba avergonzarlo, el rostro del monarca permaneció sereno. La Reina soltó otro bufido y añadió—: Tu padre tenía tres esposas y dos concubinas. Cinco mujeres… Y podía con todas, pero tú…

Para los isleños, la monogamia no era ninguna virtud.

—La nube está a punto de apartarse del sol.

—No me sirves de nada.

—Y sin embargo —el Rey se tomó su tiempo, hablando en tono pensativo, como si discutiera sobre una curiosidad histórica—, hemos de recordar que yo me he apareado con una yegua.

—Eso es lo que tú dices.

—Pues claro que lo hice. De otro modo, no podría estar aquí sentado.

La ceremonia de iniciación en la que un gran clan elegía a un nuevo rey en la isla se perdía en las brumas de los tiempos y pertenecía a una tradición que también existía entre los pueblos indoeuropeos de Asia, más allá de los límites occidentales de Europa. Después del sacrificio de un toro blanco, en esta ceremonia el aspirante a rey debía aparearse con una yegua sagrada. Esta cópula aparece explícitamente representada en las leyendas de Irlanda y en las tallas de los templos de la India. En contra de lo que pueda pensarse, no era una tarea que entrañase excesiva dificultad. La yegua en cuestión no era grande. Sujetada por varios hombres fuertes y con los cuartos traseros adecuadamente abiertos, era presentada al futuro rey, quien, siempre que se excitase por cualquier medio, encontraría fácil penetrarla. Era un ritual apropiado para un pueblo que, desde que había salido de las llanuras de Eurasia, había confiado su liderazgo a hombres que se hubieran apareado con una yegua.

Y

Era difícil saber si la Reina estaba pensando en la yegua o no, pero al cabo de un rato habló de nuevo, esta vez en voz baja.

—La cosecha se ha perdido.

El Rey Supremo frunció el entrecejo. Sin querer, miró de nuevo hacia el interior del salón vacío donde, desde su poste totémico, la cabeza de tres caras observaba la oscuridad de que estaba rodeada.

—Es culpa tuya —añadió la Reina.

El Rey frunció los labios, pues ahora su esposa estaba hablando de política.

Al Rey la política siempre se le había dado muy bien. Cuando pasaba el brazo por el hombro de un hombre, aquel hombre sería siempre suyo para dominarlo o para engañarlo. Conocía las debilidades de la gente y su precio. El éxito de su familia había sido considerable. Su clan real procedía del oeste y sus miembros eran terriblemente ambiciosos. El clan, que afirmaba descender de figuras míticas como Conn, *el de las Cien Batallas*, y Cormac Mac Art —héroes que tal vez fuesen inventados— había expulsado ya de sus territorios a muchos jefes del Ulster y su ascenso había culminado, en tiempos relativamente recientes, en el éxito que atribuían a su heroico jefe Niall.

Como muchos de los líderes históricos triunfadores, Niall era en parte un pirata y conocía el valor de la riqueza. Desde su juventud, había llevado a cabo incursiones en la isla de Britania y, con las legiones romanas en retirada, obtenía botines fáciles. Había robado, sobre todo, muchachos y muchachas para vender en los mercados de esclavos; los beneficios que sacaba los utilizaban él y sus seguidores. Era costumbre, cuando un rey se sometía a otro —cuando se avenía a «venir a su casa», como se decía—, que pagara un tributo, normalmente en ganado, y que diera rehenes por su continuada lealtad. Eran tantos los reyes, se decía, que habían enviado a sus hijos a Niall como rehenes, que se le recordaba como Niall, *el de los Nueve Rehenes*. Su poderoso clan no solo había dominado la isla y se había apoderado del cargo de rey supremo, sino que había obligado también a los reyes del Leinster a cederle el antiguo enclave de Tara que había querido convertir en el centro ceremonial de su propia dinastía, desde donde el clan podía gobernar toda la isla.

Pero por poderoso que fuera el clan de Niall, hasta los reyes supremos estaban a merced de unas fuerzas naturales mucho mayores.

Había ocurrido de una manera un tanto inesperada, inmediatamente después del festival de Lughnasa. Diez días de lluvia torrencial y el terreno había quedado reducido a un tremedal, con la cosecha completamente destruida. Nadie recordaba un verano como aquél. Y la culpa era del Rey Supremo. Aunque los motivos de los dioses nunca eran claros, un tiempo tan terrible solo podía significar que al menos uno de ellos estaba ofendido con el monarca.

Cada lugar tenía sus dioses. Se originaban en el paisaje y las historias de los seres que habían morado antes allí. Todo el mundo notaba su presencia. Y los dioses celtas de la isla eran unos espíritus listos y vivaces. Cuando un hombre subía a terrenos elevados y contemplaba los bosques y los pastos esmeralda y respiraba el dulce aire isleño, su corazón casi estallaba de gratitud por Eriu, la diosa madre de la tierra. Cuando el sol salía por la mañana, sonreía al ver a Dagda, el dios bueno, montado en su caballo por el cielo; el bondadoso Dagda, de cuyo caldero mágico salían todas las cosas buenas de la isla. Si se detenía en la orilla y contemplaba las olas, podía parecerle que casi divisaba a Manannan Mac Lir, el dios del mar, alzándose de las profundidades.

Los dioses también podían ser temibles. Abajo, en la punta meridional de la isla, en un afloramiento rocoso sobre las aguas turbulentas, vivía Donn, el señor de los muertos. Todos temían a Donn. Y la diosa madre, cuando adoptaba la forma de la airada Morrigain y acudía con sus cuervos y gritaba sobre los hombres entregados a la batalla, también era una figura terrorífica. ¿Estaba ahora enfadada?

Los reyes eran poderosos cuando complacían a los dioses, pero un monarca tenía que obrar con cautela. Si un rey enojaba a un dios —o incluso a uno de los druidas o a los *filidh* que hablaban con ellos—, podía perder una batalla. Si los hombres acudían al rey supremo en busca de justicia y no la obtenían, los dioses probablemente enviarían plagas o mal tiempo. Todo el mundo lo sabía: un mal rey traía mala suerte; un buen rey era premiado con una buena cosecha. Tal vez la gente no lo decía abiertamente, pero él sabía lo que pensaban los súbditos: si la cosecha se perdía, la culpa era suya.

Aun así, por más que examinara su conciencia, el Rey Supremo no encontró ningún desliz de importancia por su parte que hubiera podido propiciar la cólera de los dioses contra él. Poseía todas las cualidades reales. No era tacaño y recompensaba bien a sus seguidores. Los banquetes del Rey Supremo eran espléndidos. Y, ciertamente, no era un cobarde. Tampoco era mezquino ni celoso. Ni siquiera su esposa podía quejarse de él en ese aspecto.

¿Qué debía hacer? Había consultado a los druidas. Éstos habían realizado ofrendas. Al menos de momento no se había presentado nadie con otras sugerencias. Y hacía buen tiempo. Unos días antes, había decidido que el curso de acción más sabio era esperar y ver.

—En Connacht te humillaron.

Como una daga, la voz de su mujer cortó el silencio que rodeaba sus pensamientos. El monarca respingó involuntariamente.

—Eso no es cierto.

—Sí, te humillaron.

—Mi humillación en Connacht trajo la lluvia. ¿Es eso lo que quieres decir?

Ella no respondió, pero, por una vez, una pequeña sonrisa de satisfacción cruzó su rostro.

Lo ocurrido en Connacht no había sido gran cosa. Era costumbre que en verano el Rey Supremo o sus sirvientes visitaran partes de la isla y recaudaran los tributos. No solo se reafirmaba con ello la supremacía del Rey Supremo, sino que constituía también una importante fuente de ingresos. Se recogían grandes hatos de ganado, los cuales eran enviados a los pastos del monarca. Este verano había ido a Connacht, donde el Rey lo había recibido con toda cortesía y le había pagado sin discusión; sin embargo, había habido un déficit y el rey del

Connacht había explicado con cierto embarazo que uno de los jefes del territorio no le había llevado su cuota. Como las tierras del hombre se encontraban en el camino de regreso a casa, el Rey Supremo había dicho que él mismo se ocuparía del asunto, lo cual, como advertiría más tarde, había sido un error.

Cuando se presentó en casa del jefe del territorio, ni él ni su ganado estaban allí y, tras unos días de infructuosa búsqueda, había proseguido su camino.

Al cabo de un mes, toda la isla se había enterado de lo sucedido. Había enviado a un grupo de hombres otra vez a buscar a aquel individuo descarado, pero el hombre del Connacht había evadido la captura. El monarca tenía la intención de volver a ocuparse del asunto después de la cosecha, pero las lluvias se lo habían impedido y ahora era el hazmerreír de todo el mundo. Aquel jefe pagaría cara aquella insolencia, pero mientras no lo hiciera, la autoridad real quedaría en entredicho. Sin embargo, el Rey Supremo se tomaría su tiempo.

—Será una pobre hospitalidad la que nos brinden este invierno —prosiguió ella.

El Rey Supremo recaudaba los tributos en verano, pero en invierno tenía otra manera de hacer sentir su presencia. Acudía a los territorios para quedarse. Y aunque muchos jefes se sentían honrados de que el monarca fuera a exigirles unos días de hospitalidad, cuando el séquito real se marchaba, se alegraban de ello. «Se han zampado todo lo que teníamos», solía ser la queja habitual. Si aquel invierno el Rey Supremo quería comer bien, tendría que inspirar tanto miedo como amor.

—El hombre que te humilló, ese jefe insignificante —dijo la Reina, recalcando «insignificante»—, te debe diez vaquillas.

—Sí, pero ahora le exigiré treinta.

—No deberías hacerlo.

—¿Por qué?

—Porque ese hombre posee algo mucho más valioso, algo que tiene escondido.

No dejaba de asombrarse ante las cosas que sabía su esposa sobre la vida de otra gente.

—¿Qué es?

—Tiene un toro negro. Dicen que es el más grande de la isla. Lo tiene escondido porque quiere criar una nueva manada y hacerse rico con ella. —La Reina calló unos instantes y lo miró con aire funesto—. Como no haces nada por mí, podrías traerme ese toro.

Atónito, el monarca sacudió la cabeza.

—Eres como Maeve —le dijo.

Todo el mundo conocía la historia de la reina Maeve, quien, celosa de que en el hato de su esposo hubiera un toro más grande que en el suyo, envió al gran guerrero Cuchulainn, héroe legendario, a capturar el Toro Marrón de Cuailnge; además, cualquiera conocía el trágico derramamiento de sangre que ocasionó esa acción. De todos los relatos de dioses y héroes que los bardos recitaban, aquél era uno de los más aclamados.

—Quiero que me traigas ese toro para mi manada.

—¿Deseas que sea yo personalmente quien lo haga?

—No lo sé —respondió, mirándolo enfurecida—. No sería apropiado.

Los reyes supremos no participaban en pequeñas incursiones de captura de ganado.

—Envía a tu sobrino Conall —dijo ella.

Mientras lo pensaba, el Rey Supremo tuvo que admitir, y no por primera vez, que su esposa era avispada.

—Tal vez lo haga —dijo el monarca al cabo—. Quizá con eso consiga quitarle de la cabeza esa idea que tiene de hacerse druida, pero creo —prosiguió— que eso deberíamos hacerlo la próxima primavera.

Y ahora era la Reina la que, muy a su pesar, miraba con admiración a su esposo porque había adivinado lo que tenía en la mente. Podía ser incluso, pensó, que hubiera dejado sin resolver deliberadamente el asunto con el individuo del Connacht. Si entre los muchos jefes de la isla, algunos se sentían inclinados a desafiar la autoridad del Rey, este les concedería los meses de invierno para que demostraran sus intenciones. Quizá creyesen que urdían planes en secreto, pero el monarca estaba seguro de que se enteraría de ellos. Para algo era el Rey Supremo. Una vez supiera quiénes eran sus enemigos, los aplastaría antes de que tuvieran tiempo de agruparse.

—Entonces, no digas nada todavía —susurró ella—, pero envía a Conall a capturar el toro durante Bealtaine.

Había salido el arco iris. En esa parte de la isla, no era insólito verlo; ahora, tras el breve chaparrón, mientras el sol volvía a aparecer a través del filtro de humedad, había un arco iris suspendido sobre el estuario del Liffey y la bahía.

Cómo le gustaba la región de Dubh Linn… Con la perspectiva de marcharse al Ulster siempre presente, Deirdre saboreaba cada día. Si los lugares predilectos de su infancia siempre le habían parecido maravillosos, ahora estaban imbuidos de una intensidad especial. A menudo, vagaba por la orilla del río sin rumbo fijo y le gustaban sus cambios de humor. O caminaba hasta el mar y seguía la larga y curvada playa de arena sembrada de conchas que llevaba a la colina rocosa del extremo meridional de la bahía; no obstante, había un lugar que le gustaba incluso más. Quedaba algo más lejos, pero merecía la pena acercarse hasta allí.

Primero cruzaba el vado de los Zarzos hasta la ribera septentrional. Luego, siguiendo senderos por aquellos amplios cenagales, recorría el largo tramo de costa meridional que formaba la mitad superior de la bahía. Las tierras bajas y los bancos de arena herbosos, algo apartados de la orilla, la acompañaban un buen trecho, pero luego cesaban poco a poco y, por fin, delante de ella, en la punta de una larga faja de tierra, veía la gran joroba de la península septentrional; entonces, con una nueva sensación de alborozo, seguía adelante y comenzaba a ascender a ella.

En la joroba de la península, había un pequeño y agradable refugio completamente aislado. Levantado allí por los hombres o por los dioses muchísimo tiempo atrás, se componía de unos cuantos menhires gruesos coronados por una enorme losa plana, algo inclinada, oblicua contra el cielo. Dentro de este dolmen, la brisa marina quedaba reducida a un plácido susurro silbante; sentada en lo alto, sobre la piedra, Deirdre soñaba despierta bajo el sol o se deleitaba con la panorámica.

Y no era sorprendente que Deirdre disfrutase desde lo alto

del promontorio, porque desde allí se divisaba una de las mejores vistas costeras de toda Europa. Mirando hacia el sur, al otro lado de la anchurosa bahía, sus aguas gris azuladas parecían lava acuosa fundida y, sin embargo, fresca: la piel del dios del mar brillando con suavidad. Y más allá de la bahía, siguiendo la costa, cabos y promontorios, colinas y sierras, y las agradables extensiones de los antiguos volcanes que se desvanecían en una bruma que se dilataba hasta el horizonte.

Pero por mucho que Deirdre admirase aquella hermosa vista meridional, lo que realmente le gustaba era mirar en la otra dirección, hacia el norte, más allá del promontorio. También allí había una hermosa extensión de mar abierto, aunque menos impresionante, y la plana tierra costera, conocida como el llano de las Bandadas de Pájaros, era una agradable región, pero lo que más le interesaba eran dos rasgos geográficos mucho más cercanos. Inmediatamente después del promontorio había otra bahía más pequeña en forma de estuario, y en este estuario había dos islas. La más grande y lejana, cuya silueta le recordaba un pez, cuando las aguas estaban movidas parecía derivar mar adentro. En realidad, ya estaba casi fuera del estuario. De todos modos, era la isla pequeña la que más le atraía. Se hallaba a una corta distancia de la costa. Podía llegarse a ella remando, según pensaba. Tenía una playita de arena a un lado y un pequeño altozano cubierto de brezo en el centro, pero en el lado de mar había un pequeño farallón agrietado, lo que dejaba una zona protegida entre su cara y un pilar de piedra vertical, con una playa de guijarros abajo. Qué íntimo se veía... La isla estaba deshabitada y no tenía nombre, pero parecía tan acogedora... La encontraba fascinante y las tardes de buen tiempo podía pasarse horas mirándola. Una vez había llevado a su padre hasta allí y si regresaba tarde después de un largo paseo, él esbozaba una sonrisa y le decía: «¿Qué? ¿Has estado otra vez contemplando tu islita?».

Aquella mañana había estado allí y había vuelto de un humor irritable. La había sorprendido un aguacero, pero eso no era nada. Lo que la deprimía era la perspectiva de la boda. Todavía no conocía al hombre que Goibniu y su padre le proponían; pero se casara con quien se casase, se marcharía de aquellas amadas costas. «Cómo me gustaría casarme con las gaviotas», pensó.

A su regreso, se encontró con que uno de los dos esclavos británicos había rajado un barril que contenía el mejor vino de su padre y se había perdido la mitad. Su padre y sus hermanos habían salido, de otro modo el esclavo se habría ganado un azote, pero ella lo maldijo con rotundidad por todos los dioses. Y lo que aún la irritó más fue que en vez de pedir disculpas o mostrarse al menos compungido por lo ocurrido, aquel desdichado, al oír que Deirdre invocaba a los dioses, se había arrodillado, persignándose, y había comenzado a murmurar sus plegarias.

Comprar dos esclavos de Britania occidental había sido una de las mejores ideas de su padre. Por más debilidades que Fergus tuviera, cuando se trataba de seres vivos, ya fueran animales o humanos, su ojo era extraordinario. Muchos de los británicos de la mitad oriental de la isla vecina no hablaban otra cosa que latín, le habían contado. Deirdre suponía que tras siglos de dominio romano, aquello no era sorprendente. Pero en la Britania occidental la gente hablaba una lengua muy parecida a la suya. Uno de los esclavos era grande y fornido; el otro, bajo; ambos tenían el cabello muy oscuro y lo llevaban rapado, como señal de que estaban sometidos a la esclavitud. Y trabajaban muy duro, pero tenían su propia religión. Poco después de su llegada, los había descubierto rezando juntos y le habían explicado que eran cristianos. Sabía que muchos británicos lo eran; había oído hablar de la existencia de pequeñas comunidades cristianas en la isla, pero sobre esa religión Deirdre lo ignoraba casi todo. Un poco preocupada, había preguntado a su padre, pero este la había tranquilizado.

—Los esclavos británicos son a menudo cristianos. Es una religión de esclavos, pues les enseña a ser sumisos.

Dejó que el esclavo fornido murmurara sus plegarias y entró en la vivienda. Allí, en la tranquilidad y el silencio de la casa, su humor tal vez mejoraría. Con la lluvia, el cabello se le había enredado y se sentó a peinarse.

La casa era de buena construcción, una estructura circular de unos cuatro metros y medio de diámetro con las paredes de arcilla y mimbre. La luz se colaba por tres puertas que estaban abiertas para que entrase el aire limpio de la mañana. En el centro del recinto había un hogar y los pequeños jirones de humo se filtraban por la techumbre de bálago. Junto al fuego había un gran caldero y, en una mesa baja de madera, una colección de platos de madera, porque si bien los isleños habían utilizado la alfarería, esta había caído en desuso. En otra mesa contigua a la pared se apiñaban las posesiones más valiosas de la familia: un hermoso cuenco de bronce de cinco asas; un molinillo de mano para moler grano; un par de dados oblongos de cuatro caras que uno hacía rodar en línea recta; varias jarras con unas bandas de plata en el borde y, por supuesto, la calavera de beber de su padre.

Deirdre estuvo un rato allí sentada, peinándose. Su irritación había remitido, pero había algo más, algo que la inquietaba desde hacía dos meses, desde su regreso de Lughnasa, y que no deseaba afrontar. Un príncipe alto y de tez pálida. Se encogió de hombros. Pensar en él no serviría de nada.

Entonces oyó que aquel estúpido esclavo la llamaba.

Conall se encontraba en su carro. Dos caballos veloces iban enganchados a la lanza central. Llevaba un pesado brazalete de bronce en el brazo y, como correspondía a su rango, el carro transportaba su lanza, su escudo y su resplandeciente espada. Sobre el mar, advirtió, había un arco iris.

¿Qué iba a hacer? Desde el vehículo, Conall empezaba a divisar ya Dubh Linn y el vado y todavía no lo sabía. Estaba a punto de concluir que todo era culpa de Finbarr, pero se había controlado. No era culpa de Finbarr. Se trataba de la muchacha con el cabello de oro y los ojos maravillosos. Y había algo más, aunque ignoraba qué.

Conall no había estado nunca enamorado, aunque tenía alguna experiencia con las mujeres. Los miembros del séquito del Rey Supremo se habían encargado de eso, pero ninguna de las damas que había conocido hasta entonces había conseguido impresionarlo. Había notado la atracción, por supuesto, pero cada vez que hablaba un rato con una mujer, sentía que una barrera invisible se cruzaba entre los dos. Las mujeres no siempre advertían el detalle; si a veces el atractivo sobrino del Rey Supremo parecía pensativo o incluso melancólico, lo encontraban interesante. Él deseaba que fuera de otro modo y se entristecía por no poder compartir aquellos pensamientos; además, le apenaba que los de ellas, en cambio, resultasen siempre tan previsibles.

—Pides demasiado —le había dicho Finbarr con franqueza—. No puedes esperar que una muchacha sea tan profunda y sabia como un druida.

Pero era algo más que eso. Desde su más tierna infancia, cuando se sentaba a solas junto a los lagos o contemplaba el sol rojo poniéndose tras el horizonte, lo embargaba una sensación de comunión profunda, un sentimiento que, por alguna razón especial, los dioses le habían reservado. En ocasiones, lo llenaba de una alegría inenarrable; en otras, le pesaba. Al principio pensaba que a todo el mundo le sucedía lo mismo, y le sorprendió descubrir que no era así. No le apetecía sentirse distante, pero, con el paso de los años, esas sensaciones no habían desaparecido, por el contrario, se habían incrementado. Y tanto era así que, cuando voluntaria o involuntariamente miraba los ojos de alguna muchacha bienintencionada, lo perturbaba una incómoda voz interior que le decía que la joven era una distracción que lo alejaba de la senda de su destino.

Entonces, ¿por qué iba a ser diferente con la muchacha de los ojos verdes y misteriosos? ¿No sería una distracción mayor? No, no se le antojaba distinta de las otras mujeres que había conocido. Y sin embargo, la voz incómoda que lo avisaba no le había hablado tan alto y se sintió atraído por ella. Quería saber más. A Finbarr le habría parecido extraño que Conall dudase tanto tiempo antes de llamar a su carretero para que enjaezara dos de sus corceles más veloces y, sin decir adónde iba, se hubiese puesto en camino hacia el vado de los Zarzos y la laguna negra de Dubh Linn.

Y ahora la había encontrado sola, acompañada únicamente de algunos de los mozos de la granja. El padre y los hermanos habían salido de caza. Enseguida advirtió que la finca de Fergus era bastante modesta y aquello pareció simplificarle la visita.

Si hubiera visitado a un jefe importante, las noticias habrían corrido por toda la isla al momento. En cambio, mientras cruzaba las vallas vio que necesitaban una reparación y llegó con toda naturalidad al *rath* de Fergus pidiendo un refrigerio antes de proseguir el camino.

Deirdre lo recibió en la puerta. Después de saludarlo con toda cortesía y disculparse por la ausencia de su padre, lo llevó al interior y le ofreció la hospitalidad habitual que se brindaba a los viajeros. Cuando trajeron la cerveza, ella misma la sirvió. Recordó su encuentro por Lughnasa con tranquilidad y cortesía, pero a Conall le pareció que en sus ojos había un brillo divertido. Había olvidado que fuese tan deliciosa. Y en el momento en que pensaba en si debía prolongar aquel alto, ella le preguntó si, después de cruzar el vado, había contemplado la laguna negra que daba nombre al lugar.

—No —mintió él.

Y cuando Deirdre le preguntó si quería que se la enseñase, él dijo que sí.

Tal vez se debió al hecho de que las hojas del roble que crecía junto a la laguna se habían tornado marrón dorado o quizá fue algún juego de la luz, pero mientras miraban desde la alta orilla a su calmada superficie, Conall experimentó la momentánea aprensión de que las oscuras aguas de la laguna estaban a punto de absorberlo, inevitablemente, hasta unas profundidades sin fin. Los estanques eran, por supuesto, mágicos. Bajo sus aguas, unos pasadizos ocultos llevaban al otro mundo. Precisamente por eso, las ofrendas de armas, calderos ceremoniales o adornos de oro a los dioses se lanzaban al agua; sin embargo, en aquel momento, la laguna negra de Dubh Linn parecía ofrecer a Conall una amenaza mucho más misteriosa y anónima. Nunca hasta entonces había experimentado una sensación de pánico tan inmensa y apenas supo qué decir.

La muchacha que se hallaba a su lado sonreía.

—Aquí también tenemos tres pozos —comentó—. Uno de ellos está consagrado a la diosa Brígida. ¿Quieres verlo?

El joven asintió.

Recorrieron los pozos, que estaban situados en el bello terreno elevado por encima del Liffey. Para regresar al *rath,* volvieron cruzando el campo abierto. Mientras caminaban, Conall descubrió que no sabía qué hacer. La muchacha no actuaba como el resto de las jóvenes; ni se le acercaba demasiado ni le ponía la mano en el brazo. Cuando lo miraba, lo hacía con una agradable sonrisa. Era cordial y cariñosa. Él quiso pasarle el brazo por el hombro, pero no lo hizo; cuando llegaron al *rath*, dijo que debía marcharse.

¿Había un asomo de decepción en el rostro de la muchacha? Tal vez sí. ¿Esperaba ver una cosa así? Sí, aquello era lo que esperaba, advirtió.

—Tienes que pasar por aquí cuando regreses —le sugirió— y quedarte más tiempo con nosotros.

—Lo haré —prometió él—. Y será pronto.

El hombre llamó a su carretero y emprendió la marcha.

Aquella noche, cuando Fergus volvió a casa y Deirdre le habló del viajero, sintió una curiosidad inmediata.

—¿Qué clase de viajero? —inquirió.

—Un hombre que se dirigía hacia el sur. Se quedó poco rato.

—¿Y no averiguaste nada sobre él?

—Dijo que había estado en Carmun por Lughnasa.

—Lo mismo que la mitad de los habitantes del Leinster —replicó el padre.

—Dijo que nos había visto allí —explicó Deirdre, confusa—, pero no recuerdo nada más. —La idea de haber visto a un desconocido no una, sino dos veces, y de no saber nada de él quedaba más allá de la comprensión de su padre, que no podía hacer otra cosa que mirarla en silencio—. Le he dado cerveza —dijo, contenta—. Tal vez regrese.

Ante estas palabras y para su alivio, su padre se volvió, se acercó al lugar donde guardaba la calavera de beber, se arropó con una capa y se fue a dormir.

Sin embargo, Deirdre permaneció mucho tiempo despierta, sentada con las rodillas pegadas al mentón, pensando en los acontecimientos del día.

Aquella mañana se había sentido orgullosa de sí misma. La

primera vez que había visto a Conall acercándose, a duras penas había contenido una exclamación y se había puesto a temblar. Había necesitado de toda su concentración y fuerza de voluntad, pero cuando él llegó a la entrada del *rath*, la joven había recuperado por completo la compostura. No se había ruborizado en todo el tiempo que habían pasado juntos, pero ¿lo habría alentado a volver? Aquélla era la cuestión. La idea de haberlo decepcionado se le antojaba más terrible que la de haber quedado en ridículo. Y mientras caminaban hacia la laguna, se había preguntado si no debía acercarse más o tocarlo. Decidió que no y creía que había hecho las cosas bien, pero, cómo le habría gustado que, de regreso, él la tomara por los hombros... ¿Tendría ella que haberlo tomado por el brazo? ¿Habría sido eso mejor? No lo sabía.

Lo que sí sabía era que cuanto más tiempo pudiera mantener a su padre en la ignorancia de lo que ocurría con el joven, mejor para ella. Dada su locuacidad, seguro que la dejaba en ridículo, eso en el caso de que pudiera hacerse esperanzas con el príncipe, claro.

¿Y por qué, por su parte, sentía tanto interés por aquel apacible y pensativo desconocido? ¿Porque era un príncipe? No, no era por eso.

Según la tradición, el rey supremo tenía que ser un hombre perfecto. No podía poseer ninguna tacha. Todo el mundo conocía la historia de Nuada, el rey legendario de los dioses. Tras perder una mano en una batalla, renunció al cargo. Entonces le dieron una mano de plata que, con el paso del tiempo, se convirtió en una mano natural. Solo entonces pudo Nuada, *el de la Mano de Plata*, ser rey otra vez. Y eso era lo que ocurría con el rey supremo. Si no era perfecto, entonces no complacería a los dioses y plagas y calamidades se abatirían sobre el reino.

A Deirdre le parecía que el apuesto guerrero, el cual no había querido conocerla en la fiesta de Lughnasa, poseía esa cualidad real. Su cuerpo era perfecto, eso lo había visto. Era, sin embargo, su aire contemplativo, su reserva, incluso la melancolía y soledad que veía en él lo que le hacía comprender que era distinto. Aquel hombre era especial y no estaba hecho para una mujer burda y atolondrada. Y había acudido a Dubh

Linn a verla, estaba segura de eso. La cuestión era: ¿regresaría?

Al día siguiente, hizo buen tiempo. La mañana transcurrió sin incidentes, y todo el mundo se dedicó a sus quehaceres habituales. Era casi mediodía cuando uno de los esclavos británicos gritó que unos viajeros cruzaban el vado y Deirdre salió a mirar. Eran dos, montados en una carreta ligera y con una pequeña hilera de caballos de carga. A uno de los hombres lo reconoció al momento. El otro, un individuo alto, no sabía quién era.

El pequeño era Goibniu, *el Herrero*.

Conall se despertó al amanecer. La noche anterior, después de dejar a Deirdre, había cruzado el alto promontorio al pie de la amplia bahía del Liffey y, tras elegir un lugar protegido por una roca, pasó la noche en sus laderas meridionales. Ahora, con las primeras luces del alba, se encaramó a la roca y contempló la niebla, entre la que a sus pies comenzaba a revelarse la panorámica.

A su derecha, iluminadas con los primeros rayos del sol, las suaves colinas y las montañas volcánicas se elevaban hasta un cielo azul pálido del que todavía se marchaban las estrellas; a su izquierda, la bruma blanca y el brillo plateado del mar. Entre estos mundos elementales, la gran extensión de campo abierto se propagaba como una alfombra verde encima de las pendientes y a lo largo de la costa, hasta donde alcanzaba la vista, antes de que las nieblas la cercenasen. Por otro lado, siguiendo el límite de la alfombra verde, discurrían, como una frontera, los pequeños acantilados de la costa, bajo los cuales la espuma del mar se extendía hacia las distantes arenas que la aguardaban.

Ante él, algo más abajo, vio un zorro que cruzaba el campo abierto y desaparecía entre los árboles. A su alrededor, el coro del amanecer llenaba el aire. Lejos, junto al mar, vio la silueta silenciosa de una garza surcando el agua. Sintió el leve calor del sol naciente en las frías mejillas y volvió la cara hacia el este. Era como si el mundo acabara de comenzar.

En momentos como aquéllos, en los que el mundo parecía tan perfecto que deseaba abrir la boca como los pájaros que lo rodeaban y cantar alabanzas, los versos de los antiguos poetas célticos volvían a su mente. Aquella mañana recordó las estrofas del que era el poeta más antiguo de todos, Amairgen, el poeta que llegó a la isla con los primeros invasores celtas que se la arrebataron a los Tuatha De Danaan divinos. Era Amairgen, desembarcando en una playa como aquélla, quien pronunció las palabras que se convirtieron, a partir de aquel momento, en la base de toda la poesía celta. El poema de Amairgen era un antiguo mantra védico, ni más ni menos, como los que se cantaban en toda la inmensa diáspora indoeuropea, desde las canciones de los bardos celtas hasta los *gitas* de la India.

Soy el viento en el mar.
Soy la ola del océano.
Soy el rugido del mar.

Y así comenzó el gran cántico. El poeta era un toro, un buitre, una gota de rocío, una flor, un salmón, un lago, un arma afilada, una palabra, un dios. El poeta se transformaba en todas las cosas, no por arte de magia, sino porque todas las cosas, pulverizadas, eran una sola. El hombre y la naturaleza, el mar y la tierra, hasta los mismísimos dioses procedían de una niebla primigenia y se habían formado a partir de un encantamiento infinito. Aquél era el conocimiento de los antiguos, preservado en la isla occidental. Aquello era lo que sabían los druidas.

Y esto era lo que él, Conall, experimentaba cuando se quedaba solo, la sensación de ser uno con todas las cosas. Era algo tan intenso, tan importante, tan preciado para él que no sabía seguro si podría vivir sin ello.

Y fue por esa razón por la que, en el hermoso silencio del amanecer, sacudió la cabeza. Había un gran interrogante para el que no tenía respuesta. Si uno vivía con otra persona, ¿perdía aquella gran comunión con todas las cosas? ¿Podía compartirse con una esposa o se perdía? La intuición le decía que se perdía, pero no estaba del todo seguro.

Deseaba a Deirdre, eso sí que lo sabía con certeza. Quería volver a su lado; no obstante, si lo hacía, ¿iba a perder de alguna manera, que aún no tenía muy clara, su vida?

Y

Era un hombre apuesto, eso nadie podía negarlo. Alto, con una calva incipiente, de unos treinta años, pensó ella, con una cara que recordaba un peñasco de montaña y unos ojos negros pero amables. Hablaron un buen rato con cordialidad y cuando él se hubo percatado de sus gustos y aversiones y se hubo hecho una composición de lugar sobre su carácter —y ella no creía que las opiniones del hombre fueran ciertamente estúpidas— vio que asentía con la cabeza mirando a Goibniu, lo cual debía de ser una señal, ya que el herrero tomó a su padre enseguida del brazo y le sugirió que salieran a dar un paseo.

Así que se trataba de eso... Estaban a punto de casarla y no dudaba de que la oferta iba a ser generosa. Por su parte, a ella su futuro esposo le había parecido un hombre bueno y honrado. Podía considerarse afortunada. El único problema era que, en aquel momento, no lo amaba.

Se puso en pie y él se sorprendió. Deirdre sonrió, le dijo que volvería enseguida y salió de la casa.

Goibniu y su padre estaban hablando a poca distancia. Ambos la miraron expectantes, pero cuando ella dijo que quería conversar con su padre, este se acercó.

—¿Qué sucede, Deirdre?

—¿Está haciendo una oferta por mí, padre?

—Sí, una oferta excelente. ¿Tienes algo que objetar?

—No, padre, en absoluto. Puedes decirle a Goibniu —dijo sonriendo al herrero—, que me gusta el hombre que ha elegido. Parece una buena persona.

—Ah. —El alivio de su padre era palpable—. Sí. Lo es.

Se volvió hacia el herrero para seguir hablando con él.

—Pero me pregunto —prosiguió ella, educadamente—, si no debería decirte algo.

—¿El qué?

Ya no podía volverse atrás. Fuera cual fuese el riesgo, debía aprovechar la oportunidad.

—Padre, ¿has oído hablar de Conall, hijo de Morna? Es sobrino del Rey Supremo.

—Sí, he oído hablar de él, pero no lo conozco.

—Pues yo sí. Lo conocí por Lughnasa. —Deirdre hizo una pausa y vio que su padre la miraba atónito—. Fue él quien vino ayer. Y creo que vino a verme a mí.

—¿Estás segura? ¿Crees que el muchacho va en serio?

—¿Cómo quieres que lo sepa, padre? Necesitaremos tiempo para averiguarlo, pero creo que es posible. ¿Hay algo que podamos hacer al respecto?

Y ahora el jefe y tratante de ganado sonrió.

—Entra en casa, hija —dijo—. Déjamelo a mí.

—A Deirdre no le disgusta, ¿verdad? —preguntó Goibniu a Fergus cuando este volvió a su lado.

—Ha venido a decirme que le gusta —dijo Fergus sonriendo antes de añadir en voz baja—: bastante.

Goibniu asintió enérgicamente.

—Bastante será suficiente. ¿Y el precio?

—El precio es aceptable.

—Entonces, nos la llevaremos ahora.

—Oh, eso no será posible.

—¿Por qué?

—Porque la necesito aquí, conmigo —respondió Fergus, imperturbable—, pero en primavera…

—Pero él quiere una esposa para el invierno, Fergus.

—Si sus intenciones son auténticas…

—Por todos los dioses, hombre —prorrumpió Goibniu—, ¿crees que vendría desde el Ulster, que está tan lejos, hasta este miserable lugar, si sus intenciones no fueran auténticas?

—Me alegro de oírlo —dijo Fergus con solemnidad—. Y en primavera, Deirdre será suya.

Goibniu entrecerró su único ojo.

—Tienes otra oferta.

—Pues no. —Fergus hizo una pausa—. Podría haberla tenido, eso es indudable, pero siendo tú la persona con la que estaba tratando…

—No me gusta que me desbaraten los planes —lo interrumpió Goibniu.

—Será suya —prometió Fergus—. Eso es indudable.

Cuando los visitantes se hubieron marchado, Fergus se volvió hacia su hija y le dijo:

—Si tu Conall no hace nada antes de la primavera, tendrás que ser suya.

III

Aunque Larine era uno de los druidas jóvenes, tenía fama de ser muy sabio. Lo llamaban el Pacificador. Por eso, no lo sorprendió en absoluto que, cuando un día frío de principios de primavera llegó al campamento en la costa del Ulster en que se hallaba el Rey Supremo, el monarca se volviera hacia él en cuanto se quedaron solos y le preguntara:

—Dime, Larine, ¿qué debo hacer con mi sobrino Conall?

El druida siempre había estimado mucho a Conall y en los últimos meses el joven príncipe le había hecho algunas confidencias. Conall le inspiraba ternura y lealtad y le preocupaba la tristeza cada vez más honda que captaba en la mente del muchacho. Por ello, respondió con cautela.

—En mi opinión, Conall tiene algún problema. Su deber es obedecerte en todo y honrar la memoria de su padre. Y quiere hacerlo, pero los dioses le han dado ojos de druida.

—¿Crees de veras que tiene el don de los druidas?

—Sí.

Se produjo un largo silencio.

—Le prometí a su madre que seguiría los pasos de su padre —dijo el Rey.

—Lo sé —replicó Larine, pensativo—, pero ¿juraste solemnemente hacerlo?

—No, no lo juré —respondió el monarca despacio—, pero fue porque, como se trataba de mi propia hermana, no había ninguna necesidad de hacerlo.

—Da lo mismo. No estás vinculado por un juramento.

De nuevo, reinó el silencio. Si hubieran podido quedarse más tiempo hablando tranquilamente, pensó Larine, el Rey Supremo habría acabado cediendo a los deseos de Conall. Tuvo que ser pues cosa del destino el que la Reina apareciera en aquel momento. Probablemente Larine no habría podido hacer nada cuando, después de los habituales saludos, la mujer lo miró con los ojos entrecerrados y le exigió que le contara de qué estaban hablando.

—De que Conall desea hacerse druida —respondió en voz baja.

¿Le importaba a ella que Conall fuese druida? Larine no veía razón para que debiera importarle, ni tampoco comprendió, hasta que el Rey Supremo se lo explicó, qué había querido decir cuando había exclamado:

—No lo será hasta que me haya traído ese toro.

—Tu tío todavía no ha tomado una decisión —le dijo Larine a Conall poco después.

—¿Y la Reina?

—La Reina estaba enojada —admitió el druida.

Enojada era poco. Conocía, por supuesto, el mal genio de la Reina, pero Larine todavía estaba atónito por la forma en que había maldecido a su marido. Había prometido enviar a Conall, le gritó, se lo había prometido a ella personalmente. Era un traidor y un inútil. Su esposo había intentado decir algo, pero la Reina estaba enfurecida y se negaba a escuchar; sin embargo, entre su avalancha de palabras, una de las cosas que el druida comprendió fue que la incursión planeada tenía un motivo más profundo. Con ella se intentaba reafirmar la autoridad real. Y en ese aspecto, no podía negarle la razón a la Reina. Podían enviar a otros, pero el atractivo e inexperto Conall era una sagaz elección para demostrar la fácil supremacía de la familia real sobre un jefecillo impertinente. Era una jugada con estilo, pero la Reina se había comportado asimismo como una estúpida. Si hubiera hablado tranquilamente y en privado, tal vez habría conseguido lo que quería. Al insultar y gritar al Rey delante de un druida, le había dificultado a su esposo ceder y mantener la dignidad. Sin embargo, Larine no le contó nada de esto a Conall.

—El Rey Supremo dice que decidirá después —se limitó a explicar—. Me ha prometido que primero hablará contigo en privado.

—Yo no sabía nada acerca de su plan para robar ese toro negro —confesó Conall.

—Es un secreto y ellos no han de saber que yo te lo he dicho. —Larine hizo una pausa—. Podrías ir a buscar ese toro, Conall, y después pedirle al Rey Supremo que te exima de tus obligaciones. Entonces, la Reina no tendrá nada que decir.

Conall sacudió la cabeza.

—¿Eso es lo que crees? —suspiró—. Los conozco, Larine, mejor que tú. Si logro llevarles el toro, entonces, antes de que pase un mes, me pedirán otra cosa, seguro. Será una empresa tras otra. Desgracia si fracaso, honores si triunfo; honores para mí, claro, pero sobre todo para mi tío, el Rey Supremo. Y eso nunca terminará, hasta que yo muera.

—A lo mejor ocurre algo distinto.

—No, Larine. Así será. Solo hay una forma de acabar con ello: no comenzar.

—No puedes negarte a ir.

Conall reflexionó unos instantes en silencio.

—Quizá sí.

Lo mejor sería, decidió el druida, no contarle nada de eso al Rey Supremo.

El invierno había casi terminado y él no había acudido a verla. Algunos días, pensaba Fergus, Deirdre se veía más pálida que la luna. Hasta sus hermanos notaron que estaba triste. En mal día, pensaba el padre, la había llevado a la celebración de Lughnasa en Carmun. Que hubiera conocido a Conall, ahora lo veía, era un acontecimiento desgraciado.

Al principio, Fergus había pensado que el joven volvería. Deirdre no era una estúpida y su padre no creía que se hubiera equivocado al captar interés por parte de Conall. A él le gustaba la muchacha; sin embargo, el tiempo pasaba y seguía sin aparecer. El jefe llegó incluso a realizar investigaciones discretas acerca del joven príncipe. Había descubierto —y dulcemente advertido de ello a su hija— las *geissi* que regían la vida de Conall. «Los hombres marcados por destinos como ésos tienen unas vidas que distan mucho de ser fáciles y agradables», le había dicho; aun así, era evidente que aquellas admoniciones no significaban nada para ella.

Entonces, ¿por qué no se había presentado? Podía deberse a múltiples razones, pero, al ver a su hija melancólica y callada, el mismo pensamiento, cada vez más insidioso, acudía repetidamente a su mente. ¿De quién era la culpa de que Conall no hubiese venido? No era culpa del príncipe ni de Deirdre. Era culpa suya. ¿Por qué iba a querer un príncipe como Conall casarse con la hija de Fergus? No había ninguna razón para ello. Si él fuera un jefe importante, si poseyera riquezas... sería otra cuestión, pero no tenía nada de eso.

Otros hombres de la isla, de antepasados no más gloriosos que los suyos, se habían apuntado a las grandes incursiones allende los mares y habían ido a luchar, obteniendo fama y riquezas, pero él, ¿qué había hecho él? Se había quedado en Dubh Linn, vigilando el vado, agasajando a viajeros en su casa.

Eso había sido parte del problema. Cuando los viajeros llegaban a casa de Fergus, se les trataba muy bien. A Fergus no le costaba nada matar un cerdo o incluso una vaquilla para que un invitado disfrutara de una cena espléndida. El viejo bardo, que le recitaba casi todas las noches, recibía una generosa paga. Las familias de las granjas cercanas, de las cuales era el jefe, siempre eran bienvenidas a la casa y encontraban comida en ella; y si iban atrasadas en el humilde pago del tributo en reses o pellejos, Fergus a menudo les perdonaba la deuda. Era la simple repetición de estas exhibiciones modestas de estatus, que él consideraba tan esenciales para su dignidad, lo que lo había llevado en los años recientes a contraer ciertas deudas que ocultaba a la familia. Había conseguido salir adelante porque el ganado siempre lo salvaba. Tenía un talento innato para la ganadería y daba gracias a los dioses por ello, pero su vergüenza interior lo carcomía, sobre todo, después de la muerte de su esposa, y ahora, lo torturaba constatar el fracaso en que se había convertido su vida.

«Y, ¿qué soy? ¿Qué pueden decir de mí los demás? "Ahí va un hombre que está orgulloso de su hija. Ahí va una muchacha que le proporcionará unas buenas arras a su padre." ¿Y qué he hecho yo para que ella esté orgullosa de mí? Poca cosa», se repetía Fergus a sí mismo. Eso era cierto. Y ahora, su hija estaba enamorada de un hombre que no se casaría con ella por culpa de su padre.

Deirdre nunca hablaba de ello y se ocupaba como siempre de sus quehaceres cotidianos. A veces, antes del solsticio de invierno, Fergus la había visto apostada junto al vado, mirando al otro lado de las frías aguas. En una ocasión, se había acercado al promontorio para contemplar la islita que tanto le gustaba, pero hacia finales de invierno ya no miraba otra cosa que lo que tenía a mano, como no fuera contemplar, tediosamente, la fría y dura tierra.

—Estás más pálida que un copo de nieve —le dijo Fergus un día.

—Los copos de nieve se derriten. Yo, no —replicó Deirdre—. ¿Temes que me funda antes del día de la boda? —le preguntó de repente con sombrío humor. Y al ver que su padre sacudía la cabeza, añadió—: Será mejor que me lleves al Ulster, con mi futuro esposo.

—No —dijo él con dulzura—. Todavía no.

—Conall no va a venir —murmuró en tono resignado—. Debería estarte agradecida por el buen marido que me has encontrado.

Fergus pensó que su hija no debería estarle agradecida por nada, pero dijo:

—Aún queda tiempo suficiente.

Y luego, al cabo de poco, una mañana, Fergus dijo que se marchaba y que estaría fuera unos cuantos días, sin dar ninguna otra explicación. Acto seguido, montó en su caballo y cruzó el vado.

Cuando Conall le habló de la incursión de ganado y le dijo lo que opinaba de ella, Finbarr escuchó con atención. Luego sacudió la cabeza, asombrado.

—Entre nosotros hay una diferencia, Conall —murmuró—. Heme aquí, un hombre pobre. ¿Qué no daría yo por una oportunidad así? Y a ti, todo un príncipe, te llevan a rastras a la gloria en contra de tu voluntad.

—Eres tú quien debería dirigir esta expedición, Finbarr, no yo —replicó Conall—. Se lo diré a mi tío.

—No lo hagas —dijo Finbarr—. Lo único que conseguirías sería complicarme la vida. —Calló unos instantes y contempló a su amigo con curiosidad—. ¿Hay algo más que quieras decirme? —preguntó afectuosamente.

A principios de invierno había notado un cambio en la conducta de su amigo. Conall siempre había sufrido altibajos en su humor, pero cuando comenzó a fruncir el entrecejo, a arrugar los labios y a mirar el horizonte con aire ausente, Finbarr dedujo que algo nuevo debía de atormentar los pensamientos de su amigo. Entonces, mientras Conall le hablaba del toro, supuso que aquél era el problema secreto que lo acuciaba; aun así, cuando le preguntó cuánto tiempo hacía que lo sabía y Conall respondió que dos días, le quedó claro que su estado de ánimo se debía a algo distinto.

—¿Estás seguro de que no te preocupa nada? —insistió.

—Nada en absoluto —respondió Conall.

Fue justo entonces cuando apareció aquella figura alta y desconocida.

Fergus había tardado dos días en encontrar el campamento del Rey Supremo, pero, una vez allí, un hombre lo condujo de inmediato a presencia de Conall. Observó con secreta admiración al hermoso príncipe y a su atractivo compañero.

—Saludos, Conall, hijo de Morna —le dijo con solemnidad—. Soy Fergus, hijo de Fergus, y tengo algo que decirte. ¿Podemos hablar a solas?

—No hay nada que mi amigo Finbarr no pueda oír —replicó Conall en tono tranquilo.

—Se trata de mi hija —comenzó a decir Fergus—, a la que fuiste a ver a Dubh Linn.

—Hablaremos a solas —se apresuró a interrumpirlo Conall.

Finbarr se marchó, no sin antes advertir que su amigo se había ruborizado, lo cual lo sorprendió.

Fergus no tardó mucho en transmitirle a Conall noticias sobre Deirdre. Cuando habló de su amor por él, vio que el príncipe se sentía culpable, y cuando le contó la oferta que había recibido de Goibniu, notó que el joven palidecía. No lo presionó para que se pronunciara de una manera u otra, sino que se limitó a anunciar:

—No la entregaré hasta la fiesta de Bealtaine. Entonces tendré que hacerlo.

Sin añadir una palabra más, se alejó a grandes zancadas.

Finbarr sonrió para sí. Así pues, Conall había bajado hasta el Liffey para ver a la muchacha que él le había presentado en Lughnasa... Por eso su amigo había estado tan pensativo... No había duda de ello, porque, por una vez, el misterioso príncipe druida se comportaba como un hombre normal. Aún había esperanza para él.

Decidió hablar con su amigo tan pronto como Fergus se marchara; en esta ocasión, Conall se rindió y se lo contó todo.

—Creo —dijo Finbarr, con cierta complacencia— que vas a necesitar mis consejos. —Le lanzó una dura mirada—. ¿De veras quieres a esa muchacha?

—Quizá. Creo que sí. No lo sé.

Bealtaine. El primer día de mayo.

—Tienes dos meses —comentó Finbarr— para decidirte.

IV

Goibniu sonrió. Todo el paisaje estaba lleno de pequeños grupos de lugareños, unos a caballo y otros en carretas, aunque la mayoría llevaba ganado. Todos avanzaban hacia la única colina que se alzaba en medio de la planicie.

Uisnech, el centro de la isla.

En realidad, la isla tenía dos centros. La colina real de Tara, que se hallaba solo a un día de camino hacia el este, era el centro político principal, pero el centro geográfico del territorio estaba allí, en Uisnech. La leyenda decía que los doce ríos de la isla se habían formado en Uisnech a partir de una poderosa granizada. Algunos llamaban «el ombligo de la isla» a aquella montaña circular en medio del territorio.

Pero Uisnech era mucho más que eso. Si Tara era la colina

de los reyes, Uisnech era la de los druidas, el centro religioso y cósmico de la isla. En él moraba la diosa Eriu, de la que tomaba el nombre. Allí, antes incluso de que llegaran los Tuatha Da Danaan, un druida místico había encendido el primer fuego, cuyas ascuas habían llegado a todos los hogares de la isla. Oculto en una cueva secreta de Uisnech se hallaba el pozo sagrado que contenía el conocimiento de todas las cosas. En la cima de la colina se alzaba la Piedra de las Divisiones, que tenía cinco caras y alrededor de la cual se situaban los lugares de encuentro sagrados de los cinco reinos de la isla. En este centro cósmico, los druidas celebraban sus cónclaves.

Y también era en Uisnech, donde, cada primero de mayo, los druidas se reunían en la gran asamblea de Bealtaine.

De todos los festivales del año celta, los dos más mágicos eran sin duda el Samhain, que era el Hallowe'en original, y la fiesta del Primero de Mayo, llamada Bealtaine. Si se dividía el año en dos mitades —el invierno y el verano, la luz y la oscuridad—, estos dos festivales marcaban la confluencia. En Samhain comenzaba el invierno; en Bealtaine, terminaba esa estación y el verano ocupaba su lugar. La víspera de estas dos festividades constituía un momento especialmente misterioso porque, durante esa noche, el calendario entraba en una suerte de limbo, en el que no era ni invierno ni verano. El invierno, la estación de la muerte, se encontraba con el verano, la estación de la vida. El mundo de abajo se reunía con el mundo de arriba. Los espíritus rondaban por todas partes y los muertos venían a confundirse con los vivos. Eran noches de extrañas presencias y de sombras huidizas, terroríficas durante el Samhain, ya que llevaban hacia la muerte, pero menos temibles en Bealtaine, puesto que en el mundo de los espíritus, el verano solo era travieso y erótico.

A Goibniu le gustaba Bealtaine. Sí, le faltaba un ojo, pero en todos los demás aspectos estaba completo y su poderío sexual era notorio. Mientras contemplaba a la gente que se congregaba, se sintió expectante. ¿Cuánto tardaría en poseer a una mujer? No mucho, decidió. Al fin y al cabo, estaban en Bealtaine.

Al atardecer, eran miles de personas las que se habían congregado a la pálida luz rosada, esperando el ascenso. Soplaba una leve y cálida brisa. El sonido de una gaita se propagaba por la base redonda de la colina y el aire estaba cargado de expectación.

Deirdre miró a su pequeña familia. Los dos hermanos llevaban ramas de hojas verdes. Ella tendría que haber hecho lo mismo, pues tal era la costumbre en Bealtaine, pero no estaba de humor. Sus hermanos sonreían como unos estúpidos. Mientras esperaban que les dieran las ramas, una vieja les preguntó si aquella noche se buscarían alguna chica. Deirdre no dijo nada. Pocas posibilidades tenían, en su opinión; pero esas cosas ocurrían, desde luego. Al final de la noche siguiente, después de que todo el mundo hubiera bailado y bebido, habría todo tipo de cópulas ilícitas entre las sombras. Jóvenes amantes, esposas que se escabullían de los esposos, hombres que abandonaban a sus mujeres... En la Fiesta de Mayo siempre era eso lo que ocurría, pero ella, como hija soltera de un jefe, tenía una reputación que mantener. No podía comportarse como las campesinas o las esclavas, pero ¿y su padre? Lo miró con curiosidad. Advirtió que, como ella estaba a punto de dejar la casa para contraer matrimonio, su padre se quedaría sin mujer que se ocupara del hogar. ¿Utilizaría el festival de Bealtaine para buscarse una? No había razón para que no lo hiciera, aunque, si era eso lo que tenía en la mente, no había dado muestras de ello. Deirdre se preguntó cómo reaccionaría ella si su padre lo hiciese.

Dejó que su vista vagara involuntariamente sobre la multitud. Conall debía de estar por allí. Todavía no lo había visto, pero sabía que había acudido al festival. No había ido a buscarla. La muchacha había visto al Rey Supremo con un numeroso séquito, pero no se había acercado a comprobar si Conall estaba con él. Si quería encontrarla, que lo hiciera. Si no... Ella ya no podía esperar más. Su futuro esposo estaba a punto de llegar y no podía rechazarlo.

Tal vez Conall la deseaba, pero solo a la manera de la Fiesta de Mayo y nada más. ¿La abordaría para ofrecerle una noche de amor y luego la abandonaría a su destino? No, era demasiado bondadoso para eso. Pero ¿y si se le acercaba, por la noche, en lo alto de la colina? ¿Y si aparecía a su lado como un fantasma y la acariciaba? ¿Y si en la oscuridad le pedía con los ojos que se fuera con él? ¿Y si...? ¿Iría con él? ¿Se entregaría como haría una esclava? Solo de pensarlo... Y en ello pensó.

Mientras el sol se ponía, la multitud empezó a subir la colina. En toda la isla había gente subiendo a colinas como aquélla. La víspera de Bealtaine, toda la comunidad velaba junta para protegerse de los malos espíritus que aquella noche pululaban por doquier. Los espíritus se dedicaban a toda suerte de maldades: robaban la leche, propiciaban sueños extraños, embrujaban a la gente y la descarriaban, y solo lo hacían para divertirse. Les gustaba, sin embargo, pescar a las víctimas desprevenidas. Eran taimados. Precisamente por eso, en el mundo celta, en la víspera de aquella fiesta, comunidades enteras pasaban la noche en vela.

Deirdre suspiró. Iba a ser una noche muy larga hasta el amanecer. Sin poderlo remediar, volvió a mirar a su alrededor.

Qué extraño se veía el rostro de Conall a la luz de las estrellas... De repente, parecía tan duro como la piedra de cinco caras que se erguía a cuarenta pasos de distancia solamente, en el centro de la cima. No obstante, si se concentraba en él unos momentos, creía notar que se disolvía en la oscuridad. ¿Podía estar derritiéndose la cara de Conall? No. Se trataba solo del vacilante brillo de las estrellas sobre el rocío que se estaba formando en los rostros de todos.

Pronto verían los primeros indicios de la aurora. Luego, el ritual de la salida del sol y después, ya a plena luz del día, la gran ceremonia de los fuegos de Bealtaine. Pero aún era de noche. Finbarr no había visto nunca un cielo tan límpido. Las estrellas destellaban en la negrura y a nivel de suelo la llanura que rodeaba el altozano estaba cubierta por un fino velo de bruma a la que la luz de las estrellas daba una suave pátina, de modo que la colina de Uisnech, con su piedra alzada, parecía situada en una nube en el centro del universo.

—La he visto —dijo en voz baja para que solo lo oyera Conall.

—¿A quién? —preguntó este.

—Sabes perfectamente que me refiero a Deirdre. —Finbarr hizo una pausa; al ver que Conall no reaccionaba, prosiguió—: Está allí. —Señaló hacia la derecha. Conall había vuelto la cabeza, por lo que su cara era una sombra—. ¿No la ves? —En el largo silencio que siguió, las estrellas titilaron, pero Conall no respondió—. Ya sabes que solo te quedan unos días. Su prometido está esperando. ¿No vas a hacer nada?

—No.

—¿Y no deberías decírselo?

—No.

—O sea que no estás interesado en ella.

—No es eso lo que he dicho.

—Eres demasiado complicado para mí, Conall.

Finbarr no dijo nada más, pero se preguntó si aquella actitud de rechazo de su amigo no sería la misma por la que pasaban muchas veces los druidas y los guerreros. ¿Era mera vacilación, era el miedo que sentía la mayor parte de los jóvenes ante el compromiso? ¿Por qué Conall empujaba deliberadamente a aquella chica a los brazos de otro hombre? A Finbarr se le antojaba retorcido. Pero aun así, tal vez había algo que podía hacer por su amigo. Al menos, lo intentaría.

La mitad del cielo había palidecido y las estrellas se desvanecían. Sobre el horizonte se difundía un brillo dorado.

El Rey Supremo contemplaba la escena muy concentrado. En amaneceres como aquél, todavía sentía un cosquilleo en su interior, como si fuera joven de nuevo. Pero, pese a la expectación que le producía la salida del sol, sus pensamientos siguieron ocupados en el mismo asunto grave en que llevaba cavilando toda la noche. Había tomado la decisión hacía tiempo y el plan ya estaba ultimado. Solo le faltaba una pieza, menor pero importante, para poder llevarlo a la práctica.

Había que lograr dos cosas. La primera, desde luego, era conseguir una buena cosecha. Había tratado a los druidas con cuidado. Regalos, halagos, respeto..., todo eso lo había dado generosamente. Los sacerdotes estaban de su lado, aunque nunca se podía confiar por completo en ellos. Ser vanos era consustancial a los sacerdotes, pensaba. Sin embargo, había prometido proporcionarles todo lo que necesitaran para cualquier ceremonia o sacrificio destinados a aplacar a los dioses y a pedir buen tiempo.

La segunda era reafirmar su autoridad. Algunas medidas eran fáciles. La incursión para apoderarse del toro sería un buen comienzo. Por más defectos que su esposa tuviera, había obrado bien insistiendo en ello y el momento para hacerlo era perfecto. Pero el asunto se presentaba más complicado. Cuando la autoridad de un rey sufría erosión, el proceso se convertía a menudo en algo tan sutil y extendido que impregnaba todos los aspectos de la vida cotidiana. Aunque carecía de importancia, la falta de respeto con que lo había tratado su esposa delante del joven druida era una prueba de ello. Y para arreglar aquella situación, necesitaba algo más que una mera demostración de poder. Un rey tenía que ser respetado; un rey supremo, temido. Debía ser insondable como un dios, más profundo que sus enemigos. Éstos habían de saber que, si se burlaban de su autoridad, sería porque él lo había permitido, había conocido sus pensamientos y sus acciones todo el tiempo y estaba preparado para afrontar su deslealtad. Y entonces debería exhibirse con todo su poder, fiero y terrible como el sol naciente.

Había llegado el momento de golpear donde ellos menos lo esperaban y sabía perfectamente bien lo que iba a hacer. Necesitaba poner en su lugar una pieza más. Una persona a la que aún no había elegido. Tal vez aquel día encontraría a esa persona.

Durante el resto de la velada, Conall no había hablado. Mientras que a Finbarr sus motivaciones le resultaban extrañas, él las veía con diáfana claridad.

Al llegar a Uisnech, su principal preocupación había sido la incursión para capturar el toro. Unos meses antes, cuando Larine le había hablado de ello, le había asegurado que el Rey Supremo no había tomado una decisión sobre el asunto y que había prometido al druida que hablaría en privado con su sobrino antes de hacerlo.

Durante semanas, había esperado ansioso que su tío abordara la cuestión, pero no lo había hecho. Conall había llegado gradualmente a la conclusión de que los planes del Rey Supremo debían de haber cambiado. Y la sensación de alivio que experimentó había dado alas a sus deseos de convertirse en druida.

De todos modos, aún quedaba la cuestión de Deirdre. ¿Formaba ella parte de su destino sacerdotal? ¿Estaba preparado para asumir el compromiso, el paso irrevocable de ir a Dubh Linn a pedirla en matrimonio? Día tras día, una y otra vez se había hecho esa pregunta. Y sin embargo, siempre que había pensado en emprender ese viaje, algo lo había retenido. Y finalmente, antes de que se pusiera de camino a Uisnech, había llegado a comprender algo que le aportó paz de espíritu. «Si todavía no he ido a buscarla —pensó—, es que no la deseo de veras, y, por tanto, no forma parte de mi destino.»

El sol estaba a punto de salir cuando Finbarr le tocó el brazo.

—Deberíamos ir hacia allí —murmuró, señalando un lugar cercano a su izquierda—. La vista de la salida de sol es mejor desde ese punto.

A Conall no le pareció que tuviera que haber mucha diferencia, pero, como no quería discutir, lo siguió.

Esperaron, junto con los otros millares de personas en las laderas de Uisnech, el momento más mágico. El horizonte centelleaba y el gran globo solar empezaba a liberarse del abrazo líquido del horizonte. Su brillo dorado se extendía por la neblinosa llanura y hacía fulgurar el rocío de la colina. Y ahora comenzaba la costumbre más bonita de la Fiesta de Mayo en la tradición celta: el baño en el rocío.

Deirdre se agachó y no lo vio. Pasó las manos por la brillante humedad del rocío y se lavó la cara. Cerca, otra mujer con un bebé en los brazos lo hacía rodar suavemente por la hierba. Deirdre se levantó otra vez y juntando las manos, se lavó de nuevo el rostro. Luego, abrió los brazos y los estiró para notar el calor del sol naciente en los senos, echó la cabeza hacia atrás y sus pechos se irguieron levemente. Era como si estuviese absorbiendo los rayos de sol.

Conall se quedó inmóvil y la miró. Finbarr observó su rostro. Entonces Conall advirtió que su amigo lo había engañado y, frunciendo el entrecejo, se alejó.

El calor era intenso y la hilera de ganado muy larga. Habían guardado las reses en corrales durante la noche y ahora las llevaban de una en una hacia las hogueras. A los animales no les gustaba. El crepitar de los fuegos que tenían delante los asustaban. Una línea de hogueras más pequeñas, dispuestas en doble fila como una chimenea, los guiaba hasta los dos grandes fuegos por entre los cuales tenían que pasar. Las bestias empezaron a mugir y a algunas tuvieron que aguijonearlas. De todos modos, la visión más pasmosa, al menos a los ojos de los humanos, no eran los fuegos que ardían sino las extrañas figuras que se congregaban como una bandada de pájaros inmensos y fieros al otro lado del portal que formaban las dos grandes hogueras.

En todo el mundo ocurría lo mismo. De los druidas de Irlanda a los chamanes de Liberia, desde los templos persas de Mitra hasta los hechiceros de Norteamérica, en el momento de los rituales sagrados, los que se comunicaban con los dioses y entraban en trance vestían prendas de plumas, porque el plumaje de los pájaros era el espectáculo más exuberante de la naturaleza y sugería, sin duda, que los hombres iluminados podían volar.

En las ceremonias de Bealtaine, los druidas de Uisnech vestían unas capas de brillantes colores con altas crestas que les hacían parecer el doble de altos de lo que eran. Mientras cada bestia era conducida por el pasillo de los fuegos purificadores, los druidas las rociaban con agua. Aquél era el ritual de la Fiesta de Mayo que aseguraría la salud de todas las reses, cuya importancia era capital para el bienestar del pueblo durante el año siguiente.

Larine se encontraba junto a la vieja druida, cuya atención debía de estar puesta en la hilera de ganado. Solo quedaban cincuenta reses por pasar. Trabajar al lado del fuego daba mucho calor y, con tantos animales, los druidas se habían turnado.

El turno de Larine había terminado hacía un rato y se había quitado la pesada chaqueta de plumas. Pero ahora, mientras la vieja druida continuaba contemplando el fuego, sus ojos se desviaron hacia la llanura que rodeaba el promontorio.

Porque Larine tenía cosas en la mente que lo preocupaban. La primera, y a buen seguro la menos importante, era un rumor —apenas un rumor, realmente, más bien un susurro en el horizonte— que le había llegado el mes anterior.

Estaba relacionado con los cristianos.

Sabía que en la isla occidental había cristianos desde hacía ya una generación. Se trataba de comunidades pequeñas: una capilla aquí, una granja allá, unos cuantos sacerdotes misioneros dispersos que evangelizaban a los esclavos cristianos de la zona y, si tenían suerte, también a sus amos. Como druida bien informado que quería ser, Larine había decidido averiguar todo lo que fuera posible acerca de ellos. Había conocido incluso a un sacerdote cristiano en el sur de Leinster, con el que había discutido de manera bastante detallada la doctrina cristiana. Y fue este sacerdote quien le habló, el mes anterior, de aquel rumor.

«Dicen que los obispos de la Galia están planeando enviar una nueva misión a la isla para ampliar la comunidad y tal vez abordar al mismísimo Rey Supremo.» El sacerdote no conocía bien los detalles. Ni siquiera sabía el nombre de los misioneros que iban a mandar. «Pero dicen que el Santo Padre ha bendecido la misión.»

Hacía un siglo que el poderoso Imperio romano había adoptado el cristianismo como religión oficial. Durante varias generaciones, los druidas de la isla occidental habían sabido, por tanto, que constituían el último reducto, y muy aislado, de los dioses antiguos, junto a los vastos territorios del Imperio romano cristiano. Había, sin embargo, varios factores que les habían proporcionado cierto alivio: la cristianización del Imperio no era en absoluto completa y aún quedaban importantes templos paganos en Britania, y no hacía demasiado tiempo que el emperador Juliano había intentado revertir el proceso para que el Imperio volviera a sus auténticas tradiciones paganas. En cualquier caso, el mar protegía la isla occidental. Y con la retirada de los destacamentos romanos de Britania y de la Galia, parecía improbable que los romanos quisieran entremeterse en la esfera del Rey Supremo. Sin soldados romanos, ¿qué podían hacer los sacerdotes cristianos? Las pequeñas comunidades del sur de la isla eran toleradas porque no causaban problemas, pero si un misionero cristiano llegaba para importunar al Rey Supremo, los druidas ya se ocuparían de él.

Al sacerdote le había dicho todo eso y tal vez lo hizo con demasiada contundencia, ya que el hombre se enojó y entre murmullos le recordó que no hacía tanto que los druidas todavía sacrificaban a seres humanos; instó a Larine a que se acordara de cómo el profeta Elías había derrotado a los sacerdotes paganos de Baal: «Acudió a su festival y construyó un gran fuego que estalló en llamas cuando rezó al Señor, mientras que los sacerdotes de Baal no consiguieron encender los suyos. Así que vigila. —Después el sacerdote añadió—: Que los misioneros del Dios verdadero no vengan a avergonzarte por Bealtaine».

Larine le había replicado que: «Los fuegos de Bealtaine arden con fuerza». En su opinión, el cristiano confundía deseos con realidades.

Y sin embargo, había algo, no sabía qué, en esa conversación, que lo inquietaba, una vaga aprensión. Por absurdo que fuera, echó un par de vistazos a su alrededor para asegurarse de que los sacerdotes cristianos no se habían presentado a dar la lata. No, no lo habían hecho, desde luego. Los fuegos de Bealtaine ardían con fuerza.

Al observar el horizonte, no vio nada que fuera a alterar las ceremonias sagradas del día.

No obstante, le seguía embargando una extraña sensación de intranquilidad y decidió que debía derivarse de su segunda preocupación, la cual era mucho más seria.

Conall. El príncipe acababa de aparecer entre la multitud que se congregaba a los dos lados del pasillo por el que eran conducidas las reses después de pasar entre las hogueras. No estaba en primera fila, pero gracias a su estatura gozaba de una buena panorámica de los fuegos que, como el resto de la muchedumbre, contemplaba. No se había percatado de la presencia de Larine. El joven druida advirtió que, si bien era obvio que todo el mundo disfrutaba del festival, el rostro de Conall se veía serio y tenso.

Algunas de las bestias que desfilaban entre las hogueras eran muy hermosas. En vez de acudir con rebaños enteros, los granjeros que habían recorrido una distancia tan larga, a veces solo llevaban a su mejor animal, normalmente un toro, para que sirviera de representante de los demás. Y justo en ese momento una alta figura y una muchacha conducían un toro espléndido. El hombre era un jefe menor, supuso Larine, un apuesto anciano con unos largos mostachos. La joven con los cabellos de oro resultaba asombrosa. Su rostro se veía ruborizado por el calor de las hogueras, lo mismo que los brazos. Larine tuvo la impresión de que todo su cuerpo resplandecía. Conall parecía haber reparado en la pareja porque los miraba con atención. Qué contraste, pensó el druida, entre su tensa y blanca cara y el rubor ígneo de la muchacha. Era como una espada de pálido metal ante el horno de una herrería. Si la joven vio a Conall al pasar ante él, no le dirigió la mirada. Entonces llegó otra bestia ante el fuego y el druida volvió los ojos hacia el animal, pero al cabo de unos momentos, advirtió que Conall seguía mirando hacia delante y que parecía más que nunca un fantasma.

Se volvió hacia la anciana druida que estaba a su lado y le preguntó:

—¿Qué opinas de Conall?

—¿Por qué me lo preguntas?

—Porque estoy preocupado por él.

—Ah. —La druida le dirigió una mirada penetrante—. ¿Y por qué deseas saberlo? —preguntó ella.

Aunque casi todos los druidas eran hombres, siempre había habido también mujeres entre ellos. Dichas mujeres, que a menudo estaban dotadas de un segundo sentido de la vista y eran iniciadas en los secretos del druidismo, podían ser temibles. Si los reyes temían el rechazo de los druidas, el desdén de las druidas todavía resultaba más peligroso. Y aquella anciana era formidable.

Larine observó su cara enjuta. La tenía surcada de arrugas. El cabello, que le llegaba casi hasta la cintura, era gris, pero sus ojos, que eran de un azul palidísimo, podían haber sido los de una joven; eran extraños y translúcidos, casi como si uno pudiera atravesarlos. Intentó responder a su pregunta con la máxima brevedad.

¿Encontraría su amigo la felicidad? ¿Sería druida? Pero, mientras formulaba las suyas, la mujer se encogió de hombros con impaciencia.

—Son preguntas estúpidas.

—¿Por qué?

—Porque el destino de Conall ya está señalado. Está en sus *geissi*.

Larine frunció el ceño. De Conall podían decirse muchas cosas, pero siempre había sido un hombre cauteloso.

—Sabes que nunca viste de rojo porque ese color es de mal agüero para su familia. Me resulta imposible creer que se cumpla una sola de sus *geissi*.

—Y sin embargo, Larine, se cumplirán las tres, ya que no morirá hasta que se cumplan.

—Cierto —convino Larine—, pero eso está muy lejos en el futuro y es el presente lo que me preocupa.

—¿Cómo lo sabes? No eres tú quien decide esas cosas. Como druida que eres, deberías saberlo. —Calló unos instantes y lo miró con dureza—. Te diré una cosa y no más: la primera *geissi* de tu amigo Conall se cumplirá muy pronto.

Al ver los ojos transparentes de la mujer y la palidez en el rostro de su amigo, un escalofrío recorrió su espalda. La mujer tenía un segundo sentido de la vista.

—¿Cuánto tardará?

—Tres días. No me preguntes más.

Finbarr se sentía satisfecho de sí mismo. El ganado ya había desfilado entre las hogueras y el banquete del Rey Supremo estaba a punto de comenzar. Además, acababa de hacerle un enorme favor a Conall. Sí, exacto. Había hecho lo correcto. Y si su amigo no aprovechaba la oportunidad... Bueno, al menos él lo habría intentado.

El banquete del Rey Supremo era un acontecimiento importante. Comenzaba a primera hora de la tarde y se prolongaba hasta la madrugada. Para la ocasión, se había construido una gran sala con laterales de mimbre, en cuyo interior había mesas de caballete y bancos para trescientas personas. Habría gaiteros, arpistas, bailarines y bardos que recitarían. Los grandes jefes y los druidas, los guardianes de la ley y los guerreros más nobles, todos asistirían a la fiesta. Y Conall también, por supuesto. Treinta de las jóvenes de más alta cuna, todas hijas de jefes, servirían la cerveza y el hidromiel a los congregados.

Y Finbarr se había empleado a fondo en eso, ya que Deirdre sería una de ellas. Había sido un favor que le había hecho la mujer encargada de las muchachas. Luego, una rápida conversación con Fergus y su hija. Deirdre había rehusado, avergonzada, pero su padre le había ordenado que lo hiciera. Aun ahora, la joven no tenía ni idea de que iba a servirle la cerveza al mismísimo Conall. Finbarr también se había asegurado de ello. Y ya más, se dijo, no podía hacer.

Cuando Goibniu se dirigió hacia la sala de banquetes, ya se había sobrepasado el mediodía. Estaba de muy mal humor por una razón muy sencilla: no había podido procurarse una mujer. El día anterior, había encontrado una, una mujer hermosa y rolliza, esposa de un granjero del Leinster. Al anochecer, ella le había dicho: «Mi marido se me pega como si fuera una garrapata. Espera un poco». Después, ya de noche, se le había acercado y había susurrado: «Nos encontraremos allí, junto a esa mata de espinos, al amanecer». Y no había vuelto a verla hasta hacía poco rato, del brazo de un hombre alto que ciertamente no era el granjero del Leinster. Para aquel entonces ya era demasiado tarde. Los que querían buscar pareja, ya lo habían hecho. Una chica lo había abordado, pero era tan fea que le había herido el orgullo. Le habían tomado el pelo, estaba cansado y se sentía frustrado. Otro habría decidido emborracharse, pero Goibniu no era de ésos. Su único ojo permaneció vigilante. Y justo ahora, hacía un momento, acababa de ver algo que le había recordado el asunto que se traía entre manos.

Recordó a aquel tipo corpulento de Dubh Linn, el que tenía la hija que él había vendido, pero de la muchacha no había ni rastro. Goibniu se acercó a Fergus.

Había algo en él que despertó las sospechas del sagaz artesano, pero no se molestó en analizarlo. No necesitaba saber qué era. Por las primeras palabras con que el jefe lo acogió, por la sonrisa pronta de este y la alegría con que respondió «sí, sí, está aquí», cuando Goibniu preguntó por ella, supo que ocurría algo y su entrecejo se oscureció.

—Bien, entonces me la llevaré.

—Pues claro que sí, no hay ningún inconveniente.

Fergus se mostraba demasiado amable. Tenía que estar mintiendo. El astuto herrero no perdía los estribos con demasiada frecuencia, pero la experiencia de la noche anterior le había alterado el ánimo. Con un repentino estallido de enojo en el que dejó claro su desdén, le espetó:

—¿Me tomas por un idiota? Tu hija no está aquí en absoluto.

Fue aquel palmario desaire lo que hirió a Fergus, que se irguió todo lo que pudo y le lanzó una mirada furibunda.

—¿Has venido solo para insultarme? —le preguntó, ofendido.

—Si te has sentido insultado, no puede importarme menos —replicó el herrero.

Y en aquel momento, con el rostro encendido por la afluencia de sangre, cualquiera que conociese a Fergus, hijo de Fergus, habría sabido que estaba a punto de enfurecerse de veras.

Sabía que estaba atractiva. Lo notaba en las miradas de curiosidad de las otras muchachas mientras caminaban por la hierba con sus sueltos vestidos hacia la sala de banquetes. ¿Y por qué no iba a estar atractiva, pensó, si sus ancestros eran tan magníficos como los de ellas? En cualquier caso, se sentía como una princesa, pensaran lo que pensasen las demás.

Nunca había imaginado que le tocaría hacer aquella tarea. Cuando Finbarr había abordado a su padre, se había sentido avergonzada y mortificada. ¿Qué sucedería si llegaba a un lugar en el que nadie esperaba que estuviese y se presentaba delante de él para que todos lo viesen? Pero la habían obligado a hacerlo y ya que había llegado hasta allí, de una cosa estaba segura: no iba a fijarse especialmente en él. Si él quería fijarse en ella, que lo hiciera. Deirdre mantendría la cabeza bien alta para que los demás hombres vieran la princesa que había en ella. Y en cualquier caso, ¿no tenía ya un prometido que la estaba esperando? Con este pensamiento clavado en la mente cruzó la entrada del salón de banquetes.

Un rico aroma impregnaba el aire: cerveza e hidromiel, frutas guisadas y, sobre todo, el olor de la ternera asada bien cebada. En el centro del recinto había un caldero lleno de cerveza, y en las mesas, pequeños cuencos de hidromiel. Las mesas estaban dispuestas a lo largo de las paredes y los invitados ya se habían sentado a ellas. Rojos y azules, verdes y dorados, los resplandecientes vestidos y los centelleantes adornos de los jefes y de sus esposas daban al salón un aire magnífico. Sonaban conversaciones y risas, pero aun así se oían las suaves notas de tres arpistas que tocaban en un rincón.

No bien entró, sintió que los hombres posaban sus ojos en ella. Se dedicó a la tarea encomendada y sirvió cerveza e hidromiel a quienes se lo pedían, con una palabra amable o una sonrisa, pero, aparte de eso, apenas se molestó en mirar a los rostros de los asistentes.

En una ocasión tuvo que pasar por delante del mismísimo Rey Supremo y por el rabillo del ojo observó su aceitunada figura, que a ella le resultaba desagradable, y la gran presencia de la Reina. Estaban intensamente enfrascados en una conversación y Deirdre se cuidó muy mucho de mirarlos directamente a la cara.

De hecho, estaba tan concentrada en su trabajo que, cuando le ordenaron que sirviera la mesa donde Conall se había sentado, no reparó en su presencia.

Qué pálido lo encontró, qué serio... Le sirvió como había hecho a los demás e incluso le dedicó una sonrisa.

—Me alegro de verte, Deirdre, hija de Fergus. —Su voz era grave y tierna a la vez—. No sabía que te encontraría en el banquete.

—Para mí también ha sido una sorpresa, Conall, hijo de Morna —le correspondió ella con amabilidad; luego siguió sirviendo la mesa sin volver a mirarlo.

Tuvo que regresar a su mesa en varias ocasiones, pero no hablaron más. Una vez vio que su tío, el Rey Supremo, lo llamaba con una seña, pero entonces se distrajo con un gaitero que había comenzado a tocar.

Conall regresó de su conversación con el Rey. Se sentía desconcertado. Bajo aquellas densas y oscuras cejas, los ojos de su tío, de un tono azul oscuro y algo inyectados en sangre, brillaban de una manera que denotaba que no se le escapaba ni un detalle.

—Conall —le había dicho—, así que estamos en la fiesta de Bealtaine y tú te sientes triste.

—No es más que la expresión de mi rostro.

—Ya... ¿Quién es esa joven que ha hablado contigo? ¿No la he visto antes?

Como respuesta, Conall le explicó lo mejor que pudo de quién se trataba y le dijo que su padre era el jefe de Dubh Linn.

—¿Dices que ese Fergus es un jefe?

—Así es. —Conall sonrió —. Un jefe pequeño. Sus ancestros fueron conocidos.

—Sea como fuere, tiene una hija hermosa. ¿Está prometida?

—Sí, está prometida, creo, con alguien del Ulster.

—Pero —el Rey lo miró con ojos socarrones—, ¿no te gustaría para ti?

—En absoluto —farfulló él.

—Ya.

Su tío asintió y así concluyó la conversación, aunque después de regresar a su asiento, Conall notó que el Rey miraba a Deirdre con aire pensativo.

¿Le estaba transmitiendo su tío un mensaje? ¿Le sugería que se casara con ella?

Al menos le estaba diciendo que su amor por la muchacha era obvio. ¿Y no se hallaba él ahora, cualesquiera que fuesen las razones, a punto de permitir que se casara con otro? No podía negarlo. ¿Y por qué lo hacía? ¿Era realmente eso lo que quería?

Permaneció un rato sentado sin hablar con nadie. Luego alzó la mirada y vio que ella se aproximaba. Se acercó tanto a él que si hubiese extendido la mano, le habría rozado el cabello dorado.

—Deirdre, hija de Fergus —dijo en voz baja, pero ella lo oyó y volvió la cabeza. ¿Había una expresión de dolor en sus hermosos ojos?—. Tengo que hablar contigo. Mañana por la mañana, al amanecer.

—Como desees. —Deirdre dudaba.

Conall asintió. Nada más. Y cuando los gritos comenzaron, Deirdre ya se estaba alejando de él.

Todas las cabezas se volvieron y los druidas fruncieron el ceño. El monarca parecía enojado y hasta el gaitero calló. En el lugar sagrado de Uisnech, durante la fiesta de Bealtaine, alguien se atrevía a alterar la paz del Rey Supremo.

El griterío prosiguió. Luego se hizo el silencio. Uno de los ayudantes personales del Rey entró en la sala de banquetes y le dijo algo.

El monarca asintió con expresión sombría. Y minutos más tarde, hicieron pasar a dos figuras. La primera, con aspecto irritable pero cauto, era Goibniu, *el Herrero*. Detrás entró Fergus, la viva imagen de un jefe desafiado. Conall miró a Deirdre, que se encontraba en pie, y vio que palidecía. Cuando los dos hombres llegaron delante del Rey, este se dirigió a ellos. Primero habló a Goibniu con voz serena.

—¿Cuál ha sido la causa de la pelea?

—He tenido unas palabras con este sujeto.

—¿Sobre qué?

—Sobre que su hija no estaba aquí. La ha prometido a un

hombre del Ulster y yo he venido a recogerla. —Entonces miró a Fergus con desdén—. El tipo me ha golpeado.

El Rey Supremo se volvió hacia Fergus. Así pues, aquél era el jefe de Dubh Linn. Con una sola mirada, comprendió al hombre perfectamente.

—Y sin embargo, como ves, su hija está aquí —prosiguió, señalando a Deirdre. Goibniu la vio y quedó desconcertado—. ¿Tienes algo que decir, Fergus?

—Que este hombre me ha llamado mentiroso —respondió Fergus con vehemencia; luego, en tono más humilde, añadió—: Pero mi hija merece un príncipe y ahora por mi culpa la desgracia ha caído sobre ella.

Por el rabillo del ojo, el monarca vio que algunos de sus nobles más próximos miraban con aprobación al desgraciado y orgulloso jefe y coincidió con ellos.

—Parece, Goibniu, que estabas equivocado respecto a la chica —dijo el Rey amablemente—. ¿No es posible que también te hayas equivocado acerca del golpe? Quizá solo te pareció que estaba a punto de golpearte —concluyó el Rey, que miró fijamente al herrero con sus ojos azul oscuro.

Goibniu podía ser cualquier cosa menos estúpido.

—Es posible —admitió.

—Te has confundido.

—Confundido, sí. Eso ha sido.

—Ocupa tu sitio en la fiesta, Goibniu. Olvida este asunto. En cuanto a ti —se volvió hacia Fergus—, espérame fuera, Fergus, hijo de Fergus, porque es posible que tenga algo para ti.

Acto seguido, hizo una seña con la cabeza al gaitero para que prosiguiera su recital y el banquete se reanudó.

Mientras la fiesta continuaba y Fergus aguardaba fuera, y Deirdre, que ignoraba lo que el Rey tenía pensado para su pobre padre, hacía lo posible por cumplir con la tarea que le habían encomendado, al contemplar la cara encendida y las pobladas cejas del monarca de la isla, ninguno de los presentes supo lo que en realidad le pasaba por la mente.

Era perfecto, pensaba el Rey Supremo. Su plan ya estaba completo. Lo único que tenía que hacer era hablar con aquel individuo de Dubh Linn y la trampa estaría tendida. Qué impensable hacedor de la buena fortuna habían enviado los dioses... Proclamaría el anuncio en el momento culminante de la fiesta, a la puesta de sol.

A continuación, aquella tarde tuvo lugar una pequeña ceremonia delante de una multitud curiosa, oficiada por uno de los druidas más ancianos.

Con una correcta exhibición de cortesía, Fergus y Goibniu se plantaron uno frente al otro y, cuando el druida dio la orden, Goibniu se movió primero y se abrió la camisa para ofrecer su pecho a Fergus, que se acercó a él con toda solemnidad y puso la boca encima de uno de los pezones del herrero. Lo chupó un instante y luego retrocedió para ofrecer su propio pecho. Goibniu se aproximó y le devolvió el cumplido. Después, ambos se saludaron con la cabeza y el druida declaró terminada la ceremonia, porque en la isla esta era la forma en que dos hombres que se habían peleado sellaban su reconciliación. Cualesquiera que fuesen sus diferencias, ahora Fergus y el herrero estaban unidos por un vínculo de amistad. En otras tierras estos tratos se cerraban con un apretón de manos, fumando una pipa o mezclando la sangre. En la isla se hacía con un beso en el pezón.

La ceremonia se realizó por orden expresa del Rey Supremo, porque nada, les dijo, iba a enturbiar la paz y la felicidad colectivas del banquete real.

Conall y Finbarr se hallaban en la cima de Uisnech. El sol estaba en el horizonte y, cuando Conall se volvió para decirle a su amigo que debían bajar, su intensa luz bañó su rostro en un brillo rojizo. Había llegado el momento de regresar a la fiesta. Y ahora, tras haber permanecido en silencio mucho tiempo, Finbarr se aventuró a preguntar:

—¿Has visto a la muchacha?

—He visto a la muchacha.

—¿Y qué vas a hacer?

—¿Fuiste tú quién dispuso que sirviera en el banquete?

Conall acababa de darse cuenta de ello.

—Sí, fui yo. ¿Me perdonas?

—Hiciste bien. —Conall sonrió con ternura—. ¿Serás siempre mi amigo, Finbarr, ocurra lo que ocurra?

—Sí, lo seré —prometió Finbarr—. ¿Y qué vas a hacer con Deirdre?

—Pregúntamelo mañana.

Finbarr suspiró. Sabía que era inútil forzar más el asunto. En cambio, alargó la mano y dio un afectuoso pellizco a su amigo en el brazo.

Mientras bajaban del promontorio, cayó la noche y en la parte baja de la montaña comenzaron a brillar las antorchas. De camino hacia el banquete, vieron a una vieja druida que saludó a Conall con la cabeza. Éste la correspondió de igual manera. Al llegar a la entrada de la sala, se separaron y Finbarr observó a su amigo mientras entraba. Al cabo de un minuto, Fergus y su hija también entraron. El jefe parecía contento. Era obvio que el Rey Supremo se había apiadado de él, pero Finbarr captó que Deirdre estaba terriblemente mal.

El Rey Supremo se puso en pie y entre los invitados se hizo el silencio.

Empezó en voz baja, con una leve sonrisa en su gruesa cara, y les dio la bienvenida a lo que siempre era una feliz ocasión. Después, agradeció a los druidas y a los jefes el leal tributo que habían pagado. De hecho, comentó, se alegraba de decir que no había nadie en la isla que no le hubiese pagado. Hizo una pausa:

—A excepción de un hombre del Connacht. —Todos lo miraron a la espera de alguna señal y el monarca permitió que en su cara se formara despacio una expresión de torcida ironía—. Al parecer, cuando fuimos a verlo, no estaba en casa.

Entonces soltó una carcajada. Así que el Rey se divertía, pero ¿qué iba a hacer? La expresión irónica duró el tiempo suficiente para convertirse en amenazante.

—Mi sobrino Conall —señaló al pálido príncipe—, acompañado de otros hombres, le hará una visita. —Sus ojos recorrieron la sala—. Partirán al amanecer.

Asintió con la cabeza amigablemente, luego se volvió hacia su esposa y antes de sentarse le dedicó el mismo gesto.

Los asistentes habían contenido el aliento unos instantes, pero ahora se había desatado la risa, nerviosa al principio y luego más robusta. Los hombres empezaron a dar palmadas a las mesas a modo de aplauso.

—Durante la fiesta de Bealtaine —gritó alguien—. El hombre del Connacht seguro que no lo espera. —Sonaron más carcajadas—. Lamentará no haber estado en casa la primera vez.

Ya los tenía. Había sido su primer golpe de autoridad, mezclado con una astucia engañosa. Se lo respetaron. Les gustó el sombrío humor del asunto. Y cuando, en vez de un tributo, el toro fuera traído de vuelta, toda la isla admiraría su venganza. Algunos, que conocían el deseo de Conall de hacerse druida y lo mucho que aborrecía aquellas aventuras, vieron algo más. Hasta su sobrino favorito debía doblegarse bajo el yugo real. «Pero el Rey tiene razón —murmuraron estos—. Había que hacerlo.»

El Rey Supremo miró a Conall, de pie en el otro extremo del recinto. Su sobrino parecía conmocionado. Larine le había hablado sin duda al joven de su promesa de consultarlo antes de tomar tamaña decisión. Sí, aquello era una lástima y supondría una amarga lección para Larine y su sobrino. Los reyes utilizan a los príncipes. Eso ambos debían saberlo. Además, pensó el tío, el joven parecía tan inseguro acerca de lo que quería hacer que, mandándolo a aquella incursión, tal vez le haría un favor. Luego miró a su esposa, a quien se le había iluminado la cara, como él esperaba que ocurriese. La Reina se había salido con la suya y el le devolvió la sonrisa.

Cuando, al cabo de un rato, se alzó de nuevo para hablar, se produjo cierta sorpresa. Tal vez alguien iba a ser ensalzado. Corteses, los invitados prestaron atención.

—Tengo otro anuncio que hacer. Un anuncio feliz.

Los miró despacio, de forma que supieran que les pedía felicidad.

—Como sabéis, soy un hombre afortunado, pues cuento con la compañía de mi esposa desde hace muchos años. —Inclinó la cabeza ante ella y se levantó un murmullo de asentimiento no del todo sincero—. Sin embargo —prosiguió—, entre nosotros existe la costumbre, de cuando en cuando, de tomar otra esposa. —En la sala se hizo un silencio de muerte—. Así que he decidido, además de conservar a mi querida esposa, casarme de nuevo.

Todos contuvieron el aliento y los ojos se volvieron a la Reina, que se había quedado pasmada, como si le hubiera caído una piedra encima. Los maridos, que conocían las maneras autoritarias de la Reina, intercambiaron miradas. Las esposas, algunas de ellas, estaban conmocionadas. Sin embargo, no pocas habían sufrido la inquina de la Reina en una ocasión u otra. Y al cabo de unos momentos, en toda la sala, como la niebla condensándose en gotas sobre las hojas de los árboles, el pensamiento colectivo que se formó fue: «Se lo tiene merecido».

Pero ¿quién era la novia? A una señal del monarca, vieron adelantarse a una alta figura de luengos bigotes acompañado de una joven atractiva que, hasta hacía un rato, había servido la cerveza y el hidromiel. Los invitados se miraron, atónitos. ¿Qué significaba aquello?

—Deirdre, hija de Fergus, hijo de Fergus, de Dubh Linn —anunció el Rey.

Y sonriendo a la muchacha, tiró de Fergus para acercarlo y le pasó el brazo por el hombro, de modo que el jefe, que parecía contento como si hubiera vencido a un ejército él solo, se encontró abrazado, por su yerno, el Rey, con la misma fuerza que un tornillo de banco.

Mientras los invitados aún trataban de poner orden a sus ideas, fue Goibniu quien se levantó y, alzando la jarra, gritó:

—¡Larga vida y buena salud al Rey y a Deirdre!

Los asistentes, a favor de la corriente, mostraron su entusiasmo con cordiales rugidos.

El Rey Supremo los observó a todos desde debajo de sus cejas pobladas. Podía haberse divorciado de la Reina. En la isla occidental, el divorcio era corriente y fácil, pero aquello habría ofendido a la familia de ella, que eran gente de alta alcurnia, mientras que si tomaba otra esposa, solo la privaba de una importancia exagerada. El golpe maestro radicaba en la elección. Mientras que cualquier hombre de la isla podía tomar más esposas, un rey tenía que hacerlo con cuidado. Si elegía a la hija de un jefe destacado, ofendía a los demás. Uno podía tener concubinas, por supuesto, pero aquél no era su objetivo. Tanto si le gustaba como si no, el matrimonio era un equilibrio de poder. Aquella jugada le había sido necesaria para socavar la posición de la Reina. La sagacidad de su elección residía en que la muchacha era noble y parecía una princesa, pero su padre no contaba en absoluto. Señor de los cenagales, una tierra de nadie, un vado abandonado…

El hombre del Ulster al que la habían prometido no causaría problemas. Enviaría a uno de sus hombres para que le diera un generoso regalo y lo comprendería: un rey supremo tenía prioridad. Y en cuanto a Goibniu, aquella tarde el monarca ya había recompensado en secreto al herrero astuto para resarcirlo de la pérdida de la comisión que había dejado de ganar como intermediario del matrimonio fallido. Así que todos a los que había que hacer felices ya lo eran, excepto Conall y la muchacha, quizá.

—La boda se celebrará mañana por la noche —dijo.

Era una noche oscura. Las estrellas habían escondido el rostro detrás de las nubes. El cielo ni siquiera ofrecía una chispa de luz para ayudar a Deirdre, que caminaba a tientas por una negrura que, rodeándola, parecía envolverla y asfixiarla con sus atenciones.

A veces la rozaron las cortinas de piel de buey de las carretas y otros refugios temporales que tachonaban el paisaje; en varias ocasiones, chocó con cuerpos que dormían envueltos en capas y oyó ronquidos y otros murmullos más íntimos. Su padre había regresado al salón y yacía dormido en un sueño satisfecho junto con otros cincuenta, pero ella no había soportado quedarse allí dentro. Había salido y dejado atrás las agonizantes antorchas y comenzado a caminar hacia el lugar donde habían detenido la carreta con sus dos hermanos dentro. Era extraño que en aquel momento de crisis decidiera recurrir al consuelo de aquellos dos chicos, seguramente borrachos, pero al menos eran su familia. Para bien o para mal, aquello era algo. Una última noche con la familia.

Y después, ¿qué? Una boda con el Rey. No culpaba a su padre de ello, ya que no había nada que pudiera hacer al respecto. Ni siquiera lo culpaba de que estuviera tan contento. Era natural. ¿Y cómo podía decirle que, mientras había estado ante el Rey, ella no había sentido más que horror físico? No se trataba solo de que el Rey Supremo pudiera ser su padre. Había viejos atractivos. Pero aquella cara cetrina, con los ojos inyectados en sangre, su cuerpo grueso, las manos que a ella le parecían un par de zarpas peludas y horribles... Todo él le producía repulsión. La noche siguiente, ¿tendría que ofrecerle de veras su cuerpo? ¿Sería aquél el único amor que llegaría a conocer, día tras día, hasta que él muriese? ¿O moriría antes ella? Había tenido que recurrir a todo el control de sí misma para no echarse a temblar delante de los invitados. Ni siquiera el hombre del Ulster habría sido tan terrible, pensó con amargura. No le había producido repugnancia. Seguramente, con el paso del tiempo, habría aprendido a amarlo.

¿Y Conall? ¿Qué tenía pensado decirle por la mañana? Después de esperar tanto tiempo, ¿había decidido por fin pedirla en matrimonio? Aquella idea le resultó tan dolorosa que apenas pudo soportarla. Ya no había remedio. Demasiado tarde.

Ahora, en la negrura que tenía por delante, le pareció distinguir el contorno de la carreta. Avanzó con cautela. Había llegado a ella. Sí, era aquélla. Aguzó el oído. Sus hermanos roncaban y empezó a levantar la cortina de piel de la parte trasera.

Una mano la agarró por el brazo y se quedó paralizada.

—¿Has salido a pasear? —dijo una voz en un siseo. Deirdre contuvo una exclamación y trató de soltarse, pero la mano la agarraba con fuerza—. He estado esperándote. —En aquella ocasión la voz fue como un gruñido y la muchacha seguía sin saber quién la sujetaba de aquella manera, pero lo supo al escuchar las siguientes palabras—. ¿Crees que puedes desafiarme?

Era la Reina.

—No..., no —tartamudeó. En su congoja y desesperación, se había olvidado de ella—. Esto no lo he elegido yo —dijo en tono áspero.

—Tontita. —Deirdre notaba el aliento de la Reina en la

mejilla. Olía a cerveza rancia—. ¿Crees que te dejaré vivir? Y ahora no grites, ¿lo crees?

—Yo… —Deirdre quiso decir algo, pero no le salieron las palabras.

—Envenenada, ahogada, un accidente… —prosiguió el terrible siseo—. Fácil de preparar. Si te casas con el Rey, joven dama, te prometo que no vivirás más de un mes. ¿Comprendes?

Ahora la agarraba con tal firmeza que Deirdre apenas pudo contener las lágrimas.

—¿Qué puedo hacer? —Su susurro fue casi un gemido.

—Yo te lo diré. —La Reina presionó los labios contra su oreja—. Huye, joven Deirdre. Huye para salvar la vida. Huye de Uisnech, huye de Dubh Linn. Corre a un lugar donde nadie pueda encontrarte. Empieza a correr esta noche y nunca dejes de hacerlo, porque si el Rey te encuentra, te traerá de vuelta y si lo hace, te mataré. Corre.

Deirdre notó que la soltaba y oyó un murmullo de hojas en el suelo. La Reina se había marchado.

La joven recuperó el aliento. Temblaba de pies a cabeza. Quería correr, adonde fuera, a cualquier sitio, a un lugar donde estuviese a salvo.

No serviría de nada despertar a sus hermanos o a su padre. Comenzó a moverse a toda prisa, tropezando, casi corriendo, sin saber bien hacia dónde ir hasta que en la oscuridad encontró un camino que parecía llevar a algún sitio. El sendero se empinaba y captó la fragancia de las hierbas. En lo alto, un puñado de estrellas estalló entre las nubes; entonces, se dio cuenta de que estaba subiendo la colina de Uisnech.

En la cresta de Uisnech, Conall se sentó de nuevo con la espada apoyada en la gran piedra de cinco caras; su mirada se perdió en el oscuro vacío que tenía delante. Su estado de ánimo era tan sombrío como la noche.

Primero, el anuncio de la incursión para capturar el toro. Lo que lo encolerizó fue el propósito que había detrás de aquella acción. En vez de hablar con él de antemano, como le había prometido a Larine, su tío había hecho un anuncio público que dejaba a Conall en una situación imposible. Ahora, cualquier argumento sería un desafío al Rey Supremo. Su tío lo había derrotado con su estrategia, lo había utilizado y lo había tratado con un desdén cínico. Lo odiaba por ello.

Pero incluso aquello no era nada comparado con la conmoción que le había causado la segunda proclama. Había perdido a Deirdre. En el último instante, después de meses de dificultad, de sufrimiento, de repente su amor se había vuelto imposible. Ella pertenecía al Rey Supremo. Era inalcanzable. Y era evidente que la joven no amaba a su tío. Lo llevaba escrito en la cara.

Mientras cavilaba en el hecho terrible de que nunca sería suya, Conall experimentó una emoción nueva e intensa. Era como si sus dudas nunca hubiesen existido. Deirdre. Apenas había podido apartar los ojos de ella. El resto de la velada, siempre que ella había estado en el salón, se había descubierto observando todos sus gestos. Deirdre, en cambio, no lo había mirado. ¿Cómo iba a hacerlo? Una vez, sin embargo, él se había vuelto de repente y le había parecido que ella miraba en su dirección. ¿Intentaría todavía acudir a la cita que tenía con él al amanecer? Seguramente, no. ¿Qué iban a decirse? No lo sabía seguro. Sin embargo, incluso después de que abandonara el banquete, la sensación de la presencia de Deirdre había permanecido con él, como una sombra.

No tardó mucho en tenerla entre sus brazos y ella le contó enseguida su encuentro con la Reina.

—Dime, Conall, ¿qué debo hacer? —sollozó—. ¿Cómo puedo huir y hacia dónde, el Rey saldrá a buscarme? Yo, sola en el mundo... ¿La Reina me mataría? —añadió entre lágrimas—. Dime que no es verdad.

Pero Conall no respondió porque conocía a la Reina.

Se quedaron allí un tiempo, Deirdre temblando en sus brazos, mientras él, que también temía por ella, pensaba en las limitaciones de su propia vida. Al menos hasta que tomara una decisión. Y tan pronto como la tomó, una nueva calidez embargó su corazón y se sintió colmado de una sensación exultante que pareció llenar su mundo con una luz de videncia. Por fin, descubrió aliviado, por fin sabía lo que tenía que hacer.

—Huiremos juntos —dijo entonces—. Si es preciso, al fin del mundo.

Finbarr esperó nervioso, mientras Fergus dudaba.

—¿Y bien?

El Rey Supremo traspasó con una mirada implacable al hombre de Dubh Linn.

La respuesta a la primera pregunta: «¿Conocías los planes de tu hija para escapar?», había sido fácil. No, no lo sabía. De hecho, Fergus estaba horrorizado y aquello era palmario; sin embargo, ¿sabía que Conall cortejaba a Deirdre? Decidió que la sinceridad sería la mejor alternativa.

—Para mí habría sido una buena cosa —confesó—, pero resultaba difícil saber si él iba en serio. No vino a buscarla —explicó.

Luego se volvieron todos hacia Finbarr: el Rey, la Reina y los dos jefes que el monarca había mandado llamar al salón de banquetes aquella mañana. Así que Finbarr hizo la única cosa sensata. Les contó lo que sabía de los sentimientos de Conall y de cómo había sido él quien había preparado el encuentro entre los dos jóvenes durante el banquete del día anterior.

—Pero yo, entonces, no sabía nada de tu interés por ella —añadió Finbarr, inclinando respetuosamente la cabeza ante el monarca y sin mirar a la Reina.

Para su alivio, el monarca aceptó su explicación con un lacónico asentimiento.

—Está claro que la muchacha ha escapado con Conall —dedujo el Rey.

Reinó el silencio. Ante aquel insulto a su orgullo y autoridad, pensó Finbarr, la calma del Rey era admirable; sin embargo, el monarca también parecía pensativo.

—Me pregunto —dijo en voz baja—, si no habrá otra razón que los haya impulsado a huir juntos.

Todos intercambiaron miradas. Nadie lo sabía.

—¿Y qué hay de ese toro? —intervino la Reina que hasta entonces se había mantenido impasible.

—Ah, el toro. —El Rey miró alrededor—. Finbarr irá a buscarlo. —Le dirigió una fría mirada—. Pero asegúrate de no fallar —añadió.

Finbarr agachó la cabeza de nuevo. El mensaje era claro. El Rey aceptaba que no era directamente culpable de lo sucedido y le daba la oportunidad de distinguirse; aun así, si no conseguía traerle lo que quería, sus favores se acabarían.

—¿Y los huidos? —preguntó uno de los jefes.

—Sal con cincuenta hombres —le ordenó— y encuéntralos. Y trae a la chica de vuelta.

—¿Y a Conall?

El Rey lo miró de nuevo, sorprendido.

—Mátalo —dijo.

Dos

Tara

I

La primera noche fue benévola con ellos. Tras preparar la huida a toda prisa, tomaron dos corceles fuertes y veloces y dos buenos caballos de carga. Conall no se llevó la espada ni la lanza, solo el cuchillo de caza, aunque también cogió un pequeño lingote de plata y se lo escondió en el cinturón. Cuando salieron del campamento, era noche cerrada y todo el mundo dormía. Probablemente, nadie notaría su ausencia hasta bastante después del amanecer. Y aunque sus perseguidores saliesen enseguida, no sabrían qué camino habrían tomado.

¿Hacia dónde debían ir? ¿A los páramos del Connacht? ¿Dejarlos atrás y llegar hasta el Ulster, donde podrían encontrar un barco que les permitiera cruzar hasta Alba? No, decidió Conall. Aquello sería lo primero que se le ocurriría al Rey y, al cabo de unos días, tendría espías vigilando en todos los puertos. Si querían escapar por mar, sería mejor que esperasen. Entonces, ¿adónde podían ir, mientras, para huir del largo brazo del Rey Supremo?

—Nuestra mejor esperanza está en el sur —le dijo a Deirdre—. En el Munster.

La inmensa y hermosa costa del sudoeste, con sus innumerables cerros, caletas e islas, les brindaba numerosas oportunidades para esconderse; además, el control que el monarca tenía de la zona era menor que en el resto de la isla.

La primera noche viajaron hacia el sur. El terreno era llano y los pastizales interrumpían el bosque con frecuencia. Cuando rompió el alba, advirtieron que estaban en una marisma desolada y procedieron con cautela un buen rato, vadeando un pequeño río hasta que llegaron a terreno seco, donde descansaron. Deirdre despertó pasado el mediodía y se encontró con Conall, de pie a su lado.

—He reconocido el terreno que tenemos por delante —le dijo—. Será mejor que nos pongamos en camino.

Cabalgaron con precaución toda la tarde. Las principales vías de la isla solían estar transitables. En algunos sitios, la maleza que las orillaba era tan densa que solo habría sido cuestión de instantes encontrar algún escondite, pero eso significaba que los caminos eran el único medio de avanzar. Incluso en las zonas menos pobladas, siempre se corría el riesgo de toparse con alguien. En una ocasión, llegaron a un ondulado páramo, donde encontraron una cabaña de pastor vacía. Más tarde, al divisar tierras cultivadas ante ellos, dieron un gran rodeo para evitar que los vieran, pero las ramas que les golpeaban la cara hacían que el avance fuera tan lento que perdieron un tiempo valioso. Cuando llegaron a la cresta de un cerro era ya media tarde y Conall se detuvo.

—Allí —dijo señalando hacia el sur. Deirdre vio una larga y compacta cadena de montañas que surgía en la planicie—. Son los montes de Slieve Bloom —explicó—. Si podemos llegar a ellos mañana sin que nadie nos vea, será difícil que nos encuentren.

Cuando cayó la noche y se envolvieron en las capas y se tumbaron bajo las estrellas, estaban ya cerca. Deirdre, sin embargo, tardó un rato en conciliar el sueño y cuando lo hizo, durmió de manera intermitente. En algún momento de la noche, le pareció oír los aullidos de los lobos en la distancia.

Deirdre se despertó con la primera luz grisácea del amanecer y se estremeció. Se había levantado una fría y húmeda brisa. Conall ya estaba despierto y le dijo:

—Pronto lloverá. Eso es bueno porque tenemos que cruzar terreno abierto.

La lluvia no fue abundante, pero persistió toda la mañana,

protegiéndolos tras una cortina mientras recorrían un camino que llevaba por unos pastizales abiertos y un páramo. Luego, a mediodía, empezó a empinarse por una larga vertiente. Aparecieron árboles a cada lado, el sendero comenzó a serpentear y Deirdre advirtió con alivio que habían llegado a la seguridad que brindaban las montañas. Poco después, la lluvia comenzó a amainar y desde los ocasionales salientes de roca divisó las magníficas panorámicas de la campiña que se extendía a sus pies. Hicieron una pausa y descubrió que tenía hambre. Antes de salir, se había provisto de pan y de carne. Todavía les quedaba algo y, sentados junto a un pequeño arroyo de montaña, comieron la última carne y bebieron agua de la corriente, que sabía dulce.

—Desde aquí —dijo Conall— podemos seguir los senderos del bosque que se adentran en el Munster.

—¿Y qué comeremos, si puedo preguntar? —inquirió ella.

—He visto una liebre. —Conall sonrió apesadumbrado—. Y las nueces nos darán energía. Hay peces en los ríos y ciervos en los bosques. También puedo bajar a una de las granjas, decir que soy un viajero pobre y pedir un poco de pan.

—Entonces será mejor que te quites la capa —le dijo ella riéndose—. O que nadie te vea con ella —añadió más seria—. Es una capa principesca.

Conall miró la prenda. Era de un espléndido tejido, con los bordes de piel; Deirdre tenía razón.

—Qué estúpido soy —dijo—, recorriendo el país con una capa como esta.

Sacudió la cabeza, se acercó a uno de los animales de carga y sacó un hacha pequeña. Entonces, apartó unas hojas del suelo junto a un árbol y empezó a cavar un hoyo superficial. Al cabo de poco, fue lo bastante hondo para contener la capa, lo cubrió de nuevo con tierra y esparció las hojas otra vez sobre el lugar. Satisfecho con su trabajo, regresó, guardó el hacha y le dedicó una sonrisa.

—Así que has enterrado tu ropa elegante, ¿no? —le dijo, devolviéndole la sonrisa.

—Sí.

De repente, la sonrisa abandonó su rostro y adquirió un aspecto pensativo.

—¿Qué ocurre? —preguntó ella.

—Nada —respondió él—. Nada importante. ¿Seguimos cabalgando?

Pero entonces ella recordó las *geissi* de las que le había hablado su padre.

> Conall no moriría hasta que:
>
> Hubiera enterrado sus prendas de vestir.
> Hubiera cruzado el mar al amanecer.
> Hubiera llegado a Tara a través de una bruma negra.

Acababa de cumplirse la primera.

Insegura, Deirdre comenzó a decir algo, pero él ya cabalgaba delante de ella.

Solo una cosa asombraba a Deirdre. Hasta entonces él no le había hecho ningún requerimiento físico. Habían estado viajando, desde luego, y las circunstancias distaban mucho de ser cómodas, pero no la había ni rozado. Supuso que lo haría a su propio ritmo. Y mientras tanto, no sabía si hacer algo para animarlo o no.

Lo intentó tomándolo del brazo o plantándose de espaldas a él a la espera de que la abrazase. También lo había probado de cara a él, con la confianza de que la besara, pero lo único que había conseguido era una sonrisa.

Recordó que su madre una vez le había dicho: «Con un hombre solo se necesita un poco de tiempo y buena comida». Por eso se sintió doblemente esperanzada cuando, mientras viajaban por los altos senderos de los montes de Slieve Bloom, Conall le dijo:

—Mañana saldré a buscar comida.

A la mañana siguiente, tras dejarla con el último pan que quedaba, se puso en marcha temprano, prometiendo que regresaría al atardecer. El día transcurrió apaciblemente. El tiempo era bueno y desde un claro entre los árboles se divisaba una panorámica extraordinaria. Aparte de los gorjeos de los pájaros, reinaba el silencio, pues cerca no había ni un alma. Cuando

Conall apareció, el sol ya se hundía en el horizonte. Llevaba una bolsa que contenía pan, tortas de trigo y otras provisiones. Parecía satisfecho de sí mismo.

—Me han dado esta comida en una granja —explicó—. Les he dicho que era un mensajero que iba al encuentro del rey del Leinster.

Aquella noche comieron bien. Conall encendió un pequeño fuego. Después, ella se tumbó contenta junto a la hoguera. Deirdre sabía que la luz de las llamas jugaba con su rostro y le sonrió, pero Conall solo le devolvió la sonrisa, bostezó, comentó que había sido un día muy largo y, tras envolverse en la manta de lana, se volvió de costado y se durmió.

No le había contado nada del mensaje que había enviado.

Había sido una suerte encontrar al viajero en el camino. En la isla había viajeros, por supuesto, como en otros lugares del mundo: mercaderes, mensajeros, magos, artistas ambulantes... En el mundo celta, estos últimos siempre iban de un lado a otro. Músicos, bailarines, bardos... Supuso que era consustancial a ellos. En ocasiones, se detenían en una granja para pasar la noche y entretenían a la familia de la casa a cambio de comida y alojamiento. En cambio, en la corte de un jefe importante, eran bien gratificados.

Conall vio al hombre en la distancia. Iba a pie, caminando por el sendero de montaña con paso fácil y tranquilo. Escondió el caballo entre los árboles y se le acercó.

El viajero era un bardo. Entablaron conversación con facilidad y Conall pudo exhibir tal conocimiento de poesía que el desconocido lo tomó por otro bardo. Conall advirtió que el hombre era un buen practicante de aquel arte, pero no tardó en saber que el bardo huía del Munster escapando de algún problema. Por eso, cuando Conall le sugirió que podía ayudarle a encontrar empleo en la corte del Rey Supremo, no le sorprendió ver que los ojos del artista se iluminaban.

—Debes ir a Uisnech mientras el Rey todavía esté allí —le dijo—. Tengo un amigo, un druida llamado Larine. Si lo abordas y le dices que te envío yo, acaso pueda ayudarte. Pero allí también tengo enemigos, por lo que no debes decir quién te envía. Ve directamente a hablar con Larine.

—Pero ¿cómo sabrá quién me envía? —preguntó el bardo.

—Te daré una prenda —respondió Conall, que tras romper una pequeña rama de un árbol cercano, le quitó la corteza con un cuchillo e hizo unas marcas en alfabeto ogham. Luego se lo tendió al bardo—. Muéstrale esto y cuéntale que yo te he dicho que él te ayudará.

—Lo haré, desde luego —prometió el hombre y siguió su camino.

Lo que Conall había escrito en la rama era una petición. Acababa de pedirle a Larine que se reuniera con él. Tenía que transmitirle un mensaje para el Rey.

En los días que siguieron, ora se dirigieron hacia el sur, ora hacia el oeste, a un paso más reposado. Bajaron hasta unas granjas dispersas y avanzaron con cautela antes de encontrar de nuevo bosques y terrenos más elevados. También se adaptaron a una nueva manera de viajar.

Lo que le había dado a Conall la idea había sido el encuentro con el bardo. Cada día reconocería el camino que tenían por delante y luego llevaría a Deirdre hasta un lugar que considerase seguro. Moviéndose solo, podría viajar hasta que viera una granja. Ahora ya lucía barba de varios días y la camisa que llevaba no estaba demasiado limpia. Si caminaba con una leve cojera, parecería más viejo. Tomaba siempre la precaución de llegar a pie y no le costaba hacerse pasar por un bardo y obtener comida y refugio para la noche. Por la mañana, pedía más comida para el viaje y se la llevaba a Deirdre. Con ello no solo solucionaba el problema de alimentarla, sino que también se mantenía informado de las noticias que se producían en la región. De momento, no había oído hablar de su huida ni había encontrado rastro del grupo perseguidor. Para Conall, aquella manera de viajar tenía asimismo otra ventaja: a menudo pasaba las noches lejos de Deirdre.

Cuando un hombre ha de contenerse con una mujer, o una mujer con un hombre, la mejor manera de evitarse reside en el manejo de las circunstancias. El método seguro de viajar que Conall había elegido era tan absolutamente lógico que Deirdre no podía cuestionárselo. Algunas noches, Conall se quedaba con ella, pero, cuando lo hacía, estaba cansado; de ese modo, aunque a ella todavía le sorprendía su control, pensaba que él quería posponer la consumación de su amor hasta que llegaran a un lugar donde pudieran quedarse y estar a salvo, y lo único que tenía que hacer ella era ser paciente.

Conall le había dicho a Larine que se reuniera con él al cabo de quince días. El bardo tardaría unos tres días, tal vez cinco, en encontrar al druida, y Larine necesitaría otros tres para llegar al lugar de la cita. Permitir un margen de tiempo tan amplio como quince días le pareció lo más sensato. Eligió el lugar cuidadosamente. Éste se encontraba en un campo abierto, donde podría ver si alguien se acercaba. Para llegar desde el norte, el druida tendría que tomar un camino serpenteante que cruzaba una marisma. Le había dicho que acudiera solo, pero aun cuando siguieran a su amigo, Conall podría escapar antes de que los perseguidores consiguieran acercarse. El único problema que aún no había resuelto era qué hacer con Deirdre mientras iba a encontrarse con Larine. Tal vez daría con una granja donde ella pudiera esperar, pero aquello era arriesgado. Sería mejor que la dejara con provisiones para unos días en un lugar seguro. Hasta entonces, no quería alejarse demasiado del sitio de la cita. Por eso su viaje trazaba una amplia curva hacia el oeste, en vez de dirigirse directamente hacia el sur, camino del Munster.

Había escogido a Larine de una forma natural. Si había alguien en quien confiar y a quien el Rey escucharía, ese era sin duda el druida. Sería Larine el que transmitiera los mensajes más importantes: primero, habían huido por culpa de la amenaza de la Reina; y segundo, no había tocado a la muchacha.

Había sido ese primer día, mientras contemplaban los montes de Slieve Bloom, cuando había comprendido lo importante que era su penitencia.

Aquella noche negra en que se habían puesto en camino ya había sabido que tan pronto como Deirdre estuviera fuera de peligro, tendría que enviar a su tío un mensaje a modo de explicación. Tendría que contarle la amenaza de la Reina. Confiaba en que su tío creyese que decía la verdad. Se había llevado a Deirdre solo para salvarle la vida, porque si la Reina había decidido matarla, tarde o temprano encontraría el modo de hacerlo; además, seguro que su tío no querría que eso sucediera. Con la mediación de Larine, tal vez llegarían a un acuerdo. Después de fingir que lo había perseguido, su tío muy bien podía dejarlo escapar discretamente al otro lado del mar y olvidar el asunto.

Durante la mañana se planteó otras posibilidades más complejas. ¿Y si su tío enviaba lejos a la muchacha para ponerla a salvo, pero exigía que él regresara? O podía divorciarse de la Reina y mandar llamar a Deirdre. Ambas cosas eran poco probables, pero no imposibles. Y desde luego, se recordó, no toleraría ninguna de las dos porque, al fin y al cabo, amaba a Deirdre y sabía que ella no soportaría casarse con el Rey.

Pero al mismo tiempo, mientras estaba al lado de la muchacha, mirando las montañas, comprendió el alcance de todo ello. Para que la negociación tuviera alguna esperanza de éxito, no debía tocarla. Hasta entonces, Deirdre era todavía la mujer del Rey, y había huido con ella solo para protegerla. A menos que pudiera prometerle a Larine con un solemnísimo juramento druídico que no había tocado a la chica, todas las explicaciones de su conducta se vendrían abajo.

Fue por eso por lo que, al menos de momento, evitó tener cualquier contacto con la mujer que amaba, cosa que creyó no poder explicarle a ella.

Larine leyó el mensaje en el bastón. Era sucinto: un nombre, un lugar, una fecha y la palabra «solo». Entonces se volvió hacia el mensajero. No sería difícil encontrarle un empleo a aquel individuo. En Uisnech todavía quedaban tres o cuatro jefes que, si Larine se lo pedía, harían una prueba al bardo y le pagarían algo. Si era bueno, la noticia correría enseguida.

—Puedo ayudarte —le dijo.

El mensaje de Conall, sin embargo, era mucho más complicado. Las celebraciones habían proseguido, como estaba previsto que ocurriera, pero el ambiente era tenso. El Rey Supremo parecía calmado por fuera, pero los que lo conocían, como Larine, nunca lo habían visto tan enfadado; en aquel momento, era peligroso.

Aunque el hecho de ser un druida lo protegía, ¿le apetecía acudir a la cita con el fugitivo? Si Conall quería verlo, tal vez fuese para pedirle consejo, pero también podía ser que deseara transmitirle un mensaje. ¿Querría él volver y contarle al Rey que había ido a ver a Conall a hurtadillas? ¿Tanto valía la amistad que tenía con Conall?

Aquel día, pasó mucho rato pensando antes de decidir que iría. Era un alma valiente.

Habían descansado tres días junto al estanque. Era un lugar tranquilo, un pequeño lago en el desnivel de una montaña, alimentado por una corriente de la cual asomaba, bajo un fresno en el otro extremo, una lengua de agua clara por encima de un labio de piedra que descendía por una hondonada de aulaga hasta una cañada serpenteante. Las laderas estaban todas cubiertas de espesos bosques y nadie se acercaba por allí. Conall había construido un pequeño refugio y se habían metido en el estanque, donde habían encontrado truchas, pequeñas pero muy sabrosas.

El primer día que habían descansado allí, Conall había salido y había regresado a la mañana siguiente con abundantes provisiones y leña, que había cortado para encender una hoguera. Mientras, Deirdre había lavado toda la ropa en el arroyo.

Desde hacía unos días, el tiempo era cada vez más cálido, y el cielo, de un azul transparente. La ligera brisa de la mañana se debilitaba gradualmente. Conall estaba tallando un bastón con el que hacer un arpón para pescar cuando ella le preguntó si aquella noche bajaría al valle.

—No —se apresuró a responder él—. Tenemos comida de sobra. Pero mañana —añadió— me marcharé para estar varios días fuera.

Poco después, se había metido en el lago y se había apostado con el arpón a punto, esperando divisar algún pez.

Entonces Deirdre supo lo que tenía que hacer. Ignoraba por qué, pero estaba segura de que tenía que hacerlo aquel día.

Cuando comieron, era primera hora de la tarde. Deirdre asó en las brasas los dos pescados que Conall había capturado y el aire quieto se llenó de diminutas volutas de humo azul grisáceo. Además del pescado, preparó alubias y lentejas. El día anterior, él había traído consigo una jarra de cerveza y bebieron de ella. A continuación, comieron tartas de avena con miel que Deirdre había hecho y cuando él se tumbó satisfecho después de aquel almuerzo, ella comentó con dulzura:

—Es una suerte que hayamos escapado, Conall. Me has salvado la vida.

—Probablemente sea cierto —dijo él, mirando el cielo—. La Reina es una mujer temible.

—Aunque no fuese por ella, no me gustaría tener que volver con el Rey. Es a ti a quien quiero.

—Y sin embargo —Conall inclinó la cabeza hacia delante para mirarla—, si alguna vez nos capturan los hombres del Rey, es posible que me maten. Y entonces, tú tendrás que regresar, ¿sabes? —Esbozó una sonrisa—. Tal vez el Rey se divorcie de la Reina y la mande de vuelta con su familia. Entonces no correrás ningún peligro.

Pero ella sacudió la cabeza.

—El Rey nunca me poseerá, Conall. Antes me quitaría la vida.

Lo había dicho de una forma tan llana que él pensó que debía ser verdad.

—¡Oh! —exclamó, volviendo a echar la cabeza hacia atrás y a clavar los ojos en el cielo.

Después, permanecieron callados, tumbados bajo el sol. El aire estaba absolutamente quieto. La columna de humo de la hoguera no se había dispersado, sino que ascendía en vertical hasta confundirse con el azul del firmamento. En toda la zona del lago reinaba el silencio. Deirdre vio un pájaro en la distancia, posado en una rama alta. Su plumaje relucía como el oro bajo el sol, pero si trinó alguna melodía, aquel sonido también cesó, como si el mismísimo paso del tiempo se hubiera detenido en el silencio absoluto de la tarde.

Entonces, sabiendo lo que tenía que hacer, se levantó en silencio. Él no se movió y siguió mirando el cielo. Deirdre se acercó a la orilla y, tras quitarse el vestido y la ropa interior, se metió deprisa en el agua fría y, con un estremecimiento, comenzó a nadar hacia el centro, donde podría sostenerse mientras braceara.

Al oír el sonido, pero sin saber que estaba desnuda, Conall miró hacia el lago y, al cabo de un momento, se sentó para contemplarla. Ella se quedó donde estaba, sin insinuarle que debía acompañarla, pero le sonreía en silencio, mientras él continuaba mirándola y la luz dorada jugaba en las pequeñas ondas del agua que se habían formado a su alrededor. Permanecieron así un rato.

Ella nadó unas cuantas brazadas hasta casi la orilla y se incorporó despacio. El agua le goteaba del cabello y de los pechos y caminó hacia él.

Y entonces, Conall, conteniendo una pequeña exclamación, se puso en pie y la tomó en sus brazos.

Larine esperó en el punto de encuentro durante tres días, pero por toda compañía solo tuvo los pájaros, que revoloteaban, vigilantes en lo alto. Conall no apareció. Y tras esperar dos días más para asegurarse de que no acudía, el druida regresó lleno de pesar.

Pese a la tristeza que lo embargaba por la desaparición de su amigo, Finbarr no pudo por menos que sentir alegría cuando se acercó a la colina de Uisnech con *Cuchulainn* correteando a su lado.

Ya tenía el toro negro. Se trataba, ciertamente, de una bestia magnífica. Mientras que muy pocas de las desgreñadas reses de la isla llegaban a la altura del pecho de un hombre, el lomo del toro negro le llegaba a los hombros y con las dos manos extendidas solo podía tocar las puntas de su inmensa cornamenta. Su pelaje era negro azabache, y la poderosa mata de pelo sobre la frente era tan tupida como una melena humana.

La incursión se había realizado con destreza. Sus hombres y él se habían escondido y habían vigilado durante dos días hasta que estuvieron seguros de que uno de los vaqueros que desaparecía regularmente en el bosque era el cuidador del toro. Al tercer día lo siguieron y encontraron al inmenso animal, hábilmente escondido en un pequeño cercado en el que el individuo llenaba un pesebre para alimentarlo.

—Te necesitaremos para que guíes el toro —le dijo Finbarr.

—¿Y si me niego? —inquirió el hombre.

—Te cortaré la cabeza —respondió Finbarr, en tono cordial.

Así, el hombre los había seguido.

Sacaron el toro del Connacht sin más incidencias por una ruta indirecta y, cuando se acercaban a Uisnech, Finbarr envió a uno de sus hombres al propietario del animal con el siguiente mensaje:

«El Rey Supremo lamenta que no estuvieras en casa cuando pasó a recoger el tributo, pero te agradece el espléndido toro que le has enviado en su lugar.»

La llegada no pudo ser más alentadora. En Uisnech todavía quedaban unos cuantos jefes con el Rey y su séquito. Mientras se aproximaban a los aposentos del monarca, toda una multitud, incluidos muchos druidas, orillaba el camino, pero fue la Reina quien salió primero a recibirlos, su rostro se torcía en una sonrisa.

—¡Éste es mi toro! —gritó. Y acercándose a la bestia y en voz más baja, repitió—: Éste es mi toro. —Su tono denotaba una honda satisfacción.

El recibimiento que les brindó el Rey, sin embargo, fue menos caluroso. Acogió a Finbarr con un asentimiento y un gruñido que parecían indicar que reconocía el éxito de la misión, pero era evidente que en la cabeza del Rey había asuntos mucho más importantes.

—Alguien ha visto a Conall y a Deirdre —le dijo Larine.

El druida no había contado nada de su frustrada cita y nadie se había enterado. Le había intrigado lo ocurrido y se había sentido herido en secreto cuando, a su regreso, había sabido que, al mismo tiempo que él esperaba en el lugar de encuentro, Conall viajaba hacia el sur, en dirección al Munster, con la muchacha. Los grupos que los buscaban seguían haciéndolo, le contó a Finbarr: «Pero de momento, no hemos vuelto a saber de ellos».

Cuando el Rey mandó llamar a Finbarr, faltaba poco para la puesta de sol. Lo encontró sentado en un banco, cubierto con una colcha, debajo de un árbol. El monarca lo miró con aire pensativo, frunciendo levemente sus cejas pobladas.

—Has hecho muy bien el trabajo que te había encomendado. —Esperó a que Finbarr inclinara respetuosamente la cabeza y añadió—: Y ahora te asignaré otro. Primero, sin embargo, dime una cosa: ¿sabes dónde está Conall?

—No, no lo sé.

—Pues encuéntralo y tráelo de vuelta. —Hizo una pausa y luego, con un estallido repentino de rabia, dijo—: Era el hijo de mi hermana, Finbarr. Siempre lo he tratado con bondad. ¿Crees que tiene derecho a portarse así conmigo? —Finbarr solo pudo inclinar la cabeza de nuevo, porque el Rey no había dicho más que la verdad—. Debe volver, Finbarr, y entonces tal vez me diga por qué ha hecho esto. Pero si no viene, tú volverás con su cabeza o será mejor que no regreses. Dos jefes irán contigo. Ya han recibido mis órdenes.

«Para que me vigilen», pensó Finbarr, que dijo en voz alta:

—¿Y Deirdre?

—No sufrirá ningún daño. —El monarca suspiró—. Casarme con ella ahora sería un escarnio. La enviaré de regreso a Dubh Linn. Puedes decírselo.

—Puede que no los encontremos.

—Tus padres y tus hermanos y hermanas son pobres, Finbarr. Si haces lo que te pido, te prometo que ya no serán pobres nunca más. Si fracasas, serán más pobres aún.

—Entonces, no me queda otra opción —dijo Finbarr con amargura antes de marcharse.

El Rey lo observó, aunque sin ira. Él en su lugar habría sentido lo mismo. Los monarcas, sin embargo, no siempre podían permitirse ser benévolos, como tampoco podían permitirse ser del todo sinceros.

Si Conall volvía con Finbarr, los dos jefes matarían a Conall en el camino. En cuanto a la chica, la enviarían de regreso a

Dubh Linn, pero antes de que llegase allí, sería entregada a un nuevo amo, porque el Rey ya la había vendido, como concubina, a Goibniu, *el Herrero*.

Si uno se detenía a pensar en ello, no podía ser de otra manera.

Volvían a viajar despacio y con precaución y ahora no se aventuraban nunca por terreno abierto a plena luz del sol.

El día que los habían descubierto, habían escapado por poco. Acababan de cruzar una zona de brezal donde dos de los caballeros del Rey, que aparecieron a su espalda, los vieron y comenzaron a darles caza. No podían hacer otra cosa que correr. Abandonaron el camino y se lanzaron hacia el bosque, consiguiendo eludir a los hombres del monarca, pero la experiencia los conmocionó a ambos. Ahora el Rey Supremo sabría que se escondían en el Munster. Con sus innumerables montes, islas y cañadas, resultaría difícil dar con ellos, pero el monarca se mostraría implacable.

Fue Deirdre quien tuvo la idea.

Desde los montes del Munster, en dirección al este, había caminos de bosque y senderos de montaña en casi todo el recorrido hasta llegar a las cadenas de montañas que surcaban la costa oriental de la isla y que culminaban en los majestuosos montes de Wicklow.

—Mientras ellos nos buscan en todos los montes y los valles del sudoeste, nosotros podríamos ponernos de camino hacia ahí arriba —señaló. Regresar a las regiones costeras de las que acababan de huir era un engaño astuto y sería poco probable que a alguien se le ocurriera buscarlos allí. Deirdre también sugirió otra cosa que lo sorprendió—. Debemos dejar los caballos aquí y seguir a pie —dijo.

Enseguida Conall vislumbró la sensatez de lo que acababa de decir. Nadie buscaría al príncipe Conall a pie. Luego ella hizo otras dos sugerencias que todavía lo asombraron más.

A mediados de junio un druida solitario, que caminaba despacio apoyándose en un bastón y que iba acompañado, unos cuantos pasos detrás, por un joven criado, se puso en marcha al anochecer desde las montañas de Wicklow y tomó el sendero que bajaba hasta el cruce de Ath Cliath en Dubh Linn. Fergus y sus hijos estaban en los remotos pastos con el ganado, como Deirdre le había dicho que estarían. Pero, en cualquier caso, era noche cerrada cuando, alejándose un poco del *rath*, por si había algún perro en las proximidades, cruzaron la calzada de madera sobre los bajíos del Liffey. Mientras lo hacían, Deirdre notó que las tablas podridas todavía no se habían cambiado. Al otro lado se extendía la amplia llanura de las Bandadas de Pájaros.

Hasta ahora, el plan de la muchacha había funcionado. Cuando, siguiendo su sugerencia, Conall se había hecho la tonsura de los druidas en la cabeza, ella sonrió para sí porque, a su juicio, parecía más que nunca él mismo.

Cuando ella se afeitó la cabeza como una esclava, él estalló en carcajadas. Deirdre se había preguntado si la pérdida de su espléndido cabello la haría menos atractiva a ojos de él e interferiría en sus actos amorosos que, desde la tarde del lago, habían sido frecuentes. Al cabo de unos momentos de concluir la operación, se dio cuenta de que no era así.

Pero ¿por qué había sugerido ella que buscaran un lugar donde esconderse tan cerca de su casa? ¿Era porque, en aquel momento de crisis, anhelaba la seguridad de la infancia y de la familia? Quizá. Mientras pasaban junto a la fortificación de su padre en la oscuridad, Deirdre sintió de repente un pinchazo de emoción. Deseó entrar, oler el aroma familiar del hogar, ver la forma pálida de la calavera de beber de su padre en su mesa. Cómo le habría gustado que el locuaz viejo se hubiera encontrado allí y hubiesen podido abrazarse... Pero él no estaba y ella no podía entrar, de modo que solo vio la tenue silueta de la torre del *rath* en la negrura. De todos modos, el lugar que había elegido como escondite también era apropiado, ya que allí no iba nunca nadie.

El primer día, Conall la dejó a cobijo del dolmen, en lo alto del promontorio. Siguió la costa, pero no tuvo suerte. El segundo día regresó sonriente. Había encontrado a una mujer vieja, una viuda, que vivía sola en una cabaña a orillas del mar. Al decirle que era un druida soltero que buscaba una soledad aún mayor, le había contado sus necesidades y la mujer se había alegrado mucho de poderlas satisfacer: un poco de comida cuando fuera a pedírsela y poder utilizar el pequeño *curragh* que había pertenecido a su marido, que era pescador.

Aquella noche, más tarde, sin que nadie los viera, Conall y Deirdre bajaron a la orilla y salieron en el *curragh* por un mar en calma y bajo un cielo estrellado en dirección a la islita con la roca partida que se encontraba bajo el promontorio que a ella tanto le gustaba. Esperaba que allí nadie diera con ellos.

II

La búsqueda se prolongó un año. Los espías del Rey Supremo vigilaban los puertos. En diversas ocasiones también habían vigilado en secreto a Fergus y su *rath* por si estaba ocultando a su hija, pero cada vez que volvieron a informar, dijeron que no había ni rastro de la muchacha.

Y Finbarr viajó durante un año.

Día a día, la situación no cambiaba: Finbarr, con *Cuchulainn* correteando a su lado, cabalgaba primero, seguido de los dos jefes. A veces tomaban caminos serpenteantes, otras, viajaban por una de las grandes carreteras de la isla. Podía tratarse de un amplio paso de ganado por los pastos de las tierras altas, un sendero cortado en el bosque o una robusta pista de madera por encima de una marisma; fuera cual fuese el terreno, los tres jinetes avanzaban implacablemente. Interrogaron a los barqueros de todos los ríos, preguntaron en cada granja y hasta en los grandes terrenos baldíos del interior, porque a la gente le resultaba difícil moverse por territorios tribales sin encontrarse a nadie. Alguien tenía que haberlos visto, pero después de que los hombres del Rey los hubieran avistado en el Munster, la pareja parecía haberse esfumado por completo.

Eran unos tiempos tristes. La pérdida de la cosecha del año anterior constituía un asunto serio. De momento, no había traído hambruna a la tierra, y los jefes de cada territorio velaban para que eso no ocurriera. Aún había leche y carne, verduras y bayas. Mientras llevaban a su gente a los pastos comunales sabían que, pese al fracaso de la cosecha en las granjas, todavía podían vivir como sus ancestros lejanos, antes de que la agricultura hubiese llegado a convertirse en un complemento a los recursos de la tribu. Pero había penuria. Con la destrucción de la cebada, escaseaban las gachas, el pan y también la cerveza. En las granjas, advirtió Finbarr, la mayor parte de las veces, los jefes habían sido descuidados a la hora de guardar grano para la siembra. Era una suerte que la tierra de la isla fuera rica, pensó, y que los jefes tuvieran una buena autoridad; sin embargo, si los habitantes dependían de sus jefes y los jefes de sus reyes, todas las esperanzas debían estar ahora, más que nunca, depositadas en el Rey Supremo y en si gozaba del favor de los dioses.

Justo después de Lughnasa, comenzó a llover. No fue la lluvia habitual que cabía esperar en las templadas y húmedas regiones costeras del Munster, a orillas del océano, sino unas poderosas tormentas acompañadas de vientos aullantes, día tras día, sin tregua. Era evidente que aquel año la cosecha también se perdería. Y por más que Finbarr amase a su amigo, al ver aquella terrible muestra del descontento de los dioses, no pudo menos que pensar en si la causa de todo no sería la humillación que Conall había infligido al Rey Supremo.

Con buen o mal tiempo, reconocieron las costas y las montañas del Munster; recorrieron el Leinster y subieron hasta el Ulster. A veces paraban en una granja, otras, dormían al raso, oyendo los aullidos de los lobos. Cruzaron los exuberantes pastizales en los que las paredes de tierra y las zanjas señalaban las divisiones entre las tierras de una tribu y otra y se aventuraron en las oscuras marismas donde la gente vivía en asentamientos *brannog*, construidos en el agua sobre plataformas de madera. En todas partes donde preguntaron, la respuesta fue la misma: «Por aquí no los hemos visto».

Una vez, solo una, Finbarr tuvo el presentimiento de que podían andar cerca. Fue en la costa oriental, justo encima de la bahía del Liffey. Allí, junto a un tramo deshabitado de playa, había conocido a una vieja y le había preguntado si había visto a algún desconocido.

—Solo al druida —había dicho ella—, que vive en la isla.

—¿No tiene acompañantes? —había preguntado Finbarr.

—No, ninguno. Vive solo.

Una intuición le decía que se acercara hasta el lugar, pero sus compañeros opinaron lo contrario.

—Vamos, Finbarr. Ahí no está.

Finalmente, decidieron marcharse.

Por fin llegaron a Connacht, con sus montañas, sus lagos y su escarpada costa. Hacían bien, pensó, en llamarla la tierra de los druidas. Al recordar el espíritu solitario de su amigo, creyó posible que estuviera allí. Buscaron durante meses y meses, pero no encontraron ni rastro de él. Un día, mientras se hallaban en los grandes y macizos acantilados de Moher, contemplando el océano furioso, en algún sitio del cual, decía la gente, estaban las islas de los Benditos, donde encontraban reposo eterno los espíritus de los grandes guerreros, Finbarr se preguntó si su amigo no habría muerto y su espíritu se encontraría allí. Justo entonces, uno de sus compañeros dijo:

—Es hora de volver, Finbarr.

—No puedo —replicó—. No lo he encontrado.

—Ven con nosotros —dijo el otro—. No puedes hacer nada más.

Fue entonces cuando Finbarr cayó en la cuenta de que había transcurrido un año desde que habían iniciado aquella búsqueda.

En ocasiones, Conall pensaba que nunca había sido tan feliz. Su vida con Deirdre se había convertido en una revelación para los dos. En sus sesiones amorosas, ella no había tardado en ser más osada incluso que él. Tomaba la iniciativa a menudo, controlándolo, o haciéndole permanecer quieto y tumbado mientras ella exploraba nuevas maneras de darle placer o excitarlo otra vez. Cuando el cuerpo esbelto de la chica se entrelazaba con el suyo, era natural que Conall, mortificado tanto tiempo por las dudas y las tensiones internas, experimentase lo que era ser feliz de veras.

La vida que llevaban en la isla transcurría con una placidez asombrosa. Las lluvias de final de verano no los habían molestado. La grieta en el farallón los protegía y los ocultaba; allí, encima de la diminuta cala y la playa, Conall utilizó ramas de la pequeña provisión de árboles de la isla para construir una cabaña de barro y mimbre que les serviría de abrigo durante el templado invierno. La viuda estaba encantada de proporcionar a Conall la sencilla comida que él complementaba con periódicas incursiones tierra adentro donde, como druida errante, podía comprar provisiones sin dificultad. En la isla pescaba; además, plantó guisantes y judías. Las otras necesidades las cubrieron de diferentes modos: para recoger agua de beber, encontró diversos lugares en los que el agua de lluvia caía desde la pared de la roca y cavó tres hoyos de buen tamaño. Para hervir la carne o las verduras que a veces conseguía, cavó otro mucho más pequeño. Si se llenaba de agua, podía entonces llevar piedras, calentadas al rojo en la hoguera, hasta el hoyo, lo cual haría hervir el agua y la mantendría a esa temperatura un rato. Estos fosos de hervir, tan sencillos como efectivos, eran una especialidad de los isleños.

Nadie se acercó a ellos. No había ninguna razón para que alguien lo hiciera. El promontorio cercano estaba abandonado. En la orilla principal, que tenían en frente, no había nadie salvo la viuda. Un poco más adelante, en la costa, había una isla mucho más grande frente a una cala. En la isla no vivía nadie y los pocos pescadores de la cala no se acercaban nunca a ella.

Conall le había insistido a la vieja en que quería estar solo, así pues, en el caso de que alguien decidiera aventurarse en aquella dirección, seguro que no habría problemas, ya que la mujer con total seguridad había transmitido aquella información a los pescadores de la cala. No era extraño encontrarse con los druidas que vivían como ermitaños, y uno debía ser realmente muy estúpido para arriesgarse a que un druida le echara una maldición por molestarlo cuando quería estar solo.

Por el momento, lo único que preocupaba a Conall era que la isla fuese tan pequeña. Había una playa por la que pasear, un promontorio cubierto de hierba al que subir y unos pocos árboles, pero eso, junto con unas cuantas charcas de la marea entre las rocas, era todo. Probablemente, Deirdre se sentiría cada día más inquieta; sin embargo, por sorprendente que le pareciera, no era así. La notaba contenta. En diversas ocasiones, sin embargo, en las noches de luna, él la había llevado en el *curragh* hasta el promontorio y se habían encaramado a lo alto y desde allí habían mirado juntos no solo hacia el norte, a su pequeño refugio, sino también hacia el sur, al otro lado de la enorme bahía más allá de Dubh Linn y del estuario del Liffey, hacia el cabo meridional y las siluetas silenciosas y volcánicas de los montes de Wicklow que se extendían paralelas a la costa, bañada en el plateado claro de luna.

—Es una pena que no puedas visitarlo —había comentado él la primera vez, señalando el *rath* familiar, apenas visible encima del estuario.

—No importa —dijo ella—. Te tengo a ti.

Y él confió en que fuera cierto.

A medida que transcurrían los meses, sin embargo, además de su felicidad con Deirdre, a Conall le sorprendió descubrir otra satisfacción profunda, porque siempre había pensado que la compañía de una mujer interferiría en los pensamientos contemplativos con que ocupaba la mente. Hasta aquel momento, no se había demostrado que eso fuera verdad, más bien sucedía todo lo contrario. En parte se debía al silencio del lugar y también al hecho de que Deirdre hubiera comprendido instintivamente que él necesitaba estar a solas con sus pensamientos. Y tal vez, más de lo que él mismo advertía, al hecho de que ahora se sentía liberado de su vieja identidad. Pero, cualesquiera que fuesen las causas, en el ritmo de su vida en común encontró una sensación de paz, frescura y renovación. Su disfraz se había tornado de veras una nueva realidad porque lo había convertido en un druida auténtico. En su mente, cada día, volvía hasta aquel vasto pozo de conocimiento que ya poseía y cada mañana y cada noche contemplaba el mar y escuchaba las olas. Y a veces, perdía por completo el sentido de la identidad personal y entraba en trance como el poeta Amairgen. Entonces recitaba: «Soy el viento en el mar, soy la ola del océano».

Así, un invierno templado siguió al otoño y después llegó la primavera. Cuando faltaba poco para el verano, Deirdre le dijo que estaba embarazada.

A mediados de verano, después del regreso de Finbarr, parecía que la cosecha iba a ser buena. En los pequeños campos de las granjas de toda la isla, el grano maduraba y el tiempo era espléndido. Llegó Lughnasa e, inmediatamente después, el Rey Supremo empezó un viaje por el Leinster. Estaba acampado cerca de los montes de Slieve Bloom cuando cayó la gran oscuridad.

Larine siempre recordaría cómo comenzó. Al atardecer, se había fijado en los grandes bancos de nubes sobre el horizonte, pero no fue hasta que despertó a medianoche cuando notó que las estrellas se habían apagado. Luego la noche terminó, pero seguía estando oscuro. «El amanecer que no había sido amanecer», dijeron después los hombres. El cielo permaneció negro, no gris, toda la mañana; a continuación, se tornó marrón y comenzó a llover.

No fue una tormenta, sino más bien un aguacero, pero a diferencia de los aguaceros que había visto hasta entonces, este duró siete días. Todos los arroyos se convirtieron en torrentes y los estanques en lagos. Los cisnes flotaban en los prados y en los campos, convertidos ahora en cenagales fangosos de donde sobresalían los tallos aplastados y empapados de una cosecha echada a perder. El Rey Supremo se dirigió al Ulster.

Era principios de septiembre cuando mandó llamar a Larine. El druida lo encontró alicaído.

—Tres cosechas perdidas, Larine. —El monarca sacudió la cabeza—. Me echan a mí la culpa —añadió, antes de hundirse de nuevo en el silencio.

—¿Y qué deseas?

—Cuando Conall me avergonzó… —comenzó a decir el Rey con dificultad y luego suspiró—. El Dagda, dicen, castiga a los reyes humillados. ¿Es eso cierto?

—No lo sé.

—Debo encontrarlo, Larine, pero no es fácil. Mis hombres no lo han logrado. Finbarr ha fracasado. Ninguno de los druidas o de los *filidh* puede decirme dónde está.

Para el druida había supuesto un gran alivio saber que el

Rey Supremo no había matado a Finbarr por su fracaso, tal como había amenazado con hacer. Larine había tenido la oportunidad de interrogar minuciosamente a los expedicionarios, sobre todo a Finbarr, después de su regreso, acerca de los caminos que habían recorrido en sus viajes y los lugares que habían inspeccionado, pero aunque lo había meditado todo a conciencia, todavía no había captado ninguna sensación certera acerca de dónde podía estar su amigo.

El Rey Supremo lo miró con aire sombrío desde debajo de sus abundantes cejas y preguntó:

—¿Puedes decírmelo, Larine?

—Lo intentaré —prometió el druida, que inmediatamente se marchó a prepararse para el viaje.

En el calendario druida, las jornadas estaban claramente marcadas como afortunadas o desafortunadas para rituales de este tipo y tuvo que esperar un par de días, pero, tan pronto el momento fue propicio, se puso en marcha.

Los hombres santos del mundo celta utilizaban distintos métodos para ver el futuro. Los llamaban «imbas», que significa «adivinación». El salmón, se decía, podía aportar sabiduría y videncia. Si uno sabía qué conjuros utilizar y cómo aguzar el oído, los cuervos le hablaban y hasta los hombres ordinarios a veces oían voces procedentes del mar; no obstante, el método preferido de la clase iniciada se servía de la masticación. Algunos druidas alcanzaban poderes de adivinación solo con morderse el pulgar, pero aquello no era sino un rápido sustitutivo del método auténtico, una de las ceremonias más antiguas conocidas por el hombre: la ingesta de una comida sagrada.

Cuando llegó el día, Larine se levantó, se lavó de manera meticulosa y se puso su capa de plumas de druida. Luego, se dedicó un rato a la plegaria, intentando vaciar la mente de cualquier cosa que pudiera interferir en cualquier mensaje que los dioses tuvieran a bien enviarle. Después se dirigió a una pequeña cabaña donde, la noche anterior, lo había dejado todo preparado. Dos druidas custodiaban la puerta para asegurarse de que nadie alteraría aquel rito sagrado.

El interior de la cabaña estaba vacío a excepción de una mesa y tres pedestales. En uno de ellos había una pequeña estatua del dios sol, el Dagda; en otro, la diosa Maeve, patrona de la real Tara; y en el tercero, Nuada, *el de la Mano de Plata*. En la mesa, en una bandeja de plata había tres tiras de carne. Podía ser carne de cerdo, de perro o de otro animal y Larine había elegido de perro. A una señal con la cabeza, los dos druidas de fuera cerraron la puerta y, tras seguir rezando en pie un rato más, Larine se acercó a la bandeja. Tomó una de las tiras de carne, la masticó concienzudamente, la mostró a uno de los dioses y la colocó detrás de la puerta. El proceso se repitió dos veces más, antes de hacer una cortés reverencia ante cada una de las divinidades y rezar otra plegaria. Luego se tumbó en el suelo, se puso las manos en las mejillas y, cerrando los ojos, se preparó para recibir el mensaje de los dioses.

Había muchas técnicas, pero el objetivo de todos los hombres santos, desde los druidas del oeste a los chamanes de Siberia, era siempre el mismo: entrar en un estado de trance en el que pudieran comunicarse con los dioses. Larine permaneció tumbado un rato. Reinaba el silencio y vació la mente. Y entonces —no pudo saber cuánto tiempo había pasado—, le pareció que su cuerpo comenzaba a flotar. Ignoraba si realmente se había despegado del suelo, pero aquello era irrelevante. Su cuerpo ya no importaba. Era humo de una hoguera, una nube. Flotaba.

Cuando salió del trance, se dirigió a la puerta y llamó tres veces. Los druidas abrieron y salió. A continuación, fue a ver al Rey.

—He visto el lugar —explicó—. Están allí. —Describió la islita y la roca con la grieta—. Lo que no he visto es si está en la costa septentrional o en la meridional, en la oriental o en la occidental.

—¿Y no hay nada más que puedas decirme?

—Vi a Fergus llevado por Nuada, *el de la Mano de Plata*, cruzando el mar a la luz de la luna para hablar con Deirdre mientras ella dormía.

—Entonces, ¿Fergus sabe dónde está?

—Eso lo ignoro. Quizá.

—Mandaré a Finbarr a que hable con él —dijo el Rey Supremo.

Y

Cuando Finbarr llegó a Dubh Linn, comenzaba a anochecer. Había ido acompañado de su perro y su cochero.

Se sentía triste, pero lo movía una poderosa determinación. El Rey Supremo había dejado brutalmente clara su postura.

—Ya fracasaste una vez, Finbarr, y no hubo castigo. En esta ocasión, lo habrá.

Los dos sabían por qué. Cuando había regresado de su larga búsqueda con los dos jefes, habían hecho tanto hincapié en los esfuerzos realizados por Finbarr para encontrar a Conall que castigarlo habría sido una muestra de debilidad y petulancia. Ahora, sin embargo, se trataba de un caso muy distinto. Lo mandaban solo a localizar a su amigo. Un respetado druida había descrito el lugar en el que Conall se encontraba. El Rey Supremo, tras tres cosechas perdidas, no podía permitirse otro fracaso.

Y a decir verdad, después de tantos meses de búsqueda y problemas, Finbarr empezaba a sentir cierto resentimiento hacia su amigo.

Fergus se hallaba en su *rath* y lo recibió con cordialidad. Lo hizo pasar y antes incluso de que lo agasajara con un refrigerio, con voz tranquila pero firme, Finbarr le dijo al viejo:

—Fergus, nos hemos enterado de que sabes dónde está tu hija.

—Ojalá lo supiera —replicó Fergus.

Finbarr, que lo observaba atentamente, habría jurado que la expresión de tristeza del jefe y sus palabras eran sinceras. Le habló de la visión del druida y describió la isla que Larine había visto. Fergus reconoció el lugar.

—No conozco ese sitio —mintió.

—Pues me quedaré hasta que des con él —replicó Finbarr.

Fergus dudó y pensó en las alternativas que tenía.

—En cualquier lugar de la costa puede haber una isla como esa —dijo finalmente—. Mañana podemos buscarla.

El anfitrión ordenó traer comida y vino. Finbarr estaba cansado del viaje, cuando cayó la noche, se durmió enseguida.

Mientras los demás habitantes del *rath* dormían, Fergus se

levantó sin hacer ruido y salió. Agarró un pequeño *curragh* de pieles y se lo cargó a la espalda. Como no quería despertar a sus visitantes, no se llevó el caballo, sino que bajó hasta los zarzos a pie. Después cruzó el Liffey y se encaminó hacia el promontorio que a Deirdre tanto le gustaba. Con sus largas piernas, cubriría enseguida la distancia, pero siempre que el terreno se lo permitió, el viejo corrió con el *curragh* al hombro.

Cuando Fergus llegó a la orilla, era de madrugada. La luna, en cuarto menguante, brillaba alta en el cielo y el mar estaba en calma. Puso el *curragh* en el agua, se dirigió a la isla y allí encontró a Deirdre y a Conall dormidos uno en brazos del otro. Fergus los despertó. Cuando Deirdre lo vio, se le echó al cuello. Al ver en qué condiciones estaban y que su hija iba a tener un niño, Fergus lloró.

El jefe, sin embargo, no tardó mucho en contarles lo que había ocurrido.

—Solo tenéis hasta la mañana. Luego os encontrará —les advirtió. Pero ¿qué iban a hacer?—. Tendréis que marcharos esta noche. —Miró a su hija y añadió—. ¿Cuánto tiempo más podrás huir, Deirdre?

Aquél era precisamente el problema que había preocupado a Conall todo el verano. Deirdre daría a luz para el solsticio de invierno, aunque se la veía fuerte y sana. Conall había esperado que ahora ya les fuera posible cruzar el mar, pero sus viajes secretos siguiendo la costa no habían resultado demasiado alentadores. Más de una vez se había preguntado si Deirdre no debería acudir junto a su padre. Aun en el caso de que la descubrieran, seguramente el Rey no castigaría a una pobre madre y a su hijo; pero, de todos modos, Deirdre se había opuesto y había sido ella la que había dado con una ingeniosa solución.

—Cuando el parto se acerque, llévame a la playa. Le diré a la viuda que soy una mujer abandonada. Ella me ayudará. —Deirdre había sonreído—. Luego, tal vez el druida de la isla pasará por allí y me verá.

—¿Y entonces?

—Encontrarás la manera de que huyamos a tiempo.

Conall había pensado que aquel plan podía resultar, pero no estaba del todo seguro y a cada día que pasaba, su desconfianza crecía. Por eso, casi antes de pensar en ello, se descubrió diciendo:

—Si yo pudiera llevarme a Finbarr, Deirdre podría quedarse contigo.

Al principio, Fergus no dijo nada. Aunque veía la cara pálida y nerviosa de su hija, estaba perdido en sus propios pensamientos. ¿Cuáles serían las consecuencias para él, y para sus dos hijos, si se descubría que ocultaba a Deirdre? ¿Quería tener en casa de nuevo a la hija que amaba? Y al pensar en lo poco que había hecho por ella, sintió vergüenza.

—Dubh Linn es su casa —dijo— y lo será siempre. —Entonces, tomó a Conall del brazo y añadió—: Has de sacarla de la isla antes del amanecer, porque, por la mañana, tendré que venir con Finbarr a explorar la costa. Cuando Finbarr se marché, que Deirdre venga por la noche al *rath*; encontraré una manera de esconderla.

Ansioso por volver al *rath* antes de que lo echaran de menos, se dispuso a cruzar de nuevo el agua.

Cuando comenzó a caminar otra vez por la orilla, la luna estaba todavía a una buena distancia del horizonte. A su izquierda, la alta joroba del promontorio se alzaba oscura. Avanzó lo más deprisa que pudo y al cabo de poco llegó al pie de la colina desde cuya cima divisaría la amplia extensión de la bahía de Dubh Linn. Se detuvo para recuperar el aliento y contempló la panorámica. El camino era fácil y vio la silueta de la colina que tenía delante recortada en el firmamento estrellado. En el camino había unos cuantos grupos de árboles y matorrales.

Ya se acercaba a la cumbre cuando oyó el tintineo de un arnés y el resoplido de un caballo. Se detuvo y miró la maleza de la que procedía el sonido. Una gran figura emergió de la oscuridad. Era un carro, que avanzaba sendero abajo a su encuentro:

—Gracias por enseñarme el camino, Fergus —gritó Finbarr desde el vehículo.

Al fin Deirdre estuvo preparada. Ya no podían esperar más. El cielo estaba lleno de estrellas, pero al otro lado del mar ya se adivinaba una palidez en el horizonte oriental.

Se había demorado todo lo que había podido. La isla era su santuario y sintió que una vez lo dejara, no volvería a estar a salvo nunca más. Conall le había dicho que quizá podrían volver. ¿Sería posible? Miró a Conall, que llevaba un buen rato de espaldas a ella observando la costa en silencio.

El plan que habían urdido era de lo más simple. Irían a la playa, caminarían tierra adentro y se esconderían en el bosque. Si Finbarr se acercaba a inspeccionar la isla, lo único que encontraría sería la pequeña cabaña. La vieja de la playa le diría que allí nunca había visto a nadie excepto al druida errante. A su debido tiempo, se daría por vencido y se marcharía. ¿Y entonces? Entonces acaso pudieran regresar a la isla. O Deirdre podía ir a casa de su padre. O quizás escaparían juntos cruzando el mar. ¿Quién lo sabía?

Deirdre se puso en pie y se acercó a Conall, que no se movió. Se situó a su lado y le tocó el brazo.

—Ya estoy lista —susurró, pero Conall se limitó a sacudir la cabeza.

—Demasiado tarde —dijo, señalando al otro lado del mar.

Deirdre vio la sombra del carro de Finbarr esperando en la orilla y, sin poder contenerse, gritó:

—¡Oh, Conall! No puedo volver. Me moriría.

Se quedaron contemplando la playa. La luz se intensificaba y se volvía gris y el carro se había tornado una forma oscura y compacta en la arena.

—Debo ir a verlo ahora —dijo Conall.

Deirdre consiguió retenerlo unos instantes, pero aunque seguía agarrándolo, cuando la luz se intensificó en el horizonte, el hombre se soltó, montó en el *curragh* y cruzó al otro lado.

Conall ya se hallaba en medio del brazo de mar cuando Deirdre vio el fiero borde del sol asomando por el horizonte y advirtió que Conall cruzaba el mar mientras el astro nacía a su espalda y se cumplía así la segunda *geissi*.

—¡Conall! —gritó—. ¡El sol!

Pero si Conall la oyó, no regresó.

Y

Finbarr no se movió. Había permanecido de pie en su carro, quieto como una estatua, desde mucho antes del amanecer. Durante ese rato, se preguntó si sentiría por su amigo el mismo amor que antes. ¿Sentiría lástima o frustración? Lo ignoraba. Pero sabía lo que había que hacer, por ese motivo, temeroso de sus propios sentimientos, había endurecido el corazón. Ahora, sin embargo, mientras Conall cruzaba el agua y se aproximaba, la emoción que lo embargaba no tenía nada que ver con eso. Estaba sorprendido. Y también maravillado.

Tendría que haberse dado cuenta, recordó, después de lo que le había dicho la vieja cuando recorrió antes aquel camino, que la figura que vendría de la isla tendría aspecto de druida, pero era algo más que eso. Cuando Conall alcanzó la playa y comenzó a caminar hacia él, Finbarr experimentó la más extraña de las sensaciones. Al verlo salir del agua, con la cabeza afeitada como un druida y vestido con la sencillez de un ermitaño, fue como si no estuviera viendo a Conall, sino a su fantasma. Porque si Conall había muerto y regresado a la isla de los Benditos, esa sería seguramente su apariencia. Era el espíritu interior, la misma esencia del hombre al que había amado, el que ahora se acercaba a él como una sombra acongojada. A unos pasos de distancia, Conall se detuvo y asintió con aire sereno.

—Ya sabes, Conall, por qué estoy aquí. —Finbarr descubrió que la voz le había salido rasposa.

—Es una lástima que hayas venido, Finbarr. No puede hacerte ningún bien.

¿Era eso todo lo que su amigo tenía que decirle?

—Llevo buscándote más de un año —le espetó.

—¿Cuáles son las órdenes que tienes del Rey Supremo? —inquirió Conall.

—Llevaros de vuelta a los dos, sanos y salvos.

—Deirdre no irá y yo no la abandonaré.

—¿Esto es todo lo que importa? ¿Deirdre y tú?

—Eso parece.

—¿No te importa, Conall, que haya habido tres años de malas cosechas, que la pobre gente no muera de hambre gracias a lo que los jefes le dan y que todo el mundo te eche la culpa de lo que ocurre por la manera en que avergonzaste a tu tío, el Rey Supremo? —preguntó sin poder evitar la amargura en la voz.

—¿Quién dice eso? —Conall parecía un poco alterado.

—Los druidas, Conall, y los *filidh* y los bardos. —Respiró hondo—. Y yo también lo digo.

Pensativo, Conall calló unos instantes antes de responder; cuando lo hizo, su voz sonó triste.

—No puedo ir contigo, Finbarr.

—No hay otra opción, Conall. —Finbarr señaló el carro—. Como ves, voy armado.

—Entonces, tendrás que matarme.

No era un reto. Conall se había quedado muy quieto, mirando al frente, como si esperase que le cayera el golpe mortal.

Finbarr observó a su amigo un largo instante. Después, alargando la mano, tomó tres objetos y se los lanzó a los pies. Eran la lanza de Conall, su escudo y su reluciente espada.

—Defiéndete —le dijo.

—No puedo —replicó Conall sin recoger sus armas.

Y entonces Finbarr perdió por completo la paciencia.

—¿Es que te da miedo luchar? —le gritó—. Entonces, te diré lo que vamos a hacer. Yo esperaré en el vado de los Zarzos, Conall. Puedes venir y enfrentarte a mí como un hombre y, si ganas, podrás marcharte. O puedes huir con tu mujer y yo regresaré con tu tío y le diré que he dejado escapar a un cobarde. Como prefieras.

Acto seguido, Finbarr hizo girar el carro y se marchó.

Después de una larga pausa, y como no le quedaba otra alternativa, Conall recogió sus armas y lo siguió lastimosamente.

En un terreno cubierto de hierba, con el vado del Liffey a su espalda, Conall y Finbarr se prepararon para luchar.

Antes del combate, un guerrero celta tenía que seguir un ritual. Primero, debía estar desnudo, aunque podía pintarse la cara y el cuerpo con el tinte azulado llamado glasto; sin embargo, más importante que cualquier decoración exterior era la preparación interior, porque los hombres no iban en frío a la liza. Los ejércitos se animaban con temibles cánticos de guerra y terroríficos gritos de batalla. Los druidas vociferaban al enemigo y le decían que estaba condenado. Mientras los druidas pronunciaban conjuros y los guerreros lanzaban insultos, los hombres del campo a veces arrojaban barro o incluso excrementos humanos al rostro de sus oponentes con el fin de desanimarlos.

De todos modos, por encima de todo, cada guerrero tenía que introducirse en aquel ánimo exaltado en el que la fuerza y la destreza se convertían en algo más que meros huesos y músculos, del que se extraía también la fuerza de los ancestros e incluso la de los dioses. Aquélla era la aspiración máxima del guerrero, su rabia belicosa, su «mueca bélica», como lo llamaban los poetas celtas.

Para alcanzar aquel estado de exaltación, un guerrero celta realizaba movimientos rituales, sosteniéndose sobre una pierna y torciendo el cuerpo o contrayendo la cara hasta que parecía haberse transformado en una máscara de guerra viva.

Finbarr se preparó a la manera clásica. Primero levantó la rodilla izquierda y flexionó despacio el cuerpo como si fuera un arco. Cerrando el ojo izquierdo, medio inclinó la cara de modo que su ojo derecho, grande y fiero, parecía clavarse en su oponente con una penetrante bizquera. Conall, mientras, permaneció muy quieto, pero Finbarr creyó que se estaba comunicando con los dioses.

—Lo peor que puede ocurrirte, Conall —gritó—, será que vengas aquí. Soy un jabalí que te destripará, Conall, un jabalí.

Pero Conall no dijo nada.

Entonces agarraron las lanzas y los escudos y Finbarr arrojó la lanza directa a Conall con una fuerza inmensa. Fue un lanzamiento perfecto. Antes, con un lanzamiento como aquél, su proyectil habría atravesado limpiamente el escudo de su oponente y habría clavado al hombre en el suelo por el pecho, pero Conall, que se echó a un lado tan deprisa que Finbarr apenas lo vio moverse, desvió la lanza con el escudo. Con solo un instante de pausa, Conall respondió lanzando la suya, que voló de su mano en dirección al corazón de Finbarr. Y si algún otro guerrero la hubiese lanzado, Finbarr habría pensado que era un buen lanzamiento, pero conocía la fuerza increíble de Conall cuando realmente quería y, dejando que la lanza se estrellara contra el escudo, maldijo para sus adentros. Entonces, agarrando la espada, corrió hacia Conall.

Pocos podían igualar a Finbarr con la espada. Era valiente, era rápido y era fuerte; sin embargo, mientras obligaba a Conall a retroceder, le resultó difícil saber si su amigo cedía terreno deliberadamente o andaba falto de práctica. El acero chocaba contra el acero y saltaban chispas. Llegaron al borde de los bajíos. Conall seguía cediendo terreno, pero aunque enseguida estuvo con el agua hasta los tobillos, Finbarr advirtió que ninguno de los dos había hecho sangrar al otro.

Cuanto más golpeaba, más misteriosamente Conall parecía eludirle. Profirió un grito de guerra, corrió levantando salpicaduras de agua y acometió y utilizó todos los movimientos que conocía; sin embargo, por extraño que resultase, su espada golpeaba inútilmente contra el acero o el escudo de Conall o fallaba por completo el ataque. En una ocasión, mientras Conall tenía el escudo bajo y la espalda colgando, Finbarr lanzó una acometida rápida como un relámpago y no encontró nada en absoluto. Era como si por un instante, Conall se hubiese tornado niebla. «No estoy peleando contra un guerrero, sino contra un druida», pensó Finbarr.

Aquel extraño enfrentamiento se prolongó un buen rato y nadie sabía cómo hubiese acabado si por un golpe del destino Conall no hubiera tropezado con una piedra al retroceder. Veloz como una centella, Finbarr atacó, alcanzándole el brazo. Mientras Conall caía hacia atrás alzando el escudo, Finbarr lo acometió en la pierna, abriéndole una herida. Al cabo de un momento, Conall volvía a estar en pie, al quite de los golpes siguientes, pero cojeaba. A sus pies, el agua estaba teñida de sangre. Cedió más terreno, pero, en esta ocasión, Finbarr supo que era porque se hallaba en dificultades. Con una rápida finta, lo alcanzó de nuevo, esta vez en el hombro. Y así siguieron, golpe a golpe, pero por más destreza que Conall tuviera, Finbarr notó que se debilitaba.

Supo que ya era suyo. El final solo sería una cuestión de tiempo. Transcurrieron unos largos momentos y recorrieron otros veinte pasos, y Finbarr avanzó por los bajíos rojos de la sangre de su adversario mientras Conall resbalaba y parecía estar a punto de caer.

Y entonces, cuando gritó ya cerca del triunfo, aunque apenas era consciente de ello, los muchos años de celos y toda la frustración del año anterior hablaron por sí mismos.

—No creas que voy a matarte, Conall. No lo haré. Te ataremos al carro. Después, caminando, Deirdre y tú, en el día de hoy, me acompañaréis a ver al Rey.

Y blandiendo la espada en alto, Finbarr saltó hacia delante.

No llegó a ver la hoja. Ésta se movió tan deprisa que, durante unos momentos, en la furia de la batalla ni siquiera la notó, pero lo alcanzó en el pecho y le cortó todos los tejidos por encima del corazón. Finbarr frunció el ceño, primero asombrado, hasta que advirtió que algo se había detenido. Entonces sintió una pena roja, inmensa y dolorosa y descubrió que se estaba atragantando, que tenía la garganta y la boca llenas de sangre y que todo se alejaba de él como un río, al tiempo que caía en las aguas someras. Sintió que le daban la vuelta y se encontró con el rostro de Conall, que lo miraba terriblemente desconsolado. ¿Por qué aquel desconsuelo? La cara se había vuelto borrosa.

—Oh, Finbarr, no quería matarte.

¿Por qué Conall decía aquello? ¿Lo había matado? Finbarr intentó decir algo a aquella cara borrosa.

—Conall...

Y entonces, mientras abría desmesuradamente los ojos, la luz se intensificó.

Conall y el cochero llevaron su cuerpo al carro, para que fuese conducido ante el Rey. Solo entonces Conall advirtió que *Cuchulainn*, el lebrel de su amigo, estaba atado al vehículo, esperando a su amo. Tras una última mirada a las anchurosas aguas del Liffey, Conall regresó cojeando a la isla, junto a Deirdre.

Goibniu los estudiaba a todos con su único ojo: al Rey, a la Reina, a los jefes, a los druidas. Escuchó, pero no dijo nada.

Aquella misma tarde, tras dos días de duro trayecto, el exhausto cochero había llegado al campamento del Rey Supremo con el cadáver de Finbarr. Las mujeres lo estaban preparando para enterrarlo. Y ellos se habían reunido a hablar en el gran salón de paredes de mimbre.

Había, por lo menos, una veintena de hombres que querían ir a dar caza a Conall. Lo harían, desde luego. Matar al héroe que había asesinado al noble Finbarr, qué excelente oportunidad para los jóvenes anhelantes de gloria… Visto en conjunto, los druidas creían que aquél era el mejor plan. Larine, el amigo de Conall, estaba presente. Se le veía triste, pero no decía nada. La Reina, en cambio, no callaba. A Goibniu le pareció que aquella mujer nunca se había tomado demasiado interés en la persecución de Conall, pero ahora se mostraba inflexible. Conall y Deirdre tenían que morir.

—Que su padre la entierre en Dubh Linn —gritaba—. Y traedme la cabeza de Conall. —Miró a los jefes y a los jóvenes aspirantes a héroes—. El hombre que me traiga la cabeza de Conall recibirá veinte docenas de vacas.

Una cosa quedaba clara: la Reina no quería verlos vivos, pero lo que le interesaba más a Goibniu era la actitud del Rey, que, con aire deprimido, se hallaba sentado en su amplio banco cubierto con una colcha y aún no había hablado. ¿Pensaba el monarca lo mismo que él? ¿Buscaba causas más profundas?

Cuando Goibniu escuchaba hablar a ciertos hombres, muy a menudo le sucedía que sus palabras se le antojaban vacías, carentes de significado, porque, en definitiva, ¿cuál era el verdadero problema del Rey? ¿La pérdida de las cosechas? ¿Y qué causaba las malas cosechas? ¿Eran realmente culpa del Rey Supremo? ¿Podría solucionarse el problema con la muerte de Conall? Goibniu lo ignoraba, pero dudaba de que esa fuera la solución. Y sabía que nadie podía saberlo, pero ellos tenían fe. Aquello era lo realmente importante: ellos creían. Matar a Conall sería la venganza por haber humillado al Rey, pero ¿y si después de eso, la cosecha siguiente volvía a perderse? ¿Los druidas no culparían de ello al Rey Supremo? Sí, lo harían, sin duda alguna.

El herrero advirtió que el monarca lo miraba.

—Bien, Goibniu, ¿y tú qué tienes que decir? —inquirió el Rey.

Antes de responder, Goibniu, *el Herrero*, hizo una pausa para elegir bien las palabras.

—A mí me parece que hay otra alternativa —respondió con voz serena—. ¿Podríamos hablar a solas?

Y

Durante aquellos días, Deirdre había incluso soñado dos o tres de veces en que se verían libres.

Nada, pensaba, podía ser peor que aquella primera mañana en la isla, esperando a ver si era el carro de Finbarr o la hermosa estampa de Conall la que cruzaba el mar para ir a buscarla. Y su espera no había terminado ni con lo uno ni con lo otro, sino con la figura ensangrentada de Conall, cojeando como un animal agonizante por la arena, de tal modo que al principio casi no lo reconoció.

Cuando por fin cayó del *curragh* a los guijarros ante ella, lo único que pudo hacer fue disimular la repulsión que sentía por las heridas.

Lo cuidó lo mejor que pudo. Conall estaba débil y se desmayó un par de veces, pero le contó lo sucedido y cómo había matado a su amigo. Ella apenas se atrevía a preguntarle lo que debían hacer a continuación. Aquella noche, más tarde, llegó su padre.

—Vendrán a buscarlo. El cochero de Finbarr les enseñará dónde está; aun así, tardarán unos días, Deirdre. Aquí está tan bien como en cualquier otro lugar.

Por la noche, Fergus se marchó. Durante aquella misma noche Conall tuvo fiebre, pero por la mañana parecía sentirse mejor. Deirdre le dio un poco de caldo e hidromiel que había traído su padre.

A mediodía, Fergus apareció otra vez. Después de reconocer a Conall y asegurar que sobreviviría, se dirigió a ellos seriamente.

—Es imposible que os quedéis aquí más tiempo. Tenéis que cruzar el mar, cualesquiera que sean los riesgos. —Miró hacia el agua—. Al menos podéis agradecer a los dioses que el tiempo es bueno —añadió, dedicando una sonrisa a Conall—. Dentro de dos días, volveré con un bote.

—Pero, padre —suplicó Deirdre—, aun en el caso de que encuentres uno, ¿cómo vamos a manejarlo, yo con mi estado, o Conall, que apenas tiene fuerzas para sostener un remo…?

—Habrá una tripulación —dijo el padre, antes de marcharse.

Para Deirdre, el día siguiente estuvo plagado de ansiedad. Al principio, se sintió agradecida. Aunque cada ola la hacía mirar a la orilla, donde esperaba ver a los hombres del Rey, no apareció nadie. Conall estaba físicamente recuperado. Incluso dio un paseo por la islita. Deirdre se sintió aliviada al comprobar que sus heridas no se habían vuelto a abrir, pero su ánimo era algo bien distinto. Estaba acostumbrada a sus estados de ánimo cambiantes, por lo que, cuando a última hora de la tarde fue a sentarse solo en la playa de guijarros y clavó los ojos en el mar, no le dio mayor importancia, pero al cabo de un rato, lo vio tan insólitamente triste que corrió a su lado.

—¿En qué piensas? —le preguntó.

Él tardó unos instantes en responder.

—Pensaba en Finbarr —dijo al cabo—. Era mi amigo.

Deirdre quiso abrazarlo, pero él parecía distante y no se atrevió. Le puso la mano en el hombro y enseguida la retiró.

—Él ya sabía los riesgos que corría —dijo ella con ternura—. No es culpa tuya.

Conall no respondió y se hundieron en el silencio.

—Me contó —susurró Conall— que los druidas dicen que las malas cosechas son culpa mía… Porque he humillado al Rey Supremo.

—Entonces también sería culpa mía, Conall.

—No, no lo sería. —Conall frunció el ceño—. Es solo mía.

—Eso es una estupidez.

—Quizá.

Calló de nuevo y Deirdre lo observó con ansiedad.

—No debes pensar en ello, Conall —le dijo y él le acarició la mano.

—Ojalá pudiera —murmuró, sin mirarla.

Al cabo de un rato, Deirdre se retiró, sin saber qué hacer, y Conall se quedó allí, sentado en los guijarros, mirando el agua hasta después de la puesta de sol.

A la mañana siguiente llegó su padre. Cuando el bote dobló el promontorio aún había bruma sobre el mar. Era un barco pequeño, con los costados de cuero y una sola vela de cruz, que, de una manera un tanto torpe, podía navegar con el viento, a diferencia de los *curraghs* con los que sus antepasados lejanos habían llegado por primera vez a la isla occidental. Lo comandaba él mismo, acompañado de sus dos hijos. Los tres desembarcaron satisfechos de sí mismos.

—Aquí está vuestra barca —dijo el padre—. Sopla viento de poniente, pero es ligero y el mar está en calma. La travesía será segura.

—Pero ¿y la tripulación que prometiste? —quiso saber ella.

—Pues tu padre y tus dos hermanos, Deirdre, caramba —dijo, como si se tratara de la cosa más obvia del mundo—. Deposita tu confianza en tu padre y yo depositaré la mía en Manannan Mac Lir. El dios del mar te protegerá. ¿No te basta con eso?

—Tal vez si vinieras tú solo —sugirió ella, mirando dudosa a sus hermanos—. El barco es pequeño.

—¿Y qué quieres que haga? ¿Que los deje solos en el mundo? —le preguntó risueño.

—¿Quieres decir que no regresarás? —Deirdre comenzaba a comprender.

—¿Para tener que vérmelas con el Rey después de haberte ayudado a escapar? No, Deirdre, iremos juntos. Siempre había tenido ganas de emprender un viaje, pero continuamente lo dejaba para más adelante.

—Pero ¿y el *rath*, y las tierras y el ganado…?

—¿Y vivir siempre en Dubh Linn? —Fergus se encogió de hombros—. Me atrevería a decir que, como lugar, no es nada del otro mundo. Demasiadas ciénagas. No, Deirdre, creo que ha llegado el momento de seguir adelante.

Al mirar el barquito, la muchacha vio que lo habían aprovisionado de víveres, un pequeño saco con la plata y la calavera de beber de su padre. La chica le dio un beso a su padre y no dijo una palabra más.

Solo había un problema: Conall no quería ir.

El desánimo que había mostrado la tarde anterior parecía haber dado paso a algo más grave. Se le veía triste, un poco ausente tal vez, aunque calmado. Y también inflexible. No iría con ellos.

—Pero hombre, por todos los dioses —gritó Fergus—. ¿Qué te ocurre? ¿No ves lo que estamos haciendo por ti? —Y al advertir que el joven no reaccionaba, añadió—: ¿Tenemos que llevarte al barco a rastras?

La expresión del príncipe le indicó que aquello no sería una buena idea, ni siquiera en su estado de debilidad.

—¿Nos dirás al menos por qué? —preguntó Fergus, desesperado.

Durante unos instantes no estuvo claro si Conall iba a responder, pero al cabo de unos momentos, dijo en voz baja:

—No es la voluntad de los dioses que vaya.

—¿Cómo lo sabes? —inquirió Fergus en tono irritado.

—Si cruzo el mar con vosotros, no os traeré suerte.

Mientras el padre imprecaba por lo bajo, Deirdre y sus hermanos intercambiaron miradas nerviosas. ¿Habían maldecido los dioses al hombre de su hermana? Como Conall tenía aspecto de druida, les pareció que él debía de saberlo.

—No tiene ningún sentido que nos ahoguemos, padre —dijo uno de ellos.

—¿Y vamos a llevarnos a Deirdre y tú te quedarás? —preguntó Fergus casi gritando.

Conall no respondió, pero Deirdre tomó a su padre por el brazo.

—No puedo dejarlo, padre —murmuró.

Fergus alzó la vista al cielo con gesto de impaciencia; ella lo llevó aparte y prosiguió.

—Esperemos un día más. Quizá mañana piense de otro modo.

No parecía haber otra alternativa, por lo que Fergus se limitó a encogerse de hombros y suspiró. Antes de marcharse, sin embargo, advirtió:

—No os queda mucho tiempo. También has de pensar en ti, Deirdre, y en el niño.

Después de que su padre y sus hermanos se marcharan, Deirdre permaneció callada mucho rato. En la playa de guijarros había una bandada de gaviotas que alzaba el vuelo una y otra vez, chillando en el cielo azul de septiembre, mientras Conall, sentado, las contemplaba como si estuviera en trance. Las gaviotas se marcharon por fin y Deirdre le dijo:

—¿Qué será de nosotros, Conall?

—No lo sé.

—¿Por qué no has querido marcharte?

Él no respondió.

—¿Ha sido por un sueño que tuviste anoche? —Conall no dijo nada, pero ella intuyó que así era—. ¿Has hablado con los dioses? Dime la verdad, Conall. ¿Qué sabes?

—Que debo esperar aquí, Deirdre. Eso es todo.

La muchacha miró su pálido y hermoso rostro.

—Entonces me quedaré contigo —dijo.

Él le tomó la mano para demostrarle que la amaba y ella se preguntó si cambiaría de opinión antes de la mañana.

Cuando Deirdre despertó, el cielo estaba claro, pero había una delgada capa de bruma a nivel del suelo. Al mirar a la orilla de enfrente, le pareció que todo estaba tranquilo. En cualquier caso, era demasiado pronto para que llegara alguien enviado por el Rey Supremo. Entonces, vio algo.

Al principio, en la distancia, la forma pequeña que avanzaba por la brumosa planicie parecía un pájaro batiendo las alas. La niebla colgaba como velos desgarrados o flotaba en haces como fantasmas en toda la amplia llanura de las Bandadas de Pájaros; su blancura se derramaba sobre el mar y la orilla, por lo que a Deirdre le costaba distinguir si era tierra o agua lo que había más allá. Y en cuanto al pájaro, llegó a la conclusión de que podía tratarse de un hombre con una capa arremolinándose al viento, montado en un veloz carro... A menos que fuera uno de los dioses o de sus mensajeros, que había adquirido la forma de cuervo o de cisne o de cualquier otro animal volante para ir a visitarlos.

La presencia espectral se detuvo en donde debía de hallarse la orilla. Deirdre habría jurado que era un grácil ciervo, pero, al cabo de un momento, se desvaneció en la niebla para aparecer de nuevo y, como si pudiera cambiar de forma a voluntad, flotó muy despacio, inmóvil y gris, como una piedra alzada, hacia la islita.

Deirdre miró a su alrededor, con la esperanza de ver el bote de su padre doblando el promontorio. En cambio, vio a Conall, en pie, a su lado, con un aire muy serio.

—Es Larine —dijo.

—Me ha parecido que cambiaba de forma mientras venía.

—Es un druida —comentó él—. Si quisiera, creo que incluso podría desaparecer.

Deirdre vio que, efectivamente, se trataba de Larine, en un pequeño *curragh,* a cuyos remos iba su cochero.

—Ven, Conall —dijo en voz baja, al tiempo que desembarcaba—. Tenemos que hablar.

Deirdre se volvió, nerviosa, hacia Conall, y se sorprendió de ver que parecía aliviado.

Estuvieron un buen rato juntos, a cierta distancia de ella, como dos sombras suspendidas en las serpenteantes guirnaldas de niebla que se arremolinaban en la orilla del agua. Cuando regresaron junto a ella, el sol ya había aparecido por encima del horizonte. Deirdre vio que el rostro de Conall se había transformado. Toda su congoja había desaparecido. La tomó de la mano con una tierna sonrisa.

—Todo va bien. Mi tío y yo nos hemos reconciliado.

III

Samhain, el antiguo Hallowe'en, cuando los espíritus de los difuntos pasaban la noche entre los vivos. Samhain, el momento crucial, la entrada de la mitad oscura del año. Samhain, cuando se mataba a las bestias. Samhain, el siniestro.

Sin embargo, en la isla occidental, con su clima templado, el mes que llevaba a Samhain solía traer un tiempo agradable; a Deirdre siempre se lo había parecido. En ocasiones, los días eran suaves y brumosos, en otras, el cielo azul y diáfano parecía tan duro que casi podía tocarse. Le gustaban los bosques otoñales y las hojas de los robles, rojizas en las ramas o crujientes bajo los pies. Y cuando el aire era frío, sentía un cosquilleo en la sangre.

Larine se quedó en la isla con ellos durante tres días. Había traído consigo hierbas para curar a Conall. Los dos hombres pasaban mucho tiempo juntos conversando o rezando y, aun cuando Deirdre se sintiera algo excluida, sabía que Larine estaba curando a Conall de cuerpo y de espíritu. Después, Larine se marchó, pero antes de hacerlo, le explicó con amabilidad:

—Pasará algo de tiempo, Deirdre, hasta que Conall esté bien del todo. Descansad aquí o en casa de tu padre. Nadie te molestará. El Rey Supremo quiere que la reconciliación tenga lugar durante el festival de Samhain; entonces irás a verlo. —Y, adivinando sus pensamientos, añadió con una sonrisa—: No temas por la Reina, Deirdre. Ahora ya no te hará daño.

Al día siguiente, su padre fue a buscarlos para llevarlos a casa.

El mes que pasaron en Dubh Linn fue un tiempo feliz. A Deirdre le había preocupado que Conall no soportara a su familia, pero enseguida comprobó que no era así. Cada noche escuchaba los relatos sobre la ascendencia de su padre sin la menor señal de aburrimiento, jugaba a *hurling* con los hermanos e incluso se avenía a fingir que peleaba con ellos con la espada. Hasta llegó a convencer a Fergus de que cambiara las planchas rotas del vado de los Zarzos y lo ayudó a hacerlo. Deirdre notó que sus heridas no solo se habían curado, sino que además no quedaba apenas rastro de ellas. Por la noche, cuando se tumbaba a su lado, le parecía que su cuerpo desnudo, con su pálida piel, volvía a ser tan perfecto como antes. En cuanto a ella, sentía crecer al bebé en sus entrañas. Y crecía con fuerza.

—El niño nacerá para el solsticio de invierno —dijo, feliz—, como la promesa de la primavera.

—¿Niño, dices? —preguntó Conall.

—Sí, será un chico —respondió ella—. Lo noto.

Paseaban juntos a orillas del Liffey, donde las ramas de los sauces caían hasta el suelo, y en los bosques de robles y hayas. Cada día visitaban también una de las tres fuentecitas sagradas; allí, Conall mojaba su gran barriga con agua, pasando la mano por su redondez. Había días de sol y días de niebla, pero aquel mes las brisas fueron muy ligeras, por lo que solo un puñado de hojas había caído de los árboles, todavía frondosos y relucientes con los hermosos tonos dorados y bronce del otoño suave. Solo la reunión de las aves migratorias indicaba que la inevitable llegada del invierno estaba cerca.

Dos días antes de Samhain, mientras unas enormes bandadas de estorninos revoloteaban alrededor de los árboles de Dubh Linn, llegaron los tres carros.

Deirdre notaba que su padre estaba satisfecho. Nunca hasta entonces había viajado de aquel modo. Los tres carros, cada uno con su carretero, eran realmente espléndidos. Él y los hijos iban en uno, Deirdre en el segundo, y el tercer carro, el más magnífico de todos, era el de Conall, con sus dos rápidos caballos enganchados a la lanza.

El día era bueno y, mientras cruzaban el vado, el sol brillaba en los amplios bajíos del Liffey. Iban hacia el noroeste. Toda la tarde avanzaron deprisa y sin dificultades por ondulados pastizales y colinas boscosas. Poco antes del atardecer, encontraron un agradable lugar donde acampar en un robledal. A la mañana siguiente, el tiempo había cambiado. El ambiente era seco, pero el cielo estaba cubierto. La luz era gris y plomiza; a Deirdre, los rayos oblicuos del sol, que a veces quebraban las nubes, le parecieron un tanto siniestros y amenazantes; sin embargo, el resto del grupo permanecía de buen humor. Se dirigieron hacia el valle del río Boyne.

—Por la tarde estaremos allí —comentó el carretero—. Llegaremos a la real Tara.

—¿Te acuerdas, Deirdre? —gritó su padre, contento—. ¿Te acuerdas de Tara?

Por supuesto que se acordaba. ¿Cómo iba a olvidarlo? Hacía muchos años, cuando su hermano pequeño tenía ocho, que un día de verano Fergus los había llevado a Tara. Fue una ocasión feliz. El gran centro de ceremonias estaba situado en un enclave magnífico: una colina con suaves laderas que se alzaba sobre el valle del Boyne a medio día de viaje río arriba de la antigua tumba, con su paso del solsticio, donde vivía el Dagda. A excepción del guardián, el lugar había sido abandonado durante el verano porque, aparte de su inauguración, el Rey Supremo solo acudía a Tara para el festival de Samhain. Fergus había llevado orgullosamente a su pequeña familia como si fuera el dueño del lugar y les había mostrado sus principales características: los grandes círculos de tierra en los que se levantarían los santuarios y la sala de banquetes para el festival. También les había enseñado algo del aspecto mágico del emplazamiento.

—Aquí era donde los druidas elegían al nuevo rey supremo —explicó ante una pequeña construcción de tierra—. Uno de ellos bebe sangre de toro y los dioses le envían una visión. —Mostrándoles dos piedras situadas juntas, añadió—: El nuevo rey tiene que pasar entre ellas con su carro. Si se queda enganchado, entonces no es el rey legítimo.

De todos modos, lo que más impresionó a Deirdre fue la antigua piedra alzada situada en lo alto de la colina: la piedra de Fal.

—Cuando llega el carro del rey verdadero y toca la piedra de Fal —explicó con toda solemnidad—, los druidas la oyen llorar.

—Y después de eso, ¿no tiene que aparearse con una yegua blanca? —quiso saber uno de los muchachos.

—Pues sí —respondió Fergus con orgullo.

Pero si los detalles de la coronación del rey habían fascinado a sus hermanos, para Deirdre, la magia de Tara residía en su ubicación. No eran solo las vistas magníficas que se contemplaban durante el día en cualquier dirección, sino que al amanecer y al atardecer, cuando las brumas caían sobre los valles del entorno, la colina de Tara parecía una isla flotante, suspendida en el mundo de los dioses.

Por ello, mientras se acercaban al lugar, Deirdre se había sentido de lo más feliz.

A primera hora de la tarde, divisaron Tara. Mientras los tres carros corrían por el ancho camino, los cocheros adoptaron una formación triangular, con Conall en cabeza, el carro de Deirdre detrás de su rueda izquierda y el de su padre detrás de su rueda derecha. Aunque el cielo estaba todavía cubierto de unas nubes de un gris metálico, rotas por los ocasionales destellos plateados de la luz del sol, el día no era frío. Delante de ellos, orillando el camino, vislumbró grupos dispersos de personas, muchas de ellas con cestos. Al verlos, Conall se quitó de repente la capa, de modo que ahora, con su pálido cuerpo desnudo, se asemejaba a un guerrero a punto de entrar en combate. Los tres carros, en su formación de punta de lanza, avanzaron a toda velocidad y, conforme iban adelantando a los grupos, la gente metió la mano en sus cestos de flores otoñales silvestres y las lanzaron a puñados al carro de Conall. Y aunque este era el sobrino del Rey Supremo, a Deirdre le sorprendió que fuera recibido como un héroe.

Por fin llegaron al pie de la colina. Una multitud se apiñaba en el largo muro de tierra que rodeaba la cima. En el centro de la pared había una hilera de sacerdotes, provistos de largas trompetas de bronce y grandes cuernos de toro, que eran los símbolos de la realeza. Detrás se hallaban las estructuras de pared de mimbre que habían sido construidas para el festival. Aquí y allá se veían fuegos cuyos haces de humo se alzaban en el aire. En la base de la colina encontraron un sendero de terreno plano y herboso, tachonado de árboles, que terminaba en el largo camino cuesta arriba que llevaba a la cima. Los sacerdotes alzaron las trompetas y de ellas surgió un enorme bramido gutural que vibró siniestramente hasta convertirse en un rugido aterrador.

Y entonces se levantó la bruma negra.

Fue tan repentina y violenta que Deirdre gritó. Los estorninos alzaron el vuelo ante ellos y el aleteo produjo un zumbido tan inmenso que fue casi un rugido. Los estorninos, miles de ellos, rodearon los carros en una nube negra arremolinada, de forma que tanto los pájaros como los viajeros parecían atrapados en un extraño y oscuro torbellino, una negra vorágine. En los círculos frenéticos que describían, los aleteos sonaban con tanta fuerza que Deirdre no oía sus propios gritos. Delante de ellos, alrededor, por detrás, la nube oscura se alzó, descendió, volvió a alzarse y, entonces, igual de repentinamente que había llegado, se alejó con gran apremio para lanzarse en picado sobre los árboles próximos.

Deirdre contempló la escena. Su padre y sus hermanos reían. No pudo ver el rostro de Conall, pero al observar a la multitud junto a los muros de tierra de arriba, comprendió con un nuevo horror lleno de presagios lo que acababan de presenciar.

Conall había llegado a Tara con la bruma negra.

Las *geissi* ya estaban completas.

En aquel momento, mientras corrían ladera arriba y entraban en el inmenso recinto de Tara, no tuvo tiempo para pensar en ello. El camino que llevaba a la cresta de la colina estaba orillado de antorchas encendidas. Cuando llegaron al trecho final, dos de los carros se detuvieron, dejando que Conall prosiguiera solo por la corta avenida ceremonial con sus paredes de tierra al final de las cuales se hallaba el Rey Supremo, flanqueado por sus jefes.

Deirdre vio que Conall se apeaba de su vehículo y se dirigía hacia el monarca, que este se desnudaba el pecho para que su sobrino se lo besara y luego le devolvía el gesto de reconciliación. A continuación, Conall se arrodilló ante su tío, que depositó las manos en la cabeza del joven a modo de bendición. Aunque tenía que haberse alegrado de aquellos signos de amor y de perdón, todavía estaba demasiado alterada por la nube de pájaros y se sentía intranquila. Todo le parecía tan maravilloso que le costaba creer que fuera real. ¿Y por qué, cuando hubieron concluido los saludos, el Rey Supremo y su séquito se hicieron a un lado, como si rindieran honores a Conall, mientras este caminaba entre ellos hacia un grupo de druidas que estaban esperando detrás del Rey? ¿Por qué Conall, el príncipe huido, se había convertido ahora en un héroe?

—Ahora tienes que venir conmigo. —Larine se había detenido junto al carro de Deirdre y la miraba sonriendo—. Han preparado un lugar para que descanses. Estarás en buenas manos. —Al ver que la joven lo miraba insegura, añadió—: Llevas en las entrañas un hijo de Conall y se te rendirán grandes honores. Ven conmigo.

Entonces, abriendo el camino, la llevó a un pequeño alojamiento. Antes de llegar a él, Deirdre reparó en la presencia de Goibniu, *el Herrero*. Estaba solo, mirándola. Ella no lo saludó y él tampoco lo intentó: se limitó a observarla. Deirdre se preguntó por qué lo haría. Cuando llegaron al alojamiento, preguntó:

—¿Dónde está Conall?

—Te lo traeré dentro de poco —le prometió Larine.

En el habitáculo había una esclava joven que le sirvió un refrigerio. Supuso que a su padre y a sus hermanos les darían alojamiento en otro lugar. En aquel gran espacio de acampada había muchísima gente, pero nadie se acercó a ella cuando se detuvo en el umbral y tuvo la sensación de que la evitaban con cortesía. Era como si la hubieran apartado de los demás.

Conall apareció por fin. Iba acompañado de Larine, que lo seguía a unos pasos de distancia.

Qué sereno estaba Conall… Serio pero sereno. Deirdre supuso que se debía al hecho de haberse reconciliado con su tío. Con cuánta ternura y afecto la miraba…

—He estado con los druidas, Deirdre —dijo en voz baja—. Había cosas que hacer. —Calló unos instantes—. Me están rindiendo un gran honor.

—Eso es bueno, Conall —dijo ella sin comprender.

—Tengo que emprender un viaje, Deirdre, un viaje que solo un príncipe puede emprender. Y si complace a los dioses, traerá mejores cosechas. —Hizo una pausa y la miró con aire pensativo—. Si fuera necesario que cruzara el mar rumbo a las islas Benditas a fin de hablar con los dioses, ¿intentarías evitar mi partida?

—Esperaría tu retorno, pero las islas Benditas —añadió nerviosa— están muy lejos, Conall, en el mar occidental.

—Cierto. Y si naufragara, me llorarías, pero también te sentirías orgullosa, ¿verdad? ¿Le dirás a mi hijo que esté orgulloso de su padre?

—¿Y cómo no iba a estar orgulloso de su padre?

—Mi padre murió en una batalla con honor, así que mi madre y yo no lloramos por él porque sabíamos que estaba con los dioses.

—¿Por qué todo esto, Conall? —preguntó ella, confusa.

Conall hizo una seña a Larine para que se acercara.

—Deirdre —dijo—, sabes que solo tú eres el amor de mi vida y que darás a luz a un hijo mío. Si me amas como yo te amo a ti, no te entristezcas cuando parta de viaje. Y si me amas, recuerda esto: Finbarr, a quien maté, era mi amigo más querido. Pero Larine es un amigo incluso mejor. Ahora debo dejarte porque es la voluntad de los dioses, pero permite que Larine sea siempre tu amigo y consejero y nunca sufrirás ningún daño.

Acto seguido, la besó tiernamente, se volvió sobre sus talones y se alejó, dejándola con el druida.

Entonces, Larine le contó lo que iba a ocurrir.

El amanecer se aproximaba. ¿Tenía miedo? Creía que no.

Cuando Conall era niño, la víspera de Samhain le había parecido una noche mágica pero peligrosa. La gente dejaba comida para los espíritus visitantes, pero apagaba las hogueras para asegurarse de que aquellos peculiares invitados no se quedaran en la casa. De pequeño, su madre lo hacía dormir junto a ella. Tras la larga noche, venía la selección de animales: las reses, las ovejas y los cerdos elegidos para la matanza de invierno. Para Conall, en el recorrido del ganado hasta el corral donde esperaban los matarifes con los cuchillos, había algo melancólico. A los otros chicos siempre les parecía divertido ver cómo agarraban a los cerdos y les ataban unas cuerdas alrededor de las patas mientras los animales chillaban. Después de que los hombres los levantaran por las patas traseras y los colgaran de las ramas de los árboles, les cortaban el cuello entre más gritos y sangre roja que lo salpicaba y lo inundaba todo. A Conall nunca le había gustado aquella carnicería, por necesaria que fuera, y se consolaba pensando que un druida bendecía la escena.

De mayor, la víspera de Samhain salía de su casa a hurtadillas y se sentaba fuera. Pasaba la noche atento a las vagas sombras y aguzaba el oído para captar los silenciosos pasos de los espíritus que venían de visita y se colaban en las cabañas de mimbre o pasaban rozando los árboles otoñales. Esperaba a un espíritu concreto. De pequeño, había pensado que su padre, un héroe, acudiría a visitarlo. Una y otra vez, evocaba imágenes de su padre: esa alta figura de la que le había hablado su madre, con unos brillantes ojos azules y unos bigotes de largas guías caídas. ¿Iría su padre a visitarlo? Nunca lo hizo. En una ocasión, la víspera de Samhain de sus catorce años, había experimentado algo: una extraña sensación de calidez, una presencia cerca de él. Y como anhelaba de veras que fuese su padre y lo deseaba tanto, creyó que se trataba de él.

Esa última noche, sin embargo, había sido diferente y le había alegrado contar con la compañía de Larine. Había pedido que Larine lo acompañase durante la ordalía y se lo habían concedido. Se habían sentado uno al lado del otro, habían hablado, rezado y recitado las plegarias sagradas. Luego, hacia medianoche, Larine lo había dejado solo durante un rato.

Tan concentrado había estado en la ordalía que lo aguardaba que se había olvidado de que aquella noche los espíritus rondaban por doquier. Solo, sentado en la oscuridad de la casa del druida, no estaba seguro de si se había dormido o estaba despierto, pero fue en algún momento de lo más negro de la noche cuando vio entrar una silueta. Era absolutamente visible, como Larine, lo cual resultaba extraño porque no había luz, y de repente supo de quién se trataba: plantado ante él estaba su padre, con una seria pero afectuosa sonrisa.

—Llevo tanto tiempo esperándote, padre —dijo Conall.

—Pronto estaremos juntos, Conall —replicó el padre—. Estaremos siempre juntos, en las tierras de la mañana reluciente. Tengo muchas cosas que enseñarte.

Entonces se marchó de nuevo y Conall experimentó una profunda sensación de paz, sabedor de que iba al encuentro de su padre con el beneplácito de los dioses.

Había transcurrido mucho tiempo desde que sacrificaran a un hombre en Tara por última vez. Al menos habían pasado tres generaciones. Eso revestía la ceremonia de una mayor solemnidad e importancia. Si algo podía desactivar la maldición que aparentemente había caído sobre el Rey Supremo y todas las tierras, debía ser aquello. Si Conall esperaba purgar su propia sensación de dolor y culpa después de su fuga con Deirdre y la muerte de Finbarr, aquel sacrificio supondría la expiación. El sentimiento que lo embargaba mientras se disponía a cruzar los portales del otro mundo, sin embargo, no era de sacrificio personal. Ni siquiera era de pena o de alegría. La pena era innecesaria; la alegría, insuficiente. Lo que Conall sintió en aquel momento fue el destino. No se trataba solo de que las tres *geissi* y la profecía sobre Finbarr se hubieran cumplido, sino de que en este acto también encontraba perfecta expresión todo lo que él era: príncipe, guerrero y druida. Era la muerte más noble, la mejor. Había nacido para ello, para ser uno con los dioses. Sería su regreso a casa. Y permaneció en paz hasta que el primer asomo de la aurora se dibujó en oriente y Larine volvió.

Le dieron de comer pastel un poco quemado y avellanas aplastadas, porque el avellano era un árbol sagrado. Bebió tres sorbos de agua; cuando terminó, se desnudó. Luego, después de lavarse minuciosamente, le pintaron el cuerpo con un tinte rojo, que tardó un rato en secarse. Cuando lo hubo hecho, le ataron un brazalete de piel de zorro alrededor del brazo izquierdo. A continuación, Conall tuvo que esperar, pero por poco tiempo, porque fuera, la luz del amanecer se había intensificado. Y muy pronto, con una sonrisa en los labios, Larine le dijo:

—Ven.

Debía de haber unas mil personas mirando. El círculo de druidas se había situado en el túmulo, para que todo el mundo los viera. En el otro túmulo, se hallaba el Rey Supremo. Entre la multitud acababa de hacerse el silencio. Traían a Conall.

El Rey miró al gentío con aire meditabundo. Había que hacerlo. No sabía si le gustaba, pero había que hacerlo. Divisó a Goibniu. Sin duda alguna, el herrero era listo. El regreso del príncipe arrepentido y su aceptación del sacrifico habían sido un golpe maestro. No solo había recuperado el prestigio de la monarquía —la casa real entregaba uno de los suyos a los dioses—, sino que también había dejado a los druidas en una posición difícil. Aquél era asimismo su sacrificio, el más importante que los hombres santos pudieran hacer. Si la isla sufría otra mala cosecha, sería complicado que pudieran echarle las culpas al Rey de ello. El monarca lo sabía, y ellos, también. Estaría en juego su credibilidad.

A su lado estaba la Reina. A ella también la habían silenciado. Desde que Larine volviera de encontrarse con Conall en la islita, el Rey había sabido de las amenazas de su esposa contra la pobre Deirdre. Se lo había imaginado desde el principio. No habían hablado del asunto, pero ella supo que él se había enterado. No volvería a causar problemas durante un tiempo.

Y en lo que respectaba a la chica, sinceramente, lo sentía por ella. Se le permitiría regresar a casa de su padre y tener el hijo de Conall. Hasta Goibniu había estado de acuerdo en eso. Algún día haría algo por el niño. Uno nunca sabía cuándo podía resultar útil un niño de una rama lateral de la familia.

La multitud se había partido en dos. Conall, Larine y otros dos sacerdotes caminaban por el centro. Se preguntó si Conall lo miraría, pero el chico tenía la mirada clavada al frente y una expresión de arrobamiento. Había que dar gracias a los dioses por ello. Llegaron al túmulo de los druidas y comenzaron a subir. Con sus trajes de plumas, los druidas se hallaban en un extremo del túmulo, mientras que la figura desnuda y pintada de rojo de Conall permaneció un rato separada de los demás para que todo el mundo la viera. El Rey Supremo miró hacia el este. El cielo del horizonte oriental estaba despejado. Eso era bueno, ya que verían el sol cuando saliera. El horizonte comenzaba a resplandecer. Faltaba poco.

Tres druidas se acercaron a Conall. Uno era Larine. Siguiendo la orden de uno de los druidas más viejos, Conall se arrodilló. Desde atrás, el anciano le colocó un garrote alrededor del cuello, pero lo dejó flojo. El segundo alzó un cuchillo curvado de bronce. Larine levantó un bastón.

En los sacrificios celtas tenía que haber tres muertes: una para la tierra, otra para el aire y otra para el cielo, los tres mundos. De igual modo, algunas ofrendas se quemaban, otras se enterraban y otras eran lanzadas al río. Por ello, Conall se sometería a tres muertes rituales, pero el proceso era clemente: Larine le daría un golpe que lo dejaría aturdido y, mientras estuviera inconsciente, el druida más anciano le aplicaría el garrote que lo mataría. Luego, el cuchillo curvado le cortaría la garganta para que su sangre se esparciera.

El Rey contempló el horizonte. El sol estaba a punto de salir. Lo haría en cualquier instante. En el túmulo de los druidas hubo movimiento y los otros se acercaron y formaron un círculo en torno a la víctima. Ahora los asistentes solo veían las espaldas de los druidas, cubiertas de plumas coloridas, y en el centro, el bastón que Larine sostenía en alto.

Entonces, el Rey distinguió el sol destellando brillante hacia Tara y se volvió justo a tiempo de ver el bastón que descendía y desaparecía con un estallido seco que resonó en todo el recinto, seguido de un largo silencio interrumpido solo por el susurro de las plumas procedente del círculo de los druidas.

Pensó en el chico y el joven que había conocido, en la madre de Conall, su hermana. Era duro, admitió, y deseó que pudiera ser de otro modo. No obstante, Goibniu tenía razón. Aquello era lo que había que hacer. En la vida siempre había sacrificios.

Había concluido. Todos los druidas se retiraron, a excepción de los tres primeros. Larine tenía un gran cuenco de plata en las manos. El cuerpo rojo de Conall, con la cabeza caída hacia delante en un extraño ángulo, yacía inerte. Cuando el druida más anciano echó la cabeza hacia atrás para dejar la nuca al descubierto, el druida con el cuchillo actuó deprisa y le cortó la garganta, mientras Larine, que sostenía el cuenco de plata delante del pecho de Conall, lo llenó con la sangre de su amigo.

El Rey contempló la escena. Todos albergaban la esperanza de que cuando la sangre fuera diseminada en la tierra, vendría una mejor cosecha. Al observar a la multitud, la vio satisfecha. Aquello era bueno. Y por casualidad se fijó en la muchacha, Deirdre, en pie junto a su padre.

Era ya por la tarde cuando Deirdre anunció que, en vez de quedarse al resto del banquete del monarca, quería regresar a casa, a Dubh Linn.

Para su sorpresa, nadie le puso ninguna objeción. Informado de su deseo a través de su padre, el Rey le envió sus bendiciones y un anillo de oro. Poco después, Larine acudió a decirle que pronto visitaría Dubh Linn y que había dos carros preparados a su disposición. Deirdre sabía que a sus hermanos les habría gustado quedarse a la fiesta, pero su padre los había hecho callar. Sabía que debía marcharse, no podía quedarse en Tara ni un instante más.

Y sin embargo, por extraño que resultase, durante el sacrificio de Conall no había sentido ni pena ni horror. Ya sabía cómo sería, pues toda su vida había visto la matanza de animales durante el festival de Samhain. No, la emoción que sentía era completamente distinta.

Era rabia.

Había comenzado a sentirla tan pronto como Larine la había dejado el día anterior. Estaba sola. Conall se había marchado y se quedaría con los druidas hasta la ceremonia. Comprendió la magnitud de la fuerza de estos, y la del Rey, y el terrible poder de los dioses, pero, con la mera intuición, supo algo más: lo explicara como lo explicase, él la había dejado. Y mientras cavilaba en ello durante la noche, una y otra vez, le venía a la mente un detalle: todo el tiempo que vivieron en la isla e incluso después de la visita de Larine, Conall podía haber escapado. Había dado su palabra, desde luego. El Rey y los dioses lo habían exigido. Pero podía haber escapado, podían haber huido juntos cruzando el mar. Él había tenido la oportunidad y no la había aprovechado. Había elegido a los dioses, pensó. Había preferido la muerte a ella. Eso era todo lo que sabía. Lo maldijo en sus pensamientos, y a los druidas y a los mismísimos dioses. Y así, había contemplado su muerte con rabia y amargura. Esos sentimientos la habían protegido por un tiempo del dolor.

Y fue justo antes de que partieran aquella tarde cuando tuvo un encuentro inesperado.

Se hallaba sola junto a uno de los carros y vio que la Reina avanzaba en su dirección. Decidiendo que sería mejor evitarla, buscó una vía de escape, pero la vieja lo advirtió y caminó directa hacia ella, por lo que Deirdre se quedó donde estaba, temiéndose lo peor; sin embargo, para su sorpresa, vio que la mujer la saludaba con la cabeza de una manera que no parecía hostil.

—Es un día triste para ti, Deirdre, hija de Fergus. Siento mucho que sufras.

La miró directamente a los ojos, sin malicia alguna. Deirdre no sabía qué responder. Al fin y al cabo, se trataba de la Reina y tenía que mostrarle respeto, pero no podía.

—No son buenos deseos lo que necesito —replicó con amargura.

No era manera de hablar a una reina, pero no le importó. ¿Qué otra cosa podía perder?

—Todavía estás enfadada conmigo —comentó la Reina, con voz tranquila.

A Deirdre le resultaba imposible.

—¿No me habías dicho que me matarías? —profirió Deirdre.

—Es cierto —convino ella—, pero eso fue hace mucho.

—Por todos los dioses —sollozó Deirdre—, eres una mujer extraña.

La anciana aceptó también aquellas palabras.

—Por lo menos, ha tenido una muerte noble —dijo—. Puedes estar orgullosa de él.

Con que Deirdre hubiera inclinado humildemente la cabeza y hubiese dicho algo cortés habría bastado, pero era presa de la ira y no pudo contenerse.

—¡Orgullosa de un muerto! —gritó—. ¡De mucho me servirá, cuando esté sola en Dubh Linn!

—No tenía otra opción, ya lo sabes.

—Pudo elegir —replicó, furiosa—. Y eligió. Pero no nos escogió a su hijo y a mí, ¿no es así?

Había llegado demasiado lejos y lo sabía. Había insultado a la monarquía, a los druidas y al mismísimo centro sagrado de Tara. Medio desafiante, medio temerosa, esperó a que la furia de la Reina se abatiera sobre ella. Pero aquella mujer permaneció unos instantes callada. Agachó la mirada y pareció sumirse en profundos pensamientos. Luego, sin alzar la cabeza, dijo:

—No conocías a los hombres, ¿verdad, Deirdre? Siempre nos decepcionan.

Acto seguido, se alejó.

IV

El día del solsticio de invierno, en el *rath* de su padre en Dubh Linn, encima del vado llamado Ath Cliath, Deirdre, tal como esperaba, dio luz a un hijo varón. Ya en el momento del nacimiento, vio que se parecía muchísimo a Conall y no supo si alegrarse de esa circunstancia o no.

Aquella primavera, y también durante el verano, el tiempo fue bueno. La cosecha, aunque no especialmente abundante, no se echó a perder. Y los hombres decían que había sido gracias a Conall, hijo de Morna, sobrino del Rey Supremo, que tenía influencia respecto a los dioses.

Tres

Patricio

450 d. C.

Su primera visita no había sido propicia y pocos de los que lo habían enviado de regreso pensaban que lograse grandes cosas en la distante isla occidental; sin embargo, después de su llegada, todo cambió.

Nos legó un relato de su vida, aunque este, que es fundamentalmente una confesión de fe y una justificación de su ministerio, deja sin desvelar muchos detalles de su existencia. Las narraciones sobre él fueron numerosas, pero la mayoría resultaron ficticias. La verdad es que la historia no conoce ni la fecha de su misión, ni los nombres de los gobernantes irlandeses con los que se encontró, ni siquiera dónde, exactamente, ubicó su ministerio. Todo es incierto, todo es conjetura.

De todos modos, de lo que no cabe duda es de que san Patricio existió. Nació en una familia aristocrática británica. De chico, fue secuestrado cerca de su casa, en algún lugar del lado occidental de Britania, por un grupo que había protagonizado una incursión desde Irlanda. Vivió como esclavo en la isla unos años, durante los cuales se dedicó principalmente a cuidar ganado, y consiguió escapar y encontrar el camino de regreso a casa de sus padres al otro lado del mar. Por aquel entonces, sin embargo, ya había decidido seguir la vida religiosa. Estudió en la Galia durante un tiempo y es posible que visitara Roma. Patricio sugiere que ciertos clérigos consideraban que su aprendizaje estaba por debajo del nivel medio, debido sin duda a las interrupciones que había sufrido su educación, pero acaso en estas afirmaciones haya cierta ironía, porque sus escritos revelan una considerable sofisticación literaria y política. Con el tiempo, fue enviado a petición propia a la isla occidental, donde antes fuera esclavo, a ejercer de obispo misionero.

¿Por qué quiso regresar allí? En sus escritos afirma que tuvo un sueño en el que oyó las voces de los isleños que lo llamaban y que le suplicaban que les llevara el Evangelio. No hay razón para dudar de la autenticidad de la fuente, ya que en los primeros tiempos del cristianismo abundaron los relatos de visiones y voces sobrenaturales y desde entonces han ido apareciendo de vez en cuando en las crónicas. En el caso de san Patricio, la experiencia fue decisiva y suplicó que le dieran aquella misión ingrata y posiblemente peligrosa.

La fecha tradicional de su llegada a Irlanda, el año 432, no es más que una suposición. Tal vez fuese demasiado temprano, pero el obispo Patricio comenzó su misión en algún momento de las décadas que siguieron a la caída del Imperio romano. No fue, en absoluto, el primer misionero que arribara a las costas irlandesas, ya que las comunidades cristianas del Munster y del Leinster llevaban allí una generación, puede que más. Sin embargo, fue posiblemente el primer misionero que llegó al norte, si, como parece probable, su base de operaciones estaba en Armagh, en el Ulster, donde el rey del antiguo Ulaid, acorralado en un reducido territorio por el poderoso Ui Niall, tomó afecto al obispo y le ofreció protección.

De las prédicas de san Patricio no nos ha llegado ningún registro digno de confianza. Su famoso sermón en el que explicó el misterio de la Santísima Trinidad comparándolo con un trébol es una deliciosa leyenda, pero no existen pruebas de que hubiese dicho nunca tal cosa. Del mismo modo, hay que añadir que nadie puede decir a ciencia cierta que no lo hiciera. De la personalidad y el espíritu misionero de san Patricio pueden inferirse más cosas. De carácter humilde, como todos los que cultivan la vida espiritual, el obispo de la santa Iglesia exigía y recibía el respeto propio de un príncipe celta. Desde su base en el Ulster, pudo haber ido hacia el oeste y establecido un segundo frente de evangelización en el Connacht. Sin duda estuvo también en contacto, de vez en cuando, con sus correligionarios cristianos de la mitad meridional de la isla.

Ocurriría cualquier día. Todos sabían que Fergus agonizaba. Las hojas otoñales caían de los árboles y el anciano estaba preparado para marcharse.

Y antes de hacerlo, había reunido a toda la familia. ¿Qué iba a decirles?

Fergus llevaba tanto tiempo como jefe que era el único que muchos de los habitantes habían conocido. Con el paso de los años, su astucia y su sabiduría no habían hecho sino crecer. La gente acudía a él para que impartiera justicia desde todos los lugares de la llanura del Liffey; el territorio que rodeaba Ath Cliath había llegado a conocerse, en gran parte del Leinster, como la Tierra de Fergus. Durante los últimos veinte años, ella se había ocupado lealmente de la casa. Día tras día, lo había cuidado en aquel último y largo año, durante el cual su espléndida estampa fue declinando gradualmente. Incluso ahora, ya al final, siempre lo mantenía limpio. Y él se había mostrado agradecido de una manera que la había conmovido. «Si he llegado a una edad tan avanzada, Deirdre, es gracias a ti», le había dicho en diversas ocasiones, delante de sus hermanos.

Y sin embargo, era ella, pensó Deirdre, la que tenía que estarle agradecida por la paz que le había dado. Veinte años de paz a orillas del Liffey. Veinte años de paseos junto a sus aguas, por las grandes playas abiertas de la bahía y el promontorio que tanto le gustaba. Veinte años criando a su hijo, Morna, bajo la atenta protección de los montes de Wicklow.

Morna, hijo de Conall. El amado y protegido por todos. El que habían mantenido oculto. Morna era el futuro. Era todo lo que Deirdre tenía.

Después de la muerte de Conall, no se había vuelto a aparejar con otro hombre. No se trataba de que no sintiera necesidad de ello, pues a veces habría gritado de frustración. El problema habían sido los hombres. Al principio creyó que conocería a alguno en cualquiera de los grandes festivales. «No encontrarás a otro Conall», le había advertido su padre, pero Deirdre había albergado la esperanza de que un jefe joven se interesara por ella. El tiempo que había pasado con Conall le había dado confianza con los hombres. Iba con la cabeza muy alta y veía que su presencia creaba conmoción, pero aunque la gente se mostraba cortés —al fin y al cabo, había sido elegida esposa del mismísimo Rey Supremo—, la abordaba con cautela. El príncipe que se había librado al sacrificio era una figura que inspiraba admiración temerosa; sin embargo, por su parte, aquella mujer, la causante de todo el problema, inquietaba a la gente.

—¿Crees que soy un pájaro de mal agüero? —dijo desafiando, risueña, a un joven noble—. ¿Tienes miedo de mí?

—Yo no tengo miedo de nadie —replicó él, indignado, pero a partir de entonces la evitó.

Al cabo de un par de años, Deirdre dejó de asistir a los festivales.

¿Qué le quedaba, pues? Unas pocas almas valientes en la región de Dubh Linn. Dos granjeros robustos, un pescador viudo con tres botes. Ninguno de ellos la inspiraba. En una ocasión, su padre había llevado a casa a un mercader de Britania que le había vendido algunos esclavos. Era más interesante, pero habría tenido que ir a vivir al otro lado del mar. Le había conmovido que su padre hubiera sugerido algo así, porque sabía que él la necesitaba y que amaba a su nieto. Cuando Deirdre dijo que no le apetecía marcharse, él no pareció entristecerse demasiado...

Le habían puesto el nombre de Morna, como el del padre de Conall. A ella, sus dos primeros años le habían resultado más que difíciles. Si no se hubiese parecido tanto a Conall, tal vez habría sido más fácil. El niño tenía sus mismos ojos verdes y extraños, pero en todo lo demás, era la viva imagen de su padre. Deirdre no podía evitarlo: cada vez que miraba la cara del pequeño, veía que le aguardaba el mismo destino que a su padre. Sufrió pesadillas, pesadillas sobre Tara, pesadillas de sangre, y los druidas le inspiraban terror: tenía miedo de que le arrebataran al niño y lo destruyeran. Un año después del nacimiento de Morna, Larine había ido a verla, como había prometido que haría. Sabía que lo hacía de corazón, pero no pudo soportar la idea de verlo y le dijo a su padre que le pidiera que se marchase. A Fergus le preocupaba que Larine se ofendiese, pues aquello desencadenaría la maldición del druida, pero Larine pareció comprender la situación y Deirdre no volvió a verlo.

Morna era un niño de lo más alegre. Le gustaba jugar y salir de caza con el abuelo, y a Fergus se le caía la baba con él. Para tranquilidad de Deirdre, el niño no daba muestras de querer estar solo ni tenía cambios bruscos de humor. Era una personita muy viva y cariñosa. Le encantaba pescar, buscar nidos de pájaros y nadar en las aguas del Liffey o en el mar. Cuando cumplió cuatro años, lo llevó a sus paseos favoritos hasta el promontorio que dominaba la isla y por la orilla, donde las gaviotas chillaban. Los hermanos de Deirdre también eran muy afectuosos con él. Cuando era pequeño, podían pasarse toda la mañana jugando con el niño sin aburrirse. Le enseñaban a pescar y a conducir el ganado y Morna se reía con sus bromas. A los diez años, se marchaba con ellos, feliz, a hacer largas salidas con el ganado, excursiones que podían durar un mes o más.

Pero, por encima de todos, fue Fergus quien se encargó de la educación del chico. En una ocasión, Deirdre había comenzado a darle las gracias y él la había interrumpido diciendo: «Es mi único nieto. ¿Qué otra cosa puedo hacer?». En realidad, era como si el muchacho le hubiera prolongado la vida a su abuelo. Desde que empezó a ocuparse de Morna, Fergus rara vez se hundía en la depresión. Bebía de manera moderada y había encontrado un nuevo vigor. Sin embargo, Deirdre sabía que se trataba de algo más, porque el anciano había captado una cualidad especial en el muchacho. Todo el mundo lo había notado. Su rapidez a la hora de aprender tenía cautivado a Fergus. A los seis años, Morna sabía todos los cuentos de Cuchulainn, de los reyes legendarios de la isla y de los dioses antiguos. También podía narrar las historias de la familia de su madre y de la muerte de Erc, *el Guerrero*. Fergus disfrutaba dejándole sostener en la mano la calavera de beber mientras lo contaba. Le enseñó a utilizar la espada y a arrojar la lanza. Y, por supuesto, Morna quiso saber si su padre también había sido un gran guerrero.

Deirdre no supo bien qué decirle, pero Fergus satisfizo su curiosidad sin demasiados tropiezos.

—Luchó en batallas de todo tipo —le dijo con afecto—, pero la más importante fue la que libró contra Finbarr, que era un hombre terrible. Tu padre lo mató muy cerca de aquí, en la costa, a poca distancia de la llanura de las Bandadas de Pájaros.

Morna nunca se cansaba de escuchar los detalles de la batalla que, con el paso del tiempo, llegó a incluir la muerte de un monstruo marino a manos de Conall. Por ello, no era sorprendente que Morna soñara con convertirse en un guerrero y un héroe, aunque Fergus supo manejar la cuestión con habilidad.

—Yo, de pequeño, quería lo mismo —le dijo a su nieto—, pero los guerreros cruzan el mar para ir a saquear los bienes de otros, y mira la cantidad de ganado que hay aquí... Tendrás que defender este lugar.

Si cuando creció, Morna soñaba a veces con ser un guerrero, nunca lo comentó.

En cualquier caso, no era su potencial de guerrero lo que tanto había impresionado a su abuelo. Era la naturaleza de su mente, que se reflejaba en todo lo que hacía. Con diez años cumplidos, Fergus lo sentaba a su lado cuando acudía gente a que impartiera justicia. Al cabo de un tiempo, sabía casi tanto de las antiguas leyes brehon como su abuelo. Los problemas más intrincados eran los que más le gustaban. Si un hombre vendía una sola vaca y al cabo de un mes paría un becerro, ¿quién era el dueño? ¿El dueño actual o el dueño anterior? Si un hombre construía un molino de agua accionado por una corriente que discurría por tierras de otro, ¿tenía este último derecho a utilizar el molino sin pagar? Y el más sutil de todos, ¿cuál era el mayor de dos gemelos? ¿El que nacía primero o el que nacía el último? En el resto de Europa era el primero, pero en la isla occidental a veces se veía distinto: «Porque si sale después del primero —razonaba Morna—, es que estaba allí desde antes. Por eso, el que nace el último es el mayor».

Sus hijos nunca habrían resuelto aquel problema, pensó Fergus. A menos que fuera algo que les concerniera, los problemas abstractos no les interesaban.

En Morna había algo más, algo difícil de descifrar. Se notaba en su amor por la música, porque tocaba el arpa de una manea espléndida. Se notaba en su porte, e iba más allá de su atractivo. Ya de joven, poseía la dignidad del anciano Fergus; pero había algo más; un rasgo mágico que atraía a la gente. Era majestuoso.

No había sido fácil decidir qué contarle a Morna sobre su ascendencia real. Deirdre no quería decirle nada.

—De esa rama de la familia no le llegará nada bueno —arguyó—, igual que le ocurrió a su padre.

La sangre real era más una maldición que una bendición y el viejo Fergus opinaba como ella.

—Pero tendremos que decirle algo —comentó.

Cuando el anciano se decidió a afrontar la cuestión, Morna ya tenía diez años.

—Tu padre tenía sangre real por parte de madre —le explicó un día—, pero no le hizo ningún bien. El Rey Supremo lo detestaba. Fue el Rey quien envió a Finbarr a que lo matara.

—¿Y a mí también me odiará el Rey? —quiso saber el muchacho.

—Probablemente ni se acuerde de que existes —respondió Fergus—, y eso sería lo mejor para ti. Aquí, en Dubh Linn, estás a salvo —añadió.

Como Morna asintió en silencio, el viejo supuso que aceptaba lo que le había contado.

En cuanto al papel de su madre en la disputa con el Rey y el sacrificio de Conall, Fergus dio órdenes a sus hijos y a toda su gente de que nunca mencionaran tales hechos en presencia del muchacho. En cualquier caso, poca gente se habría sentido inclinada a hacerlo. El asunto del príncipe sacrificado era algo de lo que había que hablar poco y en voz baja. Muchos se sentían incómodos ante lo ocurrido; otros decían que los druidas se habían equivocado por completo autorizándolo. Por un acuerdo común, se decidió olvidar la cuestión y en la zona surgió una dulce y protectora conspiración de silencio. Y si en alguna ocasión, un viajero preguntaba qué había sido de la mujer de Conall, nadie había sabido de ella.

Con el paso de los años y como nadie había ido a molestarlos, Deirdre encontró una profunda sensación de paz. Su posición de matriarca de la familia estaba asegurada porque sus hermanos no tenían esposa y porque su padre contaba con ella para todo. Los habitantes del territorio la trataban con respeto. Cuando aquel verano llegó la noticia de que el Rey Supremo había muerto, sintió que por fin era libre. El pasado quedaba atrás. Morna estaba a salvo. Morna, el futuro.

No sabía por qué su padre los había llamado a todos juntos. A una orden suya, sus hermanos habían regresado obedientes de los pastos, y Morna, del río. Habían entrado en la casa. Ahora esperaban oír lo que tuviera que decirles.

Fergus era una vieja figura majestuosa, sentada muy erguida y envuelta en una capa junto al fuego. Tenía la cara pálida y demacrada, pero sus ojos hundidos seguían siendo penetrantes. Llamó con una seña a Morna para que se pusiera a su derecha, y a Deirdre, para que lo hiciera a su izquierda, mientras que sus dos hijos se quedaron frente a él. Fuera lo que fuese lo que quisiera decirles, Fergus se tomó su tiempo y miró a sus hijos con aire pensativo como si estuviera haciendo acopio de fuerzas. Mientras esperaba, Deirdre también observó a sus hermanos.

Ronan y Rian. Dos hombres larguiruchos, Ronan un poco más alto que su hermano pequeño y con el cabello negro, mientras que el de Rian era castaño. En su rostro se veían algunos de los rasgos orgullosos del padre, pero ni un ápice de su fuerza; al otro hermano se le había encorvado la espalda, con lo que parecía que siempre estuviera intimidado. El aspecto de Rian era de simple placidez.

¿Cómo era que en todos aquellos años ninguno de los dos había conseguido esposa? Al menos uno de ellos podía haberse casado, pero ¿lo habían intentado? No se trataba de que las mujeres no les interesaran, ya que, durante un tiempo, habían tenido a una esclava británica y seguro que Ronan se había acostado con ella. Deirdre creía que lo habían hecho los dos. La esclava incluso dio luz a un niño, pero este murió y luego la chica enfermó y Deirdre la vendió. Se ofreció a comprarles otra, pero el negocio había entrado en declive y no volvieron a hablar de ello. Sabía que encontraban mujeres cuando salían con el ganado o en los festivales, pero nunca una esposa. «Demasiados problemas —le decían—. Nadie podría llevar la casa tan bien como tú», la halagaban. En cierto modo, pensaba, debería estar contenta de no tener rivales en su pequeño dominio doméstico. En cualquier caso, los años habían pasado y sus hermanos parecían felices, con sus cacerías y cuidando el ganado de Fergus, que, la verdad sea dicha, había aumentado.

¿No se había sentido decepcionado el padre, quizá, de que sus hijos no le hubieran dado nietos? Probablemente sí, pero nunca lo había dicho; además, como en todos los años transcurridos nunca los había presionado para que contrajeran matrimonio, Deirdre supuso que su padre había llegado a sus propias conclusiones al respecto y que no quería compartirlas con nadie.

Fergus habló por fin.

—Mi final está cerca. Me quedan pocos días. Entonces será momento de que los Ui Fergusa tengan un nuevo jefe.

Los Ui Fergusa eran los descendientes de Fergus. En la isla era costumbre que los clanes eligieran al jefe de entre el núcleo familiar, normalmente los descendientes masculinos hasta el primo segundo de un mismo bisabuelo. En el caso del pequeño clan de Dubh Linn, de Fergus el padre de Fergus no había descendientes varones vivos, aparte de los hermanos de Deirdre, ni tampoco los había del abuelo que les había entregado la antigua calavera de beber. Después de los hermanos de Deirdre, por tanto, a menos que tuvieran herederos varones, el clan se vería en un problema. Las reglas, sin embargo, no eran absolutas y primaba la supervivencia.

—Y por viejo que sea —afirmó Fergus—, nunca ha habido un *tanaiste* designado.

El *tanaiste* era el heredero reconocido de un jefe. Con frecuencia, los clanes designaban heredero durante la regencia de un jefe e incluso a veces en el mismo momento de la elección de este.

—Y aun en el caso de que me sucedierais, Ronan o Rian, después de vosotros no hay ningún heredero, excepto el hijo de Deirdre.

—Tendrá que ser Morna —convinieron ambos—. Después de nosotros, Morna habrá de ser el jefe.

—¿Y creéis que será un buen jefe?

—El mejor. No hay ninguna duda —respondieron los dos.

—Entonces, esto es lo que propongo. —Los miró con ojos serenos—. Dejad que Morna sea el jefe en lugar de vosotros. —Hizo una pausa—. Pensad en esto: si vosotros lo elegís, nadie podrá cuestionarle su derecho. Los dos lo amáis como si fuera un hijo y él os considera a los dos sus padres. Uníos detrás de Morna y el clan será fuerte. —Calló unos instantes y los miró—. Éste es mi último deseo.

Deirdre observó a sus hermanos. No esperaba que su padre fuera a proponer algo así. Había imaginado que Morna heredaría el cargo de sus tíos a su debido tiempo, aunque no fuera de la línea masculina. Veía, sin embargo, que las palabras del anciano estaban cargadas de lógica. A decir verdad, ninguno de ellos estaba preparado para ser jefe y, en el fondo del corazón, seguro que lo sabían; aun así, que los obligaran de aquella manera, que tuviesen que renunciar a sus derechos en favor del hijo de la hermana, que todavía era un muchacho… Aquello era muy duro. En el silencio que siguió, advirtió que ella misma no sabía lo que quería. ¿Deseaba que aquello sucediese muy pronto? ¿Suscitaría malos sentimientos y expondría a Morna al peligro? Deirdre se preguntaba si debía intervenir para pedirle a su padre que reconsiderase aquella idea cuando su hermano Ronan habló.

—Es demasiado joven —dijo con firmeza—, pero si yo soy el jefe, puedo designarlo mi *tanaiste*. ¿Qué objeción pondría nadie a ello?

Deirdre los miró pasmada. Ronan había palidecido y Rian parecía incómodo. Morna miró a su madre, inseguro y preocupado.

—Yo preferiría esperar —le dijo al abuelo con todo respeto—. La sugerencia de Ronan me haría feliz.

Pero el anciano, pese a sonreír a su nieto, sacudió la cabeza.

—Es mejor de este modo —replicó—. He meditado este asunto a conciencia y ya he tomado una decisión.

—¿Has tomado una decisión? —preguntó Ronan con amargura—. ¿Y qué significa eso? ¿No somos nosotros los que decidiremos cuando tú te hayas marchado?

Deirdre nunca había oído a su hermano dirigirse al anciano con aquella falta de respeto, pero Fergus se lo tomó con mucha calma.

—Estás enfadado —le dijo en voz baja.

—Deja que Morna sea el jefe, Ronan —intervino Rian, en tono suplicante—. ¿Qué haríamos tu o yo con el cargo?

Deirdre advirtió de repente que Rian prefería tener a Morna de jefe antes que a su hermano.

Mientras contemplaba sus rostros, comprendió lo diestramente que el viejo había manejado la situación, porque no solo Ronan habría sido un mal jefe, sino que una vez se hubieran enterado de que Fergus había nombrado a Morna, ninguno de los habitantes de Dubh Linn habría aceptado a su hermano como jefe.

Y en el silencio que siguió, Ronan también debió de entenderlo, ya que al cabo de poco suspiró.

—Pues que lo sea el chico, si eso es lo que queréis. —Le dedicó una sonrisa torcida al muchacho—. Serás un buen jefe, Morna. Eso no voy a negarlo. Con un poco de guía —añadió, para mantener la dignidad.

—Eso es precisamente lo que quería oír —dijo Fergus—. Has demostrado sabiduría, Ronan, como sabía que harías.

Entonces, apoyando una mano en el brazo de Morna, el anciano se puso en pie. Como no había caminado sin ayuda desde hacía casi un mes, Deirdre imaginó que le estaba costando un gran esfuerzo y casi se acercó a ayudarle, pero comprendió que no era eso lo que quería. Envuelto aún en la capa, Fergus se irguió como una estatua; su macilento aspecto añadía dignidad a su rostro.

—Trae la calavera de beber —le ordenó en voz baja.

Cuando Deirdre se la sostuvo delante, Fergus puso la mano en ella y ordenó a Morna y a sus tíos que hicieran lo mismo.

—Jurad —los instó—, jurad que Morna será el jefe.

Así lo hicieron. Y cuando terminaron, se abrazaron, convinieron en que habían hecho algo magnífico y Fergus descansó. Deirdre, que no sabía si alegrarse o no de lo que acababa de suceder, solo pudo preguntarse una cosa: Ronan había cedido el cargo a Morna con toda la elegancia, pero ¿mantendría su palabra?

A la tarde siguiente llegó un carro solo. Era un vehículo rápido y espléndido. Morna y sus tíos estaban fuera con el ganado; Fergus, que se sentía débil después de las emociones del día anterior, descansaba dentro de la casa, pero Deirdre, que estaba sentada fuera del *rath*, al sol, remendando una camisa, contempló su llegada con interés. No eran muchas las veces que un carro tan magnífico pasaba por allí. De pie en él, junto al cochero, había un noble de la edad, aproximadamente, de Morna, con unos largos bigotes y una elegante capa verde, que la miraba y gritaba preguntando si aquélla era la casa de Fergus.

—Sí, lo es, pero está enfermo. ¿Qué quieres de él?

—Nada que tú debas saber, creo. —Era obvio que el joven guerrero pensaba que era la criada y añadió—: Pero es a Morna, hijo de Conall, a quien busco.

—¿A Morna?

Aquello despertó sus sospechas y mientras decidía qué responder, oyó la débil voz de su padre desde dentro.

—¿Quién es, Deirdre?

—Un viajero, padre —gritó—, que pasaba por aquí.

—Que entre, pues —intentó gritar el padre, pero a continuación estalló en un acceso de tos y oyeron que el jefe se debatía para recuperar el aliento.

Aquello dio pie a que Deirdre le respondiera con firmeza.

—Soy Deirdre, hija de Fergus. Como has oído, mi padre está muy enfermo. En realidad, no creo que viva muchos días —añadió, bajando la voz—. Dame el mensaje y yo se lo transmitiré.

El mensajero pareció decepcionado, pero no podía objetar nada.

—Traigo un mensaje del Rey Supremo. Va a celebrar el *feis* en Tara. Y pide que asista Morna, tu hijo.

—¿En Tara? —Deirdre, alarmada, miró al joven noble—. ¿Por qué ha de ir Morna al *feis* en vez de Fergus?

Y entonces fue el visitante el que pareció asombrarse.

—Sería extraño que no lo hiciera —respondió—, siendo como es primo del Rey Supremo.

El *feis* —la inauguración en la que el Rey se apareaba con una yegua— no se celebraba hasta Samhain. Todavía faltaba bastante. Se dijo que le quedaba algo de tiempo, pero ¿por qué de repente aquel interés del monarca por Morna? ¿Era solo un acto de bondad con un pariente al que hasta entonces había pasado por alto? ¿O había algún otro propósito detrás de la invitación? No tenía manera de saberlo. ¿Qué debía hacer?

Y entonces casi se sorprendió al oír su propia voz que con toda la tranquilidad decía:

—Es una noticia maravillosa, de veras. —Dedicó una sonrisa al noble—. Para mi hijo será un honor. Será un honor para todos. Solo hay problema.

—¿Cuál?

—Mi hijo no se halla aquí. Está lejos. —Señaló el estuario—. Una travesía por mar. Ha prometido volver antes del invierno, pero... —Suspiró—. Si supiera dónde está, lo mandaría llamar. Le sabrá muy mal haberse perdido tan magno acontecimiento.

—Pero ¿crees que volverá a tiempo?

—Sabe que a su abuelo no le queda mucho en este mundo. Esperamos que regrese antes de que su abuelo parta, pero eso está en manos de los dioses.

Le ofreció un refrigerio, pero le indicó que sería mejor que no entrase en la habitación de los enfermos, donde yacía su padre.

El mensajero se quedó poco rato. Con él se llevó mensajes de lealtad del anciano jefe y la clara impresión de que, si llegaba a tiempo a las costas de la isla, el joven Morna se apresuraría a ir al *feis* de buen grado. Su actuación, pensó Deirdre, había sido perfecta.

El único problema residía en que había mentido al Rey.

¿Por qué lo había hecho? No lo sabía. Lo que sí sabía es que Morna no debía asistir al *feis*, de eso estaba segura. Durante el corto espacio de tiempo que el mensajero había estado en el *rath*, ella permaneció sentada, hundida en la tristeza y, cuando se marchó, le pareció que una oscura presencia acababa de abandonar la casa. Aquella noche, tuvo una pesadilla en la que Morna y ella se acercaban a Tara y los estorninos se alzaban de nuevo del suelo formando una bruma negra. Despertó con un pánico frío. No, Morna no debía ir.

Al día siguiente, sus hermanos y Morna regresaron. Deirdre había dado instrucciones a los esclavos de que no dijeran nada de la visita del mensajero, pero, en cualquier caso, nadie había oído nada de lo que habían hablado. Nadie, ni Morna ni sus hermanos, ni siquiera el jefe, sabía lo que había hecho.

Aquello, desde luego, era arriesgado. Si el nuevo Rey Supremo descubría alguna vez la mentira, lo consideraría una afrenta. Pero, al menos, la mentira era suya. Podría hacerle lo que quisiera; no le importaba. En realidad, solo había una pequeña duda insignificante que le había inquietado brevemente la conciencia. ¿Era posible que se hubiera equivocado, que el nuevo Rey solo quisiera mostrar cortesía y amistad, que de veras no hubiera peligro alguno en la invitación? ¿No podía ser que su miedo no fuera tanto por la seguridad de su hijo como por la preocupación de que, si conocía la corte del Rey Supremo y encontraba allí favor, tal vez no quisiera regresar con ella a Dubh Linn? No, no era eso, decidió, y apartó aquel desagradable pensamiento de la mente.

El declive final de Fergus el jefe comenzó al cabo de tres días.

Fueron tiempos difíciles. Ver marcharse a su padre le producía tristeza, que se sumaba a la que ya sentía por ver a Morna tan apenado por la agonía de su abuelo. Sus dos hermanos estaban deprimidos. En varias ocasiones, le había parecido ver a Rian al borde de las lágrimas, y si Ronan estaba enfadado porque Morna le había quitado el liderazgo, era probable que ya lo hubiera olvidado. Deirdre cuidó al anciano constantemente. Estaba decidida a que su tránsito fuera lo más suave y digno posible, pero tenía que admitir que en su mente había también otras consideraciones.

Ojalá pudiera mantener a Fergus con vida hasta Samhain. Que muriese, si tenía que morir, pero después de la festividad.

Aun en el caso de que el Rey Supremo descubriese que Morna estaba en Dubh Linn, no podría quejarse de que el joven se quedara en casa cuidando a su jefe y abuelo en el lecho de muerte. «Vive un mes más, hazlo por mí.» «Haced que viva, al menos hasta que pase la fiesta de Samhain», rezaba en silencio a los dioses de su pueblo. Y cuando no fue así y su padre se marchó a principios de octubre, su dolor se agudizó aún más debido a su ansiedad y desesperación.

Le hicieron un buen velatorio, eso nadie pudo echárselo en cara a la familia de Fergus, pues los invitados bebieron y hablaron, comieron y cantaron durante tres días. Bebieron como solo podían hacerlo los amigos del difunto. Jefes, granjeros, vaqueros, pescadores, todos aparecieron a fin de beber para acompañarlo al mundo mejor del más allá. «Un velatorio estupendo, Deirdre», le dijeron.

Lo enterraron —tal vez no como él había soñado— de pie, completamente armado, oteando el otro lado del vado por si venían sus enemigos invisibles, pero de una manera suficientemente honorable, debajo de un hermoso túmulo junto a las aguas del estuario. Y al mismo tiempo, proclamaron que Morna era el nuevo jefe.

Cuando se terminaron las ceremonias, Dubh Linn regresó a su tranquilidad habitual y los ritmos del otoño se asentaron. Morna y sus tíos trajeron el ganado de los pastos estivales. Los cerdos engordaban en los bosques gracias a las bellotas caídas. En las carreteras de las montañas oían, de vez en cuando, el rugido de un ciervo en época de celo. En el *rath* todo estaba tranquilo. Podía pasar una mañana sin que sonara otra cosa que el agua deslizándose hacia la laguna oscura de abajo y los susurros de las hojas al caer. El tiempo era bueno, pero Deirdre se daba cuenta de que los días eran cada vez más cortos y de que el aire se volvía más fresco.

También se daba cuenta de la fecha en que estaban. No faltaba mucho para Samhain. El cruce del río ahora estaba desierto, pero pronto se llenaría de grupos de viajeros que subían desde el sur, camino del *feis* de Tara. Y entonces, además, pensó en algo que, con todas las preocupaciones que tenía en la mente, le había pasado del todo inadvertido: los viajeros cruzarían las tierras del *rath* y, como jefe, Morna debía ofrecerles hospitalidad y entretenimiento. Y un jefe tan joven y atractivo llamaría la atención. Alguien llegaría a Tara y mencionaría al sucesor del viejo Fergus del vado de los Zarzos. ¿Podía realmente esperar que al Rey Supremo no le llegaran noticias de la presencia de Morna? No, era imposible. No había esperanza. A menos que pudiera urdir algo, su mentira sería descubierta.

¿Qué otra cosa podía hacer? No se le ocurría nada. ¿Mandar a Morna lejos? ¿Con qué pretexto? El sentido común le dijo que solo podía hacer una cosa. Debía contarle a su hijo que el Rey Supremo lo había convocado y que él decidiera si quería ir o no. Sin embargo, el otoño complicaba las cosas. Lo que veía, lo que olía, el frío en el aire otoñal, todo parecía conspirar para llevarla a rastras a aquella misma estación en la que, tan en contra de su voluntad, había emprendido con Conall aquel terrible viaje a Tara. Se sintió muy sola y deseó que Fergus hubiera estado allí para aconsejarla, pero sospechó cuál habría sido la recomendación de su padre: debía contárselo a Morna.

¿Y por qué no lo hacía? Porque no podía. Aquello no era una respuesta, ya lo sabía, pero, a medida que Samhain se acercaba, su angustia crecía. Los días pasaban y cada noche se prometía que al día siguiente se lo diría. Y por la mañana, cuando despertaba, decidía esperar hasta la tarde por si ocurría algo —no sabía qué— durante el día que pudiera resolver la situación. Y cada noche, al ver que nada había cambiado, volvía a prometerse una vez más que por la mañana se lo diría.

Uno de los esclavos británicos los vio primero y cuando llegó a la entrada del *rath*, el grupo de jinetes ya estaba cruzando el vado de los Zarzos. Eran cuatro. Uno, cerca del jefe, parecía llevar una lanza o un tridente que, cuando lo hacía girar por detrás de la cabeza de su superior, le daba un extraño aspecto, como si fuera un ciervo con astas. Mientras se acercaban, los observó con curiosidad. Y entonces, de repente, con una sensación de mareo, como si de la repetición de un sueño se tratase, advirtió quién era el jefe.

Era Larine.

Debía de venir en nombre del Rey Supremo.

Recorrió despacio el camino que subía al *rath*. No había cambiado mucho; su cabello se había tornado gris, pero lucía la misma tonsura. Se le veía sano y en forma y su expresión seguía siendo serena y pensativa. Deirdre contempló su avance con creciente desánimo. Cuando Larine casi había alcanzado la puerta, ocurrió algo de lo más extraño. Los esclavos británicos —ahora había media docena de ellos— corrieron hacia él y se arrodillaron. Al pasar, Larine se volvió hacia los esclavos y con toda gravedad hizo un signo con la mano. Al cabo de un momento, desmontó y se plantó delante de Deirdre.

—¿Qué quieres, Larine? —le preguntó, intentando disimular el miedo de su voz.

—Solo a ti y a tu hijo —respondió en tono calmado.

Entonces era eso... Había ido a buscarlos para llevarlos a Tara. Solo una cosa le parecía extraña. Los esclavos los habían rodeado y los miraban risueños.

—¿Qué están haciendo mis esclavos? —inquirió—. ¿Por qué se han arrodillado?

—Porque son británicos, Deirdre. Son cristianos.

—¿Y por eso se arrodillan delante de un druida?

—Ah —sonrió Larine—, no lo sabías. Deirdre, yo soy cristiano. —Hizo una pausa—. En realidad, soy obispo.

Ella lo miró confundida.

—Pero ¿no vienes de parte del Rey Supremo?

—¿Del Rey Supremo? No, en absoluto. No he visto al Rey desde hace muchos años. —La tomó gentilmente por el brazo—. Veo que debo explicarme. ¿Pasamos dentro?

Indicando a sus hombres que lo esperaran, abrió el camino.

Deirdre todavía intentaba comprender sus palabras. El bastón largo que había tomado por un tridente resultó ser una cruz. El joven que la sostenía con orgullo se quedó fuera con los dos sirvientes. Deirdre siguió a Larine al interior.

Larine, el druida, ¿era ahora cristiano? ¿Cómo podía ser eso? En cualquier caso, ¿qué sabía ella de los cristianos? Intentó recordar.

Los romanos eran cristianos. Eso todo el mundo lo sabía.

Como muchos en la isla occidental, había vagamente supuesto que con el declive de todo lo romano allende los mares, a medida que pasaran los años, cada vez oirían hablar menos de los cristianos. Y sin embargo, por extraño que pareciera, había sucedido lo contrario.

Su padre era el que siempre traía las noticias. Por los ocasionales barcos mercantes que llegaban al muelle de Dubh Linn, se había enterado de que, lejos de ceder, la Iglesia cristiana de la Galia e incluso de Britania consideraba que las invasiones eran un reto a su religión y se enfrentaba a ellas. Sabía que había algunos cristianos en la isla, en el sur. Y, de vez en cuando, su padre volvía de sus viajes para informar: «No te lo vas a creer, pero ahora tenemos un nuevo grupo de cristianos en el Leinster. Son unos pocos, pero el rey del Leinster les ha permitido quedarse aquí. Eso está claro». Pero si los sacerdotes cristianos habían venido en un principio a evangelizar a los esclavos, con el paso de los años, Fergus trajo otra suerte de información. Un jefe o su esposa se habían convertido. Un año se enteró de un acontecimiento que le hizo sacudir la cabeza repetidamente: «Un grupo de cristianos tiene planeado abrir un centro de culto delante de un santuario de druidas. ¿Te lo puedes creer?».

Sin embargo, aunque pensaba que Fergus se oponía apasionadamente a aquellas usurpaciones de los extranjeros, le sorprendió descubrir que su reacción fue tímida. Lo máximo que se atrevía a decir era que aquella afrenta contra los druidas «no era prudente». Cuando ella le interrogó sobre su postura y le preguntó por qué el rey del Leinster había permitido tal cosa, la había mirado con aire meditabundo y había comentado: «El Rey tal vez esté contento con ellos, Deirdre. Es una manera de mantener a raya a los druidas para que no adquieran demasiado poder. Ahora puede aterrorizarlos con los sacerdotes cristianos». Su actitud cínica le había chocado.

Pero hasta su anciano padre a buen seguro se asombraría si viera a Larine, el druida, entrando en el *rath* como obispo cristiano. Mientras se sentaban, Larine la miró con cordialidad, pero también escrutándola. Le dio el pésame por la muerte de su padre. Luego le dijo que la veía bien, y como si fuera lo más natural del mundo, comentó:

—Tú me tienes miedo, Deirdre.

—Fuiste tú quien viniste a llevarte a Conall —le recordó con callada amargura.

—Ir a Tara fue deseo suyo.

Lo miró fijamente. Ahora era un obispo de pelo canoso, pero lo único que veía en aquel momento era al druida tranquilo, al presunto amigo que había convencido a Conall de que la dejara y entregase su vida a los dioses crueles de Tara. Si el tiempo otoñal le había traído recuerdos de aquellas terribles jornadas, en presencia de Larine volvían al mismísimo día del sacrificio: Conall caminando hacia él con el cuerpo pintado de rojo, los druidas con los bastones, el garrote y los cuchillos... Todos aquellos recuerdos se agolparon en su mente tan vivos y reales que sintió un escalofrío.

—Lo matasteis vosotros, los druidas —gritó con rabia inflamada—. ¡Que los dioses os maldigan a todos!

Larine permaneció muy quieto. Deirdre lo había insultado, pero él no parecía enojado, solo triste, y calló unos instantes.

—Es cierto, Deirdre —dijo tras un suspiro—. Yo ayudé a consumar el sacrificio. Perdóname si puedes. —Hizo una pausa y ella siguió mirándolo a los ojos—. Nunca lo he olvidado. Yo lo quería, Deirdre, tenlo presente. Yo quería a Conall y lo respetaba. Dime —preguntó en voz baja—, ¿tienes pesadillas de lo que sucedió aquel día?

—Pues sí.

—Yo también las tuve, Deirdre, durante muchos años. —Clavó la mirada en el suelo, pensativo—. Hace mucho que los druidas no sacrifican a ningún humano, ¿sabes? —Alzó de nuevo los ojos y la miró—. ¿Apruebas los sacrificios de los druidas?

—Siempre han celebrado sacrificios. —Deirdre se encogió de hombros—. De animales.

—Y también de personas, en el pasado. —Larine suspiró—. Te confieso, Deirdre, que después de la muerte de Conall, comencé a perder el deseo de hacer sacrificios. Ya no quería ninguno más.

—¿No crees en los sacrificios?

—Lo que se le hizo a Conall —respondió, sacudiendo la cabeza— fue algo terrible. Terrible. Me acucia el dolor y me encojo de vergüenza solo de pensar en ello; sin embargo, cuando lo hicimos, todos pensábamos que estábamos actuando por el bien de la comunidad. Yo lo creía, Deirdre, y por eso puedo asegurarte que Conall también lo creía. —Volvió a sacudir la cabeza, abatido—. Eso es lo que ocurre con los dioses viejos, Deirdre. Siempre ha sido igual, siempre esos terribles sacrificios, de humanos o de animales, siempre derramando sangre para aplacar a los dioses, quienes, la verdad sea dicha, no son mejores que los hombres que ejecutan los sacrificios.

Aquel pensamiento parecía deprimirlo. Sacudió la cabeza otra vez antes de proseguir.

—Es solo aquí, Deirdre, donde todavía se hacen estas cosas, ¿sabes? En Britania, Galia y Roma hace mucho que se han convertido al Dios verdadero. Desprecian a nuestras divinidades y tienen toda la razón. —La miró con intensidad—. Piensa en ello, Deirdre, ¿podemos realmente suponer que el sol, el cielo, la tierra y las estrellas fueron creados por seres tales como el Dagda con su caldero, o la otra multiplicidad de los dioses, que no pocas veces se comportan como niños estúpidos y crueles? ¿Puede haber sido creado este mundo por alguien que no sea un ser supremo tan grande, tan omnipotente, que sobrepase nuestra comprensión?

¿Esperaba Larine que respondiera? Deirdre no estaba segura. Se había quedado tan asombrada oyéndolo hablar de aquella manera que, en cualquier caso, no sabía qué decir.

—Cuando era druida —continuó él en voz baja—, a menudo sentía cosas de este tipo, sentía la presencia de una divinidad eterna, Deirdre, la sentía cuando elevaba las plegarias de la mañana y de la noche, lo sentía en los grandes silencios de cuando estaba solo, sin comprender, sin embargo, qué era exactamente lo que sentía. —Larine esbozó una sonrisa—. Ahora ya lo sé. Todos esos sentimientos proceden de un único Dios verdadero a quien conoce toda la cristiandad.

»Y la maravilla de todo esto —prosiguió— es que no hay necesidad de más sacrificios. Supongo que sabes por qué nos llaman cristianos —dijo antes de hacer un breve esbozo de la vida de Jesucristo—. Dios entregó a su único Hijo para que fuera sacrificado en la cruz. Fue un sacrificio por todos los hombres y para siempre. —Larine volvió a sonreír—. Piensa en ello, Deirdre, ya no se precisan sacrificios con derramamiento de sangre, ni humana ni animal. El sacrificio definitivo ya se ha consumado. Somos libres. Los sacrificios se han terminado.

Estudió su reacción ante aquella noticia.

Deirdre permaneció callada unos instantes.

—¿Y este es el mensaje que ahora predicas, contrario al de los druidas?

—Sí. Y es un mensaje muy reconfortante, porque el Dios verdadero no es codicioso o vengativo, Deirdre. Es un Dios amoroso. Lo único que quiere es que nos amemos los unos a los otros y que vivamos en paz. Ésta es la mejor fe que existe y no quiero otra. No tengo ninguna duda —añadió— de que es la verdad.

—¿Eres el único druida que se ha hecho cristiano?

—En absoluto. Es cierto que muchos de los sacerdotes de la vieja religión se oponen con violencia. Eso era lo que cabía esperar, pero los más instruidos de nosotros llevan mucho tiempo interesados en la Iglesia cristiana, porque contiene toda la sabiduría del mundo romano.

Deirdre frunció el ceño. No sabía qué pensar de todo aquello.

—Pero has tenido que abandonar tus creencias de antes.

—No del todo. Para algunos de nosotros, la nueva fe era lo que andábamos buscando desde siempre. Como sacerdote de Cristo, experimento el mismo sentido de las cosas y el mundo está tan lleno de poesía como antes. ¿Recuerdas los versos del gran poema de Amairgen? «Soy el Viento del Mar.» Uno de nuestros obispos ha compuesto un himno dedicado al Creador de la Creación, al único Dios, quiero decir, y uno de sus versos es muy similar. Escucha:

Hoy me elevo
en la fuerza del cielo:
rayo de sol,
claro de luna,
esplendor del fuego,

velocidad del relámpago,
rapidez del viento,
profundidad del mar,
estabilidad de la tierra,
firmeza de la roca.

»La inspiración es la misma, pero reconocemos la verdadera fuente de ello. —Sonrió y se señaló la tonsura—. Mira, la misma tonsura de druida me sirve ahora como sacerdote cristiano. No he tenido que cambiarla.

—Ya supongo. —Deirdre frunció el entrecejo—. ¿Y quién te convirtió? —quiso saber.

—Oh, buena pregunta. Un hombre llamado obispo Patricio. Una gran persona. Fue él quien escribió el poema.

Deirdre recibió aquella información, pero no hizo comentario alguno. Su mente funcionaba muy deprisa. Tardaría en asimilar la visita de Larine, con su nueva identidad y su mensaje todavía más sorprendente, pero había cosas que estaban claras. No le cabía ninguna duda acerca de su sinceridad, y por más que en el pasado sus sentimientos hacia él hubieran sido otros, le conmovió su buena voluntad. En cuanto al mensaje religioso, no estaba tan segura. Quizá la tentaba un poco porque los dioses de los druidas, con sus sacrificios y su crueldad, distaban mucho de gustarle, pero era otro pensamiento el que se formaba en su mente.

—Dices que has venido a vernos a mi hijo y a mí. ¿Quieres convertirnos?

—Ciertamente —respondió con una sonrisa—. He encontrado la luz, Deirdre, y me ha traído alegría y paz de espíritu. Y como es natural, deseo compartir esta dicha con otros —hizo una pausa—, pero hay más. Después de todo lo que ha ocurrido, le debo a Conall traeros el Evangelio a tu hijo y a ti.

Deirdre asintió despacio. Pensó que sí; aquél podía ser el camino. El obispo persuasivo podía ser el único que le ofreciera una salida a su dilema sobre Morna. Al menos, decidió, merecía la pena intentarlo.

—Debes comprender algo, Larine —le dijo, mirándolo sin vacilación—. A Morna nunca le hemos contado cómo murió su padre. Fui incapaz de decírselo. Todos creíamos que era lo mejor. Así que no sabe nada.

—Comprendo. —Larine se había sorprendido—. ¿Quieres decir que no deseas que yo se lo explique?

—No. —Sacudió la cabeza—. No, Larine. Creo que ya es tiempo de que lo sepa. Quiero que se lo digas. ¿Lo harás?

—Si es eso lo que quieres.

—Cuéntale lo que sucedió realmente, Larine. Explícale cómo el Rey Supremo y sus druidas asesinaron a su padre. Cuéntale también la maldad de ese acto —prosiguió apasionadamente—. Háblale de tu nuevo Dios mejor, si lo deseas. Dile que, sobre todo, evite al Rey y a sus druidas. ¿Podrás hacer eso por mí?

Le parecía que Larine estaba algo incómodo, pero ¿por qué habría de estarlo? ¿No era eso lo que quería? Si Morna quedaba impresionado con el mensaje cristiano de Larine de que evitara los ritos druídicos, ¿no resolvía eso su mayor preocupación? Si después le hablaba de la invitación real, el muchacho seguramente no querría asistir al *feis* pagano de Tara. Si podían mantenerlo alejado de la corte por un tiempo, evitaría la atención del Rey Supremo en el futuro.

—Haré lo que pueda —dijo Larine, cauteloso.

—Muy bien. —Deirdre sonrió.

Se estaba preguntando si contarle a Larine el asunto de la invitación del Rey y pedirle consejo, cuando su conversación se vio interrumpida por la aparición repentina de Morna en el umbral.

—¿Quiénes son estos visitantes? —preguntó con alegría.

Larine contuvo una exclamación.

«Qué extraño», pensó Larine, mientras caminaba junto al joven colina abajo hacia el agua. Había ido a Dubh Linn esperando, en cierto modo, poder dar descanso a un doloroso recuerdo y, en cambio, el pasado cobraba vida ante sus ojos con una realidad que casi asustaba.

Era el propio Conall el que caminaba a su lado. Cierto, el joven Morna tenía los ojos extraños de su madre, pero el cabello negro y el perfil aguileño eran la viva imagen de su padre. Era como si su amigo hubiera resucitado de entre los muertos. Dios bendito, si hasta tenía la misma voz dulce que su padre. Cuando el joven le sonrió, Larine sintió como si alguien le hubiese clavado un cuchillo de druida en el corazón.

Le iba a ser fácil introducir el asunto sobre el que iba a hablarle, porque, tan pronto como Morna supo que Larine había sido amigo de su padre, se dispuso a escuchar, anhelante, todo lo que el otrora druida tuviera para contarle. Le fascinó enterarse de la naturaleza religiosa y poética del príncipe.

—Yo solo lo imaginaba como un guerrero —dijo.

—Era un guerrero, y muy bueno —le aseguró Larine—, pero era mucho más que eso.

Le explicó que Conall había querido ser druida. Y a partir de allí, no tardó mucho en hablarle a Morna del sacrificio. El joven se quedó pasmado.

—¿Y tú también participaste?

—Yo era druida y también su amigo. Fue deseo suyo, Morna. Se entregó en sacrificio por los isleños, el acto más noble que un hombre pueda hacer. Tu padre murió como un héroe —le dijo—. Puedes sentirte muy orgulloso. Pero ahora —prosiguió, al ver que Morna estaba impresionadísimo—, déjame que te hable de otra persona que también se entregó en sacrificio.

Con gran sentimiento, Larine explicó al hijo de su amigo el poderoso mensaje de la fe cristiana.

—Los dioses antiguos —concluyó— han cedido su lugar a la Divinidad Suprema. Piensa en ello, Morna: en vez de un sacrificio para salvar la cosecha, nuestro Salvador se sacrificó para salvar a todo el mundo, no para una añada, sino para toda la eternidad.

Aunque la presentación de la fe que Larine le hizo a aquel joven, tan claramente ansioso por emular al padre heroico al que nunca había conocido, difería un poco de la que le había hecho a su madre, le alegró constatar que había resultado efectiva.

—¿Crees que mi padre se habría vuelto cristiano de haber tenido la oportunidad? —inquirió.

—Sin lugar a dudas —replicó Larine—. Habríamos sido cristianos juntos. Cómo me gustaría —suspiró— que estuviera aquí conmigo y fuera cristiano... Este camino lo recorrimos juntos —dijo con auténtica emoción.

—Yo podría ocupar su lugar —dijo Morna, vehemente.

—Te pareces muchísimo a él —replicó Larine—. Eso me daría mucha alegría —asintió con aire pensativo—. Podríamos decir que se ha completado el ciclo.

Se hallaban junto al río y se volvieron para regresar al *rath*. Era obvio que Morna estaba muy emocionado. Larine lo miró y, por un instante, ¿fue dolor por lo que estaba haciendo lo que sintió? Pensó en su plan. ¿Estaba utilizando al hijo de Conall para sus propios fines? No, se dijo. Estaba llevando a la familia de Conall hacia la luz. Si al hacerlo servía a la causa más importante de la misión, mejor que mejor, porque había una causa aún mayor y su sentido de la misión era muy fuerte.

Cuando volvieron a entrar en el *rath,* Deirdre y los esclavos preparaban la comida y Ronan y Rian ya habían regresado. Los dos hermanos estaban enfrascados en una conversación con el sacerdote joven que viajaba con Larine. Era un hombre originario del Ulster a quien Larine había convertido hacía unos años, y a los hermanos les caía bien. Pero cuando vieron a Larine, se afanaron en mostrarse respetuosos. Como había sido druida, estaba claro que el obispo no soportaba que le llevaran la contraria. Charlaron un rato y él habló de las cosas triviales de la vida, del Ulster y de cómo era la cosecha allí arriba; y aquello llevó con toda facilidad a un breve relato de su misión. Mientras describía algunos de los pilares esenciales de la fe cristiana, lo escucharon atentos, pero tuvo la impresión de que probablemente seguirían a Morna y a Deirdre en todo. Al cabo de un rato, los llamaron para comer.

Cuando todos los habitantes de la casa se reunieron en la gran cabaña de techumbre de bálago, Larine hizo el anuncio:

—Hoy, amigos míos, comemos juntos y disfrutamos de la excelente hospitalidad de esta casa, pero debo deciros que mañana recibiréis a un huésped mucho más grande que yo. He venido a allanarle el camino, mientras que él vendrá a predicar y os bautizará. —Hizo una ostentosa pausa—. Hablo del mismísimo obispo Patricio.

Aquélla era una técnica que Larine ya había utilizado con éxito otras veces. Él, en otro tiempo druida, iba a una zona en donde el obispo Patricio no era muy conocido, preparaba el camino para el gran hombre y se aseguraba de que el público comprendiera la importancia del visitante. Hizo una breve semblanza del misionero, hablando de los antepasados del obispo, porque, en la antigua sociedad de la isla occidental, convenía que los que le escuchaban supiesen que Patricio era un hombre de noble cuna por derecho propio. Para empezar, con aquello se ganaba su respeto. Luego relataba cómo lo habían capturado, hablaba de sus años en la isla como esclavo y de su posterior regreso. También nombraba a algunos de los príncipes del norte que habían brindado a Patricio su protección e incluso se habían convertido al cristianismo. Aquella información también impresionaba a la audiencia. Y daba asimismo algunas indicaciones sobre el carácter del gran hombre.

—Es un príncipe de la Iglesia; para sus seguidores, su palabra es ley —explicó—. Y sin embargo, como otros hombres que han alcanzado las altas cumbres del espíritu, es de una gran simplicidad. Es austero y honra a todas las mujeres, pero es célibe. Es humilde y no tiene miedo. A veces la gente lo amenaza por predicar el Evangelio, pero esas amenazas no surten ningún efecto.

—Y tiene un mal genio terrible —añadió con cierta malicia el sacerdote joven.

—No lo exhibe con mucha frecuencia —lo corrigió amablemente Larine—, pero lo cierto es que sus reprimendas son terribles. Mas ahora —dijo sonriendo a Deirdre—, participemos de esta fiesta.

Deirdre estaba orgullosa de la comida que había preparado. Consistía en una ensalada de escarola, varios platos de carne, incluido el cerdo tradicional que se ofrecía a los invitados ilustres, manzanas asadas, queso y la mejor cerveza de la isla. Cuando Larine le agradeció cariñosamente los platos que había servido, y a él se unió un coro de aprobaciones, supo que se lo había merecido.

Si bien era extraño que el obispo cristiano estuviera sentado entre ellos mientras la calavera de beber de Erc, *el Guerrero*, resplandecía con un brillo pálido y espectral a la luz del hogar, nadie pareció sorprenderse. Larine habló fácilmente con los hombres, comentando cuestiones de la vida cotidiana. Les habló de los acontecimientos del Ulster y los animó a que le contaran historias del viejo Fergus. La conversación fue alegre y animada. La única vez que sacó a relucir el tema de la religión fue cuando ya habían terminado de comer el segundo plato.

—Tal vez lleve una generación o dos, Deirdre, pero una vez haya establecido unos cimientos sólidos, será inevitable que la religión verdadera triunfe en la isla, lo mismo que ha ocurrido en todas las tierras a las que ha acudido. Las comunidades del Munster y las de aquí del Leinster todavía son pequeñas y dispersas, pero tienen protectores y están comenzando a crecer. Y ahora el obispo Patricio está dando grandes pasos en el Ulster, sobre todo, entre los príncipes —dijo, antes de esbozar una sonrisa—. Cuando los príncipes se convenzan, el pueblo los seguirá, ¿sabes?

—O sea que no crees que los druidas puedan atraer a la gente a la vieja religión una vez hayan conocido la nueva...

—Exacto. Al fin y al cabo, nuestros dioses paganos solo son ídolos, superstición. Ante una comprensión más suprema, se debilitarán.

Deirdre no estaba segura de que esta última afirmación fuera a cumplirse. En su opinión, los druidas y sus dioses no se retirarían tan fácilmente, pero calló. En aquel momento, le habría gustado contarle a Larine la invitación que Morna había recibido para asistir al *feis* de Tara y pedirle consejo, pero no lo hizo para que los otros no se enteraran. Al cabo de un rato, sin embargo, mientras contemplaba al obispo y a Morna, que conversaban contentos, y al ver la admiración en la cara del joven, se le ocurrió que a Larine no le costaría mucho convencerlo de que no acudiera a las ceremonias paganas. Se reclinó en el asiento, con una sensación de comodidad y bienestar y dejó que la conversación fluyera a su alrededor. Su mente incluso divagó un poco. Vio que Larine decía algo a Morna y que su hijo se sorprendía y, entonces, de repente, prestó atención. ¿De qué hablaban? Se quedó pasmada.

Al principio, cuando Larine lo dijo, creyó que lo había oído mal.

—El *feis* del Rey Supremo —repitió—. Me gustaría saber cuándo vas a partir hacia Tara. Como tú vas a participar…

—¿Yo? ¿Participar? —Morna se había quedado perplejo—. El guardián del vado brindará hospitalidad a todos los hombres importantes que pasen por aquí camino de Tara —explicó—, pero yo no voy a ir.

Ahora era Larine el que estaba confuso.

—Pero no puedes desobedecer a tu pariente, el Rey Supremo, que te ha convocado.

—¿Me ha convocado? —Morna parecía estupefacto.

Deirdre se quedó helada. Notó a Larine extrañamente desconcertado, pero, de momento, nadie la miraba. No habían sospechado nada. ¿Cómo sabía Larine, se preguntó, que el monarca había invitado al joven jefe de Dubh Linn? ¿No le acababa de decir Larine que hacía mucho tiempo que no había visto al Rey Supremo? Imaginó que, como en el pasado, poseía fuentes de información en muchos lugares; no obstante, ¿qué iba a hacer ella? ¿Era el momento de confesar la verdad? No veía otra salida, pero, en el último instante, decidió ganar un poco más de tiempo. Además, había algo que la intrigaba.

—En el *feis* —comentó en voz baja—, habrá druidas oficiando las ceremonias.

—Pues claro —asintió Larine.

—Y habrá sacrificios.

—De animales, sí.

—¿Y el Rey se apareará con una yegua?

—Supongo que sí.

—¿Y a ti te apetecería participar en un rito pagano como ése? —le preguntó a Larine.

—No sería apropiado.

—Entonces, si Morna se convierte al cristianismo, debería evitar esos ritos paganos, ¿no?

Larine solo dudó un momento.

—Si el Rey llama a Morna para que acuda, sería difícil,

debo decir, que se negara. Yo no insistiría en ello. De hecho... —Se interrumpió y la miró con perspicacia—. Dime, Deirdre, ¿cómo es que Morna no sabe que el Rey Supremo lo ha mandado llamar?

Todos se volvieron hacia ella, que se había quedado callada. Morna la miraba con el ceño fruncido.

—¿Madre?

Sus hermanos también la miraban. Aquello no andaba bien. Iba a tener que confesar lo que había hecho. Iba a humillarse delante de todos, lo sabía. Sus hermanos le echarían la culpa. Y Morna... por más que la amase, también la maldeciría. Lo sabía. Salían a la luz sus planes imposibles y desesperados, unos planes que ahora se le antojaban ridículos. Apesadumbrada, miró a Larine y vio una chispa de expectación en sus ojos.

Y, de repente, lo comprendió.

—Por eso has venido —gritó—. Por eso has venido. Has venido a buscar a Morna porque pensabas que iba a acudir al *feis* de Tara.

Sí. Un leve asomo de culpa cruzó la cara de Larine. Morna estaba a punto de intervenir, pero Deirdre lo interrumpió.

—No lo entiendes —le espetó a su hijo—. Te está utilizando.

Deirdre lo había visto todo claro. Larine podía ser obispo, pero seguía siendo Larine; y había venido de nuevo, de otra guisa, igual que antes. Los recuerdos le llegaron en avalancha: la bruma negra de los pájaros, las ruidosas trompetas, el cuerpo de Conall pintado de rojo.

—Tú serás un sacrificio más —le dijo con amargura.

Larine era listo, eso no podía negarse. ¿Qué había dicho? ¿Convertir a los príncipes primero? Éste era su juego. Y si no podía llegar hasta el príncipe, al menos llegaría a su círculo familiar. Había oído decir que el Rey sentía interés por el joven Morna por lo que, efectivamente, quería convertirlo. Entonces podría introducir a un converso en la corte del mismísimo Rey Supremo.

—¿Cuál es el plan? —inquirió—. ¿Que Morna revele que es cristiano durante el *feis*?

Morna, la viva imagen de su padre Conall, el pariente del Rey Supremo que había dado la vida por los druidas y sus dioses paganos... ¿Morna iba a presentarse en Tara y decir que era cristiano? ¿Allí, en aquel sagrado enclave real? ¿Durante la toma de posesión? Crearía un buen alboroto. Deirdre prosiguió:

—¿O prefieres que oculte su fe hasta que haya entablado amistad con el Rey Supremo?

Para Larine, aquello sería incluso mejor. Dejar que el Rey y su familia tomaran afecto por aquel hermoso muchacho. Y lo harían, seguro. ¿Cómo no? Y entonces, a su debido tiempo, anunciaría que era cristiano.

En cualquier caso, era un movimiento brillante, una manera insidiosa de socavar el antiguo orden pagano.

¿Y qué sería de Morna? Si revelaba su religión en Tara, el Rey Supremo no lo toleraría y los druidas probablemente lo matarían en el acto. Si intimaba con el Rey y más tarde confesaba su fe, se ganaría de todos modos la enemistad eterna de los druidas.

—Te destruirán —le gritó al hijo—. Te matarán igual que mataron a tu padre.

Larine sacudía la cabeza.

—Madre —protestó el joven—, Larine es nuestro amigo.

—Tú no lo conoces —replicó furiosa.

—Es nuestro invitado.

—¡Ya no! —Dio una palmada a la mesa y se puso en pie—. ¡Traidor! —Lo señaló con el dedo—. Puedes cambiar de forma, pero no de carácter. Siempre serás el mismo y te conozco bien. ¡El mismo zorro astuto! ¡Márchate!

Larine se puso en pie. Había palidecido y temblaba de furia. El sacerdote que lo acompañaba también se había levantado.

—Éstas no son maneras de tratar a un huésped en tu casa, Deirdre —protestó Larine—. Sobre todo a un cristiano, un hombre de paz.

—¡Un hombre de sangre! —chilló.

—Soy obispo de la santa Iglesia.

—Eres un farsante.

—No dormiremos en esta casa —dijo Larine con dignidad.

—Pues duerme con los cerdos —replicó ella.

Larine salió a la oscuridad seguido de su gente. Tras unos momentos de silencio y de ver una expresión de pasmo en la cara de Deirdre, sus dos hermanos los siguieron, presumiblemente para prepararles un sitio donde acostarse en una de las otras chozas. Morna y ella se quedaron solos.

El muchacho no habló y ella no sabía cómo expresarse. Estuvo a punto de decir que lo sentía, pero le dio miedo hacerlo.

—Tengo razón, ¿sabes? —dijo al cabo.

Morna no respondió.

Airada, Deirdre comenzó a ayudar a las esclavas a recoger la mesa. Él les echó una mano en silencio, pero se mantuvo a distancia. Ninguno de ellos habló. Cuando ya habían terminado, Ronan regresó.

—Están en el establo —dijo y pareció que quería añadir algo, pero ella lo silenció con la mirada.

Entonces, Morna habló:

—Hay algo, madre, que pareces haber olvidado.

—¿El qué? —De repente se sintió fatigada.

—Tú no eres nadie para decir a nuestros huéspedes que se marchen. Ahora el jefe soy yo.

—Lo hice por tu propio bien.

—Seré yo quien juzgue eso, no tú.

Por el rabillo del ojo, Deirdre vio que Ronan sonreía con presunción.

—Me has engañado, madre —prosiguió Morna en voz baja—. El Rey Supremo me ha invitado a ir a Tara, ¿verdad?

—Iba a decírtelo. —Deirdre hizo una pausa—. Tenía miedo. Después de lo que le ocurrió a tu padre… —Se le quebró la voz. ¿Cómo iba a poder explicárselo todo algún día—. Tú no conoces el peligro —dijo.

—Debo ir a Tara, madre.

Ella asintió con tristeza. Sí, tendría que ir.

—Pero no vayas como cristiano, Morna, te lo suplico. Al menos eso.

—Eso también lo decidiré yo.

Para Deirdre, sus palabras fueron como una pesada soga alrededor del cuello. Se encogió de hombros.

—Ahora saldré a pedirle disculpas a Larine —dijo Morna—. Y si se aviene a volver a entrar, lo atenderás con cortesía; la que tendrías que dormir en el establo eres tú.

Acto seguido, se marchó.

Ronan se quedó. Deirdre notó que la miraba con curiosidad. Después de todos aquellos años en que ella había sido la fuerza dominante en la familia, y después de presenciar la humillación que había sufrido por haberse querido imponer al jefe, probablemente se sentía satisfecho, pensó Deirdre. Al cabo de un rato, Morna regresó.

Como era de esperar, Larine se negó a volver.

Al día siguiente, la situación no mejoró. Los cristianos seguían fuera, pero habían anunciado que no se marcharían hasta que llegara el obispo Patricio. Sin duda, esperaban con ganas que el misionero hiciera gala de su famoso mal genio. Deirdre sabía que tenía que pedir disculpas, pero como sus hermanos se habían puesto de parte de los visitantes, no se atrevía a hacerlo. Les había dicho a las esclavas que les dieran de comer y habían preparado un gran cuenco de avena con leche. Morna también estaba fuera, pero, como una muestra de tacto, había ido a ocuparse de los animales. Deirdre no tenía ni idea de lo que andaría pensando.

Mientras la mañana pasaba, Larine parecía dedicar su tiempo a la plegaria; mientras, sus seguidores hablaban con sus hermanos.

En un momento dado, Ronan entró en la casa y dijo:

—En lo que dicen estos cristianos, hermana, hay una gran profundidad. Nos han dicho que te condenarás en el fuego eterno del Infierno.

Era casi mediodía cuando uno de los esclavos anunció que se acercaba un carro. Larine se puso en pie, miró al otro lado de la puerta del *rath* y salió. Durante un rato, no sucedió nada. Era obvio que los dos obispos estaban conversando. Quizá, pensó Deirdre mientras seguía a Larine hacia la puerta, el obispo Patricio se marcharía.

La comitiva, que se había detenido a una corta distancia de la entrada del *rath*, estaba formada por un carro, unas carretas grandes y varios jinetes. El carro, que abría la marcha, era magnífico y podría haber sido el de un rey. Deirdre tuvo que admitir que estaba impresionada. De las carretas se apearon unos cuantos sacerdotes. Eran cinco e iban acompañados por varios hombres a caballo que, a juzgar por sus elegantes ropajes y sus adornos de oro, debían de ser hijos de príncipes. Formaron una pequeña procesión. Los sacerdotes iban vestidos de blanco y Deirdre vio que otro hombre, también vestido de blanco y con el pelo gris, se apeaba del carro. No era demasiado alto, pero caminaba muy erguido. Ocupó su lugar justo detrás de los clérigos y fue seguido por Larine y el resto del grupo. El sacerdote que abría la comitiva había alzado un largo bastón en el aire. No era una cruz, como la que había traído Larine, pues en el extremo de la larga vara había una cabeza curvada, como un cayado de pastor, tan bien pulido que brillaba. Cuando el clérigo lo levantó, reflejó la luz del sol.

La procesión avanzó despacio hacia la puerta. Deirdre y su familia contemplaron la escena en silencio. Advirtió que los esclavos habían salido de la casa y se arrodillaban a la vera del camino. La comitiva llegó a la puerta y comenzó a entrar en el *rath*, pero cuando el obispo norteño alcanzó la entrada, se detuvo, se arrodilló y besó el suelo. Luego, irguiéndose, entró y caminaron todos hasta el umbral de la casa. Como cortesía, su familia y ella no podían hacer más que darle la bienvenida y ofrecerle la habitual hospitalidad. No bien lo hicieron, el hombre del Ulster le dedicó una amable sonrisa y con voz clara anunció:

—*Gratias agamus.*

Deirdre supo que hablaba en latín, pero no comprendió lo que había dicho.

—Demos gracias —gritó Larine.

Así pues, aquél era el obispo Patricio, pensó Deirdre.

El hombre exudaba autoridad. Tenía un rostro hermoso y aristocrático. Sus ojos eran muy claros y penetrantes, pero había algo especial —lo había visto de inmediato— que emanaba de él, un aura de espiritualidad que resultaba impresionante.

Con dos sacerdotes en pie detrás, empezó un pequeño recorrido de inspección. Primero se acercó al lugar donde dos esclavas se habían arrodillado, les examinó brevemente las manos y los dientes, asintió con aire satisfecho y siguió caminando. Cuando llegó ante Morna, lo miró con dureza un largo instante y el muchacho se ruborizó. Entonces le dijo algo en latín a Larine. Deirdre no sabía que el astuto druida ahora hablaba latín.

—¿Qué ha dicho? —inquirió.

—Que tu hijo tiene una cara sincera.

El obispo Patricio se acercaba a ella. Deirdre se dio cuenta de que la observaba con atención. Y cuando él inclinó la cabeza educadamente ante ella, se fijó en su ralo cabello gris.

Patricio siguió adelante para inspeccionar a otras dos esclavas; Morna se acercó a Deirdre y esta vio que el obispo lo había impresionado en grado sumo.

El obispo Patricio completó el círculo. Miró hacia Larine, asintió con la cabeza para indicarle que se quedara donde estaba y regresó junto a Deirdre y Morna.

—Siento mucho todos estos problemas, Deirdre, hija de Fergus —le dijo. Ahora hablaba en su misma lengua. Sus ojos, debajo de unas cejas canosas, parecían verlo todo—. Me han dicho que fuiste una buena hija.

—Lo fui.

Deirdre no lo pudo evitar. Fuera o no su enemigo, aquel hombre la había emocionado.

—Y eres tú, debo decir —prosiguió el obispo Patricio—, quien mantiene todo esto en marcha, ¿verdad?

—Sí —respondió ella, conmovida.

—Demos gracias a Dios por ello. —Le dedicó una dulce sonrisa—. ¿Temes por la seguridad de tu hijo?

Ella asintió

—¿Y qué buena madre no lo haría? —Calló unos instantes, con aire pensativo—. Dime, Deirdre, ¿es a Dios a quien temes o a los druidas?

—A los druidas.

—¿Y no crees que Dios, que ha creado todas las cosas, puede proteger a tu hijo?

Deirdre calló, pero no estaba ofendida. Entonces el obispo se volvió hacia Morna.

—Y tú, muchacho —lo miró a los ojos con intensidad—, eres el causante de todo esto, el pariente del Rey Supremo. —Retrocedió un paso como para observar mejor a aquel joven jefe—. ¿Te ha mandado llamar, no es cierto?

—Sí, es cierto —respondió Morna respetuosamente.

El obispo Patricio se quedó pensativo. Mientras meditaba sobre aquel asunto, cerró los ojos. Era indudable, reflexionó Deirdre, que podía haber sido un príncipe druida. ¿Iba a alentar a Morna o quizás a increparlo? Lo ignoraba.

—¿Y te apetecería asistir al *feis* del Rey Supremo en Tara?

—Debo hacerlo.

Morna no sabía seguro si aquélla era la respuesta correcta, pero era la verdad.

—Sería muy extraño que un joven como tú no lo hiciera —comentó el obispo Patricio—. ¿Y te has peleado con tu madre?

—Es que... —Morna estaba a punto de explicar lo sucedido, pero el obispo siguió hablando en tono sereno.

—Honra a tu madre, joven. Es la única que posees. Si es voluntad de Dios que hagas cierta cosa, a tu madre se le hará comprender la conveniencia de ello. —Se quedó pensando unos momentos—. Quieres servir al único Dios verdadero. ¿Es eso cierto?

—Creo que sí.

—Crees que sí. —El obispo Patricio volvió a hacer una pausa—. Servirlo no siempre es fácil, Morna. Los que siguen el camino cristiano tienen que tratar de cumplir la voluntad de Dios, no la propia. A veces tenemos que hacer sacrificios. —Deirdre, al oír aquella palabra, se puso tensa, pero si el obispo lo notó, no dio muestras de ello—. ¿Estás preparado para hacer sacrificios a fin de servir al Dios, que dio a su único Hijo para salvar al mundo?

—Sí —dijo en voz baja pero segura.

—Entre los que me siguen, Morna, espero obediencia completa. Mis fieles han de confiar en mí. Estos jóvenes —señaló a los príncipes que lo acompañaban— obedecen mis órdenes, lo cual a veces es muy duro.

Morna los observó. Constituían un grupo noble, un grupo del que cualquier jefe joven se sentiría orgulloso de formar parte. Sin embargo, después de decirle aquello, el obispo no pareció esperar una respuesta, porque se volvió de repente y se acercó al sacerdote que sostenía su cayado. Después de cogerlo, lo alzó con firmeza y con voz clara se dirigió a ellos diciendo:

—Éste es el báculo que me da fuerza, porque es el cayado de la vida, el cayado de Jesús, el único Hijo de Dios Padre, que murió por nuestros pecados. Jesús, que sacrificó su vida para que todos podamos vivir eternamente. Yo, Patricio, obispo, humilde sacerdote, pecador y penitente —prosiguió con solemnidad—, yo, Patricio, no he venido aquí por mi propia autoridad, puesto que no tengo ninguna, sino siguiendo las órdenes de Dios Padre, que me han sido transmitidas a través de su Espíritu Santo, para que sea testigo en nombre de su Hijo y os traiga la buena nueva de que también vosotros, si creéis en Él, podréis gozar de la vida eterna en el Paraíso y no perecer en la nada o en los terribles fuegos del Infierno. Intentaré no impresionaros con grandes enseñanzas porque las mías propias son modestas, no os persuadiré con palabras elocuentes porque carezco de elocuencia, a no ser que me la dé el Espíritu Santo. Aun así, escuchad con atención mis pobres palabras porque he venido a salvar vuestras almas.

Era extraño. Más tarde, Deirdre no pudo recordar lo que había dicho exactamente. Parte del discurso lo reconoció de lo que Larine le había anticipado, pero en boca de Patricio sonaba diferente. Les contó la historia de Cristo y cómo se había sacrificado. Describió a los crueles dioses antiguos de la isla y explicó que no eran reales. Eran cuentos, les dijo, para entretener o para asustar a los niños. Cuán más grande era, declaró, el único Dios todopoderoso, que había creado el mundo.

Recordaba muy bien una parte del sermón. Se había detenido en el hecho de que, como tantos de los muchos dioses de los tiempos pasados, aquel Ser Supremo tenía tres aspectos: Padre, Hijo y Espíritu Santo; uno y trino: la Santísima Trinidad. Aquello no debía sorprenderles, les explicó. Toda la naturaleza estaba llena de tríadas: la raíz, el tallo y la flor de una planta; el manantial, la corriente y el estuario de un río; hasta las hojas de las plantas, como el trébol, por ejemplo, mostraban este principio del uno y trino. «Esto es lo que queremos decir cuando hablamos de la Santísima Trinidad», había explicado.

De todos modos, por encima de todo, había sido su manera de hablar lo que la había impresionado. Lo hacía con tanta pasión, tanta intensidad, tanto calor... El obispo le había aportado paz y aun cuando no comprendiera del todo por qué este Dios del amor del que hablaba tenía que ser necesariamente omnipotente, descubrió que deseaba que así fuese. Los antiguos dioses crueles estaban siendo ahuyentados como nubes negras que huían del horizonte. Y en buena hora se libraba de ellos, pensó. El sentido de calidez que emanaba del predicador la envolvió y la confianza en sí mismo que Patricio exudaba la convenció de que debía de tener razón. Miró a Morna y vio que los ojos le brillaban.

Cuando el obispo Patricio terminó de hablar, la idea de hacer lo que él deseaba ya no le resultaba tan extraña y cuando preguntó si se unirían a su comunidad y se bautizarían, Deirdre se descubrió deseando que pudiera quedarse con ellos más tiempo. No quería que se marchase. Abrazar aquella nueva fe suya sería como conservar en la casa su reconfortante presencia. Si hacía caso de los dictados de su corazón, estaba dispuesta a aceptar lo que él le proponía, pero ya había hecho caso a los dictados del corazón una vez en su vida, lo mismo que Conall. El corazón era una cosa peligrosa. Peligrosa para Morna.

—Bautízame —gritó de repente—. Bautízanos a todos, pero libra a Morna de ello —añadió sin poder contenerse.

—¿Que lo libre? —El obispo Patricio la miraba furibundo—. ¿Que lo libre?

Deirdre vio un terrible destello de ira en los ojos del viejo, que caminó varios pasos en su dirección. Pensó que podía llegar a pegarle o a lanzarle una maldición, como hacían los druidas. En cambio, para su sorpresa, se detuvo de golpe, sacudió la cabeza y, entonces, dejándola absolutamente atónita, se arrodilló ante ella.

—Perdóname, Deirdre —dijo—. Perdona esta ira.

—Pero… —Ella no sabía qué decir.

—Si no he conseguido conmoverte el corazón, el fallo es mío, no tuyo. Lo que me enoja son mis fracasos.

—Lo que dijiste es muy hermoso —protestó ella—. Lo que ocurre es…

Patricio se puso de nuevo en pie y la interrumpió con un gesto de la mano.

—No lo comprendes —gruñó. Luego, se volvió hacia Morna—. Ahora el jefe de Ui Fergusa eres tú —dijo con solemnidad—. ¿Deseas que bautice a tu familia?

—Sí —respondió el joven.

—Entonces, ven —le ordenó el obispo— y te diré lo que debemos hacer.

El bautismo que iban a celebrar se componía de una simple inmersión en agua. Con una mirada a los bajíos del Liffey, el obispo Patricio se había convencido de que no era un lugar muy conveniente. Los tres pozos locales, que ahora inspeccionaba brevemente y bendecía, tampoco eran apropiados. Lo perfecto sería la laguna negra de Dubh Linn, decidió, y les pidió que se reunieran allí de inmediato.

Y así, el pequeño grupo de Deirdre, sus dos hermanos y Morna, vestidos solo con unas camisas de algodón bajo las capas y ayudados por media docena de esclavas, bajaron juntos en aquella tarde de septiembre, hermosa pero algo fría, hasta la orilla de Dubh Linn para recibir el bautismo. Y uno a uno, entraron en sus oscuras aguas, dentro de las cuales se hallaba el obispo Patricio, y se hundieron bajo la superficie un helado instante para volver a salir a la luz, siendo bautizados por la propia mano de Patricio en el nombre de Cristo.

Se secaron a toda prisa. Todo el mundo rebosaba de felicidad; todos menos Deirdre. Y justo comenzaban a regresar al *rath* cuando, de repente, Rian, el hermano de Deirdre, les dijo que se detuvieran. Acababa de ocurrírsele algo.

—¿Es verdad que solo los cristianos van al buen lugar? —quiso saber.

—Sí —le aseguraron.

—¿Y todos los demás van al lugar de las llamas?

Le confirmaron que así era.

—Entonces, ¿qué sucede con mi padre? —preguntó, verdaderamente preocupado—. Eso significa que irá al fuego eterno.

Tras unos momentos de deliberación con su hermano, ambos asintieron. Su lógica podía sonar un tanto extraña, pero la sostenían con convicción. El padre reposaba con los dioses de la familia. Estuviera bien o mal a ojos de los visitantes, esos dioses siempre habían estado ahí y, en cierto modo, protegerían a los suyos; sin embargo, si Dubh Linn y el *rath* de Fergus se convertían al cristianismo, la familia habría vuelto la espalda a esos dioses, los habría insultado, y por ello, Fergus quedaría abandonado. Los dioses antiguos ya no querrían saber nada más de él; y el Dios cristiano, por su parte, lo enviaría al Infierno.

—No podemos hacerle eso —protestó.

Su hermano Ronan también estaba preocupado.

Sin embargo, si Deirdre se sintió avergonzada, observó que ninguno de los sacerdotes parecía sorprendido en absoluto. Aquél no era un problema inusual para los misioneros cristianos. «Si nosotros nos salvamos —preguntaban los conversos—, ¿qué destino correrán nuestros antepasados? ¿Nos estáis diciendo que eran malvados?» La respuesta normal a aquella pregunta era que Dios, por lo menos, daría una dispensa parcial a aquellos que, sin que fuera falta suya, no habían tenido la oportunidad de aceptar a Cristo. En cambio, no habría salvación para aquellos que hubieran escuchado el mensaje de Cristo y lo hubiesen rechazado. Era una explicación razonable, pero no todo el mundo la encontraba satisfactoria. Y era típico que el gran obispo del norte empleara, de vez en cuando, un método propio para afrontar aquel problema.

—¿Cuánto hace que ha muerto? —preguntó.

—Cinco días —contestaron.

—Entonces, desenterradlo —ordenó—. Lo bautizaré ahora.

Y así lo hicieron. Con la ayuda de los esclavos, los hermanos desenterraron a su padre del túmulo junto al Liffey. Mientras la forma pálida de Fergus yacía rígida en el suelo con la incomparable dignidad que le confería la muerte, el obispo Patricio lo salpicó con agua y, haciendo la señal de la cruz, lo introdujo en la cristiandad.

—No puedo prometeros que alcance el Cielo —dijo a los hermanos con una benévola sonrisa—, pero sus posibilidades han aumentado mucho.

Volvieron a enterrar al hombre en su túmulo y Larine colocó dos trozos de madera unidos, que formaban una cruz, encima de la sepultura.

Habían regresado ya al *rath* y estaban a punto de entrar en la gran sala de techo de bálago, donde ardía el hogar, cuando el obispo Patricio se detuvo y se volvió hacia los miembros de la familia.

—Y ahora, hay un pequeño favor que podríais hacerme —anunció.

Le dijeron que pidiese lo que deseara.

—Tal vez no os guste —prosiguió—. Me refiero a vuestros esclavos.

Al oír aquellas palabras, los esclavos alzaron la cabeza esperanzados.

—Vuestros esclavos británicos —sonrió—, mis queridos paisanos. Son cristianos, ¿sabéis? —Se volvió hacia Deirdre—. La vida de un esclavo es dura, Deirdre, hija de Fergus. Lo sé porque yo mismo lo fui. Arrebatados de sus casas, de sus familias y de su Iglesia. Me gustaría pedirte que liberes a tus esclavos británicos. —Patricio sonrió de nuevo—. No siempre se marchan, ¿sabes? Pero han de ser libres para volver a su casa si lo desean. Es un comercio bárbaro —añadió con repentina emoción.

Deirdre vio que Larine y los sacerdotes asentían automáticamente. Era obvio que estaban acostumbrados a aquellos extraños procedimientos. Deirdre, por su parte, no sabía qué decir. Morna estaba pasmado y fue Ronan quien habló.

—¿Estás diciendo que tenemos que liberarlos sin cobrar nada a cambio?

—¿Cuántos esclavos tenéis? —le preguntó Patricio.

—Seis.

—En las incursiones se obtienen muchos. No pueden haberte costado demasiado.

—Pero tres de ellos son mujeres —señaló—. Hacen todo el trabajo duro.

—Que el Señor nos asista —murmuró el obispo, alzando los ojos al cielo.

Todos callaron y tras un suspiro, Patricio hizo una seña a Larine, que hurgó en una pequeña bolsa que llevaba colgada del cinturón y sacó una moneda romana.

—¿Bastará con esto? —preguntó Larine, que parecía acostumbrado a aquella suerte de tratos para ayudar a los cristianos británicos.

—Dos —se apresuró a decir el hermano de Deirdre, que podía ser estúpido, pero, cuando se trataba de regatear, era digno hijo de su padre.

Larine miró al obispo Patricio, que asintió. Al cabo de un momento, los esclavos británicos se arrodillaron ante el obispo y le besaron las manos.

—Dad gracias a Dios, hijos míos —les dijo con ternura—, no a mí.

Deirdre se preguntó cuánto gastaría de aquel modo cada año.

Por lo que a Deirdre se refería, sin embargo, ninguno de estos acontecimientos consiguió calmar su angustia.

Morna era cristiano y tenía previsto ir a Tara. El obispo misionero podía poseer una lengua de ángel, podía ser un enviado de Dios, pero de todos modos iba a poner a su único hijo en peligro de muerte. Ella no podía hacer nada al respecto y la embargó una honda melancolía.

El obispo Patricio había indicado que partiría al día siguiente. Hasta entonces, él y su séquito debían ser tratados como huéspedes de honor. El obispo se retiró a descansar junto al fuego. Larine bajó al estuario y paseó un rato antes de volver y sentarse solo a la puerta del *rath*. Deirdre y las esclavas trabajaban preparando un banquete. Mientras, Morna se había unido a los príncipes que formaban el séquito del obispo. Su madre los oyó reír. Era obvio que Morna había quedado impresionado con ellos. En un momento dado, apareció en la cocina y le dijo:

—Son unas personas espléndidas. Todos son príncipes. Viajan con el obispo Patricio y lo tratan como si fuera un rey.

Después de reposar, el obispo Patricio, con un aspecto mucho más descansado, envió a uno de sus sacerdotes a buscar a Larine y a Morna y llamó a Deirdre para que los acompañara. Cuando los cuatro estuvieron reunidos junto al fuego, se volvió hacia Morna y le dijo:

—Como recordarás, has prometido obedecerme.

Morna agachó la cabeza.

—Muy bien, entonces —prosiguió el obispo— déjame que te diga lo que quiero que hagas. Mañana me acompañarás. Deseo que formes parte del grupo de hombres que viaja conmigo. Quiero que te quedes con nosotros un tiempo. ¿Qué te parece? ¿Te apetecerá?

—Pues sí. —El rostro de Morna se iluminó de satisfacción.

—No te alegres tanto —le advirtió Patricio—. Recuerda que también te dije que habría sacrificios, y ahora mismo habrá uno. —Hizo una pausa—. No irás a Tara.

Deirdre se sobresaltó. ¿Que no iría a Tara? ¿Lo había oído bien? Claro que sí. Morna tenía el rostro desencajado y Larine parecía horrorizado.

—¿No iré al *feis*?

—No. Te lo prohíbo.

Larine abrió la boca para decir algo, pero el obispo lo hizo callar con una mirada.

—Pero el Rey Supremo… —comenzó a decir Morna.

—Probablemente reparará en tu ausencia, pero, como mañana te marcharás, todos los viajeros que vayan a Tara pasando por el vado dirán que no estabas aquí. Y si en alguna ocasión el Rey Supremo se entera de que te has marchado conmigo… —Patricio esbozó una sonrisa—. En fin, ya está acostumbrado a que me ponga pesado. A fin de cuentas, fui yo quien se llevó a Larine. El Rey me culpará a mí, no a ti, puedes estar seguro de eso. —El obispo se volvió hacia Deirdre—. Lo echarás mucho de menos, ¿verdad?

Sí, lo echaría de menos, lo echaría de menos terriblemente, pero Morna no estaría en Tara y era eso lo que importaba. Apenas podía dar crédito a lo que estaba sucediendo.

—¿Y dónde estará? —preguntó.

—En el norte y en el oeste, conmigo. Tengo protectores, Deirdre. Estará a salvo.

—¿Y podré..., podré...?

—¿Verlo de nuevo? Por supuesto que sí. ¿No le he dicho que debe honrar a su madre? Te lo enviaré dentro de un año. Tus hermanos y tú podéis haceros cargo de Dubh Linn hasta entonces, supongo. ¿No es así?

—Sí —respondió Deirdre, agradecida—. Sí podemos.

Morna estaba de lo más abatido, pero el obispo se mantuvo firme.

—Has jurado obedecerme —le recordó con severidad— y tienes que cumplir tu juramento. —Entonces le sonrió con afecto—. No lamentes no ir a Tara, mi joven amigo. Antes de que termine el año, te habré enseñado cosas mucho mejores, te lo prometo.

La fiesta que se celebró en el *rath* aquella noche fue muy agradable. Todo el mundo estaba de un humor excelente y Deirdre se sentía tan aliviada que resplandecía. Ante la perspectiva de ejercer un año de jefe, su hermano Ronan parecía satisfecho de sí mismo. Y hasta Morna, en compañía de los jóvenes nobles, iba animándose por momentos. La comida estaba bien preparada y corrieron el vino y la cerveza. Y si la vieja calavera de beber que brillaba suavemente en el rincón se veía inapropiada en una fiesta cristiana, nadie se fijó en ello. El bondadoso obispo no solo resultó ser un prodigioso narrador de historias y chistes, sino que también insistió a Larine para que recitara algunas leyendas de los dioses antiguos.

—Son relatos maravillosos —les dijo—, están llenos de poesía. No debéis adorar más a los dioses antiguos. No tienen poder porque no son reales, pero no perdáis nunca sus historias. Cuando paso una velada con Larine, siempre le pido que las recite.

Deirdre repasó mentalmente los extraordinarios acontecimientos del día y el giro maravilloso que habían dado y descubrió que solo había un pequeño detalle que la intrigaba. Hacia el final de la velada, se lo contó a Larine.

—¿Has dicho que el obispo Patricio es austero, que nunca toca a una mujer?

De la nueva religión, ese era el aspecto que le parecía más extraño.

—Sí, es cierto.

—Bueno, pues cuando me metí en el agua, solo llevaba la camisa, ya lo sabes, por lo que cuando salí, se me había pegado por completo al cuerpo. —Miró hacia el obispo para asegurarse de que no la oía—. Vi que sus ojos se encendían. Se fijó en mí, lo sé.

Y entonces, por primera vez desde que había llegado, Larine echó la cabeza hacia atrás y soltó una carcajada.

—Pues claro que sí, Deirdre. Claro que sí.

Se marcharon poco después del amanecer. El obispo Patricio los bendijo a todos y prometió de nuevo a Deirdre que le mandaría de vuelta a su hijo sano y salvo. Morna, por su parte, se despidió de su madre con ternura y prometió asimismo volver.

Fue pues con alivio y felicidad en vez de pena con lo que Deirdre contempló el gran carruaje, la carreta y los jinetes, con la cruz y el báculo que cruzaban el vado de los Zarzos y enfilaban hacia el noroeste camino del Ulster.

Todos los que participaron en los trabajos de aquella jornada estaban satisfechos, con la posible excepción de Larine, quien, hacia mediodía, mientras descansaban, se atrevió a presentar una pequeña queja al obispo Patricio.

—Me sorprendió un poco que hicieras caso omiso de mi consejo —comentó—. En realidad, me sentí algo avergonzado. Albergaba la esperanza de enviar a un joven cristiano a Tara, al encuentro del Rey Supremo, pero lo único que he logrado ha sido aportarte unos cuantos conversos en un *rath* junto a un vado…

—Estabas enfadado —le dijo el obispo, mirándolo plácidamente.

—Sí, lo estaba ¿Por qué lo hiciste?

—Porque cuando los vi a todos, pensé que la mujer tenía razón. He regresado a esta isla para traer la buena nueva del Evangelio a los paganos, Larine, no a hacer mártires. —Patricio suspiró—. Los caminos del Señor son inescrutables —dijo suavemente—. No tenemos que ser tan ambiciosos. —Dio unas palmadas en el brazo al otrora druida—. Morna es un jefe. El vado es una encrucijada de caminos. ¿Quién sabe el valor que pueda llegar a tener Dubh Linn en el futuro?

Cuatro

Los vikingos

981

I

El muchacho pelirrojo contempló el barco.

Era casi medianoche. El mar parecía plata pulverizada y el cielo tenía un color gris pálido. Había conocido hombres que habían navegado allende las islas del norte distante, donde el sol brillaba a medianoche y donde en verano, durante largas semanas, no oscurecía nunca del todo. Pero incluso aquí, en Dyflin, en julio, la noche estaba casi proscrita. A lo largo de una hora, oscurecía lo bastante para que se vieran unas cuantas estrellas, mientras que durante el resto de la breve ausencia del sol, el mundo adquiría un extraño y luminoso tono grisáceo, propio de las noches del solsticio de verano en los mares del norte.

El barco avanzaba despacio. Había llegado a la costa procedente del sur. En vez de utilizar los remos, la tripulación dejaba que la brisa los llevase hacia el estuario del Liffey en la costa norte, donde acechaban los pálidos bancos de arena.

Harold no tendría que haber estado allí abajo, en los bancos de arena; se suponía que estaba durmiendo en la granja grande. Pero a veces, en noches de verano como aquélla, se escabullía en su pony y se acercaba a la costa a contemplar las grandes aguas, con su color gris plateado, de la bahía, que, igual que las mareas —que se mueven por la invisible atracción de la luna— ejercían una atracción sobre él con una magia tal que no era capaz de comprender.

Era el barco más grande que jamás hubiera visto. De largos contornos, semejaba una colosal serpiente de mar. Su proa alta y curvada cortaba el agua con la misma ligereza que un hacha atravesaba el metal líquido. La gran vela en cruz se alzaba sobre los bancos de arena e impedía la visión de un retazo de cielo. Incluso bajo aquella luz crepuscular advirtió que era negra y ocre como la sangre seca. Se trataba de un barco vikingo.

Aun así, Harold no tenía miedo, puesto que él también era vikingo, del mismo modo que ahora lo eran aquellas aguas.

Contempló la oscura serpiente con su tremenda vela mientras pasaba y se deslizaba camino del Liffey, sabiendo que no solo transportaba hombres armados —porque aquéllos eran unos tiempos peligrosos—, sino también ricas mercancías. Al día siguiente, intentaría convencer a su padre de que bajaran a verlo.

Tanta era la gente que se apiñaba en la orilla, bajo la oscura muralla de Dyflin, que al principio no se fijó en el otro muchacho. No lo vio hasta que habló.

Había tenido suerte. Su padre se había avenido a llevarlo al puerto. Cuando salieron de la granja y comenzaron a cruzar la llanura de las Bandadas de Pájaros, el día era radiante. Al contacto con las mejillas, la brisa húmeda resultaba refrescante. El cielo era azul y el sol se reflejaba en el cabello rojo de su padre.

No había nadie como su padre, nadie tan valiente ni tan apuesto. Era fuerte. Cuando Harold lo ayudaba en la granja, su padre a menudo lo obligaba a trabajar más tiempo del que él habría querido, pero si estaba algo deprimido, enseguida le contaba una historia que lo hacía reír.

Y había algo más. Cuando Harold estaba con su madre y sus hermanas, se sentía querido y era feliz, pero no se consideraba libre, no por completo, ni en aquellos días. Sin embargo, cuando su padre lo levantaba en sus fuertes brazos, lo montaba en el pony y lo dejaba trotar al lado de su espléndido caballo, entonces Harold experimentaba algo que iba más allá de la felicidad. Una efusión de fuerza recorría su cuerpo pequeño y los ojos azules le brillaban. Era entonces cuando advertía lo que significaba ser libre, libre como un pájaro en el aire, libre como un vikingo en alta mar.

Habían transcurrido casi dos siglos desde que los vikingos de Escandinavia comenzaran sus épicos viajes por los mares septentrionales. En el mundo antiguo había habido migraciones importantes; los comerciantes del mar, griegos y fenicios, habían fundado puertos y colonias en casi todas las costas conocidas de la civilización clásica, pero nunca antes en la historia humana se había emprendido una epopeya marítima tan extraordinaria como la de los bandidos vikingos. Piratas, comerciantes y exploradores zarparon de sus bahías norteñas en los veloces *drakares*, y pronto, en toda Europa, las gentes aprendieron a temblar al ver sus velas de cruz aproximándose por el mar o sus grandes cascos con cuernos que llegaban desde la orilla del río. A partir de Suecia, viajaron por los grandes ríos rusos y, desde Dinamarca, primero asolaron la mitad septentrional de Inglaterra. Los vikingos siguieron navegando hacia el sur y llegaron a Francia y al Mediterráneo, fundando colonias en Normandía y en la Sicilia normanda. También viajaron al oeste y arribaron a las islas escocesas, a la isla de Man, a Islandia, a Groenlandia e incluso a América. Y fueron los vikingos de pelo rubio de Noruega los que, al llegar a la agradable isla al oeste de Britania, exploraron sus puertos naturales y tradujeron su nombre celta Eriu —que ellos pronunciaban Eire— a su propia lengua, dando así lugar al nombre nórdico de Irlanda.

Harold sabía cómo habían llegado a Irlanda sus antepasados. El relato le resultaba tan hermoso como cualquier otra de las sagas nórdicas que su padre le contaba. Había transcurrido casi un siglo y medio desde que la gran flota de sesenta *drakares* arribara al estuario del Liffey. «Y el padre de mi abuelo, Harold, *el Pelirrojo*, iba en uno de ellos», le había dicho con orgullo su padre. Cuando un gran grupo de vikingos subió remando corriente arriba hasta el vado de los Zarzos, quedaron un tanto decepcionados. Tras pasar junto a un túmulo funerario, encontraron un viejo *rath* que protegía una laguna negra y, en el cerro de la orilla, un pequeño monasterio al que el jefe del *rath* concedía una gran importancia, aunque a los paganos noruegos no les pareció gran cosa. En la capilla de piedra, que solo contenía una modesta cruz y un cáliz de oro que saquear por haberse tomado la molestia de llegar hasta allí, apenas cabían veinte hombres armados.

Pero aunque aquella pequeña factoría y su monasterio no les proporcionaron un botín digno de tal nombre, los vikingos advirtieron de inmediato que el lugar tenía posibilidades. Las antiguas carreteras célticas convergían muy cerca para cruzar el río; la bahía mareal estaba protegida y la tierra era buena. Además, la zona que rodeaba el *rath* era defendible.

Y allí se establecieron los noruegos. Aunque la historia los conoce como vikingos, escandinavos o nórdicos, ellos se llamaban a sí mismos *ostmen*, o escandinavos. Pronto hubo un poblado de cabañas de madera y mimbre y un cementerio vikingo, río arriba, a poca distancia del vado. Después, cuando supieron que la laguna negra se llamaba Dubh Linn, los hombres del norte crearon su propia versión del nombre, Dyflin. La presencia vikinga no se limitó al pequeño puerto y surgieron granjas escandinavas en todo el territorio que quedaba al norte del estuario del Liffey. La heredad de la familia de Harold era una de ellas. Y así fue cómo la vieja llanura de las Bandadas de Pájaros adquirió un nombre celta adicional: Fine Gall o lugar del extranjero, Fingal.

Cuando el ancestro de Harold y la flota noruega llegaron a Dubh Linn, los hombres del *rath* no presentaron batalla. Como un solo *drakar* vikingo transportaba entre treinta y sesenta guerreros, la resistencia habría resultado por completo inútil. Y fue gracias a este recibimiento por lo que, desde aquel día, los rubios noruegos tomaron bajo su protección a los habitantes de aquella factoría.

Eso no significaba que el último siglo y medio hubiese sido pacífico. En el mundo vikingo, la paz rara vez duraba mucho tiempo, pero, para Harold, la llanura costera de Fingal y la pequeña urbe de Dyflin eran lugares maravillosos. Y ahora que cabalgaba por la larga pendiente camino del Liffey, un banco de nubes grises cruzó el cielo y ensombreció el paisaje, pero su buen humor no se alteró en absoluto.

El barco mercante había llegado del puerto de Waterford, en la costa meridional de la isla. En las costas de Irlanda había diversos puertos y los vikingos los colonizaron prácticamente todos y les dieron nombres noruegos. Aunque sus barcos de guerra eran largos y de línea elegante, las naves mercantes tenían un pantoque en el centro que les permitía transportar una cantidad considerable de carga en sus entrañas. El barco de Waterford había traído una partida de vino del sudoeste de Francia y el padre de Harold iba a comprar unos cuantos toneles. Mientras el padre hablaba con los mercaderes, Harold se dedicó a contemplar las hermosas líneas del barco hasta que a su espalda sonó una voz que dijo:

—Eh, tú, muchacho lisiado. Sí, sí, hablo contigo.

Harold se volvió y vio, entre un grupo de gente, a un chico pálido y de cabello negro, de unos nueve o diez años, calculó; era más o menos de su edad. Aunque al oír los gritos del chico dos o tres personas del grupo miraron en su dirección, nadie parecía particularmente interesado, pero el chico lo observaba con intensidad. Había hablado en noruego, no en irlandés; como Harold no lo había visto nunca, imaginó que había llegado en el barco. Se preguntó si debía hacer caso omiso de aquel rudo extranjero, pero aquello habría podido interpretarse como una muestra de cobardía, por lo que se acercó a él cojeando. El muchacho le miró las piernas con interés.

—¿Quién eres? —preguntó Harold.

—Ese es tu padre, ¿verdad? —inquirió el muchacho, sin prestar atención a la pregunta de Harold, al tiempo que señalaba con la cabeza al padre de Harold, que se encontraba a cierta distancia—. Ese pelirrojo como tú.

—Sí.

—No sabía que fueras tullido —dijo el chico en tono considerado—. Pero tu otra pierna está bien, ¿no? Solo tienes doblada la izquierda.

—Exacto, pero eso no es asunto tuyo.

—Tal vez no, aunque tal vez sí. ¿Qué te ocurrió?

—Me cayó un caballo encima.

Un caballo al que, por recomendación de su padre, no debía acercarse. El caballo salió corriendo como una centella con él encima, luego saltó una zanja y cayó y la pierna izquierda, atrapada debajo del animal, quedó aplastada.

—¿Tienes algún hermano?

—No, solo hermanas.

—Eso fue lo que me dijeron. Y siempre tendrás la pierna así, ¿verdad?

—Creo que sí.

—Qué lástima. —El chico le dedicó una extraña sonrisa—. No me malinterpretes. Tu pierna no me importa, incluso deseo que te duela, pero me gustaría que, de mayor, no fueras un tullido.

—¿Por qué?

—Porque será entonces cuando te mate. Por cierto, mi nombre es Sigurd.

Entonces dio media vuelta y regresó deprisa hasta el grupo. Harold se quedó tan atónito que, cuando intentó correr detrás de él, el muchacho moreno ya se había esfumado.

—¿Sabes quién era? —Harold le había contado a su padre aquel extraño incidente y este lo miraba con expresión grave.

—Sí. —Su padre hizo una pausa—. Si este chico es quien yo creo —explicó—, entonces viene de Waterford. Es danés.

Cuando llegaron los vikingos daneses, el primer asentamiento noruego en Dyflin contaba solo con diez años de existencia. Con la mitad septentrional de Inglaterra en sus manos, habían realizado incursiones en la costa irlandesa en busca de lugares que saquear y colonizar. La factoría que los vikingos de Noruega habían fundado en el Liffey era prometedora. Los daneses llegaron en gran número y dijeron a los noruegos: «Hemos venido a compartir este lugar». Después, durante una generación, el puerto había seguido funcionando con distintos amos: a veces noruegos, a veces daneses, a veces los dos gobernando a la vez. Aunque todavía había numerosos colonos noruegos de pelo claro, como Harold y su familia, en la zona, los que en aquellos tiempos gobernaban Dyflin y muchos otros puertos irlandeses eran los vikingos daneses.

—Pero ¿por qué iba a querer matarme? —preguntó el chico.

Su padre suspiró.

—Es algo que viene de muy antiguo, Harold —comenzó el hombre—. Como ya sabes, los escandinavos de Dyflin siempre han tenido un enemigo. Me refiero al Rey Supremo.

Aun en ese momento, seis siglos después de que Niall, *el de los Nueve Rehenes*, se hubiera apropiado del reino supremo de Tara, sus descendientes, los O'Neill, como los llamaban ahora, conservaban el reino supremo y dominaban la mitad septentrional de la isla. Los vikingos nunca habían podido establecerse en las costas norte y oeste, que gobernaban directamente los O'Neill, y la existencia de un puerto vikingo independiente en el Liffey siempre les había molestado. Pero no pasó mucho tiempo antes de que el gobernador vikingo actuara como uno más de los reyes de las provincias irlandesas. El último rey de Dyflin, como se llamaba a sí mismo, se había casado con una princesa del Leinster y su territorio abarcaba todo Fingal. «Y le habría gustado controlar toda la tierra hasta el río Boyne y más allá», tal como una vez le había contado a Harold su padre. No era pues de extrañar que los poderosos O'Neill miraran a los recién llegados con fastidio. Desde la fundación del asentamiento, más o menos cada diez años, el rey supremo O'Neill había acudido a la zona para tratar de expulsar a los vikingos. En una ocasión, ochenta años atrás, los irlandeses habían conseguido incendiar todo el lugar y los vikingos lo habían abandonado, aunque solo por unos años. A su regreso, los noruegos construyeron, entre Ath Cliath y la laguna de Dubh Linn, un nuevo asentamiento en lo alto del cerro, con una robusta muralla y una empalizada, así como un sólido puente de madera para cruzar el río. Pero el rey O'Neill actual era un hombre con determinación. Un año antes, en una gran batalla que se había librado en Tara, había derrotado a los noruegos de Dyflin. El padre de Harold no había participado en aquella batalla, pero después, Harold y él habían visto la hilera de carros del rey irlandés atravesando el largo puente sobre el Liffey. El Rey se había quedado varios meses en Dyflin, pero luego se había marchado, llevándose carros repletos de oro y plata; entonces, Dyflin había vuelto a caer en manos de los vikingos. Ahora, el puerto tenía que pagar tributo al monarca irlandés. Aparte de eso, las cosas seguían como siempre.

—Hace tiempo —comenzó su padre—, cuando Dyflin era todavía noruego, un año, el Rey Supremo nos atacó. Y pagó a algunos daneses para que lo ayudaran. ¿Alguna vez has oído esta historia?

Harold se encogió de hombros.

Las sagas de las batallas vikingas y los hechos heroicos eran abundantes, pero no recordaba haber oído aquella historia en concreto. Sacudió la cabeza.

—Hay constancia de ello —dijo su padre en voz baja—, pero en la actualidad no es una historia popular. —Suspiró—. Un grupo de daneses había hecho incursiones en las islas septentrionales; eran mala gente y hasta los otros daneses los rehuían. El Rey Supremo entabló contacto con ellos y les ofreció una recompensa si lo ayudaban a atacar Dyflin.

—¿Y vinieron?

—Pues sí. —Su padre hizo una mueca—. Y los derrotamos, pero fue una batalla terrible. Mi abuelo, que en aquel tiempo era un niño, perdió a su padre en el ataque.

Harold lo escuchaba con atención y esperaba que su antepasado no hubiese muerto de una manera deshonrosa.

—Lo mataron una vez concluida la ofensiva —prosiguió el padre tras una pausa—. Un danés lo apuñaló por la espalda y huyó. El danés se llamaba Sigurd, hijo de Sweyn. Hasta sus hombres lo despreciaron por ese hecho.

—¿Y nadie lo vengó?

—No de inmediato. Los daneses consiguieron escapar, pero, transcurridos unos años, cuando mi abuelo navegaba en un barco que comerciaba en las islas septentrionales, vio un *drakar* en un puerto y le dijeron que pertenecía a Sigurd y a su hijo. Entonces los desafió a luchar. Por aquel entonces, Sigurd ya era viejo, aunque todavía se encontraba en forma, y su hijo tenía la edad de mi abuelo. Sigurd se avino a luchar con la condición de que, si mi abuelo lo mataba, tendría que enfrentarse también a su hijo. Mi abuelo juró: «Os cortaré la cabeza a los dos, Sigurd, hijo de Sweyn, y si tuvieras más hijos, también acabaría con ellos». Como ya anochecía, decidieron enfrentarse a la mañana siguiente, no bien el sol asomara por el horizonte. Al amanecer, mi abuelo fue hacia el barco de ellos, pero antes de llegar vio que se alejaban de la costa y comenzaban a remar mar adentro. Se reían de él y lo insultaban a gritos. Entonces mi abuelo corrió hasta su barco y suplicó a sus marinos que siguieran a Sigurd, pero estos se negaron y, como era el único hombre joven, no pudo hacer nada. Aun así, todos habían visto lo ocurrido y la fama de cobardes de Sigurd y su hijo se propagó por todos los mares septentrionales.

»Mi abuelo recibía información sobre ellos de vez en cuando. Estuvieron en la isla de Man, que se encuentra entre nosotros y Britania, durante un tiempo, y luego en York, Inglaterra, pero nunca regresaron a Dyflin. Y tras la muerte de mi abuelo, no volvimos a saber de ellos hasta hace cinco años, cuando un mercader me dijo que el nieto de Sigurd estaba en Waterford. Pensé en bajar hasta allí, pero... —Se encogió de hombros—. Ha transcurrido demasiado tiempo y pensé que el nieto de Waterford quizás ignorase por completo lo ocurrido. Me olvidé del asunto y nunca volví a preocuparme por ello... Hasta hoy.

—Pero la familia de Sigurd no lo olvidó.

—No, al parecer, no.

—Si tú decidiste olvidar, ¿por qué no hizo lo mismo ese muchacho?

—Porque fue su familia la que quedó deshonrada, Harold, no la nuestra. Al menos, el muchacho parece más orgulloso que sus antepasados. A estos nunca les importó su mala reputación, pero es obvio que a él sí le importa. Y debe vengar su vergüenza matándote.

—¿Quiere cortarme la cabeza y mostrársela a todo el mundo?

—Sí.

—Así que algún día tendré que enfrentarme a él...

—Sí, a menos que cambie de idea. Y no creo que lo haga.

Harold reflexionó unos instantes. Se sentía un poco asustado, pero si aquél era su destino, sabía que debía ser valiente.

—¿Qué he de hacer, padre?

—Prepararte. —Lo miró unos instantes con gravedad. Luego sonrió y le dio una palmada en la espalda—. Porque cuando luches, Harold, vencerás.

Y

Goibniu, *el Herrero,* lanzó una iracunda mirada al túmulo y agarró a su hijo por el brazo.

—Mira esto.

El chico, un joven de dieciséis años, hizo lo que le ordenaba. No estaba seguro de qué debía ver, pero era obvio que el anciano estaba furioso por algo. Intentó, disimuladamente, descubrir el punto en que su padre había posado el ojo.

Los túmulos prehistóricos a orillas del río Boyne no habían cambiado apenas desde los tiempos de san Patricio. Aquí y allá, se habían producido ulteriores hundimientos y ahora, las puertas de entrada quedaban todas ocultas. Frente a ellas, sin embargo, aún había grandes cantidades de piedras de cuarzo esparcidas por el suelo, que brillaban cuando les daba el sol. Abajo, en el río Boyne, los salmones y los cisnes se dedicaban a sus tranquilos quehaceres como si hubieran estado allí desde que los Tuatha De Danaan se retiraran a sus relucientes salones en el seno de la montaña. Pero era evidente que el ojo de Goibniu estaba disgustado por algo. A diferencia de su antepasado remoto, Goibniu podía servirse de los dos ojos, pero, cuando meditaba sobre algo, tenía la costumbre de cerrar uno de ellos y mirar bizqueando con el otro, el cual parecía en proceso de agrandarse de una manera insólita. A la gente, aquella mirada le resultaba desconcertante, y no sin razón, porque a Goibniu nunca se le pasaba nada por alto.

—Mira la cima, Morann —dijo Goibniu, que asía del brazo a su hijo con una gran fuerza y señalaba impaciente.

El joven vio que la parte superior de uno de los túmulos había sido alterada. Cerca del centro de la cúpula cubierta de hierba, varias pilas irregulares de piedras indicaban que alguien había intentado entrar en la tumba desde lo alto.

—¡Bárbaros! ¡Paganos! —gritaron los artesanos—. Han sido los malditos escandinavos quienes lo han hecho.

Un siglo antes, un grupo de vikingos, curiosos por saber cómo estaban construidas las tumbas y si contenían algún tesoro, pasaron varios días intentando entrar por la fuerza en una de ellas. Como no conocían la entrada lateral oculta, habían intentado colarse en el recinto desde el techo.

—¿Y se llevaron algo? —preguntó Morann.

—No. A medida que vas bajando, las piedras son cada vez más grandes. Renunciaron a entrar. —El hombre se sumió de nuevo en el silencio y luego exclamó—: ¿Cómo se atreven a tocar a los dioses?

Estrictamente hablando, aquello presentaba inconsistencias. Como muchas otras familias, la del artesano había persistido en su fe durante varias generaciones después de la misión evangelizadora de san Patricio, antes de convertirse a regañadientes a la nueva religión, pero ahora hacía ya cuatro siglos que sus miembros eran cristianos. Los días festivos, Goibniu acudía a la iglesia del pequeño monasterio cercano y comulgaba con toda solemnidad. Su familia siempre había supuesto que el herrero era un fiel hijo de la Iglesia, aunque, con Goibniu, uno nunca podía estar seguro, pues, como casi todos los devotos de la isla, sentía afecto por las viejas costumbres y tenía necesidad de ellas. El paganismo nunca muere por completo. Muchos de los ritos paganos de la siembra y la cosecha se habían incorporado ya con distintos nombres al calendario cristiano y todavía se recordaban con cariño algunos de los antiguos ritos de toma de posesión de los reyes, incluido el apareamiento con una yegua. En cuanto a los dioses ancestrales, quizá ya no fueran dioses sino «ídolos y mentiras», como decían los sacerdotes. Tal vez no fueran más que mitos que los bardos recitaban o que, bendecidos por la Iglesia, se consideraban héroes legendarios, hombres extraordinarios de los que las dinastías como los poderosos O'Neill afirmaban descender. Fueran lo que fuesen, pertenecían a Irlanda y los piratas vikingos no debían profanar sus recintos sagrados.

Morann no dijo nada. Su padre desmontó y juntos caminaron en silencio alrededor de las tumbas. Frente a la más grande se alzaba la enorme piedra con sus extrañas espirales grabadas y los dos hicieron una pausa para contemplar aquel objeto místico.

—Nuestra gente vivía cerca de aquí —explicó el herrero, taciturno.

Dos siglos antes, un antepasado se había trasladado a dos días de viaje hacia el nordeste, a la región de pequeños lagos que la familia ocupaba en la actualidad. Para Goibniu, la piedra de las espirales cósmicas representaba una suerte de regreso a casa.

En ese momento, su hijo se atrevió a formularle la pregunta que lo había estado intrigando desde que empezara el arranque de cólera de su padre.

—Si odias tanto a los escandinavos, padre, ¿por qué me llevas a vivir con ellos?

Parecía una pregunta natural, pero, como respuesta, el herrero lo miró con tristeza y murmuró:

—Mi hijo es un estúpido. —Volvió a sumirse en el silencio y solo se dignó a explicarse mejor tras una larga pausa—. ¿Quién ostenta el poder máximo de esta isla? —preguntó.

—El Rey Supremo, padre.

—Sí —asintió—. ¿Y no es menos cierto que, generación tras generación, los reyes supremos han intentado expulsar de Dyflin a los nórdicos?

—Sí, padre.

—Pero el año pasado, cuando el Rey Supremo ganó una gran batalla en Tara y descendió hasta el Liffey, cuando pudo haberlos expulsado y ellos no habrían podido hacer nada por impedirlo, los dejó, sin embargo, quedar a cambio del tributo. ¿Por qué crees que hizo eso?

—Supongo que porque le convenía —sugirió el hijo—. Le iría mejor recibiendo el tributo que echándolos.

—Es cierto. Un puerto es algo muy valioso. Los puertos de los escandinavos aportan riqueza y a uno le conviene más mantenerlos que destruirlos. —El herrero hizo una pausa—. Te diré otra cosa. ¿Crees que el poder de los O'Neill es tan grande como lo fuera antaño?

—No, no lo es.

—¿Y por qué?

—Porque pelearon entre ellos.

Eso era verdad hasta cierto punto. Mucho tiempo atrás, la poderosa casa real se había dividido en dos ramas, los O'Neill del norte y los O'Neill meridionales. Por lo general, habían evitado las disputas alternándose en el poder, pero, en las generaciones recientes, habían surgido conflictos. Otros poderes de la isla, sobre todo los reyes del Munster en el sur, se habían dedicado a socavar la autoridad de los O'Neill, como venían haciendo desde siempre. Y un joven jefe del Munster, llamado Brian Boru, con escaso respeto por cualquiera de las monarquías establecidas, se mostraba dispuesto a provocar tensiones. Los O'Neill todavía eran fuertes; en fin, ¿no acababan de derrotar a los vikingos de Dyflin? Aunque, de todos modos, los reyes irlandeses menores estaban ojo avizor. Como un inmenso toro, el gran poder del norte comenzaba a mostrar signos de envejecimiento.

—Tal vez, pero yo te sugeriré una causa más profunda. No hay que culpar a los O'Neill. No pudieron prever las consecuencias de sus acciones, pero cuando los escandinavos llegaron por primera vez a atacar nuestras costas, los O'Neill eran tan fuertes que los asaltantes no pudieron establecer un solo puerto en las costas de su territorio, ni uno solo. Todos los puertos de los escandinavos se hallan más al sur. Sin embargo, esa fuerza quizás haya sido una maldición. ¿Sabes decirme por qué?

—¿Porque los puertos crean riqueza? —apuntó el hijo.

—Sí, y la riqueza es poder. ¿Cómo crees que Niall, *el de los Nueve Rehenes*, llegó a ser tan poderoso antes del ministerio de san Patricio? Pues lo fue gracias a sus incursiones en Britania. Tenía riquezas y esclavos con los que recompensar a sus seguidores. En su mayoría, los escandinavos son piratas y paganos, pero sus puertos generan riqueza. Cuantos más puertos posea un rey, si puede controlarlos, más riquezas y poder tendrá. Y esta es ahora la debilidad de los O'Neill. Los puertos no se hallan en sus territorios. Precisamente por eso necesitan Dyflin, el puerto más rico de todos.

—¿Y por eso quieres enviarme allí?

—Sí. —Goibniu miró a su hijo muy serio. A veces pensaba que el muchacho era demasiado cauto, demasiado precavido. Bien, de ser así, tal vez lo hiciera con la mejor intención. Señaló de nuevo la tumba y su tejado roto—. Esos nórdicos nunca me gustarán, pero Dyflin es el futuro, Morann, y allí será donde vayas.

Y

La niña bailaba. Era una cosita menuda y morena, con piernas como palillos y una mata de cabello negro que le caía hasta media espalda. Bailaba una giga, hacia un lado y hacia el otro; y él era el niño en la calle que la observaba todo el tiempo. Ella se llamaba Caoilinn; él, Osgar. Mientras la contemplaba, se preguntó si aquel día se casarían.

En la ciudad vikinga de Dyflin, dondequiera que uno mirase, veía madera. Las calles estrechas, que ascendían y descendían las pendientes irregulares, estaban hechas de troncos de árbol cortados y se caminaba sobre planchas en los retorcidos callejones y pasadizos. Todas las callejas estaban orilladas a ambos lados por mimbre liso o vallas de estacas puntiagudas tras las cuales, en las estrechas parcelas, se distinguían las techumbres de bálago de las viviendas rectangulares de paredes de mimbre o los hogares de madera de los escandinavos. Algunas de las casas contenían pocilgas, corrales para gallinas y establos para otros animales; otras se utilizaban como talleres. Los muros de madera que las circundaban servían para disuadir a los ladrones o atacantes o, cual costados de un barco, para impedir la entrada del viento invernal procedente del anchuroso estuario gris y del mar abierto. Alrededor de este poblado de madera de once fanegas había una muralla de tierra, coronada por una empalizada de madera. Al otro lado de la empalizada, y a lo largo de la fachada fluvial, se extendía un sólido embarcadero de madera con varios *drakares* amarrados. Río arriba se hallaba el largo puente de madera y más allá, el vado de los Zarzos. Los irlandeses seguían llamando al lugar por su viejo nombre, Ath Cliath, aun cuando cruzaran más a menudo por el puente vikingo que por el vado celta, y aunque Caoilinn era irlandesa, llamaba Dyflin a la ciudad de madera porque era allí donde vivía.

—¿Nos acercamos al monasterio? —dijo, posando sus ojos verdes en él.

—¿Crees que debemos hacerlo? —inquirió Osgar.

Caoilinn contaba con nueve años. Él tenía once y poseía una idea más clara de lo que era apropiado.

—¡Vamos! —gritó la niña.

Él la siguió, sacudiendo la cabeza alegremente. Aún no sabía si iba a tener que casarse.

El pequeño monasterio estaba en la falda meridional del cerro desde donde el *rath* de Fergus había dominado la laguna negra de Dubh Linn. Ya estaba allí cuando llegaron los primeros vikingos y era un convento de religiosos que los descendientes Ui Fergusa del antiguo jefe protegían. En los siglos transcurridos desde la muerte de Fergus, otros jefes menores habían establecido *raths* aquí y allá en la ancha llanura del estuario del Liffey y sus nombres aún se conservaban. Rathmines, Rathgar, Rathfarnham, todos se encontraban a pocos kilómetros de distancia. Ahora, el viejo *rath* de Fergus quedaba dentro de las murallas de Dyflin, pero los miembros del pequeño clan de los Ui Fergusa todavía eran reconocidos como jefes de la zona y poseían una heredad en las proximidades.

Mientras contemplaba el otro lado de la laguna negra y el asentamiento amurallado de los vikingos, Osgar sintió que una reconfortante calidez le recorría todo el cuerpo. Estaba en casa.

Cuando llegaron los vikingos de Noruega por primera vez, su antepasado, el jefe de los Ui Fergusa en aquel momento, había decidido, prudentemente, no presentar una inútil resistencia. También fue una suerte que, como Fergus mucho antes que él, este señor del *rath* fuese un ganadero extraordinario. No bien llegaron por el Liffey, los vikingos comenzaron a buscar suministros. Tras haber dispersado sus reses por lugares en los que resultaría difícil encontrarlas, el jefe se ofreció a ellos para todo lo que necesitasen y les dio grano, carne y ganado a un precio justo. Los vikingos podían ser piratas, pero también eran comerciantes y el jefe les inspiró respeto. Pese a su religión cristiana, este descendiente de Fergus conservaba orgullosamente la antigua calavera de beber de la familia. Los vikingos no se extrañaron de ello. Pronto aprendió su lengua lo suficiente para poder comerciar con ellos y se aseguró de que ninguno de los suyos les causaran problemas, convirtiéndose en una figura muy popular. Como se trataba de una amplia zona de terrenos abiertos, no había ninguna necesidad de echar al viejo rey de su territorio. Y si quería conservar aquel pequeño monasterio, cuyo único objeto de valor ya se habían llevado, los vikingos no pondrían ninguna objeción. El monasterio les pagaba una pequeña renta y los monjes solían tener buenos conocimientos de medicina, por lo que los vikingos del asentamiento se acercaban al lugar de vez en cuando en busca de remedios. Y así fue cómo la familia de Osgar se quedó a vivir junto al viejo Ath Cliath durante siglos.

Cuando Caoilinn anunció sus intenciones, los dos niños estaban ya cerca de la puerta del monasterio, de la que salía un monje anciano.

—Creo —dijo la pequeña— que me gustaría casarme hoy en la iglesia. —Y acercándose al viejo monje, le preguntó con cortesía—: ¿Está el abad, hermano Brendan?

—No, no está —respondió él con voz ronca—. Ha salido a pescar con sus hijos.

—Entonces no podemos utilizar la capilla —le dijo Osgar a Caoilinn con firmeza— o tendremos problemas con mi tío.

El abad era muy estricto para aquellas cosas. Permitía a los niños entrar en la capilla cuando no había ceremonias, eso estaba bien, pero si se colaban en ella sin permiso, sabían que sentirían su cinturón en la espalda.

Que el tío de Osgar, el abad, fuera un hombre casado y con hijos no era indicativo de la lasitud moral del monasterio. Unos dos siglos después de la visita del obispo Patricio, los Ui Fergusa habían permitido establecerse cerca del *rath* a un grupo de monjes de una gran comunidad religiosa del sur y la familia había quedado vinculada al monasterio. De vez en cuando, con el paso de las generaciones, si algún miembro de la familia anhelaba dedicarse a la vida contemplativa, ¿qué sería más natural para él que ingresar en su propio convento? En realidad, aquello no hacía más que contribuir a su prestigio porque del mismo modo que, en ocasiones, sus antepasados se habían hecho druidas, entre la casta sacerdotal había a menudo miembros de las grandes familias de la isla. Y era también natural que los Ui Fergusa se considerasen los guardianes de los monjes.

En realidad, el pequeño monasterio no necesitaba mucha protección. Algunos de los grandes monasterios de la isla se habían enriquecido tanto que los jefes de la región, para los que las incursiones de robo de ganado eran una tradición antigua y honorable, sucumbían a la tentación de saquear los conventos de vez en cuando. En los dos últimos siglos, los vikingos habían desvalijado los monasterios que encontraban a su paso cerca de las costas de la isla y de sus ríos navegables. En algunas ocasiones memorables, había habido incluso batallas campales entre monjes de monasterios rivales sobre las posesiones, la procedencia y otros asuntos. Pero el diminuto convento que dominaba la laguna negra había sufrido muy pocos de estos ataques por la sencilla razón de que era demasiado pequeño y no poseía grandes tesoros.

Sin embargo, ser los guardianes del monasterio era un orgullo para la familia y, en las generaciones recientes, el jefe o uno de sus hermanos había asumido el cargo de abad laico, lo cual permitía a la familia gozar del beneficio del modesto salario asignado por el lugar y brindarle protección. Aquellas componendas eran bastante frecuentes, tanto en la isla como en otras muchas partes de la cristiandad.

—Bien —dijo Caoilinn, contrariada—, si no puede ser en la capilla, tendremos que encontrar otro lugar. —Se quedó unos instantes pensativa—. Iremos al túmulo —anunció—. ¿Tienes el anillo?

—Tengo el anillo —respondió él, paciente, y tras hurgar en la bolsita de cuero que le colgaba del cinturón, sacó el anillito, hecho de asta de ciervo y con el que la había tomado por esposa otra decena de veces.

—Entonces vamos —dijo ella.

El juego de contraer matrimonio hacía más o menos un año que duraba. Ella nunca parecía cansarse y Osgar todavía no sabía si aquello era un juego de niñas, infantil y sin sentido, o si tras él se ocultaba alguna intención seria. La pequeña siempre lo elegía como novio. ¿Lo hacía porque era su primo y él le seguía la corriente y porque temía que otros muchachos se rieran de ella? Posiblemente. ¿Sentía él vergüenza? No. No le daba importancia. Al fin y al cabo, ella no era más que su primita. En cualquier caso, Osgar podía ser delgado, pero era más alto que casi todos los chicos de su edad, además de fuerte. Los otros muchachos lo trataban con cautela y respeto y siempre condescendía con su prima. Una vez que estaba ocupado, se había negado a jugar y la había visto entristecerse y callar. Pero luego, con un desafiante ademán de la cabeza, había vuelto frente a él diciéndole:

—Bien, si tú no te casas conmigo, tendré que buscarme a otro.

—No, no. Me casaré contigo —había cedido el chico; a fin de cuentas, mejor él que otro.

El túmulo no estaba demasiado lejos. Se alzaba en una plataforma de hierba, junto a las tierras bajas inundadas por la marea que se hallaban corriente abajo de la entrada de la laguna negra. Cuando los vikingos vieron por primera vez el lugar, lo llamaron «Hoggen Green», que significaba «cementerio»; y como hacían siempre los nórdicos cuando encontraban un enclave sagrado cerca de un asentamiento, utilizaron Hoggen Green para sus asambleas, donde los hombres libres de la población se reunían a celebrar un consejo y a elegir a sus líderes. Las tumbas de los descendientes de Osgar, entre los que se contaban Deirdre, Morna y sus hijos, se hundieron gradualmente hasta quedar al nivel del resto de la hierba, pero el túmulo que fuera el lugar de reposo del viejo Fergus fue reconstruido para que sirviera de plataforma donde los jefes vikingos celebrasen sus asambleas. La antigua tumba de Fergus, por tanto, había adquirido un nuevo nombre: se llamaba Thingmount o túmulo de la Asamblea.

Los niños se apostaron delante del túmulo y se prepararon para contraer matrimonio. La boda, ambos lo sabían, resultaría adecuada. Eran hijos de primos carnales: el abuelo de Caoilinn se había hecho artesano y se había trasladado a Dyflin, mientras que el de Osgar había permanecido en la finca de la familia junto al monasterio.

A orillas del río tranquilo, el majestuoso y antiguo túmulo de la Asamblea también era un lugar adecuado, puesto que los dos sabían que de debajo de él había emergido su ancestro Fergus para que lo bautizara el mismísimo san Patricio. Y Osgar y hasta la pequeña Caoilinn, con sus nueve años, recitaban con una serenidad similar las veinticinco generaciones que los unían al anciano.

Como ocurría siempre, Osgar tenía que interpretar al novio y al sacerdote a la vez, y le salía muy bien. Su padre había muerto cuatro años antes y su tío el abad se había hecho cargo de su educación. Para gran alegría de su madre, que cada día se arrodillaba a rezar cuatro o cinco veces, no solo se sabía de memoria el catecismo y muchos salmos, sino también partes extensas de las celebraciones religiosas. «Estás dotado para la vida espiritual», le había indicado su tío. También leía y escribía, vacilante, en latín. En realidad, el tío le había dicho a su orgullosa madre que Osgar tenía más habilidad para aquellas disciplinas que sus propios hijos.

En pie al lado de Caoilinn, pero también delante de ella, entonó convincentemente las palabras del sacerdote y respondió como novio. Después de ponerle el anillo y besarla castamente en la mejilla, Caoilinn lo tomó del brazo y con la alianza en el dedo salieron del recinto. La niña no se la quitaba hasta el final de sus juegos. Entonces, antes de separarse, se la devolvía y él la ponía a buen recaudo en su bolsita, hasta la próxima ocasión.

¿Qué significaba todo aquello? Ella quizá no lo supiera, pero Osgar suponía que un día celebrarían una boda auténtica.

Eran primos y guardaban un parecido prodigioso. Tenían el mismo cabello moreno y las buenas maneras características de su estirpe; sin embargo, mientras que los ojos de Osgar eran azul oscuro, los de ella eran de un asombroso verde. Él sabía que los ojos verdes eran un rasgo de la familia, pero, de todos sus primos, Caoilinn era la única que los poseía, por ello, siempre, incluso de bebé, a Osgar se le había antojado especial. Su ascendencia compartida parecía crear un extraño vínculo entre ellos, familiar y, sin embargo, mágico. Él no podía explicarlo, pero sentía como si estuvieran destinados a unirse en un mundo del que las otras familias quedaban, en cierto modo, excluidas. No obstante, aunque no hubiesen sido primos, él se habría sentido igualmente fascinado por el espíritu libre y desenfadado de la niña. Los mayores, los tíos y las tías, siempre lo habían considerado el más responsable de todos los niños de aquella extensa familia, el que casi siempre dirigía a los demás. El muchacho no sabía por qué, pero siempre había sido de ese modo, antes incluso de la muerte de su padre. Precisamente por eso, tal vez sentía que debía proteger de una manera especial a su primita Caoilinn, que siempre hacía lo que le venía en gana, se subía a los árboles más altos e insistía en que se casara con ella. En el fondo de su corazón, Osgar sabía que no podía pensar en casarse con nadie más. Hacía tiempo que aquel pequeño espíritu radiante de ojos verdes lo había hechizado.

Se quedaron un rato por allí, jugando junto al túmulo de la Asamblea y por la orilla del pequeño manantial que cruzaba la hierba contigua, pero llegó la hora de regresar. Y cuando Caoilinn acababa de quitarse la alianza y tendérsela a Osgar, divisaron dos siluetas que avanzaban en su dirección. Una era la de un hombre alto y pelirrojo, que iba montado en un espléndido caballo; la otra, de un muchacho pelirrojo en un pony. Cabalgaban despacio por el lado del río de Hoggen Green.

—¿Quiénes son? —le preguntó Osgar a su prima, pues la niña siempre conocía a todo el mundo.

—Hombres del norte, noruegos. Llevan aquí mucho tiempo —respondió—. Viven en Fingal, pero vienen a Dyflin de vez en cuando. Son granjeros ricos.

—Oh. —Osgar creía que conocía la granja y miró a los dos jinetes con curiosidad. Probablemente iban a visitar el túmulo de la Asamblea; sin embargo, para su sorpresa y aunque le echaron un vistazo, las dos figuras se volvieron de repente hacia el estuario cruzando la ciénaga—. Entonces deben de ir a la piedra —comentó en voz alta.

Era una visión extraña. En los terrenos anegados, un solo menhir se alzaba como un centinela solitario, con los gritos de las aves marinas por toda compañía. Detrás, barro y marismas; delante, las aguas del estuario, rizadas por la brisa. La Piedra Larga, como la llamaban, había sido colocada allí por los vikingos para marcar el lugar donde, un siglo y medio atrás, su *drakar* principal había encallado por primera vez en la orilla del Liffey. La Piedra Larga al borde del mar, pensó Osgar, debía evocar a los dos noruegos los mismos ecos ancestrales que a él la tumba de Fergus.

Con su cabello rojo, el escandinavo resultaba apuesto, pensó el chico. Y como si el viento le hubiera llevado su pensamiento a Caoilinn, oyó que esta, a su lado, comentaba:

—El muchacho se llama Harold. Es guapo.

¿Por qué aquello había pulsado una nota discordante? Era indudable que ella lo había visto en Dyflin. ¿Por qué no iba a ser guapo el joven noruego?

—¿Son cristianos o paganos? —preguntó Osgar con indiferencia.

Casi todos los vikingos que vivían en Dyflin seguían siendo paganos, pero la situación era tranquila. Los irlandeses que habitaban intramuros, como Caoilinn y su familia, todos eran, por supuesto, cristianos. Allende los mares, en Inglaterra, Normandía y en las tierras donde se habían asentado junto a otros gobernantes cristianos, los jefes vikingos y sus seguidores habían aprovechado el prestigio y el reconocimiento que conllevaba ser miembro de la Iglesia universal, pero en Irlanda uno todavía tenía que preguntar. Los que vivían y comerciaban por los mares del mundo aprendían a respetar a los distintos dioses de las diversas tierras. Los antiguos dioses vikingos, como Thor y Woden, seguían vivos. Y si un mercader en Dyflin llevaba una suerte de cruz colgada del cuello, uno no podía saber si era un crucifijo o el martillo de Thor.

Una cosa, sin embargo, era cierta. La devoción cristiana de la familia de Caoilinn era tan ferviente como la de la suya. A Caoilinn nunca se le permitiría casarse con un pagano, por rico y apuesto que fuera.

—No lo sé —dijo ella, y reinó un breve silencio—. El chico es tullido —añadió ella como quien no quiere la cosa.

—Ah, pobre muchacho —dijo Osgar.

II

991

—Será mejor que vayas a buscarlo, Morann. Ya sabes cómo es.

Morann Mac Goibnenn miró a su esposa, Freya, y asintió con una sonrisa.

Era el final de un tranquilo y cálido verano. Aquel año parecía que todo el mundo estaba en paz. Siete años atrás, Brian Boru, señor feudal del Munster, junto con unos cuantos vikingos de Waterford, había intentado saquear el puerto. Dos años atrás, el Rey Supremo había hecho otra breve y terrorífica visita al lugar. Pero el año anterior y este, todo había permanecido tranquilo. Ningún barco de guerra, ningún ruido atronador de cascos de caballos, nada de fuegos amenazadores ni de armas entrechocando; con el reinado del nuevo monarca Sitric, el puerto de Dyflin se había dedicado apaciblemente a sus quehaceres. Era tiempo para pensar en pasatiempos familiares y en el amor. Y como Morann ya tenía esas cosas para sí, había llegado la hora de pensar en ellas para su amigo Harold.

¿Qué le ocurría? ¿Se trataba de que era olvidadizo, como él fingía, o era timidez lo que le impedía presentarse a las citas con muchachas bonitas? «Siempre que no sea para conocer a una mujer», le decía a Morann cuando este lo invitaba. Un año atrás, intentaron presentarle a una joven y él permaneció callado toda la velada. «No quería que ella se hiciera una idea de mí», explicó después, mientras Morann sacudía la cabeza y su esposa, detrás de Harold, alzaba los ojos al cielo. Había llegado la hora de intentarlo de nuevo. Freya había seleccionado a una muchacha llamada Astrid, que era pariente suya. Pasó una mañana hablándole de Harold y se lo contó todo sobre él, lo bueno y lo malo. Aunque el noruego no sabía nada de ello, la joven ya había estado donde trabajaba y lo había observado varias veces. Para que Harold superase su problema de timidez, acordaron decirle que la chica iba de camino a Waterford, donde contraería nupcias.

Morann se habría alegrado de ver a su amigo casado con una buena mujer. La miró con afecto. En Irlanda podía haber dos comunidades, la celta y la escandinava, y al narrar sus batallas, a los bardos acaso les gustase describirlos como enemigos acérrimos —celtas contra vikingos, galos contra extranjeros, «gaëls y galls», en la frase poética—, pero, en realidad, la división nunca había sido tan sencilla. Aunque los puertos vikingos eran enclaves nórdicos, los noruegos se habían casado con mujeres de la isla desde su llegada y los irlandeses lo habían hecho con mujeres nórdicas.

Freya vestía como una buena esposa escandinava, con medias de lana lisas, zapatos de cuero y un vestido hasta los pies ceñido con cinturón sobre una camisa de lino. Del broche de carey de su hombro colgaban dos llaves en una cadena de plata, un pequeño alfiletero de bronce y un par de tijeritas. Con una amplia frente, llevaba el cabello peinado hacia atrás y sujeto con una redecilla. Solo Morann conocía los fuegos que ardían bajo aquella recatada apariencia. Su esposa podía ser tan desenfrenada como una meretriz, pensó complacido. Su amigo necesitaba una mujer como aquélla.

Astrid, la muchacha, también era pagana. Aunque casi todos sus vecinos de Fingal eran cristianos, la familia de Harold, en secreto, se había mantenido fiel a los viejos dioses. La mujer de Morann también había sido pagana, pero se convirtió al cristianismo cuando se casó con él. Morann insistió en que lo hiciera porque creía que era una demostración de respeto hacia su familia. De hecho, cuando ella le preguntó qué significaría hacerse cristiana, le dio una respuesta digna de su ancestro tuerto de hacía seis siglos: «Significa que harás lo que yo diga». Cuando pensaba en ello, sonreía. Cinco años de matrimonio feliz y dos niños le habían demostrado lo equivocado que estaba.

Freya había preparado una comida esplendida. Vivían al estilo vikingo: un modesto desayuno por la mañana y luego no comían nada más hasta la pitanza principal del día, al anochecer. Para empezar, arenques en escabeche y pescado fresco del estuario, dos tipos de pan recién hecho, el plato principal a base de estofado de ternera servido con puerros y cebollas, requesón y avellanas de postre y todo regado con hidromiel y un buen vino procedente de Francia. El estofado estaba en su cacerola, colgada sobre el hogar central de la sala principal. Morann lo olía desde el taller.

—¿Quieres que vaya ahora? —le preguntó a Freya.

La mujer asintió y él comenzó a recoger los objetos de la mesa que tenía delante.

Eran las diversas herramientas de su oficio —las barrenas, las tenacillas, los martillos— las que proclamaban que era un metalero. Más interesante era la pequeña pieza plana de hueso, la pieza de prueba, en la que había grabado toscos dibujos para futuras obras en metal. Su talento era obvio. Con sus formas complejas y entrelazadas, incluso en aquel rudimentario esbozo se apreciaba la diestra fusión de las espirales abstractas del antiguo arte de la isla con las representaciones animales del estilo de las serpientes, tan populares entre los escandinavos. Bajo sus manos hábiles, las burdas serpientes marinas de los vikingos quedaban atrapadas en los dibujos cósmicos célticos que fascinaban a hombres y mujeres por igual.

En el cofre que tenía junto a la mesa, dividido en pulcros compartimentos, había toda suerte de curiosidades. Había piezas de piedra oscura conocida como azabache importada de York, la ciudad británica de los vikingos. Otro compartimento contenía trozos de cristal romano de colores, desenterrado en Londres y utilizado por los joyeros vikingos como elemento de decoración. Había cuentas de color azul oscuro, blanco y amarillo para hacer brazaletes porque Morann sabía hacer de todo: hebillas de cobre, empuñaduras de plata para las espadas, pulseras de oro... Decoraba los objetos con filigrana de oro y motivos de plata y confeccionaba joyas y ornamentos de todo tipo.

En el cofre también había unos montones pequeños de monedas. Además de utilizar las antiguas monedas celtas, los comerciantes vikingos de Dyflin estaban acostumbrados a negociar con monedas de toda Europa, aunque decían que iban a acuñar una propia allí en Dyflin, como los ingleses hacían en sus ciudades. Morann poseía un par de monedas antiguas de las cecas de Alfredo el Grande en Inglaterra, y otra, de la que se sentía especialmente orgulloso, de dos siglos de antigüedad, del mismísimo emperador Carlomagno.

Introdujo el contenido de su mesa de trabajo en el cofre de hierro con cuidado, lo cerró con llave y se lo dio a su esposa para que lo guardara en un lugar seguro dentro de la casa.

La jornada laboral estaba a punto de concluir. Salió a la calle y se abrió camino entre las mesas y los talleres de los carpinteros y los fabricantes de peines, de los que hacían arneses y de los vendedores de piedras preciosas. La prosperidad de la ciudad vikinga era visible por doquier. Pasó ante la fragua al rojo de un herrero y sonrió. Era el oficio de sus ancestros. Había que reconocer, sin embargo, que aquellos invasores escandinavos eran mejores artesanos con el hierro y el acero para armas de lo que lo fueran incluso los guerreros de la isla. Mientras caminaba por la calle conocida como las Casetas de pescado,* donde el mercado ya había cerrado, vio a un mercader que lo saludó respetuosamente con la cabeza. El hombre negociaba con uno de los bienes más preciados: ámbar dorado que había llegado de la lejana Rusia en un *drakar* que comerciaba en el Báltico. Solo unos pocos artesanos de Dyflin podían permitirse adquirir ámbar y Morann era uno de ellos.

Morann Mac Goibnenn. En irlandés se pronunciaba «Mocgovnan», hijo del herrero, porque tanto su padre como su abuelo habían llevado el nombre de Goibniu. Esta forma de apellido individual no había comenzado a usarse hasta un par de generaciones antes. Un hombre podía llamarse Fergus, hijo de Fergus, y pertenecer a una gran tribu real, como los O'Neill; pero la denominación de la tribu no era, todavía, un apellido. Sin embargo, Morann y sus hijos eran ahora la familia Mac Goibnenn.

Y así los llamaban con respeto tanto los irlandeses como los vikingos de la ciudad. Por joven que fuera todavía el joyero, había demostrado ya ser un maestro en su oficio. También era conocido por ser cauteloso y prudente, un hombre cuyos consejos todos escuchaban en el puerto vikingo. Su padre había muerto dos años después de llegar a Dyflin y Morann había sentido un gran dolor, pero le complacía pensar en lo orgulloso que estaría si pudiera verlo ahora. Como si quisiera conservar vivo su recuerdo, de un modo casi inconsciente, desde la muerte del anciano había comenzado a imitar su costumbre de mirar a las personas con un solo ojo cuando comerciaba con ellas o las estudiaba por alguna razón especial. Una vez su mujer se quejó de ello y él se limitó a reírse; por supuesto, no dejó de hacerlo.

Después de recorrer las Casetas de pescado, salió al gran embarcadero de madera. Todavía quedaba mucha gente en él. De un barco sacaban a un grupo de esclavos con grilletes de hierro en el cuello y encadenados entre sí. Los miró deprisa, pero con el ojo crítico. Se les veía sanos y fuertes. Dyflin era el principal mercado de esclavos de la isla. Llegaban regularmente barcos llenos procedentes del gran puerto británico de Bristol. En

* Corresponde a Fishambles Street del Dublín actual. *(N. de los T.)*

su opinión, los ingleses, como eran un tanto lentos y dóciles, podían ser buenos esclavos. Morann se abrió paso deprisa por el muelle hasta el final, donde sabía que encontraría a su amigo. Y allí estaba. Lo saludó y Harold lo vio y sonrió.

Bien. No sospechaba nada.

Tardó un rato en llevarse a Harold del puerto, pero parecía muy feliz de haber llegado y eso era lo único que importaba. No obstante, su preocupación principal era que Morann admirase el gran proyecto en el que estaba trabajando y del que se sentía tan orgulloso. A Morann no le costó nada hacerlo.

—Es magnífico —asintió. En realidad, era pasmoso.

Se trataba de un *drakar*. Ahora, el puerto de Dyflin era famoso por sus astilleros en todo el mundo vikingo. En las costas de Escandinavia y Gran Bretaña había muchas atarazanas, pero si uno quería las mejores se dirigía a Dyflin.

Como todos los habitantes de la ciudad, Morann sabía que el último barco era especial, pero hoy habían desmontado parte de los andamiajes de que estaba rodeado y ya se apreciaba su línea esbelta y estilizada. Era impresionante.

—Un metro más largo que cualquier otro que se haya construido en Londres o en York —dijo Harold, orgulloso—. Ven, tienes que verlo por dentro —dijo, antes de abrirse camino hacia la escalera y de que Morann lo siguiera.

A Morann siempre le había asombrado que, a pesar de su cojera, Harold se moviera tan rápido, más deprisa que otros hombres. Al verlo subir por la escalera y saltar, cojeando y riendo, por encima de la borda del barco, no pudo por menos que maravillarse de su agilidad. Como solo lo conocía desde que el joven noruego llegara al puerto, ignoraba los años de dolorosa instrucción y trabajo duro a los que se había sometido para lograr aquellos resultados.

Desde el encuentro con Sigurd, no había cejado en su empeño. Se levantaba temprano por la mañana para ayudar a su padre con la granja, pero, hacia mediodía, quedaba libre y entonces comenzaba el entrenamiento. Primero se entregaba a los ejercicios físicos y, haciendo caso omiso del dolor y la humillación de sus traspiés y caídas, el pequeño granjero se obligaba a caminar lo más deprisa que podía, arrastrando la pierna tullida para instarla a funcionar. Con el paso del tiempo, comenzó a correr con unos movimientos un tanto erráticos e incluso aprendió a saltar, brincando con la pierna buena y doblando la deforme bajo su cuerpo para atravesar el obstáculo. Por las tardes, su padre solía unirse a él y entonces comenzaba la verdadera diversión.

Primero, su padre le había hecho armas pequeñas de madera: un hacha, una espada, una daga y un escudo. Durante dos años, y como si fuera un juego, se dedicó a enseñarle a atacar, parar golpes, lanzar estocadas y esquivar. «Aléjate. No pierdas terreno. ¡Ahora ataca!», le gritaba. Y ondulando, apartando o haciendo girar la espada de juguete, el muchacho realizaba todos los ejercicios en los que su padre lo instruía. A los doce años, su habilidad era remarcable y su padre se reía diciendo: «No puedo alcanzarlo». A los trece, Harold recibió sus primeras armas auténticas, que eran ligeras, pero, al cabo de un año, su padre le dio unas más pesadas. A los quince, el padre reconoció que ya no podía enseñarle nada más y lo mandó a casa de un amigo, que vivía en la costa, del que sabía que poseía un gran talento. Fue allí donde Harold no solo adquirió una mayor agilidad, sino que también aprendió a aprovechar sus peculiaridades físicas para asestar unos golpes no convencionales que sorprendían a cualquier oponente. A los dieciséis años, se había convertido en una máquina de matar.

—Por extraño que resulte —le comentó una vez su padre—, ese danés, cuando te amenazó, acaso te hizo un favor. Piensa en lo que eras entonces y en lo que eres ahora.

Y Harold besó a su padre con afecto y calló porque sabía que, aunque hubiera desarrollado unas habilidades extraordinarias, seguía siendo un lisiado.

—Las líneas son buenas —le gritó Harold a Morann, mientras el artesano se encaramaba por la escalera.

Y ciertamente lo eran. Las largas líneas de tingladillo del barco se convertían en la enorme proa de una manera tan fácil y con tanto poder que, cuando uno lo imaginaba en el mar, aquel rápido pasaje no solo parecía natural, sino también inevitable, tan inevitable como el destino, en las manos de los propios dioses paganos de los nórdicos.

—El espacio para la carga —decía Harold, señalando el inmenso centro vacío de la nave— es casi una tercera parte más grande que el de cualquier otra cosa que navegue. —Señaló el fondo del barco, por el que discurría, como una cuchilla, la poderosa columna vertebral de la quilla—. Y sin embargo, el calado es mucho menor, lo cual le permite navegar por los ríos principales de la isla.

El Liffey, el gran río Shannon en el oeste y todos los ríos importantes de Irlanda habían visto a los remeros vikingos surcar sus aguas someras hacia el interior.

—Pero ¿conoces el verdadero secreto de un barco como este, Morann? ¿El secreto de su manejo a vela en alta mar?

Eran naves fuertes. Nunca volcaban. El artesano era consciente de ello, pero con una sonrisa el noruego prosiguió:

—Se doblan, Morann. —Harold hizo un gesto ondulante con el brazo—. Cuando sientes la fuerza del viento en la vela, que discurre mástil abajo, y sientes la fuerza del agua contra los costados, notas algo más. La mismísima quilla se dobla, siguiendo la curva de las olas. Todo el barco, fortalecido contra el viento, se vuelve uno con el mar. No es un barco, Morann, es una serpiente. —Se rio, complacido—. ¡Una gran serpiente marina!

Qué hermoso era Harold, pensó el artesano, con el cabello largo y rojo, como el de su padre, y los ojos azul brillante, tan feliz en su barco…

En una ocasión, Freya le había preguntado a Morann:

—¿Nunca has querido averiguar por qué Harold dejó la heredad familiar y vino a trabajar a Dyflin?

—Porque le fascina construir barcos —respondió—. Lo lleva en la sangre —añadió.

Aquello a todo el mundo le resultaba obvio.

Y en realidad, si en el asunto había algo más de lo que Morann Mac Goibnenn imaginaba, su joven amigo nunca se lo comentó.

Y

El verano en que le presentaron a una muchacha, Harold tenía diecisiete años. Venía del otro lado del mar, de una de las islas septentrionales y era una chica de buen linaje, le dijeron, cuyos padres habían muerto, tras lo cual había quedado al cuidado de un tío.

—Es un buen hombre —le había dicho su padre— y me la ha enviado. Será nuestra invitada durante un mes y tú cuidarás de ella. Su nombre es Helga.

Era una joven de piel muy clara, los ojos azules y un año mayor que él. De padre noruego y madre sueca, su cabello dorado le enmarcaba las mejillas y las juntaba como si un par de manos tomaran la cara entre sí antes de besarle los labios. No sonreía demasiado y sus ojos tenían un aire algo distante, como si la mitad de su mente se hallara en otro lugar. En sus labios, sin embargo, había un atisbo de sensualidad que a Harold se le antojaba misterioso y excitante.

En la casa se la veía plácida y satisfecha. Por aquel entonces, dos hermanas de Harold ya se habían casado y no vivían con la familia, pero las restantes se llevaban muy bien con ella. Nadie tenía ninguna queja. Las obligaciones de Harold, aparte de apuntarse a los entretenimientos que las muchachas ideasen para la velada, consistían en salir con ella a caballo de vez en cuando. En una ocasión le había mostrado los alrededores de Dyflin. A menudo cabalgaban o paseaban por las playas arenosas. En esas excursiones, ella le hablaba de la granja a su manera extraña y distante aunque agradable, del queso que hacían en ella, del chal que su madre y ella habían tejido para su tía. Le preguntaba lo que le gustaba y lo que no le gustaba, y asentía con calma y decía «sí, sí» mientras asimilaba cada pedacito de información, de modo que él comenzó a pensar que, si le hubiese dicho que su pasatiempo favorito consistía en cortar cabezas, ella también habría asentido y dicho «sí, sí», pero la conversación resultaba, de todos modos, muy entretenida.

Cuando Harold quiso saber de la vida de Helga, esta le habló de la heredad de su tío y de su vida cotidiana, allá en el norte. Él quiso saber lo que echaba de menos.

—La nieve y el hielo —le dijo, con un indicio de entusiasmo verdadero en los ojos, más intenso del que él nunca le había visto—. La nieve y el hielo son muy buenos. Me gusta pescar a través del hielo —asintió ella—, y me gusta mucho salir en bote al mar.

En una ocasión, para llevarla en bote un día soleado, él había remado desde la playa a la islita de la roca agrietada, frente al promontorio. A ella le había encantado y se habían sentado juntos en la playa. Y entonces, para sorpresa de Harold, ella, con voz calmada, había comentado:

—Ahora me gustaría nadar, ¿a ti no?

Y como si fuera lo más natural del mundo, se despojó de todas las prendas de ropa y caminó hacia el mar. Él no la siguió. Quizá fuera timidez o acaso se avergonzaba de su propio cuerpo, pero contempló su esbelta figura y sus pequeños pechos inhiestos y pensó que sería muy agradable poseerlos.

Al cabo de pocos días, su padre y su madre lo llamaron a la casa mientras las chicas estaban ocupadas fuera, y el padre, con una sonrisa, le preguntó:

—¿Qué te parecería, Harold, si Helga se convirtiera en tu esposa? —Y antes de que el joven pudiera responder, prosiguió—: Tu madre y yo opinamos que sería un enlace excelente.

Los miró sin saber qué decir. En realidad, la idea se le antojaba de lo más excitante y pensó en su cuerpo tal como lo había visto saliendo del mar con el agua que le corría por los pechos bajo el sol.

—Pe…, pero —farfulló al cabo—, ¿me querrá ella?

Sus padres intercambiaron una mirada cómplice y cariñosa.

—Pues claro que sí —respondió la madre—. Ha hablado conmigo.

—Supongo que… —Harold pensó en su pierna, pero su padre lo interrumpió.

—Le gustas, Harold. Y lo sabemos porque lo ha dicho ella. Cuando su tío me pidió que la acogiera aquí por un tiempo, pensé que tal vez deseaba establecer vínculos con nuestra familia mediante el matrimonio, pero tú eres joven y yo creía que todavía no había llegado el momento de pensar en eso. Sin embargo, esta chica nos complace, nos complace mucho. Y cuando fue a hablar con tu madre… —Sonrió de nuevo—. Pero eres tú quien debe decidir, Harold. Eres mi único hijo y esta finca un día será tuya. Puedes elegir entre muchas chicas y, por supuesto, no debes casarte con una que no te guste, pero esta, tengo que reconocer, no está mal.

Harold miró a sus felices padres y sintió que lo invadía una gran calidez. ¿Podía ser que aquella muchacha lo hubiese elegido a él? Sabía que tenía un cuerpo fuerte, pero al descubrir que agradaba a la muchacha, experimentó una nueva y emocionante sensación de fuerza y excitación, distinta de todo lo que había sentido hasta entonces.

—¿Ha dicho que quiere casarse conmigo?

Sus padres asintieron. ¿Así que su defecto carecía de importancia? Eso parecía

—¿Y creéis que debo hacerlo? —Se preguntó qué significaba estar casado. No lo sabía seguro—. Creo…, creo que me gustará —concluyó.

—¡Espléndido! —exclamó su padre, y estuvo a punto de levantarse y abrazar a su hijo, pero su esposa le puso la mano en el brazo como para recordarle algo.

—Harold, debe esperar unos cuantos días —dijo—. Lo hemos acordado así.

—Oh. —El padre parecía un poco decepcionado, pero dedicó una sonrisa a su esposa—. Tienes razón, por supuesto. —Entonces, volviéndose a Harold, añadió—: Acabas de enterarte de esto, hijo mío. Es todo muy nuevo para ti. Tómate unos días para pensarlo. No hay prisa. Has de hacerlo por honradez hacia ti mismo.

—Y también hacia con la muchacha —le recordó su esposa con dulzura.

—Sí, claro, también. —Su padre se puso en pie y abrazó a su hijo. Harold sintió la calidez de su amorosa presencia—. Bien hecho, hijo mío —murmuró—. Estoy tan orgulloso de ti…

Y si no hubiera sido por una casualidad, pensó Harold, se habría casado aquel mismo invierno.

Había ocurrido al cabo de dos días. Acababa de dejar a su padre en el campo y regresaba a casa algo más temprano de lo habitual. Hacía un rato que había visto desaparecer a sus hermanas en el gran establo de madera y, aparte de la esclava que hacía un cesto junto al cobertizo de la leña, cuando caminó hacia la alta casa de techo de bálago no se encontró con nadie más. Y estaba a punto de agacharse para cruzar el umbral y entrar al espacio en penumbra del interior cuando oyó la voz de su madre.

—Pero, Helga, ¿estás segura de que serás feliz?

—Sí, sí. Me gusta esta granja.

—Me alegro de que así sea, Helga, pero que te guste esta granja tal vez no baste. ¿Te gusta mi hijo?

—Sí, sí, me gusta.

—Es mi único hijo, Helga, y quiero verlo feliz.

—Sí, sí. Yo lo haré feliz.

—Pero ¿cómo estás tan segura de ello, Helga? El matrimonio se compone de muchas cosas, el compañerismo, el amor…

¿Había un deje de impaciencia, de dureza, en la voz de la muchacha que él no había oído antes?

—Fue tu esposo quien fue a ver a mi tío, ¿no es así? Cuando se enteró de que mi tío tenía una sobrina a la que quería sacar de casa para que sus cuatro hijas tuvieran más sitio. Y le pagó a mi tío a cambio de traerme aquí, ¿no es cierto? Porque tu esposo quiere casar a su hijo, que está lisiado, ¿verdad que sí?

—Bueno, puede que sí, pero…

—Y yo he venido y he hecho todo lo que me has pedido; entonces, hace tres días, tu esposo me preguntó si quería casarme con él y yo le dije: «sí, sí», porque quiere nietos de su único hijo y teme que nadie quiera casarse con él porque es un tullido.

Se hizo el silencio. Harold esperaba que su madre desmintiera todo aquello, pero no lo hizo.

—¿Crees que mi hijo…?

—¿Sus piernas? —Fue como si Harold la oyera encogerse de hombros—. Pensé que me casaría con un chico que tuviera las piernas rectas, pero es fuerte.

—Cuando dos personas contraen matrimonio —decía ahora su madre con voz nerviosa, casi suplicante—, entre ellos debe reinar la verdad.

—¿Sí? Tu esposo y tú calláis. Mi tío calla, pero yo he oído a mí tío decirle a mi tía que tu esposo tiene miedo de que llegue alguien que mate a su hijo antes de que le dé nietos y por eso quiere comprarme deprisa. ¿Es eso verdad? Hablabas de la verdad, ¿no?

—Mi hijo puede defenderse solo.

Harold se alejó del umbral. Ya había oído bastante.

Al día siguiente fue a Dyflin. Debido a su trabajo en la granja era un carpintero aceptablemente bueno y encontró empleo en los astilleros. A última hora de la tarde, halló alojamiento temporal en la casa de un artesano.

—Me marcho —había dicho aquella noche a sus asombrados padres cuando regresó a la heredad.

—Pero ¿y esa muchacha? ¿Y las nupcias? —había inquirido su padre.

—He cambiado de idea. No la quiero.

—Por todos los dioses, ¿por qué? —bramó el padre.

Hay muchas cosas que los hijos no pueden decir a los padres. ¿Podía decirle a su padre que sabía la verdad, que la confianza entre ellos se había roto y que se sentía humillado? Si alguna vez se casaba, y ahora dudaba de que lo hiciera, ya se buscaría él mismo la esposa, eso seguro.

—No quiero casarme con ella, eso es todo —respondió—. Soy yo el que ha de decidirlo, o eso me dijiste.

—No sabes lo que te conviene —le espetó el padre.

Su frustración era tan patente que el hijo incluso lo lamentó por él, pero eso no servía de nada.

—No tienes por qué marcharte —intervino la madre.

Pero Harold se marchó, aunque ni en aquel momento ni nunca explicó por qué.

Y así había llegado a Dyflin. Había residido durante un año en casa de Morann Mac Goibnenn. Se había convertido en un trabajador tan imprescindible en los astilleros que ahora ya era capataz.

La gente sabía que era el heredero de una inmensa heredad en Fingal, pero rara vez iba a su lugar natal y se decía que entre su padre y él las relaciones no eran buenas. Trabajaba con ahínco, era un buen compañero y, aunque parecía estar a gusto con las mujeres, nunca se le veía pasear con ninguna.

Y

El atardecer ya teñía el agua de un resplandor rojo cuando Harold y Morann abandonaron la gran nave vikinga y comenzaron a pasear por el muelle de madera donde había otros *drakares* amarrados. Uno de ellos, el barco que había traído esclavos de Bristol, acababa de terminar de cargar unas inmensas balas de lana y cuero. La entrada a las Casetas de pescado estaba justo delante.

—¿Te acuerdas de mí?

Morann miró al joven de cabello negro que se apoyaba con aire indiferente en unas balas que casi cerraban el paso. Llevaba una chaqueta de piel oscura que le llegaba hasta las rodillas y el cinto que la ceñía era tan ajustado que revelaba que la prenda envolvía un cuerpo magro y musculoso. Lucía una barba oscura acabada en punta sobre el pecho y el artesano se preguntó quién sería.

—Sigo viendo a un tullido —dijo.

Harold se detuvo y Morann hizo lo propio.

—Estoy en Dyflin por casualidad.

No se movió. Permaneció allí, apoyado en las cajas, al parecer no vigiladas, como si el hombre al que estaba insultando no fuera más peligroso para él que una mosca volando.

—Buenas noches, Sigurd —dijo Harold, con una calma que sorprendió al artesano—. ¿Has venido por el asunto que tenemos pendiente?

—He pensado en ello —dijo el desconocido con frialdad—, pero creo que esperaré.

—Tan pronto te vi frente a mí, supe que no corría peligro —comentó Harold—. Me han dicho que los hombres de tu estirpe solo atacan por la espalda.

A Morann le pareció que el desconocido respingaba un instante. Se llevó inconscientemente las manos a la daga del cinturón y, aunque la agarró un momento con sus largos dedos, la soltó despacio y volvió a apoyar la mano en la pierna.

—He hecho averiguaciones sobre ti —comentó—, y he quedado muy decepcionado. Parece que no tienes mujer. ¿Dirías que se debe al hecho de que estás lisiado?

Morann ya tenía bastante.

—Y a ti no creo que te mire ninguna mujer, como no sea

una prostituta. Eres una criatura negra y sucia —gruñó el artesano

—Oh, el joyero. —El extraño inclinó levemente la cabeza—. Un hombre respetable. No tengo queja contra ti, Morann Mac Goibnenn. ¿Sabe quién soy? —le preguntó.

Harold negó con la cabeza.

—Ya me lo suponía.

—Podría enfrentarme a ti ahora mismo —dijo Harold con tranquilidad—. No serviría de nada decir que lucharemos por la mañana. La última vez que lo acordamos, tu abuelo huyó.

—Y sin embargo —balbució el moreno en tono meditabundo, como si no hubiera oído el último comentario—, me parece que me haría más feliz matarte cuando tengas una familia que te llore, unos niños a los que contar que a su padre lo derrotaron y lo mataron. Y con el tiempo, tal vez también los matemos a ellos. —Sigurd asintió, pensativo, y luego, en un tono más alegre, preguntó—: ¿Crees que hay alguna posibilidad de que te cases?

Harold portaba un cuchillo en el cinturón. Lo sacó, se lo cambió de mano deprisa y con una seña le indicó a Morann que se hiciera a un lado.

—Te mataré ahora, Sigurd —dijo.

—Ah —exclamó el moreno, que se irguió; sin embargo, en vez de avanzar, dio un paso hacia el costado—. La verdad es que preferiría que tuvieras tiempo para pensarlo. Tal vez el día de tu boda. —Retrocedió un paso, con las cajas a un lado y, como en ningún momento miró hacia atrás, Morann supuso que ya sabía adónde se dirigía. Enseguida comprobó que estaba en lo cierto, porque al cabo de un momento dijo—: Adiós, por ahora.

Y rápido como una centella, se marchó por detrás de los embalajes, hacia el lado del muelle, y con un hábil salto, embarcó en un pequeño bote que, hasta entonces, el artesano no había visto.

—Remad, muchachos —gritó a los dos individuos que ya estaban en la embarcación.

Mientras Harold y Morann lo observaban desde el embarcadero, la chalupa se dirigió a toda velocidad hacia el mar abierto. El hombre moreno soltó una desdeñosa carcajada; entonces, al tiempo que el bote desaparecía río abajo, en las aguas enrojecidas, les llegó de nuevo su voz.

—¡Trataré de asistir a tu boda! —bramó.

Los dos amigos se quedaron inmóviles unos instantes.

—¿De qué iba todo eso? —preguntó Morann finalmente.

—Una antigua disputa familiar.

—¿De veras crees que quiere matarte?

—Probablemente, pero lo mataré yo a él. —Harold se volvió—. Bien, ¿vamos a tu casa a cenar?

—Sí, claro que sí —respondió Morann, obligándose a sonreír.

Pero mientras caminaban por la calle de las Casetas de pescado bajo las sombras cada vez más alargadas, se preguntó qué le diría a su mujer. Y a la muchacha. Si el moreno se presentaba en la boda, decidió, sería mejor que lo matase él mismo.

A la mañana siguiente, temprano, Osgar recibió la visita del padre de Caoilinn. Fingió que se trataba de un encuentro casual, pero Osgar sospechó que el artesano había esperado un rato cerca del muro del monasterio antes de acercarse. Aunque su pariente de Dyflin tenía unos rasgos aguileños similares a los suyos, era más bajo y fornido que él y empezaba a quedarse calvo, algo inusual en la familia. Allí plantado ante el joven aristócrata, a Osgar le pareció detectar un asomo de incomodidad en su porte.

Pero no era el único, pensó Osgar, pues también él se sentía incómodo. Sin embargo, no podía hacer nada al respecto. Tenía que esperar a que el hombre hablara. Se intercambiaron todas las cortesías habituales que preceden a los asuntos importantes y luego, como sabía que ocurriría, salió a relucir la cuestión.

—Pronto tendré que pensar en buscar un marido para Caoilinn.

Allí estaba. Sabía que no podía evitarlo y miró al anciano sin que se le ocurriera qué decir.

—Tendrá una buena dote —prosiguió su pariente.

Habían pasado más de dos siglos desde que un padre de la isla recibiera por última vez las antiguas arras. Ahora, los padres tenían que aportar dotes para sus hijas, lo cual representaba a menudo una pesada carga, aunque un yerno importante era siempre un valor inestimable.

Osgar era un buen partido, de eso no había ninguna duda. Con veintiún años, era un joven extraordinariamente guapo. De constitución delgada pero atlética, con una cara de hermoso perfil y elegancia natural, Osgar también poseía una dignidad serena, una suerte de prudencia que impresionaba a la gente. Muchos pensaban que sería el futuro jefe de Ui Fergusa. Se había convertido en una figura respetable, no solo para los de su clan, sino también para los monjes del monasterio.

Osgar sentía un gran aprecio por el pequeño monasterio de la familia y estaba casi tan orgulloso de él como su tío. «No olvidemos que aquí estuvo el mismísimo san Patricio», solía decirle este.

En los últimos siglos, la leyenda de san Patricio había crecido de manera notable. Debido, sobre todo, a que la diócesis del norte —Armagh—, donde se había establecido, quería ser el obispado más antiguo e importante de Irlanda, se había lanzado una gran campaña medieval de propaganda, a través de crónicas, documentos y archivos, para apoyar la tesis de Armagh. Los obispos anteriores y sus comunidades fueron literalmente borrados de la historia; los obispos coetáneos de Patricio pasaron a ser discípulos suyos y ahora se afirmaba que la misión septentrional había ocupado toda la isla. Hasta las serpientes, que allí nunca habían existido, habían desaparecido, se decía, gracias al santo. En Dubh Linn, uno de los tres pozos antiguos tomó su nombre y se había construido una capilla en el lugar.

—Y tampoco olvidemos —recordaba el tío de Osgar— que nuestro antepasado Fergus fue bautizado ni más ni menos que por san Patricio.

—Pero para entonces ya estaba muerto —había comentado con rudeza su hijo mayor en una ocasión.

—¡Resucitó de entre los muertos! —había bramado el abad—. Un milagro aún mayor si cabe. Y recordad también —les advertía— que no había cristianos más devotos ni eruditos más excelsos que los de esta isla, porque fuimos nosotros quienes mantuvimos encendida la llama de la fe mientras el resto del mundo cristiano estaba sumido en la oscuridad, quienes convertimos a los sajones paganos de Inglaterra y quienes construimos monasterios con bibliotecas, cuando el resto de la cristiandad apenas sabía leer y escribir.

Si estas proclamas tenían como finalidad que sus hijos se iniciaran en el camino de la piedad y del aprendizaje, no lograron el efecto deseado. Los hijos de su tío no sentían ningún interés por la vida monástica. Siempre encontraban pretextos para saltarse las clases. Y mientras Osgar disfrutaba memorizando los ciento cincuenta salmos en latín —una proeza que cualquier novicio analfabeto tenía que lograr—, en las ocasiones en que participaban en las plegarias de los monjes, los hijos de su tío solo podían fingir que pronunciaban las palabras.

De todos modos, una cosa estaba clara: el monasterio y sus protectores de Ui Fergusa medraron con el alba sagrada del cristianismo irlandés. Era una tradición que la familia tenía la obligación de mantener. Y aquello era lo que Osgar hacía. Su madre había muerto cuando él tenía doce años y después había ido a vivir al pequeño monasterio con su tío. Había sido Osgar quien había organizado a los monjes para que restauraran el interior de la capilla y quien había convencido a unos mercaderes de Dyflin de que donaran una cruz nueva para el altar. Había sido Osgar quien siempre sabía lo que se debía exactamente a los ocupantes del monasterio, quien vendía ganado o compraba los suministros que necesitaban, quien sabía cuántas velas quedaban y qué salmos cantar en un día determinado. En estos asuntos, como en todo lo demás, era muy eficiente y metódico. Hasta su tío, en secreto, temía olvidar algo delante de él. Un año antes, su tío se lo había llevado en un aparte y le había dicho:

—Creo que has de ser tú quien un día ocupe mi lugar en el monasterio. —Y como si se le hubiera ocurrido después, había añadido—: Y también podrás casarte.

No solo podría casarse, además, con la perspectiva de desempeñar un cargo que inspiraba tanto respeto, también sería un buen partido para la hija de su pariente de Dyflin.

Podría casarse con Caoilinn. Qué maravilloso se le antojaba... Pasó varios días en un estado de felicidad tal que le parecía que una luz divina bañaba todo Dyflin y la bahía.

Habían crecido juntos. Incluso durante los años extraños de la adolescencia, no se habían enemistado ni un solo día. En ocasiones se habían visto menos, pero ella nunca se había alejado. Si él estaba en Dyflin, resultaba natural que fuera de visita a la casa de su padre, donde era uno más de la familia. La alegre niña que conoció de pequeña se había desvanecido por completo. Si paseaban juntos, Caoilinn señalaba las nubes y en ellas veía las formas más cómicas y peculiares. En una ocasión, fueron al promontorio meridional de la bahía y ella insistió en que acababa de ver al viejo dios del mar, Manannan Mac Lir, saliendo de las olas. Se pasó media tarde gritando: «¡Oh, ahí está!». Lo hacía cada poco y él caía en el engaño una y otra vez y miraba donde Caoilinn señalaba mientras ella se tronchaba de risa.

Sin embargo, en una ocasión la muchacha fue demasiado lejos. Habían estado paseando por la playa septentrional del estuario y se habían adentrado en la arena que, con la marea baja, se extendía cientos de pasos hacia la bahía. Cuando la marea comenzó a subir, él le había dicho que debían regresar, pero ella se había negado. Impaciente, Osgar empezó a volver, y ella, con la misma obstinación, se quedó donde estaba, pero ni siquiera él había previsto la rapidez y la intensidad de la marea aquel día. El mar había entrado con la velocidad de un caballo al galope. Desde la orilla, la vio apostada, con aire desafiante, en un banco de arena, riendo primero al ver que el mar comenzaba a arremolinarse a su alrededor y tratando luego de regresar vadeando al descubrir que el agua ya estaba más alta de lo que pensaba. Él también advirtió, de repente, que la marea se movía con un impulso poderoso y que la superficie se picaba con pequeñas olas cambiantes. Osgar vio que Caoilinn perdía el equilibro y que alzaba los brazos y corrió hacia ella por los bajíos y se sumergió en la desenfrenada corriente. Fue una suerte que nadara tan bien. La corriente estuvo a punto de arrastrarlo, pero consiguió llegar hasta Caoilinn y, nadando por los dos, con el cuerpo esbelto de la muchacha apretado contra el suyo, la llevó a la orilla, desfigurada y muy pálida. Se sentó allí, tosiendo y temblando, y él la abrazó para darle calor y la ayudó a secarse. Al final, se puso en pie y para su asombro, dijo «Me has salvado» y se echó a reír. Cuando llegaron a la casa, le anunció a todo el mundo: «Osgar me ha salvado la vida». Se la veía muy feliz. Era una muchacha extraña, pero, a partir de aquel día, el chico siempre experimentó un cariñoso sentimiento de protección hacia ella que lo complacía.

Aparte de pequeñas aventuras como aquélla, no podía decir que su vida, durante los años que iban de la infancia a la edad adulta, hubiera sido rica en acontecimientos. En una ocasión, el rey irlandés se había presentado a pedir tributo a los noruegos de Dyflin y había acampado con sus hombres fuera de las murallas hasta que lo obtuvo, pero, aunque hubo una pequeña escaramuza, le resultó más emocionante que pavorosa. La vida de Osgar no había sido tan distinta de la de los otros chicos que conocía, pero había cultivado una afición que desarrolló en la infancia. Cuando regresaba de sus paseos por la playa, deleitaba a los adultos con las bolsas de conchas que recogía. Al principio, aquello no era más que un juego infantil y se agenciaba las que tenían formas extrañas o aquellas cuyos colores le llamaban la atención. Luego comenzó a clasificarlas a modo de colección, hasta que tuvo un ejemplar de cada una de las diferentes criaturas marinas cuyas conchas poblaban la zona. Si en la playa aparecía alguna caracola rara o inusual, la reconocía enseguida. Con el paso del tiempo, al contemplar aquellos tesoros de la infancia, empezó a sentir fascinación por la forma y la estructura de cada pieza. Examinaba minuciosamente sus líneas, fijándose en la simplicidad y en la pureza de sus formas básicas, admirando la elegancia y la complejidad con que cada concha lograba ser un todo armonioso y necesario. Sus colores también lo fascinaban. A veces, contemplaba su colección completamente absorto durante horas, ajeno al paso del tiempo. Poco a poco fue añadiendo objetos de otro tipo: hojas prensadas, piedras curiosas, ramas de nudos complejos caídas de los árboles… Lo llevaba todo a casa y lo estudiaba. Era una actividad solitaria, ya que nunca había encontrado a nadie que compartiera su entusiasmo, aunque a su tío siempre le divertía ver las cosas extrañas que encontraba. Hasta Caoilinn, a quien de vez en cuando mostraba la colección, lo miraba todo con curiosidad y asentía, pero se aburría enseguida. De vez en cuando, Osgar visitaba alguna de las iglesias de Dyflin. En una de ellas había un salterio, no especialmente hermoso, pero que contenía unas bonitas iluminaciones; y los sacerdotes, que sabían que era el sobrino del abad del pequeño monasterio del cerro, le dejaban hojearlo y contemplarlo durante horas. Esperó mucho tiempo antes de llevar a Caoilinn a ver el salterio, porque pensaba que quizá sería demasiado joven para apreciar una obra tal, pero, al fin, cuando cumplió dieciséis años, fueron juntos y le pasó las páginas con reverencia para que las observase. Había una, en tonos verdes y oro que, en su opinión, era muy hermosa.

—¿Ves cómo brilla? —le preguntó—. Es como si uno pudiera entrar en la página y una vez allí encontrara... —buscó las palabras idóneas durante unos momentos— un gran silencio.

La observó, esperando que sintiera lo mismo que él, pero aunque Caoilinn sonrió un breve instante, también captó en ella un atisbo de impaciencia.

Después de lo que la muchacha consideró una pausa adecuada, dijo:

—Vamos, salgamos fuera.

La transformación que se había obrado en Caoilinn era extraordinaria. La niñita delgada que había conocido y amado se había esfumado por completo y en su lugar aparecía ahora una joven de cabello moreno y figura curvilínea. También habían ocurrido cambios más sutiles y era de esperar que sus intereses fueran distintos. Ahora hablaba de cuestiones domésticas o mostraba satisfacción ante una hermosa tela en la tienda de un mercader, cosas que a él no le interesaban especialmente, aunque sabía que eran los asuntos de los que las mujeres gustaban de hablar. Pero en ella ahora había algo más, en sus ojos, en toda su persona, que la hacía diferente y que a Osgar se le antojaba excitante y hasta misterioso. Había sido el año anterior, por Lughnasa, cuando había reconocido lo que era.

La víspera del antiguo festival habían danzado. Casi todos los jóvenes de Dyflin, fueran o no irlandeses, habían participado en la fiesta. Osgar bailaba muy bien. Había contemplado con placer a las mujeres mayores que danzaban con un estilo majestuoso, pero cuando Caoilinn se puso en pie para unirse a los demás, se quedó atónito. Sabía que ella se mostraría vivaz y garbosa, pero se encontró frente a una Caoilinn nueva, una joven perspicaz que movía el cuerpo a un lado y a otro, con un encanto efusivo y confiado. Tenía el rostro algo ruborizado, los ojos brillantes y la boca abierta en una alegre sonrisa en la que creyó detectar un amago de intensa sensualidad. Danzaba entre los muchachos y no daba más pasos que ellos; sin embargo, mientras Osgar observaba las caras de estos, le pareció que Caoilinn los había tocado a todos, contagiándoles una parte de su calidez. El chico se mantuvo distante de la danza un rato porque casi sentía timidez. ¿No se comportaba su prima de una manera demasiado exuberante, demasiado terrenal para sus gustos?

Pero luego Caoilinn lo llamó con una seña y Osgar se unió al baile. De repente, se encontró ante ella, consciente de la cercanía de su cuerpo. La calidez y el aroma de sus carnes resultaban embriagadores. Al ver que bailaba tan bien, la joven sonrió. Al final, él se inclinó para besarla en la mejilla. Ella, en cambio, lo besó casta pero dulcemente en la boca y, por un instante, lo miró a la cara y Osgar vio a la Caoilinn de ojos verdes a quien había amado toda la vida. Entonces ella se echó a reír y se alejó.

Al día siguiente, salió solo a dar un largo paseo por la playa.

Caoilinn fue la que sacó a relucir el asunto de su boda. Era un domingo de primavera y Osgar había salido a pasear con toda la familia de ella. Habían ido a Hoggen Green, junto al antiguo túmulo de la Asamblea y Caoilinn y él se hallaban un poco alejados de los demás cuando la joven le dijo:

—¿Te acuerdas de cuando nos casábamos allí abajo?

—Sí.

—¿Todavía conservas el anillo? —preguntó, refiriéndose a la pequeña alianza de asta de ciervo.

—Sí.

Caoilinn calló unos instantes.

—Ahora me quedaría pequeño —añadió con una leve risa—, pero cuando me case, me case con quien me case, me gustaría ponérmelo en el meñique. —Le dedicó una sonrisa—. ¿Prometes que me lo darás para la boda?

—Sí, lo prometo —respondió, mirándola con afecto.

Osgar comprendió. Por segura de sí misma que estuviera, le costaba mantener la dignidad y había dejado caer una insinuación. A partir de entonces, sería él quien tuviese que dar el siguiente paso.

Además, ahora era el padre de ella quien lo miraba expectante.

—Tendremos que buscarle un esposo —repitió.

—Ah —dijo Osgar y reinó el silencio.

—Podía haberle encontrado un esposo hace ya tiempo —prosiguió el padre—, ofertas no me habrían faltado. —Aquello, indudablemente, era cierto—. Sin embargo, tuve una idea. Pensé que ella tal vez te esperaba. —El hombre hizo una pausa y miró a Osgar, nervioso.

—Desde niños, nos hemos casado un montón de veces —explicó Osgar con una sonrisa.

—¿Ah, sí? Claro que sí —dijo el padre y esperó a que Osgar continuara, pero al ver que no lo hacía, añadió en tono paciente—: A veces, a los jóvenes les cuesta asumir compromisos como el matrimonio. Tienen miedo y creen que es una trampa. Y esto es perfectamente comprensible, pero existen compensaciones. Y con Caoilinn... —Se interrumpió para permitir que el joven se imaginara los placeres de que gozaría si se casaba con su hija.

—Oh, sí, por supuesto.

—Pero si no hacen la oferta en el momento adecuado —lanzó una mirada de advertencia al joven—, tal vez pierdan a la muchacha que aman y se la lleve otro.

¿Perder a Caoilinn y que se la llevara otro? Aquélla era una terrible perspectiva.

—Pronto vendré —prometió Osgar— y hablaré con Caoilinn.

Cuando el padre de la joven se hubo marchado, se preguntó por qué había dudado. ¿No era eso lo que siempre había deseado? ¿Qué habría mejor que vivir con Caoilinn en el pequeño monasterio de la familia, disfrutando de los placeres del espíritu y de la carne el resto de su vida? Era una perspectiva de lo más apetecible.

Entonces, ¿qué echaba en falta? ¿Qué no le satisfacía de la idea? Apenas se conocía a sí mismo. Lo único que sabía era que, desde el incidente, en los últimos meses, había sentido una extraña inquietud.

El inquietante incidente había sucedido a principios de año, mientras cabalgaba por la llanura de las Bandadas de Pájaros, después de llevar un mensaje de su tío a un pequeño convento de la zona. Como hacía buen tiempo, uno de los hijos de su tío había decidido unirse a él, acompañado de un esclavo. En aquella parte de Fingal, con sus terrenos abiertos, había varias granjas vikingas. Después de cruzar uno de sus campos y adentrarse en un bosque, un grupo de hombres apareció de repente en el camino.

Osgar solo tuvo tiempo de pensar que, en aquella región, los asaltos no eran raros y los viajeros solían ir armados. Su primo llevaba una espada, pero Osgar no tenía más que su cuchillo de caza. Los ladrones les quitarían los objetos de valor, si los llevaban, y después se marcharían con los caballos. No sabía si antes pensaban matarlos, pero no merecía la pena esperar para averiguarlo. Vio que su primo atacaba a dos de los hombres con la espada y que los hería. Otros dos se abalanzaban sobre él y habían tirado al suelo al esclavo. Uno de los bandidos se plantó a su lado con un bastón y lo blandió.

Osgar no supo lo que ocurrió. Le pareció que volaba por los aires y se encontró con el cuchillo desenfundado en la mano. Cayó encima del hombre del bastón y los dos rodaron por el suelo, pugnaron; al cabo de un momento, Osgar había atravesado las costillas del ladrón con el cuchillo y el individuo tosía sangre. Mientras, los otros asaltantes habían decidido no arriesgarse más y huían corriendo entre los árboles. Osgar se volvió hacia el hombre al que acababa de apuñalar. Se había puesto gris. Transcurridos unos instantes, comenzó a temblar, sufrió un espasmo y se quedó inmóvil. Había muerto. Osgar lo miró fijamente.

Regresaron a la heredad por la que acababan de pasar, donde el corpulento y pelirrojo propietario llamó a sus hombres para que salieran de inmediato en busca de los asaltantes.

—Es una lástima que mi hijo Harold no esté aquí —dijo el hombre.

Osgar pensó que debía tratarse del gran noruego que había visto una vez, hacía años, en el túmulo de la Asamblea. Cuando Osgar explicó quién era, el fornido vikingo quedó encantado.

—Me honra conocer a uno de los Ui Fergusa —dijo, contento—. Hoy lo has hecho muy bien, puedes estar orgulloso.

Aquella noche, cuando volvieron al monasterio y narraron lo que les había sucedido, su tío también lo felicitó. A la mañana siguiente, la historia había corrido por todo Dyflin y, al encontrarse con Caoilinn, esta se acercó a él y le estrujó la mano.

—Eres nuestro héroe —dijo con una sonrisa de vanidad.

Solo había un problema: él no se sentía un héroe en absoluto. En realidad, no se había sentido tan mal en toda su vida y tampoco se sintió mejor con el paso de los días.

Había matado a un hombre. No era culpable de ningún delito y había hecho lo que tenía que hacer. Y sin embargo, no sabía por qué razón, el rostro del muerto, con sus ojos muy abiertos, parecía rondarlo como un fantasma. Se le aparecía en sueños, pero también cuando estaba despierto, pálido, horrible y extrañamente insistente. Supuso que aquella presencia se desvanecería al cabo de un tiempo, pero no había sido así y pronto se descubrió imaginándose también el cuerpo en descomposición. Pero lo peor no era tanto el recuerdo como los pensamientos inquietantes que lo acompañaban. Era repulsión. Por absurdo que fuese, experimentaba todo el asco y el horror que habría sentido si hubiera cometido un asesinato. No quería volver a hacerlo nunca más. Se prometió que no lo haría, pero en aquel mundo tan violento, ¿cómo podía estar seguro de que sería capaz de cumplir la promesa? Y con la repulsión llegaba otro pensamiento inquietante.

Había estado a punto de morir. ¿Y si en vez de haber tenido suerte, hubiese muerto? ¿Qué habría significado entonces su vida? Unos pocos años inútiles a los que una pelea estúpida y sin sentido habría puesto fin. Por primera vez le embargó la experiencia apremiante y terrible de la propia mortalidad. Su vida debía de tener algún propósito, debía de servir a alguna causa. Cuando pensó en la pasión que había sentido en esos momentos en que estudiaba las formas naturales o las ilustraciones que tanto le gustaban, le pareció que la vida diaria y monótona que llevaba en Dyflin carecía de algún ingrediente esencial. Anhelaba algo más, algo duradero, algo que no le pudiera ser arrebatado de un modo tan inútil. No sabía bien lo que era, pero su sensación de intranquilidad había seguido aumentando, como si en su interior, una voz le susurrara: «Ésta no es tu verdadera vida, este no es tu destino. Tú no perteneces a este lugar». Oyó la voz una y otra vez, pero siguió sin saber qué hacer.

Y ahora, de repente, aquel asunto con Caoilinn parecía llevar las cosas a un punto culminante. No sabía por qué, pero la intuición le decía que su decisión acerca de la boda iba a resolver también todo lo demás. Si se casaba, se establecería con ella en Dyflin, tendrían hijos y vivirían allí el resto de sus días. Una vida honorable de felicidad doméstica. Era una opción atractiva, era lo que siempre había deseado, ¿no?

Los dos monjes se presentaron en el pequeño monasterio una semana después de su entrevista con el padre de Caoilinn. Habían estado unos días en Dyflin y volvían al sur, a su monasterio de Glendalough.

Osgar solo había estado una vez en el gran monasterio de los montes de Wicklow, que se hallaba situado a orillas de un lago. El abad del lugar tenía derecho a visitar e inspeccionar el pequeño monasterio familiar y cuando contaba ocho años, su tío lo había llevado allí, pero había llovido todo el tiempo, Osgar se había aburrido y, debido quizás a aquel deprimente recuerdo, no había vuelto a desplazarse hasta el lugar. Ahora, sin embargo, pensando que necesitaba un cambio de aires mientras tomaba la decisión de casarse o no con Caoilinn, les preguntó si podía acompañarlos para visitar el convento y ellos accedieron enseguida. Así, tras decirle a su tío que regresaría al cabo de unos días, partió en compañía de los religiosos.

El viaje fue placentero en grado sumo. Eligieron la carretera inferior, más abajo del estuario del Liffey, que llevaba hacia el sur por las laderas de los grandes montes volcánicos, con unas hermosas panorámicas hacia el este, sobre la llanura costera. Recorrieron unos treinta kilómetros antes de descansar por la noche y luego prosiguieron el ascenso que los llevaría a las tierras altas. Era media mañana cuando, al hacer una pausa en un recodo del sendero de la montaña, uno de los monjes lo llamó y señaló el paisaje que tenían delante.

Aún había niebla matutina sobre el lecho de un estrecho valle y las laderas que se alzaban empinadas a ambos lados de las aguas parecían flotar entre las nubes. Los dos pequeños lagos no se veían debido a la bruma, pero las copas de los árboles que los rodeaban, empapados de rocío, despuntaban en el aire de la mañana. Desde donde se encontraba, Osgar también veía los tejados de varios edificios de piedra: la capilla principal, llamada abadía, con su torrecilla, algunas iglesias más pequeñas, la alta arcada de la entrada y unas cuantas capillas menores. Y dominándolo todo, elevándose unos treinta metros en el aire, estaba el torreón, el guardián solitario del valle.

Así que aquello era Glendalough, el valle de los dos lagos, el monasterio más hermoso de toda Irlanda.

El aislamiento de Glendalough no era inusual. Los monasterios irlandeses se fundaban a menudo sobre antiguos lugares sagrados paganos, pero, como en otras partes de la cristiandad, a veces se construían en tierras que hasta entonces no se habían utilizado mucho, como los cenagales a orillas de los ríos o las apartadas aldeas de montaña. El del Glendalough lo había fundado un ermitaño, un siglo después de la misión evangelizadora de san Patricio.

Desde los tiempos del santo, el talante de la Iglesia en Irlanda había sido amable y apacible. Había tenido santos y eruditos tan numerosos que sería imposible mencionarlos a todos, pero los mártires, si es que había habido alguno, eran muy escasos. También había tenido eremitas, que abundaban en la Iglesia celta. Esta práctica había llegado a la isla, a través de la Galia, procedente de los primeros cristianos anacoretas, como se llamaba a aquellos moradores solitarios del desierto de Egipto. Y como en Irlanda nunca había habido necesidad de mártires cristianos, era quizá natural que la relevancia de una montaña o de un cenobio en el bosque hubiera atraído a los hombres, herederos de los druidas de tiempos antiguos, que querían comprometerse de una manera radical con su fe religiosa.

Como muchos hombres santos, Kevin, el monje ermitaño, había atraído seguidores y por eso había dividido su refugio de montaña en dos zonas. Junto al lago superior, que se hallaba en lo más hondo del valle angosto, estaba la celda del eremita y, encima de ella, había una diminuta cueva en la escarpada ladera conocida como la cama de Kevin. A poca distancia, valle abajo, después del lago inferior y donde el río que se originaba en los lagos confluía con otra corriente, se hallaba la comunidad monástica principal, compuesta por diversos edificios recios, construidos en piedra no hacía mucho.

Cuando llegaron a la entrada, Osgar se llevó la primera sorpresa. El monasterio podía estar aislado, pero pequeño no era. Un portal grande e impresionante proclamaba su poder.

—No olvides —le recordaron sus compañeros— que el obispo también tiene una casa aquí arriba, lo mismo que el abad.

Osgar sabía que el obispo supervisaba casi todas las iglesias del valle del Liffey.

Y sin embargo, tan pronto como cruzaron el espléndido portal para acceder al gran recinto cerrado, Osgar sintió que había entrado en otro mundo. Asentados en la verde pradera que se abría entre los dos ríos que se unían más abajo del lago inferior, los terrenos del monasterio parecían una isla encantada. Cuando se presentaron al prior, este designó a un novicio para que le enseñara el lugar.

Como muestra de la importancia y la raigambre de Glendalough, había unas cuantas iglesias y capillas. Casi todas ellas eran sólidas, construidas de piedra bien tallada. Además de la gran iglesia principal con su hermosa puerta, también había una dedicada a san Kevin, así como una capilla consagrada a otro santo celta. Recorrieron el dormitorio donde vivían muchos de los monjes, aunque, siguiendo las costumbres tradicionales celtas, algunos de los más ancianos habitaban solos en pequeñas y aisladas celdas de madera y junco.

El edificio más impresionante de la parte inferior del monasterio era la inmensa torre. Los dos jóvenes la miraron con admiración. Era una torre circular y muy alta. Con unos cinco metros de diámetro en su base, se alzaba hasta terminar en una punta cónica de treinta metros de alto; por su parte, el gran cilindro de piedra empequeñecía todo lo demás.

—La llamamos la torre de la campana —explicó el novicio. Con ironía, Osgar se acordó de la modesta campana de mano que llamaba a los monjes a la plegaria en el monasterio de su familia—. Pero también es una atalaya de vigilancia. En lo alto, debajo del cono, hay cuatro ventanas y desde ellas se ve si viene alguien desde cualquier dirección.

Durante las últimas generaciones, las torres circulares de Irlanda se habían convertido en un rasgo característico del paisaje, y la de Glendalough era de las más hermosas. Las torres, con sus conos construidos en voladizo, las habían inventado los monjes escoceses. Solían tener treinta metros de alto; la circunferencia de la base era exactamente la mitad de su altura. Siempre que los cimientos fueran buenos, estas proporciones brindaban una estructura muy estable. Las paredes eran robustas y las de Glendalough tenían algo más de un metro de grosor.

—Si nos atacan, guardamos los objetos valiosos en el interior —le explicó el guía—. Y nosotros también cabemos, pues tiene seis plantas. —El novicio señaló la puerta, que se hallaba a unos tres metros y medio del suelo y a la que se llegaba por una estrecha escalera de madera—. Una vez se cierra la puerta, es casi imposible entrar por la fuerza.

—¿Sufre Glendalough muchos ataques? —quiso averiguar Osgar.

—¿De los vikingos? Solo una vez en los últimos cien años, creo, pero ha habido otros problemas. Algunos reyes menores se han disputado las tierras de la zona. Vinieron hace unos años y destrozaron los molinos del valle, pero hoy ya no queda ni rastro de eso. Aquí arriba, casi siempre vivimos tranquilos. —El novicio sonrió—. No nos atrae la idea de morir como mártires. Ven, te enseñaré el *scriptorium*.

Se trataba de un edificio largo y bajo en el que media docena de monjes trabajaba copiando textos. Algunos, advirtió

Osgar, estaban escritos en latín y otros en irlandés. Su tío poseía varios libros, por supuesto, pero si bien Osgar y uno de los monjes más viejos sabían escribir muy bien, no hacían libros nuevos. Observó con admiración la experta caligrafía, pero quien le llamó la atención fue un monje que estaba solo, sentado a una mesa de un rincón. Delante tenía la ilustración en la que estaba trabajando. El contorno del dibujo ya estaba terminado y empezaba a llenar una esquina con tintas de colores. La amplia cenefa abstracta fascinó a Osgar. Sus líneas parecían geométricas, pero su ojo experto vio por doquier unas brillantes indicaciones visuales de formas naturales, desde la suave geometría de una concha de peregrino hasta las poderosas líneas de tensión de un nudo en un roble retorcido. Qué complejo era aquello y, sin embargo, qué puro... Lo miró, extasiado, y pensó en lo maravilloso que sería dedicar la vida a aquel quehacer. Llevaban allí un rato cuando el monje levantó la cabeza y frunció el ceño. Comprendieron que lo habían molestado y se alejaron de puntillas.

—Ven —dijo el novicio cuando salieron—. Todavía no has visto lo mejor.

Condujo a Osgar hacia el pequeño puente que cruzaba el río y dobló a la derecha, por un camino que llevaba valle arriba.

—Lo llamamos el Sendero Verde —explicó.

Después de pasar junto al lago inferior, el valle se volvía más estrecho. A su izquierda, la empinada cuesta cubierta de bosque era casi un precipicio y Osgar oyó el ruido de una cascada. A su derecha vio un círculo de tierra cubierto de hierba, como un pequeño *rath*. Y entonces, mientras caminaban entre los árboles, el novicio dijo de repente:

—Entra en el Paraíso.

Osgar contuvo el aliento unos instantes. El lago superior era grande, de algo menos de dos kilómetros de largo. Mientras sus aguas tranquilas se extendían ante él entre las altas y rocosas vertientes que se alzaban detrás los árboles, le pareció que habían emergido de una entrada a la mismísima montaña.

—Esa es la celda de Kevin. —El novicio señaló una construcción de piedra algo alejada de la orilla del lago—. Y allí está la cama del santo —añadió, señalando un punto en el que, bajo un saliente de roca, Osgar solo vio la entrada a una pequeña cueva que dominaba el lago. Parecía un lugar de difícil acceso, pues la pendiente rocosa en la que se hallaba era más bien un despeñadero. Advirtió que había plantas de acedera que crecían abajo y, junto a ellas, una mata de ortigas urticantes. El novicio siguió su mirada y sonrió—. Hay quienes dicen que ahí es donde el santo se lanzó a las ortigas.

Todo el mundo conocía la historia de la juventud de san Kevin. Tentado por una moza que quería seducirlo, el joven cenobita la había ahuyentado y, desnudándose, se había revolcado en una mata de ortigas para aplacar su lascivia.

—Solía entrar en el lago y rezar desde sus aguas someras —explicó el joven monje—. A veces se pasaba allí todo el día.

No era difícil, pensó Osgar, imaginar tal cosa. En la paz perfecta del lago, él también haría lo mismo.

Uno al lado del otro, los dos jóvenes absorbieron la escena y a Osgar le pareció que nunca había experimentado una sensación de paz tan perfecta en su vida. De hecho, apenas oyó el sonido de la campana del fondo del valle hasta que su compañero le tocó el brazo con delicadeza y le dijo que era la hora de comer.

Su entrevista con el abad tuvo lugar al día siguiente. Era un hombre alto y apuesto, con el cabello gris y rizado y unas maneras dulces pero augustas. El abad era hijo de una importante familia. Conocía al tío de Osgar y recibió al joven con afecto, preguntándole por el monasterio de la familia.

—¿Y qué te ha traído a Glendalough? —quiso saber.

Osgar le explicó su situación al abad lo mejor que pudo, le habló de sus dudas ante el matrimonio y de la sensación de inquietud e incertidumbre que lo embargaba. Le alivió ver que el viejo lo escuchaba de una manera que indicaba que sus preocupaciones no eran ninguna estupidez. Cuando terminó, el abad asintió.

—¿Sientes la llamada de la vida religiosa?

¿La sentía? Pensó en su vida en el pequeño monasterio familiar junto a Dyflin y en el posible futuro que allí lo aguardaba. ¿A eso se refería el abad cuando hablaba de vida religiosa? Probablemente no.

—Creo que sí, padre abad.

—¿Y piensas que si contraes matrimonio… —el abad se quedó pensativo unos instantes— eso te alejará de la conversación que deseas tener con Dios?

Osgar lo miró maravillado. Aunque él nunca se había formulado la idea de aquella manera, era exactamente lo que sentía.

—Siento…, siento una necesidad… —Se interrumpió.

—Y te parece que tu tío no se está acercando mucho a Dios, ¿verdad?

¿Qué podía decirle? Pensó en la plácida vida familiar de su tío, en las largas expediciones de pesca, sus frecuentes cabezadas durante las ceremonias religiosas…

—No demasiado —respondió Osgar, incómodo.

Si el abad contuvo una sonrisa, el muchacho no lo vio.

—Esta joven —quiso saber el abad—, esta Caoilinn con la que crees que tienes el deber de casarte, ¿la has conocido…? —Miró a Osgar y vio que no había comprendido—. ¿La has conocido carnalmente, hijo mío?

—No, padre. Nunca.

—Comprendo. ¿Y nunca la has besado?

—Solo una vez, padre.

—¿Y la deseas, quizá? —le sondeó el religioso; entonces, perdiendo al parecer la paciencia con aquella línea de interrogatorio, añadió—. Bueno, seguro que la deseas. —Hizo una pausa durante la cual miró atentamente al joven—. ¿Crees que te gustaría vivir aquí?

¿En aquel paraíso terrenal? ¿En aquel retiro de montaña a mitad de camino del Cielo?

—Sí —respondió despacio—. Creo que sí.

—¿Y no te aburrirías, quizás, en lo alto de estas montañas?

—¿Aburrirme? —Osgar lo miró atónito. Pensó en las iglesias, en el *scriptorium*, en el prodigioso silencio del gran lago. ¿Aburrirse? No, ni aunque pasara allí cien vidas—. No, padre abad.

—El camino del espíritu no es fácil, ¿sabes? —La mirada del abad era un tanto severa—. No se trata solo de encontrar una vida con la que uno se sienta a gusto. Tarde o temprano, ha de haber renuncia. Aquí en Glendalough —prosiguió—, nuestra regla es estricta. Vivimos, podríamos decir, como una comunidad de ermitaños. Porque estrecha es la puerta y angosto el camino. Y no te librarás —afirmó despacio— de las tentaciones de la carne, nadie lo hace. El diablo —dijo con una sonrisa irónica— no se rinde fácilmente. Pone las tentaciones en nuestro camino. A veces son obvias; otras, insidiosas. Vigila. Tendrás que vencerlas. —Hizo una pausa—. Yo no puedo decirte lo que debes hacer, eso es cosa de Dios, pero rezaré por ti, y tú también debes rezar.

Aquel día, y el siguiente, participó con los monjes en todos los oficios cantados que tuvieron lugar en la iglesia grande. El resto del tiempo lo dedicó a la plegaria.

Trató de seguir los consejos del abad y rezó como nunca había rezado hasta entonces. Conocía la técnica adecuada. Intentó vaciar la mente de todos los demás pensamientos y escuchar solo el impulso silencioso de Dios. Oró para que le enseñara cuáles eran sus deberes. ¿Qué exigía Dios?

¿Le hablaría Dios? Se hizo aquella pregunta durante dos días, pero no le llegó palabra alguna.

Y sin embargo, de qué extraña manera decidió Dios mostrarle su voluntad… El segundo día, mientras el sol comenzaba a hundirse tras las montañas, Osgar se hallaba en pie junto al lago superior. Aquel rato no había estado rezando, sino que se había quedado absorto en la contemplación de la belleza del lugar. De repente, sintió unos golpecitos en el hombro y se volvió para ver la cara feliz de uno de los monjes que lo habían llevado hasta allí.

—¿Has descubierto ya lo que quieres? —le preguntó el viejo.

Osgar se encogió de hombros.

—Lo que quiero es quedarme aquí, por supuesto —dijo, como si aquello no fuera lo que realmente importase.

De repente, lo comprendió. La cuestión era tan simple que le había pasado del todo por alto. Quería estar en Glendalough y en ningún otro sitio. Nunca en su vida se había sentido tan a gusto. Era allí donde tenía que estar. ¿Y Caoilinn? Por más que la amase, no quería casarse con ella y ahora lo sabía con una certeza absoluta. Y en esto estaba —y lo vio como en una maravillosa suerte de iluminación— lo prodigioso del asunto: Dios, en su bondad, no solo le había enviado un sentido de pertenencia a un lugar, sino que también se había llevado el deseo por la muchacha que amaba. Para ayudarlo en su camino, ese viejo deseo había sido sustituido por uno nuevo, el deseo apasionado de quedarse en Glendalough. Lo sabía seguro. Seguía amando a Caoilinn tanto como hasta entonces, pero aquel amor tenía que ser un amor fraternal. Debía ser así. Sabía que iba a causarle dolor, pero mucho más cruel habría sido casarse con ella sin poder darle todo su corazón. Se quedó allí un buen rato, contemplando el agua, colmado de una nueva y extraña sensación de paz y conocimiento. Aquella noche informó al abad de su decisión y el hombre asintió y no hizo comentario alguno.

A la mañana siguiente se marchó.

Decidió regresar por el camino más directo, que cruzaba las tierras altas. A mediodía cruzó el gran paso central de los montes de Wicklow donde, no lejos del camino, se hallaba el manantial que daba origen al río Liffey. La panorámica era magnífica. La corriente se precipitaba montaña abajo, donde se le unían otros torrentes, y vio que el río cada vez más grande serpenteaba otros treinta metros más abajo hasta la amplia llanura del Liffey, que se extendía más de treinta kilómetros en la distancia.

El tiempo era bueno y, mientras recorría el sendero que cruzaba la alta meseta, experimentó una profunda sensación de paz. De hecho, lo único que le preocupaba era que tal vez se sentía demasiado feliz. ¿Qué había dicho el abad de Glendalough acerca de la vida religiosa? Que en ella había de existir la renuncia. Lo que sentía en ese instante no parecía renuncia. ¿Era posible que el diablo, que tendía unas trampas tan sutiles, le estuviera preparando una? ¿Estaba siguiendo los deseos de su voluntad y de su corazón? Creía que no, pero también decidió permanecer alerta y fue con el ánimo ligero con lo que siguió caminando hacia el norte.

La tarde estaba ya avanzada cuando, al descender el camino de la vertiente septentrional de las montañas, se detuvo junto a un claro en los árboles y divisó las pendientes que bajaban decenas y decenas de metros hasta el inmenso paisaje abierto del verde estuario del Liffey y su ancha bahía.

Osgar contempló la panorámica. Al oeste, el sol declinaba e iluminaba las aguas del Liffey. Distinguió el banco de arena en la bahía, pasada la desembocadura del río, y el promontorio curvado más allá. Divisaba incluso —¿o se estaba engañando?— las paredes del pequeño monasterio de la familia. Por unos momentos, olvidó todo lo demás y lo embargó una inmensa alegría. Llevaba varios minutos contemplando la casa de su infancia cuando advirtió que, una vez estuviera en Glendalough, quedaría separado de todo aquello. Separado para siempre. Separado de la ancha bahía, separado de su familia, separado de Caoilinn. Y al pensar en Caoilinn, los recuerdos de la niñita a la que conocía desde siempre volvieron a él con tanta viveza como si fueran reales: los juegos con los que se entretenían juntos, cómo se había casado con ella en la tumba del viejo Fergus, cómo la había rescatado del mar. Y ahora ya no la vería más... La pequeña Caoilinn, que tenía que haber sido su esposa.

Que todavía podía ser su esposa.

Entonces lo comprendió todo con una claridad diáfana. Aquello era una prueba. Al fin y al cabo, Dios no le había puesto las cosas fáciles. Tendría que renunciar a Caoilinn; Caoilinn, a la que tanto amaba y con la que, si no hubiese sido por su vocación, y Dios lo sabía, se habría casado y habría sido feliz. «Sí —pensó—. Es esto. Ésta es mi renuncia.»

Y con una nueva sensación de entrega, en la que el deseo se templaba con el dolor y la alegría con la tristeza, Osgar continuó descendiendo hacia Dyflin.

Al día siguiente, su encuentro con Caoilinn no fue como él había esperado. Llegó a la casa de su padre bastante temprano. Sus padres y toda la familia estaban allí, por lo que pidió a la muchacha que salieran a pasear y notó ansiedad en el rostro del padre de esta. Caoilinn y Osgar se dirigieron al túmulo de la Asamblea. Y allí, en la tumba del viejo Fergus junto a las aguas rumorosas del Liffey, se lo contó todo.

Aunque parecía un poco sorprendida, escuchó atentamente todo lo que él le explicó. Osgar no se calló nada: lo mucho que la amaba, la sensación de incertidumbre que lo desasosegaba y su vocación para la vida monástica. Le explicó, con toda la dulzura que pudo, su necesidad de ir a Glendalough y la imposibilidad de casarse con ella. Cuando terminó, la muchacha permaneció callada unos instantes, con la vista clavada en el suelo.

—Has de hacer lo que creas correcto, Osgar —murmuró al cabo. Entonces alzó la mirada y lo observó con sus ojos verdes y una expresión un tanto extraña—. Entonces, si no fuera porque quieres ir a Glendalough, ¿te casarías conmigo?

—De todo corazón.

—Comprendo. —Caoilinn hizo una pausa—. ¿Y qué te hace pensar que yo diría que sí?

La miró unos instantes, sorprendido, pero enseguida creyó entender. Lo que la muchacha estaba haciendo era mantener el orgullo.

—Tal vez dirías que no.

—Dime, Osgar —la muchacha parecía curiosa—, ¿deseas salvar el alma?

—Sí —admitió.

—¿Y dirías que yo tengo posibilidades de ir al Cielo?

—No… —dudó—, no lo sé. —Osgar nunca había pensado en ello.

—Porque no creo que me haga monja.

—No es necesario —la tranquilizó, y comenzó a explicarle que un buen cristiano podía alcanzar el Cielo siguiendo su propia vocación, pero no sabía seguro si Caoilinn lo escuchaba de veras—. Te recordaré siempre —añadió—. Me acordaré de ti en mis plegarias.

—Gracias —dijo ella.

—¿Quieres que te acompañe a casa?

Mientras caminaban juntos de regreso, se preguntó por qué el encuentro se le antojaba tan insatisfactorio. ¿Qué esperaba? ¿Lágrimas? ¿Una declaración de amor? No lo sabía. Era como si la mente de Caoilinn derivase hacia otro lugar, lejos de él, aunque ignoraba adónde. Cuando llegaron a la puerta de la casa, ella se detuvo.

—Lamento —dijo con una cierta tristeza— que prefieras Glendalough a mí. —Esbozó una cariñosa sonrisa—. Te echaré de menos, Osgar. ¿Vendrás a vernos alguna vez?

—Claro que sí.

La muchacha asintió, bajó la mirada y, para sorpresa de Osgar, volvió a alzarla con lo que, si la ocasión no hubiese sido tan solemne, habría sido tal vez una muestra del humor travieso de cuando niña.

—¿Sientes alguna vez el apetito de la carne, Osgar?

El joven se quedó tan asombrado que, por unos momentos, no supo qué responder.

—El diablo nos pone a prueba a todos, Caoilinn —replicó algo incómodo y luego, besándola recatadamente en la mejilla por última vez, se marchó de la casa.

Transcurrió otra semana antes de que Osgar partiera hacia Glendalough. Su tío distaba mucho de estar contento, pero sugirió que, a su debido tiempo, podía regresar del monasterio de la montaña para ocupar su lugar y hacerse cargo de la heredad de la familia. El padre de Caoilinn, poniendo su mejor cara, le deseó felicidad, afirmando incluso que iría a despedirlo. Osgar quedó conmovido por su magnánima bondad. A Caoilinn no la vio, pero como ya se habían despedido, no había ninguna necesidad.

La mañana que emprendió el viaje decidió tomar el camino inferior, en vez de cruzar el paso. Con una bolsa de provisiones a la espalda, una carta de su tío para el abad —prometiéndole un pago generoso al monasterio de su parte— y las bendiciones de sus familiares y amigos, partió de Dyflin hacia el sur, cruzando los campos. Su tío le había ofrecido un caballo para que lo llevara hasta allí, a su debido tiempo podría devolverlo, pero a Osgar le pareció más adecuado ir caminando.

Hacía buen día. En el limpio aire de la mañana, el gran arco de los montes de Wicklow, hacia el sur, parecía tan cercano que uno casi podía tocarlo. Osgar anduvo por las vertientes del lado de mar con paso alegre y airoso. A su izquierda, las ciénagas daban paso a unos bosques dispersos. A su derecha, se extendían campos y arboledas. Atravesó una huerta y se aproximaba a un vado que cruzaba un río llamado Dodder cuando, para su sorpresa, Caoilinn apareció junto a un árbol del camino. Estaba apoyada en el tronco y se había envuelto en una larga capa. Osgar supuso que, si tenía frío, debía de llevar tiempo esperando. La muchacha sonreía.

—He venido a despedirme —le dijo—. He pensado que te gustaría verme antes de marcharte.

—Tu padre salió a despedirme.

—Lo sé.

—Muy amable por tu parte, Caoilinn —dijo.

—Tienes razón —dijo—. Lo es.

—¿Hace mucho que estás aquí? —le preguntó—. Debes de tener frío.

—Llevo un rato, sí. —Lo miraba atentamente, como si pensara en algo acerca de él—. ¿Guardaste el anillo?

—Sí, por supuesto.

Ella asintió. Se la veía complacida.

—¿Y ahora vas en camino de convertirte en un monje de las montañas?

—Pues sí —respondió Osgar con una sonrisa.

—¿Y los apetitos de la carne no te han tentado, Osgar?

—No, al menos recientemente —dijo con afecto.

—Eso es bueno, porque tienes que vencerlos, ¿sabes?

Y cuando estaba pensando en lo que iba a decir, para su asombro, ella abrió la capa y Osgar se encontró ante su cuerpo desnudo.

Su piel era pálida y cremosa; sus pechos, jóvenes y firmes, pero un poco más grandes de como los había imaginado y, cuando vio el intenso color oscuro de sus pezones, contuvo una exclamación. Estaba completamente desnuda y se descubrió mirándole el estómago, los muslos, todo…

—¿Me recordarás ahora, Osgar? —preguntó, antes de cerrar la capa de nuevo.

Se alejó de ella corriendo y gritando y al cabo de un momento se encontró chapoteando en el vado. Al llegar al otro lado, miró atrás, temiendo, en parte, que lo siguiera, pero no había ni rastro de ella. Se persignó. Dios santo, ¿por qué Caoilinn había hecho tal cosa?

Siguió caminando y advirtió que temblaba como si hubiese visto un fantasma. Apenas daba crédito a lo que había sucedido. ¿No lo habría imaginado? No. Caoilinn había sido absolutamente real. ¿Qué le habría sucedido? ¿Era de nuevo Caoilinn la niña que se permitía un último y desenfrenado juego? ¿O era la joven que, dolida por el rechazo, intentaba desconcertarlo y humillarlo? Tal vez las dos cosas. ¿Y estaba desconcertado? Sí, pero no por la visión de su cuerpo sino por su obscenidad. Osgar sacudió la cabeza. Caoilinn no tendría que haberlo hecho.

Mientras apretaba el paso hacia su destino, se le ocurrió pensar que había también otra explicación más profunda. Las tentaciones de la carne. Otra vez el diablo y sus trampas. El abad lo había advertido al respecto. Era eso lo que se ocultaba detrás de aquel encuentro. ¿Lo había tentado? Definitivamente, no. Y sin embargo, para su horror, la visión del cuerpo de Caoilinn se le presentaba una y otra vez. Sin saber si lo que lo afligía era la lascivia o el pavor, intentó ahuyentar la imagen, pero esta volvía de nuevo a su mente, más real que antes. Y lo que era aún peor, veía que ella comenzaba a realizar actos obscenos, cosas que no pensaba que Caoilinn supiera que existiesen, y cuanto más trataba de borrarlas de su mente, más crudas se volvían. Intentó incluso volver a la desnudez pura y simple con que había comenzado, pero todo fue en vano. Cuanto más pugnaba, más lasciva se ponía ella, y Osgar se descubrió mirando fascinado y repelido a la vez.

Aquélla no era Caoilinn. Ella no había hecho esas cosas. Era él y no ella, quien las imaginaba; él y no ella quien había caído presa del diablo. Lo invadió una cálida sensación de culpa y luego un pánico helado. Se detuvo.

El diablo lo había puesto a prueba mientras viajaba hacia Glendalough. ¿Cómo iba a hacerle frente? Divisó un montículo a la vera del camino en el que crecían matorrales y detrás de él, una extensión verde oscuro. Corrió hacia la elevación y vio que se trataba de lo que había imaginado: esa vegetación oscura la había puesto allí Dios, quien en su sabiduría y bondad, lo había previsto todo. Ortigas urticantes.

¿Qué había hecho san Kevin de Glendalough cuando una mujer lo había tentado? Había ahuyentado a la muchacha y se había mortificado la carne con ortigas. Debía de ser una señal.

Miró a su alrededor. No había nadie a la vista. Se despojó deprisa de sus prendas de ropa y se lanzó a las ortigas, rodando en ellas de un lado y del otro, una y otra vez, al tiempo que se encogía de dolor.

La boda de Harold y Astrid tuvo lugar en invierno. Fue una celebración muy feliz por diversas razones. La primera, y la más importante, era que a todos les quedó claro que los novios estaban hechos el uno para el otro. La segunda era que demostraron que estaban muy enamorados.

Aunque la primera vez que se vieron en casa de Morann y su esposa se produjo una chispa entre ellos, la futura esposa había advertido que le costaría tiempo y esfuerzo vencer la resistencia de Harold, por lo que había hecho acopio de paciencia antes de ponerse manos a la obra. Astrid había pedido que la llevara a ver el barco y cuando Harold lo hizo, le solicitó que le mostrase el trabajo salido de sus propias manos, después de lo cual dijo satisfecha:

—Eres muy bueno en tu oficio.

Una semana después, Astrid se había encontrado con él y le había ofrecido unos dulces envueltos en una servilleta.

—Creo que son de los que te gustan —había comentado, esperanzada.

Cuando él respondió con cierto asombro que sí, que eran sus favoritos, Astrid explicó:

—Eso dijiste cuando estábamos en casa de Morann. —Harold lo había olvidado—. He querido regalarte estos, precisamente —añadió con afecto, tocándole el brazo.

Astrid había esperado tres semanas antes de preguntarle, como quien no quiere la cosa, si le dolía la pierna.

—No, en realidad no —había contestado él, encogiéndose de hombros—. Me gustaría tenerla recta, pero qué le vamos a hacer... —dijo antes de sumirse en el silencio.

—A mí no me preocupa en absoluto —replicó ella con sinceridad—. Si he de decirte la verdad —y aquí Astrid se permitió una pausa para mirarlo a los ojos—, me gusta como eres.

De todos modos, quizá, su movimiento más sabio fue el que hizo durante el tercer mes de noviazgo. Se encontraban en el muelle de madera, junto al lugar donde había comenzado la construcción de otro barco más pequeño, y miraban hacia el río, en cuyas aguas estaba fondeada la nave que Harold había armado. Astrid le preguntó qué era lo que más le gustaría hacer en la vida, cuál era su sueño.

—Un día —confesó—, me gustaría navegar en ese barco —dijo, señalando la embarcación que pronto zarparía rumbo a Normandía.

—Pues deberías hacerlo —replicó ella, al tiempo que le pellizcaba cariñosamente el brazo—. Deberías hacerlo.

—Tal vez. —Harold calló unos instantes y casi la miró, pero apartó los ojos enseguida—. Los viajes son largos y los mares están plagados de peligros.

—Un hombre debe seguir la llamada de su espíritu —dijo ella en voz baja—. Navegarás mar adentro, al otro lado del horizonte, en una gran aventura, y cuando regreses, encontrarás a tu esposa esperándote en el muelle. Veo que lo harás.

—¿Lo ves?

—Si te casas conmigo, podrás hacerlo —declaró con franqueza.

Después de aquello, Harold no tardó demasiado en advertir que debía casarse con Astrid, ya que, de ese modo, las galanterías que recibía de ella tocarían a su fin. Había sido un noviazgo lleno de alegrías. Para él, el descubrimiento de que era amado y respetado había abierto las compuertas de su pasión. En ella, aunque no se lo dijo, el proceso de vencer las vacilaciones de Harold había obrado una transformación: al principio, él era el hombre al que había decidido amar, y al final, era el objeto de un intenso deseo.

El matrimonio tuvo también el feliz efecto de reunir a Harold con su familia. Decir que estuvieron encantados con la novia sería quedarse corto, y si por parte de Harold persistía aún cierto resentimiento, estaba tan radiante que no podía acordarse de eso. La boda se celebró en la heredad familiar a la antigua manera pagana y la pareja recibió la emocionada bendición del padre de Harold.

En la ceremonia solo había una persona que no sonreía. Morann Mac Goibnenn, Dios lo sabía, estaba contento por la felicidad de su amigo. Su regalo de bodas a la pareja había sido un cuenco de plata, taraceado y decorado por su propia mano. Su familia y él acudieron a comer y a bailar al banquete nupcial. Pero todo el tiempo, mientras los fuegos ardían altos en el exterior y los invitados entraban y salían de la sala vikinga, Morann permaneció solo, mirando. Observó a los últimos invitados que llegaron, oteó el camino y la llanura de las Bandadas de Pájaros en dirección a Dyflin; estudió el horizonte oriental hacia el mar. Palpó el largo cuchillo que llevaba oculto en la capa, bien a mano, para utilizarlo si se presentaba el danés de cabello moreno.

A Morann no le gustaba correr riesgos. Sin que Harold lo supiera, tan pronto como se decidió su enlace, el orfebre hizo pesquisas sobre el danés y se enteró de que se había visto implicado en una pelea en Waterford y que, poco después, había zarpado con una tripulación de individuos como él rumbo al norte. Los rumores decían que había ido a la isla de Man. ¿Estaría informado de las nupcias de Harold? Tal vez le había llegado la noticia. ¿Vendría a perturbarlas? Morann siguió vigilando hasta después del atardecer y luego, dentro de la sala, sus ojos continuaron moviéndose hacia la puerta hasta muy entrada la noche. No obstante, al final, cuando partieron por la mañana, seguía sin haber ni rastro de Sigurd.

Una semana después, en Dyflin tuvo lugar otra boda, la cual brindó una gran satisfacción a las familias de los novios. Hacía ya algún tiempo que el padre de Caoilinn estaba en tratos con la familia de un joven del vecino asentamiento de Rathmines. Su familia no solo era próspera, sino que era descendiente, por cuatro generaciones solamente, de los reyes del Leinster. «Sangre real», había proclamado orgulloso el padre de la muchacha, que se había apresurado a comunicar a la familia del novio que también Caoilinn, por su ascendencia distante de Conall, poseía sangre real. Los primos de Caoilinn, los que vivían en el viejo *rath* del monasterio, acudieron todos a la boda, Osgar incluido, que había llegado de Glendalough y a quien la novia saludó con un beso recatado y tranquilo en la mejilla. El tío de Osgar ofició la ceremonia y todo el mundo coincidió en que el novio y la novia formaban una hermosa pareja.

Sin embargo, el punto culminante del enlace, todos estuvieron de acuerdo en ello, fue cuando Osgar, el monje, ofreció un inesperado regalo de boda a la pareja. Venía en una caja de madera.

—Mi padre siempre conservó esto —explicó—, pero estoy seguro de que os pertenece más a ti y a tu marido que a mí —dijo con una sonrisa burlona.

Y sacó de la caja un extraño objeto, de color amarillo marfil y con el borde de plata. Era la calavera de beber del viejo Fergus.

Caoilinn estuvo encantada.

Y si la joven lo recordó, no mencionó el hecho de que, ya fuera por tacto o porque lo había olvidado, Osgar no había cumplido su promesa de darle el anillito de asta de ciervo.

Cinco

Brian Boru

999

I

Al principio, cuando Morann Mac Goibnenn avisó a sus vecinos, estos se rieron de él. En Dyflin todo el mundo sabía que no le gustaba correr riesgos, pero sus miedos, a buen seguro, eran injustificados.

—No corremos peligro —había anunciado el rey de Dyflin.

¿Cómo podía dudar aún el orfebre? Algunos incluso lo llamaban traidor.

—No es un escandinavo —comentó un danés anciano—. ¿Qué se puede esperar de él?

Y aunque, dada la situación, este razonamiento resultaba del todo ilógico, hubo mucha gente que asintió sensatamente para indicar que estaba de acuerdo. De todos modos, a Morann no le importaba demasiado lo que pensaran, pero no pasó mucho tiempo antes de que todo Dyflin fuera presa del pánico. La cuestión era: ¿qué hacer? En una cosa se pusieron de acuerdo y pronto la llanura del Liffey quedó vacía de ganado, ya que las reses fueron conducidas a la seguridad de terrenos más elevados. Pero ¿y la población humana? Algunos se fueron con el ganado y se refugiaron en los montes de Wicklow; otros se quedaron en sus granjas y otros, por su parte, se acercaron a Dyflin buscando la protección de sus murallas. El tío de Osgar y sus hijos se retiraron al pequeño monasterio y cerraron las puertas. Mientras, se formaba un gran ejército. Llegaron los codiciosos hijos de los jefes de todo el Leinster y acamparon en los huertos cercanos a las murallas de la ciudad y arribaron *drakares*, procedentes de otros puertos vikingos, con sus tripulantes que bebían desmesuradamente y lanzaban animados gritos de guerra por el muelle. Ataviado con una espléndida capa, el rey Sitric de Dyflin lucía una larga barba y una cara rubicunda que le daban un aire muy jovial. Cabalgó por la ciudad con una comitiva que crecía a cada día que pasaba. Al final, cuando la primera escarcha del invierno cubrió el suelo, llegó el rey del Leinster y, con el rey Sitric a su lado, se puso en camino hacia el sur, con la feliz certidumbre de que el enemigo no llegaría a acercase siquiera a la llanura del Liffey.

Al día siguiente, mientras Morann recorría las calles, que ahora estaban muy tranquilas después del ajetreo de las últimas semanas, vio a uno de los artesanos más viejos de la ciudad caminando junto a una hermosa mujer de cabello moreno que le resultó vagamente familiar. Tras hacer una pausa para saludarlo, el artesano le dijo:

—Recuerdas a mi hija Caoilinn, que vive en Rathmines, ¿verdad?

Por supuesto. No conocía bien a la familia, pero se acordaba de aquella muchacha morena de los ojos verdes que se había casado con un hombre de Rathmines, de sangre real, nada menos.

—Mi padre me dice que no ves clara esta decisión del Rey.

—Es posible —respondió él.

—Bien, pues mi esposo se ha marchado con ellos y tiene mucha confianza.

—Entonces, él debe saberlo mejor que yo.

—Pero mi padre ha querido que los niños y yo vengamos a Dyflin. —En sus ojos había ahora un asomo de incertidumbre—. Supongo que en Dyflin estaremos a salvo —comentó—. Veo que tú todavía estás aquí.

—Sí, estaréis a salvo, claro que sí.

Aquella noche preparó el carro y, a la mañana siguiente temprano, con la familia y los objetos de valor en él, cruzó pesadamente el largo puente de madera sobre el Liffey y desapareció entre las brumas del otro lado. Morann se había marchado.

Su primer objetivo no estaba demasiado lejos, pues la granja de Harold se encontraba en el otro extremo de la llanura de las Bandadas de Pájaros.

Aunque no tenía razones para dudar de que su amigo era feliz en su matrimonio, Morann no pudo dejar de preguntarse si Astrid, la esposa de Harold, no habría lamentado alguna vez haberlo animado a que se hiciera a la mar. Ello les había traído riqueza, desde luego. Harold, *el Cojo*, como lo llamaba la gente, se había convertido en un célebre mercader, pero, en ocasiones, sus viajes lo retenían lejos de casa varias semanas. Hacía más de un mes que había partido en un viaje que lo llevaría a Normandía y a Inglaterra. Harold y su esposa también se habían hecho cargo de la granja desde que su padre muriera tras un accidente ocurrido tres años atrás. Cuando la esposa y los hijos de Harold salieron aquella mañana a dar la bienvenida a Morann, se encontraron con que el mensaje de este era contundente.

—Tenéis que abandonar la granja —les dijo— y venir con nosotros.

—Pero si ya han venido otras veces —replicó Astrid, reacia a marcharse.

—Esta vez será diferente —dijo él, sacudiendo la cabeza y la instó a que hiciera el equipaje.

Habían pasado seis siglos desde que Niall, *el de los Nueve Rehenes*, fundara la poderosa dinastía de los O'Neill, y en todo ese tiempo, pese a los flujos y los reflujos de poder entre los jefes celtas de la isla, nadie había desalojado nunca a los O'Neill del reino supremo. Hasta ese momento.

Brian. El nombre de pila de su padre era Kennedy, por lo que a él lo llamaban Brian, hijo de Kennedy. Pero igual que Niall, *el de los Nueve Rehenes*, muchos siglos antes, Brian era tan conocido por el tributo que recolectaba que la gente lo llamaba «Boruma» o Brian Boru, el contador de reses. Aquel hombre había asombrado a toda Irlanda con su rápido ascenso.

En tiempos de su abuelo, los Dal Cais, su gente, no eran más que una pequeña tribu del Munster sin importancia. Vivían a orillas del Shannon, río arriba de donde se abre en su largo estuario occidental. Sin embargo, cuando los vikingos fundaron su asentamiento en Limerick, en las proximidades, el abuelo de Brian se negó a llegar a un acuerdo con ellos. Durante tres generaciones, la familia había librado una guerra de guerrillas contra el tráfico fluvial de los vikingos. Los Dal Cais se habían hecho famosos y el abuelo de Brian se habían nombrado a sí mismo rey. La madre de Brian fue una princesa del Connacht y el Rey había elegido como esposa en Tara a la hermana de Brian, pero aquello no había beneficiado mucho a la familia, habida cuenta de que a ella después la ejecutaron por acostarse con un hijo de su marido.

Los Dal Cais eran ambiciosos y tenían un ejército de hombres bien curtidos. Los hermanos de Brian ya habían puesto a prueba su fuerza contra otros gobernantes de la región, pero nadie había imaginado lo que harían después y, cuando llegaron las noticias del hecho, toda Irlanda contuvo una exclamación.

«Han tomado Cashel.»

Cashel, la antigua fortaleza de los reyes del Munster. Sí, los reyes del Munster ya no eran lo que habían sido, pero ¡menuda desfachatez! Y cuando el rey del Munster consiguió que los vikingos de Limerick se uniesen a él para aplastar aquellos insolentes levantamientos, los Dal Cais los derrotaron a todos y, además, saquearon Limerick. Al cabo de unos años, Brian Boru ascendió al trono del Munster.

El clan de un jefe menor se había apoderado de uno de los cuatro reinos de Irlanda, donde las dinastías de los reyes celtas se perdían en la bruma de los tiempos. Y para que su linaje se ajustara mejor a su nueva posición, los Dal Cais habían decidido mejorarlo. De repente, se descubrió, y así se hizo constar en las crónicas, que gozaban del derecho antiguo y ancestral de compartir el antiguo reino del Munster con la previa dinastía, un derecho que habría de veras sorprendido al abuelo de Brian. Pero estas alteraciones en los registros no eran tan raras como cabría suponer: hasta los poderosos O'Neill habían falsificado amplias partes de su genealogía.

Brian estaba en la flor de la vida. La fortuna lo favorecía. Era el rey del Munster. ¿Adónde más podía llevarlo su ambición? Solo con el paso del tiempo quedó claro que su objetivo era el mismísimo reino supremo.

Era audaz, metódico y paciente. Un año hizo una incursión en el territorio cercano de Ossory; otro, penetró en el Connacht con una gran flota; doce años después de proclamarse rey del Munster, se adentró incluso en las regiones centrales de la isla y acampó cerca del enclave sagrado de Uisnech. Se había tomado su tiempo, pero el mensaje a los O'Neill estaba claro: o aplastaban a Brian Boru o le daban el reconocimiento que pedía. Hacía dos años que el Rey Supremo había acudido a verlo.

Fue una suerte para Brian, y probablemente para toda Irlanda, que en aquel momento el rey supremo O'Neill fuera un hombre de corazón noble y con alma de estadista. Las opciones estaban claras, pero no era fácil tomar la decisión: o debía desafiar al de Munster en una guerra, lo cual acarrearía una inmensa pérdida de vidas humanas, o debía tragarse el orgullo y llegar a un acuerdo con él, si eso podía hacerse con honor. Eligió la segunda posibilidad y, al revivir la antigua división de la isla en dos mitades, la Leth Cuinn superior y la Leth Moga inferior, declaró:

—Reinemos de forma conjunta, tú en el sur y yo en el norte.

—Yo reinaré en el Leinster y en el Munster, mientras que tú lo harás en el Connacht y el Ulster —anunció Brian con toda solemnidad

Más tarde se explicó antes sus seguidores.

—Yo controlaré todos los puertos de importancia, incluido Dyflin.

Sin tener que asestar un golpe más, acababa de ganar los galardones más ricos de Irlanda.

O eso creía haber conseguido.

Morann se quedó dos días en la granja. Hizo cuanto pudo, pero nada de lo que él o su esposa dijeron convenció a Astrid de que fuera con ellos. Lo que sí aceptó fue enterrar algunos objetos valiosos.

—Deja algunos para que los soldados del Munster los encuentren —le aconsejó él con aire sombrío—, si no quieres que peguen fuego a la granja.

Morann se quedó todo el tiempo que pudo con la esperanza de que Harold regresara, pero cuando ya no pudo permanecer más tiempo allí, le suplicó a Astrid por última vez que al menos buscara un sitio donde refugiarse.

—Cerca de aquí está Swords —comentó ella. Se trataba de un pequeño y agradable monasterio de robustas paredes y una alta torre circular donde tal vez la acogerían—. Pero nosotros no somos cristianos. También podría ir a Dyflin. Harold llegará a Dyflin. No me importaría ir allí.

Morann suspiró.

—Entonces tendrá que ser Dyflin —replicó él.

Finalmente, decidieron que la familia ocuparía la casa de Morann en la ciudad.

Al día siguiente, Morann prosiguió su camino. Pasaron por el monasterio de Swords —un lugar seguro, pero demasiado cerca de Dyflin para su gusto— y se dirigieron hacia el norte. No se detuvieron hasta la noche, cuando durmieron al pie de la colina de Tara.

Las intenciones del Rey Supremo podían ser buenas, pero cuando dio la jefatura suprema de su reino a Brian, los orgullosos habitantes del Leinster no se sorprendieron demasiado. Nadie les había preguntado nada. El Rey y los jefes, sobre todo, estaban indignados. Seguro que el nuevo amo exigiría tributo y se llevaría a los hijos como rehenes por su buena conducta, a la manera de siempre.

—¿Dar a nuestros hijos al hombre del Munster? —gritaron—. ¿El advenedizo? Si los O'Neill no pueden defendernos, ¿qué derecho tienen a ponernos en manos de este individuo? —preguntaron.

Independientemente de lo que los habitantes del Leinster hubiesen sentido por los vikingos de Dyflin cuando estos llegaron por primera vez, las dos comunidades llevaban generaciones conviviendo. Miembros de las dos comunidades se habían casado entre ellos con frecuencia. De hecho, el rey Sitric de Dyflin era el sobrino del rey del Leinster. Muchos vikingos eran todavía paganos, cierto, pero hasta la religión pasaba a ocupar un lugar secundario cuando eran cuestiones de honor las que estaban en juego. Y en cuanto a los vikingos, se habían resistido tenazmente al control del Rey Supremo durante mucho tiempo. Era muy improbable que se sometieran a Brian Boru solo porque el rey supremo de los O'Neill, que era demasiado débil para luchar, les dijera que debían hacerlo.

Así pues, fue aquel otoño cuando el rey del Leinster y el rey de Dyflin decidieron negarse a reconocer al del Munster. «Si lo que quiere es pelea —declararon—, tendrá más de la que pida.»

Y como el del Munster venía, salieron a recibirlo. A la mañana siguiente, cuando Morann y su familia cruzaron el río Boyne, el cielo estaba encapotado; a mediodía, la luz seguía siendo gris y mortecina. No estaban demasiado animados. A los niños el viaje se les hacía largo y sospechó que su esposa habría preferido quedarse dentro de las murallas de Dyflin, con sus vecinos y la esposa de Harold, pero que no había dicho nada. Más de una vez le había preguntado, llena de incertidumbre, por el lugar al que se dirigían. ¿Sería más seguro que Dyflin?

—Ya lo verás. Estaremos allí antes del anochecer —les había prometido.

La tarde siguió avanzando y el caballo que tiraba del carro parecía caminar más despacio y, aunque los niños no se atrevieron a decirlo, se preguntaron si iban a tener que pasar otra noche al raso, en aquel paisaje desierto. Y de repente, mientras caía la tarde, un haz de vívidos rayos de sol atravesó la nube y vieron, a poca distancia, iluminado en lo alto de un cerro, el gran santuario amurallado que era su destino.

—El monasterio de Kells —anunció Morann con satisfacción.

Si el viaje había sido sombrío, quedó compensado por el efecto que obró el gran monasterio en la familia. Los niños lo contemplaron con temor reverente y hasta su esposa se volvió y lo miró con respeto.

—Parece una ciudad —comentó.

—Es una ciudad —dijo él—. Y un refugio. Esta noche podréis dormir bien —añadió, complacido de la impresión que les había causado—. Es casi tan grande como Dyflin, ¿sabéis?

Enseguida, mientras todavía quedara luz, tendría el placer de enseñárselo.

Pero no habían recorrido más de cien pasos cuando oyeron sonidos de cascos de caballos cabalgando a su espalda y, al volverse, vieron a un hombre envuelto en una capa, con la cara más pálida que un fantasma y el caballo todo cubierto de espuma, a punto de adelantarlos en su camino hacia el monasterio. Cuando lo hizo, pasó como si no los viera, pero en respuesta a la llamada de Morann, que le preguntó si tenía noticias, gritó:

—Hemos perdido. Brian Boru nos ha aplastado. Ahora se dirige a Dyflin.

La sala estaba en silencio. Al ver a los monjes ataviados con el hábito de lana y encorvados sobre el escritorio, uno hubiera podido tomarlos por cinco ratones gigantes que intentasen excavar la vitela que tenían delante.

La vitela —una piel de ternero recién nacido— era pálida y lisa porque se le había quitado el pelo empapándola en excrementos o ajonje antes de rascarla con un cuchillo afilado. La contabilidad y los documentos de cada día se escribían en pieles de res ordinaria que en la isla abundaban y eran baratas; sin embargo, para copiar textos sagrados como el Evangelio solo se utilizaba vitela de la más costosa. Y allí, en el *scriptorium* del gran monasterio de Kells, podían permitirse ese lujo.

Al mirar hacia fuera, Osgar vio que caían copos de nieve; con un leve crujido, su mano se movía deprisa hacia delante y hacia atrás. Hacía casi dos meses que había llegado a Kells y pronto se marcharía.

Pero aún no, si podía evitarlo. Contempló la nieve. Aquella mañana, como en respuesta a las noticias sobre Dyflin de la noche anterior, el tiempo había cambiado repentinamente. En cualquier caso, no era la nieve lo que preocupaba al hermano Osgar, sino la persona que lo esperaba allí afuera. Tal vez la nieve actuaría como elemento disuasorio. Si esperaba en el *scriptorium* hasta que sonase la campana que llamaba a la plegaria, podría escapar sin ser visto. Al menos, eso era lo que esperaba.

Durante la última década, Osgar había cambiado. Ahora tenía unos cuantos cabellos canosos, unas cuantas arrugas en la cara y una tranquila dignidad.

Volvió a posar los ojos en el trabajo. La pálida vitela estaba pulcramente pautada con un punzón. Mojó la pluma en el tintero. Casi todos los escribanos utilizaban un cálamo de las plumas de la cola de un ganso o de un cisne, pero Osgar siempre había preferido las cañas y había llevado consigo una buena provisión, cortadas a orillas del lago de Glendalough. La tinta era de dos tipos: de color marrón, hecha con manzanas de roble y sulfato de hierro, o negra azabache, hecha de acebo.

Osgar era un calígrafo extraordinario y podía copiar un texto a razón de unas cincuenta líneas por hora, escribiendo con la caligrafía clara y redondeada, característica de los monasterios irlandeses. Había hecho jornadas de seis horas, ciertamente el máximo posible durante aquellos cortos días invernales —porque la buena caligrafía requiere luz diurna— y había casi acabado de copiar el libro de los Evangelios, que era lo que le había llevado hasta allí.

Hizo una pausa y se desperezó. Solo aquellos que lo habían probado lo comprendían. Podía parecer que el calígrafo solo movía la mano, pero, en realidad, todo su cuerpo participaba en el trabajo. Resultaba fatigoso para la mano, la espalda e incluso las piernas.

Volvió a concentrarse en el manuscrito. Otra docena de líneas, un cuarto de hora de silencio. Luego alzó los ojos. Uno de los otros monjes cruzó una mirada con él y asintió con la cabeza. La luz se extinguía. Había llegado la hora de abandonar la tarea. Osgar comenzó a limpiar la pluma.

A su lado, en el suelo, había dos bolsas. Una contenía un primoroso texto de los Evangelios y otro del Pentateuco. Y estaban los Salmos, desde luego, que se sabía de memoria. También había dos pequeños devocionarios que le gustaba tener siempre a mano. En la otra bolsa, en la que hundió la mano, había material de escribir y otro objeto. Sus dedos se cerraron alrededor de él.

Su pecado secreto. Nadie lo sabía. En el confesionario no lo había mencionado nunca. Sí había confesado el pecado de la lujuria, cientos de veces. Se sentía orgulloso de ello, aunque el orgullo también era un pecado, claro. Y sin embargo, esta ocultación del secreto era peor porque la había repetido muchas veces. «¿Algo más?», le preguntaba el confesor. «No.» Una mentira. Cien mentiras. Pero no tenía intención de confesar su secreto y había una buena razón para ello. Si lo hacía, le dirían que tenía que desprenderse de él y eso no podía hacerlo. El anillo de Caoilinn era su talismán.

Siempre lo había conservado. No pasaba un día sin que lo sacara y lo mirase. Y cada vez esbozaba una pequeña sonrisa y volvía a guardarlo con una dulce tristeza.

¿Qué significaba ahora Caoilinn para él? Era la niña morena con la que había previsto casarse; la muchacha que le había mostrado su desnudez. Ya no estaba conmocionado. Si durante un breve tiempo la había considerado una mujer vulgar, un receptáculo del pecado, el matrimonio que había contraído ella después había borrado esa percepción. Era una respetable mujer casada, una matrona cristiana. Su cuerpo sería ahora más grueso, pensó. ¿Se acordaría alguna vez de él? Estaba seguro de que sí. Cómo no iba a hacerlo, cuando él todos los días pensaba en ella, en el amor al que había renunciado.

Pero el anillo no solo era un recuerdo sentimental. En cierto modo, le ayudaba a regular la vida. Si a veces se planteaba abandonar el monasterio, solo tenía que mirar la alianza para recordar que, como Caoilinn estaba casada con otro, hacerlo no tendría ningún sentido. Si como había ocurrido un par de veces, sentía atracción por una mujer, la sortija le recordaba que había dado su corazón a otra. Y si quizás un monje —como el joven novicio que le había enseñado Glendalough la primera vez que estuvo allí de visita— se le acercaba demasiado, y si él, por bondad, se sentía impulsado a devolverle una mirada afectuosa o una caricia, solo tenía que sacar el anillito de Caoilinn para revivir los sentimientos que había experimentado hacia ella todos esos años del pasado y saber que él no seguiría ese otro camino que habían tomado algunos de sus compañeros monjes. Así, si primero la había rechazado entrando en el monasterio, y ella luego se había vuelto inaccesible mediante el matrimonio, le parecía que con aquella relación imposible se le había concedido una protección contra tentaciones mayores, e incluso se atrevía a preguntarse si, en su actual rebeldía y pasión emocional, no notaría la mano de la providencia ayudándole a transitar, pobre pecador, por su, a veces, solitario camino.

Faltaba una hora para que la campana llamara a la plegaria. Los otros monjes caminaban con pasos cansinos hacia la puerta, pero él no los siguió. Sabía cómo emplear el tiempo. En un atril de una esquina había un gran volumen. Normalmente se guardaba en la sacristía de la gran iglesia de piedra, pero lo habían llevado al *scriptorium* por un tiempo y estaba protegido con una tapa de plata con gemas incrustadas. Osgar tomó la vela de la mesa y caminó hacia él. Mientras lo hacía, advirtió con deleite que una de las gemas reflejaba la luz rojiza de la llama de la candela.

El mayor tesoro del monasterio de Kells: el libro del Evangelio. Tenía la oportunidad de dedicar un tiempo a aquel magnífico texto lleno de iluminaciones que lo había traído a Kells hacía dos meses. En Glendalough, su habilidad como calígrafo había aumentado de tal modo que se había especializado en las ilustraciones, en las que también demostró un gran talento. A cambio de dos meses de trabajo copiando textos, le habían concedido permiso para estudiar aquel tesoro de la colección de Kells y, sobre todo, los Grandes Evangelios, lo cual solía hacer por las mañanas durante dos horas. Por tanto, aquella hora de más era un premio. Llegó al atril y, en el preciso instante en que alargaba la mano, oyó un susurro a su espalda. Era el anciano monje encargado del *scriptorium*.

—Voy a cerrar

—Podría cerrar yo después y daros la llave, si queréis.

El viejo acogió su sugerencia con desdén. Osgar sabía que le convenía no discutir; después de demorarse unos instantes más junto al preciado volumen, suspiró y se dirigió hacia el exterior.

Silencio. La brisa ligera se había calmado. La nieve caía despacio y le acariciaba el rostro. Los últimos restos de luz daban un resplandor misterioso a la pálida escena. Estudió la calle y la pronunciada bajada que llevaba a la puerta del monasterio. No había ni rastro de la hermana Martha. Husmeó el aire. No hacía demasiado frío. Quizás, en vez de regresar al dormitorio que ocupaba, podía estirar las piernas bajando hasta la puerta. Se caló la capucha, más para ocultar el rostro que para protegerse de la ligera nevada, y comenzó a caminar calle abajo.

Sin duda alguna, en aquellos tiempos peligrosos era reconfortante encontrarse a salvo dentro de las grandes murallas de Kells. Incluso bajo la nevada que caía, era un lugar impresionante. Se extendía por toda la falda de la montaña con sus sólidos edificios, sus iglesias de piedra y sus calles bien trazadas, por no mencionar el mercado y los arrabales, que se encontraban fuera de las altas murallas. Y el monasterio no era solo un refugio amurallado, como Glendalough, sino también una verdadera ciudad medieval, como sucedía con los otros grandes conventos religiosos.

Como Osgar sabía, esta idea se remontaba a los primeros días de la evangelización de la isla. Cuando llegó san Patricio, lo hizo como obispo. En todo el Imperio romano, ya en decadencia, el funcionamiento era el mismo: los sacerdotes cristianos y sus fieles estaban bajo la tutela de un obispo, que residía en la población romana importante más próxima. Por tanto, se había supuesto que, incluso en la lejana isla occidental, las cosas se organizarían de manera similar. El problema radicaba en que, como nunca había formado parte de ningún Imperio, la isla no poseía poblaciones y, aunque los primeros obispos cristianos intentaron vincularse a los reyes tribales, esos jefes celtas siempre estaban moviéndose de un lado a otro de su territorio y aquello no convenía en absoluto a los clérigos cristianos.

En cambio, un monasterio era un centro permanente, habitado todo el año. En él, uno podía construir una iglesia, viviendas, incluso una biblioteca... Podía protegerse con murallas y era autosuficiente, lo cual permitía alimentar a los trabajadores, a los sacerdotes y a los líderes de la comunidad. El abad podía desempeñar el cargo de obispo local o proporcionar alojamiento seguro a un obispo en el interior de las murallas del monasterio. Durante muchos años, el obispo que supervisaba Dyflin había tenido la casa en Glendalough. Los monasterios atraían también a artesanos y mercaderes, los cuales se establecían en los aledaños. En los suburbios que nacieron extramuros surgieron mercados y se crearon comunidades enteras. No era de extrañar, pues, que un siglo después de la misión evangelizadora de san Patricio, aquellos monasterios se convirtieran en los centros principales de la comunidad cristiana de la isla. Hasta que se fundaron los primeros asentamientos costeros de los vikingos, siglos más tarde, los grandes monasterios constituyeron las únicas poblaciones de Irlanda, y Kells se había construido siguiendo este modelo.

Osgar cruzó el gran portal y salió al mercado. Estaba vacío. A un lado, como un sacerdote en un ofertorio congelado por la nevada, había una hermosa cruz de piedra y tras ella, varias carretas tapadas, ya blancas por los copos. En una vaquería brillaba una lámpara solitaria, pero las únicas señales de vida humana eran los jirones de humo que se alzaban de las techumbres de bálago de las viviendas cercanas, cerradas para protegerse de la nieve y de la noche que caía. Osgar se volvió, respiró hondo tres veces, decidió que ya había hecho bastante ejercicio por el momento y habría comenzado a marcharse si no hubiese vislumbrado una silueta que salía de una de las carretas. No se trataba de la hermana Martha, aunque la figura le sonó familiar.

Era Morann, el joyero de Dyflin. Llevaba años sin verlo y solo lo conocía de forma superficial, pero su rostro era inolvidable. El artesano se sorprendió, pero pareció alegrarse de encontrarlo y le explicó las razones que tenía para buscar refugio en el lugar.

—El año pasado le proporcioné al abad unas candelas espléndidas —añadió con una sonrisa—, por lo que me han acogido encantados.

—¿Y de veras crees que Brian Boru destruirá Dyflin? —inquirió Osgar.

—Es demasiado listo para eso —respondió Morann—, pero les dará una terrible lección.

—Y crees que los conventos son lugares seguros, ¿verdad? —quiso saber Osgar, pensando en el pequeño monasterio de la familia.

—En el pasado siempre los respetó —respondió Morann.

Se detuvieron frente a la cruz del gran mercado. Kells contaba con varias de esas cruces de piedra, hermosamente talladas, las cuales, como las torres circulares, se habían convertido en una característica de los monasterios isleños. Los brazos de la cruz estaban situados en un aro de piedra, un trazado que, si bien era conocido como la cruz celta, se remontaba a antes de san Patricio, a las coronas triunfales de los romanos, y evocaba el símbolo del dios Sol, que era mucho más antiguo. Algunas lucían incisiones con las formas entrelazadas y las espirales de los tiempos pretéritos, pero las cruces de Kells eran típicas del más elaborado de los trabajos; todas las superficies, incluso las peanas en las que se apoyaban, estaban cubiertas de unos robustos relieves: Adán y Eva, Noé y el arca, escenas de la vida de Cristo, ángeles y demonios... En la base de la cruz del mercado se plasmaba una asombrosa escena de guerreros camino de la batalla. Como las estatuas y las tallas del interior de las iglesias, las figuras de estas cruces estaban pintadas de colores brillantes. Las lanzas de los guerreros tenían incluso la punta plateada. Morann observó la obra con aprobación. Aunque a una escala mucho mayor, la elaboración de sus distintas partes no se diferenciaba demasiado del arte de la joyería.

Estaban a punto de regresar cuando la vio en pie en el portal. Era la hermana Martha. Osgar maldijo por lo bajo.

La hermana Martha le caía bien. Con su cara ancha y sus afectuosos ojos verdes, la monja, una mujer de mediana edad, era un alma bondadosa. La hermana Martha, la monja de Kildare. La abadesa de Kildare le había dado permiso para ir a Kells a cuidar de una tía que agonizaba, pero la vieja dama en cuestión había experimentado una inesperada mejoría y ahora la hermana Martha deseaba regresar a su convento. Ojalá no le hubiera prometido, tiempo atrás, en un momento de debilidad, que la acompañaría, se lamentaba Osgar.

Las razones para hacerlo estaban claras. Con su trabajo en Kells casi terminado, sin desviarse mucho del camino, podía regresar a Glendalough pasando por Kildare; y para él era un deber incuestionable acompañar a una monja que viajaba sola en unos tiempos tan inciertos como aquéllos. En principio, había esperado estar ya listo para partir, pero su trabajo le había tomado algo más de tiempo del que había previsto y, cuando se lo había explicado a la hermana, esta había aceptado de buen grado, pero Osgar sabía que anhelaba marcharse, y llevaba varios días preguntándole con toda amabilidad cuándo pensaba que podrían partir. Osgar sospechaba que ella sabía que terminaría su trabajo de calígrafo al día siguiente, por lo que debía esperar que se pusieran en camino al cabo de dos días.

Sin embargo, el problema era que a él no le apetecía marcharse, al menos de momento, porque deseaba poder pasar una semana a solas con los tesoros de la biblioteca de Kells, sobre todo con el gran Evangelio, una vez hubiera concluido su tarea. Una semana de embelesado estudio íntimo, sin que nadie lo molestara. Había trabajado con ahínco y merecía aquel premio. Y ahora, la idea de esquivar las preguntas de la hermana y de hacerla esperar lo llenaba de un sentimiento de culpa angustioso. A raíz del último giro de los acontecimientos que había alterado la paz de la zona, el día anterior le había sugerido que tal vez sería mejor posponer unos días la partida, pero ella le había dirigido una mirada perspicaz y, con voz dulce, le había dicho: «Estoy segura de que el Señor nos protegerá». Osgar la había evitado desde entonces.

Morann oyó su maldición y le preguntó el motivo de ella. Y mientras caminaban hacia la puerta, se lo contó brevemente.

Así, después de presentar al joyero a la monja, suspiró aliviado cuando oyó que Morann comentaba:

—Me han dicho que vais a viajar con Osgar a Kildare, hermana Martha. He de deciros que tal vez la provincia en este momento no sea muy segura, pero si podéis esperar, yo tomaré ese mismo camino dentro de cinco días y podríamos viajar juntos. —Le dedicó una sonrisa—. Cuantos más seamos, más seguros nos sentiremos.

Era una oferta que nadie podía rechazar y, después de que la monja aceptara, cuando los dos hombres siguieron su camino, el joyero se volvió hacia Osgar y le dijo:

—¿Te bastará ese tiempo?

Tres días en la biblioteca y la compañía de Morann por un territorio que resultaba peligroso. ¿Qué más podía pedir?

—No doy crédito a mi fortuna —respondió Osgar con una sonrisa.

Supo que los planes de Morann eran instalar a su familia

en Kells y regresar después a Dyflin, donde quería cerciorarse de la seguridad de la familia de Harold.

—Pero tengo un negocio que cerrar en Kildare —explicó—, por lo que bajaré al sur por ese camino.

Osgar recordó la gran heredad de Fingal donde, años atrás, había encontrado al padre de Harold después de que lo asaltaran los bandoleros, y le impresionó la lealtad del joyero hacia su amigo.

—¿Y no tienes miedo de los peligros que puedas correr en Dyflin?

—Me andaré con cuidado —respondió Morann.

—Si vas a Dyflin —comentó Osgar—, tal vez veas a mi tío y a mis primos del monasterio. Espero que estén a salvo. ¿Podrías darles recuerdos míos?

—Desde luego —respondió Morann—. Por cierto —añadió—, vi a otra prima tuya, creo. Llegaba a Dyflin precisamente cuando yo me marchaba, para ponerse a salvo mientras su esposo está lejos, luchando en la batalla.

—¿Sí? ¿Y quién era?

—Está casada con un hombre muy rico de Rathmines. ¿No se llama Caoilinn?

—Oh. —Osgar se detuvo y clavó la vista en el suelo—. Sí, ese es su nombre —añadió en voz baja—. Caoilinn.

Era el último día antes de la partida. A Osgar le gustaba dedicar la primera hora de la mañana a practicar con las ilustraciones. Si la caligrafía era un trabajo de precisión, la ilustración era todavía más complicada. Primero estaba el diseño, que podía ser simple o complejo. Solo los muy diestros en geometría acometían los dibujos celtas, pero una vez estaba hecho el dibujo y era copiado en limpio y transferido a la vitela, comenzaba la delicada tarea de elegir los colores y pintarlos despacio con pinceles finos como agujas, algo que requería una habilidad y una paciencia extraordinarias.

Los mismos pigmentos eran excepcionales y muy valiosos. Mojó el pincel en uno rojo para colorear parte del diseño en forma de concha de uno de los ángulos. Se trataba de unas plumas. Algunos rojos se hacían a partir del plomo, pero aquél debía de proceder del cuerpo preñado —sí, tenía que ser preñado— de cierto insecto mediterráneo. Los verdes se obtenían del cobre, pero había que ser cuidadoso. Si después la página se mojaba, el cobre podía corroer la vitela. Los blancos solían hacerse con yeso y los dorados eran aún más complejos. El pigmento para el oro era en realidad un amarillo, el sulfito de arsénico, pero una vez aplicado, adoptaba un brillo metálico que hacía que pareciese pan de oro. Pero el más preciado y raro de todos era el azul lapislázuli. Procedía del lejano Oriente, de un lugar donde, se decía, las montañas, más altas incluso que los Alpes, se alzaban en el cielo azul hasta tocarlo. Un país sin nombre, o eso contaban.

En opinión de Osgar, el arte más grande de todos era la superposición de capas de colores, una encima de la otra, de modo que no solo se lograsen sutiles degradaciones de tono, sino también un relieve que, visto desde arriba por el ojo de Dios, parecía un paisaje.

Pero aquella mañana, cuando entró en el *scriptorium*, Osgar no se molestó en practicar un pobre arte terrenal, sino que se dirigió al gran libro del atril. Al fin y al cabo, era la última oportunidad que tenía de hacerlo.

Era un prodigio. Mientras contemplaba aquella obra maestra, le costaba creer que quizá no volvería a verla. Había explorado sus cremosas páginas de vitela durante dos meses y había descubierto sus maravillas, y del mismo modo que un peregrino en una ciudad santa ha llegado a conocer todos sus caminos y lugares secretos, casi sentía que el gran tesoro le pertenecía.

Y es que el libro que tenía delante era como una ciudad celestial. Cuatro Evangelios: cuatro puntos del compás, los cuatro brazos de la santa cruz. Irlanda tenía cuatro provincias. Hasta el poderoso Imperio romano, en sus últimos tiempos, cuando ya era cristiano, se había dividido en cuatro partes. Al comienzo de cada uno de los Evangelios había tres magníficas iluminaciones a página completa. La primera era el símbolo alado del evangelista, Mateo el hombre, Marcos el león, Lucas el toro y Juan el águila; después había una página de retratos y en la tercera aparecían las primeras palabras del Evangelio formando parte de un gran dibujo. Una trinidad de páginas para empezar cada uno de los cuatro Evangelios. Tres más cuatro: los siete días de la semana. Tres veces cuatro: los doce apóstoles.

Había otras iluminaciones a página completa en lugares apropiados del volumen, como el dibujo de la cruz de los ocho círculos, la Virgen y el Niño y el gran símbolo Ji-Ro con el que Mateo inicia el relato del nacimiento de Jesús.

El esplendor de las páginas residía en sus colores: rojos y malvas intensos y suntuosos, púrpuras, verdes esmeralda y azules zafiro; la tez pálida, como marfil viejo, de la cara de los santos, y por doquier el brillante amarillo gracias al cual parecían retablos esmaltados en oro.

En cambio, su magnificencia se debía a su construcción. Espirales triples encerradas en círculos, cenefas de lazos y nudos entrelazados; motivos del pasado más antiguo de la isla a los que se sumaban los símbolos cristianos: el águila de Juan, el pavo real, símbolo de la incorruptibilidad cristiana; peces, serpientes, leones, ángeles con trompetas, todo estilizado en dibujos geométricos. También había figuras humanas, agrupadas en las albanegas de las esquinas o alrededor de la base de las letras de oro, hombres con los brazos y las piernas extendidas de modo que, en este cosmos céltico, el cuerpo humano y el dibujo abstracto se fundían en una sola cosa. Y aquellos dibujos eran interminables; unos entrelazados repetidos de tal complejidad oriental que el ojo nunca podía desentrañarlos: discos de espirales situados en grupos, círculos y punteado, formas de serpiente y filigrana… De no haber sido por la sólida y monumental geometría de la composición, el exuberante desbordamiento de la decoración céltica se habría desmadrado por completo.

Ah, aquél era el quid de la cuestión. Era, pensó Osgar, el prodigio de todo ello porque, tanto si se trataba de la gran imagen cruciforme de los cuatro evangelistas como del intenso y sinuoso símbolo del Ji-Ro, el mensaje de las páginas iluminadas era inconfundible. Del mismo modo que en sus últimos tiempos, el imperturbable Imperio de la Roma pagana había intentado frenar, con sus numerosas legiones y sus macizas murallas, a las hordas de bárbaros, ahora, la Iglesia romana, con el poder superior y la autoridad de la religión verdadera, imponía su orden monumental en la anarquía de los idólatras, construyendo no solo una ciudad imperial, sino también celestial, eterna, integradora, intemporal y bañada en una luz espiritual. Osgar contemplaba las páginas de día y, a veces, soñaba con ellas por la noche. En una ocasión, había incluso soñado que, al entrar en la iglesia del monasterio, había encontrado el libro abierto. Dos de sus páginas, que se habían soltado del volumen, habían aumentado increíblemente de tamaño. Una era un mosaico de oro de la pared, la otra era como una gran celosía bizantina de oro e iconos en el coro, que le impedía el paso hacia el altar. Y mientras se acercaba, la celosía de oro había destellado, como si estuviera bruñida por un fuego oscuro y sagrado y él la había tocado con suavidad y había emitido un sonido bronco como un «gong» antiguo.

Ahora, sin embargo, tenía que marcharse con Morann y la hermana Martha. Acompañaría a la monja a Kildare y luego se adentraría en las montañas y regresaría a Glendalough. Y Morann iría a Dyflin y quizá vería a Caoilinn. Bueno, no podía quejarse. Aquélla era la vida que había elegido.

—Salió de la mano de san Colum Cille.

La voz sonó a su espalda y Osgar se sobresaltó. Era el viejo monje encargado del *scriptorium*. No lo había oído llegar.

—Eso dicen —murmuró.

San Colum Cille, el santo real, descendiente directo del mismísimo Niall, *el de los Nueve Rehenes*. Colum Cille, la Paloma de la Iglesia, que había fundado el famoso monasterio de la isla de Iona, frente a la costa septentrional de Britania. Ciertamente, era un célebre calígrafo, pero Colum Cille había vivido solo un siglo después de san Patricio, por lo que Osgar, que había examinado diversos libros de la biblioteca del monasterio, creía que el gran libro era de una fecha posterior.

Kells se había fundado hacía dos siglos como refugio para algunos monjes de la comunidad de Iona, después de que los vikingos atacaran el monasterio de la isla y unas cuantas ilustraciones estaban incompletas, por lo que acaso el gran libro hubiera sido preparado en Iona y los vikingos hubiesen interrumpido su confección.

—Os he estado vigilando, ¿sabéis?

—¿Sí?

En los dos meses que llevaba allí, el custodio del *scriptorium* apenas le había dicho una palabra más allá de lo indispensable y, cuando en un par de ocasiones había visto al viejo mirándolo con aire severo, había tenido la sensación de que el hombre lo desaprobaba. Se preguntó qué habría hecho mal, pero, para su sorpresa, al volverse, vio una sonrisa dibujada en la boca de dientes cariados y rotos del monje.

—Sois un estudioso, lo veo. La primera vez que os vi, me dije: «Ahí está un auténtico erudito de la raza de nuestra isla».

Osgar quedó tan complacido como sorprendido. Desde las lecciones sobre el asunto que le daba su tío cuando era niño, había sentido un orgullo justificable en los logros de sus paisanos porque, si bien eran los bárbaros los que ocupaban buena parte del mundo, habían sido los monjes misioneros de la isla occidental quienes se habían dirigido a los viejos territorios celtas del arrasado Imperio romano para reafirmar la civilización cristiana. Desde la Iona de Colum Cille, habían fundado otros centros notables, como el gran monasterio occidental de Lindisfarne, y habían convertido a casi toda la zona septentrional de Inglaterra. Otros habían ido a la Galia, a Germania y Borgoña y algunos habían, incluso, cruzado los Alpes hasta el norte de Italia. Con el paso del tiempo, a los monjes los siguieron los peregrinos celtas en considerable número, los cuales se dirigían hacia el sur por las vías de los peregrinos que llevaban a Roma. La Iglesia celta no solo había llevado de regreso la antorcha de la verdad, sino que se había convertido también en el mayor guardián de la cultura clásica. Las Biblias latinas y sus comentarios, las obras de los autores latinos más célebres —Virgilio, Horacio, Ovidio—, y hasta las de algunos filósofos, fueron todas copiadas y conservadas como tesoros. Los príncipes ingleses enviaron a sus hijos varones a estudiar a la isla occidental, donde algunos de sus monasterios eran prácticamente academias. Los eruditos de la isla eran célebres en todas las cortes de Europa. «Esos celtas de la isla son los mejores gramáticos», solía decirse entre la nobleza.

Personalmente, Osgar opinaba que aquel dominio se debía

en buena parte a la gran tradición de la lengua celta de los isleños, compleja a la par que poética. De hecho, en privado dudaba de que los hablantes de la lengua anglosajona pudieran apreciar alguna vez la literatura clásica. Y recordó que uno de los monjes de Glendalough había comentado una vez: «Anglosajón, en esa lengua hablaría una techumbre de bálago, si pudiera hacerlo». Y se alegraba de que los cronistas del monasterio también se hubieran tomado la molestia de registrar la vieja tradición celta en la escritura. Los monjes isleños habían incluido en sus crónicas del pasado desde los antiguos códigos de leyes brehon de las tribus y de los druidas hasta los viejos cuentos de tradición oral que cantaban los bardos. Las historias de Cuchulainn, Finn Mac Cunaill y otros héroes y dioses celtas se encontraban ahora en las bibliotecas monásticas, junto con los textos clásicos y las Sagradas Escrituras. Y no solo eso. Cuando los monjes irlandeses, impregnados de la sonora tradición de sus himnos latinos, tomaron la rica aliteración de los antiguos versos celtas y la transformaron en una poesía irlandesa escrita más evocadora e inquietante de lo que lo fuera el original pagano, surgió una nueva tradición literaria. Había que reconocer que las tramas de los relatos habían cambiado un poco. En esos viejos cuentos, pensó Osgar, había cosas que ningún cristiano se prestaría a escribir, pero la gran poesía majestuosa de los ancestros seguía allí, era el alma celta de la obra.

Una cosa sí lamentaba: que los monjes de la isla hubieran abandonado la vieja tonsura de los druidas. Dos siglos después de san Patricio, el Papa había insistido en que todos los monjes de la cristiandad se afeitaran solo la coronilla, a la manera romana, y después de algunas protestas, la Iglesia celta lo había aceptado. «Pero en el fondo todavía son celtas», le gustaba decir medio en broma.

—¿Y mañana os vais? —le preguntó el viejo monje.

—Sí.

—Con tantos problemas como hay en el mundo —dijo el anciano suspirando—. Habrá hombres de Brian Boru por todo el Leinster, y solo Dios sabe qué se traen entre manos. Deberíais quedaros más y esperar hasta que viajar sea seguro.

Osgar le contó que iba a acompañar a la hermana Martha, pero el viejo monje sacudió la cabeza.

—Es terrible que un erudito como vos tenga que salir al mundo por una monja de Kildare —concluyó antes de darse la vuelta y alejarse.

Regresó al cabo de unos momentos con un trozo pequeño de pergamino en la mano, el cual depositó en la mesa delante de Osgar.

—Mirad esto.

Era un dibujo hecho con tinta negra. Osgar nunca había visto nada parecido. Era como un trébol compuesto de tres espirales vagamente unidas, que le recordaba los trifolios que había visto en algunas de las mejores iluminaciones, pero a diferencia de estos, en los que las espirales estaban dispuestas en un diseño perfectamente geométrico, las líneas espirales parecían perderse hacia los extremos, como si hubieran quedado atrapadas en medio de un asunto inconcluso y sin final.

—Esto lo copié yo —dijo el anciano con orgullo.

—¿De dónde?

—De una gran piedra, en las viejas tumbas encima del Boyne. Paseaba por allí a menudo. —Contempló su obra con satisfacción—. Así es como está grabada. La copia es exacta.

Osgar continuó contemplando el dibujo. Las líneas errantes parecían antiguas.

—¿Sabríais decir qué significa? —preguntó el anciano.

—No, lo siento.

—Nadie lo sabe. —El monje suspiró y luego se animó—. Pero es una cosa curiosa, ¿no os parece?

Lo era. Y por extraño que resultase, aquella noche, después de salir de la biblioteca, fue aquel curioso dibujo, más incluso que los magníficos Evangelios, lo que permaneció rondando en su imaginación, como si las espirales que se extraviaban contuvieran un mensaje indescifrable sobre su destino para aquellos que estuvieran a punto de emprender un viaje.

Partieron al romper el alba. El día anterior, la nieve se había fundido y aunque hacía frío, no había escarcha y el suelo estaba mojado. Se desplazaron en una pequeña carreta que Morann les había proporcionado y no se cruzaron con ningún otro viajero. Cada vez que llegaban a una granja, preguntaban si había noticias de las fuerzas del Munster, pero nadie había visto u oído nada. Parecía que en aquella parte del territorio, por lo menos, todavía reinaba la tranquilidad. A primera hora de la tarde llegaron al Boyne, a un punto en el que había un vado. Una vez lo dejaron atrás, continuaron hacia el sur bajo un cielo plomizo.

El día trascurrió apaciblemente. Estuvieron atentos a la presencia de grupos de cuatreros, pero no vieron ninguno. Cuando comenzaba a oscurecer divisaron humo procedente de una granja situada junto a un viejo *rath* y en ella encontraron a un pastor y su familia. Reconfortados por el calor del fuego y la acogida que les brindaron, pasaron allí la noche. El pastor les dijo que Brian Boru, junto con un inmenso ejército, había ido a Dyflin y que ahora estaba acampado en las proximidades.

—Dicen que piensa quedarse hasta después de Navidad —explicó el pastor.

Al preguntarle si habían tenido algún problema, contestó:

—No, por aquí no.

A la mañana siguiente, cuando se pusieron de nuevo en camino, el cielo estaba encapotado. Ante ellos se extendía un amplio terreno llano. A la derecha, hacia el este, comenzaba una gran zona de marismas. Al este, a dos días de viaje, se hallaba Dyflin. Delante, hacia el sur, la llanura estaba formada por bosques que alternaban con grandes espacios abiertos. Si viajaban a un paso razonable, a última hora de la tarde llegarían al mayor de estos espacios abiertos, la baldía meseta de Carmun, donde en tiempos inmemoriales, los habitantes de la isla se reunían para el festival pagano de Lughnasa y las carreras de caballos. Y el gran monasterio de Kildare, su destino, se encontraba a una corta distancia de los terrenos de las antiguas carreras.

Cuando llegaron a la entrada de Carmun, la tarde había casi terminado y caía la noche. Una extraña luz grisácea teñía el cielo. Los enormes espacios vacíos y llanos se veían misteriosos y algo amenazantes. Hasta Morann se sentía intranquilo y Osgar advirtió que miraba, nervioso, a su alrededor. Antes de que llegaran a Kildare, sería de noche. Miró a la hermana Martha.

La bondadosa monja era, ciertamente, una magnífica compañera de viaje. No hablaba a menos que alguien se lo pidiera; cuando lo hacía, exhibía sensatez y buen humor. Cuidando a los enfermos debía de ser estupenda, pensó Osgar. ¿Estaba ahora algo nerviosa? El monje estaba dispuesto a reconocer, al menos para sí, que él lo estaba, pero la hermana no daba muestras de ello. Al cabo de unos momentos, ella le sonrió.

—¿Os gustaría recitar algo conmigo, hermano Osgar? —preguntó de repente.

Él comprendió enseguida. Aquello los ayudaría a controlar la inquietud.

—¿Qué os gustaría? —inquirió—. ¿Un salmo, tal vez?

—El escudo de Patricio, creo —respondió la religiosa.

—Una elección excelente.

Era un poema muy hermoso. La tradición decía que lo había compuesto san Patricio, y podía ser cierto. Se trataba de un himno de alabanza, pero también de protección, y no estaba compuesto en latín sino en irlandés, lo cual resultaba apropiado, ya que aquel gran cántico cristiano, tan lleno del arrobo que se derivaba de la contemplación de la creación terrena de Dios, tenía un carácter druídico que recordaba a algunos poetas de la antigua tradición celta, como Amairgen.

Osgar acometió la primera estrofa, cantándola con firmeza:

> Hoy me elevo,
> con el espíritu fuerte
> invoco el Tres.
> Trinidad,
> confieso el Uno,
> Creador de la Creación.

Entonces la hermana Martha cantó la segunda:

> Hoy me elevo
> con el nacimiento de Cristo…

Su voz tenía una alegre energía y resultaba casi musical. Era una buena compañera de viaje, pensó Osgar, mientras cruzaban el terreno abierto. Y cuando llegaban al núcleo druídico del poema, se descubrieron turnándose, recitando un verso cada uno.

> Hoy me elevo
> por el poder del Cielo,
> luminoso como el sol,
> brillante como la luna,
> espléndido como el fuego,
> rápido como el relámpago,
> veloz como el viento,
> profundo como el mar…

El aire de la noche era cada vez más frío; sin embargo, a medida que cantaban juntos el conmovedor poema en aquel lugar lleno de resonancias, rodeados de una hierba verde y sintiendo el aire frío en sus enrojecidas mejillas, Osgar experimentó que su estado de ánimo cobraba vitalidad. En su voz había audacia y virilidad y la hermana Martha sonrió. Y no terminaron el himno hasta que, en la oscuridad creciente, divisaron las murallas de Kildare, que se alzaban majestuosas ante ellos.

A la mañana siguiente, tras despedirse de la monja, los dos hombres se dispusieron a seguir sus caminos separados. El tiempo había cambiado. Hacía frío, pero el cielo estaba despejado y el día era claro y brillante. El viaje de Kildare a Glendalough no era difícil y como no encontraron problemas, a Osgar no le importó tener que seguir solo. Primero iría a un pequeño convento situado bajo las vertientes occidentales de los montes de Wicklow, a menos de veinte kilómetros de distancia. Por suerte, los monjes habían prestado recientemente un caballo a uno de los sirvientes de la abadía y habían encargado a Osgar que lo devolviera. Después de pasar la noche allí, decidió que tomaría el camino de montaña que subía hasta Glendalough, un sendero familiar por el que llegaría fácilmente allí a la tarde siguiente.

Mientras tanto, Morann tenía la intención de ultimar sus negocios en Kildare y tomar luego la carretera que pasaba por Carmun. Él también haría noche por el camino y llegaría a Dyflin al día siguiente.

una senda que quedaba unos kilómetros a su derecha. Mientras lo señalaba para que Morann lo viera, advirtió que otros lo seguían a poca distancia y que también había hombres a pie. Entonces vio una carreta en la distancia y más jinetes. Y al mirar hacia el sur, se percató de que estaban a punto de encontrarse con un gran grupo de gente que se dirigía hacia la llanura que se extendía a los pies de los montes de Wicklow. No tardaron mucho en estar lo bastante cerca para dar el alto a uno de ellos. Se trataba de un hombre de mediana edad, envuelto en una manta. Tenía la cara surcada con un reguero de sangre seca y le preguntaron qué había ocurrido.

—Una gran batalla —gritó—. Ahí abajo. —Señaló hacia el sur—. En Glen Mama, junto a las montañas. Brian nos ha derrotado. Nos ha destruido.

—¿Y dónde está Brian, ahora? —quiso saber Morann.

—Se os ha adelantado. Sus hombres y él han pasado por aquí hace mucho. Brian debe de haber corrido como el mismísimo diablo —gimió, sombrío—. Seguro que ahora ya está en Dyflin.

Morann frunció los labios. Osgar sintió un pequeño pinchazo de temor, pero no dijo nada. El jinete se alejó y, tras una corta pausa, Morann se volvió hacia Osgar.

—Yo debo seguir adelante, pero tú no tienes ninguna necesidad de hacerlo. Puedes regresar caminando a Kildare y llegarás antes del anochecer.

Osgar reflexionó unos instantes. Pensó en su tío, en el monasterio familiar. Pensó en Caoilinn.

—No —dijo—. Iré contigo.

Al cabo de un rato, se encontraron confluyendo con una sucesión de hombres que volvían a casa. Muchos estaban heridos. Aquí y allá había carretas que llevaban a los que no podían caminar o montar. No hablaron mucho, pero todos los que lo hicieron contaron la misma historia: «Ahí abajo, en Glen Mama, hemos dejado más muertos que vivos», explicaron. La breve tarde tocaba a su fin cuando divisaron un pequeño convento junto a un río.

—Ahí será donde nos detengamos —anunció Morann—. Si mañana por la mañana salimos muy temprano, avistaremos Dyflin antes del mediodía.

Osgar advirtió que había ya una gran cantidad de gente descansando en aquel lugar.

Morann estaba preocupado. En realidad, no había querido que el monje lo acompañara. No se trataba de que no sintiera afecto por él, pero representaba una complicación, una responsabilidad adicional; posiblemente entrañaba un riesgo.

¿Qué le aguardaba? Un ejército conquistador después de la batalla es un animal peligroso: saqueos, pillaje, violaciones; siempre sucedía lo mismo. Incluso un rey tan poderoso como Brian podía no ser capaz de controlar siempre a sus hombres. Muchos comandantes dejaban que las tropas hicieran lo que quisieran durante un par de días y luego volvían a atar corto a los soldados. Los conventos, con sus recintos amurallados, serían seguros, Brian se cercioraría de eso, pero acercarse a la zona de Dyflin podía resultar peligroso. ¿Cómo afrontaría aquellas cosas el monje callado? ¿Le serviría de algo tenerlo por acompañante? ¿Se entremetería y necesitaría que cuidaran de él? Y además, había otra consideración. El primer objetivo de Morann sería encontrar a Astrid y a sus hijos y, si era necesario, ayudarlos a escapar. No quería que el monje ocupara un sitio valioso en la carreta. Deseó que Osgar no lo hubiese acompañado.

Y sin embargo, no podía menos que admirarlo. El convento donde iban a pasar la noche era pequeño, con menos de una docena de residentes. Los monjes estaban acostumbrados a ofrecer refugio a los viajeros, pero, al anochecer, habían quedado absolutamente desbordados. Debía de haber unos cincuenta o sesenta hombres cansados y heridos, algunos de ellos agonizando, acampados en el pequeño patio o al otro lado de las puertas. Los monjes les daban la comida que tenían e intentaban vendarles las heridas. Y Osgar los ayudaba.

Era impresionante. Se movía entre los heridos y los agonizantes, dando agua y comida a uno, limpiando las heridas a otro, o sentándose junto a un pobre individuo al que el pan o las vendas ya no le servían de nada. Parecía poseer no solo una serena competencia, sino también una benevolencia y afabilidad extraordinarias. Durante la noche —porque parecía poder pasarse sin dormir—, se sentó al lado de dos hombres que agonizaban, rezando con ellos y, cuando llegó el momento, les administró la extremaunción. Y en sus rostros podía verse que les había aportado paz y consuelo. No era solo lo que hacía, advirtió Morann, sino también algo que había en sus maneras, una serenidad que irradiaba su cuerpo elegante y magro, de la que a buen seguro él no era consciente.

—Tienes un don —le comentó el joyero en un descanso de su vigilia, pero Osgar solo pareció sorprenderse.

Cuando amaneció, los monjes se habrían alegrado de que se quedara. Algunos de los hombres que descansaban allí todavía no estaban en condiciones de reanudar el viaje y aún llegaban más.

—Esta mañana habrá incursiones —le dijo Morann a Osgar—. ¿Estás seguro de que no sería mejor que te quedases aquí?

—No —respondió Osgar—. Iré contigo.

La mañana era diáfana, con el cielo azul. Las cimas de los montes de Wicklow estaban enharinadas y la nieve brillaba bajo el sol.

Pese a las tristes escenas de la noche anterior y al peligro que tal vez los aguardaba, Osgar sintió emoción combinada con una gozosa calidez. Iba a ver a Caoilinn. La primera parte del viaje transcurrió en silencio y dejó que su mente divagara un poco. Imaginó a Caoilinn en peligro. Imaginó que llegaba y veía sorpresa y alegría en su rostro. Imaginó que la salvaba, que ahuyentaba a sus asaltantes y que la llevaba a un lugar seguro. Sacudió la cabeza. Visiones improbables, sueños de adolescente. Pero siguió soñando de todos modos, varias veces, mientras la carreta seguía traqueteando bajo las relucientes montañas.

Entonces notó que Morann le daba unos golpecitos.

Delante había una pequeña cuesta, y detrás, una granja. Y junto a ella había hombres montados a caballo.

—Problemas —dijo Morann con expresión sombría.

—¿Cómo lo sabes?

—No lo sé, pero lo sospecho. —Estrechó los ojos—. Parece un grupo de cuatreros. —Miró a Osgar—. ¿Estás preparado?

—Sí, supongo que sí.

Siguieron avanzando y vieron lo que ocurría. El grupo de cuatreros estaba formado por tres hombres. Habían ido a por ganado y al encontrar solo unas pocas reses en la heredad, era evidente que habían decidido llevárselas todas. Osgar distinguió a una mujer en pie, a la entrada de la granja, con un niño detrás de ella. Un hombre, probablemente su marido, intentaba razonar con los asaltantes, que no le hacían el menor caso.

—Osgar —dijo Morann en voz baja—, detrás de ti hay una manta con una espada debajo. Échate la manta sobre las rodillas y esconde el arma entre las piernas.

Osgar palpó la manta en busca de la espada e hizo lo que Morann le había dicho.

—Cuando la quieras, pídela.

El hombre de la granja gritaba. Los jinetes sacaban el ganado de sus establos. Osgar vio que el granjero corría hacia delante y agarraba a uno de los ladrones por la pierna, reconviniéndolo, y le tiraba de la extremidad, desesperado.

El movimiento fue tan rápido que Osgar no llegó a ver en acción la mano del jinete. Vio, sin embargo, la espada; un único y repentino destello bajo el sol de la mañana. Entonces vio caer al granjero, que se desplomó al suelo.

El cuatrero ni siquiera lo miró y siguió cabalgando para dirigir el ganado, mientras la mujer corría hacia su marido gritando, con el niño a su lado.

Cuando llegaron junto a él, estaba a punto de morir. Los ladrones ya se retiraban. Osgar se apeó de la carreta. El pobre sujeto del suelo, todavía consciente, advirtió que aquel hombre le administraba la extremaunción. Murió momentos después, con la mujer y el niño en el suelo, llorando a su lado.

Osgar se incorporó despacio y miró al difunto. No dijo nada. Morann le comentaba algo, pero no lo oyó. Lo único que lo absorbía era la cara del muerto, un hombre al que no conocía. Un hombre que había muerto por nada, en un momento estúpido, de una manera estúpida. La misma cara pálida, los mismos ojos muy abiertos. La sangre. El horror. Siempre era igual. La ilimitada crueldad humana y la violencia sin causa. La inutilidad de todo ello.

Las visiones que lo habían perturbado en una época, después de que de joven matara al asaltante de caminos, se habían difuminado hacía mucho tiempo. Volvían de vez en cuando, pero como reminiscencias, como cosas que pertenecían al pasado. Y arriba, en la tranquilidad y la seguridad de Glendalough, pocas razones había para que fuera de otro modo. Pero ahora, mirando de repente aquel terrible y ensangrentado desecho humano, volvió a ser presa del viejo horror, con la misma crudeza e intensidad que había experimentado mucho tiempo atrás.

«Yo también maté a un hombre —pensó—. Yo también hice esto.» Que hubiera sido o no en defensa propia no parecía cambiar las cosas. Y lo mismo que la otra vez, hacía tantos años, sintió una enorme necesidad de alejarse, de no participar más en aquellos acontecimientos trágicos y malvados. «Nunca más —se prometió—. Nunca más.»

Notó que Morann le tiraba del brazo.

—Debemos continuar —le decía el joyero—. Aquí ya no podemos hacer nada.

Cuando se encontró de nuevo sentado en la carreta con la espada entre las piernas, Osgar se sintió aturdido. Morann había retomado el camino. Los ladrones se hallaban a cierta distancia a su izquierda, pero le pareció que los estaban vigilando. Al cabo de unos momentos, dejaron el ganado y se dirigieron hacia ellos. Oyó que Morann le decía que no perdiera la calma y sintió que su mano se cerraba con fuerza alrededor de la espada, todavía escondida debajo de la manta entre sus piernas. Los jinetes llegaron a su lado.

De los tres hombres, dos llevaban unos gruesos justillos de cuero y portaban espadas. Era obvio que se trataba de soldados. El tercero, un individuo delgado y con los dientes rotos, iba envuelto en una capa y no parecía pertenecer al grupo de los otros dos. El soldado que había matado al granjero dijo:

—Vamos a necesitar la carreta.

Era una orden, pero mientras Osgar, reacio, comenzaba a moverse, Morann le puso la mano en el brazo y se lo impidió.

—Eso es imposible.

—¿Por qué?

—Porque la carreta no es mía. Pertenece al monasterio. —Señaló a Osgar—. Al monasterio de Dyflin, adonde llevo a este buen monje. Creo que al rey Brian no le gustaría que os quedarais con la carreta del monasterio —añadió, mirándolo con serenidad.

El soldado reflexionó unos instantes. Estudió a Osgar con ojos curiosos y llegó a la conclusión de que era realmente un monje. Asintió despacio.

—¿Lleváis objetos de valor?

—No.

El rostro de Morann irradiaba confianza. Aparte de un poco de plata escondida en la ropa, no tenían nada.

—¡Mienten! —exclamó el individuo de los dientes rotos, que tenía la mirada algo enloquecida—. Déjame que los registre.

—Harás lo que yo te diga y ayudarás a conducir el ganado —le ordenó el soldado en tono lacónico. Luego, se volvió hacia Morann y dijo—: Seguid.

Reemprendieron la marcha. Los soldados y el ganado quedaron atrás.

—Qué bien que te he tenido conmigo —dijo Morann con una triste sonrisa.

Subieron una pequeña cuesta y, cuando estaban en lo alto descansando unos minutos, vieron algo inquietante en la distancia. Una columna de humo se elevaba hacia el cielo. Era humo que debía de proceder de un gran fuego, tal vez de muchos fuegos. A juzgar por su dirección, solo podía venir de Dyflin. Osgar vio que Morann sacudía la cabeza y lo miraba, dudoso, pero continuó adelante.

Al cabo de unos momentos, oyeron el sonido de un caballo galopando a su espalda. Osgar se volvió y, para su sorpresa, vio que era el individuo delgado de los dientes rotos. Iba directo hacia ellos y resultaba evidente que se había separado de los soldados. Cuando se acercó, descubrió, horrorizado, que blandía una espada. Su mirada se veía más enloquecida que antes.

—Saca la espada —dijo Morann en voz baja.

Sin embargo, firme, y aunque lo había entendido perfectamente bien, Osgar no se movió. Parecía haberse quedado helado. Morann le dio un codazo impaciente.

—Va a atacarte, saca la espada.

Y siguió sin hacer nada. El tipo se encontraba solo a unos pasos de él. Morann tenía razón. Se estaba preparando para golpearlo.

—¡Por el amor de Dios, defiéndete! —gritó Morann.

Osgar notaba la espada en la mano y, sin embargo, no la movía.

No sentía miedo, eso era lo más extraño de todo. Su parálisis no tenía nada que ver con el pavor. En aquel momento, apenas le importaba que el hombre lo golpeara, porque si lo golpeaba él, seguramente lo mataría. Y lo único que sabía en aquel instante era que había tomado la decisión de no matar a ningún hombre. No quería participar en ello.

Cuando Morann le arrebató la espada de las manos, casi no lo notó. Solo sintió, por un momento, el fuerte brazo izquierdo de su compañero que, cruzándose delante de él, se abalanzaba sobre su asaltante. Oyó el entrechocar del acero, sintió que el cuerpo de Morann se retorcía violentamente y oyó el grito terrible del tipo delgado que se desplomaba del caballo. Al cabo de un momento, Morann saltó de la carreta y hundió la espada en el pecho herido del atacante. Aquel hombre flaco estaba tendido en el suelo y echaba espumarajos de sangre por la boca. Morann se volvió hacia Osgar y comenzó a maldecirlo.

—¿En qué estabas pensando? Podíamos haber muerto los dos… Dios mío, no sirves de nada, ni a un hombre ni a un animal. ¿No serás el cobarde más grande que haya nacido nunca?

—Lo siento

¿Qué otra cosa podía decir? ¿Cómo podía explicar que no tenía miedo? ¿Cómo iba a cambiar eso las cosas? Osgar lo ignoraba.

—No tenía que haberte traído conmigo —gimió el joyero—. No tenía que haberlo hecho. No me sirves de nada, monje, y eres un peligro incluso para ti mismo.

—Si ocurre otra vez… —dijo Osgar débilmente.

—¿Otra vez? No habrá otra vez. —Morann hizo una pausa y luego anunció con determinación—: Vas a regresar.

—Pero no puedo. Mi familia…

—Si en Dyflin hay un lugar seguro, es el monasterio de tu tío —le dijo Morann.

—Y Caoilinn… Estará en la ciudad, probablemente.

—¡Cielo santo! —exclamó Morann—. ¿Qué demonios puede hacer por Caoilinn un inútil y un cobarde como tú? Pero si no podrías ni salvarla de un ratón. —Respiró hondo y prosiguió con algo más de amabilidad y en tono razonable—. Con los enfermos y los agonizantes eres maravilloso, Osgar. Te he estado observando. Deja que te lleve de vuelta a un lugar donde te necesitan. Dios te ha hecho para una cosa, hazla, y deja que yo me ocupe de salvar a la gente.

—Creo de veras que… —comenzó a decir Osgar, pero el joyero lo interrumpió con firmeza.

—En mi carreta no te llevo más.

Y antes de que Osgar pudiera decir nada, Morann montó en el vehículo, le dio la vuelta y regresó por donde había venido.

Por el camino no se cruzaron con nadie. Los ladrones de ganado se habían esfumado y la gente de la finca ya había llevado el cadáver del granjero al interior de la vivienda. Divisaron en la distancia el pequeño convento donde habían pasado la noche y Osgar le pidió a Morann que se detuviera.

—Supongo que tienes razón —dijo con voz lastimera—. Ahí es donde debo ir, pues me necesitan. Así que deja que me apee y seguiré a pie hasta allí. Cuanto antes llegues a Dyflin, mejor. —Hizo una pausa—. ¿Me prometes una cosa? ¿Podrías detenerte en Rathmines? Te pilla de camino. Hazles una visita y asegúrate de que Caoilinn no está allí y necesita ayuda. ¿Puedes hacerlo por mí?

—Sí —accedió Morann—. Eso sí puedo hacerlo.

Osgar ya se había apeado cuando tuvo una idea repentina.

—Dame la manta —dijo.

Morann se la lanzó al tiempo que se encogía de hombros.

—Bien —dijo y, tras quitarse el hábito de monje, se envolvió en la manta y luego le tiró el hábito a Morann—. Póntelo —añadió—. Tal vez te resulte útil para entrar en Dyflin.

Y

Las llamas y el humo que se alzaban ante Dyflin crecían con el paso de las horas, pero no eran el resultado de la destrucción, sino que procedían de unas enormes hogueras que los soldados del Munster habían encendido en su campamento, situado en el terreno abierto que se extendía entre las murallas de la ciudad y el túmulo de la Asamblea.

Caoilinn los miraba con nerviosismo, preguntándose qué hacer, cuando vio acercarse a los dos hombres. Deseó que pudieran ayudarla.

Había ido a Rathmines la noche anterior. No bien oyó las noticias de Glen Mama, decidió cabalgar hacia la granja, dejando a sus hijos en Dyflin, al cuidado de su hermano, y esperar allí a su esposo por si iba primero a casa. Había visto pasar a los hombres de Brian y a unos cuantos de los soldados vencidos que regresaban a sus casas. Aunque el gran campamento de los soldados del Munster se hallaba fuera de las murallas, las puertas de Dyflin estaban abiertas. La gente entraba y salía, pero, durante mucho tiempo, no vio ni rastro de Cormac.

Esperaba encontrar a su gente en la heredad, pero, como temían a los hombres de Brian, todos habían desaparecido y allí no había nadie. La granja se hallaba a cierta distancia del camino principal, al final de una carretera propia, con lo que nadie se había acercado por allí. Caoilinn, sin embargo, había hecho acopio de fuerzas y había pasado la noche sola, allí fuera, temiendo que su marido llegara y no encontrara a nadie.

Y por fortuna lo hizo.

Él había llegado hacía media hora, solo. Si Caoilinn no hubiera reconocido su caballo, no habría adivinado que aquella figura ensangrentada y harapienta que se le acercaba era su amado. Tenía unas heridas terribles y pensó que quizá no sobreviviría. Solo Dios sabía qué fuerza de voluntad lo había mantenido a lomos del caballo mientras el animal caminaba despacio de vuelta. Había conseguido sostenerlo hasta el interior y lavarle y vendarle algunas de las heridas. Él había gruñido en voz baja y le había dado a entender que sabía quién era y que se encontraba en casa, pero apenas podía hablar. Y tras haber hecho lo poco que podía hacer, Caoilinn se preguntó cómo llevarlo a casa de su hermano en Dyflin o si no sería mejor dejarlo allí solo, mientras ella salía en busca de ayuda. Entonces vio que dos hombres se acercaban por el camino de la heredad.

Eran soldados del ejército de Brian. Se mostraron amables y entraron en la granja con ella. Uno de los soldados echó un vistazo a Cormac y sacudió la cabeza.

—No creo que sobreviva —dijo.

—No tiene ninguna posibilidad de hacerlo —convino el otro.

—Por favor —les advirtió Caoilinn—, podría oíros.

Los dos hombres intercambiaron una mirada. Parecían reflexionar sobre la situación. Uno de los dos, posiblemente el de rango superior, con la cara redonda y grande y que había sido el más afable y cortés, finalmente habló.

—¿No deberíamos rematarlo? —preguntó en tono jovial.

—Si quieres —respondió el otro.

Caoilinn se sintió desfallecer.

—Podríamos violarla primero y matarlo después. Quizá le guste verlo —dijo el de la cara redonda, volviéndose hacia ella—. ¿Tú qué crees? —le preguntó.

Caoilinn fue presa de un intenso pánico. Podía gritar, pero ¿quién la oiría? Nadie. De haber tenido un arma, habría intentado utilizarla. Los soldados portaban espadas y la matarían, pero al menos moriría luchando. Miró a su alrededor.

Claro. Su esposo Cormac tenía una espada y la miraba desde su posición junto a la puerta, como si tratara de decirle algo. ¿Que tenía un arma? ¿Que no estaba dispuesto a ver cómo la violaban? Sí, pensó Caoilinn, era la única manera.

Corrió hacia él. Pero los soldados se lo impidieron agarrándola por las muñecas. No podía moverse.

Le llegó una voz procedente del camino y respondió con un grito.

Y para su máximo asombro, al cabo de un momento apareció un monje. Llevaba una espada en la mano.

Fue idea de Morann llevar a Caoilinn y a su marido al pequeño monasterio de la familia.

—Ahí lo cuidarán; además, bajo la protección de los monjes estarás más segura que en cualquier otro sitio.

Le habría gustado apresar al segundo asaltante de Caoilinn. Al hombre de la cara redonda lo había herido de muerte, pero lamentaba que el otro individuo hubiera logrado escapar. Sin embargo, lo primero era lo primero.

El tío de Osgar estuvo encantado de acogerlos, y llenó de alabanzas a su sobrino cuando Morann, con todo el tacto, les dijo que había sido gracias al monje por lo que había llegado allí. El abad también poseía abundante información. Aunque había envejecido mucho y estaba débil en grado sumo, la emoción de los acontecimientos de aquellos días parecía haberle insuflado vida. Sí, confirmó. Brian estaba dentro de las murallas de Dyflin.

—Quiere quedarse allí todas las navidades.

La batalla de Glen Mama había sido una catástrofe para el Leinster. El número de víctimas era ingente y todavía llegaban hombres heridos. El rey de Dyflin había huido al norte, al Ulster, pero habían salido grupos a darle captura. Brian no se había vengado sanguinariamente de los habitantes de Dyflin, pero se había cobrado un inmenso tributo.

—Los dejó sin nada —dijo el hombre, con la triste satisfacción del espectador de una buena pelea—. Dios bendito, los dejó sin nada. Como poco, se marchó con una carreta cargada de plata de cada casa.

Aunque era obvio que exageraba, Morann se alegró doblemente por haberse llevado sus objetos de valor. El rey del Munster tampoco había perdido el tiempo a la hora de imponer su autoridad política en la provincia.

—Ya tiene preso al rey del Leinster y también está tomando rehenes de todos los jefes, todas las iglesias y todos los monasterios de la provincia. Incluso tiene a mis dos hijos —añadió el anciano, con cierto orgullo.

No era inusitado que los reyes tomaran rehenes en los grandes conventos religiosos, ya que, aunque estos monasterios no estuvieran en manos de una poderosa familia local que necesitaba ser controlada, tenían riqueza para alquilar mercenarios y a veces poseían un retén propio de hombres armados.

Que hubiera, sin embargo, tomado a los hijos del anciano como rehenes otorgaba a la familia y a su pequeño monasterio una importancia de la que su antepasado Fergus se habría enorgullecido.

El viejo preguntó a Morann si tenía la intención de entrar en la ciudad y el joyero le dijo que sí.

—Ahora son los escandinavos los que son considerados como los verdaderos enemigos —comentó el abad—, y aunque tú no eres escandinavo, en Dyflin eres un personaje célebre, por más que vistas un hábito de monje —añadió con ironía—. No sé que pensarán de eso los soldados del Munster. Si estuviera en tu lugar, yo no iría.

Morann le agradeció el consejo, pero no podía seguirlo.

—Iré con cuidado —le prometió.

Dejó el carro en el monasterio y bajó caminando a la ciudad.

Las calles de Dyflin estaban más o menos como las había dejado. Había esperado ver vallas derribadas y algunas techumbres quemadas, pero parecía que los habitantes, prudentemente, habían acatado su destino sin oponer resistencia. Grupos de hombres armados holgazaneaban aquí y allá. La calle de las Casetas de pescado estaba llena de carros con provisiones y la presencia de cerdos y reses en muchos de los pequeños patios indicaba que los ocupantes tenían la intención de festejar bien la Navidad. Los del Munster habían requisado muchas casas y se preguntó qué habría sido de la suya. Le había dicho a la mujer de Harold que, en su ausencia, llevara allí a su familia, por lo que allí sería donde iría primero.

Cuando llegó a la puerta, vio a un par de hombres armados apoyados en la valla; uno de ellos parecía borracho. Se volvió hacia el otro y le preguntó si la mujer estaba dentro.

—¿La esposa del escandinavo, con los niños?

Morann asintió. El tipo se encogió de hombros.

—Se los han llevado a todos. Los han bajado al muelle, creo.

—¿Y qué van a hacer con ellos? —preguntó Morann en tono indiferente.

—Venderlos. Como esclavos. —El tipo sonrió—. Mujeres y niños. Será todo un cambio ver cómo esos escandinavos son vendidos, en vez de ser ellos los que nos vendan a nosotros.

Y cada uno de los que luchamos con el rey Brian obtendremos una parte. Esta vez volveremos a casa con los bolsillos llenos.

Morann se obligó a sonreír, pero por dentro se maldecía a sí mismo. ¿Había sido él quien había llevado aquella desgracia a la familia de su amigo, convenciéndoles de que se marcharan de la granja y fueran a Dyflin?

Su primer impulso fue bajar al muelle de madera y buscarlos, pero enseguida advirtió que no sería prudente, ni tampoco tenía claro cómo podía ayudarlos. Necesitaba saber más. Por ello, a continuación fue a casa del padre de Caoilinn, al que le informó sobre el paradero de su hija y al que transmitió el mensaje de Osgar.

—Los hombres de Brian ya han estado aquí —explicó el viejo mercader. El esposo de Caoilinn, relató, había sido multado en su ausencia—. Ha de pagar doscientas cabezas de ganado y entregar a su hijo como rehén —dijo con amargura—. Yo ya he perdido la mitad de la plata que poseía y todas las joyas de mi esposa. En cuanto a ti —advirtió al joyero—, si esos hombres del Munster descubren quién eres, sufrirás como todos nosotros.

Cuando Morann le habló del problema de la familia de Harold, el viejo no le dio demasiados ánimos. Abajo, en el muelle, había ya centenares de personas, casi todas mujeres y niños, encerradas en un recinto y vigiladas por guardias. Y cada día traían más. Aconsejó a Morann que, de momento, no se acercara por el lugar.

Poco después de dejar al mercader, Morann se dirigió con cautela hacia el muelle de madera. Aunque estaba conmocionado por lo que le había sucedido a la familia de su amigo, sabía que no tenía que sorprenderle en absoluto. Los mercados de esclavos se alimentaban siempre de gente que había perdido batallas o que había sido capturada en las incursiones de los vikingos. Por duro que fuera, el rey Brian estaba reafirmando una actitud que todo el mundo septentrional comprendería.

El primer objetivo del artesano fue descubrir dónde estaba cautiva la familia de Harold. Si era posible, intentaría establecer contacto con ellos para poder darles por lo menos un poco de esperanza y consuelo. Luego, la cuestión sería cómo liberarlos.

Era improbable que pudiera sacarlos sin que los vigilantes lo vieran; además, para complicar aún más las cosas, era posible que si iban a venderlos en mercados distintos, a Astrid ya la hubiesen separado de los niños. Tal vez podría sobornar a los centinelas, pero no le pareció demasiado viable. Su mejor oportunidad sería comprárselos directamente a los del Munster a precio de mercado; no obstante, entonces, tendría que explicar quién era y quizás aquello resultase problemático. Podía ser que hasta él mismo terminara en un mercado de esclavos, pensó con amargura.

Ya había llegado delante del muelle, que estaba repleto de barcos y, cuando empezó a recorrerlo, nadie se fijó en él. Unos hombres armados bajaban por un callejón a su derecha y se detuvo para observarlos mientras pasaban.

Pero no pasaron. Unas manos le agarraron de repente los brazos y se debatió, intentando protestar, pero enseguida advirtió que era inútil y se tranquilizó por completo.

—¿Qué queréis, chicos? —les preguntó—. ¿Por qué me detenéis?

El oficial al mando del grupo era una figura cetrina que exudaba una serena autoridad. Se plantó ante el artesano y sonrió.

—Lo que queremos, Morann Mac Goibnenn, es el placer de tu compañía. ¿Que adónde te llevamos? Ante el mismísimo rey Brian Boru. Y no querrás hacerlo esperar, ¿verdad?

Fue a Morann a quien hicieron esperar. Lo hicieron esperar toda la tarde. Fuera cual fuese su destino, sentía curiosidad por conocer al rey del Munster, cuyo talento y ambición lo habían elevado casi al pináculo del poder y, mientras esperaba, se dedicó a recordar lo que sabía de él.

Era el hijo menor de Kennedy y había nacido junto a un vado, a orillas del Shannon. Morann había oído decir que a muy temprana edad un *fili* le había comunicado que era un hombre de destino y que, como había nacido junto a un vado, junto a un vado moriría. Bien, pues ahora se hallaba en Ath Cliath, pero estaba muy vivo. «Le gustan las mujeres», eso todos lo decían, pero ¿a quién no? Hasta ahora había tenido tres esposas. La segunda había sido una mujer tempestuosa, hermana del rey del Leinster. Había estado casada con el rey vikingo de Dyflin y con el rey supremo O'Neill, pero antes de que Brian la repudiara, le había dado un hermoso hijo.

Morann sabía que había mucha gente que pensaba que este divorcio había contribuido a la inquina que había originado la revuelta de los reyes del Leinster y de Dyflin contra Brian, pero un jefe que conocía al rey del Leinster le había asegurado a Morann que el rumor no era correcto. «Tal vez no le haya gustado el divorcio, pero conoce los problemas que ha causado su hermana», le había dicho al joyero. Al fin y al cabo, además, el divorcio era frecuente entre las familias reales de la isla. En opinión de Morann, era más posible que el odio contra Brian se derivase de los inevitables celos de un hombre que había ascendido tanto y tan deprisa. «Es tan paciente como osado», reconocían. Ahora tendría casi sesenta años, pero su vigor seguía intacto, según se aseguraba.

Y así resultó ser. Casi anochecía cuando Morann fue conducido a la gran sala del rey de Dyflin, ahora en manos de Brian. En el centro ardía un fuego, alrededor del cual había varios hombres apostados. Uno de ellos, advirtió, era el mercader rico que importaba ámbar. A su lado, volviéndose a mirarlo, estaba la figura que supuso que era Brian Boru.

El Rey no era alto, sino de mediana estatura. Tenía la cara larga, la nariz delgada y unos ojos inteligentes. Su pelo era de un castaño intenso, a excepción de unas pocas canas dispersas. Tenía un rostro hermoso, casi intelectual. Podría haber sido un sacerdote, pensó Morann, pero, cuando Brian caminó unos pasos hacia él, advirtió que el rey meridional se movía con una peligrosa gracia felina.

—Sé quién eres. Te han visto. —Brian no perdió tiempo—. ¿Dónde has estado?

—En Kells, Brian, hijo de Kennedy.

—Ah, comprendo. Y esperas que allí tus objetos valiosos estén a salvo de mí, ¿verdad? Me dicen que en casa has dejado muy poco. Los que se rebelan deben pagar un precio, ¿sabes?

—Yo no me he rebelado.

Era la verdad.

—¿No?

—Ese hombre puede decirlo. —Morann señaló al comerciante de ámbar—. Les dije a los habitantes de Dyflin que era un error oponerse a Brian. No les complació y me marché.

El rey Brian se volvió hacia el mercader y este asintió en señal de conformidad.

—¿Y por qué has vuelto? —quiso saber el Rey.

Morann le relató los detalles exactos de las etapas de su viaje, de cómo se había puesto en camino con Osgar y de su descubrimiento de que la esposa y los hijos de Harold habían sido apresados.

Omitió discretamente el incidente de Rathmines y la huida con Caoilinn y su esposo al monasterio, con la esperanza de que Brian no estuviera al corriente de ello.

—¿Regresaste por tus amigos? —Brian se volvió hacia los otros y comentó—: Como este hombre estúpido no es, debe de ser valiente. —Entonces, dirigiéndose de nuevo a Morann, añadió con frialdad—: Por lo que parece, eres amigo de los escandinavos.

—No especialmente.

—La familia de tu esposa es nórdica —dijo en un tono apacible que, sin embargo, contenía una amenaza. Al Rey nadie lo engañaba—. Debe de ser por eso por lo que viniste a vivir aquí, por tu amor hacia esa gente.

¿Jugaba el rey Brian con él, como un gato con un ratón?

—En realidad —replicó Morann sin alterarse—, fue mi padre quien me trajo aquí cuando era poco más que un niño. —Sonrió al recordar por unos instantes aquel viaje y su paso junto a las tumbas antiguas encima del río Boyne—. Vengo de una familia de artesanos, honrados por los reyes desde antes de la llegada de san Patricio. Mi padre odiaba a los escandinavos, pero me hizo venir a Dyflin porque decía que este era el lugar del futuro.

—¿De veras? ¿Y sigue vivo un hombre de una sabiduría tan profunda?

Resultaba difícil saber si aquel comentario era o no sarcástico.

—Murió hace mucho.

El rey Brian guardó silencio. Parecía estar reflexionando. Luego se acercó al orfebre.

—Cuando yo era joven, Morann Mac Goibnenn —hablaba tan bajo que Morann debía de ser la única persona que lo oía—, odiaba a los escandinavos. Habían invadido nuestras tierras y nos enfrentamos a ellos. En una ocasión, prendí fuego a su puerto de Limerick. ¿Opinas que eso fue acertado por mi parte?

—Había que darles una lección, creo yo.

—Quizá. Pero era yo, Morann Mac Goibnenn, quien necesitaba aprender una lección. —Hizo una pausa y puso un pequeño objeto en la mano de Morann—. ¿Qué opinas de esto? —Era una monedita de plata. El rey de Dyflin había empezado a acuñarlas hacía solo dos años. En opinión de Morann, la factura no era especialmente buena, solo pasable. Sin esperar a que respondiera, Brian continuó—: Los romanos acuñaron monedas hace mil años. Ahora hay cecas en París y en Normandía. Los daneses acuñan en York, y los sajones, en Londres y en otras ciudades, pero nosotros, aquí en la isla, ¿dónde acuñamos? En ningún sitio, salvo en el puerto de Dyflin, que es de los escandinavos. ¿Qué te dice eso, Morann?

—Que Dyflin es el puerto principal de la isla y que comerciamos por mar.

—Y sin embargo, incluso ahora, nuestros jefes nativos todavía cuentan su riqueza en ganado. —El Rey suspiró—. En esta isla hay tres reinos, Morann. Está el interior, con sus pastos y sus bosques, sus *raths* y sus heredades, el reino que se pierde en la bruma de los tiempos, con Niall, *el de los Nueve Rehenes*, y Cuchulainn y la diosa Eriu, el reino del que descienden todos nuestros monarcas. Luego está el reino de la Iglesia, de los monasterios, de Roma, con sus riquezas y su erudición en lugares protegidos. Es el reino que nuestros monarcas han aprendido a respetar y a amar. Pero ahora hay un tercer reino, Morann, el reino de los escandinavos, con sus puertos y su comercio de ultramar. Y todavía no hemos aprendido a hacer nuestro este reino. —Brian sacudió la cabeza—. El rey supremo O'Neill cree que es una gran persona porque conserva el derecho a Tara y tiene la bendición de la Iglesia de san

Patricio; sin embargo, te diré una cosa: si no comanda las flotas de los escandinavos y se convierte en señor del mar, entonces no será nada, nada en absoluto.

—Pensáis como un escandinavo —dijo el artesano.

—Porque los he observado. El Rey Supremo tiene un reino, pero ellos poseen un imperio en todos los mares. El Rey Supremo gobierna una isla fortaleza, pero sin barcos propios siempre será vulnerable. Tiene mucho ganado, pero también es pobre, porque todo el comercio está en manos de los escandinavos. Tu padre actuó correctamente, Morann, cuando te trajo a Dyflin.

Mientras Morann reflexionaba sobre lo que implicaban aquellas palabras, miró a Brian con curiosidad renovada y advirtió que, al ocupar la mitad meridional de la isla, el rey del Munster había tomado ya el control de los principales puertos vikingos. También sabía que, en algunas de sus campañas, Brian había hecho uso extensivo del transporte fluvial en el río Shannon. Pero lo que Brian acababa de decir iba más allá de la suerte de control político que los monarcas habían ejercido hasta entonces. Si el Rey Supremo sin flotas vikingas no era nada, aquello entonces significaba la confirmación de que Brian, como muchos sospechaban, tenía la callada intención, tarde o temprano, de ocupar el trono supremo. Pero además de eso, parecía como si una vez convertido en dueño y señor de la isla, quisiera ser un monarca distinto. Dyflin le interesaba más que Tara. Morann pensó que los escandinavos de Dyflin iban a ver mucho más este nuevo tipo de reinado de lo que estaban acostumbrados y que aquella revuelta estúpida le había dado a Brian la excusa que necesitaba para imponer su autoridad en el lugar. Morann miró al monarca con respeto.

—Los escandinavos de Dyflin no son fáciles de gobernar —comentó el artesano—. Están habituados a la libertad de los mares.

—Lo sé, Morann Mac Goibnenn —replicó el Rey—. Necesitaré amigos en Dyflin —dijo, antes de mirarlo con expresión astuta.

Aquello era una oferta y Morann lo entendió enseguida. Apenas daba crédito a lo afortunado que era. Después de su arresto en el muelle, no había sabido qué iba a ocurrirle. Y allí estaba ahora Brian Boru ofreciéndole amistad a cambio de su apoyo leal. Sin duda alguna, habría un precio que pagar, pero seguro que merecía la pena. Asimismo, no pudo menos que admirar la visión del rey del Munster. Brian miraba más allá de su posición actual, cuando fuese dueño y señor de toda la isla, ahora y aquí, donde acababa de aplastar a la oposición en Dyflin, ya estaba preparando el terreno para un reinado pacífico y fructífero del puerto. Morann creyó que tal vez pensaba establecerse allí algún día.

Y estaba a punto de asegurarle al monarca que podía contar con su fiel amistad cuando se produjo un alboroto en la puerta. Sonaron voces airadas y el jefe de la guardia armada que lo había llevado hasta allí irrumpió en la sala. Tenía el rostro cubierto de sangre.

—Brian, hijo de Kennedy, un escandinavo me ha atacado —gritó—. Pido su muerte.

Morann advirtió que el Rey fruncía el entrecejo y que sus ojos se oscurecían.

—¿Dónde está? —inquirió.

Y entonces, Morann vio que los hombres entraban a rastras a una figura que le resultó familiar; cuando le echaron el cabello rojo hacia atrás para alzarle la cabeza, a la luz de la hoguera descubrió que se trataba de Harold.

Morann no oyó el nombre del individuo moreno, pero era evidente que el rey Brian lo conocía bien. Aquel hombre, tras una lacónica señal con la cabeza por parte del monarca, empezó a contar su historia. Pese a que la sien le sangraba abundantemente, su relato fue breve y conciso.

El barco de Harold había arribado al estuario del Liffey justo después del anochecer. Al parecer, los tripulantes habían visto las hogueras junto al túmulo de la Asamblea, pero pensaron que se debían a la celebración de la fiesta de Navidad. Habían amarrado en el muelle de madera y el turno de guardia les había dado el alto del inmediato. Habían preguntado a Harold su nombre y habían mandado llamar a su superior, que estaba en el salón real.

—Mientras bajaba al puerto —explicó el moreno—, mis soldados le dijeron al noruego —señaló a Harold— que diera un paso al frente, pero en el momento en que me acerqué, se volvió en redondo y cogió una verga que estaba allí tirada. Yo me llevé la mano a la espada, pero antes de que pudiera sacarla, me pegó en la cara con la verga. Es muy rápido —comentó, no sin respeto— y fuerte. Fueron necesarios tres de mis hombres para sujetarlo.

Era obvio que habían hecho más que sujetar a Harold. Le habían dado garrotazos en la cabeza y una impresionante paliza. Lo habían traído inconsciente, pero ahora gemía. El monarca se inclinó sobre él, lo agarró por el pelo y le alzó de nuevo la cara. Harold abrió los ojos, pero los tenía vidriados y lo miró embotadamente. Era obvio que no veía a Morann ni a nadie más de la sala.

—Es el Rey quien te habla —dijo Brian—. ¿Comprendes?

Un murmullo de Harold indicó que sí.

—Has atacado a mi oficial. Pide tu muerte. ¿Tienes algo que decir?

—Que lo mataré yo primero —farfulló Harold, aunque las palabras se entendieron claramente.

—¿Me estás desafiando? —gritó el Rey.

A modo de respuesta, Harold se soltó de repente de los dos hombres que lo sujetaban. «Solo Dios sabe de dónde saca la fuerza», pensó Morann. Harold vio al oficial y se abalanzó sobre él. Y fue el propio Brian quien lo agarró, antes de que los dos guardias, sorprendidos, lo frenaran de nuevo y lo derribaran de un empujón, mientras uno de ellos sacaba un pequeño bastón y lo golpeaba con fuerza en la cabeza. Dejándose llevar por un impulso reflejo, Morann quiso intervenir, pero en aquel momento Brian alzó la mano y todo el mundo se quedó inmóvil. Era obvio que el Rey estaba furioso.

—Basta. Ya no escucharé nada más. Me parece que estos nórdicos todavía no han aprendido la lección. —Se volvió hacia el oficial—. Llévatelo.

—¿Y? —preguntó el moreno.

—Mátalo.

La expresión de Brian era implacable y dura. Morann advirtió que tenía delante al hombre que había destruido el puerto vikingo de Limerick y ganado un buen número de batallas. Cuando un hombre así perdía la paciencia, solo un estúpido discutiría con él. Sin embargo, parecía haber muy pocas opciones.

—Brian, hijo de Kennedy —comenzó.

El Rey se volvió hacia él.

—¿Qué ocurre?

—Este hombre es amigo mío. El hombre del que te he hablado.

—Entonces, peor para ti... y para él. Y para su maldita familia en el recinto de los esclavos.

El Rey lo miró enojado, desafiándolo a que dijera más. Morann respiró hondo.

—Lo único que pienso es que se me antoja muy impropio de él hacer algo así. Debe de haber una razón.

—La razón es que está loco y es un rebelde. No ha dado ninguna otra. Y morirá. Si es mi amistad lo que quieres, Morann Mac Goibnenn, no hablarás más de esto.

Los guardias habían comenzado a llevarse a Harold a rastras. Después del golpe, volvía a estar inconsciente. Morann respiró hondo otra vez.

—¿Y no me dejarías hablar con él? Acaso...

—¡Basta! —rugió Brian—. ¿Quieres acompañarlo a la muerte?

—No me mataréis, Brian, hijo de Kennedy. —Pronunció las palabras con dureza y frialdad, antes incluso de pensar en lo que quería decir.

—¿No? —Los ojos del Rey destellaron peligrosamente.

—No —respondió Morann en voz baja—, porque soy el mejor platero de Dyflin.

Durante unos momentos, Morann se preguntó si estaba a punto de descubrir que se equivocaba. En la sala se había hecho el silencio. El Rey tenía la vista clavada en el suelo, reflexionando sobre el asunto. Tras una larga pausa, murmuró:

—Tienes unos nervios de acero, Morann Mac Goibnenn. —Alzó los ojos y lo miró con frialdad—. No abuses de mi amistad. Mi autoridad debe ser respetada.

—Eso no hay que dudarlo. —Morann inclinó la cabeza.

—Entonces te daré a elegir, Morann Mac Goibnenn. Tu amigo puede conservar la vida y reunirse con su familia en el recinto de los esclavos, o puede perder la vida, con lo que yo liberaré a su familia. Esta noche, antes de que me siente a cenar, comunícame cuál prefieres.

Entonces se volvió. Morann sabía que le convenía callar. Se llevaron a Harold fuera del salón y Morann lo siguió con abatimiento.

Era una decisión terrible, pensó Morann; un frío dilema celta, tan sutil y cruel como cualquiera de las cosas que sucedían en las historias de los tiempos pretéritos. Brian lo había hecho precisamente por eso, para que supiera que estaba tratando con un maestro del arte real. No pensaba que hubiera demasiadas oportunidades de que el rey del Munster cambiase de idea. Una decisión difícil, pero ¿quien había de tomarla? Si lo hacía Harold, ya sabía cuál sería: la libertad para su familia, la muerte para él. Si Harold no volvía en sí, ¿era esa la decisión que él tenía que tomar por su amigo? ¿O debía salvar la vida y que los hicieran esclavos a todos? Esta última opción era preferible si después él mismo podía comprarlos; pero ¿y si el Rey se negaba a que lo hiciera o los embarcaban y los llevaban a mercados extranjeros? ¿Lo perdonaría Harold alguna vez por eso?

Mientras salían del salón y los llevaban en silencio a un pequeño edificio de madera al otro lado del patio, el oficial se marchó a curarse la herida. Morann había esperado que el frío de la noche tal vez hiciera recobrar el sentido a su amigo, pero no fue así. Los metieron en una habitación, los encerraron y un guardia se apostó a la puerta.

En la habitación había una sola candela y un pequeño fuego. Morann se sentó junto a él. Harold siguió tumbado, con los ojos cerrados. El tiempo transcurrió. Morann pidió agua y cuando se la trajeron, le vertió un poco a su amigo en la cara. No obró ningún efecto. Al cabo de un rato, su amigo gruñó y Morann le alzó la cabeza e intentó que bebiera. Creía que había conseguido darle algunas gotas y Harold gruñó otra vez, pero, aunque parpadeó, no volvió en sí.

Transcurrida quizás otra hora, llegó uno de los guardias y anunció que el rey Brian aguardaba su respuesta. Morann le dijo que su amigo todavía estaba inconsciente.

—De todos modos tienes que darme una respuesta —dijo el individuo.

—Dios mío, ¿y qué voy a decir? —exclamó Morann.

Miró a Harold, que parecía haber caído en un sueño profundo. Gracias a Dios que por lo menos el noruego era muy fuerte. Morann tenía la sensación de que si pudieran darle algo más de tiempo, volvería en sí. Y todavía no sabía que respuesta iba a darle al rey del Munster.

—No comprendo en absoluto lo que ha ocurrido —dijo, exasperado—. ¿Por qué iba a atacar a tu hombre?

—No lo sé —respondió el guardia—, pero voy a decirte una cosa: Sigurd no le hizo nada. Vamos.

—Si no queda otro remedio —murmuró Morann, con aire ausente, y comenzó a seguirlo.

Ya había cruzado la mitad del patio camino del gran salón cuando se detuvo y, dirigiéndose al hombre, le dijo:

—Un momento. ¿Cómo has dicho que se llama el oficial al que mi amigo atacó?

—Sigurd. Es oficial de la guardia.

Sigurd. Un nombre vikingo. El tipo cetrino no era un vikingo, pensó Morann, pero en esos tiempos no era extraño, sobre todo en los puertos, encontrar a vikingos que habían adoptado un nombre celta o a la inversa. Sigurd. Hasta aquel momento no se le había ocurrido pensar que el nombre del oficial podía ser importante. Intentó imaginar lo sucedido: la confusión en el muelle, la figura morena avanzando de repente…

—¿Estabas en el puerto, cuando ocurrió? —le preguntó al guardia.

—Sí.

—¿Alguien gritó un nombre?

El hombre se quedó pensativo.

—Llegó Sigurd. Nosotros le dijimos al escandinavo: «Da un paso al frente, nuestro oficial quiere verte». Entonces grité: «Aquí está tu hombre, Sigurd», y mientras Sigurd se acercaba, el escandinavo lo miró y…

Pero Morann ya no escuchaba. Se dirigió a la sala a grandes zancadas.

—Lo sé, Brian, hijo de Kennedy —gritó—. Sé lo que ocurrió.

Hizo caso omiso de la cara de irritación del Rey y comenzó a narrar la historia. Cuando el monarca le dijo que callara, no le obedeció y, aunque pensó que los guardias estaban a punto de llevárselo, prosiguió, pero llegado este punto, Brian ya había comenzado a prestarle atención.

—¿Así que pensó que mi hombre Sigurd era el danés que había jurado matarlo?

—No me cabe ninguna duda —sostuvo Morann—. Imaginad, en la oscuridad, un individuo muy parecido, oye que alguien grita un nombre y, fijaos, todo sucede precisamente en el mismo sitio donde se habían encontrado la vez anterior.

—¿Juras que esta historia es cierta?

—Por la Sagrada Biblia, por mi vida, Brian, hijo de Kennedy. Y esta es la única explicación sensata de lo ocurrido.

El rey Brian lo miró con dureza un largo instante.

—Supongo que quieres que le salve la vida.

—Sí.

—Y que libere también a su esposa y a sus hijos, claro.

—Sí, os lo pediría, por supuesto.

—Pero tienen un precio, ¿sabes? Y después de todo lo ocurrido, ¿serás mi amigo leal, Morann Mac Goibnenn?

—Sí, lo seré.

—¿Hasta la muerte? —Miró a Morann en el ojo.

Y como era honesto, Morann dudó unos instantes.

—Hasta la muerte, Brian, hijo de Kennedy —respondió.

Entonces, Brian Boru sonrió.

—¿Queréis presenciar esto? —gritó a los reunidos con él en la sala—. Aquí tenéis a un hombre que jura ser amigo vuestro, que lo dice de verdad. —Se volvió hacia Morann—. La vida de tu amigo, Morann, te la concederé si me garantizas su futura lealtad, y si paga cinco de esas monedas que acuñáis aquí a mi hombre Sigurd, que no le ha hecho ningún daño. A su esposa e hijos puedes comprarlos tú mismo. Necesitaré un cáliz de plata para donar al monasterio de Kells. ¿Podrías tenérmelo para Pascua?

Morann asintió.

—No me cabe ninguna duda de que será un cáliz hermoso.

Y así fue.

II

1013

A los cuarenta y un años, con su cabello oscuro y los ojos verdes y brillantes, Caoilinn seguía siendo una mujer sorprendente, de eso no había ninguna duda.

Y había alcanzado cierta felicidad, eso nadie podía discutírselo. Cuidó a su esposo enfermo con una entrega total durante más de doce años. Después de la batalla de Glen Mama, Cormac no volvió a recuperar la salud. Había perdido un brazo. Además, tenía una terrible herida en el estómago y si no hubiera sido por los cuidados de Caoilinn, no habría sobrevivido. Pero peor que su incapacidad física era su melancolía. A veces se hundía en la depresión, otras se ponía agresivo y, con el paso de los años, cada vez bebía más. De hecho, los últimos años de su vida habían sido harto difíciles.

Para superarlos, Caoilinn se había aferrado a sus recuerdos. No veía ante ella al hombre derrotado que era ahora, sino que conseguía visualizar al varón alto y atractivo que antaño fuera. Pensaba en su valentía, en su fuerza, en su sangre real. Además, por encima de todo, Caoilinn se había dedicado a proteger a sus hijos. Para ellos, su padre siempre estaría presente como un héroe caído. Si pasaba semanas holgazaneando o de repente estallaba de furia por una nimiedad, aquéllas eran tribulaciones propias de su naturaleza heroica. Si su estado de ánimo era morboso y oscuro, la oscuridad no la creaba él sino los espíritus malignos que lo rodeaban y que querían hacerlo caer. ¿Y de dónde venían esos espíritus? ¿Quién era la influencia maligna que actuaba detrás de ellos y la causa última de todos aquellos sufrimientos? A decir verdad, solo podía tratarse de una persona. ¿Quién sino el instigador del problema, el advenedizo que había acudido a humillar deliberadamente a la casa real del Leinster, a la que su esposo y sus hijos se enorgullecían de pertenecer? La culpa era de Brian Boru. La causa de tanta desgracia no era la debilidad de su esposo, sino la maldad de aquel hombre. Y eso les hizo creer a sus hijos; a medida que con el paso de los años las humillaciones crecían, Caoilinn también se convencía de ello. Brian era el culpable de la enfermedad de su esposo, de su tristeza, de su rabia, de su autodestrucción. Era Brian la presencia maligna de su vida doméstica. Incluso cuando su padre comenzaba una juerga y se hinchaba a beber, era Brian Boru quien le llevaba a ello, según les explicaba a sus hijos. Parecía que el rey del Munster tuviera una animadversión personal contra la familia de Rathmines. Tan perfecta era la fantasía de Caoilinn que, con el paso del tiempo, se había transformado en algo casi tangible, como si la enemistad del rey Brian se hubiera solidificado y convertido en piedra. E incluso ahora, que volvía a ser una mujer libre y sus hijos ya estaban crecidos, todavía llevaba el odio por Brian clavado en el corazón como una espina.

Cormac murió en el solsticio de invierno y a Caoilinn le supuso un alivio. Por dolorosos que fueran los recuerdos, tenía la conciencia tranquila. Había hecho cuanto había podido. Los niños eran criaturas sanas, y gracias a su gerencia —porque aunque no oficialmente, había sido ella quien había administrado la heredad desde hacía años— la madre y los hijos eran casi tan ricos como lo fueran antes de la batalla de Glen Mama. Al llegar la primavera, la herida de su tristeza comenzó a sanar. A principios de verano se sintió animada y en junio la gente le decía que hacía mucho tiempo que no la veía tan joven como entonces. Cuando los largos y cálidos días de agosto presenciaron la maduración de la cosecha, comenzó a pensar que tal vez algún día volvería a casarse. Y mientras segaban los campos, empezó, con alegría y serenidad, a buscar un nuevo esposo.

Aquel octubre, mientras se acercaba al monasterio familiar de Dyflin, Osgar no sabía qué sentía. Faltaba poco para Samhain, el momento idóneo, pensó, para que su tío hubiese partido al más allá. El anciano abad había fallecido de una manera muy apacible, por eso no debía preocuparse. Aquel claro día de otoño, mientras descendía la cuesta desde las montañas, Osgar solo había sentido una suave melancolía al pensar afectuosamente en el viejo, pero al llegar a las puertas del monasterio, otro pensamiento ocupó su mente. Sabía muy bien lo que iban a preguntarle, aunque todavía no sabía cuál iba a ser la respuesta. Le preguntaría acerca de qué planes tenía.

Estaban todos allí. Los hijos de tu tío, los amigos y la familia, a quienes no había visto desde hacía años. Estaba presente Morann Mac Goibnenn, y también Caoilinn. Cuando llegó, el velatorio casi había concluido, pero le pidieron que oficiara las últimas ceremonias mientras lo enterraban. Y Caoilinn tuvo la amabilidad de invitarlo a que fuera a visitarla a Rathmines al día siguiente. Osgar llegó a mediodía y pidió que le sirvieran la comida más sencilla posible. «Al fin y al cabo, solo soy un pobre monje», le dijo. Le alegró descubrir que Caoilinn había dispuesto que almorzaran los dos solos. Al mirar a la hermosa mujer morena que tenía delante, advirtió con una ligera conmoción que hacía veinticinco años que no estaba a solas con una mujer. Y ella no tardó mucho en sacar a colación el asunto que estaba en la mente de todos.

—Y bien, Osgar, ¿vas a regresar?

Eso era precisamente lo que todos querían. Ahora que su tío había fallecido, era obvio que Osgar debía volver y ocupar su puesto. Los hijos de su tío así lo querían, ya que ninguno de ellos deseaba seguir los pasos de su padre. Los monjes lo querían. Probablemente sería el abad más distinguido que aquel pequeño convento hubiera tenido en generaciones. ¿No era su deber? ¿Lo tentaba la perspectiva? No lo sabía con seguridad.

De momento, prefirió no responder a la pregunta de Caoilinn.

—Me resulta extraño haber vuelto —comentó—. Y supongo que si me hubiera quedado aquí —prosiguió tras una cautelosa pausa—, ahora estaría en el monasterio con mi prole y mi esposa sentados delante de mí. Y supongo —añadió con una sonrisa— que esa esposa habrías sido tú. —La miró a los ojos—. Pero quizá tú no habrías querido casarte conmigo.

Ahora fue Caoilinn quien sonrió.

—Oh, sí que me habría casado contigo —comentó ella, pensativa.

Contempló al hombre sentado ante ella. Tenía el cabello canoso y la cara seria y más delgada que antes. Estudió las líneas de su rostro. Eran ascéticas, intelectuales, pero no desagradables.

Recordó lo unidos que habían estado de pequeños. Osgar había sido su compañero de juegos de la infancia. Caoilinn recordó que la había salvado de ahogarse y cómo había admirado sus buenas maneras, aristocráticas e inteligentes. Sí, siempre había supuesto que se casaría con ella. Y qué conmocionada, recordó, qué herida y furiosa había estado cuando Osgar la había rechazado. ¿Y a cambio de qué? A cambio de un monasterio en las montañas cuando ya tenía uno en casa. No lo comprendía. El día que le salió al encuentro en el camino quería asombrarlo, atacar su opción de vida, demostrarle que el poder que tenía sobre él era mayor que la vocación religiosa que tan humillantemente lo separaba de ella. En aquel momento, pensó con ironía, me habría hecho feliz seducirlo y que renegara de Dios. Sacudió la cabeza ante aquel recuerdo. Qué malvada había sido, pensó.

Estuvo a punto de preguntarle si lamentaba la decisión que había tomado, pero no lo hizo.

Después del almuerzo, salieron a dar un corto paseo y departieron de otras cosas. Ella le habló de las mejoras que había hecho en la finca y también de sus hijos. Y no fue hasta que emprendieron el camino de regreso a la casa cuando ella señaló un punto del sendero, y en tono indiferente, dijo:

—Ahí fue donde casi me mataron. O algo peor.

Osgar miró el lugar.

—Supongo que sabes de qué te hablo —dijo—. Fue Morann quien me salvó la vida. Estuvo extraordinario, valiente como un león. Y vestía tu hábito de monje, debo decir. —Caoilinn se echó a reír.

Pero Osgar no se rio.

¿Cómo iba a sonreír siquiera? Había pasado mucho tiempo desde que se enterara de los detalles de aquel día aciago. Su tío le mandó una larga y furiosa carta sobre el valiente rescate de su prima Caoilinn por parte de Morann Mac Goibnenn y de cómo había llevado a su marido y a ella al pequeño monasterio. Según le explicó su tío, fue gracias a la preocupación y a las premoniciones de Osgar por lo que Morann había ido a Rathmines. De no haber sido por eso, lo más probable sería que a Caoilinn la hubiesen violado y matado. Todos le estaban muy agradecidos, le aseguró su tío.

Qué alabanzas... ¿Qué papel había desempeñado él? Había sido como un cuchillo que le atravesara el corazón. A Caoilinn le habían salvado la vida, sí, pero lo había hecho Morann, no él. Su propio hábito de monje había contribuido incluso al rescate, pero lo vestía Morann. Morann, que era más hombre que él.

Osgar habría podido estar allí y salvarla él, desde luego, si no hubiera dado muestras de lo que el orfebre tomó por pánico. Tal vez Morann estaba en lo cierto y sus dudas no habían sido otra cosa que cobardía. Si cuando Morann lo mandó de vuelta se hubiera negado, si hubiese insistido en acompañarlo, tanto si el artesano quería como si no, habría estado allí. Solo con que hubiera sido más fuerte... Solo con que hubiera sido un hombre... Después de recibir la carta, pasó varias semanas avergonzado, odiándose a sí mismo. Humillado, se había dedicado a sus quehaceres cotidianos en Glendalough como una persona con un secreto culpable que no pudiera compartir. Y al final, había decidido que no había otra cosa que hacer salvo admitir que su amor por Caoilinn, el anillo que guardaba y todos sus pensamientos sobre ella no eran más que una impostura.

Cuando llegó el momento en que tenía que haber estado junto a ella, había fallado miserablemente. Sin poderlo evitar, sacudió la cabeza.

Ni siquiera se había dado cuenta de que ella estaba hablando. Ahora hablaba de otra cosa. Intentó prestar atención. Hablaba de su matrimonio.

—Me enfadé mucho en aquella época —confesó—, pero con el paso de los años comprendí que tenías razón. Ahora diría que todos somos felices. Tú hiciste lo que debías hacer. Elegiste tu camino.

Sí, pensó él. Era eso. En aquellos años se le habían presentado distintas posibilidades y cada vez había tomado una decisión. La decisión de marcharse, la decisión de abandonarla en un momento de necesidad. Su decisión. Y cuando uno tomaba esas decisiones, no había vuelta atrás.

—No regresaré a Dyflin —dijo—. No puedo volver atrás.

—Lo lamento —dijo ella—. Te echaré de menos.

Al cabo de un rato, Osgar se despidió. Y antes de marcharse, le preguntó:

—¿Crees que volverás a casarte?

—No lo sé —respondió con una sonrisa—. Espero que sí.

—¿Tienes a alguien en la mente?

—Todavía no. —Sonrió de nuevo, esta vez confiada—. He de estar preparada.

Hacía años que Harold no pensaba en Sigurd, *el Danés*. Aquel tipo no había aparecido en la época de la batalla de Glen Mama, y la vergüenza que le había causado toda la situación vivida hizo que a Harold se le pasaran las ganas de torturarse pensando de nuevo en aquel tipo. Supuso que, con el paso de los años, el Danés se había olvidado de él.

Y los años habían sido buenos con Harold. En Dyflin y en Fingal había reinado la paz. Brian Boru había triunfado en sus ambiciones. Dos años después de la sumisión de Dyflin, al jefe de los orgullosos O'Neill lo habían reconocido como rey supremo de toda la isla, aunque como cabeza del poderoso clan de los O'Neill, la gente todavía lo consideraba rey de Tara. Los jefes septentrionales del Connacht y del Ulster se habían quejado del proceso, pero Brian había ido al norte y los había sometido. Y sagaz como siempre, también había peregrinado a la iglesia de San Patricio en Armagh y se había procurado la bendición de los sacerdotes, regalándoles a cambio una cantidad ingente de oro. Mientras, en el pacífico Fingal y en el activo puerto de Dyflin, Harold había gozado de una prosperidad cada vez mayor.

No fue hasta transcurrida una década cuando la felicidad de Harold se vio truncada por una pérdida: en el 1011 murió Astrid, su esposa desde hacía más de veinte años. Fue un golpe muy duro. Aunque por el bien de sus hijos se obligó a seguir adelante con su vida, andaba descorazonado. Aquel año siguió comportándose como un sonámbulo y solo gracias al cariño de sus hijos no cayó en una depresión aún más profunda. Su estado de ánimo no mejoró hasta la primavera; a finales de abril, fue a Dyflin, a casa de su amigo Morann.

Caoilinn lo vio por primera vez una tarde de abril mientras estaba visitando a su familia en Dyflin. Después de la muerte de su padre, ocurrida unos años atrás, su hermano y la familia de este ocuparon la vieja casa. Su cuñada y ella habían salido a dar un paseo por el túmulo de la Asamblea y, al mirar al otro lado de Hoggen Green, divisaron a dos jinetes que cabalgaban hacia ellas procedentes del menhir de las arenas mareales. Uno era Morann Mac Goibnenn. El otro era un hombre alto sobre una montura espléndida. Caoilinn le preguntó a su cuñada de quién se trataba.

—Es Harold, *el Noruego*. Posee una gran heredad en Fingal.

—Qué apuesto… —comentó Caoilinn.

Recordó haber oído hablar de los noruegos en el pasado. Aunque era de mediana edad, vio que todavía tenía el cabello rojo con unas pocas hebras canosas y que exudaba un agradable aire de vigor y salud.

—Se quedó cojo en un accidente de la infancia, dicen —le explicó la esposa de su hermano.

—Eso no tiene importancia —susurró Caoilinn.

Cuando él se acercó, le dedicó una sonrisa.

Los cuatro entablaron una placentera conversación. Morann miró a su amigo, pero el atractivo noruego no parecía tener prisa por seguir. Antes de terminar, sugirió a Caoilinn que a la semana siguiente fuera con él a caballo a la heredad. Ella aceptó. Lo hicieron el martes siguiente.

Para el mes de junio, su galanteo se había convertido en tema de entretenimiento para sus familiares. A los niños también les gustó. Art, el hijo mayor de Caoilinn, estaba más que dispuesto a ocupar el puesto de su padre y no lamentaría del todo que su madre, con su presencia enérgica, dejara de ocuparse de la administración de los asuntos de la familia. Y para los niños, la perspectiva de tener al afable noruego como padre era realmente una mejora con respecto a la triste memoria de Cormac. En cuanto a los hijos de Harold, amaban a su padre, Caoilinn les resultaba agradable y si ella le daba felicidad, se alegrarían mucho, por lo que ambos progenitores tuvieron claro que podían seguir adelante con su noviazgo del modo que les apeteciera.

Todo había comenzado fácilmente, el día que fueron a Fingal a caballo y Caoilinn le había preguntado por la pierna lisiada. Lo hizo de una manera fortuita y amable, pero los dos comprendieron: ella había pasado años cuidando a un esposo enfermo y no quería repetir la experiencia. Harold le contó la historia y le explicó que, después de haber visto su vida amenazada, se había preparado con ahínco para pelear.

—Probablemente, mi pierna mala sea incluso más fuerte que la buena.

—Pero ¿no te duele nada? —inquirió ella, solícita.

—No —respondió él con una sonrisa—, no me duele nada.

—¿Y qué hay de ese danés que quiere matarte? —quiso saber Caoilinn.

—Hace veinte años que no lo veo —contestó Harold riéndose.

La finca era impresionante. No tuvo que contar las cabezas de ganado, aunque por supuesto lo hizo, para saber que ella solo poseía una docena más. Era demasiado orgullosa para casarse por debajo de su estatus anterior y, además, un hombre pobre habría despertado sospechas en sus hijos. Notó, sin embargo, algunas pequeñas mejoras que podrían introducirse en la administración de la granja. De momento, no diría nada, por supuesto, pero le gustó pensar que podría dejar su impronta en la heredad de Fingal y granjearse cierta admiración. No se trataba de que quisiera hacer sombra a Harold. Gracias a Dios, era demasiado hombre para eso. Pero a él, pensó Caoilinn, cuando hablara con sus amigos, le agradaría decir: «Mirad lo que ha hecho la ingeniosa de mi mujer».

Durante las semanas siguientes, hizo más preguntas y observaciones. Y mientras se convencía de la idoneidad del noruego, también se esforzaba en aparecer deseable.

Cuando Harold miró a aquella hermosa mujer de ojos verdes que tanto interés se tomaba por él, tuvo que admitir que se sentía halagado. Aunque había sentido atracción por ella desde el momento en que se encontraron en el túmulo de la Asamblea, fue un pequeño incidente que sucedió a la semana siguiente lo que realmente le llamó la atención. Acababan de llegar a la granja; él había alzado los brazos para ayudarla a bajar del caballo, y mientras la tomaba entre ellos, no sabía qué esperar. Inconscientemente, había apoyado la pierna tullida para cargar con ella. La mujer descendió flotando, liviana como una pluma. Antes de que sus pies tocaran el suelo, se volvió a medias en sus brazos y le dio las gracias, risueña. Y en el mismo instante, Harold fue consciente de la ligereza de Caoilinn y de su fuerza nervuda. Tan fuerte y tan ligera en sus brazos. Una mujer así prometía un sinfín de placeres sensuales.

Con el paso de las semanas, la atracción que sentía por Caoilinn creció. Harold enseguida descubrió la fuerza de su inteligencia y le pareció digna de respeto. Era orgullosa y su orgullo lo honraba a él. Era cautelosa y no transcurrieron muchos días sin que notara que si Caoilinn se avenía a pasar el tiempo en su compañía era, en parte, para poder observarlo. A veces, comenzaba conversaciones aparentemente inocentes. Decía: «Anoche me sentí triste y la tristeza no me abandonaba. ¿Te ha sucedido alguna vez algo así?». Y solo después Harold advertía que ella lo había estado interrogando para averiguar si sufría cambios de humor. Cuando iba a visitarla a Rathmines, hacía que los sirvientes le llenaran constantemente la copa de vino para ver si bebía demasiado. A él no le importaban aquellas pequeñas trampas que Caoilinn le tendía. Si era una mujer prudente, mejor que mejor. Y resultaba gratificante que, más allá de aquellas cautelosas preguntas, ella le hiciera ver que empezaba a tomarle cariño.

De ella, Harold lo sabía todo, por supuesto. No necesitaba hacer averiguaciones. Su amigo Morann se había encargado de ponerlo al corriente; las investigaciones del orfebre habían llegado a una única conclusión:

—No podrías hacer nada mejor —le dijo Morann.

Sí, realmente, tener a una esposa como aquélla al lado, contribuiría a su buena imagen, y aunque Harold era demasiado sensato para que le preocuparan aquellas cosas, no vio razón para no alegrase la vida con una mujer atractiva.

En realidad, para su unión solo existía un obstáculo. No se hizo evidente hasta mediados de junio, cuando le propuso matrimonio. Después de las expresiones de amor habituales, en vez de responder de inmediato, Caoilinn dijo que primero tenía que formularle una pregunta.

—¿Qué es?—inquirió él.

—¿Te importa decirme qué religión practicas ahora?

No era una pregunta extraña. Ella sabía que, cuando Harold se casó, era pagano, pero ahora, en Dyflin, resultaba más difícil que nunca saber qué religión practicaba la gente. Aunque algunos de los vikingos de la ciudad seguían siendo fieles a Thor, Woden y otros dioses nórdicos, desde la infancia de Caoilinn, los viejos dioses del norte habían entrado en declive. Había habido demasiadas bodas con cristianos. El rey de Dyflin era hijo de una princesa cristiana del Leinster. Si los dioses de los noruegos protegían a los suyos, se preguntaba la gente, ¿cómo era que los habitantes de Dyflin perdían cada vez que desafiaban al Rey Supremo? Y Brian Boru, el mecenas de los monasterios, era ahora el dueño y señor. La vieja iglesia de madera había sido reconstruida con piedra; por su parte, el rey vikingo de Dyflin había rezado allí públicamente. Así pues, no era extraño que en esos tiempos los escandinavos se mostraran vagos con respecto a sus creencias religiosas. Harold, sin ir más lejos, llevaba un talismán redondo colgado del cuello, que tanto podía ser una cruz como el símbolo de Thor, y a buen seguro que las distintas gentes que llegaban al activo puerto le hubieran preguntado cuál de ambas cosas era.

A decir verdad, como casi todos los hombres de mediana edad, Harold ya no albergaba sentimientos intensos por los dioses y le importaba poco si era o no cristiano, pero ante la repentina pregunta de Caoilinn dudó unos instantes.

—¿Por qué quieres saberlo?

—Porque me resultaría muy difícil casarme con un hombre que no fuese cristiano —respondió con una sonrisa—. Bautizarse es fácil.

—Reflexionaré en lo que me has dicho —murmuró Harold.

Caoilinn le dio tiempo para que dijera algo más, pero Harold la miró en silencio y ella se sonrojó.

—Espero que lo hagas —dijo.

Harold aguardó a que ella rectificara, pero no lo hizo.

Poco después, regresó a casa y transcurrió una semana antes de que volvieran a encontrarse de nuevo.

Durante aquellos días, Harold pensó largo y tendido en el asunto. La cuestión del bautismo, en sí misma, no era nada. No le molestaba que lo bautizaran, lo que le preocupaba era cómo había sacado a relucir Caoilinn la cuestión. ¿Por qué, si lo consideraba tan importante, había esperado hasta el final? Podía ser que pensara que, como él ya se había comprometido hasta ese punto, le resultaría fácil manipularlo. Ciertamente, el hecho de que hubiera esperado tanto indicaba asimismo que no deseaba disuadirlo, por el contrario, quería asegurárselo. Pero se mirase por donde se mirase, lo que hacía Caoilinn era aumentar su precio. Si él la amaba, lo pagaría y se lo tomaría a risa. Pero si había jugado con él de ese modo una vez, ¿qué seguridad había de que no volviera a hacerlo? Harold era lo bastante mayor para saber que, por sutil que fuese el juego, el matrimonio era un equilibrio de poder y la forma de jugar de Caoilinn no le agradaba del todo. Al hacerla esperar una semana, le indicaba su incomodidad y le brindaba la oportunidad de rectificar; sin embargo, ¿y si no lo hacía? ¿Qué haría él? ¿Estaba dispuesto a renunciar a Caoilinn por culpa del dios de ella? Si renunciaba y esa mujer se casaba con otro, ¿no lo lamentaría? Cada vez que pensaba en el asunto, descubría que llegaba a la misma conclusión: «No es lo que me pide lo que me importa, sino cómo me lo pide. Lo que importa es su actitud».

Era ya final de junio cuando volvió a Rathmines a caballo. Por el camino todavía no tenía ningún plan definido, no sabía si iba a aceptar que lo bautizaran y si iba a contraer matrimonio o no. Mientras se acercaba al gran muro de tierra y a la empalizada del *rath* de Caoilinn, no tenía previsto hacer otra cosa que observar, escuchar, seguir su intuición y ver lo que ocurría. Al fin y al cabo, se dijo cabalgando hacia la entrada, siempre podía marcharse y regresar otro día. Solo había una cosa que lo agitaba un poco: ¿cómo iba a llevar la conversación hacia un asunto tan delicado? Al acercarse a la puerta, todavía lo ignoraba. Tendría que confiar en la suerte.

Caoilinn lo recibió con una sonrisa y lo hizo pasar. Un esclavo le sirvió hidromiel. Ella le dijo lo contenta que estaba de que hubiese vuelto. ¿Había algo nuevo, algo casi respetuoso en su actitud? A Harold le pareció que sí.

—Oh, Harold, hijo de Olaf —dijo—, me alivia tanto que hayas venido. Me he sentido tan avergonzada de mi desfachatez —una auténtica desfachatez— con la que actué la última vez que nos vimos.

—No fue desfachatez —dijo Harold.

—Oh, sí, lo fue —lo interrumpió con vehemencia—. Con el honor que me hiciste, sí, el honor, de proponerme matrimonio… Y ahora sé que no lo repetirás. Pero que yo me haya atrevido a imponer condiciones a un hombre al que respeto tanto…

—Tu dios es importante para ti.

—Eso es cierto, desde luego. Y como creo que Él es el Dios verdadero, anhelaba compartirlo… No, no negaré que si decidieras convertirte a la fe verdadera —se permitió rozarle levemente el brazo—, me darías una gran alegría, pero eso no justifica lo que hice. Yo no soy un sacerdote. —Calló unos instantes—. Tenía tantas ganas de decírtelo y pedirte que me perdonaras…

Lo había hecho admirablemente. Tal vez no lo había engañado del todo, pero era agradable, muy agradable, que lo halagaran de aquella manera.

—Eres amable y generosa —replicó él con una sonrisa.

—Es el respeto que te mereces, nada más —dijo ella, depositando de nuevo la mano sobre su brazo. Calló unos instantes—. Hay algo más.

Entonces, lo llevó hacia una mesa de caballete en la que había un objeto cubierto con un paño.

Harold supuso que se trataba de un plato de comida y observó a Caoilinn, que retiraba la tela. Pero en vez de alimentos, se trataba de un conjunto de objetos pequeños y duros que brillaban en la mortecina luz interior. Harold se acercó más y contuvo una exclamación.

Era un juego de ajedrez, un magnífico juego de ajedrez con las piezas de hueso tallado y la punta de plata, situadas sobre un tablero de madera pulida. Lo había visto antes, en el taller de Morann.

—Es para ti —dijo Caoilinn—, como muestra de mi respeto. Sé que a los escandinavos les gusta jugar a ajedrez —añadió.

Era absolutamente cierto que los saqueadores y comerciantes vikingos habían desarrollado afición por aquel juego intelectual, aunque eso en parte se debía a que las figuras talladas eran a menudo objetos de gran valor. Aunque Harold apenas jugaba, le emocionó que Caoilinn se hubiera tomado aquella molestia por él.

—Quería regalártelo —dijo ella.

Harold no supo qué responder, aunque advirtió que la mujer lo había superado en estrategia.

Supuso que ella esperaba que tarde o temprano se convirtiera a la fe cristiana para complacerla. Y Harold sabía que probablemente lo haría. Además, al sacar a relucir la cuestión para luego retractarse de una manera tan generosa, ahora se sentía en deuda con ella. La comprendía y no le importaba, porque Caoilinn había indicado claramente que sabía que se había pasado de la raya. Con eso había suficiente, decidió.

—Solo tengo una petición que hacerte —prosiguió Caoilinn—, aunque si lo deseas puedes negarte. Si alguna vez en un futuro deseas casarte conmigo, te pediré que la ceremonia la oficie un sacerdote. Solo para mí. Él no te preguntará cuáles son tus creencias, puedes estar seguro de ello.

Harold esperó unos días más y volvió a verla para pedirla en matrimonio; Caoilinn lo aceptó. Como ella quería completar la cosecha en Rathmines antes de dejar la finca, decidieron que se casarían y que ella iría a casa de Harold en otoño.

Para Harold, los días que siguieron estuvieron colmados de expectación y alegría. Por sorprendente que se le antojara, había comenzado a sentirse más joven y esperaba con ansia que llegara el otoño.

Para Caoilinn, la perspectiva del matrimonio significaba que estaba preparada para enamorarse. Aunque cuando le había pedido por primera vez que se bautizara su intención era que Harold aceptase de inmediato, después advirtió que le había gustado que él le hubiera plantado cara. Lo respetaba por ello y había disfrutado con el reto de persuadirlo. El vigoroso escandinavo pelirrojo era como un caballo fogoso que uno apenas conseguía controlar, aunque se trataba a la vez de un hombre sensato. No encontraría nadie mejor. Era un hombre seguro y peligroso y estaba donde ella quería que estuviera. En julio, mientras las cosechas maduraban en los campos bajo el sol estival, se permitió fantasear con los momentos que pasarían juntos. En la siguiente ocasión en que Harold fue a visitarla, Caoilinn tenía el corazón inflamado.

Y fue justo entonces cuando tuvo otra ocurrencia feliz.

—Le pediré a mi primo Osgar que nos case —le dijo a Harold—. Es un monje de Glendalough.

Le habló de Osgar y le contó que de pequeños jugaban a casarse, aunque omitió el incidente del camino.

—¿Significa eso que tengo un rival? —preguntó él, jocoso.

—Sí y no —respondió Caoilinn con una sonrisa—. Es probable que todavía me ame, pero no puede tenerme.

—Pues claro que no —replicó Harold con firmeza.

Al día siguiente, Caoilinn envió un mensaje a Osgar.

El golpe cayó dos días después. Cayó sin previo aviso, desde el cielo estival.

El promontorio septentrional de la bahía del Liffey, con su hermosa panorámica de la costa y de las colinas volcánicas, era un lugar agradable donde mantener una tranquila conversación. Además del nombre céltico de Ben Edair, la colina de Edair, ahora también había adquirido un nombre noruego y los escandinavos lo llamaban Howth. Con frecuencia, los habitantes del lugar mezclaban las dos lenguas y lo llamaban el Ben de Howth.

Fue un cálido día de principios de julio cuando Harold y Morann Mac Goibnenn se encontraron en el Ben de Howth para charlar sobre la situación. Harold, a su manera afable, lo resumió todo cuando comentó:

—Bien, Morann, creo que podemos decir que los hombres del Leinster han demostrado por fin que están locos.

—Eso es indudable —replicó Morann con ironía.

—Trece años de paz, trece años de prosperidad, puestos en peligro ¿para qué? Para nada.

—Y sin embargo —añadió Morann con el semblante triste—, era inevitable.

—¿Por qué?

Los habitantes del Leinster nunca habían perdonado a Brian que hubiera osado someterlos, pero ¿por qué, tras años de paz, ahora habían decidido desafiarlo? A Harold se le antojaba absurdo.

—Se intercambiaron unos insultos —dijo Morann.

Según los rumores, el rey del Leinster y el hijo de Brian habían discutido por una partida de ajedrez, y el segundo había ridiculizado a su oponente por la humillación sufrida en la batalla de Glen Mama doce años antes. Los jefes del Leinster habían convenido que aquello podía encender una guerra. Y lo que era aún peor, el rey del Leinster había partido del campamento de Brian sin permiso y había golpeado al mensajero que este había enviado a buscarle.

—Y entonces —añadió Morann— intervino la mujer. La ex esposa de Brian y hermana del rey del Leinster anhelaba ver a Brian humillado; como una diosa celta vengadora, como la propia Morrigain, tiene fama de haber alimentado las disputas entre los dos bandos.

—¿Por qué los pobladores de Erin permiten que sus mujeres creen tantos problemas? —prorrumpió el noruego.

—Es una práctica muy antigua —respondió Morann—. Pero sabes muy bien —añadió— que tus escandinavos también están detrás de esto.

Harold suspiró. ¿Se estaba haciendo viejo? Conocía la llamada del océano, pues había pasado media vida navegando en alta mar; sin embargo, esas aventuras quedaban atrás. Ahora, lo único que quería era vivir en paz en su granja. Sin embargo, aquel año, en los asentamientos marinos de los noruegos se respiraba un malestar que ahora se había propagado a Dyflin.

Los problemas habían comenzado en Inglaterra. Hacía más de doce años, en la misma época en que Brian Boru había vencido a los habitantes de Dyflin en Glen Mama, el necio rey sajón del sur de Inglaterra, conocido por su gente como Ethelred el Desprevenido, había atacado de forma insensata a los vikingos del norte de Inglaterra y su poderoso puerto de York. Pronto había pagado su imprudencia. Una flota de *drakares* había cruzado el mar desde Dinamarca y le había devuelto el cumplido. Durante la década siguiente, el monarca de la Inglaterra meridional se había visto obligado a pagar el *danegeld*, un impuesto de protección, si quería vivir en paz. Y ahora, este año, el rey de Dinamarca y su hijo Canuto habían estado organizando una enorme flota vikinga para derrotar al pobre Ethelred y apoderarse de su reino inglés. Los mares del norte reverberaban con las noticias. Cada semana, llegaban barcos al puerto de Dyflin con más noticias adicionales de esta aventura, por lo que no era de extrañar que algunos habitantes de la ciudad estuvieran cada vez más inquietos. Hacía diez días, en medio de una borrachera en el muelle de Dyflin, Harold había oído a un capitán de barco de Dinamarca que gritaba a un grupo de nativos: «En Dinamarca hacemos que el rey de Inglaterra nos pague. Y ahora vamos a destronarlo; sin embargo, vosotros, los de Dyflin, pagáis tributo a Brian Boru». Se habían alzado algunos murmullos enojados, pero nadie lo había retado. La mofa había dado donde más les dolía.

Debido a la excitación causada por estos preparativos, todos los piratas y alborotadores vikingos de los mares del norte iban a la caza de una aventura.

Y ahora los habitantes de Dyflin iban a tener su oportunidad. Si el rey celta del Leinster quería sublevarse, su pariente vikingo y regente de Dyflin estaba dispuesto a unirse a él. Eso, por lo menos, era lo que se decía en el muelle. ¿No habían aprendido nada de su derrota de hacía catorce años? Tal vez no, o tal vez sí.

—No intentarán enfrentarse a Brian otra vez en un terreno abierto —le dijo Morann a Harold—. Tendrá que tomar la ciudad, lo cual no será empresa fácil. —Hizo una pausa, pensativo—. Y puede que haya otro factor que considerar.

—¿Cuál?

—El norte. El Ulster odia a Brian. El rey O'Neill de Tara se vio obligado a abdicar del trono supremo y jurar lealtad a Brian, pero los O'Neill todavía son fuertes y siguen siendo igual de orgullosos que siempre. Si pudieran librarse de Brian…

—Pero ¿y qué hay del juramento del viejo rey? ¿Lo incumplirá?

—No, no lo hará. Es un hombre honorable, pero tal vez se deje utilizar.

—¿Cómo?

—Supón —dijo Morann— que los del Leinster atacan algunas tierras de los O'Neill. El viejo rey de Tara pide ayuda a Brian. Viene Brian y entonces Leinster y Dyflin y quizás otros se unen para derrotar a Brian o, por lo menos, debilitarlo. ¿Dónde deja eso al viejo rey de Tara? Pues justo donde estaba antes.

—¿Crees que todo este asunto es una trampa?

—Podría serlo. No lo sé.

—Estas argucias malvadas no siempre salen bien —comentó el noruego.

—En cualquier caso —señaló Morann—, habrá enfrentamientos y saqueos en todo Dyflin y tu predio es uno de los más ricos.

Harold se entristeció. La idea de perder su ganado a esas alturas de la vida le resultaba de lo más deprimente.

—¿Y qué debo hacer? —inquirió.

—Escucha mi sugerencia —dijo el artesano—. Sabes que he jurado lealtad personal a Brian. No puedo luchar contra él, y eso el rey de Dyflin lo sabe. Tampoco puedo luchar contra mi propia gente de Dyflin, pero si apoyase al rey O'Neill, que también está unido a Brian mediante juramento, entonces estaría cumpliendo con mi deber. Evitaría —sonrió con ironía— la vergüenza.

Sí, pensó Harold, y si a Brian le habían tendido una trampa, como sospechaba su amigo, este terminaría de todos modos en el bando vencedor.

—Eres un hombre prudente y tortuoso —dijo, admirado.

—Por tanto, pienso que deberías quedarte en tu finca —le

aconsejó Morann—. No permitas que tus hijos se unan a grupos de rebeldes que quieran atacar a Brian o al rey O'Neill de Tara; como he respondido ante Brian de tu lealtad, no puedes hacer eso. Que tus hijos se queden contigo. El peligro te llegará cuando Brian o sus aliados vengan a castigar el Leinster y Dyflin. Y yo les diré que tú estás vinculado por el juramento que hice en tu nombre y que estás de mi parte. No puedo garantizarte que esto funcione, pero creo que es tu mejor opción.

Harold pensó que su amigo probablemente tenía razón y se avino a hacer lo que le acababa de indicar. Solo había un asunto más que tener en cuenta.

—¿Y que hay de Caoilinn? —quiso saber.

—Eso sí que un problema —respondió Morann con un suspiro—. Su heredad de Rathmines correrá peligro, seguro, y no se me ocurre qué podemos hacer por ella.

—Pero yo podría ayudarla —dijo Harold—. Podría casarme con ella de inmediato.

Aquella tarde se puso en camino hacia Rathmines.

Era una lástima que Morann conociese de una manera tan imperfecta a Caoilinn, pero cuando le habló de ella a su amigo Harold, no podía decirse que fuese culpa suya no haber visto todos los rincones secretos de su corazón. En cuanto a Harold, durante el noviazgo había evitado hablar de su antiguo marido y tampoco sabía nada de la fijación apasionada de la hermosa viuda por la persona de Brian Boru. También fue una lástima que, en vez de hablar fuera, a la luz del día, donde hubiese podido calibrar la expresión de su rostro, lo hubieran hecho en la intimidad de la sala de techo de bálago, en cuya penumbra apenas podía adivinar lo que Caoilinn pensaba.

Harold comenzó comentando en tono alegre que había una buena razón para que se casaran enseguida. Ella se mostró interesada y él, recordando lo prudente y práctica que era Caoilinn, explicó el asunto con la misma frialdad que si se tratara de un negocio.

—Así que, como ves —concluyó—, si nos casamos ahora y tú vienes a Fingal, podrías traer las reses y tenerlas allí hasta que pase el peligro. Creo que tenemos muchas posibilidades de salvarlas. Con suerte, gracias a Morann, también podremos proteger la finca de Rathmines.

—Comprendo —dijo ella en voz baja—. Y si me caso contigo, estaré ofreciendo mi lealtad a Brian Boru.

Si en su tono había una frialdad nueva, Harold no la captó.

—Gracias a Morann —replicó—, creo que puedo garantizarlo.

Conocedor de las desgracias que Caoilinn había sufrido cuando su esposo se había opuesto a Brian, imaginó que ahora le alegraría encontrar una manera de permanecer al margen de los problemas.

En la penumbra vio que asentía despacio. Entonces, Caoilinn volvió la cabeza y miró el espacio oscuro próximo a la pared donde, en una mesa, la vieja y desgastada calavera de beber de su ancestro Fergus brillaba como un indómito fantasma celta del pasado.

—Los del Leinster se están sublevando —susurró ella con voz débil y casi distante—. Mi esposo era de sangre real. Y yo también. —Calló unos instantes—. Y tus escandinavos también se han levantado. ¿Significa eso algo para ti?

—Creo que son muy estúpidos —respondió él con franqueza. Le pareció que ella contenía el aliento—. Brian Boru es un gran líder guerrero —dijo con admiración—. Los del Leinster serán aplastados y lo merecen.

—Es un impostor. —Escupió la palabra con un rencor repentino que a él lo sorprendió.

—Se ha ganado el respeto —dijo con ánimo de tranquilizarla—. Hasta la Iglesia…

—Compró Armagh con oro —le espetó Caoilinn—. Qué cosa tan despreciable, ser comprado por un hombre como él. —Antes de que Harold pudiera replicar, prosiguió—: ¿Qué eran los suyos? Nada. Ladrones de río semejantes a los bárbaros feroces de Limerick a los que se enfrentaron.

Al parecer, Caoilinn había olvidado que aquellas expresiones insultantes sobre los noruegos paganos de Limerick también podían aplicarse a los antepasados de Harold. Tal vez no le importaba, pensó.

—Es un pirata del Munster, nada más. ¡Tendrían que matarlo como a una serpiente! —gritó Caoilinn con desdén.

Harold advirtió que había puesto el dedo en la llaga y que debía proceder con cautela, aunque no podía evitar la preocupación que todo ello le producía.

—Se diga lo que se diga de Brian —comentó en voz baja—, hemos de pensar en lo que vamos a hacer. Los dos tenemos nuestras heredades que proteger. Cuando pienso —añadió, esperando complacerla— en todo lo que has hecho, en el espléndido trabajo que has llevado a cabo aquí en Rathmines…

¿Lo había oído? ¿Lo escuchaba? Era difícil de saber. Su rostro había palidecido y adquirido una expresión dura. Aquellos ojos verdes destellaron peligrosamente y Harold advirtió, demasiado tarde, que era presa de la ira.

—¡Odio a Brian! —gritó—. ¡Quiero verlo muerto! ¡Quiero ver su cuerpo cortado en pedazos! ¡Quiero ver su cabeza empalada para que mis hijos escupan en ella! ¡Haré que sus hijos beban su sangre!

A su manera, Caoilinn había estado espléndida, se dijo. Y debería haber esperado a que su ira remitiera, lo sabía; no obstante, en sus palabras había una indiferencia hacia él que disgustó al poderoso noruego.

—Pase lo que pase, yo protegeré mi granja de Fingal —dijo con semblante sombrío.

—Haz lo que quieras —replicó Caoilinn con desdén, volviendo la cabeza hacia otro lado—. No tiene nada que ver conmigo.

Harold no dijo nada, sino que esperó a que ella pronunciara alguna palabra de rectificación, pero no fue así. Intentó descubrir en su cara si estaba enfadada y dolida, aguardando quizás unas palabras de consuelo por parte de él o si solo sentía desdén.

—Me voy —dijo al cabo.

—Ve al Munster, con tu amigo Brian —replicó ella. La amargura de su voz pesó como una losa en la penumbra. Volvió el rostro y lo miró con los ojos verdes encendidos—. Ya no necesito traidores y paganos cojeando por esta casa.

Acto seguido, Harold se marchó.

Los acontecimientos de las semanas siguientes se desarrollaron en buena parte como Morann había previsto. Los hombres del Leinster protagonizaron una incursión en el territorio del rey O'Neill. Y poco después, el rey de Tara descendió a castigarlos y recorrió todo Fingal hasta el Ben de Howth. No obstante, gracias a Morann, que llegó con el anciano rey, Harold y su gran heredad no sufrieron ningún daño.

Al cabo de unos días contraatacaron más grupos, reforzados con hombres de Dyflin. El rey de Tara envió mensajeros al sur para pedir ayuda a Brian. Y hacia mediados de agosto, el terrorífico rumor se propagó por todo el territorio: «Brian Boru vuelve».

Osgar echó una rápida mirada a su alrededor. Había humo que se alzaba del valle y oyó que las llamas crepitaban.

—Hermano Osgar. —La voz del abad estaba cargada de impaciencia.

A su espalda, los monjes subían la escalera de la torre circular, una precaución un tanto innecesaria, les había dicho el superior; sin embargo, tenían la cara pálida y la expresión asustada. Tal vez él también presentaba aquel aspecto. Lo ignoraba. De repente, temió que los hermanos del monasterio retirasen la escalera tan pronto como el abad y él dieran media vuelta. Qué absurdo... Casi sonrió de su propia estupidez; no obstante, la imagen persistió: el abad y él volviendo a cruzar la puerta a la carrera con los del Munster detrás para llegar a la torre circular y descubrir que la puerta estaba cerrada y que la escalera había desaparecido y, de este modo, seguir corriendo impotentes alrededor de las murallas hasta que las espadas de los saqueadores se alzaran, destellaran y...

—Voy, reverendo padre.

Corrió hacia la puerta, fijándose en que todos los sirvientes del monasterio habían desaparecido como por ensalmo. El abad y él estaban solos en el recinto vacío.

Había oído decir que los grupos de asaltantes de Brian Boru estaban barriendo el territorio mientras el rey del Munster iba al norte a castigar a los hombres del Leinster, pero nunca había imaginado que se presentarían en Glendalough a alterar la paz del lugar.

Alcanzó al abad en la puerta. El camino estaba desierto, pero valle abajo vio un destello de fuego.

—¿Y no podríamos cerrar las puertas? —sugirió.

—No —respondió el abad—. Lo único que conseguiríamos sería enojarlos.

—No puedo creer que los hombres del rey Brian estén haciendo esto —dijo—. No son paganos o escandinavos.

La expresión desolada del anciano lo silenció. Ambos sabían por las crónicas de los diversos conventos que los monasterios de la isla habían sufrido más debido a las disputas entre príncipes que al daño que les hubieran hecho los vikingos. Solo cabía esperar que la reputación de protector de la Iglesia que tenía Brian en esta ocasión también se cumpliera.

—Mirad —dijo el abad con voz calmada.

Un grupo de unos veinte hombres se acercaba por el sendero en dirección a la puerta. Iban bien armados. En medio de ellos caminaba un individuo apuesto y de barba oscura.

—Ese es Murchad —comentó el abad—, uno de los hijos de Brian. —Avanzó un paso y Osgar hizo lo propio—. Bienvenido, Murchad, hijo de Brian —gritó con firmeza el anciano—. ¿Sabéis que lo que estáis quemando ahí abajo es propiedad del monasterio?

—Sí —respondió el príncipe.

—Pero seguro que no es vuestro deseo dañar el santuario de san Kevin, ¿verdad? —inquirió el abad.

—Solo si está en el Leinster —respondió sobriamente Murchad mientras el grupo llegaba a su altura.

—Sabéis que nosotros no tenemos nada que ver con ese asunto —dijo el abad en tono razonable—. Siempre hemos tenido a vuestro padre en la más alta consideración.

—¿Cuántos hombres armados tenéis?

—Ninguno.

—¿Quién es este? —El príncipe posó los ojos en Osgar y lo miró sin pestañear.

—Es el hermano Osgar, nuestro mejor erudito. Un magnífico ilustrador.

El príncipe lo miró con ojos curiosos, pero enseguida los bajó con lo que a Osgar le pareció un asomo de respeto.

—Necesitaremos suministros —dijo Murchad.

—Las puertas están abiertas —replicó el abad—, pero recordad que estáis en la casa de Dios.

Cruzaron el portal todos juntos. Osgar miró hacia la torre circular. La escalera había desaparecido y la puerta estaba cerrada. A una señal del príncipe, sus hombres empezaron a caminar hacia los almacenes.

—Dad mis respetos a vuestro padre —dijo el abad en tono amable— si no quiere honrarnos él mismo con una visita. —Hizo una pausa para darle tiempo a hablar, pero, en vista de que callaba, añadió—: Es extraordinario cómo conserva la salud.

—Está fuerte como un toro —replicó el príncipe—. Veo que vuestros monjes han huido —señaló—. Aunque lo más probable es que se hayan escondido en la torre con vuestro oro.

—Ellos no conocen vuestro pío carácter tan bien como yo —comentó el abad, imperturbable.

Mientras sus hombres llenaban una pequeña carreta con queso y otras dos con cereales, el príncipe paseó por el monasterio con el abad y Osgar.

Enseguida quedó claro que buscaba objetos de valor. Miró la cruz de oro del altar de la iglesia principal, pero no se la llevó, como tampoco ninguno de los candelabros de plata que vio, y comenzaba a murmurar entre dientes, irritado, cuando, por fin, haciendo una inspección superficial del *scriptorium*, sus ojos se fijaron en algo.

—¿Es obra vuestra? —preguntó de repente.

Osgar asintió.

Se trataba de unos Evangelios ilustrados, como el gran manuscrito de Kells, aunque en una versión más pequeña y menos elaborada. Osgar lo había comenzado hacía poco y esperaba completarlo antes de la Pascua siguiente, incluidas todas las letras decoradas y varias páginas de iluminaciones. Sería una hermosa contribución a los pequeños tesoros del monasterio de Glendalough.

—Estoy seguro de que a mi padre le gustaría recibirlo —dijo el príncipe con firmeza.

—En realidad, es para uso monásti... —comenzó a decir Osgar.

—Recibirlo como señal de vuestra lealtad —prosiguió el príncipe con énfasis—. Le gustaría recibirlo para Navidad.

—Por supuesto —corroboró el abad en tono sereno—. Sería un regalo muy apropiado para un rey tan devoto como él. ¿No opináis lo mismo, hermano Osgar? —prosiguió mirando al monje.

—Desde luego —dijo Osgar con tristeza.

—Bien, pues estamos de acuerdo —proclamó el monje con una sonrisa que parecía una bendición—. Por aquí —dijo, acompañando al regio visitante al exterior.

Fue después de que el príncipe y sus hombres se marcharan y los monjes bajaran de la torre cuando a Osgar se le ocurrió una idea.

—Yo quería haber bajado a Dyflin a casar a mi prima —le comentó al abad—, aunque, con todo lo que está ocurriendo, supongo que la boda quedará pospuesta.

—En cualquier caso, ese viaje está ahora fuera de cuestión —replicó el abad, satisfecho—. Al menos hasta que terminéis el libro.

—Enviaré un mensaje a Caoilinn —dijo Osgar.

Ella lo recibió en el preciso momento en que las puertas de Dyflin se cerraban. Y si, en las semanas que siguieron, no pudo responder con un mensaje, fue porque quedó atrapada en el interior de la ciudad.

El 7 de septiembre, festividad de San Ciaran, el rey Brian, a la cabeza de un ejército reclutado en el Munster y en el Connacht, llegó ante las murallas de Dyflin. Los habitantes de la ciudad no intentaron oponer resistencia; en cambio, con la ayuda de un gran contingente de hombres del Leinster, fortificaron los terraplenes y desafiaron al rey supremo del Munster a que entrase. Brian, siempre tan cauteloso como audaz, inspeccionó las defensas minuciosamente y acampó con su ejército en los agradables huertos de los aledaños. «Los dejaremos morir de hambre —declaró—. Mientras tanto —anunció el anciano rey— nos adueñaremos de su cosecha y nos comeremos sus manzanas.» Y cuando las cálidas semanas de otoño dieron paso a un agradable octubre, eso fue lo que el ejército que asediaba la ciudad se dispuso a hacer.

Mientras tanto, en Dyflin, Caoilinn tuvo que reconocer que la vida era bastante aburrida. En los primeros tiempos, había esperado un ataque. Luego había supuesto que el rey de Dyflin y los jefes del Leinster intentarían al menos hostigar al enemigo, pero no sucedió nada. Nada en absoluto. El Rey y los nobles no salieron del salón real ni de los recintos que lo rodeaban. Los centinelas hacían sus guardias solitarias desde las murallas. Cada día, en el espacio abierto del mercado de la esquina occidental, los hombres practicaban con las espadas y las lanzas sin demasiado entusiasmo; el resto de la jornada lo pasaban bebiendo o jugando a los dados. Y así fue pasando el tiempo, día tras día, semana tras semana.

Las provisiones de alimentos aguantaron bien. Antes de que comenzara el asedio, el Rey había hecho gala de previsión y había mandado traer una gran cantidad de reses y cerdos. Los graneros estaban llenos y los pozos de la ciudad suministraban agua abundante. Los habitantes podrían resistir meses. Solo les faltaba un componente habitual de su dieta: no había pescado. Los hombres de Brian siempre vigilaban y, si alguien ponía el pie al otro lado de las defensas para calar redes en el río, de día o de noche, lo más probable era que no regresara. Ni tampoco, por supuesto, los barcos podían entrar o salir del puerto.

Cada día, Caoilinn se acercaba a las murallas. Resultaba extraño ver el río y el muelle de madera desiertos. Un poco más lejos, río arriba, en el largo puente de madera había un puesto de guardia. Mirando hacia el estuario, divisó una decena de mástiles en el lado septentrional del agua, donde un río llamado Tolva confluía con el Liffey. Brian había situado allí sus *drakares*, con un puesto de mando en Clontarf, una aldea de pescadores cercana. Los *drakares* bloqueaban la entrada del puerto y ya habían conseguido que volvieran atrás una docena de barcos mercantes que intentaban acceder a la ciudad. Nunca hasta entonces había advertido lo mucho que la vida de Dyflin dependía de la llegada de embarcaciones. Aquel silencio interminable se le antojaba espectral. También seguía el trazado de las murallas hasta el lado meridional y contemplaba su casa de Rathmines.

Había sido su hijo mayor, Art, quien decidiera que ella y los hijos pequeños se hospedaran en casa de su hermano en Dyflin, donde estarían mucho más seguros, mientras él se quedaba en Rathmines. Aquello, probablemente, había sido un error. Caoilinn estaba segura de que habría podido salvar también el ganado de aquel maldito Brian, seguramente mejor que Art. Había mirado hacia Rathmines todos los días y no había visto ninguna señal de que hubiesen incendiado la propiedad, pero, como el campamento de los del Munster se hallaba en los huertos y los campos que se extendían entre la finca y la ciudad, no sabía a ciencia cierta lo que ocurría. Lo que le molestaba, sobre todo, era la sospecha de que su hijo no había lamentado del todo el que se marchara a Dyflin para estar a salvo. En cualquier caso, allí estaba, atrapada en Dyflin.

El mensaje de Osgar, que había llegado el día en que ella se marchaba a Dyflin, había sido una sorpresa, pero con tantos otros asuntos en la mente se había olvidado por completo de él.

Desde el día que había echado a Harold de su casa, no había vuelto a saber del noruego. No estaba segura de que a su hijo le hubiera complacido aquella ruptura de relaciones con Harold. «Peor para él», pensó. Ahora, cada día, mientras contemplaba el campamento de aquel odioso rey del Munster, su furia se reavivaba. Ojalá se hubiera quedado en Rathmines aunque solo fuera para maldecir a Brian a su paso. ¿Qué podría haberle hecho a ella, la condenada serpiente? Que la matase si se atrevía. Y que Harold hubiese imaginado que ella apoyaría a aquel malvado... Solo de pensarlo, palidecía de ira. Hasta su propio hijo había tratado en una ocasión de discutir con ella sobre el asunto:

—Harold está haciendo todo lo que puede por ti —se había atrevido a sugerirle.

—¿Has olvidado quién era tu padre? —le había espetado ella.

Con eso, había callado.

El único error que admitía haber cometido era la manera en que se había despedido del noruego y las palabras que había utilizado. Haberlo llamado pagano y traidor no era más que la verdad, pero decirle que no quería volver a verlo por la casa con su cojera —haberlo llamado tullido— no era digno de ella. Si las circunstancias hubiesen sido otras, le habría gusto pedirle disculpas, pero eso, desde luego, se le antojaba imposible. Desde aquel día, no había vuelto a tener noticias de Harold. Probablemente, pensó, no volvería a verlo.

Morann Mac Goibnenn seguía sintiéndose intranquilo. Con el paso de los meses había tenido muchas oportunidades de observar los ejércitos dispuestos en contra de Dyflin y seguía convencido de que su estimación de la situación había sido la correcta. A finales del verano anterior, cuando había llevado a su familia al norte, con el rey O'Neill de Tara, lo habían recibido muy bien. Alto, atractivo y con una luenga barba blanca, el anciano rey destilaba nobleza, aunque sus ojos, advirtió Morann, seguían siendo cautelosos. No le había resultado difícil procurarse la protección para la granja de su amigo Harold, pero su plan de que no surgieran problemas con el rey O'Neill no había tenido tanto éxito, ya que el viejo monarca le había pedido que acompañara al grupo que había partido en agosto a recabar la ayuda de Brian. Tantas ganas tenía el Rey de que el artesano se uniera a ese grupo y tan fervientes eran sus expresiones de lealtad a Brian, que Morann sospechó que lo estaba utilizando para convencer al rey del Munster de que la petición de ayuda era auténtica.

Brian Boru lo había recibido con afecto.

—He aquí un hombre que cumple sus promesas —había dicho a los jefes que lo rodeaban.

Habían pasado diez años desde que Morann viera al rey del Munster en persona y en ese momento todavía le pareció impresionante. Su cabello había encanecido; tenía las encías descarnadas y los dientes amarillos, aunque, asombrosamente, los conservaba casi todos. Unos rápidos cálculos le recordaron que el monarca debía de tener más de setenta años, pero aun así, transpiraba autoridad y poder.

—Ahora soy más lento, Morann —le confesó—, y sufro

dolores que antes no tenía, pero esta —añadió, señalando a la joven que ahora era su esposa— me hace sentir más joven de la edad que tengo.

Por lo que Morann sabía, aquélla era su cuarta esposa. El anciano era admirable.

—Me acompañarás —le dijo Brian— en mi camino hasta Dyflin.

Había sido a principios de septiembre, en un día soleado, cuando el ejército de Brian en su avance hacia Dyflin había llegado a la llanura del Liffey. Morann había cabalgado a poca distancia del rey del Munster, en la vanguardia del ejército cuando, para su sorpresa, vio que avanzaba hacia ellos la figura de Harold, montado en un espléndido caballo, sin ninguna compañía. Y aún se sorprendió más cuando supo los motivos que habían llevado hasta allí al noruego.

—¿Quieres que le pida al rey Brian que no destruya la heredad de Caoilinn? ¿Después de todo lo que ha hecho?

El verano anterior Morann se había quedado atónito por la manera en que Caoilinn había tratado a su amigo. Al principio, Harold solo le había dado una idea general de la entrevista, pero su esposa, después de un largo paseo con el noruego, le contó:

—Lo llamó tullido y lo echó de su casa. —Freya estaba furiosa—. Fuera cual fuese la razón —había declarado—, no tenía ningún motivo para comportarse con tanta crueldad.

Y a Morann enseguida le quedó claro que Caoilinn había herido en grado sumo a su amigo. Se había incluso preguntado si no sería conveniente que fuera él mismo a hablar con ella, pero Harold había insistido tanto en que el romance había terminado que Morann llegó a la conclusión de que no había nada que hacer.

El noruego se limitó a encogerse de hombros.

—Sería una pena destruir lo que ella ha construido.

Morann se preguntó si no estarían los dos confabulados y si Harold no tenía una parte en el negocio, pero el noruego explicó que no se trataba de eso, que Caoilinn y él no habían vuelto a hablar y que en aquellos momentos ella se encontraba dentro de las murallas de Dyflin.

—Eres un hombre generoso —dijo Morann, maravillado.

Para su alivio, cuando explicó el asunto al rey Brian, el monarca no se enojó, sino que lo encontró divertido.

—¿Éste es el noruego que en Dyflin golpeó en la cabeza a uno de mis hombres? ¿Y ahora quiere que no destruya la granja de una dama? —El soberano sacudió la cabeza—. Es más, tal vez, de lo que yo habría hecho. —Esbozó una sonrisa—. Los hombres generosos son escasos, Morann. Y hay que estimarlos. En tiempos de peligro, rodéate de hombres generosos. El coraje trae éxito —afirmó con aprobación—. ¿Qué tipo de granja es esa Rathmines? ¿Dónde está, exactamente?

Morann le describió la finca de Caoilinn y su magnífico salón. Estaba situada cerca de Dyflin, explicó, y sus hatos de ganado eran enormes.

—Ahora, las reses deben de estar ocultas en las montañas —comentó Brian.

—Donde tus hombres, tarde o temprano, las encontrarán —apuntó Morann.

—Sin duda alguna —asintió Brian, pensativo—. Muy bien —prosiguió, animado, tras una breve pausa—. Yo mismo me quedaré en Rathmines. La finca nos alimentará, a mí y a mi séquito personal. Cuando antes me entreguen Dyflin, antes me marcharé y más ganado le quedará a la dama. Éstas son mis condiciones, Morann. ¿Estás de acuerdo con ellas?

—Sí —dijo el orfebre.

Y se adelantó con Harold a caballo para preparar la casa de Rathmines. Al hijo de Caoilinn tal vez no le gustase tener a Brian Boru en la casa, pero comprendería las ventajas del trato.

—Si al final de todo esto —le dijo—, te queda algo de ganado, tendrás que dar las gracias de ello a Harold.

Morann se quedó con Brian en Rathmines hasta finales de octubre. Durante ese tiempo, el platero tuvo la oportunidad de presenciar cómo se comportaba el gran señor feudal, su campamento ordenado, sus hombres bien preparados, su paciencia y su determinación. Luego, Brian lo mandó a ver al rey de Tara con algunos mensajes.

—Este juego, al final, tendrá un resultado pacífico —le comentó al artesano antes de que este se marchara.

Pero Morann no estaba tan seguro de eso.

El mensaje no llegó hasta diciembre, y lo hizo en forma de un solo jinete que se presentó un día frío y gris a las puertas de Glendalough. Llevaba colgada del hombro una bolsa de cuero vacía que depositó en la mesa del abad al tiempo que anunciaba:

—He venido a buscar el libro.

El libro del príncipe, el regalo para Brian Boru. La Navidad se acercaba. Tenía que estar listo para esa fecha.

—Lamentablemente —dijo el abad algo avergonzado—, no está del todo terminado. Pero cuando lo esté —añadió—, será muy hermoso.

—Mostrádmelo —dijo el mensajero.

Osgar había trabajado con ahínco. Hacia finales de octubre, había preparado la vitela, confeccionado el libro y copiado todos los Evangelios en una caligrafía perfecta. A continuación pasó a las mayúsculas decoradas. Había dejado espacio para cada una de ellas y, durante los diez primeros días de noviembre, planificó la labor. Si bien todas las letras serían tratadas de una forma diferente, ciertos detalles —algunos puramente geométricos, otros en forma de serpiente, pájaro o figuras humanas— se repetirían de manera sutil o se equilibrarían entre sí en un exótico contrapunto, lo cual aportaría una unidad oculta y vibrante al conjunto. También pretendía incorporar pequeñas decoraciones al texto, según lo moviera el espíritu. Finalmente, habría cuatro iluminaciones a página completa. Ya tenía esbozos para tres de ellas y sabía cómo quedarían, pero la cuarta era más ambiciosa y albergaba muchas más dudas sobre ella.

A mediados de noviembre, Osgar había comenzado ya a dibujar y pintar las mayúsculas y, a finales de mes, había completado más de una docena. Cuando el abad inspeccionó el trabajo, se declaró complacido, aunque expresó, sin embargo, una queja.

—Cada año, hermano Osgar, tardáis más en completar las ilustraciones. Con tanta práctica como tenéis, deberíais rendir más, no menos.

—Cuantas más hago, más me cuestan —respondió Osgar con tristeza.

—Oh —dijo el abad, irritado.

Era en momentos como aquéllos en los que el calígrafo perfeccionista le resultaba aburrido y hasta despreciable. Osgar suspiró, porque sabía que era incapaz de explicar tales cosas a un hombre, por inteligente que fuera, que no hubiese practicado el arte y el diseño druida.

No podía explicar que las formas que veía el abad no eran producto de una simple elección o del azar, sino que las más de las veces, mientras trabajaba en ellas, las hebras de color se negaban misteriosamente a ajustarse al dibujo que había imaginado. Y que solo tras días de pugna obstinada, descubría en ellas una forma más profunda y dinámica, mucho más sutil y poderosa que nada de lo que su pobre cerebro hubiese sido capaz de diseñar. Durante aquellas frustrantes jornadas, era como un hombre perdido en un laberinto, o incapaz de moverse, como atrapado en una telaraña mágica, aprisionado por las mismas líneas que dibujaba. Y cuando terminaba, cada descubrimiento le revelaba nuevas normas, capa sobre capa, de modo que, como si de una bola de cordel que crece poco a poco se tratara, el artefacto que creaba, por simple que pareciese, poseía un peso escondido. Mediante aquel proceso extenuante y a través de aquellas terribles tensiones, Osgar construía su obra de arte.

Y en ningún lugar era esto más cierto que en la cuarta de las iluminaciones a página completa. Sabía lo que quería. Quería, en cierto modo, plasmar aquella espiral extraña que el anciano monje había copiado de una piedra y le había mostrado en Kells. Solo la había visto una vez, pero la insólita imagen lo había rondado desde entonces como un fantasma. Había visto espirales y trifolios en muchos libros, por supuesto, pero aquella imagen particular era cautivadora porque contenía diferencias sutiles. Y sin embargo, ¿cómo podía capturar esas líneas arremolinadas, si su misterioso poder residía precisamente en el hecho de que eran errantes, indeterminadas, pertenecientes a algún caos desconocido pero profundamente necesario? Cada esbozo que hacía era un fracaso y, disponiendo de tan poco tiempo, el sentido común tendría que haberle dicho que renunciara. Con algo convencional habría salido del paso, pero no podía hacerlo. Cada día le daba vueltas en la mente, mientras se ocupaba en el resto del libro.

Por fortuna, cuando se le mostró el libro, en parte terminado, al mensajero del príncipe, ya estaba claro que sería muy hermoso.

—Le diré al príncipe que aún trabajan en él —comentó el mensajero—, pero no le complacerá saber que no está terminado.

—Tendréis que trabajar más deprisa, hermano Osgar —dijo el abad.

El asedio se levantó en Navidad. Brian y su ejército se retiraron hacia el sur, al Munster. Los sitiadores no atacaron la muralla y de dentro no salió nadie a luchar contra ellos. Cuando los habitantes de la ciudad vieron que el rey del Munster se marchaba, se congratularon.

Después de la partida de Brian, a principios de febrero, Morann decidió dejar por un tiempo al rey O'Neill de Tara y dejarse caer por Dyflin. No le asombró recibir una invitación para que visitara al rey de Dyflin y se reuniera con este y sus consejeros en el salón real. Allí lo recibieron con gran alegría.

—Todos sabemos que juraste lealtad a Brian —lo tranquilizó el monarca.

Le hicieron numerosas preguntas sobre el rey del Munster y la disposición de sus tropas, a las que Morann respondió. Pero al orfebre le sorprendió el aire de belicosidad que captó en algunos de los miembros más jóvenes del consejo.

—Podrías haberte quedado con nosotros, Morann —dijo uno de ellos—. Brian vino a castigarnos, pero ha tenido que renunciar.

—Nunca renuncia —replicó Morann—. Volverá. Y será mejor que estéis preparados.

—Qué individuo más agorero es —dijo el Rey con una sonrisa y los demás se echaron a reír.

Al día siguiente, cuando Morann por casualidad encontró al Rey en la calle, este lo tomó del brazo y le susurró al oído:

—Dijiste que Brian regresaría y es verdad, desde luego.

Pero cuando lo haga, le tendremos preparada una recepción bien distinta. —El Rey se despidió de Morann saludándolo afablemente con la cabeza—. Estás avisado —añadió.

Dos días después de esta conversación, Morann se dirigió a Fingal a visitar a su amigo Harold. Habían pasado cuatro meses desde la última vez que lo había visto.

A su llegada a la heredad de Harold le sorprendió agradablemente encontrar al noruego en buena forma y animado. Estuvieron un buen rato recorriendo la granja, que se hallaba en un estado excelente, acompañados de sus hijos, y Morann no sacó a relucir la cuestión de Caoilinn hasta que se quedaron solos.

—Me han dicho que Rathmines ha podido salvar más de la mitad de sus reses.

—Sí, eso mismo he oído yo. Y las demás granjas fueron saqueadas por completo. Te estoy muy agradecido, Morann.

—¿Tú no has ido por allí?

—No —respondió con firmeza y abatimiento a la vez.

—¿Y no te han dado las gracias? Cuando sucedió, le dije a su hijo que era a ti a quien debían agradecerlo.

—Pues no me han dicho nada, pero ya me lo esperaba. Lo nuestro terminó y eso es todo.

Morann comprendió que a su amigo no le apetecía hablar más del asunto y durante su estancia allí aquel día no volvió a nombrarlo. Sin embargo, a la mañana siguiente, cuando se marchó, tomó una decisión secreta. Había llegado la hora de que fuera a ver a Caoilinn.

A la mañana siguiente, cuando llegó a Rathmines, ella no estaba sola. Su hijo también se encontraba allí. ¿Era aquélla la razón de que se mostrara tan reservada? Enseguida le quedó claro que no deseaba verlo. Cuando, sentados en el gran salón, Morann mencionó educadamente que se alegraba de que el ganado hubiera sobrevivido a los problemas en Dyflin, el hijo asintió a modo de agradecimiento y murmuró:

—Gracias a ti.

Caoilinn, sin embargo, clavó la vista en el suelo como si no lo hubiera oído.

—Estuve en Fingal hace poco —explicó.

Sus palabras cayeron como una losa y reinó el silencio. Morann pensó que Caoilinn estaba a punto de marcharse y decidió que, si lo hacía, la seguiría, pero entonces sucedió algo interesante. El hijo se puso en pie de repente y salió al exterior, por lo que se quedó solo en la sala con ella. Si quería cumplir con las normas de hospitalidad, Caoilinn no podía hacer lo mismo y dejarlo allí plantado. Morann vio que fruncía el ceño de disgusto, pero no le importó.

—He estado en la finca de Harold —dijo en tono sereno. Calló para obligarla, prácticamente, a responder.

Pero fuera cual fuese la respuesta que esperase, la que obtuvo fue distinta porque, tras un prologado silencio, en un tono de voz contenido aunque airado, ella comentó:

—Me sorprende que, dadas las circunstancias, te atrevas a mencionar su nombre en esta casa.

—¿Dadas las circunstancias? —Morann no daba crédito a sus oídos—. ¿No te ha salvado de la ruina? ¿No tienes palabras de agradecimiento por su bondad?

—¿Su bondad? —Lo miró con desdén y también, le pareció, con incomprensión—. Querrás decir su venganza, ¿no? —Aunque el rostro de Morann todavía denotaba asombro, ella fingió no verlo. En realidad, cuando siguió hablando, parecía que lo estaba haciendo consigo misma—. Tener a Brian Boru, ese sucio diablo, viviendo en la casa de mi esposo... Comiéndose sus reses, servido por mis propios hijos... ¿No fue esa una buena venganza por haberlo llamado tullido? —Caoilinn sacudió la cabeza despacio.

Y por primera vez, Morann comprendió el alcance de su dolor y tristeza.

—No fue Harold —se limitó a decir—. Nunca ha tenido tratos con Brian. Está bajo la protección del rey O'Neill, eso ya lo sabes. Pero me pidió que convenciera a Brian de que no destruyera la heredad de tu esposo. Así que fui yo el causante de que Brian viniera. —Morann se encogió de hombros—. Era la única manera. —Caoilinn daba muestras de impaciencia—. Has de comprender —prosiguió con apremio, tomándola incluso por el brazo— que solo trató de salvarte a ti y a tu familia de la ruina. Admira el trabajo que has realizado en la finca. Y tú no le haces justicia.

Caoilinn había palidecido y no dijo nada. Morann no sabía si sus palabras habían surtido efecto.

—Estás en deuda con él —le sugirió en voz baja—. Al menos le debes las gracias o una disculpa.

—¿Una disculpa? —preguntó, alzando la voz considerablemente.

Morann decidió pasar a la ofensiva.

—Dios mío, mujer, ¿tanto te ciega el odio por Brian que no puedes ver la generosidad de espíritu del hombre de Fingal? Hace caso omiso de tus insultos y trata de salvar a tus hijos de la ruina y tú no ves en ello sino maldad, una maldad que solo está en tu imaginación. Eres una estúpida —prorrumpió—. Podrías haber tenido a ese hombre por esposo. —Hizo una pausa y luego, en voz más baja y con evidente satisfacción, añadió—: Bueno, en todo caso, a eso ya llegas tarde, puesto que ahora hay otras.

—¿Otras?

—Desde luego. —Morann se encogió de hombros—. ¿Qué esperabas? —le preguntó antes de marcharse repentinamente, prescindiendo de toda ceremonia.

Ya era febrero cuando las noticias comenzaron a llegar al puerto. Morann, que tenía presente la advertencia del rey de Dyflin, ya lo esperaba.

Los vikingos venían. El regente vikingo de la isla de Man, al otro lado del horizonte, enviaba una flota de guerra. Otra gran expedición llegaba del norte, de las lejanas islas de Orkney. Jefes guerreros, mercaderes aventureros, piratas nórdicos; todos se preparaban. Sería otra gran aventura vikinga. A saber lo que ocurriría... Si derrotaban al viejo Brian Boru, acaso tuvieran incluso la oportunidad de apoderarse de toda la isla, igual que Canuto y sus daneses estaban haciendo con Inglaterra. Al menos, habría valiosos botines.

A mediados de mes, circulaban por Dyflin rumores de todo tipo. Se decía que la hermana del rey del Leinster, la turbulenta ex esposa de Brian, se había ofrecido incluso a casarse de nuevo si con ello ayudaba a la causa.

—Cuentan que ha sido prometida al rey de la isla de Man y también al de Orkney —le explicó a Morann un jefe próximo a la familia.

—Pero no puede casarse con los dos —comentó Morann.

—No estés tan seguro —replicó el otro.

Y de momento, no había noticias del rey Brian del Munster. ¿Estaba informado el viejo guerrero de los preparativos que tenían lugar en los mares septentrionales? Sin duda alguna. Con tantas dificultades como encontraría, ¿dudaría Brian en regresar, como algunos en Dyflin suponían? Morann no lo creía, pero estaba seguro de que el cauteloso guerrero, como era habitual en él, se tomaría su tiempo. A finales de febrero, llegó un barco procedente de las islas Orkney con noticias definitivas: «La flota estará aquí antes de Pascua».

Al empezar el año, mientras andaba ya desesperado por terminar su trabajo a tiempo, Osgar recibió noticias muy diferentes, procedentes de Caoilinn. Ésta se disculpaba por no haberle escrito antes, pero le explicaba que había quedado atrapada en Dyflin durante el asedio. Con un poco de culpabilidad, quizá, le enviaba tiernas expresiones de afecto y le comunicaba que, por unas razones que no mencionaba, no se casaría. «Pero ven a verme, Osgar. Ven a verme pronto», añadía.

¿Qué sentía ante una misiva como ésa? Apenas lo sabía. Al principio, se lo tomó con calma y advirtió que no había pensado en ella desde hacía mucho tiempo. Durante aquel día, se había dedicado a sus quehaceres habituales y solo al final de la tarde, mientras guardaba las plumas y sus dedos encontraban el anillito que todavía guardaba en la bolsa, al pensar en ella experimentó, de repente, una intensa punzada de emoción instigada por los recuerdos.

Aquella noche se le apareció en sueños y también cuando despertó en la oscura aurora de enero, trayendo consigo una extraña sensación de calidez, un cosquilleo de excitación. Apenas recordaba cuándo se había sentido de aquel modo por última vez. Y la sensación no se disipó, sino que lo acompañó a lo largo de toda la jornada.

¿Qué significaba? Cuando aquella noche reflexionó sobre el asunto, a Osgar le pareció que, en cierto modo, las vidas de los dos habían descrito un círculo completo. Destinados el uno al otro al principio de sus vidas, habían recorrido caminos distintos: ella se había casado y él había entrado en el monasterio; sin embargo, ahora, con el conocimiento de que ella no contraería matrimonio de nuevo, Osgar pensó que, aunque se había alejado de la felicidad que hubiese experimentado con ella, incluso si eso había sido un error, ahora, en cierto modo, Caoilinn le pertenecía de nuevo. Podían renovar su amistad. Ella acudiría a Glendalough a verlo. Él podría ir a visitarla a Dyflin. Y hasta podría ocupar el cargo que siempre había rechazado en el monasterio de la familia. Sería libre para permitirse una relación tan apasionada como sana. De este modo, mediante la intervención de poderes benéficos o malignos, la pena del hermano Osgar se convirtió en un nuevo tipo de alegría.

A la mañana siguiente ya notó una diferencia. ¿Había más sol ese día en el *scriptorium* o el mundo se había tornado más brillante? Cuando se sentó ante su despacho, la vitela allí depositada parecía haber adquirido un significado nuevo y mágico. En vez de la dolorosa pugna habitual con un dibujo intrincado, debajo de su pincel las formas y los colores cobraban vida en un estallido, como las plantas relucientes en primavera. Y lo que era aún más extraordinario, a medida que el día avanzaba, aquellas sensaciones se intensificaban, se volvían más apremiantes, más intensas. Tan abstraído estaba que, a última hora de la tarde, ni siquiera notó que la luz de fuera se desvanecía mientras trabajaba, con una emoción febril cada vez más acusada, inmerso en aquel mundo exquisito y radiante. Fue solo al notar unos persistentes golpecitos en el hombro cuando, finalmente, se interrumpió, sobresaltado, como si acabaran de despertarlo de un sueño, y descubrió que ya habían encendido tres candelas alrededor de su mesa y que había completado no una, sino cinco ilustraciones. Casi tuvieron que alejarlo a rastras de la página.

Y así continuó día tras día, perdido en su arte, en tal estado de excitación que a veces se olvidaba de comer, pálido, ausente, por fuera melancólico, pero extático por dentro. Aquel monje de mediana edad —inspirado por Caoilinn, si no por Dios— por primera vez descubrió y expresó en su trabajo, en los dibujos abstractos, en las plantas verdeantes, en toda la exuberancia de brillantes colores de sensual trazado, el verdadero significado de la pasión.

Avanzado febrero, comenzó a dibujar la gran espiral triple de la última página, y alargándola y doblándola a voluntad, para su asombro descubrió que la había transformado en una magnífica y dinámica imagen del Ji-Ro, distinta de todas las que había visto hasta entonces y que vibraba en la página como un fragmento sólido de la mismísima eternidad.

Dos semanas antes de Pascua, su pequeña obra maestra estuvo completa.

Ella no lo esperaba y era eso lo que Harold quería. Contaba con aprovecharse del factor sorpresa aunque la verdadera pregunta era si debía ir a verla o no.

«No te acerques a ella. Te dará más problemas que otra cosa», le había aconsejado Morann. Dos veces desde que había ido a ver a Caoilinn, el artesano había comunicado al hijo de la mujer que Harold lo iría a visitar un día concreto en Dyflin. Para Caoilinn no habría sido nada complicado ir desde Rathmines y encontrarse con el noruego, en apariencia por casualidad, en el muelle o en el mercado. De hecho, su hijo, que había previsto que su madre se fuera de la casa, estaba ansioso por colaborar. Pero Caoilinn no había acudido ni había mandado mensaje alguno a Harold. Y aunque, en principio, Morann esperaba que se produjera la reconciliación de los enamorados, ahora había cambiado de opinión. «Búscate otra esposa, Harold. Puedes encontrar una mejor», le había aconsejado.

Entonces, ¿por qué iba? En los meses que habían transcurrido desde que lo rechazara, el noruego había reflexionado sobre el asunto de Caoilinn. Ella lo había herido, por supuesto. En realidad, había momentos en los que, al pensar en el desdén con que lo había tratado, había apretado los puños de rabia, jurándose a sí mismo que no volvería a posar los ojos en ella.

Pero su corazón generoso todavía intentaba comprender qué la había llevado a comportarse de aquel modo y, después de enterarse de más detalles sobre su esposo a través de otras personas familiarizadas con la casa, se había formado una idea astuta de lo que podía tener Caoilinn en la mente. Había hecho concesiones, estaba dispuesto a perdonar, pero también era consciente del desprecio interior por sus sentimientos que la conducta de ella había revelado. Morann le había explicado su visita a Rathmines, y en los primeros meses de aquel año, Harold había convenido con su amigo que esperaría a que ella diese el primer paso, pero no lo había hecho.

Cuando Morann avisó a Caoilinn de que tenía rivales, no la engañaba por completo, puesto que había dos mujeres que le habían dejado claro a Harold que si mostraba algún interés por ellas, ese interés sería recíproco. Harold sabía que el afecto que una de las mujeres le profesaba era genuino; la otra, aunque la consideraba algo estúpida, lo amaba de veras. ¿Y Caoilinn? ¿Lo amaba? En realidad, no. No se hacía ilusiones. Al menos de momento, pero haría feliz a cualquiera de aquellas dos mujeres y su vida sería fácil y agradable.

Y quizás, al final, aquél era el problema. Por más atractivas que fueran, ambas le ofrecían una vida que era demasiado sencilla. Caoilinn, pese a sus defectos, le resultaba mucho más interesante. Incluso en la madurez, Harold, *el Noruego,* seguía buscando la emoción del desafío.

Así que, después de estudiar minuciosamente el asunto, el último día de marzo se puso de nuevo en camino a Rathmines. ¿Había decidido lo que le diría? Eso dependería de cómo la encontrase, pero, igual que había hecho en el encuentro anterior, sabía que podía confiar en su intuición. Cuando divisó las puertas del *rath,* todavía no estaba muy seguro de lo que haría.

Si su objetivo era sorprenderla, lo logró, ya que, mientras cruzaba la puerta montado a caballo, ella se encontraba ordeñando una vaca. Cuando se volvió y se levantó del taburete en que el que estaba sentada, la cabellera negra le cayó sobre la cara y la apartó con un solo gesto. Se alisó el vestido con las dos manos y lo miró como si fuera un intruso. Por unos momentos, pensó que iba a insultarlo, pero, en cambio, le dijo:

—Harold, hijo de Olaf. No sabíamos que vendrías.

Se quedó peligrosamente callada.

—Hace buen día y pensé en dar un paseo a caballo hasta aquí —dijo él con suavidad, mirándola desde lo alto de su montura.

Entonces, sin desmontar, pero haciendo comentarios fortuitos, como si fuera a proseguir su viaje en cualquier momento, comenzó a hablar. Lo hizo en voz baja y habló de su granja, de la situación en Dyflin, de un cargamento de vino que acababa de llegar a puerto. Sonrió de vez en cuando, a su manera fácil y afable y no aludió al hecho de que le había insultado y le debía una disculpa ni una sola vez. Ni una sola palabra, nada. Estuvo magnífico. Caoilinn no podía negarlo.

Pero lo que la había realmente conmocionado había sido otra cosa totalmente distinta. En los turbulentos meses transcurridos desde su separación, era lo único que había olvidado. No recordaba que fuera tan apuesto. En el momento en que había cruzado la puerta a caballo y lo había visto al volverse, su belleza la había impactado. El espléndido caballo con el brillante arnés; su figura poderosa, atlética, casi juvenil; su barba roja y sus ojos, aquellos ojos azul brillante... Por un momento, mientras se alisaba la falda para evitar su mirada, se había sentido jadeante, había tratado de contener un sonrojo y lo había mirado con furiosa frialdad para que no supiera que ardía por dentro y que el corazón se le desbocaba sin que pudiese controlarlo. Tampoco fue del todo capaz de reprimir aquellas sensaciones que, como olas pequeñas, se formaban y rompían sin parar.

Harold, que la miraba con aire sereno, dio el primer paso.

—El año pasado se hablaba —comentó con una frialdad perfecta— que tú y yo nos casaríamos.

Caoilinn bajó la mirada y no dijo nada.

—El tiempo pasa —prosiguió Harold—. Y uno sigue adelante. —Hizo una pausa lo bastante larga para que ella asimilara el mensaje—. Pero pensé que debía acercarme por aquí. —Sonrió cautivadoramente—. No deseo perderte por culpa de mi descuido. Al fin y al cabo —añadió, risueño—, podría seguir adelante, pero mejor no me iría.

Caoilinn tuvo que reconocer el cumplido. ¿Qué podía hacer? Agachó la cabeza.

—Hubo dificultades —consiguió decir, pero no se disculpó.

—Tal vez puedan vencerse —sugirió Harold.

—Varias dificultades.

La mujer estuvo a punto de sacar a relucir la cuestión religiosa, pero lo pensó mejor.

—Eres tú quien debe decidirse, Caoilinn. —La miró muy serio—. Mi oferta sigue en pie. Y es una oferta que hago con toda mi alegría, pero, sea cual sea tu decisión, te agradeceré que me la comuniques por Pascua.

—¿Te estoy entendiendo bien? —preguntó ella con un atisbo de indignación—. ¿Quieres decir que después de Pascua la oferta ya no será válida?

—Eso es —añadió y, tras espolear el caballo, se alejó antes de que ella pudiera hablar.

—Dios mío —murmuró Caoilinn mientras lo perdía de vista—. Qué hombre tan descarado…

A Morann no le sorprendió que, transcurridos diez días de abril, no hubiera recibido noticias de Caoilinn.

—Si viene —le dijo Harold—, esperará hasta el último momento. —Esbozó una sonrisa—. Y aun así, deberás asegurarte de que se den las condiciones.

—No vendrá en absoluto —dijo Morann, no porque lo supiera, sino porque no quería que su amigo se hiciera ilusiones vanas.

Sin embargo, al cabo de unos días, acontecieron unos hechos que hicieron que hasta el matrimonio de Harold quedara relegado a un segundo plano. Había llegado un *drakar* al puerto con noticias de que las flotas del norte ya habían zarpado y no tardarían en arribar. Al cabo de dos días, llegó un jinete del sur que anunció: «Brian Boru viene hacia aquí».

Al día siguiente, cuando Morann y su familia llegaron a la finca de Harold, el orfebre se mostró muy firme. El noruego quería quedarse y proteger la granja como había hecho la ocasión anterior.

—Pero esta vez será diferente —le advirtió Morann. En los *drakares* vikingos habría hombres de todo tipo: merodeadores, piratas, hombres que mataban por placer…—. Si vienen hacia aquí, no habrá nada que proteja la heredad. —Él se marchaba para unirse al rey O'Neill, como había hecho la vez anterior—. Y tú y tus hijos deberíais venir conmigo —le dijo.

Harold siguió presentando excusas y argumentos falsos. Finalmente, encontró una objeción real.

—¿Y si viene Caoilinn?

Pero Morann ya había previsto aquella pregunta.

—Ayer se trasladó a Dyflin —le dijo a su amigo con contundencia—. Se quedará allí, sin duda, como hizo la otra ocasión, pero puedes dejar un mensaje para ella si viene, diciéndole que nos siga.

Al final consiguió convencer al noruego de que lo prudente era partir. El gran hato de la granja fue dividido en cuatro manadas, y tres de ellas, con un vaquero cada una, fueron llevadas a lugares donde no las encontrarían. Harold no podía hacer más que esconder sus objetos valiosos y prepararse, acompañado de sus dos hijos, para su viaje hacia el noroeste. Cuatro días más tarde, se reunieron con el rey O'Neill de Tara.

El campamento del rey de Tara era impresionante. Para su nueva campaña, había reclutado un ejército formidable entre las mejores tribus guerreras del norte. Cuando Morann le presentó a Harold y a sus hijos, les dio la bienvenida y proclamó:

—Cuando comience la batalla, debéis apoyarme, estar a mi lado.

Morann notó que aquella decisión era un honor para sus amigos, al tiempo que prácticamente garantizaba su seguridad.

Morann enseguida se puso al día de la situación militar. Calculó que en el campamento habría casi mil guerreros. En la isla céltica era raro ver una fuerza de combate más grande; durante el asedio de Dyflin, Brian Boru no había contado con más hombres que ésos. Muchos de ellos procedían de la base más leal del poder del Rey, del reino central de Meath; pero todavía llegaban otros de más lejos. Los hombres estaban bien preparados. Morann los contempló, impresionado, mientras realizaban las prácticas de combate cuerpo a cuerpo. El anciano monarca tenía previsto quedarse en el campamento hasta que se enterara de que Brian llegaba a la llanura del Liffey. Entonces se dirigiría al sur, pasando por Tara, para unirse a él.

Sin embargo, ¿qué haría al llegar allí? Todo lo que Morann veía —los ejercicios diarios del ejército, las reuniones del Rey— confirmaba que su intención era mantener la palabra dada a Brian y luchar. ¿Podía haber un plan más engañoso? Al mirar la ajada cara de expresión astuta del rey de Tara, Morann descubrió que era incapaz de descifrar sus intenciones. Tal vez, concluyó el orfebre, la verdad residía en una conversación que mantuvo al día siguiente con el monarca cuando este lo mandó llamar. El viejo soberano tenía un aire pensativo, aunque Morann sabía que había calculado todo lo que iba a decir. Hablaron largo y tendido de los hombres que había reclutado, del ejército del Munster que esperaban y de las fuerzas alineadas contra ellos.

—Ya sabes, Morann, que Brian tiene muchos enemigos. Quiere ser el rey supremo con una autoridad más grande de la que los O'Neill hayan tenido nunca, porque jamás hemos conseguido someter a toda la isla. Esos reyes del Leinster, sobre todo, se lo han tomado muy a mal. Son casi tan orgullosos como nosotros. Y no son los únicos. —Echó una rápida y perspicaz mirada a Morann—. Pero si piensas en ello —prosiguió en voz baja—, verás que la verdad de todo este asunto es que no podemos permitirnos que pierda.

—Teméis a los escandinavos.

—Desde luego. Han visto a Canuto y a sus daneses apoderarse de Inglaterra. Si Brian Boru pierde ahora la batalla, caerán sobre nosotros escandinavos procedentes de todos los puertos de los mares del norte. Tal vez no podamos hacerles frente.

—Y sin embargo, son los del Leinster quienes han comenzado todo este asunto.

—Precisamente por eso son tan estúpidos. Primero, actúan por orgullo. Segundo, suponen que, habida cuenta de los vínculos familiares que los unen con el rey escandinavo de Dyflin, cualquier invasor nórdico los respetará; no obstante, si llegan todas esas flotas norteñas, el Leinster recibirá el mismo trato que los demás. En realidad, como están cerca de Dyflin, serán los primeros invadidos y quedarán sometidos a un rey escandinavo, no a Brian. —El rey de Tara esbozó una triste sonrisa—. Si eso sucede, Morann, seremos nosotros los que tengamos que abandonar el dominio del territorio. Habremos de meternos bajo tierra, como los Tuatha De Danaan —afirmó pensativo—. Así que ya ves, Morann. Suceda lo que suceda, Brian debe vencer.

El mensajero del rey Brian llegó al campamento a la mañana siguiente, con la petición al rey de Tara de que avanzase para unirse con el ejército del Munster en la orilla septentrional del Liffey. También traía un mensaje para Morann. El orfebre tenía que reunirse con Brian en su campamento tan pronto como fuera posible; además, si su amigo el noruego estaba con él, quería que Morann lo llevase consigo. La primera parte del mensaje no le sorprendió, pero no esperaba que también quisiera ver a Harold. Sin embargo, al recordar la divertida admiración del rey Brian por el noruego cuando había acudido a salvar la heredad de Rathmines, Morann creyó comprenderlo. ¿Qué le había dicho Brian? «En tiempos de peligro, rodéate de hombres generosos. El coraje trae éxito.» Antes de la mayor de todas sus batallas, aquel líder ya entrado en años convocaba a hombres valientes y leales.

Tras dejar a su familia y a los hijos de Harold con el rey O'Neill, el noruego y él se pusieron en camino.

Cabalgaron sin incidencias y avanzaron a buen ritmo. No hablaron mucho, sumidos cada uno en sus propios pensamientos. Morann se alegraba de pensar que podía ofrecer al rey Brian una descripción detallada de las fuerzas del rey de Tara y su conversación que, a buen seguro, el rey del Munster le pediría. Y por lo que Morann notaba, Harold estaba emocionado ante lo que les aguardaba. Su cara, habitualmente enrojecida, se veía un tanto pálida y sus ojos azules centelleaban.

La carretera llevaba hacia el sur, hacia Tara, pero, llegado cierto punto, partía de ella un sendero que enfilaba hacia la izquierda, hacia el sudeste.

—Si tomamos esta ruta, el camino es menos bueno, pero va a Dyflin más directo —apuntó Morann—. ¿Cuál prefieres que tomemos?

—La ruta más directa —dijo Harold sin pensarlo un momento.

Eso fue lo que hicieron y cabalgaron unas horas más hacia el río Boyne.

¿Por qué habían decidido ir por aquel camino? Por alguna intuición —Morann no sabía de qué se trataba— había dejado que Harold eligiera, pero al decirle, correctamente, que aquélla era la vía más directa, había sabido que sería la que el noruego escogería. ¿Y por qué había querido ir por allí? Morann lo ignoraba. Tal vez porque era la carretera que había recorrido con su padre cuando lo llevó por primera vez a Dyflin hacía tantos años; sin embargo, cualquiera que fuese el motivo, sintió una extraña compulsión interior a volver de nuevo a aquel camino.

Cuando los dos hombres se acercaron a los grandes túmulos verdes que dominaban el Boyne, la tarde ya estaba avanzada. El lugar se hallaba en silencio y no se veía ni un alma. El cielo estaba gris y desvaído y, en las aguas de abajo, los cisnes habían adquirido una pálida luminosidad, como puntos brillantes sobre las aguas metálicas.

—Aquí es donde viven los Tuatha De Danaan —dijo Morann, señalando el techo derruido del túmulo más grande—. Tu gente intentó entrar ahí una vez, ¿sabes?

—Es un sitio lúgubre. —El noruego sacudió la cabeza.

Pasearon entre las tumbas y contemplaron las piedras labradas y el cuarzo caído. Entonces Harold dijo que quería caminar siguiendo la cresta, pero Morann prefirió quedarse frente a la entrada de la mayor de las tumbas, donde se hallaba la piedra con las tres espirales. Les llegó el canto de un pájaro, pero no oyó nada más. La luz se oscurecía de manera imperceptible.

Lúgubre. ¿Era un sitio lúgubre? Tal vez. No estaba seguro de ello. Miró hacia el río y se acordó de su padre. Y allí estaba esperando a su amigo cuando le pareció que desde el río subía alguien al túmulo.

Lo más extraño de todo fue que no sintió miedo ni se sorprendió. Como todos los habitantes de la isla, sabía que los espíritus podían adaptar muchas formas. Estaban los dioses antiguos, que podían presentarse como pájaros, peces, ciervos o mujeres hermosas; estaban las hadas y los enanos; incluso antes de la muerte de un gran hombre, uno podía oír gemidos terribles: eran las endechas de los espíritus llamados *banshee.* Pero, por más que enseguida pensara que podía tratarse de un espíritu, lo que sintió no era ninguna de esas cosas. Carecía de forma, no era siquiera una niebla suspendida; sin embargo, notaba que subía la cuesta en dirección a él, como si tuviera muy claro su objetivo.

La sombra invisible pasó cerca de Morann y este experimentó una rara sensación de frío antes de que se retirara hacia el túmulo y, tras pasar junto a la piedra de las espirales grabadas, entrara en él.

Cuando el espíritu se marchó, Morann se quedó absolutamente quieto, mirando el Boyne y, aunque ignoraba cómo, sabía con certeza lo que iba a suceder. No tenía miedo, pero lo sabía. Cuando Harold regresó al cabo de un rato, le dijo:

—No has de venir conmigo. Regresa a tu granja de Fingal.

—Pero ¿y Brian Boru?

—Es a mí a quien necesita. Ya te excusaré.

—Me dijiste que permanecer en la granja era peligroso.

—Lo sé, pero tengo un presentimiento.

A la mañana siguiente, los dos amigos cabalgaron juntos hacia el sur, pero en cuanto llegaron al extremo septentrional de la llanura de las Bandadas de Pájaros, Morann detuvo el caballo.

—Aquí es donde nos separaremos, pero antes de que lo hagamos, Harold, quiero que me prometas una cosa: quédate en la finca. Después de que Brian te haya convocado, no puedes regresar con el rey O'Neill. En cualquier caso, tus hijos con él estarán a salvo, pero debes prometerme que no me seguirás a esta batalla. ¿Me lo prometes?

—No me gusta dejarte —dijo Harold—, pero has hecho tanto por mí que tampoco puedo negarme. ¿Estás seguro de que es esto lo que quieres?

—Es la única cosa que te pido —respondió Morann.

Entonces, Harold se marchó hacia su predio, mientras Morann cabalgaba hacia el oeste, a reunirse con el rey Brian, al que acababa de negarle la compañía de un hombre generoso.

Y

—El monje ha de llevar el libro en persona. El rey Brian ha dado órdenes muy precisas —dijo el mensajero—. ¿Está listo?

—Sí, lo está desde hace diez días —respondió el abad—. Es un honor para vos, hermano Osgar, que el Rey quiera recibiros. Supongo que desea daros las gracias.

—¿Y vamos a bajar a Dyflin, donde se librará la batalla? —preguntó el hermano Osgar.

—Sí —declaró el mensajero.

Osgar comprendía la necesidad del abad de complacer al rey Brian. Aunque el rey del Leinster se preparaba para una contienda que creía que podía ganar, no todo el mundo estaba tan seguro de cuál sería el resultado. Más abajo de los montes de Wicklow, en la llanura costera, los jefes del sur del Leinster no habían conseguido unirse a su líder y a su ejército. La abadía de Glendalough, que, pese a ser una de las más nobles del reino del Leinster, no estaba protegida, no podía insultar al rey Brian negándose a lo que, en cualquier caso, le había prometido.

El viernes antes de la semana de Pascua, a mediados de abril, llegó el emisario. El sábado por la mañana, al romper el alba, el mensajero y Osgar dejaron atrás el gran portal de Glendalough y se dirigieron hacia el norte, al largo desfiladero que los llevaría a Dyflin cruzando las montañas. Cuando llegaron a terreno elevado y abierto, el cielo estaba limpio y azul. Parecía que el día sería bueno.

Con la brisa húmeda que se le pegaba a la cara, Osgar, de repente, se acordó del día en que había atravesado aquellas montañas, hacía tantos años, cuando fue a decirle a Caoilinn que iba a ingresar en el monasterio. Durante unos momentos sintió exactamente lo mismo que si fuera el joven de antaño; la intensidad de la sensación lo sorprendió. Pensó en la Caoilinn de ahora y el corazón se le aceleró. ¿La vería?

Y sin embargo, allí abajo, en la llanura del Liffey, había peligro, pues se acercaba al campo de batalla. ¿Podría entregar el libro a Brian y refugiarse en un lugar seguro o el combate lo retendría?

Al día siguiente era Domingo de Ramos, el día que Jesús entró en Jerusalén. Un día triunfal. Había entrado en la Ciudad Santa a lomos de un pollino y los habitantes habían tejido palmas en su honor como muestra de respeto, habían cantado alabanzas y lo habían llamado el Mesías; cinco días después, lo habían crucificado. Mientras cruzaban las montañas, Osgar se preguntó si aquél iba a ser su destino ¿Iba él a bajar de aquel lugar desierto, recibir alabanzas por su pequeña obra maestra, para luego ser víctima de un hacha vikinga? Sería irónico. Incluso se le ocurrió pensar que tal vez se encontrara por casualidad con Caoilinn y muriera finalmente como un héroe tras salvarla de un Dyflin en llamas o de un grupo de asaltantes vikingos. Una efusión de calor acompañó aquella imagen. Ya había fracasado una vez en una situación semejante, pero eso había sido mucho tiempo atrás. Ahora era otro hombre.

Ciertamente, en algunos aspectos, Osgar era realmente un hombre distinto. El libro de los Evangelios era una pequeña obra maestra. No había duda de que el rey Brian quedaría encantado con el ejemplar. La pasión por Caoilinn que lo había potenciado, que había impulsado su trabajo durante tres meses, había dejado a Osgar en un estado de profundo alborozo. Sentía el deseo compulsivo de hacer más, una sensación de apremio que nunca hasta entonces había experimentado. Necesitaba vivir a fin de crear. Y, al mismo tiempo, con una diminuta calidez de certeza, comprendía que si, de repente, le era arrebatada la vida mortal, habría dejado una pequeña joya brillante gracias a la cual su plácida vida también habría merecido la pena a los ojos de Dios.

Cruzaron el alto paso de montaña y tomaron el camino que llevaba al noroeste. A la caída de la noche habrían descendido las laderas, bordeado la llanura del Liffey y cruzado el río por un pequeño puente monástico a unos veinte kilómetros más arriba de Dyflin. El día era agradable y el cielo de abril se mantenía desacostumbradamente sereno. A media tarde, llegaron a las vertientes septentrionales y a sus pies divisaron la anchura magnífica del estuario del Liffey y la inmensa extensión de la bahía que se abría ante ellos.

Entonces, Osgar distinguió velas vikingas.

Era toda la flota vikinga, que aparecía tras el recodo septentrional de la bahía, más allá del Ben de Howth, y lejos hacia el mar abierto donde se confundía con la bruma marina. Velas de cruz. Las más cercanas eran de brillantes colores. ¿Cuántas velas? Contó tres docenas, pero, sin lugar a dudas, había más. ¿Cuántos guerreros? ¿Un millar? ¿Más? Nunca había visto nada igual. Contempló la panorámica horrorizado y lo embargó un pánico frío y terrible.

En Dyflin no había palmeras, por lo que el Domingo de Ramos los cristianos fueron a la iglesia con todo tipo de follaje en la mano. Caoilinn llevaba un manojo de largas hierbas aromáticas.

Era una imagen extraña ver las hileras de fieles aquella mañana, gentes del Leinster y de Dyflin, gaëls célticos y galls nórdicos, desfilando por las calles de madera, observados por los hombres de los *drakares*. Algunos guerreros de los mares del norte eran buenos cristianos, advirtió ella, contenta, al ver que se sumaban a la procesión, pero la mayor parte eran paganos o se mostraban indiferentes y se quedaban junto a las cercas o en los umbrales, apoyados en sus hachas, mirando y hablando entre sí, al tiempo que bebían cerveza.

Cuando sus *drakares* enfilaron el Liffey la noche anterior, la imagen había sido extraordinaria. Las dos flotas habían llegado juntas. El conde de Orkney había traído consigo vikingos de todo el norte, desde las Orkney y la isla de Skye, de la costa de Argyll y el Mull of Kintyre. De la isla de Man, sin embargo, el señor feudal Brodar, el de la cara marcada, acudía con un temible grupo, reclutado, se decía, en los puertos de muchos territorios distintos. Noruegos de piel blanca, daneses musculosos; algunos de tez pálida, otros morenos y cetrinos. Muchos, advirtió, no eran más que piratas. Y, sin embargo, aquéllos eran los aliados que el rey del Leinster había mandado llamar para que juntos derrotaran a Brian Boru. «Ojalá hubieran venido hombres de otro tipo», pensó.

Mientras caminaba hacia la iglesia, se preguntó qué iba a hacer. ¿Estaba cometiendo un terrible error? Para empezar, ahora quedaba claro que haberse trasladado a casa de su hermano en Dyflin había sido prematuro y probablemente inútil. En esta ocasión, el rey Brian no acosaría Rathmines, porque llegaba por la otra ribera del Liffey, a mucha distancia. Su hijo mayor ya había vuelto al *rath* aquella mañana a vigilar el ganado. Pero la verdadera pregunta era: ¿por qué no había ido a ver a Harold? Su hijo le había hablado sin ambages.

—Ve, por el amor de Dios —le había dicho—. Contra Harold no tienes ninguna queja. Ese hombre no guarda ninguna relación con Brian Boru. Ya has honrado la memoria de mi padre más tiempo del que era necesario. ¿No has hecho ya bastante por el Leinster?

Caoilinn ni siquiera sabía dónde estaba Harold ahora. ¿Se encontraba en su finca o con el rey O'Neill? Su oferta había sido clara. Tenía que darle una respuesta en Pascua, no después. Si el hombre fuera algo razonable, pensó, unos días o unas semanas de retraso no importarían, pero había algo en el carácter del noruego que indicaba que no claudicaría. Por irritante que resultara, lo admiraba por ello. Si iba a verlo después de Pascua, encontraría su mente cerrada, como una gruesa puerta de madera. La oferta habría caducado. Sabía que sería así.

Aun cuando pudiera aceptar lo que Harold había hecho antes, aun cuando pudiera aceptar que la equivocada era ella, a Caoilinn no le gustaba que le dijeran lo que debía hacer. Al presentarle la oferta de aquel modo, Harold afirmaba su autoridad y Caoilinn no veía cómo afrontarlo. El orgullo le impedía dejarlo vencer y había decidido posponer su decisión todo el tiempo que le fuera posible hasta que encontrase una manera de saldar las cuentas.

También estaba algo nerviosa. De momento, nadie había molestado a Harold por su posición equívoca. La gente sabía que Morann había conseguido protección para su amigo, como, a su vez, Harold había mitigado los daños a la finca de ella. Pero ahora se libraría una gran batalla, en la que quien venciera sufriría numerosas bajas. Y si la veían saliendo de Dyflin para reunirse con un hombre que estaba bajo la protección de Brian, y los habitantes de Dyflin conseguían derrotar a este, tal vez se tomaran a mal su deserción y las represalias serían tremendas. En cambio, si se quedaba donde estaba y ganaba Brian, podía quedar atrapada en el incendio de la ciudad, pero el aspecto más desagradable de todos era la proposición cínica y contundente que su hijo le había hecho antes de partir.

—Como familia, por supuesto, lo mejor sería que tuviéramos un pie en cada bando, de modo que pudiéramos ayudarnos entre nosotros, cualquiera que fuese el resultado. Yo estoy del lado del Leinster, por supuesto, pero si tú estuvieras con Harold...

—¿Lo que dices es que me quieres del lado de Brian? —preguntó Caoilinn con amargura.

—Bueno, no exactamente. Solo con que Harold sea amigo de Morann y este... —Se encogió de hombros—. No importa, madre, porque sé que no lo harás.

Malditos fueran todos, pensó Caoilinn, malditos. Por una vez en su vida no sabía qué hacer.

Mientras la solitaria figura se abría paso por el embarcadero de madera en dirección al bote, la misa del Domingo de Ramos ya había comenzado. Caminaba algo encogido de hombros y no llevaba compañía. Sus camaradas del *drakar* estaban en otro lado. Y en cualquier caso, solo eran compañeros para aquel viaje. Después, quizá volviera a ver a algunos de ellos, y a otros quizá no. Lo mismo le daba. Los amigos no le servían de nada. En aquel momento, esbozaba una sonrisa torcida y extraña.

Había vivido en muchos lugares. Sus tres hijos se habían criado en Waterford, pero hacía años que habían surgido desavenencias y no había vuelto a verlos desde entonces. Ahora ya eran adultos y no les debía nada. Cuando eran pequeños, sin embargo, les había dado una cosa.

En una ocasión, estaba comerciando en el pequeño puerto del río Boyne. Allí había encontrado a una mujer y se quedó. Y como era moreno, en el muelle la gente que hablaba la lengua celta lo llamaba «Dubh Gall», el extranjero oscuro. Las mujeres lo llamaban «Mi extranjero oscuro». Aquello divirtió a sus compañeros de tripulación, que se llevaron el nombre de regreso a su tierra. Y al cabo de poco tiempo, hasta en el puerto vikingo de Waterford, sus hijos fueron conocidos como la familia del Dubh Gall. Ahora el nombre ya no le hacía gracia y sus camaradas del barco lo llamaban por su nombre real: Sigurd.

Los últimos años había llevado una vida errante. En ocasiones, incluso, había trabajado de mercenario. La noche anterior había llegado a Dyflin con Brodar, que había sido contratado por los reyes del Leinster y de Dyflin. No sonreía porque la paga y los botines fuesen excelentes, sino porque había hecho un agradable descubrimiento: Harold, el noruego, el pelirrojo tullido, aún estaba vivo.

Nunca se había olvidado de Harold. Durante los años transcurridos, el noruego cojo volvía de vez en cuando a su mente, pero había tenido que ocuparse de muchos otros asuntos y el destino no lo había llevado cerca de él. La naturaleza de sus sentimientos también había cambiado. De muchacho, había experimentado una ardiente necesidad de vengar el nombre de su familia: el noruego debía morir. De hombre, su viejo deseo se había visto sazonado con crueldad y disfrutaba imaginando el dolor y la humillación que podía infligir al joven granjero. Por otra parte, en los últimos años, se había convertido en un asunto sin resolver, una deuda impagada.

Pero ahora se hallaba camino de Dyflin para participar en una batalla. Las circunstancias eran perfectas. Durante el viaje había pensado en Harold, por supuesto, pero fue al pisar el muelle de madera, donde se habían encontrado la otra vez, cuando todos los sentimientos de su juventud regresaron a él en forma de avalancha. Eso era el destino, decidió. El noruego tenía que morir. Cuando aquello se hubiera cumplido, pensó, regresaría a Waterford a buscar a sus hijos, que nunca habían sabido nada de aquella cuestión, y les contaría lo que había hecho y por qué y, quizá, quién sabe, se reconciliaría con ellos.

Una vez en Dyflin, no había tardado mucho en averiguar el paradero de Harold. Primero, cuando preguntó por un granjero cojo, había recibido miradas confundidas, pero luego un vendedor de las Casetas de pescado sonrió al reconocer de quién hablaba.

—¿Te refieres al Noruego? ¿El dueño de esa enorme heredad de Fingal? Es un tipo rico. Un hombre importante. ¿Es amigo tuyo?

Aunque había comerciado y luchado y participado en saqueos por todos los mares del norte, Sigurd no se había hecho rico.

—Sí, lo fue, hace muchos años —respondió con una sonrisa.

—Cuenta con amigos poderosos —dijo el mercader—. El rey O'Neill es su protector.

—¿Quieres decir que luchará contra nosotros?

—No creo que lo haga a menos que se sienta obligado, pero sus hijos tal vez sí.

Si Harold y sus hijos se encontraban en el bando enemigo, mucho mejor, decidió Sigurd. Iría a su encuentro. Y si no, durante o después de la batalla los sorprendería en la granja. Con un poco de suerte, los pescaría desprevenidos. Matar también a los hijos y destruir el linaje: sería hermoso cruzar el mar de regreso no solo con la cabeza de Harold, sino también con la de sus hijos.

Dadas las circunstancias, no era de extrañar que Sigurd esbozara una sonrisa torcida. Esperaba con ganas la batalla.

Aquel día, con el sol en el cenit, Morann llegó al campamento del rey Brian.

El monarca del Munster había decidido acampar en la orilla norte del estuario. Hacia el este se hallaba el promontorio Ben de Howth. Al oeste, a poca distancia, discurría el río Tolka, que llegaba hasta la orilla del Liffey, un bosque pequeño y la aldea de Clontarf. El nombre del poblado significaba «el campo del toro», pero si en aquellos pastos antes había toros, sus propietarios habían tenido la prudencia de llevárselos todos antes de que llegaran las fuerzas de Brian. Era una sabia decisión. La inclinación del terreno daba ventaja a los defensores y, cualquiera que se acercara desde Dyflin cruzando el Liffey, tenía que vadear después el Tolka para llegar al campamento.

Al entrar en él, Morann tuvo la primera sorpresa, ya que,

en vez de encontrar soldados del Munster o del Connacht, la primera zona del campamento que recorrió estaba compuesta por noruegos vikingos, cuyas caras temibles nunca había visto antes. Al distinguir a uno de los comandantes de Brian que conocía, le preguntó quiénes eran.

—Son nuestros amigos, Morann. Ospak y Wolf, *el Pendenciero*. Bandas de guerreros, muy temidas en los mares, dicen. —El hombre esbozó una sonrisa—. Si el rey de Dyflin puede llamar a sus amigos del otro lado del mar, el rey Brian le ha devuelto el cumplido. —Soltó una sonora carcajada—. Has de admitir que el viejo no ha perdido ni un ápice de su astucia.

—Tienen aspecto de piratas —dijo Morann.

—Dyflin tiene sus piratas; nosotros, los nuestros —replicó el comandante, satisfecho—. Venceremos, cueste lo que cueste, Morann. Ya conoces a Brian. Y por cierto, ¿dónde está el rey de Tara?

—Viene de camino —respondió Morann.

Encontró al rey Brian en el centro del campamento, dentro de una gran tienda, sentado en una silla cubierta de seda. Con su barba blanca y las profundas arrugas de la cara, se le veía algo cansado, pero su ánimo, como siempre, era vivaz y estaba de buen humor. Morann se disculpó enseguida por la ausencia de Harold.

—Su caballo tropezó mientras cruzábamos un río y cayó. Con la pierna coja, lo mandé de vuelta a casa.

Y aunque Brian le dedicó una mirada cínica, parecía tener tantas cosas en la mente que no se ocupó más de aquel asunto. Lo primero que quiso fue conocer noticias del rey O'Neill y escuchó con atención el informe detallado que Morann le ofreció. Luego se quedó pensativo unos instantes.

—Entonces vendrá, está claro. Dijo que no podía permitir que yo perdiera. Eso es interesante. ¿Qué crees que quiere decir?

—Ni más ni menos que lo que dice. No incumplirá el juramento, pero esperará a que pase la batalla y conservará su fuerza mientras vos desperdiciáis la vuestra; solo intervendrá si piensa que corréis peligro de ser derrotado.

—Sí, estoy de acuerdo. —Brian posó los ojos en la distancia. Parecía triste—. Mi hijo comandará la batalla —comentó—. Yo soy demasiado viejo. —Miró a Morann con un destello de sagaz ironía—. Pero seré yo, sin embargo, quien la planificará.

El anciano monarca tenía confianza en sí mismo. Ya había enviado un gran destacamento de su ejército a que hiciera incursiones en zonas del Leinster que el Rey había dejado sin protección. Conversó brevemente con Morann sobre aquellos acontecimientos y luego se sumió en el silencio. El orfebre estaba a punto de marcharse cuando Brian, de repente, agarró un pequeño libro de la mesa que tenía a su lado.

—Mira esto, Morann. ¿Has visto alguna vez algo así? —Y abriendo las páginas le mostró al artesano las asombrosas iluminaciones realizadas por el monje de Glendalough—. Que entre ese monje —gritó.

Morann estuvo encantado de encontrarse con Osgar.

—Os conocéis y eso es bueno. Tenéis que quedaros los dos a mi lado —añadió con una sonrisa—. Aquí, nuestro amigo, quería regresar a Glendalough, pero le he dicho que debe quedarse aquí conmigo y rezar por la victoria. —El hermano Osgar estaba muy pálido—. No te preocupes —le dijo el Rey en tono afable—, la batalla no llegará hasta aquí. —Miró a Morann con malicia—. A menos que, Dios no lo quiera, tus oraciones no sean escuchadas.

Al final del día siguiente, observaron cómo las grandes huestes del rey de Tara llegaban desde el norte. Montaron el campamento en el extremo de la llanura de las Bandadas de Pájaros, a cierta distancia, pero a la vista.

A la mañana siguiente, llegó el rey de Tara con algunos de sus jefes. Fueron a la tienda de Brian y estuvieron un tiempo allí antes de regresar. Por la tarde, mientras el rey del Munster recorría el campamento, vio a Morann.

—Hemos celebrado nuestra asamblea de guerra —le dijo—. Ahora tenemos que instigarlos a salir para que luchen en nuestro terreno.

—¿Y cómo lo harás?

—Enojándolos. A estas alturas, ya habrán recibido informes del daño que las incursiones de mis hombres les están haciendo en la retaguardia. Entonces verán las llamas de aquí y si el soberano del Leinster cree que voy a destruir su reino, no se quedará en Dyflin mucho tiempo. Así que ha llegado la hora de instigarlos a luchar.

El miércoles por la mañana, Harold vio el humo; sin embargo, de Caoilinn no había ni rastro. Los fuegos parecían proceder del extremo meridional de la llanura de las Bandadas de Pájaros. Luego divisó columnas de humo más al este y después llamas ardiendo en la falda del Ben de Howth. Por la tarde, los incendios ya se habían propagado al horizonte sur. Había sido una buena idea dejarse convencer por Morann de que regresara a la granja. Hizo todos los preparativos que pudo. Allí quedaban unos cuantos esclavos, por lo que los armó y juntos levantaron una barricada en frente de la casa principal, aunque dudaba seriamente de que les sirviera de algo si aparecían los grupos atacantes.

A la mañana siguiente, los fuegos estaban más cerca. Soplaba una brisa del sudoeste que desplazaba el humo en su dirección. A mediodía, vio humo a su derecha, y después, detrás. Los incendios comenzaban a rodearlo. A primera hora de la tarde, divisó a un jinete que cabalgaba hacia la heredad. Iba solo. Se detuvo junto a la puerta. Harold se acercó a él con cautela.

—¿Quién es el dueño de este lugar? —preguntó el hombre, voceando.

—Yo —respondió Harold.

—¿Y tú quién eres? —quiso saber el jinete.

—Soy Harold, hijo de Olaf.

—Ah. —El hombre sonrió—. Así pues, estás bien.

Y haciendo volver a su caballo, se alejó. Una vez más, Harold suspiró aliviado y dio las gracias a Morann por haberlo protegido.

Aunque la granja parecía estar a salvo, había otros asuntos urgentes de los que preocuparse. Tuvo que suponer que Caoilinn se hallaba todavía en Dyflin. El ejército de Brian Boru y las llamas se interponían entre ellos. Había pocas posibilidades de que ella fuera ahora a verlo. Si comenzaba la batalla y Brian vencía, probablemente incendiara la ciudad. ¿Qué sería entonces de Caoilinn? Aun cuando, tal como parecía, ella hubiera decidido rechazar su oferta, ¿iba a dejarla en la ciudad en llamas sin tratar de rescatarla?

Luego, a última hora de la tarde, una pequeña carreta cruzó la puerta y en su interior vio a la familia de un granjero vecino del lado sur. Los soldados habían prendido fuego a su finca y buscaban refugio, por lo que los acogió y les preguntó si tenían alguna noticia de lo que sucedía en Dyflin.

—Brian Boru y el rey de Tara han sido instigados a luchar —le dijo el vecino—. La batalla comenzará en cualquier momento.

Harold analizó la situación. Morann había insistido tanto en que se quedara en la granja... Morann siempre tenía buenas razones para todo lo que decía. En cualquier caso, la granja de momento era segura, mientras que sus hijos se encontraban con el rey O'Neill, que estaba a punto de entrar en combate. ¿Podría de veras quedarse allí en vez de correr a luchar al lado de sus hijos? ¿No debería armarse y salir a caballo hacia la batalla? Esbozó una sonrisa: había habido un tiempo en que se había preparado para convertirse en un guerrero formidable.

¿Iba a cumplir la promesa que le había hecho a Morann? No lo sabía seguro. Aquella noche, limpió y afiló el hacha y sus otras armas. Entonces se quedó mucho rato contemplando el resplandor de los incendios en la oscuridad del horizonte.

23 de abril de 1014, Viernes Santo, uno de los días más sagrados del año. Salieron de Dyflin al amanecer.

Caoilinn los observó desde las murallas, acompañada por una gran multitud. El día anterior había visto, aterrorizada, que un gran grupo de saqueadores había tenido incluso la desfachatez de cruzar el Liffey por Ath Cliath, ante sus mismísimas narices, y habían prendido fuego a las granjas de Kilmainham y Clondalkin. Temía que también fueran a Rathmines, pero habían cruzado el río de vuelta antes de que los defensores de Dyflin lograran organizar un grupo de combate para detenerlos. Los incendios de Fingal y de Howth habían sido terribles, pero aquella última humillación era la gota que colmaba el vaso. Se decía que la hermana del rey del Leinster había dado su opinión al respecto. Por conflictiva que fuera la real dama, Caoilinn habría estado de acuerdo con ella. Durante la noche, las llamas de Fingal y Kilmanham se habían apagado, pero no había forma de saber qué nuevos incendios provocarían los soldados de Brian. Por tanto, fue casi un alivio ver que el ejército se ponía en movimiento.

Las huestes constituían una visión pasmosa. Los más terroríficos de todos —en eso todos los habitantes del Leinster estuvieron de acuerdo— eran los vikingos llegados de más allá de los mares, con esa armadura que lucían...

Los pueblos célticos de la isla ya no iban desnudos a la batalla como sus ancestros. Los soldados del Leinster que salieron de Dyflin llevaban encima de la camisa unas túnicas largas de brillantes colores o forradas de cuero; algunos usaban casco y casi todos portaban la tradicional coraza pintada, reforzada con tachones de hierro. Aun así, por espléndido que fuera este equipamiento bélico, no podía compararse con el de los vikingos, ya que estos llevaban cotas de malla. Se trataba de una prenda compuesta de miles de eslabones diminutos de hierro o de bronce, firmemente tejidos y ribeteados, que se ponían por encima de una camisa de cuero y que les llegaba por debajo de la cintura y, en algunos casos, hasta las rodillas. La cota de mallas era pesada; con ella, los movimientos del guerrero se hacían más lentos, pero resultaba muy difícil de perforar. En su uso de la cota de mallas, los vikingos se limitaban a copiar una práctica que había evolucionado en Oriente y que ahora se utilizaba en buena parte de Europa. La gente de la isla occidental, sin embargo, los veía extrañamente grises, oscuros y malvados. Y aquélla era la armadura que llevaban casi todos los tripulantes de los *drakares*.

El ejército que salió de Dyflin y cruzó el puente de madera era enorme. Aunque su armadura era diferente, las armas que portaban los gaëls irlandeses y los galls vikingos no eran tan distintas porque, además de la espada y la lanza habituales, no eran pocos los guerreros celtas que portaban hachas vikingas. Había algunos arqueros con el carcaj lleno de flechas envenenadas y varios carros en los que viajaban los hombres ilustres.

Pero la batalla no se libraría a base de maniobras, sino mediante la lucha cuerpo a cuerpo de aquellas líneas compactas. Al verlos marchar, Caoilinn no intentó contarlos, pero calculó que allí había más de dos mil soldados.

Mientras atravesaban el río, aún había una pálida bruma sobre el agua y durante un rato, desde la otra orilla pareció que flotasen, como un ejército de fantasmas, en la ribera opuesta. A la derecha, más lejos, Caoilinn detectó movimiento en el campamento de Brian Boru. En las laderas de la distancia distinguió la masa informe del ejército del rey de Tara.

La cuestión, ahora, era qué debía hacer. El camino que tenía por delante estaba expedito. Después de que pasara el ejército, las puertas de la ciudad habían quedado abiertas. El puente estaba libre. En la otra orilla, el ejército pronto se habría alejado tres kilómetros o más y el campamento del rey O'Neill se hallaba a una distancia similar. Si decidía emprender viaje, podía tomar la vieja carretera hacia el norte y llegar a la granja de Harold en menos de dos horas. Sin embargo, una vez comenzara la batalla, nadie sabía lo que ocurriría. Como mínimo, el camino quedaría de nuevo cerrado. Aquélla podía ser su última oportunidad.

¿Debía ir? Su hijo opinaba que sí. ¿Quería ir? En los últimos días apenas había pensado en otra cosa. Si tuviera que marcharse para contraer matrimonio con alguien, no conocía a un hombre mejor que Harold. Ella sería también una buena esposa y saberlo era un aliciente más. Lo deseaba, ¿para qué negarlo? ¿Lo amaba? Cuando había visto el humo y las llamas de Fingal y había pensado en el noruego y su granja, había sentido una punzada de miedo y una pequeña oleada de ternura hacia él, antes de recordarse a sí misma que, como Harold estaba bajo la protección del rey de Tara, él y la granja probablemente no correrían peligro.

Pero ahora, mientras contemplaba a los soldados de Dyflin encaminarse hacia la batalla, decidió que cualesquiera que fuesen sus sentimientos y los deseos de su hijo, su deber más importante era procurarse las mejores oportunidades de éxito para sus hijos pequeños. Tenía que ser calculadora y, si era necesario, también fría.

Aquel día era Viernes Santo. Con un poco de suerte, la batalla se decidiría cuando cayera la noche. Si Brian Boru resultaba derrotado, entonces la boda con Harold sería una estupidez; sin embargo, si vencía, solo dispondría de un día antes de Pascua para ir al encuentro del noruego. Harold podía morir en combate, por supuesto. También podía considerarla una oportunista por aprovechar la ocasión de aquel modo, pero eso no podía evitarlo. La Pascua era la Pascua y, como madre, solo había un camino sensato que seguir.

Así que, un rato después, la figura solitaria de Caoilinn montada en una yegua castaña, seguida de sus dos hijos pequeños, salió despacio de Dyflin y cruzó el puente de madera. Una vez al otro lado, siguió una senda que llevaba a un punto elevado desde el cual podría contemplar el desarrollo de los acontecimientos. Según progresara la batalla, podría seguir a toda prisa para reunirse con el hombre que amaba o regresar discretamente a Dyflin.

—Recemos, niños —dijo.

—¿Por qué, madre? —preguntaron.

—Por una victoria clara.

Las tropas se habían desplegado para la batalla en tres grandes líneas. En el centro, la vanguardia estaba formada por hombres de la misma tribu de Brian, dirigidos por uno de sus nietos; detrás estaban las huestes del Munster, con los soldados del Connacht en la tercera línea. Los dos flancos los ocupaban los contingentes escandinavos de Ospak y de Wolf, *el Pendenciero*. Ante ellos, las fuerzas del Leinster y de Dyflin, dispuestas en líneas similares, avanzaban cruzando el Tolka.

Morann nunca había visto nada como aquello. Se hallaba a pocos pasos de distancia del rey Brian. Alrededor del anciano monarca, sus guardas personales habían formado un círculo protector, listos para convertir sus escudos, si era necesario, en un muro impenetrable. La ligera pendiente les brindaba una buena panorámica de la batalla que iba a librarse a sus pies.

Las líneas de las tropas eran tan compactas y anchas que a Morann le pareció que un carro podía circular por encima de sus cascos desde un flanco hasta otro. Ambos bandos habían desplegado sus estandartes de combate, docenas de ellos, que ondulaban en la brisa. En el centro de las líneas enemigas, un gran estandarte cónico con forma de dragón rojo parecía listo para devorar los otros blasones, mientras que en el centro de la línea de Brian había un estandarte con un cuervo negro que aleteaba como si graznara de ira.

Después de que el enemigo vadeara el río Tolva, comenzaron los gritos de guerra, los cuales arrancaron con unos chillidos de guerreros individuales o en grupo que helaban la sangre, pero que se unían en un inmenso rugido colectivo de uno de los bandos para ser contestado con un bramido similar por el otro bando. Conforme avanzaban las líneas, los rugidos a uno y otro lado se sucedían; entonces, desde el centro del ejército celta, surgió la primera gran lluvia de jabalinas, a la que siguió un diluvio de lanzas. En ese momento, con un poderoso grito, las dos líneas de vanguardia se lanzaron hacia delante y chocaron en medio de un enorme estruendo. Era una visión terrorífica.

Morann miró el pequeño grupo que protegía al Rey y vio al monarca sentado en un ancho banco cubierto con pieles. Tenía los ojos clavados en la batalla que se desarrollaba delante de él. Su rostro parecía tan atento que, pese a las arrugas y la barba blanca, se veía casi juvenil. Junto a él, a la espera de una orden, se encontraba un sirviente leal. Detrás, con la cara más pálida que un fantasma, estaba Osgar, el monje. También había varios guardias preparados para llevar cualquier mensaje que el monarca quisiera transmitir. Ya había enviado un par de recados a su hijo sobre el despliegue de las tropas, pero, de momento, no había otra cosa que hacer que esperar y ver.

Osgar estaba aterrorizado, lo cual, pensó Morann, era absolutamente comprensible. ¿Atravesaría el enemigo las líneas y avanzaría hacia ellos? Los temibles vikingos de Brodar, *el de la Cara Marcada*, realizaban inesperados ataques en un segmento de la línea, pero, aunque esta parecía debilitarse, Morann vio que los estandartes del centro comenzaban a moverse y que la línea se combaba a medida que se dirigían hacia el punto donde la presión era mayor.

—Allá va mi hijo —dijo Brian con una serena satisfacción—. Puede luchar con una espada en cada mano, ¿sabes? —comentó, dirigiéndose a Morann—. Golpea igual de bien con la derecha que con la izquierda.

Al cabo de un rato, el avance de los soldados de Brodar parecía contenido, pero pronto se hizo evidente que ninguno de los dos bandos gozaba de una ventaja clara. De vez en cuando, cedía parte de una línea y las tropas de la línea de atrás ocupaban su sitio. Se distinguía a los guerreros uno a uno, tanto por sus estandartes como por los remolinos que producían cuando golpeaban a los que estaban a su alrededor. Donde había vikingos combatiendo, Morann veía pequeños destellos de las chispas que saltaban cuando los golpes caían sobre la cota de mallas. Con el paso del tiempo, los gritos de guerra se redujeron y Morann se sobresaltó con el ruido de los impactos. En cuanto a Osgar, tenía los ojos muy abiertos, en una suerte de fascinación y horror. Y tal vez Brian Boru captó el miedo palpable a su espalda, puesto que, al cabo de poco, se volvió hacia el monje y sonrió.

—Cantadnos un salmo, hermano Osgar —dijo en tono afable—, ya que Dios está de nuestro lado. —Metió la mano en una bolsa que tenía junto a él y extrajo un pequeño volumen—. Mirad —añadió—, incluso tengo aquí vuestros Evangelios. Los miraré mientras cantáis. —Para asombro y admiración de Morann, eso fue exactamente lo que hizo el anciano rey, tras comentar a su criado—: Observa la batalla e infórmame de todo lo que ocurra.

Una cosa que tenía que haber ocurrido, pensó Morann, era que el rey de Tara ya hubiese entrado en combate, pero, de momento, aunque no se hallaba lejos, aún no se había movido. El orfebre no hizo ningún comentario al respecto. Viendo al rey Brian, que estudiaba el libro con toda tranquilidad, nadie habría imaginado nunca que lo estaba esperando.

Para su sorpresa, Morann descubrió que no estaba demasiado asustado, y eso no se debía a que se encontrase dentro del círculo de corazas que protegía al rey Brian. La batalla en todo su apogeo se libraba a poca distancia. No, advirtió, su calma se debía a otra razón. Se debía a que ya sabía que iba a morir.

ϒ

Eran las doce del mediodía pasadas cuando Sigurd vio movimiento a su derecha.

Buscaba a Harold con todas sus ganas. Aunque Harold era noruego, Sigurd pensó que, de estar en la batalla, lo más posible era que se encontrara con la tribu de Brian o con los hombres del Munster. O también podía ser uno de los hombres que protegían al anciano rey. De momento, sin embargo, no había ni rastro de él. Había pedido a varios hombres de los diversos destacamentos que gritaran si lo veían, pero no le habían dicho nada.

Hasta aquel momento había matado a cinco hombres y herido a una decena, por lo menos. Aquel día había decidido luchar con una espada de acero. En la pelea cuerpo a cuerpo le resultaba más fácil clavar la hoja que blandir un hacha. Aunque en Dyflin se forjaban buenos aceros, el armamento vikingo era muy superior a cualquiera que se elaborase en la isla céltica, y la espada de hoja azul y de dos filos que había adquirido en Dinamarca era un arma letal. Había sabido con antelación que aquella batalla sería muy difícil, pero había superado en dureza a sus previsiones; ahora Sigurd retrocedía, para tomarse un breve descanso.

A media mañana, se había levantado una brisa fría y cortante procedente del este. En el fragor de la batalla le había pasado prácticamente inadvertida, pero ahora le golpeaba la cara. Era húmeda, como una rociada de agua del mar, pero de repente advirtió que no podía serlo porque era demasiado caliente y pegajosa y se le metía en los ojos. En sus labios sabía salada. Parpadeó, frunció el entrecejo y soltó una maldición.

No venía del mar. Cada vez que los guerreros que tenía delante chocaban entre sí, cada vez que oía el enorme estruendo de un golpe cayendo sobre su objetivo, el impacto levantaba una pequeña rociada de sudor de los combatientes. Y de sangre. Y ahora, como la espuma del mar, era una mezcla de sangre y sudor lo que el viento le llevaba a la cara.

Brodar había sufrido una dura presión por parte de Wolf, *el Pendenciero*, y sus noruegos. Parecía retroceder de la línea de combate para reagrupar sus fuerzas. Con él había una decena de hombres. Sigurd distinguió con toda claridad al señor feudal. Brodar hacía una pausa para descansar.

¿Era eso lo que de veras hacía? Sin que los camaradas que luchaban delante ellos lo vieran, el grupo había comenzado a moverse hacia el pequeño bosque cercano a la aldea.

Sigurd no era un cobarde, pero la razón de que estuviera allí era muy sencilla. No podía importarle menos que ganaran los del Munster o los del Leinster. Él no había ido allí a morir, sino a luchar y a que le pagaran por ello, y Brodar pagaba. Si el guerrero de la cara marcada iba a refugiarse en el bosque, Sigurd haría lo mismo. Comenzó a seguirlo.

Harold observaba la escena atentamente. Era media tarde y pensaba que sabía lo que ocurriría.

Había partido a caballo al amanecer y se había detenido en un punto desde el que veía el campamento del rey de Tara y la batalla de Clontarf. Iba completamente armado y había pergeñado un plan seguro. Si el ejército de O'Neill, con el que iban sus hijos, comenzaba a moverse para entrar en combate, cabalgaría a su encuentro y se uniría a ellos. Y si veía a las fuerzas de Brian en desbandada y a Morann en peligro, entonces, pese a su promesa, se acercaría a rescatar a su amigo.

Vigiló toda la mañana. El rey de Tara no se había movido. Su sagaz amigo, pensó, había previsto los acontecimientos como siempre. Aunque ninguno de los bandos en combate había cedido todavía terreno, veía que los hombres de Brian tenían ventaja y que uno de los señores feudales vikingos ya se había escabullido. Las filas de los del Leinster eran más delgadas y, aunque los dos bandos reducían el ritmo de enfrentamiento, Brian todavía tenía una reserva de tropas de refresco en la tercera línea. Observó la escena un rato más. Los del Leinster comenzaban a ceder terreno.

Ya era seguro regresar a casa, así que volvió grupas y se marchó. No podía adivinar siquiera que, desde detrás de las líneas del Leinster, Caoilinn también observaba el desarrollo de la batalla.

Y

—Están cediendo terreno —murmuró Morann.

—Todavía no se ha terminado —replicó Brian, con voz tranquila.

Se había puesto en pie junto al orfebre y observaba la contienda.

Unas interrupciones en las nubes permitían que unos oblicuos rayos de sol iluminaran zonas del terreno, y en aquel brillo amarillento de la tarde, en algunos lugares, el campo que tenían delante se asemejaba a un bosque calcinado después de un incendio forestal, con restos de árboles dañados todavía en pie en medio del confuso amasijo de los caídos. Pero en el centro, el grueso de la tropa seguía combatiendo con una gran intensidad. Era evidente que la ventaja estaba de su parte, pero la lucha era encarnizada.

Cerca del centro, había un estandarte dorado que reflejaba los rayos de sol. Lo sostenía el portaestandarte, el hijo de Brian. A veces el blasón se movía de un lado a otro de la batalla; aunque Brian no decía nada, Morann sabía que tenía los ojos clavados en él. De vez en cuando, emitía un gruñido de aprobación.

De repente, se produjo una poderosa acometida al tiempo que otro estandarte avanzaba hacia el dorado. Éste, al percatarse de lo que sucedía, también se movió en esa dirección. Cuando los estandartes parecieron tocarse, se alzaron gritos y algún que otro rugido. Oyó que Brian soltaba un siseo entre dientes y respiraba hondo. A continuación, se produjo una larga pausa, como si toda la línea de combate contuviera el aliento. Luego se oyeron unos grandes vítores en el otro bando, seguidos de unos gemidos por parte los del Munster. Y de repente, como una luciérnaga que se hubiera extinguido, el estandarte dorado cayó y no volvieron a verlo.

Brian Boru no dijo nada. Miró al frente, intentando ver lo que ocurría en la refriega. El estandarte de su hijo había caído y nadie había vuelto a levantarlo. Eso solo podía significar una cosa: o estaba muerto o había sufrido heridas mortales. El anciano se volvió despacio y ocupó de nuevo su lugar en el banco. Agachó la cabeza y nadie dijo nada.

Sin embargo, en la línea de combate la muerte del líder parecía haber imbuido al ejército de un deseo de venganza. Los soldados se lanzaron hacia delante y, durante un rato, el enemigo consiguió resistir por última vez, pero los hombres comenzaron a caer enseguida, primero una parte de la línea, luego otra, hasta que toda la vanguardia rompió filas y huyó hacia el estuario y el Tolka.

Morann y el sirviente de Brian cruzaron una mirada. Ninguno de ambos quería interrumpir al monarca en un momento como aquél, pero había que hacerlo.

—Los del Leinster han roto filas y huyen.

¿El anciano lo había oído? Era difícil de saber. Ahora que el peligro para el Rey había pasado, algunos de los guardias que habían formado la pared de escudos estaban ansiosos por unirse al combate y, tras una breve pausa, Morann decidió hablar en su nombre.

—¿Algunos de estos guardias pueden bajar a rematarlos? —inquirió.

El monarca accedió con un asentimiento. Al cabo de unos instantes, la mitad de los guardias bajaron corriendo hacia el agua y los demás permanecieron en sus puestos junto al monarca.

Brian Boru siguió sentado un rato más, con la cabeza gacha. Aunque acabase de ganar la batalla más importante de su vida, no parecía importarle. De repente, parecía muy viejo.

Mientras, a orillas del agua, tenía lugar una escena terrible. Los del Leinster y sus aliados habían huido hasta la ribera, pero al llegar allí, advirtieron que habían quedado atrapados sin otra vía escape. Los que corrían hacia el oeste eran capturados mientras trataban de vadear la corriente. Fueron masacrados sin piedad. Los cuerpos comenzaban a apilarse en el río y flotaban en el estuario.

El rey Brian Boru no lo vio. Siguió con la cabeza gacha y los hombros encorvados de dolor. Al final, volvió sus ojos hacia al hermano Osgar y con tristeza le hizo una seña para que se acercara.

—Rezad conmigo, monje —dijo en voz baja—. Recemos por mi pobre hijo.

Osgar se aproximó, se arrodilló a su lado y oraron juntos.

Como no quería molestarlos, Morann se movió hasta el borde de la pared de escudos y salió de ella. Los guardias que quedaban contemplaban lo que sucedía junto al río. Y por extraño que resultase, aunque la matanza tenía lugar a poca distancia, parecía lejana, casi ilusoria, mientras que dentro de la pequeña protección de Brian había un silencio espectral.

La batalla había concluido y Morann seguía con vida. Tuvo que reconocer que estaba sorprendido. ¿Se había equivocado en las estimaciones que había hecho mientras se hallaba en las tumbas a orillas del Boyne?

Al cabo de unos momentos, vio movimiento a su derecha. Nadie más lo notó. Procedía del pequeño bosque que llevaba a la aldea. Por encima de él aparecía ahora un grupo de vikingos. Debían de ser una docena y los que se hallaban junto al río estaban de espaldas a ellos. Iban completamente armados y corrían, muy deprisa, hacia el muro de escudos que protegía al rey Brian.

Morann gritó.

Caoilinn ya había visto bastante. Ignoraba lo que ocurría exactamente a orillas del río, pero el resultado de la batalla estaba claro. Los ejércitos del Leinster y de Dyflin habían perdido y los hombres de Brian iban a aniquilarlos.

—Vamos, niños —dijo—. Es hora de irnos.

—¿Adónde, madre? —quisieron saber.

—A Fingal.

Se dirigieron hacia el norte. Espoleó al caballo hasta que avanzó a medio galope. Pensó que quedaría más aparente si se presentaban en la heredad enseguida, antes de que a Harold le llegase la noticia de la derrota de los del Leinster. Podría sostener que se había puesto en camino aquella mañana y que las tropas la habían hecho perder tiempo en la carretera; era mejor que admitir que se había quedado hasta saber el resultado de la batalla. También tendría que avisar a los hijos de que no la contradijeran al respecto, pero entonces sacudió la cabeza y casi se rio de sí misma. Qué absurdo. Qué insulto a la inteligencia de

Harold... Sería denigrante para los dos. Si iban a contraer matrimonio, tendría que haber más sinceridad entre ambos.

Así que, tan pronto supo que estaba fuera de peligro, redujo el paso del caballo. Se tomaría su tiempo. Y también se ocuparía de que su aspecto fuera inmejorable.

Cuando Morann regresó al círculo de protección del rey Brian, Osgar ya se había puesto en pie de un salto. Los guardias, desprevenidos, todavía empuñaban las armas y sostenían los escudos. Uno de ellos había prestado un hacha a Morann y el orfebre se situó delante del monarca. Osgar no tenía ningún arma y se sentía impotente y desnudo.

Los vikingos se acercaban. Al oír sus pasos, vio que los guardias se ponían tensos y sonó un gran estruendo que lo sobresaltó. Procedía de una espada vikinga que golpeaba un escudo. Entonces se fijó en los cascos vikingos, tres, cuatro, cinco de ellos. Cerniéndose sobre el muro protector, se veían muy grandes, inconmensurables. Las hachas chocaban y advirtió que una de ellas pasaba por encima de una coraza y la hacía caer mientras una espada se clavaba en el estómago del defensor. El hombre gritó y se desplomó en medio de un charco de sangre. Cayó otro guardia, y otro, que se retorcieron en la hierba y la mordieron en su agonía. Los vikingos habían cruzado el muro protector. Tres de ellos, dos armados con hachas y el tercero con una espada, se abalanzaban hacia él. Para su horror, descubrió que no podía moverse, como sucede a veces en los sueños.

Osgar vio que Morann alzaba el hacha con coraje y atacaba a un vikingo de cara marcada. El individuo se agachó con astucia, esquivando el golpe, mientras que su compañero, un hombre cetrino de cabello negro, que se movía tan deprisa que Osgar apenas veía lo que ocurría, clavó una gran espada de hoja azul en el pecho de Morann, justo debajo del corazón. Osgar oyó que las costillas se le rompían y vio que su amigo caía de rodillas al tiempo que se le resbalaba el hacha, dejándola a los pies del monje. Todo eficiencia, el individuo moreno puso un pie en el hombro de Morann, le quitó la espada y el artesano cayó hacia delante, golpeándose la cara contra el suelo, donde murió tras unos espasmos.

Los vikingos se detuvieron unos momentos. Miraban a Osgar y a Brian Boru.

Osgar llevaba un rato sin fijarse en el Rey y, para su sorpresa, advirtió que el monarca no había cambiado de postura, hundido en su asiento, donde habían rezado juntos. Detrás del banco había una espada apoyada, pero Brian no se había molestado en cogerla. Paralizado por el terror, Osgar no se había movido hasta aquel momento, pero ahora, ante la muerte, en vez de terror sintió una rabia inesperada. Iba a morir, y nadie, ni siquiera el rey guerrero Brian Boru, iba a hacer nada por impedirlo.

El hacha que Morann había dejado caer seguía a sus pies. El monje la agarró casi sin darse cuenta de lo que hacía.

El muro de escudos había caído. El resto de los vikingos había penetrado en el espacio hasta entonces protegido, pero quedaba claro que el cabecilla era el de la cara marcada, puesto que los demás lo seguían. Entonces, el moreno, señalando a Brian con la espada, dijo:

—Rey.

El individuo miró alternativamente a Osgar y a Brian y sacudió la cabeza.

—No, Sigurd. Sacerdote.

—No, Brodar. —Sigurd sonreía y acercaba la punta de la espada a la barba blanca de Brian—. Rey.

Y entonces Brian Boru se movió. Rápido como una centella y con una remarcable agilidad, alargó el brazo por detrás de la espalda y, todavía sentado, agarró el arma que destelló frente a él casi en el mismo instante, alcanzando a Brodar en la pierna. La dentellada del acero lo hizo gritar al tiempo que asestaba un golpe de hacha en el cuello al anciano monarca, aplastándole la clavícula y abriéndole una gran herida. Brian se tambaleó, vomitando sangre, con los ojos muy abiertos, hasta desplomarse de costado.

Brodar se acercó con su ancha espada de doble filo. Osgar oyó que detrás del vikingo moreno alguien decía «sacerdote», pero apenas reaccionó. Cuando se aproximó a Osgar, esbozaba una peculiar sonrisa. El monje, con el hacha contra el pecho, retrocedió. Sigurd alzó despacio la hoja de su acero frente a la cara de Osgar y se la mostró.

El monje tembló. Iba a morir. ¿Debía aceptar la muerte como un mártir cristiano? Hacía un rato, no había sido capaz de matar, pero ¿y ahora? Aunque levantara el hacha para golpear a Sigurd en la cabeza, el cetrino pirata le clavaría aquella temible espada en el pecho antes de que el hacha hubiese comenzado a descender siquiera.

Mientras Osgar dudaba, Sigurd, que no se había fijado en absoluto en el hacha, avanzó dos pasos hacia él, bajando la espada de modo que el plano de la hoja acariciara la pierna de su rival, y acercó su rostro tanto al de él que sus narices casi se rozaron. Clavó los ojos en los del monje con una fría y amenazadora expresión. Osgar notó el acero subiéndole por la pierna. Dios bendito, el pirata estaba a punto de clavarle el arma en el estómago con una fuerza terrible. Vería cómo se le reventarían las entrañas. Notó una extraña humedad caliente que le corría piernas abajo.

Y entonces, de repente, sin previo aviso, Sigurd abrió la boca desmesuradamente como si fuera a morderlo, pero soltó un enorme grito en la cara que le heló la sangre.

—¡Aarrg! ¡Aarrg!

Y antes de que el pirata emitiera el tercero, Osgar se volvió y huyó, huyó para salvar la vida, corriendo lo más deprisa que pudo, con las piernas mojadas y la cara fría de terror. No llegó a oír siquiera las carcajadas de los hombres a su espalda y corrió hacia el norte, lejos de Sigurd, lejos de la batalla, lejos de Dyflin. Y no se detuvo hasta que, sin resuello y jadeante, llegó al extremo de la llanura de las Bandadas de Pájaros y advirtió que nadie lo seguía y que reinaba el silencio.

Brodar sangraba de mala manera. El golpe de Brian casi le había cortado la pierna. Junto al agua, las huestes del rey del Munster todavía no se habían dado cuenta de lo que le había sucedido, pero no había tiempo que perder.

Sigurd miró a su alrededor. Cuando Brodar señaló el escudo protector del Rey y encabezó el grupo de asalto, Sigurd supuso que el señor de la guerra iba en busca de un botín. Y era precisamente eso lo que Sigurd deseaba. Morann llevaba un brazalete de oro y alguna moneda. Sigurd se hizo enseguida con ello.

Brian Boru lucía un magnífico broche de oro en el hombro. Aquella joya pertenecía a Brodar por derecho, pero este ya no estaba en condiciones de apropiársela. Sigurd se la quitó deprisa y los otros miembros del grupo se llevaron lo que pudieron. Uno había arrancado una elegante tela de damasco, otro se había hecho con las pieles sobre las que se había sentado el anciano rey y un tercero había cogido un pequeño libro de los Evangelios ilustrados que estaba caído en el suelo. Se había encogido de hombros, pero se lo había metido en la bolsa, pensando que debía de tener algún valor.

—Es hora de marcharnos —dijo Sigurd.

—¿Y qué hacemos con Brodar? —preguntó uno de sus hombres.

Sigurd miró a Brodar. La parte inferior de la pierna le colgaba de un trozo de hueso y de los tendones. El señor feudal tenía un color gris pálido y su rostro se veía pegajoso.

—Lo dejaremos aquí y morirá —respondió. Era inútil tratar de volver a Dyflin, pero algunos de los *drakares* seguramente zarparían y seguirían la costa en busca de supervivientes—. Nos reuniremos en la playa al norte de Howth —dijo—. Si encontráis algún *drakar*, retenedlo allí hasta el anochecer.

—¿Adónde vas?

—Tengo un asunto que atender —respondió Sigurd.

Se hallaban a poca distancia a pie del campamento de los del Munster, donde Sigurd sabía que habría abundantes caballos. El lugar estaba bien vigilado, por lo que tuvo que avanzar furtivamente, pero, al cabo de poco, vio un caballo atado a un poste y, tras soltarlo, se lo llevó. Momentos más tarde, lo montó y se dirigió hacia el norte. Había guardado la espada en el cinturón y se quitó el casco y se lo colgó de la correa que llevaba a la espalda. Agradeció la brisa fría en el rostro y, al llegar a un riachuelo, se detuvo un momento para beber. Luego siguió cabalgando a paso tranquilo. Todavía quedaban unas cuantas horas de luz y, gracias a sus informantes en Dyflin, sabía dónde estaba exactamente la finca de Harold.

Solo al dejar de correr, el hermano Osgar descubrió, para su sorpresa, que aún asía el hacha.

En aquel momento, no había peligro a la vista, pero a saber qué amenaza podía acechar oculta en el paisaje. El hacha era muy pesada, pero decidió no desprenderse de ella todavía. ¿En dónde se refugiaría? En las proximidades divisó una granja que había sido incendiada. Allí no podría cobijarse y, en cualquier caso, aquellos piratas podían presentarse en cualquier momento. Al día siguiente, o al otro, cuando estuviera seguro de que no quedaban más vikingos por allí, iría a Dyflin, pero, de momento, seguiría adelante hasta que encontrase un sitio donde estar a salvo, por lo que, tan pronto como recuperó el aliento, reanudó el camino.

Pasó ante otra granja en ruinas, cruzó unos cenagales y acababa de salir a un camino con una buena vista de los alrededores cuando divisó a la mujer y a los dos niños que cabalgaban a cierta distancia. Al verlos por primera vez, quedó algo conmocionado. La mujer se asemejaba a Caoilinn. Sin pensar casi en lo que hacía, aceleró el paso. Los tres caballos llegaron a una pequeña elevación del terreno y, cuando iba a comenzar el descenso, ella se volvió a medias y Osgar le vio la cara. Estaba casi seguro de que se trataba de Caoilinn. La llamó, pero ella no lo oyó y, al cabo de un momento, los tres caballos desaparecieron de la vista. Osgar echó a correr.

Cuando los divisó de nuevo iban a medio galope por un terreno llano y estaban aún más lejos de él. Luego volvió a perderlos de vista, pero siguió en la misma dirección y, al cabo de un rato, al cruzar un pequeño bosque, advirtió que había llegado al lugar donde unos bandidos lo asaltaran de joven. Y como era de esperar, enseguida encontró la enorme heredad ante él, a menos de dos kilómetros de distancia. El gran establo de madera, los almacenes con techumbre de bálago y el salón seguían en pie y no habían sufrido daños.

En aquel momento, la finca iluminada por los rayos de sol

y bañada en la suave luz de la tarde parecía resplandecer como una página iluminada. Era la granja de Harold, un lugar donde refugiarse. Caoilinn debía de haber acudido allí. Esperanzado, Osgar siguió adelante.

El corto camino de acceso era un terreno de hierba verde. En su excitación, sintió como una nueva primavera le corría por la sangre.

Estaba próximo a la entrada cuando la vio. Se hallaba en el espacio abierto frente a la sala de Harold. Los niños esperaban junto a los caballos y Caoilinn miraba a su alrededor. Al parecer, allí no había nadie. El largo cabello le caía hasta los hombros, tal como él la había imaginado miles veces. El corazón le dio un vuelco en el pecho. Ahora, de viuda, era incluso más hermosa, más atractiva de lo que él la recordaba. Osgar corrió hacia la casa.

Ella no lo vio y parecía que seguía buscando a alguien. Se acercó a la puerta de entrada para mirar hacia fuera y entonces lo vio. Osgar la saludó con la mano y ella lo miró inexpresiva.

Osgar frunció el entrecejo y sonrió. Claro, la suya era una figura sucia y desarrapada, con hábito de monje y un hacha en la mano. Debía de haberlo encontrado extraño y no lo había reconocido. Decidió llamarla.

—Caoilinn, soy Osgar.

Ella seguía mirándolo con expresión atónita. ¿Había comprendido? Entonces lo señaló y él la saludó otra vez. Caoilinn sacudió la cabeza y señaló una vez más, con apremio, a algo que estaba detrás de él, por lo que Osgar se detuvo y se volvió.

A solo quince pasos de distancia se encontraba un caballo que se había detenido al tiempo que él. Debía de haberlo seguido, pero, emocionado de ver a Caoilinn, no había oído los cascos sobre la hierba. Lo montaba Sigurd.

—Bien, monje. Hemos vuelto a encontrarnos.

El pirata miró a Osgar, decidiendo, al parecer, lo que iba hacer con él.

Osgar agarró el hacha instintivamente y comenzó a retroceder. Sigurd siguió avanzando con el caballo, al mismo ritmo que el monje reculaba. ¿Se encontraba muy lejos de la puerta de la finca? Osgar trató de acordarse, pero no se atrevía a mirar atrás. Si corría, ¿no la alcanzaría? Tal vez Caoilinn la estuviera cerrando para dejarlo fuera y que Sigurd lo acorralara. De repente, advirtió que el pirata le estaba hablando.

—Huye, monje. No eres tú quien me interesa. —Sigurd sonrió—. La persona que busco está en la granja. —Le indicó con un gesto que se marchara—. Vete, monje. Corre, vete.

Sin embargo, Osgar no corrió porque Caoilinn estaba allí. El recuerdo de aquel día aciago en que había permitido que Morann fuese solo a Dyflin para salvarla centelleó en su mente con amargura. En aquella ocasión, no había conseguido dar el golpe. Había antepuesto su vocación de monje a Caoilinn, como llevaba haciendo casi toda la vida. Y ahora aquel demonio, aquel monstruo iba a atacarla. ¿La violaría? ¿La mataría? Probablemente las dos cosas. Había llegado el momento. Debía matar. Debía matar a aquel vikingo o morir en el intento. Por más miedo que Sigurd le diera, el espíritu guerrero de sus ancestros despertó en su interior y gritó a Caoilinn, que estaba detrás:

—¡Cierra la puerta!

Retrocedió un poco y levantó el hacha por encima de la cabeza para obstaculizar el paso.

Sigurd desmontó del caballo despacio y con cautela. No se tomó la molestia de ponerse de nuevo el casco, pero desenfundó la espada de doble filo. No iba a discutir con el religioso, pero Osgar se interponía en su camino. ¿Sería tan estúpido de atacarlo? El monje no lo sabía, pero aquélla era una actitud equivocada. Llevaba el peso tan distribuido que solo podían ocurrir dos cosas. Sigurd haría una finta, Osgar lo golpearía pero solo encontraría aire y, con un poco de suerte, se cortaría su propia pierna. Si no atacaba, Sigurd daría un ágil paso hacia la derecha y le hundiría la espada directamente en el costado y todo se habría terminado antes de que el hacha hubiera alcanzado la mitad de su recorrido. Osgar estaba a punto de morir, pero no lo sabía. Y eso, siempre que intentara luchar, por supuesto.

Pero ¿lo haría? Sigurd se tomó su tiempo. Alzó el acero despacio, mostrándoselo a Osgar como había hecho antes. El monje temblaba como una hoja. Sigurd se hallaba a dos pasos de él y, de repente, soltó un rugido. Osgar se estremeció de pánico y casi dejó caer el hacha. Sigurd avanzó un paso más. Aquel religioso estúpido tenía tanto miedo que había cerrado los ojos. Al otro lado de la puerta había una mujer de cabello oscuro y la cara muy pálida. Quienquiera que fuese, era atractiva. El pirata midió la distancia. No necesitaba hacer una finta; entonces agarró la espada para la acometida.

Y justo en aquel momento, caminando alrededor de la cerca de la finca por la parte de fuera, apareció Harold. Menuda suerte.

Osgar se lanzó al ataque. Había enviado al cielo una apresurada plegaria y, medio abriendo los ojos, vio al pirata y, por un instante, miró hacia otro lugar y supo que, pese a todos sus pecados, Dios le concedía una oportunidad. Golpeó con toda su fuerza. Asestó el golpe por Caoilinn, a la que amaba, por su vida, por las oportunidades perdidas, por la pasión que nunca había llevado a la práctica. Lo asestó para terminar con su cobardía y su vergüenza. Lo asestó para matar a Sigurd.

Y lo hizo. Distraído un instante, el pirata no prestó atención al movimiento del hacha hasta que fue demasiado tarde. La inesperada hoja atravesó el hueso, le partió el cráneo con un crujido malsano y una rociada de sesos y le destrozó el puente de la nariz y la mandíbula antes de hundirse con un golpe seco en la base del cuello. La tremenda fuerza del impacto derribó el cuerpo y lo hizo caer de rodillas. Permaneció así unos instantes, como una extraña criatura con un hacha por cabeza y el mango sobresaliendo por delante como una larga nariz, mientras Osgar miraba incrédulo lo que había hecho. Entonces se desplomó de lado.

Harold, que llegaba de un campo cercano y no sabía que tenía visitantes, contempló la escena con gran sorpresa.

Tres semanas después, Harold y Caoilinn se casaron en Dyflin. A sugerencia de Harold, fue una ceremonia cristiana, después de que el novio, de muy buen humor, permitiera que le bautizara el primo de la novia, Osgar, que también ofició las nupcias. Justo antes de la ceremonia, Osgar le tendió a la novia un anillito de asta de ciervo sin decirle nada. Pese a las muchas peticiones que recibió, Osgar no ocupó el cargo de abad en el monasterio familiar, sino que prefirió regresar a la paz de su querido Glendalough. Entonces realizó otro ejemplar de los Evangelios ilustrados, que era muy hermoso, pero que carecía del carácter genial del que se había perdido.

Con toda justicia, la batalla de Clontarf está considerada la más importante de la historia de la Irlanda celta. Se la ha descrito a menudo como el encuentro decisivo entre los gaëls celtas y los galls nórdicos: el irlandés Brian Boru contra los invasores vikingos, la batalla a raíz de la cual Irlanda se erigió en triunfadora contra la agresión extranjera. Esa fue la estúpida propaganda de los historiadores románticos. Aunque en aquella época inestable del mundo septentrional bien pudo haber disuadido de ulteriores incursiones vikingas, la misma ciudad de Dyflin quedó en manos de un regente vikingo, igual que antes. El elemento nórdico en los puertos de Irlanda siguió siendo considerable y las dos comunidades, los hibernos o noruegos, como a menudo son llamados, se fusionaron por completo.

El verdadero significado de la batalla de Clontarf probablemente fue doble. Primero, Clontarf y los acontecimientos que la rodearon dejaron clara la importancia estratégica del puerto más rico de la isla. Sin haber sido nunca un centro tribal ni religioso, su comercio y sus murallas implicaban que mientras el dominio que se ejercía desde Tara era simbólico, para dominar toda Irlanda, Dyflin era crucial.

En segundo lugar y por triste que resulte, lejos de ser un triunfo, Clontarf fue la gran oportunidad perdida de Irlanda, porque aunque Brian Boru ganó la batalla de una forma decisiva, también perdió la vida. Los descendientes de sus nietos, los O'Brien, alcanzarían mucho renombre, pero sus sucesores inmediatos fueron incapaces de unificar y dominar toda Irlanda como durante una década había hecho brevemente el anciano. Veinte años más tarde, el reino supremo volvería de nuevo a manos de los reyes O'Neill de Tara, pero no fue más que una sombra ceremonial de la monarquía de Brian Boru.

Irlanda desunida, como la isla celta fragmentada de los tiempos antiguos, siempre sería vulnerable.

Así, Brian Boru venció, pero perdió; por su parte, Harold, noruego, y Caoilinn, celta, que no estaban enamorados, contrajeron matrimonio y fueron muy felices. Morann, el orfebre cristiano, murió como un guerrero en la batalla después de haber recibido una advertencia pagana. Finalmente, Osgar, el monje, mató a un hombre malvado, aun cuando no comprendiera por qué.

Seis
Strongbow

1167

I

La invasión que iba a causar ocho siglos de sufrimientos a Irlanda comenzó un soleado día de otoño del año de nuestro señor de 1167, en el que tres barcos arribaron al pequeño puerto meridional de Wexford.

Sin embargo, si alguien les hubiese dicho a los dos jóvenes que con tanta impaciencia desembarcaron juntos que formaban parte de una conquista inglesa de la isla, se habrían llevado una gran sorpresa, ya que uno de ellos era un sacerdote que volvía a casa, y su amigo, a pesar de que debía obediencia al rey de Inglaterra, jamás se habría considerado inglés. En cuanto al objetivo de la misión, los soldados habían ido allí como invitados, capitaneados por un rey irlandés.

De hecho, muchas de las crónicas que hacen referencia a estos hechos son engañosas. Los cronistas irlandeses de esa época denominan la invasión como la llegada de los sajones —con lo que se refieren a los ingleses—, a pesar de que durante tres siglos, gran parte del norte de Inglaterra había estado ocupada por vikingos daneses. Los historiadores modernos hablan de ella como la llegada de los normandos, pero eso también es un error, ya que a pesar de que Guillermo de Normandía había conquistado el reino de Inglaterra en 1066, después, a través de su nieta, pasó al rey Enrique II, que pertenecía a la dinastía Plantagenet de Anjou, Francia.

Así pues, ¿quién era esa gente —a parte del sacerdote irlandés— que había llegado en tres barcos a Wexford aquel soleado día de otoño? ¿Eran sajones, vikingos, normandos, franceses? En realidad, en su mayor parte eran flamencos, y habían ido allí desde su hogar en el sur de Gales.

El joven cura estaba entusiasmado.

—Peter, en cuanto acabemos todo esto has de prometerme que vendrás a ver a mi familia. Sé que estarán encantados de conocerte —dijo el apuesto sacerdote.

—Lo estaré deseando.

—Mi hermana debe de tener doce años ya. Era una niña muy hermosa y alegre cuando me fui.

Peter FitzDavid sonrió. No era la primera vez que su amigo irlandés le hablaba de los encantos de su hermana o insinuaba que recibiría una dote cuantiosa.

Peter FitzDavid era un joven bien parecido. Tenía el pelo de color castaño claro, muy corto, y lucía una barbita perfectamente recortada. Con unos ojos azules muy intensos y un mentón cuadrado muy marcado, su cara era agradable, pero de soldado.

Los soldados han de ser valientes, pero mientras se preparaba para desembarcar, Peter no pudo dejar de sentir cierto temor. Su miedo no se debía tanto a que lo mataran o mutilaran, sino a la posibilidad de deshonrarse. De todos modos, en su interior latía un miedo aún mayor y era precisamente ese miedo el que, en un futuro, lo empujaría a seguir adelante. Era lo que le incitaba a tener éxito, a atraer la mirada del oficial al mando y a lograr la fama. Cuando la orilla se fue acercando, las palabras de su madre resonaron en su mente. La había entendido muy bien. Había invertido su último penique en un caballo y en pertrechos. No le quedaba nada. Lo amaba con todo su corazón, pero no podía darle más.

—Que Dios te acompañe, hijo mío —le dijo cuando se iba—. No vuelvas con las manos vacías.

«Prefiero la muerte», pensó Peter. Tenía veinte años.

Decir que Peter FitzDavid era un caballero de reluciente armadura no sería del todo cierto. Su cota de malla, heredada de su padre y ajustada para que le quedara bien, no tenía herrumbre y, a pesar de que no relucía, al menos sí que brillaba. En pocas palabras, Peter FitzDavid, que al igual que la mayoría de los caballeros de su edad poseía poco más de lo que llevaba encima, era un joven en busca de fortuna.

Era flamenco. Su abuelo, Henry, había nacido en Flandes, esa tierra de artesanos, mercaderes y aventureros que se halla en las ricas planicies que se extienden entre el norte de Francia y Alemania. Había sido uno más de la multitud de flamencos que partieron hacia Gran Bretaña tras la conquista normanda y que se establecieron no solo en Inglaterra, sino también en Escocia y Gales. Henry fue uno de los muchos inmigrantes flamencos a los que se les concedieron tierras en el sudoeste de la península de Gales, que, debido a sus ricas minas y canteras, los nuevos reyes normandos tanto anhelaban controlar. Pero el asentamiento en Gales no había ido bien. Los orgullosos príncipes celtas de esa tierra no se habían sometido con facilidad y la colonia flamenconormanda tenía problemas. Habían perdido algunos castillos y sus tierras estaban amenazadas.

La familia de Peter se había visto afectada especialmente. No eran unos arrendatarios importantes que poseyeran tierras en muchos de los vastos dominios de los Plantagenet, eran vasallos del Rey. Eran vasallos de sus vasallos. Lo único que poseían eran sus modestas propiedades en Gales. Y cuando David, el padre de Peter, murió, perdieron dos tercios de ellas. Lo que les quedó apenas alcanzaba para mantener a la madre de Peter y a sus dos hermanas.

—No tendrás nada con lo que sustentarte, excepto el amor de tu familia, tu espada y el buen nombre que te dejo —le había dicho su padre.

Cuando Peter tenía quince años, su padre le había enseñado todo lo que sabía de las artes de la guerra y ya era un consumado espadachín. Respecto al amor de su familia, no cabía duda, y en cuanto a su nombre, Peter había querido a su padre, así que también quería su apellido. Al igual que en la Irlanda celta «Mac» significa «hijo de», en la Inglaterra normanda el término francés «Fitz» tiene el mismo significado. Su padre se llamaba David FitzHenry y él estaba orgulloso de llamarse Peter FitzDavid. Para él había llegado el momento de buscar suerte como soldado de fortuna.

La guerra siempre ha sido un negocio caro y especializado que se hace temporalmente, con lo que el equipamiento para ella siempre ha sido de alquiler. En ese tiempo, las armas y los pertrechos se comerciaban y el transporte en particular se alquilaba para la ocasión.

Dos años antes, los habitantes de Dublín —tal como llaman normalmente a ese gran puerto los mercaderes de Dyflin— habían ofrecido su flota al rey Enrique de Inglaterra para hacer una campaña contra los príncipes celtas de Gales, un trato que no se cerró porque Enrique cambió de idea acerca de esa expedición. Pero, sobre todo, en el mosaico de tierras tribales y señoríos dinásticos que desde la caída del disciplinado Imperio romano componían la mayor parte de la cristiandad, lo que más se alquilaba eran hombres armados. Cuando Guillermo el Conquistador llegó a Inglaterra no solo capitaneaba a sus vasallos normandos, sino también a toda una colección de aventureros armados de Bretaña, Flandes y otros lugares, a los que concedió tierras en el país conquistado. Tras su derrota, un gran contingente de guerreros ingleses atravesó Europa y formó lo que se llamó el ejército sajón, al servicio del emperador de Bizancio. Anteriormente, aventureros de Inglaterra, Francia y Alemania ya habían ido a las Cruzadas para hacerse con tierras en el reino de Jerusalén y otras colonias de los cruzados en Tierra Santa. Los reyes celtas de Irlanda llevaban generaciones alquilando vikingos para que lucharan por ellos. Por tanto, no era de extrañar que cualquier monarca que se viera en un apuro acudiera al rey Plantagenet de Inglaterra para que le prestara hombres a sueldo.

Cuando Peter FitzDavid salió por primera vez en busca de fortuna se dirigió hacia el puerto inglés de Bristol. Su padre tenía allí un conocido que era comerciante.

—Cuando muera, ve a visitarlo —le había aconsejado—. Es posible que pueda hacer algo por ti.

Bristol estaba a más de ciento cincuenta kilómetros, al otro lado del gran estuario del caudaloso río Severn, que tradicionalmente separaba Sajonia y la Gran Bretaña celta. A Peter le costó cinco días llegar al río y otro medio día más, subiendo la orilla occidental, hasta arribar a un lugar en el que había una barca en la que se podían transportar caballos. Sin embargo, a su llegada le comunicaron que debido a las rápidas y complejas corrientes del río, debería esperar unas horas. Miró a su alrededor y en la ladera que había justo encima vio un pequeño fuerte y, en medio de un bosquecillo de robles, lo que parecían unas antiguas ruinas. Se dirigió hacia ellas y se sentó para descansar.

Era un lugar agradable desde el que se disfrutaba de una espléndida vista del río. Sintió que aquel lugar irradiaba religiosidad. Y era cierto, ya que aquellas ruinas eran el antiguo templo romano construido en honor de Nodens, dios celta de la curación. Hacía tiempo que el cristianismo había enterrado a ese dios, al igual que su templo: en Inglaterra se le había olvidado y al otro lado del mar, en la Irlanda celta y con el nombre de Nuada, *el de la Mano de Plata*, hacía mucho que los escribientes monásticos lo habían convertido de deidad en rey mítico.

Mientras estaba sentado mirando al otro lado del agua, hacia la distante orilla, sintió con gran intensidad que cuando cruzara el río Severn dejaría atrás todo lo que conocía. Por muchos problemas que tuviese su familia, Gales era su hogar. Jamás había vivido en ningún otro sitio. Le gustaban los verdes valles, el litoral con sus afloramientos rocosos y las calas arenosas. A pesar de que hablaba francés con su familia, la lengua de su infancia había sido el galés celta de los lugareños con los que había crecido. Sin embargo, una vez que estuviera al otro lado del Severn, la gente hablaría inglés, lengua de la que no conocía una sola palabra. Y cuando llegara a Bristol y se relacionara con los ingleses, ¿se quedaría en ese país o iría aún más lejos, a través de los mares, para no volver a ver jamás su tierra? Por un momento, sintió tanta tristeza que estuvo a punto de regresar a casa.

Pero no podía hacerlo. Le amaban, pero no querían que estuviese con ellos. Avanzada la tarde, afligido, llevó su corcel de guerra y su caballo de carga a la gran balsa que los conduciría al otro lado del río.

La noche siguiente, entrar en Bristol fue como una revelación. En Gales había visto castillos de piedra impresionantes e imponentes monasterios, pero jamás había estado en una ciudad. Después de Londres, Bristol era el puerto más importante de Inglaterra.

Paseó un rato por sus concurridas calles antes de encontrar la casa que buscaba. Entró en ella con gran azoramiento, ya que el lugar tenía su propia puerta de piedra, un patio adoquinado rodeado de edificios de madera con tejados a dos aguas y un bonito salón de techo alto. Enseguida se dio cuenta de que el amigo de su padre era un hombre rico.

Todavía le resultó más desconcertante que cuando un sirviente le hizo pasar, aquel comerciante no supiera exactamente de quién se trataba. Pasaron unos angustiosos minutos mientras este le pedía no una, sino dos veces que le repitiera el nombre de su padre. Al final, cuando Peter notó que comenzaba a ruborizarse, aquel hombre pareció acordarse de quién era su padre, aunque con cierto desinterés, y le preguntó en qué podía ayudarlo.

Los dos días siguientes fueron interesantes, aunque no agradables. El comerciante era un hombre de tez morena. Su padre había sido escandinavo, un danés llegado a Irlanda. Con él trajo su nombre celta, Dubh Gall, «el extranjero oscuro», que en Bristol pronunciaban como Doyle. A pesar de haber nacido en Bristol, al comerciante no le habían puesto un nombre inglés ni normando, sino que lo habían bautizado como Sigurd. Con todo, nadie utilizaba su primer nombre. En Bristol todo el mundo lo conocía por Doyle.

El extranjero era oscuro, no cabía duda de que lo era. Oscuro y silencioso, aunque aceptablemente hospitalario. Peter tenía una habitación para él solo al lado del salón. Se dirigía a él, al igual que a cualquier noble o importante mercader, en la educada lengua del francés normando. Pero hablaba muy poco y no sonreía nunca. Tal vez se debía a que era viudo, pensó Peter. Quizá cuando le visitaran sus hijas casadas o cuando sus hijos volvieran a casa de hacer negocios en Londres estaría de mejor humor. Pero durante los dos días que Peter permaneció allí, la conversación fue mínima. Y puesto que los numerosos sirvientes, mozos de cuadra y subalternos solo hablaban inglés, se sintió muy solo.

La primera mañana Doyle lo llevó al puerto. Visitaron su contaduría, su almacén y dos de sus barcos, que estaban junto al recinto para esclavos del muelle. Sin duda alguna, Doyle seguía conservando su energía; sus oscuros ojos parecían estar en todas partes; hablaba muy bajo, pero los hombres lo miraban con temor y se apresuraban a obedecer sus órdenes. Al final del día, Peter había aprendido mucho del negocio del puerto, de la organización de la ciudad, con sus tribunales y concejales, y de su comercio con otros puertos, desde Irlanda hasta los del Mediterráneo. Aunque también tenía claro que Doyle daba miedo.

Ese sentimiento se vio reforzado por un pequeño incidente que ocurrió esa misma tarde. Se había sentado junto a él en el gran salón y los sirvientes estaban a punto de llevarles la cena, cuando un joven de aproximadamente su misma edad entró y, tras hacerles una respetuosa reverencia a los dos, se sentó un poco alejado de ellos. Doyle, tras contestar al joven con un brusco asentimiento y gruñirle a Peter «Trabaja para mí», hizo caso omiso de su presencia. Sirvieron una copa de vino al joven, que llevaba puesta una capucha que no se quitó, pero no se la volvieron a llenar, y como su anfitrión continuaba sin hacerle caso y el joven no levantaba la cabeza, Peter no supo cómo dirigirse a él. Tan pronto acabaron de cenar, el joven se fue; parecía deprimido. «Creo que yo también estaría así si trabajara para Doyle», pensó Peter.

Cuando más tarde se retiró a su habitación, oyó sus voces en el patio. Al menos estaba seguro de que era la voz de Doyle, grave y amenazadora, la que murmuraba algo que no logró entender.

—Estás loco —dijo después esa voz en francés—. Jamás podrás devolver el dinero.

—Estoy en tus manos —dijo la voz de un joven, apremiante

y quejumbrosa, que debía de pertenecer al tipo que había visto esa noche.

A aquello le siguió un severo murmullo por parte de Doyle. Las palabras no eran claras, pero el tono era amenazador.

—¡No! —gritó el joven—. No hagas eso, te lo suplico. Lo prometiste.

Después se retiraron y Peter no oyó nada más, pero una cosa le quedó clara: Doyle era una persona siniestra y cuanto antes se fuese de allí, mejor.

A la mañana siguiente, sin previo aviso, Doyle le pidió que ensillara su caballo, cogiera sus armas y lo acompañara a un campo de entrenamiento cercano a la puerta occidental. Allí vio a varios hombres de armas practicando el manejo de la espada. Tras intercambiar unas palabras con Doyle, le invitaron a unirse a ellos. El oscuro comerciante lo observó un tiempo y después se fue discretamente, obligándole así a regresar solo a casa más tarde. Peter no volvió a verlo hasta la noche.

Sin embargo, esa misma noche Doyle le comentó, en su acostumbrado tono taciturno:

—Se habla de una expedición. A Irlanda.

Si nadie había conseguido dominar Irlanda desde los tiempos de Brian Boru, no había sido por falta de intentos. Una tras otra, las grandes dinastías regionales habían intentado imponer su poder sobre las demás; la del Leinster y la del nieto de Brian, en el Munster, habían aprovechado ambas su oportunidad. El viejo O'Neill esperaba cualquier ocasión que se presentara para recuperar su antigua gloria. En aquel momento, la dinastía O'Connor, del Connacht, reclamaba el reino supremo. Sin embargo, ninguno de ellos había conseguido imponerse y las crónicas del momento adoptaron una fórmula contundente para describir la situación de la mayoría de esos monarcas: «rey supremo, con adversarios». Así que, mientras los gobernantes del inmenso mosaico europeo comenzaron a amalgamar territorios para formar posesiones aún más extensas —los Plantagenet controlaban un imperio feudal que comprendía la mayor parte de la Francia occidental, además de Normandía e

Inglaterra—, la isla de Irlanda continuaba dividida entre antiguas tierras tribales y jefes rivales.

El último conflicto irlandés había sido a causa del reino del Leinster.

Esta antigua provincia llevaba controlada ya algún tiempo por una ambiciosa dinastía de Ferns, en la parte sureña del territorio de Wexford. Pero el codicioso rey Dermot del Leinster se había creado enemigos. En concreto, había humillado al poderoso rey O'Rourke, fugándose con su mujer. El marido engañado, con ayuda, había atacado a Dermot del Leinster y le había obligado a huir.

El rey Enrique Plantagenet, que estaba en sus dominios de Francia, se llevó una buena sorpresa cuando le dijeron:

—Ha venido a veros el rey Dermot del Leinster.

—¿Un rey irlandés? Traedlo a mi presencia —contestó con cierta curiosidad.

El encuentro fue, sin duda, extraño. El monarca Plantagenet, rubio y afeitado, presto e impaciente de movimientos, vestido con jubón y calzas, sofisticado, francés de cultura y de lengua, frente a un rey celta provinciano, de espesa barba y gruesa capa de lana. Enrique hablaba un poco de inglés —algo de lo que estaba muy orgulloso— pero nada de irlandés. Dermot hablaba irlandés, noruego y algo de francés, pero no tuvieron problemas a la hora de comunicarse. Para empezar, Dermot había llevado consigo a su intérprete —llamado Regan— y, en el caso de que aquello no funcionara, los clérigos que trabajaban para ambas partes hablaban latín, al igual que todo religioso culto de la Europa occidental. Los dos reyes tenían cosas en común: los dos se habían fugado con la mujer de otro, los dos tenían relaciones inestables con sus hijos y ambos eran egocéntricos y oportunistas.

La petición del rey Dermot era muy sencilla. Lo habían expulsado de su reino y quería recuperarlo. Necesitaba reunir un ejército. No podía pagar mucho, pero si tenía éxito, habría propiedades y tierras para repartir. Se trataba del acuerdo usual sobre el que se había establecido la aristocracia de gran parte de Europa, incluida Inglaterra. Con todo, también sabía que sin el permiso de Enrique no podía conseguir muchos hombres en los dominios de los Plantagenet.

El rey Enrique II era un hombre ambicioso. Ya había construido un imperio y su principal ocupación en ese momento era arrebatar territorio al inútil del rey de Francia, al que le gustaba intimidar. Por casualidad, doce años antes había meditado brevemente la posibilidad de anexionarse también Irlanda, pero había descartado la idea y la isla ya no le interesaba. Aunque seguía siendo un oportunista.

—¿Estáis ofreciéndoos como vasallo? —preguntó con delicadeza.

Su vasallo. Cuando un rey irlandés reconocía la supremacía de un monarca y se sometía a él, «entraba en su casa», como se decía. Dejaba rehenes en prenda de su buen comportamiento y ofrecía pagar un tributo. Sin embargo, cuando un señor feudal francés o inglés se convertía en vasallo de otro, las obligaciones eran más amplias. No solo le debía servicio militar o pago a cambio, sino que cuando moría, sus herederos tenían que pagar para heredar la tierra, y si había disputas por la herencia, el que decidía era el señor supremo. Es más, en la Inglaterra conquistada, los normandos habían adoptado una postura incluso más estricta. Si algún vasallo causaba problemas, el rey inglés podía desposeerlo de sus tierras y dárselas a otro. En teoría, un vasallo feudal no podía luchar o viajar sin el permiso de su señor supremo. Enrique Plantagenet aumentaba continuamente su poder. En Inglaterra, quería otorgar a los hombres libres el derecho de apelar directamente a sus tribunales reales para pedir justicia sin recurrir antes a sus señores. Era el comienzo de una Administración centralizada, inimaginable en el poco ceremonioso mundo de los reyes celtas irlandeses.

Sin embargo, el rey Dermot necesitaba hombres. Además, sabía muy bien que cualquiera que fuera la opinión del rey Enrique sobre el vasallaje feudal, Irlanda quedaba fuera del alcance del monarca Plantagenet.

—Eso no será un problema.

Así que llegaron a un acuerdo. El rey Enrique de Inglaterra consiguió por primera vez que un rey irlandés lo reconociera como señor supremo, aunque lo hiciera con todo el cinismo del mundo. Puede que en ese momento no tuviera ningún valor, pero podía decir tranquilamente: «No me ha costado nada». El rey Dermot recibió una carta en la que el gobernante del creciente Imperio Plantagenet daba permiso a cualquiera de sus vasallos para luchar al lado de Dermot si así lo deseaba.

Aquella carta no provocó una respuesta enloquecida. La perspectiva de ayudar a un desposeído jefe provinciano en una isla lejana de los mares occidentales no era muy atractiva; sin embargo, uno de los grandes señores del rey Enrique —el poderoso lord de Clare, más popular entre los soldados como Strongbow— había conocido el exilio irlandés y se mostró interesado. Strongbow tenía propiedades en varios puntos de los dominios Plantagenet, aunque las del sudoeste de Gales habían estado sometidas a gran presión. Era obvio que el rey Dermot estaba dispuesto a pagar el precio que pidiese.

—Podéis casaros con mi hija y heredar todo mi reino —sugirió en un arrebato.

Como Dermot tenía hijos y en ese momento no poseía ni un solo metro de su antiguo reino, la oferta era tan válida como su juramento de lealtad al monarca Plantagenet; pero Strongbow decidió correr un riesgo calculado. Le dijo al rey irlandés que hiciera el reclutamiento en los territorios en el sur de Gales de los que él era señor supremo. Quizá podría conseguir un contingente que le sirviese de avanzadilla. Al fin y al cabo, llegó a la conclusión, si los matan a todos, no pasará nada.

El que Doyle se hubiese encontrado con Strongbow ese día en una de las visitas periódicas que el gran señor hacía al puerto que tan cercano estaba a sus tierras había sido un golpe de suerte para Peter. Strongbow había hablado con un grupo de comerciantes sobre los planes del rey irlandés de reclutar tropas en la región.

—En mi casa hay un joven, hijo de un amigo, al que puede interesarle —comentó el comerciante de Bristol—. No sé qué hacer con él.

—Envíalo —le pidió Strongbow.

Y así fue como Peter FitzDavid, tras cruzar el mar en un barco proporcionado por Doyle, desembarcó en Wexford con el rey Dermot del Leinster y un variopinto contingente de hombres, aquel soleado día de otoño.

Y

Las cabalgaduras empezaban a bajar a tierra. Desde la playa, Peter pudo ver bien al rey Dermot, que había montado un caballo, y a lord de la Roche, el noble flamenco que dirigía las operaciones. Estaban desembarcando a poca distancia de Wexford. Roche se había preocupado de levantar una posición defensiva, pero de momento nadie había salido del pueblo para atacarles. Era un puerto pequeño, con murallas sencillas, nada parecidas a las que había conocido en el sur de Gales. Comparado con un castillo de verdad, o con la gran ciudad de Bristol, aquello no era nada, lo conquistarían fácilmente. Sin embargo, de momento, Peter no podía hacer otra cosa que esperar.

—Bueno, adiós —se despidió su amigo.

Había llegado el momento de irse, mientras los soldados instalaban el campamento. Durante el viaje, Peter tuvo motivos para estar muy agradecido al joven padre Gilpatrick. El sacerdote tenía solo cinco años más que él, pero sabía muchas cosas. Había pasado los tres últimos años en el famoso monasterio inglés de Glastonbury, al sur de Bristol, y volvía a casa, a Dublín, donde su padre le había conseguido un cargo a las órdenes del arzobispo. Había subido al barco que se dirigía a Wexford porque quería ir por la costa hasta Glendalough para hacer una corta parada en ese santuario antes de llegar a Dublín.

Al ver que Peter era joven y quizá se sentía solo, aquel amable sacerdote había pasado mucho tiempo en su compañía. Había averiguado todo acerca de él y, a cambio, él le había hablado de su familia, de Irlanda y de sus costumbres.

Sus conocimientos eran impresionantes, hablaba irlandés y noruego desde su juventud, y había llegado a ser un experto en latín. Cuando estuvo en Glastonbury se familiarizó con el inglés y el francés normando.

—Supongo que podré trabajar como *latimer,* así llaman los religiosos a los intérpretes —dijo sonriendo.

—Seguramente eres mejor que Regan, el intérprete del rey Dermot —insinuó Peter con admiración.

—Yo no diría tanto —lo contradijo Gilpatrick riéndose, aunque complacido.

Tranquilizó a Peter diciéndole que podría aprender sin gran esfuerzo el celta que hablaban los irlandeses

—Las lenguas de Irlanda y Gales son primas —le explicó—. La principal diferencia está en una sola letra. En Gales, pronunciáis una «p», que nosotros hacemos como una «q». Por ejemplo, en Irlanda cuando nos referimos a «hijo de» decimos «Mac»; en Gales, por su parte, dicen «Map». Por supuesto, hay otras diferencias, pero con el tiempo te darás cuenta de que entiendes con facilidad todo lo que oigas.

Le habló de Dublín; cuando aquel irlandés pronunció ese nombre, le sonó como «Doovlin». Al parecer, aquel puerto era casi un modelo a escala de Bristol. También le explicó algo acerca de la política de la isla.

—Aunque consigáis que el rey Dermot venza a sus enemigos, todavía tendrá que presentarse ante Ruairi O'Connor del Connacht, el Rey Supremo, y este tendrá que reconocerlo y tomar rehenes antes de que Dermot pueda llamarse rey de nada en Irlanda.

En cuanto a sus ambiciones, daba la impresión de que tenían relación con el gran obispo de Dublín, al que habían recomendado.

—Es un hombre santo y tiene una gran autoridad —aseguró Gilpatrick—. Mi padre es un alto cargo eclesiástico. —Hizo una pausa—. Mi madre es pariente del arzobispo Lawrence. Así es como lo llamamos en la Iglesia. Hemos latinizado su nombre: Lawrence O'Toole; en irlandés sería Lorcan Ua Tuathail. Ua Tuathail es una familia principesca del norte del Leinster. De hecho, el arzobispo también es cuñado del rey Dermot. Aunque no creo que le caiga muy bien —añadió como haciéndole una confidencia.

Peter sonrió ante esa compleja red de parentescos.

—¿Significa eso que también perteneces a una familia principesca? —preguntó.

—Somos una antigua familia de la Iglesia —contestó Gilpatrick. Al ver que Peter parecía desconcertado, se explicó—: Las costumbres en Irlanda son diferentes a las de otros países. Hay antiguas familias eclesiásticas, a las que se honra profundamente y que tienen vínculos con monasterios e iglesias; a menudo, esas familias son parientes de reyes y jefes cuyas historias se pierden en la noche de los tiempos.

—¿Tu familia está relacionada con alguna iglesia en particular?

—Como dirías tú, fundamos nuestro monasterio en Dublín.

—¿Y la historia de tu familia se pierde en la noche de los tiempos?

—La leyenda —dijo para impresionarle— asegura que nuestro antepasado Fergus fue bautizado en Dublín por el propio san Patricio.

La mención del santo indujo a Peter a hacer otra pregunta.

—Te llamas Gilla Patraic. Eso significa «servidor de Patricio», ¿no?

—Así es.

—¿Por qué tu padre no te puso el nombre del santo solamente? ¿Por qué no Patricio a secas? Yo me llamo Peter, sin más.

—¡Ah! —exclamó el sacerdote asintiendo con la cabeza—. Es algo que debes saber si vas a pasar un tiempo en Irlanda. Ningún buen irlandés se llamará nunca Patricio.

—¿No?

—Solo Gilla Patraic, nunca Patricio simplemente.

Así había sido durante siglos. Ningún irlandés de la Edad Media se atrevería a adoptar el nombre del gran san Patricio. Siempre había sido Gill Patrick y así seguiría siendo durante muchos siglos más.

Aquel hombre era un joven delgado, de tez oscura y apuesto. Sus ojos grises eran poco corrientes, pues estaban curiosamente moteados de verde.

Habría sido difícil que el sacerdote no le cayera bien, por su amabilidad, su no disimulado orgullo por su familia y su evidente cariño por ellos. Peter se enteró de alguna cosa acerca de sus hermanos, su hermosa hermana y sus padres. No había entendido muy bien qué tipo de alto cargo eclesiástico podía ser si estaba casado ni a lo que se refería con «nuestro» monasterio, pero cuando se lo mencionó, el padre Gilpatrick se apresuró a cambiar de tema y Peter no insistió. Estaba claro que al sacerdote le caía bien y que no desaprobaba la presencia de los vasallos de Plantagenet en su tierra. Peter no estaba seguro de por qué.

Una noche en el barco, Peter consiguió ver algo más, una parte más profunda de aquel irlandés. Resultó que Gilpatrick era un delicado arpista y que sabía cantar. Demostró ser muy versátil y conocía algunas baladas populares inglesas. Incluso cantó una canción picante de los trovadores del sur de Francia. Conforme iba avanzando la noche, volvió a la música tradicional irlandesa. Entre el público, flamencos en su mayoría, cuando las suaves y tristes melodías salieron de las cuerdas y flotaron en el aire para hechizar las aguas del mar, se hizo otro tipo de silencio. Más tarde, le confesó al sacerdote:

—Me ha parecido escuchar tu alma.

—Son melodías tradicionales. Lo que has escuchado es el alma de Irlanda.

En ese momento, el joven sacerdote se alejó rápidamente. Peter lo observó hasta que desapareció de su vista y después permaneció en la orilla mirando los caballos y echando de vez en cuando un vistazo hacia las colinas que se elevaban en la distancia, pensando que aquel sitio no era muy distinto de su nativa Gales. «Puede que sea feliz si me establezco aquí», se dijo a sí mismo. Cuando se presentara la ocasión, haría una visita al sacerdote y a su familia en Dublín.

Se sorprendió mucho cuando su amigo regresó media hora más tarde. El padre Gilpatrick llevaba dibujada una amplia sonrisa en la cara. A su lado, sobre un pequeño, pero robusto caballo, había una espléndida y rústica figura con larga barba gris, una capucha sobre la cabeza que le llegaba al pecho, camisa holgada, que no estaba muy limpia debido al viaje, y unas mallas de lana hasta los pies. Si llevaba botas, Peter no las vio. Cabalgaba a pelo, sin silla, estribos o espuelas, con sus largas piernas colgando hasta las rodillas del animal. Parecía guiarlo con golpecitos de un retorcido palo. Tenía una cara curiosa, los ojos medio cerrados y una sardónica expresión que a Peter le recordó la de un sabio y viejo salmón. Supuso que debía de ser un pastor o un vaquero al que su amigo había contratado para que lo guiara montaña arriba.

—Peter, este es mi padre —dijo el sacerdote con orgullo.

¿Su padre? Peter FitzDavid lo miró. ¿Ese era el alto cargo eclesiástico? Había conocido a hombres que habían hecho votos de pobreza, pero no había pensado que el padre de Gilpatrick fuera uno de ellos. Tampoco vestía ningún tipo de indumentaria clerical. ¿No se suponía que era un gran hacendado? No se parecía a ninguno de los lores que había visto. ¿Le había mentido su amigo respecto a su padre? Seguramente no. Si lo hubiera hecho, no lo habría llevado para que lo viera de esa forma. Puede que el padre de Gilpatrick fuera un excéntrico.

Saludó con respeto al anciano y aquel irlandés le dirigió unas palabras en su lengua materna; Peter entendió alguna, pero su conversación no fue más allá y estaba claro que el padre de Gilpatrick quería irse. Sin embargo, cuando empezaron a alejarse, Gilpatrick agarró a Peter por el brazo.

—¿Te ha sorprendido el aspecto de mi padre? —preguntó sonriendo alegremente.

—¿A mí? No, en absoluto.

—Sí que lo ha hecho. He visto la cara que has puesto —aseguró riéndose—. No olvides que he estado viviendo en Inglaterra. En Irlanda encontrarás muchos hombres como mi padre. Con todo, tiene el corazón donde hay que tenerlo.

—Por supuesto.

—¡Ah, espera a que veas a mi hermana! —añadió Gilpatrick sonriendo antes de irse.

—¿Y bien? —Gilpatrick esperó a estar lo suficientemente lejos del puerto de Wexford para requerir la opinión de su padre.

—Es un joven agradable, de eso no hay duda —admitió su padre, Conn.

—Lo es —reconoció el sacerdote. Miró a su padre para ver si el anciano decía algo más al respecto, pero le dio la impresión de que no iba a hacerlo—. Todavía no os he preguntado cómo habéis venido hasta aquí.

—La semana pasada llegó un barco de Bristol a Dublín. Contaron que Dermot había partido para reclutar hombres en Gales, de camino a Wexford. Así que he venido a echar un vistazo.

Gilpatrick le lanzó una mirada perspicaz.

—Pensasteis en venir a ver si el rey Dermot recuperaba su reino.

—¿Lo has visto en el barco? —preguntó el padre.

—Sí.

—¿Has hablado con él?

—Un poco.

El anciano guardó silencio un momento.

—Es un hombre terrible —comentó con tristeza—. En el Leinster hubo mucha gente a la que no le apenó que partiera.

—¿Os ha impresionado lo que habéis visto?

—¿Los barcos? —preguntó su padre apretando los labios—. Necesitará más cuando se enfrente al Rey Supremo. O'Connor es poderoso.

—Puede que lleguen más. El rey de Inglaterra está detrás de todo este asunto.

—¿Enrique? Solo le ha dado permiso. Eso es todo. Tiene otras cosas en las que pensar —aseguró, encogiéndose de hombros—. Los reyes irlandeses llevan cientos de años contratando hombres allende los mares. Escandinavos, galeses, hombres de Escocia. Unos se quedan, otros se van. Mira Dublín, la mitad de mis amigos son escandinavos. Y en cuanto a ésos —dijo mirando hacia atrás, hacia Wexford—, no son suficientes. El año que viene la mayoría habrá muerto.

—Estaba pensando —intervino Gilpatrick— que a Peter a lo mejor le gustaría conocer a Fionnuala.

Aquellas palabras fueron recibidas con un silencio tan prolongado que Gilpatrick no estuvo seguro de si le había oído, pero sabía que no debía presionarlo; continuaron su camino en silencio durante un rato, hasta que su padre habló finalmente.

—Hay cosas de tu hermana que no sabes.

II

1170

—Hoy no harás ninguna tontería, ¿verdad? —preguntó la quinceañera Una mirando inquieta a su amiga.

Era una cálida mañana de mayo y tenía que ser un día perfecto.

—¿Por qué iba a hacerlo, Una? —contestó riéndose y abriendo sus verdes e inocentes ojos.

«Porque es lo que sueles hacer», pensó Una, pero en vez de eso dijo:

—Ahora va en serio, Fionnuala. Te enviará a casa con tus padres. ¿Eso es lo que quieres?

—Tú me cuidarás.

«Sí, eso es lo que yo hago. Aunque quizá no debería», pensó Una. Fionnuala era encantadora porque resultaba divertida y tenía un gran corazón, cuando no se peleaba con su madre. Cuando uno estaba con ella, la vida parecía más alegre y excitante, porque nunca se sabía qué iba a suceder. Pero cuando un hombre tan amable como Ailred, *el Peregrino*, perdía la paciencia...

—Seré buena. Te lo prometo.

«No lo serás —podría haberle gritado Una—. No lo serás en absoluto y las dos lo sabemos.»

—¡Mira! —gritó de repente Fionnuala—. ¡Manzanas! —exclamó, y con su largo pelo flotando tras ella corrió por el mercado hacia un puesto de fruta.

¿Cómo podía comportarse de esa manera? Sobre todo sabiendo quién era su padre. Puede que los Ui Fergusa hubieran dejado de ser poderosos en esas tierras, pero la gente seguía teniéndoles respeto. Su pequeño monasterio en el cerro que había sobre la laguna negra había cerrado hacía tiempo y habían transformado la capilla en una pequeña iglesia parroquial para la familia y las personas a su cargo; pero, como cabeza de familia, Conn era el sacerdote y se le tenía un gran respeto. Gracias a su antiguo cargo y a sus tierras ancestrales en aquella zona, el rey de Dublín lo trataba con cortesía, al igual que el arzobispo. Con su alta y majestuosa presencia y su solemne forma de hablar, Una siempre le había tenido un respeto reverencial, aunque estaba segura de que era amable. No podía imaginarlo tratando mal a Fionnuala. ¿Cómo podía esta hacer algo que le hiciera quedar mal?

Había que reconocer que su madre era otra cuestión: reñían a todas horas. Quería que su hija hiciera una cosa y esta quería hacer otra; no obstante, Una no estaba segura de si Fionnuala se quejaba de su madre por sus continuas peleas. «Si fuera tu madre te daría una bofetada», le había dicho en más de una ocasión a su amiga. Sin embargo, hacía dos años, los roces en la casa que había un poco más arriba de la pequeña iglesia habían empeorado tanto que habían acordado que Fionnuala debería vivir entre semana con Ailred, *el Peregrino*, y su esposa. Y en ese momento, hasta Ailred estaba harto.

Una suspiró. Era difícil pensar en alguien más agradable. Todo el mundo en Dublín quería al rico escandinavo cuya familia había sido propietaria durante tanto tiempo de la enorme granja que había en Fingal. Su madre provenía de una familia sajona que había huido de Inglaterra después de la conquista normanda y le había dado el nombre inglés de Ailred. Ella tenía los ojos azules, como su marido; sin embargo, Ailred tenía el mismo aspecto que sus pelirrojos antepasados noruegos. Era generoso, amable y muy religioso.

Los irlandeses siempre habían hecho peregrinaciones a lugares sagrados, de los que en Irlanda había muchos. Si cruzaban el mar, viajaban hasta sitios tan lejanos como el fabuloso sepulcro de Santiago de Compostela, en España. Pero pocos, muy pocos, habían llegado al final del peligroso viaje hasta Tierra Santa y, si llegaban a Jerusalén, entraban en ella con una hoja de palma. A su regreso, se les conocía como «peregrinos». Ailred era uno de ellos.

Y daba la impresión de que Dios lo había recompensado. Además de la alquería en Fingal, era propietario de otras tierras. Tenía una esposa cariñosa, aunque su único hijo, Harold, había partido para hacer una peregrinación, eso se decía, y no había regresado. Pasados cinco años sin noticias, sus apenados padres aceptaron finalmente que no volverían a verlo. Puede que para compensar su pérdida, Ailred y su agradable esposa fundaran un hospital en un terreno de su propiedad justo a la salida de la puerta de la ciudad por donde entraba, desde occidente, la antigua Slige Mhór. Como peregrino, había visto en numerosas ocasiones sitios como ése, lugares donde se atendía a los enfermos y en los que los fatigados peregrinos podían descansar. Pero hasta entonces jamás había habido un servicio de ese tipo en Dublín. Él y su esposa pasaban mucho tiempo allí y lo habían bautizado como hospital de San Juan Bautista.

No obstante, a pesar de toda aquella actividad, Una sospechaba que Ailred y su esposa seguían sintiéndose solos. Puede que esa fuera la razón, además de su innata amabilidad, que les había llevado a aceptar a Fionnuala en su casa, cuando su padre se quejó un día ante ellos de los problemas que le causaba la hija.

—Si nos ayuda en el hospital, tendrá muchas cosas con las que mantenerse ocupada —dijo Ailred—. La trataremos como a una hija.

Así que lo había arreglado: los sábados, Fionnuala regresaría a casa de sus padres y pasaría el domingo con ellos; sin embargo, de lunes a viernes viviría con Ailred y su mujer, y ayudaría en el hospital.

Aquel acuerdo había funcionado de maravilla durante casi una semana.

Una recordaba muy bien el día en que el Peregrino había ido a ver a su padre. Fionnuala solo llevaba una semana en el hospital.

—Es un error que la niña esté sola en nuestra casa sin otra compañía que personas adultas —le había explicado el Peregrino—. Nos gustaría que tuviera compañía, una niña de su edad, pero sensata, que la ayudara a sosegarse.

¿Por qué decía todo el mundo que era sensata? Una sabía que lo hacían y suponía que era verdad. Pero ¿por qué? ¿Era solo por su carácter? ¿O debido a su familia? Cuando su hermana mayor había muerto siendo sus hermanos todavía pequeños, supo que sus padres dependían de ella. Siempre había pensado que su padre era el que más lo hacía.

Kevin MacGowan, el platero, no era un hombre fuerte. Era pequeño y larguirucho y pasaba inadvertido. Su cara era otra historia: cuando intentaba concentrarse en su trabajo la transformaba inconscientemente en una mueca y daba la impresión de que tenía un ojo más grande que otro. Era como si padeciera algún dolor, y Una sospechaba que en alguna ocasión así era.

Sin embargo, aquel frágil cuerpo albergaba una fogosa alma. «Tu padre es un hombre extraño y poético —le comentó en una ocasión un amigo—. Ojalá fuera más fuerte.» Otras personas también se habían percatado de aquello. Respetaban su trabajo y era en esos momentos en los que a Una le gustaba observarlo. Sus dedos, delgados y huesudos como su cuerpo, parecían cobrar una nueva fuerza. Tensaba su cara retorcida, pero le brillaban los ojos y se transformaba en otra cosa, en algo tan sutil como un espíritu. Ignorante de que ella lo miraba, seguía trabajando, absorto, y Una se sentía inundada de amor por su menudo padre y embargada por el deseo de protegerlo.

MacGowan, el nombre de la familia, había experimentado una transición gradual durante generaciones. Algunos amanuenses seguían escribiéndolo como MacGoibnenn, a la antigua usanza, pero en aquellos tiempos, normalmente se escribía y pronunciaba como MacGowan.

En los últimos años, el duro trabajo de su padre había aportado cierta prosperidad a la familia. En las afueras de Dublín, los hombres seguían midiendo su riqueza en ganado, pero la fortuna que MacGowan había ahorrado era una provisión de plata que guardaba en una pequeña caja fuerte. «Si algo me sucediera —le dijo a Una con delicado orgullo—, esto sacará de apuros a la familia.»

Tenía planes muy meditados para su familia. La antigua iglesia del centro de Dublín había adquirido rango de catedral algunos años después de la batalla de Clontarf y desde entonces se había transformado en un edificio de gran nobleza. La Europa occidental empezaba una transición hacia el leve y delicado estilo gótico de la arquitectura, pero en Irlanda, el pesado y monumental románico de otros tiempos, con sus altos y blancos muros y sus gruesos arcos, seguía presente, y la catedral de Dublín era un buen exponente. Con sus anchos muros y su techo encumbrado, era el edificio más alto de la ciudad. Oficialmente era la iglesia de la Santísima Trinidad, pero todo el mundo la llamaba la iglesia de Cristo. Y era a ese lugar al que, una vez al mes, llevaba Kevin MacGowan a su hija.

—Ahí está la verdadera cruz en la que crucificaron a nuestro Señor —le decía, señalando hacia un trozo de madera engastada en un cofre de oro. La iglesia de Cristo empezaba a ser famosa por su creciente colección de reliquias—. Hay un trozo de la cruz de san Pedro, parte del vestido de nuestra Señora y un fragmento del pesebre en el que nació Jesucristo.

Aquella catedral incluso tenía una gota de la leche bendecida con la que la virgen María había alimentado al niño Jesús.

Pero aún más venerados que esos objetos sagrados eran dos tesoros que todo visitante a Dublín iba a ver. El primero era un precioso crucifijo que, al igual que una antigua piedra pagana de otros tiempos, a veces hablaba; de todos modos, más preciado todavía era el maravilloso cayado que, según se decía, un ángel había dado al mismo san Patricio. El famoso Bachall Iosa, el báculo de san Patricio, estaba guardado normalmente en un sepulcro en el norte de Dublín, pero lo llevaban a la iglesia de Cristo en ocasiones especiales.

Y mientras admiraba asombrada esas maravillas, su padre le decía:

—Si la ciudad corre peligro alguna vez, traeremos la caja fuerte a los monjes de la catedral. En sus manos estará tan a salvo como las reliquias que tienes ante ti.

Tener la seguridad de que su pequeño y mundano tesoro estaría protegido por los guardianes de la Vera Cruz y el Bachall Iosa de san Patricio les confortaba.

Una sabía que su padre llevaba esa caja de plata en la mente, como un talismán o el amuleto de un peregrino.

Gracias a sus esfuerzos, su padre tenía un asistente y su madre una esclava inglesa que ayudaba en casa. Sus dos hermanos eran alegres y sanos. No había razón, por tanto, para que Una no pudiera pasar tres días a la semana en el hospital de Ailred, *el Peregrino,* que, en cualquier caso, solo estaba a unos cientos de metros de su casa. Enseguida empezó a ir los lunes para regresar los viernes. Como Fionnuala tenía que pasar los domingos con sus padres, el Peregrino y su esposa solo tenían que controlarla un día, algo que, comentaron valientemente, no les supondría ningún problema.

Aquel hombre noruego alto y pelirrojo y su callada y maternal mujer de pelo gris formaban una pareja muy cariñosa.

Una imaginó el golpe que debió de suponer para ellos la pérdida de su hijo Harold. Ninguno de los dos mencionaba nunca el tema; sin embargo, una vez, mientras estaban doblando mantas en el hospital, la mujer le sonrió amablemente y le dijo:

—También tuve una hija. Murió cuando tenía dos años, pero si hubiese vivido, seguro que habría sido como tú.

Una se sintió conmovida y honrada. A veces rezaba para que su hijo volviera con ellos, pero, por supuesto, eso nunca ocurría.

A Una le encantaba el hospital de San Juan Bautista. En ese momento había treinta pacientes; los hombres estaban en un dormitorio y las mujeres en otro. Algunos eran mayores, pero no todos. Allí cuidaban a toda clase de enfermos, excepto a los leprosos, a los que nadie se acercaba. Había mucho que hacer para alimentar y atender a los pacientes, pero, sobre todo, lo que más le gustaba era hablar con ellos y escuchar sus historias. La querían mucho. La reputación de Fionnuala era diferente. Podía ser divertida cuando quería, coqueteaba inocentemente con los ancianos y hacía reír a las mujeres. Pero no era dada a trabajar duro. Podía sorprender y deleitar a los enfermos apareciendo de repente con una tarta de frutas, pero la mayoría de las veces, en mitad de una tarea aburrida, Una se daba cuenta de que su amiga había desaparecido dejándole todo el trabajo. En ocasiones, si algo le molestaba o si creía que Una no le estaba prestando suficiente atención, le entraba una rabieta, dejaba lo que estuviese haciendo y se iba corriendo a otra parte del hospital, en donde se quedaba enfurruñada. Entonces, Ailred, *el Peregrino*, sacudía su larga barba pelirroja, se entristecían sus amables ojos azules, se volvía hacia Una y le decía:

—En el fondo tiene buen corazón, querida, a pesar de que haga tonterías. Debemos tratar de ayudarla.

Pero Una sabía muy bien que aunque lo intentaran, tendrían que ser sus propios esfuerzos los que hicieran que Fionnuala entrara en razón.

En los últimos meses había llegado a acabar con la paciencia del Peregrino. Y en esa ocasión el problema no eran las rabietas, que seguía teniéndolas, se trataba de los hombres.

Fionnuala siempre se había fijado en los hombres, incluso cuando era una niña. Los miraba con sus grandes ojos verdes y ellos se reían. Era parte de su encanto infantil. Pero ya no era una niña, sino casi una joven. Seguía fijándose en los hombres, pero su mirada ya no era la de una niña de ojos inocentes. Era una mirada dura y desafiante. Se fijaba en los jóvenes de la calle, en los ancianos del hospital, en los hombres casados, delante de sus mujeres en el mercado, a las que no les hacía ni pizca de gracia. Fue un comerciante, que estaba en el hospital porque se había roto una pierna, el primero que se quejó a Ailred.

—Esa chica me pone ojitos. Después ha venido, se ha sentado en el otro extremo del banco en el que estaba yo y se ha abierto la blusa para que pudiera verle los pechos. Soy demasiado mayor para ese tipo de jueguecitos —le dijo al Peregrino—. Si no tuviera una pierna rota, le habría dado una bofetada.

La semana anterior había habido otra queja y en esa ocasión se había enterado la mujer de Ailred. Una jamás había visto tan enfadada a esa amable mujer.

—¡Te mereces que te azoten! —gritó.

—¿Por qué? —preguntó tranquilamente Fionnuala—. Eso no me frenaría.

Estuvieron a punto de enviarla a casa en ese mismo momento, pero Ailred le dio otra oportunidad.

—Fionnuala, espero que no vuelva a haber más quejas, de ningún tipo. Si vuelvo a oír alguna —le advirtió—, tendrás que regresar a casa y no podrás volver aquí nunca más.

Aquello asustó a Fionnuala. Estuvo muy callada y pensativa durante un par de días, pero no pasó mucho tiempo antes de que volviera a mostrar su comportamiento habitual. Y a pesar de que se cuidó de no provocar ninguna queja por parte de los hombres con los que trataba, Una volvió a ver un travieso brillo en los ojos de su amiga.

El mercado en el que se encontraban las dos amigas estaba justo a la salida de la puerta occidental. En los últimos años se habían llevado hacia el oeste las antiguas murallas erigidas en los tiempos de Brian Boru y las habían vuelto a levantar en piedra. Además de la catedral que se elevaba sobre los techos de paja de los bulliciosos grupos de casas de madera y zarzo de la ciudad, había otras siete iglesias más pequeñas. Al otro lado del río, en la parte norte del puente, había un extenso arrabal. Los reyes escandinavos de Dublín gobernaban una ciudad amurallada, casi tan impresionante como la mayoría de las europeas.

Aunque no tan grande como el mercado de esclavos cercano al puerto, el mercado del oeste era un lugar muy animado. Había puestos de comida de todo tipo: carne, fruta y verduras. También había una colorida colección de personas que abarrotaban el lugar: comerciantes del norte de Francia, cuya propia iglesia, San Martín, dominaba el antiguo puerto de Dubh Linn; o una colonia inglesa proveniente del concurrido puerto de Chester, situado al este, al otro lado del mar de Irlanda, con lo que el comercio con esa ciudad había aumentado mucho en los últimos tiempos. Tenían una iglesia sajona en el centro de la ciudad. La capilla de los marineros escandinavos, en el puerto, se llamaba San Olaf. También había viajeros de España o incluso de más allá, que aportaban alegría y color al mercado. La misma población autóctona era una mezcla: grandes y corpulentos tipos nórdicos pelirrojos con nombres irlandeses; hombres de aspecto latino, pero que eran daneses... Se podía hablar de escandinavos y de irlandeses, de galls y de gaëls, pero la verdad es que resultaba difícil distinguir a unos de otros, eran todos dublineses y estaban orgullosos de serlo. En esas fechas, Dublín tenía entre cuatro y cinco mil habitantes.

Fionnuala estaba frente a un puesto de fruta. Una la seguía sin quitarle la vista de encima. ¿Estaba coqueteando con el dueño o la gente que había cerca? No le dio esa impresión. Un joven francés bien parecido se aproximaba al puesto. Una supuso que no pasaría nada si Fionnuala le ponía ojitos, pero cuando este estuvo a su lado, le dio la impresión de que no le prestaba atención y dio gracias al Cielo. Tal vez iba a comportarse ese día.

Sin embargo, no entendió muy bien lo que hizo su amiga después. Parecía la cosa más natural del mundo. Lo único que había hecho era alargar la mano, coger una manzana del puesto, mirarla y volverla a dejar. No había nada raro en eso. El joven francés hablaba con el tendero. Fionnuala permaneció cerca del puesto un rato y después se alejó. Una la alcanzó.

—Estoy aburrida. Vamos al muelle.

—Vale.

—¿Has visto lo que tengo? —preguntó, mirándola con una traviesa sonrisa—. Una jugosa manzana —le explicó al tiempo que se la sacaba de la falda.

—¿De dónde la has sacado?

—Del puesto.

—Pero no la has pagado.

—Ya.

—¡Fionnuala! ¡Devuélvela ahora mismo!

—No puedo.

—¿Por qué?

—Porque no quiero.

—¡Por Dios santo, Fionnuala! ¡La has robado!

Fionnuala abrió mucho sus ojos verdes. Normalmente, cuando lo hacía y ponía una cara divertida, resultaba muy difícil no reírse, pero Una no lo hizo en esta ocasión. Podía haberla visto alguien. Se imaginó al tendero corriendo hacia ellas o avisando a Ailred.

—¡Dámela! ¡Ya la devolveré yo!

Lenta y deliberadamente, todavía con los ojos muy abiertos y falsa cara de solemnidad, Fionnuala levantó la manzana como si se la fuera a dar, pero en vez de eso le dio un mordisco tranquilamente con una fingida mirada de seriedad.

—Demasiado tarde.

Una dio media vuelta. Caminó directamente hacia el puesto, donde el tendero había acabado de hablar con el francés, y cogió una manzana.

—¿Cuánto valen dos? Mi amiga ya ha empezado la suya —preguntó sonriendo e indicando hacia Fionnuala, que la había seguido.

El tendero sonrió.

—Trabajáis en el hospital, ¿verdad?

—Sí —contestó mientras Fionnuala la miraba con sus grandes ojos.

—Podéis cogerlas sin pagar.

Una le dio las gracias y se llevó a su amiga de allí.

—Nos las ha regalado —dijo Fionnuala mirándola de reojo.

—Esa no es la cuestión y tú lo sabes —dijo mientras se alejaban un poco más—. Un día de estos te mataré.

—Será una pena. ¿No me quieres?

—Esa tampoco es la cuestión.

—Sí que lo es.

—No sabes diferenciar el bien del mal y eso será tu perdición.

Fionnuala tardó un rato en contestar.

—Espero que así sea —dijo finalmente.

Fue una suerte que el padre de Fionnuala no se enterara del comportamiento de su hija, ya que eso podría haber arruinado una agradable mañana. Al mismo tiempo que las dos jóvenes abandonaban el mercado con sus manzanas, el prestigioso eclesiástico avanzaba con paso digno hacia la hospedería en la que vivía su hijo Gilpatrick. Tenía el semblante serio porque había importantes asuntos familiares de los que tratar, aunque no eran desagradables. La mañana era magnífica y soleada, y tenía muchas ganas de ver a Gilpatrick. Cuando divisó a su hijo, levantó el bastón haciendo un saludo solemne, pero amistoso.

La hospedería de San Kevin era un pequeño recinto vallado en el que había una iglesia, una residencia y unos modestos edificios de madera, que quedaban a solo doscientos metros al sur del antiguo monasterio de la familia. Pertenecía a los monjes de Glendalough, que lo utilizaban cuando viajaban a Dublín, y durante los dos últimos años Gilpatrick había residido allí en varias ocasiones. Éste estaba en la puerta y cuando vio que se acercaba su padre, salió a recibirlo.

Pero algo en su actitud, una cierta vacilación, sugería que no estaba tan contento de verlo como debería estarlo. Esa fue la impresión que tuvo el anciano.

—¿No te alegras de verme, Gilpatrick? —le preguntó.

—Claro que sí.

—Mejor así. Vamos a dar un paseo.

Podrían haber tomado el camino que iba hacia el sur, a través de los huertos. Hacia el este, cruzando un puente peatonal, habrían llegado a una extensa zona de prados pantanosos salpicados de árboles. Sin embargo, en vez de eso, siguieron el camino hacia el norte que seguía la suave curva que hacía el recinto del antiguo monasterio de la familia, antes de continuar, pasando la laguna negra, hacia el túmulo de la Asamblea y Hogger Green.

Hacer ese camino con su padre, pensó Gilpatrick, era más bien como un desfile real. En cuanto la gente veía a su padre sonreía y hacía reverencias con respeto y cariño, y su padre lo agradecía como un verdadero jefe tribal de tiempos remotos.

Y, de hecho, Conn seguramente tenía más prestigio en ese momento del que cualquier jefe de los Ui Fergusa hubiera disfrutado jamás. Su madre era la última de la familia de Caoilinn, que habían sido propietarios de las tierras de Rathmines. Por tanto, a través de su madre no solo se unían las dos ramas de descendencia de Fergus, sino que él también heredaba la sangre de la antigua casa real del Leinster. Su madre también había aportado, como dote, parte de las valiosas tierras de Rathmines. Además, con su matrimonio con un familiar de Lawrence O'Toole, se había aliado con una de las más nobles casas principescas del norte del Leinster. Puede que el asentamiento vikingo hubiera invadido la última morada de Fergus y que la Iglesia se hubiese apropiado de gran parte de las tierras de pastoreo de la región, pero el entonces jefe de los Ui Fergusa podía seguir llevando su ganado a través de una gran extensión de terreno bajando la franja costera hacia los montes de Wicklow. Y lo que era más importante, generaciones enteras de gestión por parte de su familia del pequeño monasterio le conferían al jefe un papel sagrado. Una generación atrás, este se había cerrado y su capilla se había convertido en una iglesia parroquial. El padre de Gilpatrick era el cura y como tal, pensó su hijo, por ese curioso fenómeno irlandés, era el jefe de los druidas. No era de extrañar que los parroquianos lo trataran con un especial y delicado respeto.

Como temía la conversación que se avecinaba, Gilpatrick se alegró de que, mientras iban camino abajo, su padre no diera muestras de querer hablar. Cuando lo hizo fue solo para hacerle una pregunta baladí.

—¿Sabes algo de ese amigo tuyo, el Galés?

En un primer momento, Gilpatrick se molestó un poco por no haber tenido noticias de Peter FitzDavid, pero con el paso el tiempo casi lo había olvidado. Quizá lo habían asesinado.

El avance del rey Dermot y sus tropas extranjeras era lento. El rey supremo de los O'Connor y los O'Rourke había bajado a Wexford a negociar con él; había habido dos escaramuzas, ninguna de ellas decisiva. Dermot se había visto obligado a entregar rehenes al Rey Supremo y pagar a los O'Rourke una importante multa en oro por el robo de su esposa. Le habían permitido volver a entrar en la tierra de sus antepasados en el sur, pero eso era todo y había permanecido allí un año sin que nadie supiera nada de él.

Sin embargo, el último año había conseguido hacerse con otro gran contingente de tropas: treinta hombres a caballo, unos cien hombres de armas y más de trescientos arqueros. Aquello incluía algunos caballeros de importantes familias de las que Gilpatrick había oído hablar, como los FitzGerald, Barri e incluso un tío del mismísimo Strongbow. A FitzGerald y a su hermano les habían concedido el puerto de Wexford, algo que seguramente no había agradado a los mercaderes escandinavos. Gracias a la mediación del arzobispo O'Toole de Dublín, el Rey Supremo había accedido a un nuevo trato: «Envíame a tu hijo como rehén —le dijo a Dermot— y, evidentemente excluyendo a Dublín, puedes quedarte con todo el Leinster». Después se apresuró a añadir: «Si lo conquistas».

Dermot también tuvo que prometerle que una vez que hubiera asegurado el Leinster, enviaría de vuelta a todos los extranjeros al otro lado del mar.

Pero eso había sucedido hacía un año y Dermot todavía no se había arriesgado a ir a la parte norte de la provincia. «Aquí no tienes amigos», le habían dicho con firmeza.

—Dudo mucho que vuelvas a ver a tu amigo galés pronto —comentó el padre de Gilpatrick.

Rodearon la curva del camino que discurría por encima de la ciénaga y miraron hacia el antiguo cementerio. Era una bonita vista, pensó Gilpatrick, ya que si en tiempos la ribera de Hoggen Green había estado desnuda y los espíritus de los muertos tenían demasiada libertad para merodear por allí a su antojo, la Iglesia había colocado sus propios santuarios al lado, encerrando a los espíritus, por así decirlo, con barreras invisibles para que, si necesitaban pasearse tuvieran que ir hacia el este, pasando por la antigua piedra vikinga, para acabar en las aguas del Liffey donde chillaban las gaviotas y allí, sin duda, ser arrastrados por la marea hacia el vasto recorrido del estuario y el mar abierto. A la izquierda, justo al otro lado de la charca desde la muralla de la ciudad, se elevaba la pequeña iglesia de San Andrés, rodeada por unas cuantas casas. A la derecha, un poco por encima del túmulo de la Asamblea, estaba el recinto amurallado del único convento de monjas de la ciudad; y en la orilla del Liffey, en tierras ganadas a las marismas, un pequeño monasterio agustino.

—Quizá debería ingresar a tu hermana allí —comentó su padre, indicando hacia el convento.

—No la querrían —replicó Gilpatrick sonriendo.

Si su díscola hermana hubiese sido el tema de discusión, no habría habido ningún problema; sin embargo, el verdadero asunto de aquel día todavía no se había mencionado. Habían llegado hasta el antiguo cementerio y estaban ya cerca del túmulo de la Asamblea cuando finalmente su padre lo sacó a colación.

—Ha llegado la hora de que tu hermano se case.

Parecía una afirmación inocua. Gilpatrick había estado bendecido con dos hermanos hasta el año anterior. El mayor llevaba varios años casado y vivía a varios kilómetros bajando la costa, donde cultivaba la gran extensión de tierras de la familia. Le gustaba la granja e iba pocas veces a Dublín. Su hermano menor, Lorcan, que había ayudado en la granja, seguía soltero. Pero a comienzos del anterior invierno, tras coger frío en el camino de vuelta de un viaje al Ulster, su hermano mayor tuvo fiebre y murió, dejando dos hijas a cargo de su viuda. Era una mujer joven y agradable, y la familia la adoraba. «Es un tesoro», decían todos. Solo tenía veintitrés años y debía casarse otra vez. «Será una terrible pena perderla», había comentado el padre de Gilpatrick con toda justicia.

En ese momento, seis meses después del triste suceso, se había presentado una solución que parecía satisfactoria para todo el mundo. La semana anterior, su hermano menor había ido desde la granja y había hablado con su padre. Habían llegado a un acuerdo y todas las partes estaban satisfechas.

El joven iba a casarse con la viuda de su hermano.

—Me sentí inmensamente feliz, Gilpatrick —dijo el padre—. Esperarán un año y después se casarán con mi bendición y espero que con la tuya también.

Gilpatrick inspiró profundamente. Se había estado preparando para aquello. Su madre se lo había comentado hacía un par de días.

—Sabéis muy bien que no puedo.

—Tendrán mis bendiciones —repitió el padre con aspereza.

—Eso es imposible —indicó Gilpatrick intentando razonar.

—No es así —replicó Conn—. Ellos están hechos el uno para el otro —continuó en tono conciliador—. Tienen la misma edad y son buenos amigos. Fue una maravillosa esposa para tu hermano y también lo será para él. Lo quiere, Gilpatrick. Me lo confesó personalmente. Y en cuanto a él, es un buen hombre, fuerte como un roble. Tan bueno como hombre como lo había sido su hermano. No puede haber objeciones razonables a esa boda.

—Excepto que es la mujer de su hermano —adujo Gilpatrick suspirando.

—Un matrimonio que aprueba la Biblia —replicó el padre.

—Un matrimonio que aprueban los judíos —le corrigió Gilpatrick con paciencia—. El Papa no lo aprueba.

Era un pasaje controvertido. De hecho, el Levítico imponía a un hombre consciente de sus deberes que se casara con la viuda de su hermano; sin embargo, la Iglesia medieval había decidido que ese matrimonio iba contra la ley canóniga y esos enlaces habían estado prohibidos durante toda la cristiandad. Excepto en Irlanda.

Ciertamente, en el rincón noroccidental de la cristiandad, las cosas seguían haciéndose de otra manera. Las bodas celtas siempre habían sido uniones flexibles que se desunían con facilidad. Por su parte, aunque no lo aprobaba realmente, la Iglesia celta había aprendido a adaptarse a esa costumbre local. Los herederos de san Patricio no habían negado la bendición al cuatro veces casado Brian Boru, que era el patrón local. Y a un eclesiástico irlandés tradicional como Conn, las objeciones canónicas como la cuestión de la viuda del hermano le parecían demasiado quisquillosas. Tampoco sentía ningún tipo de deslealtad hacia su Iglesia cuando comentó con ligera amargura:

—El Santo Padre está muy lejos.

Gilpatrick lo miró con cariño. En cierta forma, le daba la impresión de que representaba todo lo mejor —y lo peor— de la Iglesia celta de Irlanda. Medio jefe hereditario, medio druida, era un cura de parroquia ejemplar. Estaba casado y tenía hijos, pero seguía siendo sacerdote. Esos acuerdos tradicionales incluían también sus ingresos eclesiásticos. Las tierras con las que la familia había fundado el monasterio —Conn había añadido esas valiosas tierras a las de Rathmines— habían pasado a formar parte de la parroquia, así que teóricamente pertenecían al arzobispo de Dublín; no obstante, como cura de la parroquia, su padre recibía todos los ingresos de esas tierras, además de los que provenían de las grandes fincas de la familia que había bajando la costa. A su debido momento, Gilpatrick podría sucederlo como sacerdote y, con toda seguridad, uno de los hijos de su hermano, suponiendo que ese nada canónico matrimonio diera hijos, le sucedería. Así se hacía en las iglesias y monasterios de toda Irlanda.

Y, por supuesto, era un escándalo. O, al menos, eso era lo que pensaba el Papa.

Durante el siglo anterior, más o menos, había soplado un fuerte viento de cambio en la cristiandad occidental. Se notaba que la vieja Iglesia se había vuelto demasiado rica, demasiado mundana y que carecía de fuego espiritual y entrega apasionada. Aparecían nuevas órdenes monásticas consagradas a la sencillez, como los cistercienses. Se habían puesto en marcha las Cruzadas para reconquistar Tierra Santa a los sarracenos. Los papas buscaban purificar la Iglesia y ampliar su autoridad, incluso dando órdenes perentorias a los reyes.

—Tendréis que admitir, padre —le recordó Gilpatrick amablemente—, que la Iglesia de Irlanda va rezagada respecto a la de nuestros vecinos.

—Ojalá no te hubiese dejado ir a Inglaterra —replicó con tristeza.

El reino que había al otro lado del mar había sentido la fuerza de ese vigoroso nuevo viento. Un siglo antes, la antigua Iglesia sajona había sido notoriamente laxa. Cuando Guillermo de Normandía comenzó su conquista, obtuvo fácilmente una bendición papal con la promesa de que la sanearía. Desde entonces, la Iglesia anglonormanda había sido un modelo en la que había arzobispos como el reformador Lanfranc y el santo Anselmo. Gilpatrick no era el único irlandés que sentía el contagio reformista. Muchos eclesiásticos irlandeses habían pasado temporadas en los grandes monasterios como Canterbury y Worcester y existía un gran contacto entre religiosos. De hecho, durante un tiempo, los obispos de Dublín iban a Inglaterra a que los consagrara el arzobispo de Canterbury. «Aunque solo lo hacen —había observado el padre de Gilpatrick sin que le faltara razón— para demostrar que Dublín es diferente de Irlanda.» Por consiguiente, muchos de los principales eclesiásticos de Irlanda tenían la sensación de que estaban desconectados del resto de la cristiandad y de que debían hacer algo.

—En cualquier caso —dijo el anciano malhumorado—, la Iglesia de Irlanda ya se ha reformado.

Hasta cierto punto sí que lo había hecho. La Administración de la Iglesia de Irlanda estaba ciertamente actualizada. Se habían revisado las antiguas diócesis tribales y monásticas y se habían sometido a cuatro arzobispados: la antigua sede de San Patricio en Armagh, Tuam, en el oeste; Cashel al sur; el Munster y, por último, Dublín. El arzobispo O'Toole de Dublín había fundado nuevas casas monásticas, incluida una en la iglesia de Cristo, que observaban una estricta regla agustina que no se practicaba mejor en ningún lugar de Europa. En Dublín, al menos, muchas de las parroquias pagaban impuestos a la Iglesia, conocidos como diezmos.

—Hemos empezado —replicó Gilpatrick—, pero todavía queda mucho por hacer.

—Así que entonces pensarás que mi propio puesto también necesita una reforma.

Como tributo de respeto filial, Gilpatrick siempre había

conseguido evitar hablar de ese tema con su padre. No era necesario discutir algo que de todas formas no iba a cambiar. Saber que la discusión de la boda de su hermano podía conducir a cuestiones más profundas le había hecho temer ese encuentro.

—Sería difícil de defender fuera de Irlanda —comentó amablemente.

—Sin embargo, el arzobispo no ha puesto ninguna pega.

Una de las grandes sorpresas del mandato de Lawrence O'Toole era que, como muchos otros grandes líderes, era capaz de la genialidad —no había otra palabra para ello— de vivir en dos mundos contradictorios. Desde su regreso, el arzobispo le había encargado una serie de tareas a Gilpatrick y este había tenido oportunidad de estudiarlo. Era un santo —de eso no cabía duda— y Gilpatrick lo veneraba. O'Toole quería purificar la Iglesia de Irlanda, pero también era un príncipe irlandés por los cuatro costados, un alma poética llena de espíritu místico. «Lo que cuenta es el espíritu, Gilpatrick —le había dicho a menudo el gran hombre—. Algunos de nuestros mejores eclesiásticos, como san Colum Cille, eran príncipes reales. Y si la gente venera a Dios a través de la dirección de su jerarca, no puede haber daño en ello.»

—Eso es verdad, padre —replicó Gilpatrick—, y hasta que el arzobispo objete, no diré una palabra al respecto.

Su padre lo miró. Aparentemente, Gilpatrick quería ser conciliador, pero ¿no se había dado cuenta de que aquello era una respuesta condescendiente? Sintió un impulso colérico. Su hijo lo estaba tratando con condescendencia y le decía que toleraría su puesto en esta vida, hasta que el arzobispo lo cuestionara. Era un insulto a él, a la familia, a la propia Irlanda. Le entraron ganas de pegarle.

—Empiezo a darme cuenta de lo que quieres para la Iglesia, Gilpatrick —aseguró con peligrosa amabilidad.

—¿Y qué es?

—Otro papa inglés —le espetó el anciano, mirándolo fríamente.

Gilpatrick se estremeció. Había sido un golpe bajo, pero revelador. La década anterior, por primera y única vez en su larga historia, la Iglesia católica había tenido un papa inglés. Adriano IV no había sido un Sumo Pontífice nada especial, pero, al menos para los irlandeses, había hecho algo que lo hacía digno de recordar.

Había comenzado una cruzada contra Irlanda.

Justo antes de su nombramiento, el rey Enrique de Inglaterra meditó un tiempo la posibilidad de invadir la isla occidental. Ya fuera para agradar al rey inglés o porque los embajadores ingleses le habían engañado acerca del estado de la Iglesia de Irlanda, el papa Adriano había escrito una carta en la que le decía al rey inglés que invadir la isla occidental proporcionaría un servicio muy útil a la hora de «propagar la religión cristiana».

«¿Qué se puede esperar de un papa inglés?», se preguntaban personas como el padre de Gilpatrick. Pero a pesar de que el papa Adriano había dejado esta vida, el recuerdo de aquella carta seguía doliendo. «¿A nosotros, los herederos de san Patricio, a nosotros, que mantuvimos viva la fe cristiana y los escritos de la antigua Roma cuando la mayor parte del mundo estaba hundida bajo la dominación bárbara, a nosotros que educamos a los sajones nos van a dar una lección los ingleses?» El padre de Gilpatrick siempre se enfurecía cuando se mencionaba el tema.

Por supuesto, la carta del papa Adriano había sido un agravio; Gilpatrick no lo negaba, pero esa no era la cuestión. La verdadera cuestión era mucho más compleja.

—Habláis como si existiera una Iglesia de Irlanda aparte, padre, pero solo hay una Iglesia y es universal: en ello reside su fuerza. Su autoridad proviene del Rey Celestial. Habláis del pasado, de cuando los bárbaros luchaban sobre las ruinas del Imperio romano. Solamente la Iglesia fue capaz de conseguir la paz y el orden porque tenía una autoridad espiritual que estaba más allá del alcance de los reyes terrenales. Cuando el Papa hace un llamamiento a los caballeros para que vayan a las Cruzadas, lo hace desde todo el mundo. Los reyes que se pelean dejan aparte sus disputas para convertirse en guerreros y peregrinos. El Papa, el heredero de san Pedro, dirige toda la cristiandad que hay bajo el cielo. Debe haber una sola verdadera Iglesia. No puede ser de otra manera.

¿Cómo podía expresar esa visión que lo había inspirado a él y a muchos otros como él: la de un mundo en el que una persona podía ir de Irlanda a Jerusalén hablando un latín universal y encontrando en todas partes el mismo Imperio cristiano disciplinado, las mismas órdenes monásticas, la misma liturgia? El cristianismo era una máquina espiritual, un motor de oración, una hermandad universal.

—Te diré lo que pienso —continuó su padre con suavidad—. Lo que les gusta a esos reformadores no es una cuestión de espíritu. Es el poder. El Papa no toma rehenes como un rey, los suyos son rehenes espirituales, ya que si un monarca le desobedece, lo excomulga y le dice a su pueblo, o a otros reyes con poder para hacerlo, que deberían deponerlo. Dices que esas cosas se hacen para acercar las naciones de la tierra a Dios. Y yo te digo que se hacen por amor al poder.

Gilpatrick sabía que su padre tenía razón. Había habido muchos enfrentamientos entre papas y monarcas, incluidos los reyes de Francia, Inglaterra e incluso el Emperador del sacro Imperio romano, sobre si las vastas posesiones de la Iglesia y su ejército de eclesiásticos deberían estar bajo control real. En ese mismo momento, el rey Enrique de Inglaterra estaba inmerso en una tremenda disputa con el arzobispo Tomás Becket de Canterbury por esta cuestión y algunos altos cargos eclesiásticos creían que el Rey tenía razón. Era la antigua tensión entre rey y sacerdote, seguramente tan antigua como el ser humano.

—Y aún te preguntaré una cosa más —dijo su padre—. ¿Has visto alguna copia de la carta del papa Adriano en la que le dice al Rey que invada Irlanda?

—Creo que sí.

Era una carta ampliamente conocida.

—¿Cuál es la condición que pone el Papa? ¿Qué debe hacer el rey de Inglaterra para obtener su bendición por esa conquista? Lo menciona no una, sino dos veces —añadió con crueldad.

—Bueno, ciertamente está la cuestión de los impuestos...

—Recaudar un penique al año por cada casa para enviarlo a Roma. ¡El penique de Pedro! —gritó el anciano—. El dinero es lo que quieren, Gilpatrick, el dinero.

—Padre, es justo y adecuado que...

—El penique de Pedro. —El anciano levantó un dedo y miró con tanta dureza a su hijo que este pensó que le estaba reprendiendo un druida de barba cana de otros tiempos—. El penique de Pedro.

Entonces, de repente, el anciano se apartó enfadado de su hijo. Si no lo entendía, ¿qué podía decirle? No era el dinero. Era el espíritu de todo aquello lo que le ofendía. ¿Es que no lo veía? Durante siete siglos la Iglesia había sido la inspiración de toda la cristiandad gracias a su espíritu. El espíritu de san Patricio, el de san Colum Cille, san Kevin y muchos otros. Misioneros, ermitaños, príncipes de Irlanda. Siempre le había dado la impresión de que habían bendecido de forma especial a los irlandeses como los elegidos de la Antigüedad. Fuera como fuese, la cristiandad era una comunión mística, no una serie de reglas y regulaciones. No era que ignorase las costumbres de otros países. Había conocido a sacerdotes de Inglaterra y Francia en el puerto de Dublín, pero siempre había notado en ellos una mentalidad legalista y un amor por los juegos lógicos que le repulsaban. Esos hombres no pertenecían al amado silencio de Glendalough; jamás podrían confeccionar el *Libro de Kells*. Podrían ser sacerdotes, pero no eran poetas; y si eran estudiosos, su erudición estaba yerma.

Por ello, con un sentimiento de amargura no solamente hacia su hijo, el anciano, en pie frente al túmulo de la Asamblea, donde estaba enterrado el mismísimo Fergus, dijo con vehemencia:

—Irás a la boda de Lorcan, Gilpatrick, porque es tu hermano y se sentirá dolido si no lo haces. También vendrás porque te lo ordeno yo. ¿Me entiendes?

—Padre, no puedo. No, si se casa con la mujer de su hermano.

—¡Entonces no te molestes en volver a entrar en mi casa!

—Como queráis, padre... —comenzó a decir Gilpatrick, pero su padre ya se había dado media vuelta y se alejaba.

Gilpatrick supo que era inútil seguirlo. Una semana más tarde anunciaron la boda. Se celebró en junio y Gilpatrick no acudió. En julio, al ver a su padre entrando en la iglesia de Cristo, Gilpatrick miró en su dirección, pero su padre, al ver que se le acercaba, se dio la vuelta; Gilpatrick, tras un momento de indecisión, decidió no marchar tras él. Pasó agosto y seguían sin hablarse. Llego septiembre. Y con él, otros asuntos más urgentes en los que pensar.

Todavía no se oía nada cuando Kevin MacGowan se despertó aquella mañana de septiembre. El cielo estaba gris. Su mujer ya se había levantado y del horno en el jardín le llegó un débil aroma a pan recién hecho. La esclava barría cerca de la puerta. Los dos muchachos jugaban en el jardín. A través de la puerta abierta logró ver el vaho que salía de sus bocas. El otoño había llegado a Dublín y las mañanas eran frías.

De forma automática, como siempre hacía, buscó a tientas la caja fuerte bajo la cama. Saber que estaba allí lo tranquilizaba. Le gustaba dormir cerca de ella. Había otro lugar donde la escondía a veces, bajo el horno de pan. Solo su esposa y Una lo sabían. Era un buen escondite. Quizá no tan seguro como la catedral, pero estaba bien disimulado. Aunque alguien mirase cien veces, nunca imaginaría que era un escondite; aun así, cuando dormía en la casa, ponía la caja bajo la cama.

Miró al otro lado de la habitación. En el rincón más alejado vio algo que se revolvía suavemente en las sombras. Era Una. Normalmente estaba en el hospital, pero debido a los recientes sucesos había preferido quedarse en casa con su familia. Se estaba levantando. Sonrió. ¿Veía ella su sonrisa en las tinieblas? Se preguntó si se daba cuenta de la alegría que le proporcionaba su presencia. Seguramente no. Y quizás era mejor que no lo supiera. Uno no debe abrumar a sus hijos con demasiado cariño.

Se levantó, se acercó a ella y la besó en la cabeza. Se dio la vuelta, sintió una ligera opresión en el pecho y tosió levemente. Después se dirigió hacia la entrada y miró hacia fuera. Ciertamente, empezaba a hacer frío.

Su mirada se desvió hacia la puerta del jardín. Vio pasar a un vecino con un cubo de madera con agua del pozo. Aquel hombre no parecía tener prisa. Prestó atención. En el jardín de al lado algunos pájaros trinaban en las ramas de un manzano.

Oyó un mirlo. Sí, todo parecía normal. No había ningún atisbo de disturbio. Aquello era un alivio.

Strongbow. Nadie pensaba realmente que volvería. Su tío y los FitzGerald habían permanecido en el sur todo el verano y la gente de Dublín había asumido que se quedarían allí durante el resto del año; sin embargo, a finales de agosto habían tenido noticias: «Strongbow está en Wexford. Ha llegado con tropas inglesas. Un gran contingente».

Doscientos hombres a caballo, completamente equipados, y mil a pie, para ser exactos. Los habían reclutado en su mayoría en las grandes propiedades de su familia de Inglaterra. Era una fuerza que solo uno de los grandes señores del Imperio de Plantagenet podría haber reunido.

Para las medidas de la Europa feudal, era un pequeño ejército. Para los irlandeses, los caballeros con armadura, los entrenados hombres de armas y los arqueros, que disparaban con precisión matemática, representaban una máquina militar disciplinada superior a todo lo que ellos poseían.

A los pocos días, llegaron noticias de que el puerto de Waterford también había caído en manos de Strongbow, y después, que el rey Dermot le había concedido su hija en matrimonio. Más tarde oyeron decir: «¡Avanzan hacia Dublín!».

Aquello era un ultraje. El Rey Supremo había permitido que Dermot tomara el Leinster, pero Dublín era otra cosa, que quedaba específicamente excluida del acuerdo. «Si Dermot quiere Dublín, eso significa que quiere toda Irlanda —pensó el Rey Supremo—. ¿Y acaso no me ha dado a su propio hijo como rehén?», continuó el rey O'Connor. Si Dermot rompía su juramento en esas circunstancias, según la ley irlandesa tenía derecho a hacer lo que quisiera con el niño, excepto ejecutarlo. «¿Qué clase de hombre es el que sacrifica a su propio hijo?», gritó O'Connor.

Había llegado el momento de frenar la ambición de ese turbulento aventurero y de sus amigos extranjeros.

Tampoco cabía duda sobre los sentimientos de los dublineses. Tres días antes, MacGowan había visto al rey de Dublín y a algunos de los comerciantes más importantes salir a dar la bienvenida al Rey Supremo cuando bajaba por el Liffey. Se decía que incluso el cuñado de Dermot, el arzobispo, estaba enfadado con él. El rey O'Connor viajaba con una gran fuerza y rápidamente se acordó de que los dublineses se prepararían para defender la ciudad mientras el Rey Supremo hacía un viaje de un día hacia el sur y bloqueaba los accesos a los llanos del Liffey. Un día más tarde, MacGowan supo que no solo O'Connor estaba acampado al otro lado de la carretera, sino que había ordenado también derribar árboles para hacer inaccesibles todos los caminos de la región. Dublín se preparaba, pero la opinión generalizada era que incluso con Strongbow y todos sus hombres, el rey Dermot no sería ningún problema. «Jamás entrarán.»

Excepto en los días más fríos del invierno, cuando se veía forzado a refugiarse puertas adentro, Kevin MacGowan siempre trabajaba en una cabaña sin paredes en el jardín. De esa forma, tenía luz diurna para ver lo que estaba haciendo. Para mantenerse caliente encendía un pequeño brasero.

Aquella mañana se sentó en su banco de trabajo con una sonrisa de satisfacción. No solía comer mucho, pero su mujer le había dado pan caliente, recién sacado del horno, con miel, y se puso a trabajar disfrutando de su olor y sabor. Su mujer y Una hilaban lana en un rincón cerca del horno. Sus dos hijos se entretenían tallando madera. Era una perfecta imagen doméstica.

Llegó un comerciante a pedirle un broche de plata para su esposa. Kevin le preguntó si las cosas estaban tranquilas en la ciudad y él respondió que así era. Al cabo de un rato, el hombre se fue y Kevin siguió trabajando en silencio. Después hizo una pausa.

—Una.

—Sí, padre.

—Ve a la muralla meridional, cerca de la puerta principal, y dime si ves algo.

—¿No puede ir uno de los chicos? Estoy ayudando a mamá.

—Preferiría que fueras tú —dijo, pues confiaba más en ella que en sus hijos.

Una miró a su madre, que sonrió y asintió con la cabeza.

—Como quieras, padre.

Se puso un chal de color azafrán sobre la cabeza para protegerse del frío y echó a andar por el camino.

Se alegraba de estar en casa. A pesar de que había pasado demasiado tiempo con los enfermos en el hospital, tenía la impresión de que últimamente su padre no estaba del todo bien. De no ser porque Fionnuala había accedido a hacer sus labores, ese día habría estado muy ocupada en el hospital. Creía que había conseguido convencerla para que adoptara una actitud mucho más responsable ante la vida y estaba orgullosa por ello.

Durante el camino no vio nada inusual. La gente estaba ocupada en sus quehaceres. Pasó al lado de un carro que llevaba madera y acababa de llegar a la iglesia sajona cuando oyó un estruendo de cascos en el salón real y vio que una docena de jinetes iban hacia ella, capitaneados por el propio Rey. Se fijó en que ninguno iba equipado para la batalla, aunque uno o dos llevaban el hacha de guerra vikinga, que en aquellos tiempos era el arma preferida en la mayor parte de Irlanda. El resto, incluido el Rey, solo llevaba dagas al cinto.

Cuando se apretó contra la valla de madera para dejarlos pasar, el Rey le dedicó una sonrisa. Era un hombre apuesto, de rostro dulce. No parecía preocupado en absoluto.

Fue hasta la muralla y se sintió muy sola. A pesar de que el cielo estaba gris, el día era claro. Más allá de los campos y huertos meridionales, las redondas jorobas de los montes de Wicklow parecían tan cercanas que podían tocarse. Se sorprendió de no ver a ningún centinela apostado en el muro, pero no había signo alguno de que se acercara algún enemigo. La puerta estaba abierta. A la izquierda vio un barco que llegaba desde el estuario. El puerto había estado especialmente activo. Todo parecía normal.

Cuando volvió, su padre estaba absorto en su trabajo. Poco rato antes había sentido la necesidad de toser y había entrado en la casa, pero se le había pasado. Sonrió cuando su hija volvió y le dijo que no pasaba nada. La casa volvió a sumirse en su sosegada rutina.

Era ya avanzada la mañana cuando el platero dejó la pieza en la que estaba trabajando y prestó atención. No dijo nada, simplemente siguió sentado y se quedó muy quieto. ¿Pasaba algo? Nada que pudiera saber con exactitud. ¿Oía algo fuera de lo normal? No, pero estaba inquieto. Su mujer lo miró.

—¿Qué pasa?

—No lo sé —dijo meneando la cabeza—. Nada.

Trabajó un rato y después paró. Volvía a tener esa sensación. Una sensación extraña, fría; era como si una sombra hubiese pasado a pocos pasos de él.

—Una.

—Sí, padre.

—Vuelve a la muralla.

—Sí, padre.

Era una buena hija, nunca se quejaba. Era la única en la que podía confiar plenamente.

Aunque el ambiente en la muralla era el mismo que antes, Una no regresó enseguida. No había hecho falta que su padre le dijera nada. Lo había entendido. Si estaba preocupado, se ocuparía de comprobar todas las posibilidades. Por tanto, estuvo un rato observando el horizonte hacia el suroeste de la ciudad, donde el Liffey se curvaba en dirección a Dublín. ¿Había algún rastro de polvo, algún destello de armadura, algún atisbo de movimiento? No vio nada. Satisfecha, decidió volver. Echó un vistazo hacia el estuario, una última mirada hacia las montes de Wicklow y entonces los vio.

Bajaban de las montañas como un torrente. Descendían por un pequeño valle que llevaba a las arboladas colinas del sur y se extendían hacia las laderas que dominaban la aldea de Rathfarnham, a unos seis kilómetros. Vio el fulgor de las cotas de malla de los caballeros, cientos de ellos. A esa distancia, las columnas parecían tres enormes ciempiés. Detrás de ellos iban otras columnas de hombres y por su forma de moverse, como balanceándose, supuso que eran arqueros.

Entendió enseguida lo que debía de haber ocurrido. Dermot y Strongbow habían ido por las montañas en vez de subir el valle del Liffey. Habían conseguido engañar al Rey Supremo completamente. Daba la impresión de que ese era todo su ejército. En un cuarto de hora llegarían a Rathmines. Los observó con horrorizada fascinación un momento, después se dio la vuelta y echó a correr.

No había necesidad de que diera la voz de alarma. Ya había habido quien había visto al ejército en las laderas. La gente empezaba a correr en las calles. Para cuando llegó a la puerta, su familia ya había oído el griterío y solo le costó unos segundos contar lo que había visto. La cuestión era qué hacer.

El camino en el que vivían daba a las Casetas de pescado y no quedaba muy lejos de los muelles. Cuando Una volvió a las calles para ver si había más noticias, vio que su vecino de al lado estaba cargando una carretilla:

—Voy a ver si puedo subir a un barco —le dijo—. No voy a esperar a que lleguen los ingleses.

En el otro lado vivía un carpintero que ya había levantado una barricada alrededor de su casa. Creía que podría resistir a un ejército con aquello.

Los MacGowan dudaban. Su padre había cerrado la caja fuerte y su madre había envuelto varias posesiones en un hatillo que se había colgado a la espalda. Los dos chicos y el aprendiz estaban a su lado y la esclava inglesa parecía más ansiosa por ir con ellos que por ser liberada por sus compatriotas.

A Kevin MacGowan no le había gustado nunca correr riesgos y siempre había intentado estar preparado para cualquier contingencia que pudiera amenazar a su familia. Enfrentado a esta crisis, se dio cuenta de que podía pensar racionalmente. Lo del carpintero podía ser ridículo, pero, en poco tiempo, la opción de su vecino de ir a los muelles podía ser aterradora. Incluso con sus aliados ingleses, parecía poco probable que el rey Dermot fuera capaz de irrumpir en unas defensas amuralladas. Eso significaba un asedio, días o semanas de espera, y tiempo para ir a los muelles si era necesario. Teniendo en cuenta todas las posibilidades, al platero le pareció que era una locura correr hacia la orilla en ese momento. Aunque menos fácil era la cuestión de qué hacer con la caja fuerte. No quería molestar a los monjes de la iglesia de Cristo hasta que hubiera una buena razón. Si había asedio, probablemente seguiría trabajando, así que necesitaba guardar algunas de las piezas más valiosas en la casa. Si la familia tenía que irse, llevaría algo de plata con él, y quizá dejaría el resto de lo que había en la caja fuerte en la iglesia de Cristo. Dependería de las circunstancias.

—Ve a las Casetas de pescado, Una —le ordenó—. Mira a ver qué está pasando.

Las empinadas calles del mercado estaban llenas de gente que corría en todas direcciones, unos hacia los muelles y otros colina arriba, hacia la iglesia de Cristo. Paró a varias personas, pero ninguna parecía tener una opinión clara acerca de lo que estaba pasando. Se estaba preguntando qué hacer cuando vio que el padre Gilpatrick se acercaba rápidamente hacia ella. Se conocían un poco y la saludó amablemente con la cabeza. Una le pidió consejo.

—El arzobispo ha salido a caballo para hablar con ellos. Está resuelto a evitar un derramamiento de sangre. Voy a unirme a él.

Cuando volvió con las noticias, Kevin MacGowan meditó. Creyó que había posibilidades. Fuera lo que fuese lo que se pensara de él, ni siquiera el rey Dermot iba a hacer caso omiso a su santo cuñado.

—Esperaremos a ver lo que ocurre —comunicó a su familia—. Una, es mejor que vuelvas a la muralla. Si sucede algo, avísanos enseguida

Cuando llegó se llevó una gran sorpresa. No podía creer que se hubiesen acercado tanto, en tan poco tiempo. La línea más cercana de hombres estaba a menos de trescientos metros. Sus caras eran perfectamente visibles, miraban con dureza hacia las murallas. Habían dispuesto una formación de destacamentos de caballeros, hombres de armas y arqueros a intervalos que parecía abarcar toda la muralla.

Delante de ella, a unas cuatrocientos metros bajando el camino principal, vio al arzobispo O'Toole. Montaba al estilo irlandés, a pelo, en un pequeño caballo de color gris. Detrás de él iban otros eclesiásticos, incluido el padre de Gilpatrick. El arzobispo estaba en plena conversación con un hombre con barba, que imaginó sería el rey Dermot, y un hombre alto con largos bigotes y cara impasible, que debía de ser Strongbow. Los hombres permanecían inmóviles en todas las líneas. En una esquina de la muralla, algunos hombres a caballo parecían inquietos, pero supuso que debía de ser por los animales. De vez en cuando, uno de los caballeros salía de la formación y hacía un círculo antes de volver a ella. Vio al padre Gilpatrick salir a caballo por la puerta y unirse a su padre y al resto de sacerdotes. Nadie se movía. El arzobispo había desmontado, al igual que el rey Dermot y Strongbow. Unos hombres les llevaron unos taburetes para que se sentaran. Obviamente, las negociaciones iban a durar un buen rato. Apartó la vista de aquella escena por un momento y miró hacia el campo que había a su espalda. Entonces se llevó un buen susto.

Fionnuala iba por el camino que había bajo la muralla. No estaba sola, la acompañaba una docena de chicos. Se reían y, al parecer, ella coqueteaba. Revolvió el cabello de uno de ellos y le puso el brazo encima a otro. Era imposible que no se hubieran percatado del peligro que había fuera de las murallas. Quizá creían que los ingleses no entrarían, pero no era su imprudencia, ni siquiera que Fionnuala estuviera flirteando lo que la impresionó: fue el hecho de que se suponía que Fionnuala estaba en el hospital. Se lo había prometido. ¿Quién cuidaba de los pacientes? Se sintió indignada.

—¡Fionnuala! —gritó—. ¡Fionnuala!

Ésta levantó la vista sorprendida.

—¡Una! ¿Qué haces ahí?

—Eso da igual. ¿Qué es lo que estás haciendo tú? ¿Por qué no estás en el hospital?

—Me aburría —se excusó, haciendo una mueca que a Una no le pareció nada divertida.

Miró a lo lejos por encima de la muralla y vio que el arzobispo seguía negociando. Después fue hacia las escaleras, las bajó corriendo y sin hacer ningún caso a los chicos, se fue directa a Fionnuala. Estaba furiosa. Jamás había estado tan enfadada en toda su vida. Fionnuala, al ver que la cosa iba en serio, empezó a correr, pero Una la alcanzó y la cogió por el pelo.

—¡Mentirosa! —bramó—. ¡Imbécil! ¡Inútil! —la insultó mientras le pegaba tan fuerte como pudo.

Fionnuala se defendió dándole una bofetada, pero entonces Una le atizó un puñetazo. Fionnuala gritó, se zafó y salió corriendo. Una oyó que los chicos se echaban a reír, pero no le importó. Fue tras su amiga, quería pegarle, hacerle daño; era algo que no le había ocurrido jamás. Se olvidó del rey Dermot, de Strongbow e incluso de su padre. Se olvidó de todo.

Corrieron hacia la iglesia de Cristo, pasaron por los puestos de los desolladores y atravesaron el pueblo en dirección al mercado. Fionnuala corría rápido, pero Una estaba resuelta a alcanzarla. Era más baja que Fionnuala, pero más fuerte. «Después de darle una buena tunda —pensó—, la llevaré a rastras al hospital. Del pelo, si es preciso.» Después se dio cuenta de que la puerta meridional debía de estar cerrada. «Suerte tendrá si no la tiro por la muralla», pensó muy seriamente. Vio que Fionnuala corría hacia el mercado. Los puestos estaban cerrados. Un momento después había desaparecido, pero imaginó que se habría escondido. La encontraría.

Entonces se detuvo. ¿Qué estaba haciendo? Una cosa era enfurecerse con Fionnuala por lo de los enfermos en el hospital, pero ¿qué pasaba con su familia? ¿No se suponía que debía estar vigilando en la muralla? Maldijo a Fionnuala y dio media vuelta.

Cuando había recorrido unos cien metros oyó ruidos: gritos, fuertes golpes y más gritos. Vio que la gente corría hacia donde estaba ella. Entonces, de repente, oyó el mismo estruendo en el mercado que tenía a su espalda y al poco vio que aparecían media docena de caballeros con cota de malla. Debían de haber entrado por la puerta occidental. Detrás de ellos iban hombres de armas. Sabía que Fionnuala estaba por allí en algún sitio y por un momento sintió la necesidad de correr para salvar a su amiga, pero después se dio cuenta de que sería inútil. «Si puede esconderse de mí, también puede esconderse de ellos», pensó. Los caballeros estaban delante de ella. Tenía que avisar a su familia. Entró en un callejón.

Le costó un tiempo llegar a casa, atravesando como pudo la ciudad. No sabía cómo había ocurrido, pero las tropas inglesas estaban tomando Dublín. Parecían estar rodeando la iglesia de Cristo y el salón real. Su entrada intramuros había sido tan repentina que apenas hubo resistencia. Tuvo que bajar casi hasta los muelles para evitarlos.

Su familia la esperaba ansiosa junto a la puerta. Gracias a Dios, los ingleses todavía no habían tomado ese camino. Esperaba reproches por su parte, pero su padre parecía aliviado de verla.

—Sabemos lo que ha pasado —aseguró su madre—. Malditos ingleses. Mientras hablaban con el arzobispo en la puerta meridional, han entrado por la oriental y la occidental. Vergonzoso. ¿Los has visto?

—Sí —contestó, y se puso colorada. Jamás había dicho una mentira en toda su vida. En sentido estricto era verdad. Los había visto en la calle, pero no era eso a lo que se refería su madre. Nadie se dio cuenta—. Me ha costado mucho llegar hasta aquí. Están rodeando la catedral.

—Vamos a los muelles —dijo su padre.

Una se dio cuenta de que no portaba la caja fuerte.

—Ya han rodeado la catedral y no me atrevo a llevarla por las calles. Así que la he escondido donde siempre. Quiera Dios que no la encuentre nadie —deseó, indicando hacia una bolsa cosida en el interior de su camisa—. Con esto tendremos suficiente para el viaje.

Los muelles estaban abarrotados. Los ingleses entraban a raudales por las puertas de Dublín, pero estaban todavía en la parte alta de la ciudad. La gente había empezado a atravesar en tropel el puente para dirigirse al arrabal que había en la ribera norte del Liffey, pero estaba claro que no estarían más a salvo de los ingleses allí. En los muelles, los capitanes hacían su agosto. Era una suerte que hubiera tantos barcos en el puerto ese día, pensó Una. Una nave escandinava ya había zarpado. Seguramente iría hacia la isla de Man o a las del norte. Había un barco listo para zarpar hacia Chester. Era lo que más cerca quedaba, pero estaba lleno. Otros dos se dirigían a Bristol, pero sus capitanes pedían unos precios tan altos que su padre dudó. Otro iba a Rouen, en Normandía. Un mercante francés que MacGowan conocía ligeramente estaba embarcando. El precio era menor que el que iba a Bristol. El platero dudó. Rouen quedaba más lejos y sería un viaje más peligroso. No hablaba francés. Miró hacia el barco que iba a Bristol, pero los marineros empezaban a rechazar a la gente. Parecía que no les quedaba otra opción. Subió al barco que iba a Rouen a regañadientes.

Estaba pagando al capitán cuando apareció una figura que le era familiar. Ailred, *el Peregrino,* avanzaba por el muelle en dirección al hospital. En cuanto vio a MacGowan fue rápidamente hacia él.

—Me alegro de que estés bien, Kevin. ¿Dónde vais?

El platero le explicó en pocas palabras la situación y sus recelos.

—Hacéis bien en iros —dijo Ailred mirando hacia la colina. Había ya varias casas incendiadas—. Dios sabe qué tipo de personas son estos ingleses. A buen seguro encontrarás trabajo en Rouen para salir del apuro y yo te enviaré noticias de lo que esté sucediendo aquí —aseguró, mirando pensativamente a Una—. ¿Por qué no la dejas conmigo y mi mujer? En el hospital estará a salvo. Estamos bajo protección de la Iglesia. Puede cuidar de la casa para cuando volváis.

Una estaba aterrorizada. El Peregrino le caía bien, pero no quería que la separaran de su familia. Sabía que su padre la necesitaba; sin embargo, sus padres parecían partidarios de aceptar aquella idea.

—¡Dios mío, hija! Preferiría que estuvieras a salvo en el hospital y no en un mar embravecido con nosotros, sin saber si moriremos ahogados —dijo su madre.

—Si tienes oportunidad, hazte cargo de la caja fuerte —le susurró su padre al oído poniéndole un brazo sobre los hombros.

—Pero, padre... —protestó.

Todo estaba sucediendo demasiado deprisa. Le resultaba difícil pensar.

El capitán del barco quería zarpar.

—Ve con Ailred, es lo mejor.

Su padre se dio la vuelta tan deprisa, que Una supuso que aquella decisión le dolía tanto a él como a ella, pero era su última palabra y lo sabía.

Al poco, guiada por el Peregrino, se encontró yendo a toda prisa hacia el hospital.

Resultó que el rey Dermot y Strongbow no habían instigado el repentino ataque a Dublín. De hecho, se mostraron muy avergonzados cuando, en medio de las negociaciones con el arzobispo, algunos de los caballeros más impetuosos, impacientes por la espera, habían ido hacia las puertas y habían irrumpido a través de ellas antes de que los defensores tuvieran tiempo de darse cuenta de lo que estaba sucediendo. Por supuesto, les había venido muy bien: ni Dermot ni Strongbow podían negarlo. Mientras conversaban con el arzobispo, la ciudad había caído con una mínima violencia. Tras disculparse ante O'Toole, el rey irlandés y su nuevo yerno inglés habían cabalgado hacia la ciudad, no podían hacer nada. La plaza era suya.

Alguna casa había ardido y había habido algo de pillaje, pero eso era de esperar. Se debe permitir que los soldados recojan el botín de guerra, aunque no permitieron que la cosa fuera demasiado lejos y se aseguraron de que no entraban en ningún lugar sagrado.

Más importante fue el éxodo de habitantes de la ciudad. Aquello tenía su lado bueno y su lado malo. El bueno era que quedaría sitio para acuartelar a todo el ejército y el malo que la mitad de los artesanos y comerciantes habían huido cruzando el río o hacia el mar, y tenían un gran valor para la ciudad. El rey de Dublín había escapado. La información más creíble era que había embarcado en un mercante escandinavo rumbo a las islas del norte. Aquello no era bueno, porque seguro que intentaría reclutar fuerzas para atacarlos, pero, por el momento, la ciudad estaba en calma.

Cuatro días después de la ocupación, Una MacGowan salió del hospital de San Juan para ir a su casa. No habían molestado el hospital; de hecho, dos días antes, el propio rey Dermot y Strongbow, acompañados de varios caballeros, les habían hecho una breve visita para inspeccionar el lugar. Una se había sorprendido al ver al noble inglés. Tenía la cara ovalada, bien dibujada, y su espléndido porte le pareció tan impresionante como el de su suegro. Todos trataron el lugar con el mismo respeto que habrían mostrado ante una iglesia. Dermot le preguntó educadamente a Ailred si podía cuidar de media docena de hombres, dos de ellos ingleses, que habían resultado heridos en la toma de la ciudad.

Una había estado muy ocupada en el hospital, ya que Fionnuala no había vuelto a aparecer. Su padre había enviado noticias de que deseaba estar con él de momento, pero Una sospechó que había otra razón para su ausencia. «Sabe que estoy aquí y no quiere enfrentarse conmigo.»

Cuando pasó al lado del mercado entrando por la puerta occidental, se dio cuenta de que casi la mitad de los puestos permanecían abiertos y que conseguían hacer un modesto negocio. De camino hacia la catedral, vio que la mayoría de las casas estaban habitadas por soldados y otras habían sido abandonadas por sus dueños. Los ingleses le parecieron extraños por su áspero acento, sus fuertes chalecos de cuero y sus capas acolchadas. Le dieron la impresión de ser más duros e impenetrables que los hombres que había conocido hasta entonces. Algunos le lanzaban miradas que la hacían sentirse incómoda, pero nadie se metió con ella. Un grupo de arqueros había habilitado un campo de tiro cerca de la catedral y las flechas hacían un ruido sordo cuando impactaban en los sacos de paja con una precisión casi mecánica. Sintió escalofríos. Cuando pasó por las Casetas de pescado, se desvió por el camino que llevaba a su casa.

Dudó. ¿Por qué había ido allí? ¿Para ver qué había pasado con su casa? ¿Y si la habían quemado? De todas formas, estaba segura de que estaría llena de soldados ingleses. De repente, se puso triste y a punto estuvo de darse la vuelta, pero no podía hacerlo. Por el bien de la familia tenía que enterarse de lo que había pasado.

El camino estaba muy tranquilo. A través de las vallas vio que la mayoría de las casas eran utilizadas como acuartelamiento para los soldados. Había varios de ellos durmiendo en un jardín y en otro parecía que solo había una anciana. Cuando llegó a la valla de su casa miró llena de nerviosismo hacia la puerta. Estaba abierta. Se acercó y miró dentro. No había signos de que hubiera sufrido ningún daño ni parecía que estuviera ocupada. Se paró y observó el camino. No pasaba nadie. Asomó la cabeza por la puerta y estudió el jardín.

Mirar furtivamente en su propia casa le produjo una extraña sensación. Por la madera encendida que había en el brasero de su padre, que habían movido ligeramente, y por algunas posesiones que se veían esparcidas por la hierba, estaba claro que alguien utilizaba la casa. Quizá los hombres estaban durmiendo dentro. En cualquier caso, era mejor que se fuera; sin embargo, no lo hizo. En vez de eso, tras mirar hacia el camino otra vez, entró. No se oía nada.

La caja fuerte, ¡qué suerte! Estaba esperando allí para ser rescatada y nadie la vigilaba. Si conseguía deslizarse por el jardín hasta el escondite… Sería cuestión de un momento. Sabía que podría cargar con ella. La capa de lana que llevaba a la espalda la ocultaría. ¿Cuánto le costaría subir hasta la iglesia de Cristo y ponerla a buen recaudo? Un rato, nada más. ¿Y cuándo volvería a tener una oportunidad como aquélla? Quizá nunca.

¿Había hombres en la casa? Esa era la cuestión. Para llegar al escondite tendría que pasar por delante de la puerta abierta; si había alguien despierto, la vería. Solo podía hacer una cosa. Empezó a cruzar el jardín, pasó el brasero y el horno de pan. Tenía que mirar dentro y ver si había alguien en la casa. Si la descubrían, tendría que echar a correr. No creía que pudieran alcanzarla; no obstante, si no había nadie, podría coger la caja e irse de allí. El corazón le latía con fuerza, pero se obligó a mantener la calma. Llegó a la puerta.

Miró dentro. Resultaba difícil distinguir nada, ya que la única luz que había provenía de la puerta y de un pequeño agujero en el techo. ¿Había unos ojos mirándola y unas manos a punto de tocarla? Forzó la vista para ver algo en las sombras. No se oía nada. Al poco distinguió los bancos que había en las paredes. No parecía que hubiera ningún ser humano en ellos. Entró con mucho cuidado. Veía mejor. Miró hacia el lugar en el que dormían sus padres y después al rincón en el que lo hacía ella. No, no había nadie. Sintió un apremiante impulso por ir hacia aquel lugar y sentir su confortante familiaridad, pero sabía que no debía hacerlo. Soltó un suspiro, dio media vuelta y se dirigió hacia el jardín. Se preguntó si debería volver a mirar otra vez el camino y decidió que no era necesario. Era mejor no perder tiempo.

Fue rápidamente al escondite que había debajo del horno de pan. Si se sabía cómo tirar del pequeño panel de piedra y meter la mano dentro, era cuestión de segundos. Metió la mano, buscó a tientas y encontró…

Nada. No podía creerlo. Volvió a tantear frunciendo el entrecejo. Debía de ser un error. Se remangó hasta dejar desnudo todo el brazo y lo intentó una vez más, moviendo la mano de un lado para otro y estirándola hasta que tocó el fondo del escondite.

No había duda, aquel agujero estaba vacío. Alguien había robado la caja fuerte. Sintió un repentino y gélido miedo, y después una horrible sensación de tristeza: alguien había encontrado el tesoro de su padre. Toda la fortuna de su familia había desaparecido. Se apartó y miró a su alrededor. ¿Dónde la habrían puesto? ¿En el interior quizá? Merecía la pena comprobarlo. Miró hacia la puerta del jardín, no había nadie. Corrió hacia el interior de la casa, hacia la oscuridad.

No se preocupó por el desorden. No tenía tiempo para pensar en ello. Ni siquiera le importó que todo estuviera a oscuras, conocía el lugar con los ojos cerrados, palmo a palmo, cada grieta y cada escondrijo. Recorrió las paredes con una prisa furiosa, apartó bancos y tiró capas, mantas e incluso una cota de mallas, cosas que dejó esparcidas por el suelo. Debido a su enfado hasta lanzó al otro lado de la habitación dos cuencos metálicos que cayeron con un gran estruendo. Buscó rápidamente y a conciencia, y al final, con la espalda apoyada contra la puerta y mirando con tristeza las silenciosas sombras, tuvo la certeza de que la caja fuerte no estaba allí. Había llegado demasiado tarde. Los malditos soldados ingleses la habían encontrado y jamás la recuperaría. Su padre había perdido todo lo que tenía. Inclinó la cabeza hacia delante. Tenía ganas de llorar.

¿Había algo peor? Sospechó que sí. ¿Qué habría pasado si en vez de perseguir a la idiota de Fionnuala hubiese vigilado desde la muralla y hubiese visto el ataque inglés? ¿Qué habría pasado si hubiese ido corriendo a avisar a su padre? ¿Habrían tenido tiempo de poner a salvo la caja fuerte en la iglesia de Cristo? Al menos, si hubiese ido antes a casa, a lo mejor a su padre le habría parecido más seguro llevar la caja a los muelles. Había sido el esperarla lo que le había provocado ese pánico y el tomar aquella decisión desastrosa. Incluso si su cabeza le decía que todas aquellas suposiciones podían ser falsas, su corazón le decía lo contrario. «Ha sido por mi culpa. Mi familia está arruinada por mi culpa», pensó. Permaneció allí, en el silencioso vacío de su casa, transida por el dolor. Por eso, en un primer momento ni siquiera sintió la mano que le tocaba el hombro.

—¿Estás buscando algo?

La voz era inglesa. No entendió del todo lo que le había preguntado, pero eso daba igual. Se dio la vuelta rápidamente, pero la mano bajó rápidamente hacia el brazo y lo apretó.

Una vio un duro justillo de cuero con un desgarrón en el lado derecho, una cara con barba de varios días, una tremenda nariz y unos ojos inyectados en sangre. Estaba solo.

—Buscando algo que robar, ¿verdad?

Una no lo entendió. El hombre mantuvo una moneda de plata delante de su cara. No estaba segura, pero le pareció una de las que había en la caja fuerte de su padre. El hombre soltó una risita mientras guardaba la moneda. En sus ojos había un extraño y suave destello.

—Bueno, me has encontrado a mí.

Manteniendo una mano en su brazo empezó a soltarse la camisa con la otra. Puede que no entendiera las palabras, pero no cabía duda de lo que quería. Luchó por liberarse. Era una mano grande y encallecida. La zarandeó y Una se dio cuenta de lo fácil que le resultaba y de la fuerza que tenía. Jamás había sentido el miedo de ser físicamente impotente.

—El castigo por robar es mucho peor de lo que te voy a hacer —dijo el hombre, que se percató de que no lo entendía, aunque aquello no lo frenó—. Tienes suerte de haberme encontrado a mí.

Una estaba tan sobresaltada y asustada que incluso se había olvidado de gritar.

—¡Socorro! —gritó tan fuerte como pudo—. ¡Me quieren violar!

No sucedió nada y volvió a gritar.

El soldado no parecía inmutarse y la zarandeaba con menos fuerza. Una se dio cuenta de que, aunque pudiera importarle a alguien, nadie oía sus gritos. Seguramente todas las casas cercanas estaban ocupadas por soldados ingleses que ni siquiera la entenderían. Inspiró con fuerza para gritar.

Entonces, el soldado cometió un error. Al quitarse el justillo soltó un momento el brazo. Fue solo un instante, pero era todo lo que ella necesitaba. Sabía que debía hacerlo. Jamás había hecho nada parecido antes, pero no era tonta. El hombre vio que abría la boca para gritar, pero no vio el golpe hasta que fue demasiado tarde.

Lo golpeó con todas sus fuerzas y el inglés sintió un repentino dolor en la entrepierna. Se dobló hacia delante, agarrándose el estómago contraído de dolor.

Una huyó. Antes de que se incorporara ya estaba en la puerta. Empezó a correr por el camino sin saber muy bien en qué dirección iba. Vio a un grupo de soldados y parecía que se iban a apartar para dejarla pasar cuando se oyó un grito a su espalda.

—¡Detenedla! ¡Es una ladrona!

Unos poderosos brazos la sujetaron. Intentó librarse, pero la levantaron del suelo. No podía hacer nada. El soldado avanzaba hacia ellos. Cojeaba y tenía la cara crispada por la cólera. Una no supo si intentaría violarla otra vez, pero evidentemente quería ajustar cuentas con ella. Llegó hasta donde estaban y le acercó la cara.

—¿Qué sucede? —preguntó a su espalda una voz en tono imperioso.

Los hombres empezaron a retirarse.

—Es una ladrona —dijo la voz de su acusador, temblorosa y malhumorada.

Una vio una túnica negra y levantó la cabeza. Era el padre Gilpatrick.

—Violación. —Fue lo único que logró decir Una, indicando con un dedo hacia el hombre con barba de días—. Ha intentado... He ido a mi casa y...

Aquello fue suficiente. El sacerdote, furioso, se encaró con ellos.

—¡Villanos! —gritó.

Una no entendió todo lo que dijo porque lo hizo en inglés, pero reconoció varias palabras: hospital de San Juan, arzobispo y rey Dermot. Los hombres parecían confusos. Su atacante se había puesto pálido. Al poco, el padre Gilpatrick se la llevaba de allí.

—Les he dicho que estás en el hospital bajo protección de la Iglesia. Me quejaré al arzobispo. ¿Te ha hecho daño? —preguntó amablemente.

Una negó con la cabeza.

—Le he dado un golpe en la ingle y he conseguido librarme de él —le confesó con toda franqueza.

—Has hecho bien, hija mía —aprobó el sacerdote.

Después, Una le contó lo de la caja fuerte que había desaparecido y la moneda que tenía el soldado en la mano.

—¡Ah! —exclamó el sacerdote con tristeza—. Me temo que no podemos hacer nada al respecto.

La acompañó hasta el hospital y le habló con suavidad durante todo el trayecto. Cuando llegaron, Una no solo se sentía mejor, sino que tuvo la oportunidad de fijarse también en algo que no le había llamado la atención antes, lo extraordinariamente guapo que era el joven sacerdote. Cuando entraron en el hospital, la esposa del Peregrino la metió directamente en la cama, le llevó un caldo caliente y la consoló.

A la mañana siguiente, Una se había sobrepuesto al susto; de hecho, a todos los enfermos les pareció que seguía siendo la misma de siempre; sin embargo, no era así. No se sintió tranquila durante las semanas y meses que siguieron. No era el haberse librado por los pelos lo que la preocupaba, eso lo olvidaría pronto. Era otro pensamiento, insidioso por injusto, el que no la abandonaría.

«Mi padre ha perdido todo lo que tenía y ha sido por mi culpa.»

1171

Peter FitzDavid sonrió. Era un día de verano. La suave y cálida luz parecía bajar de los montes Wicklow y dejarse llevar a la deriva hacia la amplia curva azul de la bahía. Dublín, por fin.

Hacía mucho tiempo que esperaba ese momento. El año anterior, cuando Strongbow y el rey Dermot habían llegado allí, lo habían dejado en el sur a cargo del puerto de Waterford. Peter había cumplido bien con su cometido, pero, cuando Strongbow se retiró a Waterford durante el invierno, pareció que se olvidaba de él.

El puerto estaba situado en un bello paraje con vistas a la amplia desembocadura del río. Ese antiguo asentamiento vikingo era casi tan antiguo como el de Dublín y los comerciantes llegaban hasta allí desde los puertos del sudoeste de Francia e incluso desde más lejos. Strongbow había instalado unos extensos cuarteles de invierno, pero el tamaño del campamento le había planteado a Peter un problema adicional. El lord inglés tenía tantos caballeros —parientes, seguidores, amigos e hijos de amigos— de los que ocuparse, que iba a transcurrir mucho tiempo antes de que pudiera obtener alguna recompensa. A finales de primavera, algunos jóvenes como él se preguntaban cuál iba a ser el futuro de aquella expedición. En el campamento había dos opiniones.

«Dermot y Strongbow quieren conquistar toda la isla», decían algunos. Peter pensó que era muy probable que el rey irlandés esperara conseguirlo, ya que con el ejército bien equipado de Strongbow, posiblemente podría hacerlo. Los jefes irlandeses, a pesar de ser buenos combatientes, no poseían nada que pudiese resistir el efecto devastador de una carga de jinetes armados, ni nada parecido a esa gran cantidad de arqueros. Incluso el Rey Supremo, con todos sus seguidores, tendría dificultades para detenerlo.

No obstante, también había quien pensaba que aquella incursión podía estar llegando a su fin. Si era así, la mayoría de ellos cobraría y los enviarían a casa. «Y a mí seguro que me despiden —pensó Peter— con poco para mí mismo o para dar a mi madre.» Se preguntó dónde conseguiría empleo después de aquello; sin embargo, durante el mes de mayo, se produjo un inesperado cambio.

El rey Dermot del Leinster, una vez recuperado su reino, se puso enfermo de repente y murió.

¿Qué ocurriría ahora? Era verdad que cuando había dado su hija a Strongbow, el rey del Leinster había prometido hacerlo su heredero; aun así, ¿tenía algún valor esa promesa? Peter había aprendido lo suficiente de las costumbres de la isla como para saber que cualquier nuevo rey o jefe en Irlanda era elegido por su gente entre sus familiares más cercanos. Dermot había dejado un hermano y varios hijos, y según la ley irlandesa no debería haber ningún problema para que el marido extranjero de su hermana heredara; no obstante, muy pronto se hizo patente que al menos los hijos de Dermot estaban de acuerdo con la idea.

—No les queda otro remedio —le comentó un comerciante de Waterford—. Strongbow tiene trescientos caballeros, trescientos arqueros y mil hombres. Tiene poder. Sin él no son nada. Si permanecen junto a él, todavía gozarán de alguna oportunidad de recuperar parte de lo que han perdido.

—Pero hay otro problema —replicó Peter—. Necesitará el permiso del rey Enrique y dudo que lo tenga.

Según la ley feudal de los Plantagenet de Inglaterra, un gran señorío como el Leinster debía pasar al hijo mayor, y si recaía en una heredera, esta no tenía ningún problema a la hora de casarse sin permiso real, ya que los reyes solían poner todo su empeño en dar en matrimonio a esas herederas a sus amigos más fieles. Puesto que Dermot había reconocido al rey Enrique de Inglaterra como su señor, y Strongbow en cualquier caso era un vasallo del rey Plantagenet, el gran señor inglés se estaba poniendo en una peligrosa situación legal al aceptar la herencia del Leinster.

Sin embargo, en ese momento, el rey Enrique II de Inglaterra tenía otras cosas de las que preocuparse. De hecho, Peter creía que no se atrevería a dejarse ver.

La espantosa noticia había llegado a principios de enero y al mes siguiente ya se había propagado por toda Europa. El rey de Inglaterra había asesinado al arzobispo de Canterbury. Nadie había oído hablar de nada parecido antes.

La disputa entre el rey inglés y el arzobispo Tomás Becket había sido la acostumbrada lucha sobre el poder y la jurisdicción de la Iglesia. Enrique había insistido en que las personas que pertenecían a órdenes religiosas debían responder ante los tribunales ordinarios si cometían crímenes como el asesinato o el robo. Becket, su antiguo amigo y canciller, que debía su cargo de arzobispo al rey Enrique, se había opuesto decididamente al Rey en una agria y larga disputa. Parte del clero inglés con mayor poder pensaba que a Becket se le había subido a la cabeza el nuevo cargo; no obstante, tras años de conflictos, un grupo de caballeros de Enrique, que supuestamente había oído gritar al Rey irritadamente: «¡Quién me librará de este problemático sacerdote!», lo interpretó como una orden para asesinarlo y lo hicieron frente al gran altar de la catedral de Canterbury.

Europa estaba escandalizada. Todo el mundo culpaba a Enrique. El Papa lo había denunciado. La gente opinaba que había que someterlo a juicio y que se debería santificar a Becket. En definitiva, Peter supuso que el rey inglés estaba demasiado ocupado con esa crisis como para prestar atención a unos sucesos que habían tenido lugar en un sitio tan apartado y remoto como el Leinster.

Strongbow no perdió tiempo. Fue directamente a Dublín, pero a Peter volvieron a dejarlo atrás una vez más. Las noticias eran fascinantes. El destronado rey de Dublín había regresado con una flota desde las islas del norte, pero los escandinavos lo habían echado todo a perder: empezaron a atacar la puerta oriental, pero los ingleses habían salido corriendo por la puerta meridional, los habían sorprendido por la retaguardia y los habían hecho añicos. Incluso mataron al rey de Dublín; no obstante, a pesar de que el antiguo rey hubiera fracasado a la hora de recuperar su ciudad, nadie imaginaba que el rey supremo de Irlanda iba a mantenerse apartado y ver cómo un intruso inglés se apoderaba de un cuarto de la isla y de su puerto más importante.

—El Rey Supremo no tardará en llegar —le dijo un mensajero que había llegado desde Dublín—. Todos los posibles refuerzos han de ir allí ahora mismo. Y eso te incluye a ti.

Así que ahí estaba finalmente, un día de verano, de camino a la gran ciudad. Tan pronto como se presentó ante Strongbow y acuarteló a sus hombres, supo lo que debía hacer.

Llamaría a su amigo Gilpatrick y a su familia. Se preguntó si todavía tendría a esa hermosa hermana.

La madre de Gilpatrick no solía criticar a su marido, pero a veces creía que era necesario presionarlo. Cuando Gilpatrick no acudió a la boda de su hermano Lorcan, se enfadó tanto como su marido. Era un insulto público y una humillación para toda la familia. Si su marido no quería volver a ver a Gilpatrick después de aquello, no iba a culparlo, pero aquella desavenencia tenía que acabar algún día. Al cabo de un año, decidió que era mejor para todos que el sacerdote permitiera a su hijo volver a casa y tras algunas semanas de juiciosas y persuasivas lágrimas, logró convencer a su marido, aunque a regañadientes, de que permitiera que los visitara de nuevo.

—Tienes suerte de que lo haya hecho —le dijo a su hijo con firmeza.

Aun así, tres días después, mientras esperaba la llegada de su hijo y del amigo de su hijo, el viejo Conn no estaba de buen humor. Puede que en parte se debiera al tiempo, que había sido extrañamente cambiante en los dos últimos días, aunque el sacerdote estaba irritable desde mucho antes.

Tener mercenarios ingleses pagados por Dermot había sido una cosa, pero tener al propio Strongbow y a su ejército establecidos como un poder en la isla era otra muy distinta. Sabía que alguna gente de Dublín era muy cínica al respecto.

—Probablemente no estamos peor con Strongbow que con el bribón de Dermot —le había comentado un amigo el día anterior.

Pero el jefe de Ui Fergusa no estaba seguro.

—En Irlanda no había ocurrido nada parecido desde que llegaron por primera vez los escandinavos —se quejó—. A menos que el Rey Supremo los detenga, esto se convertirá en una verdadera ocupación inglesa.

—Y eso que los escandinavos jamás fueron más allá de los puertos —le recordó su amigo.

—Los ingleses son diferentes —replicó.

En ese momento, su hijo Gilpatrick, con el que volvía a hablarse desde hacía poco, llevaba a un soldado de Strongbow a su casa. La cortesía y hospitalidad irlandesa exigían que le diera una educada bienvenida al extranjero, pero esperaba que la visita fuera corta. Además, por si eso no fuera poco, su mujer había elegido ese mismo día para importunarlo otra vez con un tema que no quería tratar.

—No has hecho nada —lo acusó, lo que era verdad—. A pesar de que llevas tres años diciendo que lo harías.

Eran una pareja curiosa: el sacerdote alto y delgado, y su esposa baja y rolliza; pero sentían devoción el uno por el otro. La madre de Gilpatrick no le echaba la culpa a su marido por posponer ese deber durante tanto tiempo. Entendía muy bien que tenía miedo, pero ¿quién no lo tendría si el problema era Fionnuala?

—Si no la casamos pronto, no sé lo que dirá la gente. O lo que hará.

Habría sido lo más fácil del mundo. ¿Acaso no era guapa? ¿No era la hija del jefe de los Ui Fergusa? ¿No podía darle su padre una sustanciosa dote? No se trataba de que tuviera mala reputación, hasta el momento.

No obstante, en opinión de su madre, era cuestión de tiempo. Si la primera vez que volvió de casa del Peregrino su padre comentó que había mejorado, su madre la observó con más escepticismo. Intentó no pelearse con su hija y la mantuvo ocupada, pero al cabo de unas semanas volvió a mostrar síntomas de tensión. Tuvo berrinches y enfados. En más de una ocasión se fue de casa para no regresar en todo el día. Sus padres le sugirieron que volviera a casa del Peregrino, pero se opuso y las veces que se encontraban a Una en la ciudad quedaba claro que entre las dos había una gran frialdad.

—Mejor será que la casemos —propuso la madre.

No era que no le hubieran dado vueltas al asunto. Fionnuala tenía dieciséis años y su padre llevaba años diciendo que le iba a buscar un pretendiente; sin embargo, si él se había mostrado perezoso cuando ella era más joven, en ese momento la madre sospechaba que estaba nervioso. No podía saberse cómo reaccionaría Fionnuala ante la persona que le presentaran.

—Sabe muy bien cómo disuadir a alguien si se lo propone —comentó su padre tristemente—. Sabe Dios a quién insultará.

También estaba la cuestión de la dote. Negociar con el futuro marido siempre era un proceso angustioso. Si se corría la voz de que Fionnuala era problemática: «Veinte docenas de cabezas de ganado no serán suficientes», como dijo el padre amargamente. Daba la impresión de que aquel asunto acabaría costándole pasar vergüenza, por lo que el sacerdote tuvo que admitir que había estado aplazando en secreto su resolución desde hacía meses.

—No te preocupes —dijo la madre de forma persuasiva—. Es posible que haya un candidato.

—¿Sí?

—He estado hablando con mi hermana, es de los O'Byrne.

—¿O'Byrne? —Aquello sí que eran noticias esperanzadoras. La hermana de su mujer había hecho muy bien en entrar en esa familia. Los O'Byrne, al igual que los O'Toole, eran uno de los mejores clanes del norte del Leinster—. ¿No será Ruairi O'Byrne?

—No, no es él. Me refiero a Brendan.

Incluso en la familia O'Byrne, entre sus muchos miembros, había una oveja negra. Daba la casualidad de que Ruairi pertenecía a la rama más antigua de la familia, pero a pesar de ser joven, ya tenía una dudosa reputación; sin embargo, Brendan ya era otra cosa. Aunque no se trataba más que de un miembro joven del principesco clan, el sacerdote siempre había oído decir que era un muchacho formal. Que su hija, en el estado en el que se encontraba en ese momento, se casara con un O'Byrne, que no fuera Ruairi, era una bendición.

—¿Ya se conocen?

—La vio una vez en el mercado y parece que le preguntó a mi hermana acerca de ella.

—Que venga tan pronto como quiera —propuso su marido, que habría dicho algo más si no hubiese aparecido uno de los esclavos para avisarles de que Gilpatrick acababa de llegar.

Por supuesto, cuando Peter apareció en su puerta, Gilpatrick se alegró de ver a su antiguo amigo.

—Me dijiste que pasase a verte si algún día venía a Dublín —dijo FitzDavid sonriendo.

—Sí que lo hice. Los amigos son para siempre.

No era del todo verdad. No podía obviarse que las cosas habían cambiado. El asesinato de Becket había modificado la opinión sobre el rey inglés incluso entre los eclesiásticos con una relación más estrecha con Inglaterra. El padre de Gilpatrick nunca perdía una oportunidad para comentarle: «Tu rey inglés sigue siendo amigo de la Iglesia», y la perturbadora presencia de Strongbow y su ejército había comenzado a preocupar a la mayoría de obispos. Gilpatrick había acompañado al arzobispo O'Toole a un concilio en el norte, en el que el arzobispo de más edad de Armagh había dicho: «Estos ingleses son sin duda una maldición enviada por Dios para castigarnos por nuestros pecados». Los eclesiásticos allí reunidos aprobaron, incluso, una resolución en la que sugerían que se liberara a todos los esclavos ingleses que hubiera en Irlanda. «Quizá —sugirió alguien— es el tener esclavos ingleses lo que ha ofendido a Dios.» Gilpatrick reparó en que nadie liberaba a los suyos por ese motivo, pero aquella posibilidad dejó huella en la comunidad: los ingleses eran un castigo. Con todo, hubiese sido poco natural no dar la bienvenida a su amigo, así que lo hizo calurosamente.

—No has cambiado nada —lo saludó.

Aquello no era verdad. Mientras iban de camino a casa de sus padres, miró a Peter FitzDavid y pensó que, aunque tuviese la misma cara juvenil y la misma ilusión inocente, había algo más en su amigo: un atisbo de ansiedad, ya que, a pesar de que Peter había estado en servicio activo durante tres años, solo le habían recompensado con una vaca.

—Has de procurarte algo de tierra, Peter —le sugirió amablemente.

Se dio cuenta de que era extraño que él, un irlandés, le dijera eso a un mercenario extranjero. Por supuesto, en la Irlanda tradicional, normalmente se recompensaba a los guerreros con ganado que podía pastar en las tierras de su clan; pero, al menos desde los tiempos de Brian Boru, los reyes irlandeses como Dermot del Leinster solo recompensaban a sus seguidores con predios situados en lo que antes se consideraban tierras tribales. Sin embargo, incluso en el caso de no conseguirse recompensas materiales, el sistema tradicional era más amable. Un valiente guerrero regresaba a su clan con honor. Un caballero feudal, aunque tuviera una familia que lo amara, no tenía un sistema de clanes que lo apoyase. A pesar de ser un hombre de honor, hasta que tuviera tierras no tenía patrimonio. El sacerdote irlandés sintió pena por su amigo extranjero.

Gilpatrick no debería haberse preocupado acerca de qué tipo de recepción tendría FitzDavid por parte de su padre, ya que este le dio la bienvenida con solemne dignidad. Peter se fijó en que la casa de piedra del sacerdote estaba bien amueblada y era lo suficientemente cómoda, incluso a pesar de que reparara con irónico deleite en que el eclesiástico tenía en un rincón una calavera de beber con el borde de plata.

No se habló de Becket. Sus padres preguntaron al visitante por su familia y su experiencia con el rey Dermot en el sur. Y cuando finalmente su padre no pudo resistirse a observar que, como sacerdote, estaba un poco intranquilo a causa del rey inglés, «por lo que les hace a los arzobispos», Peter le quitó importancia riéndose y comentó: «Nosotros también le tenemos miedo».

Si era necesaria alguna prueba más de la cordialidad de su padre, esta llegó cuando le dijo a su hijo:

—Tu amigo no parece realmente inglés.

—De hecho, mi familia es flamenca —corroboró Peter.

—Pero naciste en Gales y tu padre antes que tú, ¿no es así?

—Eso es cierto.

—Hablas irlandés casi como nosotros. ¿Es porque hablas galés?

—Toda mi vida lo he hecho.

—Entonces eres galés —dijo el jefe irlandés. Se volvió hacia su mujer y repitió—: Es galés.

Ésta sonrió.

—Soy galés —confirmó Peter prudentemente.

En el momento en el que quedó establecida su identidad, una figura apareció en la puerta.

—Galés —dijo el jefe bajando repentinamente la voz—, esta es mi hija Fionnuala.

A Peter FitzDavid le pareció la joven más hermosa que había visto en su vida. Con su pelo largo, su pálida piel y su boca roja, ¿acaso no era el objeto perfecto del deseo de cualquier hombre? Si los ojos de su hermano Gilpatrick estaban curiosamente moteados de verde, los de Fionnuala eran de un asombroso esmeralda puro; sin embargo, tras esa superficial presentación, lo que más le impresionó fue su modestia.

¡Qué recatada era! La mayor parte del tiempo mantuvo la vista baja y se dirigió a sus padres y a su hermano con un encantador respeto. Cuando Peter habló con ella, contestó con dulzura y sencillez. Solo en una ocasión permitió que su voz se tiñera con cierta animación: fue cuando habló del Peregrino y de sus buenas obras en el hospital, donde, hasta hacía poco tiempo, había estado trabajando. Estaba tan fascinado con aquella virtuosa joven que si su familia intercambió miradas de incredulidad, no se percató de ellas.

Al cabo de un tiempo, los padres de Gilpatrick dejaron ver que querían hablar a solas con su hijo, así que sugirieron a Fionnuala que le enseñara la iglesia. Peter la admiró debidamente, después lo llevó al pozo de San Patricio y, señalando hacia la laguna negra y el túmulo de la Asamblea en la distancia, le contó la historia de su antepasado y de san Patricio, y le explicó que Fergus estaba enterrado allí. Peter la escuchó con respeto y comprendió a lo que se refería Gilpatrick cuando le habló del antiguo estatus de su familia. Miró a la joven, disfrutó de su belleza, de su dulce seriedad y devoción, y se preguntó si se estaría planteando seguir una vida religiosa. Le pareció una pena que no se casara y se entristeció cuando llegó el momento de regresar.

Habían acordado que sería una visita corta, pero los padres de Gilpatrick demostraron gran afabilidad a la hora de invitarlo a que volviera pronto para que lo agasajaran según la costumbre irlandesa. La madre de Gilpatrick insistió en darle como regalo unos dulces y, mientras los acompañaba a la puerta, el padre miró al estuario y comentó:

—Ten cuidado mañana, galés, habrá bruma.

Como el cielo estaba claro, le pareció poco probable, pero era demasiado educado como para contradecirlo.

Cuando se alejaba junto a Gilpatrick, no pudo evitar sacar a colación el asunto de Fionnuala.

—Ya veo a lo que te referías con tu hermana.

—¿Sí?

—Es extraordinaria, un alma piadosa.

—¿Sí?

—Y es también muy hermosa. ¿Va a casarse pronto? —añadió un tanto entristecido.

—Probablemente. Mis padres me han dicho que han pensado en alguien —dijo sin querer entrar en detalles.

—Un hombre afortunado. Sin duda, un príncipe.

—Algo así.

Peter deseó estar en situación de pedirla para él.

Cuando Peter abrió los ojos al día siguiente, miró hacia la puerta abierta y frunció el entrecejo. ¿Se había despertado demasiado temprano? Parecía estar oscuro todavía.

En el lugar en el que se hospedaba vivían seis personas. Otro caballero y él habían ocupado la casa, y tres hombres de armas y una esclava dormían en el jardín. Se había enterado de que la casa había pertenecido a un platero llamado MacGowan, que había abandonado la ciudad cuando fue tomada. Nadie parecía moverse. Más allá de la puerta había un extraño y pálido gris. Se levantó y salió.

Bruma. Fría, húmeda y blanca bruma. Ni siquiera alcanzaba a ver la puerta que tenía a pocos pasos. Los hombres estaban despiertos, acurrucados bajo sus mantas en el pequeño cobertizo donde seguramente trabajaba el platero. Habían encendido el brasero y la esclava preparaba algo de comer. Peter llegó a la puerta. Si había alguien en el camino, no conseguía ni verlo ni oírlo. La bruma se adhirió a su rostro y lo besó húmedamente. Supuso que el sol haría desaparecer la neblina más tarde; hasta entonces no podía hacer gran cosa. El padre de Gilpatrick tenía razón, no debería de haber dudado de él. Volvió al jardín. La esclava había puesto unas tortas de avena en el horno. Cogió una y la mordisqueó pensativo. La torta olía y sabía bien. Pensó en la joven. Aunque no recordaba haber soñado durante la noche, le dio la impresión de que había estado en sus pensamientos mientras dormía. Se encogió de hombros. ¿De qué servía pensar en una joven que era inalcanzable? Mejor sería apartarla de sus pensamientos.

En su vida no había habido muchas mujeres. Había una chica con la que había pasado unas felices noches en un granero en Wexford; por otro lado, en Waterford había disfrutado de algunas semanas de ardiente pasión con la esposa de un mercader mientras su esposo estaba de viaje. Pero en Dublín las perspectivas no eran nada halagüeñas. La ciudad estaba llena de soldados y la mitad de la población había huido. El caballero con el que compartía la casa le había hablado de sus proezas al otro lado del río, en el arrabal de la orilla septentrional:

—Lo llaman Ostmanby por la gran cantidad de familias de gentes del este, escandinavos, que se establecieron allí. Tuvieron que construir refugios al lado de las casas que ya había. Algunos de los artesanos y trabajadores más pobres tienen problemas para alimentar a sus familias, así que sus mujeres e hijas vienen aquí... La semana pasada estuve con una que era deliciosa.

Peter llegó pronto a la conclusión de que la mayoría de las hazañas de su compañero eran inventadas. Las mujeres que había visto en el puente que llevaba a Ostmanby no se le habían ofrecido y las pocas féminas de vida relajada que había encontrado por las calles no eran precisamente apetecibles. Decidió que mejor prescindiría de ellas.

Pasó la mañana junto al brasero, jugando a los dados con los hombres. Esperaba que el sol del verano hiciera desaparecer la bruma, pero, a pesar de que avanzada la mañana hubo una débil claridad en el cielo, seguía sin poder ver a treinta pasos de allí. Y, en cuanto a la joven, su imagen seguía allí, flotando vagamente en su cabeza como un espíritu. Al mediodía decidió ir a dar una vuelta, en parte con la esperanza de que esa perturbadora presencia desapareciera en la bruma.

Cuando se dirigió a las Casetas de pescado, su única intención era recorrer una corta distancia, acordándose de por dónde iba para poder encontrar el camino de vuelta, pero pronto se dio cuenta de que no había conseguido hacerlo. Estaba seguro de que caminaba hacia el oeste, y al cabo de un tiempo supuso que estaría acercándose al mercado que había cerca de la puerta occidental. El hospital en el que había estado trabajando Fionnuala se encontraba cerca de esa puerta, recordó. Podía echar un vistazo. Seguramente conseguiría orientarse, incluso con la niebla. Al cabo de un rato, no obstante, seguía sin encontrar el mercado. De vez en cuando veía figuras en la bruma, y si hubiera sido sensato les habría preguntado por el camino; sin embargo, odiaba tener que preguntar, así que continuó hasta que finalmente alcanzó a verlo. Un par de hombres de armas hacían guardia.

A las puertas, la niebla era tan espesa que llegó a la conclusión de que si quería ver algo del hospital tendría que entrar. Estuvo a punto de dar media vuelta, pero los centinelas lo miraban y antes que admitir un error prefirió pasar de largo haciendo un comentario:

—Creo que iré a ver si la bruma se está despejando al otro lado del río.

Así que ese fue el camino que tomó.

El puente estaba silencioso y no se veía un alma. Solo se oía el sordo sonido de sus pasos sobre la madera. A su derecha, los barcos amarrados al muelle de madera aparecían entre el halo de neblina como insectos atrapados en una telaraña cubierta de rocío. Alcanzaba a ver hasta a cien metros río abajo, pero mientras cruzaba se fijó en que la bruma empezaba finalmente a levantarse. Cuando estaba a mitad de puente vio un trozo de cielo azul. Después logró divisar las marismas de la parte norte del Liffey y los esparcidos techos de paja del arrabal que había más allá. En el extremo del puente, a la izquierda, vio la orilla verde, cubierta de hierba bajo los rayos del sol. Había flores amarillas que brotaban aquí y allá. Entonces vio…

Hombres a caballo. A lo largo de toda la orilla, emergiendo de la bruma. Muchísimos. Después hombres a pie armados con lanzas y hachas. Cientos de ellos. Dios sabe cuántos serían. En cuestión de segundos estarían en el puente.

Aquello solo podía significar una cosa: el Rey Supremo había vuelto y estaba a punto de tomar Dublín por sorpresa.

Se dio la vuelta y echó a correr. Corrió más aprisa de lo que lo había hecho nunca, atravesando el neblinoso puente. Oyó sus pisadas y creyó que incluso oía latir su corazón. ¿Oyó también el retumbar de cascos sobre la madera? Creyó que no, pero no se atrevió a volverse para mirar. Llegó al final del puente, subió por el camino, se acercó a la puerta y vio que los dos centinelas lo miraban sorprendidos. Solo cuando hubo traspasado la puerta se atrevió a mirar el camino desierto que había a su espalda y ordenó a los centinelas: «¡Cerrad la puerta. Rápido!». Después les contó lo que había visto y se puso manos a la obra.

En los minutos siguientes, Peter FitzDavid actuó con rapidez y determinación. Reunió a varios hombres de armas y les pidió que cumplieran sus órdenes a toda velocidad. A uno le dijo que avisara rápidamente a Strongbow: «Ve directamente, sin entretenerte en nada». A otros dos les encargó que avisaran a las defensas del río y de la puerta oriental. Se llevó a otro como guía y se encaminaron hacia la puerta meridional. Si los hombres del Rey utilizaban el vado además del puente, se dirigirían hacia la gran puerta occidental. Cuando llegó todavía no había tropas a la vista. Hizo que cerraran la puerta y la atrancaran, y tras alentar a la guarnición, se apresuró por la calle que llevaba a la iglesia de Cristo y a los aposentos reales.

Cuando llegó al antiguo salón en el que Strongbow había fijado su residencia, encontró al gran señor acompañado por doce caballeros a punto de montar a caballo. Miraba enfurecido a su alrededor y exigía respuestas, pero no obtenía ninguna.

—¿Quién ha dado la voz de alarma? —preguntó a un comandante que parecía muy nervioso.

—Yo —dijo Peter aproximándose.

Un par de ojos azules se clavaron en él.

—¿Y quién demonios eres tú?

Aquélla era su oportunidad.

—Peter FitzDavid —contestó con atrevimiento. Rápida y sucintamente le contó lo que había visto—. He ordenado cerrar el puente y las puertas occidentales, y he enviado hombres a todas las demás.

—Bien hecho —aprobó el gran hombre entrecerrando los ojos—. Tú estabas con Dermot, ¿verdad? —preguntó asintiendo con la cabeza en dirección a Peter para hacerle saber que lo recordaba. Después se volvió hacia sus caballeros—. Ya sabéis lo que tenéis que hacer. ¡Organizad la guarnición!

A media tarde, el tiempo estaba claro y despejado. Los habitantes de Dublín miraron por encima de las murallas y vieron a las fuerzas del Rey Supremo por todos lados. Además de los clanes bajo su mando directo, estaban también los de los grandes jefes que reconocían su autoridad. Los antiguos ulaid del Ulster acampaban en Clontarf. Los O'Brien, descendientes de Brian Boru, tenían sus fuerzas en el límite occidental de la ciudad. El hermano del rey Dermot, que había decidido no apoyar a Strongbow a diferencia de los hijos de Dermot, había llevado sus tropas y estaba acampado al otro lado de los accesos costeros meridionales. Todas las rutas de abastecimiento de la ciudad, por tierra o por mar, estaban bloqueadas. El ejército del Rey Supremo acampaba haciendo un círculo alrededor de las murallas, con puestos de avanzada que vigilaban en todas las puertas cualquier signo de huida por parte de los ingleses.

Poco antes de que terminara la tarde, desde un lugar estratégico por encima del muelle de madera, Peter vio al arzobispo O'Toole cabalgando por el puente con un grupo de sacerdotes. Iban a comenzar las negociaciones y se fijó en que Gilpatrick era uno de ellos.

A la mañana siguiente, la ciudad se vio envuelta en la bruma otra vez. Strongbow tenía hombres en toda la muralla. A Peter lo enviaron a pie con un grupo de exploradores para ver si los asediadores daban alguna señal de querer lanzar un ataque por sorpresa. Cuando le preguntó a Strongbow si estaba pensando en organizar una escapada por sorpresa, el gran señor sacudió la cabeza.

—Es inútil. No puedo mandar un ejército si no consigo verlo.

Peter volvió de su patrulla sin haber notado ninguna señal de movimiento de las tropas enemigas. Andar por las calles resultaba inquietante. Aunque los centinelas de las murallas guardaban silencio, cada vez que una silueta se recortaba en la bruma, medio esperaba que fuera un enemigo. Llegaron noticias de que el arzobispo saldría para volver a negociar cuando se despejara la niebla. Peter volvió a su alojamiento y lo encontró vacío. Se sentó junto al brasero y esperó.

Pasó el tiempo. La bruma no parecía levantarse en absoluto. En aquel silencio todo parecía irreal. Cuando miró a través del jardín hacia la puerta, solo consiguió ver blancura más allá, como si gracias a una extraña magia hubieran transportado aquel pequeño jardín a un mundo aparte escondido en una nube.

Cuando vio aparecer una forma al otro lado de la puerta, supuso que era el caballero. Y cuando vio que se quedaba allí como un espectro en vez de entrar, pensó que podía ser un ladrón. Con una mirada al banco en el que tenía la espada, se preparó para levantarse rápidamente. Advirtió que no era fácil que lo viera desde la entrada, así que permaneció inmóvil, sin hacer ruido. Aquella silueta continuó quieta, era obvio que miraba hacia el jardín. Finalmente, entró. Llevaba una capucha sobre la cabeza. Se acercó al brasero. Cuando estaba tan cerca que casi podía tocarla, la reconoció.

Era la joven Fionnuala, que solo se sobresaltó ligeramente al verlo. A Peter le sorprendió aquel dominio de sí misma. Fionnuala le sonrió.

—He venido a ver si estabas —dijo. Su cara de sorpresa parecía divertirla—. Gilpatrick me ha dicho dónde te alojabas. Hasta hace poco esta era la casa de mi amiga.

—¿Cómo has entrado en la ciudad? —preguntó pensando en los guardias.

—He entrado por la puerta. —Normalmente, en las grandes puertas había una más pequeña por donde podía entrar una persona—. Saben que soy la hija del sacerdote —dijo mirando a su alrededor—. ¿Estás solo?

Peter asintió.

—¿Puedo sentarme junto al fuego?

Peter le ofreció un taburete y se sentó en él. Se bajó la capucha y el pelo le cayó por la espalda como una cascada.

—Gilpatrick me ha dicho que fuiste tú el que dio la voz de alarma —comentó mirando las ascuas del brasero—. Así que ahora el Rey Supremo se quedará a las afueras de Dublín y tú en el interior, y él esperará hasta que os muráis de hambre.

Peter la miró preguntándose qué quería, por qué había ido y cómo podía ser tan hermosa. Probablemente, su valoración de la situación era acertada. El Rey Supremo tenía todos los productos del Leinster en sus manos. Podía alimentar a su ejército durante meses; no obstante, la ciudad también estaba bien provista. Aquél podía ser un asedio bastante largo.

—Puede que tu hermano y el arzobispo negocien la paz con el Rey Supremo —sugirió Peter.

—Gilpatrick dice que el arzobispo quiere evitar un derramamiento de sangre, pero el rey O'Connor no confía en Strongbow.

—¿Porque es inglés?

—En absoluto —dijo entre risas—. Porque es el yerno de Dermot.

¿Por qué había ido allí? ¿Acaso era una espía enviada por su padre para enterarse de las defensas que tenía Strongbow? Gilpatrick podría hacerlo mejor, pero quizá, como mediador, rehusara desempeñar aquel papel. Llegó a la conclusión de que por muy religiosa y beata que fuera, no debía quitarle un ojo de encima. Mientras tanto, siguieron hablando de esto y de aquello, y ella estiró sus manos y sus delgados y pálidos brazos hacia el fuego. Él contestaba cuando era necesario y sin dejar de mirarla.

Al cabo de un tiempo, Fionnuala se levantó.

—Tengo que volver a casa.

—¿Te acompaño a la puerta de la ciudad?

—No es necesario —dijo lanzándole una extraña mirada—. ¿Te importa que vuelva a verte?

—Esto... —balbució sin dejar de mirarla—. Cómo no —tartamudeó.

—Estupendo —dijo, echando un vistazo hacia la puerta del camino. No había nadie—. Dime, Peter FitzDavid —le pidió suavemente—. ¿Te gustaría besarme antes de que me vaya?

Peter la miró. La recatada hija del sacerdote, la princesa irlandesa le estaba pidiendo que la besara. Se contuvo, estaba comportándose como un idiota y la besó educadamente en la mejilla.

—No era eso a lo que me refería.

¿No? ¿De qué iba todo aquello? Estuvo a punto de soltarle: «¿No vas casarte muy pronto?». Pero se dijo a sí mismo que no debía actuar como un tonto. Si se lo pedía, en fin, solo un idiota podía negarse. Se acercó a ella y sus labios se unieron.

Una se sorprendió al encontrar a Fionnuala al día siguiente en la puerta del hospital y todavía más cuando le dijo por qué había ido.

—¿Quieres volver a trabajar aquí?

—No tengo nada que hacer en casa, Una. No puedo quedarme sentada de brazos cruzados. Mis padres quieren que viva con ellos, pero podría pasar los días aquí y algunas noches. Eso —dijo sonriendo con arrepentimiento—, si a ti no te importa. —Hizo una pausa y después continuó muy seria—. Tenías toda la razón para enfadarte conmigo, pero creo que he madurado.

¿Lo había hecho? Una la miró. Quizá sí. Después se dijo a sí misma que no fuera tonta. ¿No se necesitaba siempre gente en el hospital? Sonrió.

—Hay que fregar el suelo.

La única persona que mostró cierto recelo fue Ailred, *el Peregrino*. Le preocupaba su seguridad, pero Fionnuala logró convencerlo sin gran esfuerzo.

—Puedo entrar a la ciudad por la puerta pequeña —le dijo. En la muralla había una puerta que daba casi directamente a la iglesia de su padre—. Después puedo salir por la puerta occidental y venir hasta el hospital. Nadie va a hacerme nada si me ve salir de la iglesia o entrando en el hospital.

Ni los ingleses ni las fuerzas del Rey Supremo habían causado ningún problema a las instituciones religiosas de la ciudad. La hija del sacerdote podía ir a cualquier sitio sin que nadie la molestara, incluso en pleno asedio.

—Hablaré con tu padre —le prometió el Peregrino.

Así que llegaron a un acuerdo esa misma tarde. Fionnuala iría varios días a la semana al hospital y en ocasiones se quedaría a dormir allí.

—Quién sabe —le comentó el padre a Ailred—, a lo mejor ha madurado.

El tercer día que el arzobispo y Gilpatrick salieron a negociar, el Rey Supremo hizo una oferta.

—Que Strongbow se quede Dublín, Wexford y Waterford y no habrá necesidad de luchar.

En muchos sentidos era una oferta generosa. El Rey Supremo estaba dispuesto a ceder el puerto más importante de Irlanda al lord inglés; sin embargo, a Gilpatrick le pareció que también era una oferta muy conservadora. De regreso, el arzobispo resumió la situación cuando comentó:

—Supongo que, en cierta forma, es un simple cambio en los puertos. Cambiamos a los escandinavos por los ingleses.

«Exacto», pensó Gilpatrick. Incluso en ese momento, después de tres siglos de convivencia entre los dos pueblos, los irlandeses seguían considerando los antiguos puertos vikingos como lugares aparte, aunque fueran vitales para la riqueza de la isla.

Para los antiguos clanes y para el rey supremo O'Connor del Connacht, poco importaba quién los controlara, mientras no invadieran el verde y fértil interior.

Pero el rey O'Connor no era tonto. La oferta también tenía su malicia. Estaba dispuesto a renunciar a Dublín, pero también quería asegurarse de que Strongbow reducía el tamaño de su ejército. Por tanto, tenía que negarles lo único que les permitiría quedarse allí: tierras, las concesiones feudales de tierra a cambio de servicios militares. Por eso habían ido allí, desde el pobre y joven Peter FitzDavid hasta la familia de Strongbow. La oferta del Rey Supremo les negaba aquellas tierras.

—Esperemos que Strongbow acepte —dijo el santo arzobispo.

Gilpatrick tenía sus dudas.

Al día siguiente, antes de que hubiera una respuesta, Gilpatrick vio a Peter FitzDavid en las Casetas de pescado. Se saludaron cordialmente, pero con cierto recelo. Debido al avance del asedio, era poco aconsejable una visita a casa de sus padres fuera de las murallas. Además, como su padre estaba de parte del Rey Supremo, no debería de haber visto a Peter en ese momento; sin embargo, hablaron con suficiente cortesía, hasta que Peter, como quien no quiere la cosa, preguntó:

—¿Cómo van los planes para las nupcias de tu hermana?

Gilpatrick frunció el entrecejo. ¿Por qué le daba la impresión de que aquella pregunta no era sincera? ¿Podía ser que su amigo albergara esperanzas a ese respecto? Después de todo, hacía unos años él mismo había pensado en ello, pero en ese momento el futuro de Peter no parecía muy prometedor. Difícilmente podía ser un buen partido. Sonrió con ironía. Aunque, ya puestos, no estaba muy seguro de si era muy caritativo desear que su temperamental hermana se uniera a él.

—Tendrás que preguntarle a mis padres —dijo bruscamente antes de alejarse.

Era indudable, tuvo que admitir Una, que Fionnuala había cambiado. Puede que no consiguiera ir todos los días, pero cuando lo hacía, trabajaba duro y sin quejarse. Por parte de los enfermos no había otra cosa que alabanzas. Ailred estaba encantado y se preocupó de decirle a su padre lo que había mejorado. Unas veces se quedaba por la noche en el hospital y otras se iba por la tarde, pero siempre avisaba con tiempo a Una.

Nunca tuvieron problemas con los soldados. Los centinelas más avanzados estaban muy cerca, pero sabían quién era y dónde iba. En una ocasión, incluso, Una y ella fueron a dar un paseo por el puente, nadie las molestó y tras intercambiar unas palabras con los soldados ingleses del otro extremo, las dejaron regresar.

Con todo, cuando la segunda semana de asedio dio paso a la tercera, el cerco a la ciudad empezó surtir efecto. Además de las fuerzas que había alrededor de las murallas, los hombres del Ulster que estaban en Clontarf habían alejado todos los barcos que pretendían entrar por el Liffey.

A Dublín no llegaba por tierra ningún tipo de provisiones y las reservas iban agotándose poco a poco. Tampoco llegaba ninguna noticia.

Habían pasado meses desde la última vez que había sabido algo de su padre en Rouen. Un marinero había ido al hospital y había dejado un mensaje de MacGowan en el que decía que él y el resto de la familia estaban bien, que había encontrado trabajo como oficial con otro maestro, pero que la vida era dura y que, si estaba a salvo con el Peregrino, debía quedarse con él. También le había preguntado al marinero si había encontrado al perro que había perdido cuando la familia se marchó.

El perro. Una se dio cuenta de que su padre se refería a la caja fuerte. Ese era el momento que había estado temiendo.

Después del terrible descubrimiento, había pasado semanas enteras pensando qué iba a contarle a su padre. No soportaba imaginar la pena y la preocupación que le causaría saber la verdad; sin embargo, el Peregrino se había mostrado firme con ella.

—Has de decírselo, Una. Imagínate que regresa creyendo que tiene una fortuna aquí y descubre que no hay nada. Sería mucho peor.

Así que envió un mensaje diciendo que el perro se había perdido; no había vuelto a tener noticias de su padre desde entonces. No había forma de saber si estaba vivo o muerto.

A pesar de haberla besado, Peter no esperaba realmente volver a ver a Fionnuala, pero dos días después de su primera visita, uno de los soldados que estaba en el jardín entró en la casa para decirle que en la puerta había una joven que decía tener un mensaje para él de parte de uno de los sacerdotes. Al verla allí, pensó que era verdad que le llevaba un mensaje de Gilpatrick. Su saludo fue tan formal como amable y cuando le preguntó si podía acompañarla hasta la iglesia de Cristo, aceptó amablemente. Aunque aún se sorprendió más cuando fueron a las Casetas de pescado y se volvió hacia él para decirle:

—No tengo ningún mensaje de Gilpatrick.

—¿No?

—Estaba pensando que debería ir a tus aposentos cuando no haya tanta gente —continuó con toda calma.

—¡Ah!

Se detuvo en una caseta, miró la fruta para ver si estaba buena y después continuó andando.

—¿Te gustaría?

No había duda de a qué se refería. A menos que estuviera jugando algún tipo de juego con él, y Peter no lo creía, le estaba pidiendo una cita en secreto.

—Me encantaría —se oyó decir.

—Puedo venir mañana a última hora de la tarde…

Peter sabía que los hombres de armas tenían guardia a esa hora. El caballero con el que compartía la casa tal vez estaría, pero podía llegar a algún acuerdo con él.

—Mañana estará bien.

—Estupendo. Ahora tengo que irme a casa.

Al día siguiente, mientras esperaba solo en la casa, sufrió algún momentáneo ataque de ansiedad. No creía que la joven fuera una espía. No había ninguna posibilidad de que su padre o su hermano dejaran que perdiera la virtud por motivo alguno. La otra posibilidad era que, detrás de su máscara de recato, escondiera un carácter completamente diferente. Que él supiera ya se había acostado con medio Dublín.

¿Le importaba? Pensó en ello. Sí. Era un joven con los mismos apetitos sexuales que cualquier hombre de su edad, pero también era muy escrupuloso. No quería que lo sedujera la prostituta de la ciudad. ¿Por qué? Podía incluso no estar limpia. Enfermedades de transmisión sexual las había en toda Europa, sobre todo en los puertos y se decía que se contraían más desde que habían empezado las Cruzadas. Peter no conocía a nadie que se hubiese contagiado en Irlanda, pero nunca se sabía.

Entonces se dijo a sí mismo que sus miedos eran una tontería. Era simplemente una joven más que daba la casualidad de que era la hija de un sacerdote. En sí mismo, eso conllevaba otros peligros en los que no quería pensar; sin embargo, a pesar de todo, cuando llegó el día siguiente, estaba un poco nervioso.

No tendría que haberse preocupado. Cuando Fionnuala apareció, le dio la impresión de que también estaba pálida y nerviosa. Le preguntó si estaban solos y cuando le contestó que sí, pareció aliviada, pero al mismo tiempo trastornada, como si no estuviera segura de qué hacer. Peter había preparado un poco de hidromiel caliente y tortas de avena y le preguntó si quería. Fionnuala asintió agradecida y se sentó en el banco al lado del horno para comérselas. Bebió el hidromiel. Peter le ofreció más. Después de tomarlo y sentirse un poco eufórica, se volvió hacia él y le preguntó:

—Has hecho el amor con otras mujeres, ¿verdad?

Entonces, Peter lo entendió y sonrió amablemente.

—Sí, no te preocupes.

La hizo entrar en la casa, que estaba en penumbra a excepción de la franja de luz del sol que se colaba por la puerta. Iba a ayudarla a quitarse la capa, pero lo apartó; después, frente a él, se quitó la ropa despacio y se quedó desnuda.

Peter contuvo el aliento. Su cuerpo era pálido y esbelto, y sus pechos algo más grandes de lo que esperaba; era la mujer más hermosa que había visto nunca. Se acercó a ella.

Dos días más tarde volvieron a verse. En esa ocasión tuvo que contárselo al caballero con el que compartía alojamiento. Divertido y con una palmadita de felicitación en la espalda, su compañero le aseguró que se ausentaría hasta el anochecer y que era un hombre de palabra. Antes de irse, Fionnuala le prometió que volvería al día siguiente. Le preguntó cómo podía visitarlo sin despertar comentarios en la ciudad. Era sencillo, le explicó: había vuelto a trabajar en el hospital y de camino pasaba por la ciudad.

—Así que cuando quiero venir aquí, digo en el hospital que tengo que ir a casa. Y cuando llego a casa digo que acabo de llegar del hospital. Nadie se entera.

Al poco empezaron a hacer el amor apasionadamente un día sí, otro no; enseguida Fionnuala sugirió:

—Mañana por la noche puedo quedarme.

—¿Dónde nos vemos?

—En el muelle hay un almacén.

Resultó ser un lugar precioso. Estaba al final del muelle de madera y tenía un desván en el que se guardaban balas de lana. En uno de los extremos del desván había una gran puerta doble que daba al agua, con una magnífica panorámica del río en dirección al mar. Las noches de verano eran cortas y cálidas, las balas de lana proporcionaban una confortable cama y, al clarear, abrieron las puertas y vieron salir el sol en el estuario, inundando de luz el Liffey, mientras volvían a hacer el amor.

Más tarde, tras comer las provisiones que habían llevado con ellos, Fionnuala se escabulló por la puerta occidental, donde los guardias pensaron que había llegado directamente desde su casa. Peter esperó un rato y después, cuando las primeras personas empezaban a moverse por el muelle, volvió a su alojamiento.

Iba por las Casetas de pescado cuando distinguió a Gilpatrick.

Por un momento pensó en si podría evitarlo, pero Gilpatrick lo había visto y se acercaba a él sonriendo.

—Buenos días, Peter. Has madrugado —lo saludó estudiándolo con una mirada divertida. Peter pensó que seguramente tendría un aspecto muy descuidado después de lo de la noche anterior y se pasó la mano por el pelo para alisarlo—. Parece que has tenido una noche agitada —comentó con cierto brillo en los ojos—. Mejor será que vayas a la iglesia y te confieses —le aconsejó, pero por debajo de aquella sutil forma de tomarle el pelo, notó cierta reprobación sacerdotal.

—No he podido dormir. ¿Has visto salir el sol en el estuario alguna vez? Es precioso.

Evidentemente, Gilpatrick no le creía.

—Acabo de ver a mi hermana.

Peter notó que se había puesto pálido e intentó contenerse.

—¿Tu hermana? ¿Qué tal está?

—Me alegra decir que trabajando duro en el hospital.

¿Le estaba mirando de forma distinta? ¿Había hecho alguna conjetura? Peter bostezó y meneó la cabeza para disimular su confusión. ¿Qué le estaba contando?

—Fionnuala y Una venían desde el hospital. ¿Conoces a Una MacGowan? Estás viviendo en su casa.

—No, no la conozco.

Fionnuala debía de haber ido muy rápido. Agradecido, masculló que tenía que marcharse y se escabulló.

Pero cuando estaba de vuelta en sus aposentos, se sintió intranquilo. Su aventura con Fionnuala había sido tan inesperada que no había tenido tiempo de meditar sobre ella. El encuentro con Gilpatrick había hecho que viera las cosas de otra manera. El joven sacerdote había imaginado que había pasado la noche con una mujer. La gente que vivía en su casa también lo sabía, pues cuando entró los vio intercambiar miradas. Eso significaba que pronto la mayoría de las tropas inglesas de Dublín se enterarían. Por supuesto, dentro del ejército, aquello no haría nada más que aumentar su reputación, pero también era peligroso. La gente podría preguntar quién era la joven e intentar enterarse.

¿Y si lo hacían? Al imaginarlo le entró un pánico terrible y gélido. Había que tener en cuenta quién era la joven, la hija de un eclesiástico próximo a Lawrence O'Toole, jefe de una importante familia local; hermana de un sacerdote que participaba en las negociaciones con el Rey Supremo. Era exactamente la gente que Strongbow necesitaba como amigos si quería ocupar el lugar de Dermot en el Leinster. Poco importaba que hubiese sido la joven la que lo hubiera seducido a él, al acostarse con ella había deshonrado a su familia. No tenía ninguna duda sobre el comportamiento que se esperaba de una hija soltera en una familia importante como aquélla; además, había abusado de la amistad de Gilpatrick y de la hospitalidad de sus padres. Jamás le perdonarían. Pedirían su cabeza y Strongbow lo sacrificaría sin pestañear. Estaba acabado.

¿Había alguna salida? ¿Qué pasaría si pusiese fin a la aventura en ese momento y nadie se enterara? El recuerdo de la noche que acababa de pasar inundó sus pensamientos; su olor, la cálida e intensa pasión que habían compartido, los largos y eróticos momentos en los que su pálido cuerpo se enroscaba al suyo, las cosas que habían hecho. Un hombre se enfrentaría a la muerte por una noche como aquélla. ¿Tenía que renunciar a ello?

Puede que no, pensó, pues se le había ocurrido algo. Incluso si lo descubrían, el resultado no tenía por qué ser malo. ¿Y si lo negaba descaradamente y lo trataba todo como si fuera un noviazgo en tiempos de guerra? Estaba seguro de que eso sería lo que haría alguien como Strongbow. Si descubrían a Fionnuala, si se corría la voz de que la habían deshonrado, no tendría muchas posibilidades de casarse con un príncipe irlandés. Y para salvaguardar su reputación, su familia tendría que consentir, aunque fuera a regañadientes, que se casara con él. Pensó en la situación del padre: los ingresos por las propiedades eclesiásticas, la gran extensión de terreno que poseía en la costa y su abundante ganado. Fionnuala iba a recibir una cuantiosa dote, aunque solo fuera por preservar el honor de la familia. Como marido de una joven de tan importante familia en el Leinster, ¿no tendría más posibilidades de que Strongbow, que estaba casado con una princesa del Leinster, se fijara en él? Si mantenía la calma, aquel asunto podría acabar siendo lo mejor que había hecho en su vida.

Dos días más tarde volvió a pasar la noche con Fionnuala.

El asedio de Dublín continuó unas semanas más. Alrededor de la ciudad, los sitiadores vivían bien. Con el ganado, los jardines, los huertos y los campos, tenían a su alcance todos los productos de la zona. Podían disfrutar del cálido verano en sus campamentos y esperar que madurara la cosecha.

Sin embargo, intramuros, las cosas no eran tan placenteras. A pesar de que habían cortado el suministro de agua que provenía del sur, disponían de la suficiente; además, en el Liffey había peces, aunque no en abundancia. Todavía poseían los graneros de la ciudad, algunos huertos y cerdos; no obstante, al cabo de seis semanas, Strongbow advirtió que, incluso racionando la comida a sus tropas, solo podría aguantar otras tres o cuatro semanas. Después tendrían que empezar a sacrificar a los caballos.

A Gilpatrick no le sorprendió que a la sexta semana de asedio lo llamara el arzobispo O'Toole para que fuera con él al campamento del Rey Supremo. Intuyó que en aquella ocasión iba a ser la única persona que acompañaría a su eminencia. Salieron a mediodía y cabalgaron por el largo puente de madera hasta la parte norte del Liffey, y después un rato por la orilla hacia el oeste, hasta que llegaron al punto en el que iban a reunirse con el Rey.

El arzobispo parecía cansado. Su ascética y finamente dibujada cara mostraba arrugas de preocupación alrededor de los ojos y Gilpatrick supo que no se debían solamente a que sintiera el peso de la responsabilidad, sino que su sensible y poético carácter sufría un dolor casi físico cuando contemplaba el sufrimiento de otras personas. Cuando asesinaron al rey de Dublín, tras el infructuoso ataque el año anterior, el santo obispo se mostró visiblemente afligido. En ese momento, estaba muy preocupado, ya que Strongbow todavía no había aceptado las ofertas del Rey Supremo y solo conseguía ver un futuro de sufrimiento y derramamiento de sangre. «Se culpabiliza de lo ocurrido —le dijo Gilpatrick a su padre—. Por supuesto, él no tiene la culpa, pero esa es su forma de ser.»

Cuando llegaron al punto de reunión, se encontraron con que les habían preparado una suntuosa recepción. Habían levantado una caseta con techo de paja y pared de mimbre en la parte norte; las demás estaban abiertas. En el interior había bancos cubiertos con cojines de lana y telas y mesas dispuestas con un espléndido banquete.

El Rey Supremo, acompañado de algunos de sus jefes más importantes, les dio una cálida y respetuosa bienvenida, y los invitó a comer, algo que, al menos Gilpatrick, estuvo encantado de hacer.

A pesar de su genuina amabilidad, no se le escapó el significado de aquel festín. El Rey Supremo les estaba haciendo saber que tenía abundancia de provisiones, mientras que el aspecto de la cara de Gilpatrick le decía al Rey lo que este había sospechado: la comida escaseaba en la ciudad.

El rey O'Connor era un hombre alto y fuerte, de cara ancha y una mata de pelo castaño rizado que le caía reluciente hasta casi los hombros. Sus ojos oscuros tenían un brillo que, según había oído decir Gilpatrick, fascinaba a las mujeres.

—Llevo aquí seis semanas —le dijo—, pero como puedes comprobar, desde la ciudad no nos ven, así que, por favor, no informéis de dónde estamos. Puedo bajar al Liffey y darme un baño todas las mañanas —le contó sonriendo—. Si Strongbow quiere, no me importará estar aquí un año o dos.

Gilpatrick comió de buena gana. Incluso el ascético arzobispo aceptó tomar un par de vasos de vino. Para regocijo de Gilpatrick los agasajaron con un diestro arpista y, lo que era mejor, un bardo recitó para ellos una de las antiguas leyendas irlandesas, la del guerrero Cuchulainn y cómo consiguió su nombre. Con disposición apacible, el reducido grupo de hombres empezó a discutir el problema con los ingleses.

—Tengo una nueva oferta —dijo el arzobispo— que os sorprenderá. Strongbow sigue queriendo el Leinster, pero... está dispuesto a ocuparlo según la costumbre irlandesa. Hará un juramento y ofrecerá rehenes. En términos ingleses, seréis su señor. —Miró atentamente al Rey Supremo—. Sé que pensáis que tenía la intención de conquistar toda la isla, pero no es así. Está dispuesto a aceptar el Leinster de vuestras manos y guardaros el debido respeto. Creo que es una oferta que ha de tomarse en serio.

—Lo mantendrá como hizo Dermot.

—Así es.

El Rey Supremo suspiró y después estiró sus largos brazos.

—¿No es ese precisamente el problema, Lorcan? —Hablaban en irlandés y el Rey utilizó el nombre del arzobispo—. Vos no habríais confiado en Dermot. Ese hombre estaba dispuesto a sacrificar a su propio hijo por romper su juramento. ¿Me estáis diciendo que Strongbow es diferente?

—No me gusta ese individuo —confesó O'Toole con toda franqueza—, pero es un hombre de honor.

—Si es así, Lorcan, me contestaréis a esto: ¿cómo es posible que ese hombre de honor esté dispuesto a jurarme lealtad y a considerarme su señor si ya lo ha hecho con el rey Enrique de Inglaterra? ¿No lo veis como una contradicción?

El arzobispo parecía desconcertado y miró a Gilpatrick.

—Creo —dijo este— que puedo explicároslo. Técnicamente no creo que Strongbow haya rendido homenaje al rey Enrique por sus tierras en Inglaterra. —Al ver que los otros dos hombres parecían no entender, les explicó—: Allí, cada metro de tierra tiene un señor, así que es necesario rendir homenaje a un señor diferente por cada trozo de tierra. —Sonrió—. Por ejemplo, muchos de los grandes señores como Strongbow rinden homenaje a Enrique por sus tierras en Inglaterra y al rey de Francia por sus tierras en Francia.

—Así pues, ¿dónde reside su lealtad? —preguntó el Rey Supremo.

—Depende del lugar en el que se encuentren.

—¡Dios mío! ¿Qué clase de gente son estos ingleses? No me extraña que le gustaran a Dermot.

—Para ellos un juramento no es una cuestión personal —continuó Gilpatrick—, sino más bien algo formal. —Buscó una característica que expresara el espíritu del feudalismo de Plantagenet—. Podría decirse, supongo, que están más interesados en la tierra que en las personas.

—Dios los perdone —murmuró el arzobispo, que intercambió una mirada horrorizada con el rey O'Connor.

—¿Creéis que si tuviera el Leinster y la posibilidad de recompensar a todos sus hombres armados, y a los que pudiera traer, se podría confiar en que Strongbow no atacaría el resto de provincias de Irlanda? —preguntó el rey O'Connor. Y antes de que el santo arzobispo pudiera contestar, continuó—: Lo tenemos bien encerrado en Dublín, Lorcan. No puede hacer nada. Dejemos que continúe ahí hasta que acepte nuestra oferta de quedarse con los puertos. Eso o la hambruna. No necesitamos negociar con él o aceptar esos juramentos ingleses que no se hacen con el corazón.

Para Fionnuala, las embriagadoras semanas de verano habían sido una revelación. Jamás se había dado cuenta de lo aburrida que había sido su vida hasta entonces.

Por supuesto, sabía que se aburría: por sus padres, sus hermanos —tampoco es que los viera tanto, gracias a Dios—, su vida en Dublín y en el hospital. Estaba harta del Peregrino y de su mujer. Incluso se había cansado de Una, cuyas intenciones eran buenas, pero que siempre intentaba controlarla. En su compañía se sentía como un caballo de carreras criado para correr, pero obligado a tirar de un carro pesado.

¿Qué era lo que quería? No lo sabía bien. Algo más: un cielo más amplio, una luz más intensa.

¿Qué hacía una joven cuando se aburría? Robar manzanas no era muy divertido. Estaban los chicos del lugar para flirtear con ellos, aunque sabía que podía molestar a sus padres, pero la verdad era que los chicos de allí la aburrían y los viejos del hospital habían sido simplemente un pasatiempo. Últimamente había podido pensar en los soldados ingleses, aunque la mayoría parecían toscos y tenía más miedo a que la violaran que a que la sedujeran. Algunos de los caballeros eran bien parecidos, pero se le antojaban demasiado mayores y le infundían cierto respeto.

Pero cuando el amigo de Gilpatrick, el caballero de Gales, apareció en su casa, pensó que era el joven más guapo que había visto en toda su vida. En ese mismo instante, supo que iba a ser la persona que le abriría las puertas a la gran aventura de la vida. El resultado había superado sus más desenfrenadas expectativas.

Lo llamaba: «Galés», al igual que lo había hecho su padre. «Mi galés.» Conocía todos los rizos de su pelo y cada centímetro de su cuerpo orgulloso y juvenil. A veces incluso se maravillaba de poder poseer un bien tan preciado.

¿Estaba enamorada? No exactamente. Estaba demasiado entusiasmada, demasiado ensimismada como para estar enamorada. Por supuesto, su despertar sexual había sido maravilloso, lo mejor que le había ocurrido nunca, como se confesaba a sí misma. Pero la aventura, el juego, era lo más emocionante. Cuando acudía a sus citas, lo que más la excitaba era saber que los estaba engañando a todos. Era saber que acababa de salir de la cama de Peter, mientras Una se ocupaba de asuntos serios, lo que hacía que las mañanas en el hospital le parecieran llenas de luz y de vida. Era saber que lo que se traía entre manos era peligroso y que estaba prohibido lo que la hacía temblar de expectación cuando su joven amante se acercaba y la encendía y llevaba a la cúspide de la pasión.

Aparte de que la descubrieran también había otro riesgo. Incluso en la Edad Media, las mujeres sabían cómo poner barreras a la concepción, aunque fueran imperfectas, permeables e inciertas. Conocía el riesgo y, sin embargo, intentaba ignorarlo. No se rendiría y continuó con su aventura. Era amor, era pasión, era tener algo que hacer.

Tres días después de la infructuosa visita de su hermano al Rey Supremo, Fionnuala, en pie en la entrada del hospital, vio que Una iba hacia allí corriendo desde la puerta occidental. Era casi mediodía. Fionnuala había pasado la noche anterior con Peter, en el muelle, y había llegado temprano al hospital, como de costumbre. Una hora antes, Una había ido a la ciudad a hacer un recado. Su amiga volvía corriendo como si le hubiese picado una abeja. No le costó mucho enterarse de la causa.

—Después de ir a la catedral a rezar por mi pobre familia, y por ti también, Fionnuala, he visto a tu padre —dijo, dirigiéndose hacia un rincón para que no pudiera oírlas nadie—. Me ha dicho que se alegraba de que pasaras tanto tiempo en el hospital y que como anoche la pasaste aquí no pudo decirte que acudieras a casa esta tarde porque tenéis visita. Me he quedado petrificada y le he dicho que te avisaría. He estado a punto de contarle que no habías pasado la noche en el hospital —le confesó mirándola con los ojos llenos de reproche—. Así que si no estabas allí ni estabas aquí, ¿dónde demonios estabas?

—En otro sitio —contestó, mirando a su amiga de forma enigmática. Estaba disfrutando.

—¿Qué quieres decir con eso?

—Bueno, si no estaba aquí ni estaba allí…

—No juegues conmigo, Fionnuala —replicó Una muy enfadada. Miró a su amiga con detenimiento—. No estarás diciendo que… ¡Oh, Fionnuala! ¿Estabas con un hombre?

—Puede.

—¿Estás loca? ¡Por todos los santos! ¿Quién era?

—No te lo voy a decir.

La bofetada la pilló por sorpresa y casi la tiró hacia atrás. Intentó devolvérsela, pero Una la esperaba y le sujetó la mano.

—¡Niña idiota! —gritó Una.

—Estás celosa.

—Muy propio de ti. ¿No has pensado en cómo puedes acabar? ¿No te importa ni tu reputación ni tu familia?

Fionnuala se ruborizó y sintió que se estaba enfadando.

—Si sigues gritando, seguro que se entera todo Dublín —le espetó enojada.

—Tienes que dejarlo, Fionnuala —dijo Una bajando la voz hasta que casi fue un susurro—. Tienes que dejarlo ahora mismo, antes de que sea demasiado tarde.

—Puede que lo haga y puede que no.

—Se lo diré a tu padre y él se encargará de que lo dejes.

—Creía que eras mi amiga.

—Y lo soy, por eso te lo digo: para salvarte de ti misma, niña tonta.

Fionnuala guardó silencio. Lo que más le molestaba era el tono condescendiente de su amiga. ¿Cómo se atrevía a darle órdenes?

—Si lo cuentas, Una —dijo lentamente—, te mataré.

Había pronunciado esas palabras tan despacio y con tanta fuerza que Una, muy a su pesar, se puso pálida. Fionnuala la miró fijamente. ¿Lo decía en serio? Casi no se reconocía a sí misma. ¿Estaba destruyendo su amistad? En todo caso, se dio cuenta de que no era buena idea amenazar a Una.

—Lo siento, Fionnuala. He de hacerlo.

Fionnuala calló y miró al suelo. Después suspiró y empezó a observar con nostalgia la puerta occidental. Después bajó la vista y se quedó quieta un par de minutos, antes de lamentarse.

—¡Una, es muy difícil!

—Lo sé.

—¿Crees que realmente tengo que hacerlo?

—Sí.

—Dejaré de verlo.

—¿Ahora? ¿Lo prometes?

Fionnuala la miró con ironía.

—Si no lo hago, se lo dirás a mi padre.

—Tendré que hacerlo.

—Ya —dijo con un suspiro—. Te lo prometo. Lo dejaré, te lo prometo.

Después se abrazaron, Una lloró y Fionnuala también. «Ya lo sé, ya lo sé», murmuraba Una, mientras Fionnuala pensaba: «Tú no sabes nada, mojigata». Y solucionaron aquel asunto.

—Pero no debes descubrirme. Porque incluso si no vuelvo a ver a ese hombre en mi vida, sabes muy bien lo que hará mi padre. Me azotará hasta que no pueda mantenerme en pie y me meterá en un convento en Hoggen Green. Ya me ha amenazado alguna vez con eso. ¿Me lo prometes? —le pidió mirándola con ojos suplicantes—. ¿Me lo prometes?

—Sí.

Aquella tarde, de camino a casa, Fionnuala reflexionó. Si quería continuar su aventura sin que Una interfiriese, tendría que tomar nuevas precauciones. Quizá debería ir al hospital con su padre o su hermano una mañana para que viera que había estado en su casa. Tendría que quedar con Peter alguna tarde y una vez hubiese acallado las sospechas de Una, sin duda podría continuar con su aventura como antes. Estaba tan ocupada con esos pensamientos que casi olvidó por qué tenía que estar en casa a tiempo.

Llegó a la puerta que había al lado de la iglesia. Vio dos caballos y se acordó de que tenían visita, aunque aquello no le despertó ninguna curiosidad. Con todo, tuvo el suficiente sentido común como para estirarse la ropa y pasarse la mano por el pelo antes de entrar. Como era verano, habían puesto unos bancos y caballetes en la hierba. Su padre y su madre sonreían, al igual que su hermano Gilpatrick.

Todos se volvieron de una forma que sugería que la habían estado esperando y hablando de ella.

Su madre se acercó a la chica sin dejar de sonreír, pero con una mirada extraña.

—Ven Fionnuala, nuestros invitados han llegado pronto. Ven y saluda debidamente a Brendan y Ruairi O'Byrne.

Una semana después de la amenaza de Una, Peter FitzDavid seguía viendo a Fionnuala. Tenían cuidado, se citaban por las tardes o antes de anochecer, y no pasaban la noche juntos. La llegada de los primos O'Byrne les había venido bien. Fionnuala había animado, con toda astucia, a que su padre los llevara a verla al hospital. Allí la habían encontrado, recatada y piadosa, trabajando con Una y la mujer del Peregrino y, a su vez, Una había visto que Fionnuala tenía un pretendiente serio.

—No es capaz de pensar que pueda ver a otro hombre teniendo la oportunidad de casarme con un O'Byrne —le dijo a Peter entre risas.

Peter no pensaba tan a la ligera de las personas recién llegadas. Gilpatrick le había dicho que Brendan O'Byrne era el pretendiente que sus padres querían para su hija, pero que si ella le gustaba a él o si los principescos O'Byrne creían que Brendan podía encontrar algo mejor estaba por ver. Su primo Ruairi era otra cosa y los padres de Gilpatrick no se habían alegrado de verlo.

—Brendan es un hombre bueno y honrado, pero Ruairi es el más alto de los dos —le dijo Gilpatrick con mirada glacial—. No sé por qué ha venido.

Peter pensó que podía imaginarlo. Seguramente Brendan había ido con su primo, a pesar de su reputación, como tapadera. Si hubiera ido solo, habría sido demasiado evidente; si decidía no proponerle matrimonio a Fionnuala, podría enfadar o incluso ofender al jefe; pero si los dos primos hacían una cordial visita y se iban, nadie podría decir nada contra ellos.

«¿Debería estar celoso de ese prudente príncipe?», se preguntó Peter. O'Byrne tenía toda la fortuna y posición que le faltaban a él. Era un excelente partido para Fionnuala. «Si tuviera algo de decencia —pensó—, debería apartarme y dejar de hacerle perder el tiempo a esta joven. Tú no eres nada más que un ladrón nocturno», se reprochó airadamente; sin embargo, después la chica fue a sus aposentos otra vez y cuando lo tenía apretado contra sí, cedió enseguida.

Además de su cuerpo, Fionnuala también había llevado comida, pues empezaba a escasear en la ciudad. Incluso Gilpatrick pasaba hambre:

—Mi padre tiene mucha en la iglesia —le había explicado—. Nadie me impide ir a verlo. El problema es el arzobispo. Dice que debemos sufrir junto a la gente de la ciudad. Lo malo es que él nunca come más que unos mendrugos de pan.

Había pocas posibilidades de que Peter le dijera que Fionnuala le llevaba comida a escondidas de casa de su padre casi todos los días.

Cierta mañana volvía de sus obligaciones como centinela en las murallas, después de haber dado permiso a sus hombres, ansioso ya por llegar a la cita que tenía con Fionnuala, cuando vio a Strongbow. El gran señor estaba sentado solo, mirando hacia el río, aparentemente perdido en sus pensamientos. Al suponer que no lo había visto, quiso pasar a su lado sin hacer ruido cuando sintió que lo llamaba por su nombre. Se dio la vuelta.

El gran señor tenía una cara impasible, pero a Peter le dio la impresión de que estaba deprimido. No era de extrañar. A pesar de que los sitiadores estaban cómodamente acampados lejos de las murallas, no quitaban ojo a las puertas. Era imposible enviar patrullas. Dos días antes, Strongbow había enviado un bote al amparo de la noche para ver si podían entrar furtivamente provisiones, pero el enemigo lo había capturado al otro lado de Clontarf y lo habían enviado de vuelta, en llamas, con la marea que subía. Entre los habitantes que quedaban en Dublín, y entre los soldados ingleses también, lo que más se repetía era: «El Rey Supremo lo tiene acorralado». Pero Strongbow era un comandante experimentado, Peter no creía que fuera a rendirse todavía. Sus ojos lo estudiaban como si estuviera pensando algo.

—¿Sabes lo que necesito en este momento, Peter FitzDavid? —le preguntó suavemente.

—Otra niebla —sugirió Peter—. Al menos podríamos escabullirnos.

—Quizá, pero más que eso, lo que me hace falta es información. Necesito saber dónde está el Rey Supremo y la exacta disposición de sus fuerzas.

«Así que está planeando romper el cerco», pensó Peter. La verdad era que no había otra opción; no obstante, para tener alguna esperanza de éxito, necesitaría pescar por sorpresa a los sitiadores.

—¿Quieres que salga a reconocer el terreno esta noche? —le preguntó.

Si volvía habiéndolo hecho, lo tendría de su parte.

—Puede, pero no estoy seguro de que lo consigas. —Lo miró fijamente y luego bajó los ojos—. El arzobispo y el joven sacerdote seguramente lo saben. ¿Cómo se llama? Padre Gilpatrick. Pero, por supuesto, no puedo preguntárselo.

—Conozco a Gilpatrick y nunca me lo diría.

—No, tienes que preguntárselo a su hermana. —Strongbow desvió la mirada hacia el río—. La próxima vez que la veas.

Lo sabía. Peter sintió que palidecía. ¿Él y cuántos más? Lo peor no era que supiera que se trataba de una aventura ilícita, sino lo que le estaba pidiendo. Utilizar a Fionnuala como espía o, al menos, engañarla para que le revelara esa información. Probablemente no supiera nada, pero esa no era la cuestión. Si quería ganarse el favor de Strongbow, tendría que enterarse de algo.

Por increíble que pareciera, la oportunidad le llegó esa misma tarde y le resultó más fácil de lo que imaginaba. Habían hecho el amor en la casa y les quedaba una hora hasta que ella se marchara. Hablaron despreocupadamente de los O'Byrne, que iban a volver al día siguiente, y sobre su vida en casa de sus padres.

—Creo que Strongbow tendrá que rendirse ante el Rey Supremo pronto —comentó—. No creo que esto pueda durar otro mes más y no hay ninguna posibilidad de que alguien venga a ayudarnos. —Sonrió—. Me alegraré de que esto acabe. Entonces podré ir a comer a tu casa, como prometió tu padre. Es decir, si para entonces no te has casado con Brendan O'Byrne —añadió indeciso.

—No seas tonto —le reprochó riendo—. No me casaré con Brendan; además, el asedio está a punto de finalizar.

Era su oportunidad.

—¿Sí? —preguntó como para que lo tranquilizara—. ¿Eso cree Gilpatrick?

—Sí. Ayer le oí decir a mi padre que el campamento del Rey Supremo está subiendo un corto tramo del río. Está tan seguro de que los ingleses no tienen ninguna oportunidad, que sus hombres se bañan en el Liffey todos los días.

—¿Sí?

—Con todos los grandes jefes. No les preocupa nada en absoluto.

Peter jadeó. Estuvo a punto de reflejar en su cara la satisfacción que le había producido, pero se controló, se puso melancólico y murmuró:

—Entonces no tenemos ninguna posibilidad. No hay nada que hacer. —Calló unos instantes—. Será mejor que no comentes con nadie lo que acabo de decir. Si Strongbow se enterara..., dudaría de mi lealtad.

—No te preocupes.

Pero su mente ya estaba trabajando a toda velocidad.

La tarde siguiente, los centinelas de los puestos de avanzada irlandeses vieron que Fionnuala salía del hospital y volvía como de costumbre hacia la puerta occidental de la ciudad. Como no podían ver la puerta meridional no sabían cuánto tiempo pasaba en Dublín antes de volver a su casa y, por tanto, no tenían ni idea de que iba al alojamiento de Peter y se quedaba allí hasta que casi anochecía, momento en el que los soldados del puesto de vigilancia cercano a la vivienda de sus padres la veían salir por la puerta meridional para ir a casa.

Era casi de noche cuando los centinelas de la parte occidental distinguieron a Fionnuala, que volvía al hospital, con su chal de color azafrán en la cabeza. Era muy raro en ella salir y volver el mismo día, pero la vieron entrar en el jardín del hospital y no volvieron a pensar en ello. Por eso, cuando al día siguiente por la tarde la vieron ir de nuevo al hospital se quedaron perplejos.

—¿La has visto tú volver a Dublín hoy? —preguntó uno de los centinelas a su compañero. Después se encogió de hombros—. Debo haberme confundido.

Al día siguiente, al amanecer, volvió a hacer el mismo recorrido. Aquello era del todo imposible. Los centinelas llegaron a la conclusión de que algo extraño estaba sucediendo y decidieron vigilarla con mayor detenimiento.

Cuando Peter llegó al hospital la primera noche, pasó por la puerta de entrada y se pegó contra la valla. Nadie lo vería. A esa hora los enfermos estaban todos dentro. Se quitó el chal de la cabeza y esperó. Lentamente fue haciéndose todo más oscuro. En esas fechas del verano solo había unas tres horas de verdadera oscuridad. El cielo estaba lleno de nubes pasajeras, pero había un trocito de luna. Aquello le iba bien. Necesitaba un poco de luz, pero no mucha. Esperó hasta pasada la medianoche antes de dar el siguiente paso.

Cerca del hospital pasaba una antigua carretera que llevaba hacia el oeste, la Slige Mhor. Aproximadamente a un kilómetro por esa carretera había un gran contingente de hombres, bloqueándola. Intentaría evitarla a toda costa. Sabía que en la parte del hospital que daba al río había una pequeña puerta. Caminó a hurtadillas hacia ella y salió fuera. Frente a él había un campo abierto con arbustos dispersos que llevaba a las pantanosas orillas del río. Con suerte, en la oscuridad podría pasar por allí.

Le costó una hora dejar atrás el campamento irlandés que había en la carretera, abriéndose paso con cautela y moviéndose solamente cuando las nubes cubrían la luna. Después pudo avanzar con más rapidez, aunque siempre con precaución. Siguió el río hasta que llegó ante donde creía que estaba el campamento del Rey Supremo. Después, se escondió entre unos arbustos, en una ladera en forma de terraza y se preparó para esperar el resto de la noche.

Resultó que casi había acertado. A la mañana siguiente, descubrió que el campamento estaba a menos de un kilómetro río arriba. Vio que las patrullas salían muy temprano y regresaban al cabo de unas horas. A media mañana, casi un centenar de hombres se metió en el río. Los soldados se quedaron allí un buen rato. Parecía que jugaban a pasarse una pelota y después volvieron todos a la orilla. Peter distinguió el brillo del sol en sus mojados y desnudos cuerpos.

El resto de la mañana la pasó en su escondite. Había llevado media hogaza de pan y una pequeña cantimplora de piel con agua. También se preocupó de estudiar el terreno a su alrededor, algo esencial para llevar a cabo el resto de su plan. A primera hora de la tarde se percató de que había otra cosa que tendría que hacer ese día, y que era peligrosa. Una hora más tarde salió de su rincón y con mucho cuidado atravesó un prado hasta llegar a un lugar arbolado y ligeramente más elevado. No volvió a su escondite hasta la noche, pero cuando lo hizo estaba seguro de que su plan funcionaría. No regresó al hospital hasta que oscureció y le resultó extraño esperar en la puerta del establecimiento, porque sabía que Fionnuala estaba trabajando esa noche a pocos metros de él. Permaneció allí y, al amanecer, tapado con el chal, volvió a pasar por el puesto de vigilancia irlandés, donde los centinelas lo confundieron con Fionnuala. A media mañana fue a ver a Strongbow.

Se lo contó todo —cómo había salido a hacer un reconocimiento y había visto bañarse al Rey Supremo—, pero omitió toda referencia a Fionnuala. Si Strongbow intuyó la verdad, no dio muestras de ello. Cuando Peter acabó de hablar, Strongbow parecía pensativo.

—Para aprovechar al máximo esa información, necesitamos sorprenderlos cuando se estén bañando y tengan la guardia baja, pero ¿cómo vamos a saberlo?

—He pensado en ello —dijo Peter, y le contó el resto de su plan.

—¿Puedes salir y pasar por delante de los centinelas otra vez? —preguntó.

Peter asintió.

—¿Cómo?

—No me preguntes —respondió—. Mañana por la mañana habrá marea baja —añadió—, así que puedes utilizar el vado además del puente para enviar a los hombres.

—¿Y dónde situamos a alguien para que espere tu señal?

—¡Ah! —exclamó sonriendo—. En el techo de la catedral de Cristo.

—El plan no carece de riesgos —resumió Strongbow, que repasó los detalles de la operación uno por uno—. De todos modos, si funciona, lo habrás hecho muy bien. Con todo, depende de otra cosa: de que haga una mañana clara y soleada.

—Es verdad —admitió Peter.

—Bueno —concluyó Strongbow—, merece la pena intentarlo.

El sol se ponía cuando los centinelas del puesto de avanzada vieron que una figura salía por la puerta occidental y echaba a andar hacia el hospital. Ya habían parado a Una por la mañana y a Fionnuala hacía una hora para asegurarse de quiénes eran. Decidieron hacer una comprobación más y uno de ellos cabalgó rápidamente hacia la figura. Ésta iba vestida de sacerdote, pero el centinela sospechó. El tipo llevaba la capucha puesta.

—¿Quién eres y dónde vas? —preguntó en irlandés.

—Soy el padre Pedro, hijo mío. —Aquella respuesta fue pronunciada con un relajado acento irlandés—. Voy a visitar a un pobre desgraciado al hospital —dijo, quitándose la capucha para mostrar una cabeza tonsurada al tiempo que sonreía amablemente al centinela—. Me esperan.

En ese momento, se abrió la puerta del hospital y apareció Fionnuala. Dio muestras de reconocer al sacerdote y lo esperó respetuosamente junto a la puerta.

—Seguid, padre —dijo el centinela un tanto avergonzado.

—Gracias. No creo que vuelva hasta mañana. Que Dios te acompañe, hijo mío.

El sacerdote se subió la capucha otra vez, continuó su camino y el centinela vio que Fionnuala le hacía entrar por la puerta y la cerraba tras él.

—Un sacerdote —informó el centinela—. Mañana vendrá otra vez.

Nadie volvió a pensar más en ello.

Mientras tanto, dentro del hospital, Fionnuala condujo a Peter a la habitación que iban a utilizar, que era una dependencia aparte a la que se entraba por una puerta exterior, en la que la amable y crédula Una les había prometido que nadie los molestaría.

Cuando estuvieron dentro, Peter se quitó la capucha y Fionnuala casi no pudo contener la risa.

—Llevas una tonsura exactamente igual que la de Gilpatrick —susurró.

—Menos mal, si no, habría tenido problemas con ese centinela.

De momento, Peter se felicitaba, todo había salido a la perfección. Su rapidez de pensamiento y su previsión de dos días antes lo habían hecho posible. Le dolía que aquello significara que tenía que engañar a Fionnuala y utilizarla, pero se dijo a sí mismo que era por una buena causa.

Sus cálculos habían sido precisos. Al enterarse de que Fionnuala estaría en el hospital las dos noches siguientes, decidió que no sería inteligente volver a utilizar el disfraz de mujer. A su regreso de la expedición de reconocimiento y al dar por sentado que tendría que volver otra vez, se le ocurrió esa nueva estratagema.

—Pasado mañana pasaremos la noche juntos —le dijo.

—¿En el muelle? —preguntó Fionnuala, insegura.

—No, en el hospital.

—¿En el hospital? ¡Tú estás loco! —le gritó.

—¿Hay algún rincón tranquilo? —preguntó.

Fionnuala, tras pensarlo unos instantes, contestó que seguramente.

—Escucha —le pidió sonriendo—, esto es lo que vamos a hacer.

En ese momento, mientras Fionnuala lo miraba atónita, pensó que era la cosa más arriesgada que había hecho en su vida, pero que, por increíble que resultase, ni siquiera había sido difícil. Fionnuala le había dicho a Una que necesitaba consuelo espiritual y su amiga se había compadecido de ella.

—Quiero confesarme con un sacerdote, Una —aseguró, y sonrió como pidiendo disculpas—. Es por esos O'Byrne. No sé qué hacer.

Cuando Una le preguntó en qué forma podía ayudarla, Fionnuala se explicó:

—No quiero que nadie me vea ir a casa de un sacerdote. Siempre tengo la impresión de que en Dublín todo el mundo me vigila. Así que le he pedido al sacerdote que venga aquí.

El Peregrino y su esposa siempre se iban a dormir temprano. El sacerdote podía verla a solas e irse tan tarde como fuera necesario. Para su alivio, Una había pensado que era una buena idea y ella misma sugirió que utilizaran la habitación que había al final del dormitorio de hombres.

—Si alguien pregunta, diré que el sacerdote ha venido a verme a mí —se ofreció. Cogió a Fionnuala de la mano y murmuró—: Te entiendo muy bien.

Por su parte, Fionnuala no pudo evitar pensar: «Menos mal que no es así».

No había nadie. Si Una vigilaba desde algún sitio, no se había dejado ver. Entraron en la habitación, en la que Fionnuala ya había encendido dos velas y había llevado algo de comida. Levantó la mano y le tocó la tonsura.

—Ahora debo pensar que tengo un sacerdote como amante —dijo con picardía. Lo miró perpleja—. ¿Cómo vas a explicar esa tonsura en los próximos días?

—Me la cubriré —le explicó Peter.

—¿Y lo has hecho solo por mí?

—Sí —mintió—. Y lo volvería a hacer.

Hablaron un rato. Antes de hacer el amor, Peter se despojó de la ropa de sacerdote. Fionnuala se fijó en que también se quitaba una almohadilla que llevaba en los riñones.

—Me duele la espalda —le explicó avergonzado.

—Yo te daré un masaje —se ofreció la chica.

Poco antes del amanecer se despertó y vio que Peter ya no estaba allí.

Se movía con cuidado, pero con rapidez. Tras salir por la puerta septentrional, siguió el mismo camino que la vez anterior. Al romper el alba llegó al pequeño promontorio arbolado que había marcado el día anterior. Ya había elegido su atalaya de vigilancia: un árbol alto desde el que gozaría de una buena panorámica. Con la temprana luz del día, subió a la rama que había elegido. Desde allí, apartando las hojas, veía la otra orilla, a la que irían los hombres del rey irlandés; también tenía buena vista hacia el este, hacia Dublín. A lo lejos veía el extremo meridional de la bahía. Los árboles que había en medio ocultaban la parte baja de la ciudad, pero distinguía claramente el techo de la catedral de Cristo. Desanudó las correas que llevaba atadas a la cintura y deshizo el paquete que tenía a la espalda. Se tomó su tiempo y desenvolvió el trapo que cubría aquel objeto delgado y duro. Lo estudió detenidamente. Ni una marca, ni una mancha.

Era un disco de metal pulido. Se lo había dado Strongbow. Era tan liso que podía ver todos los poros de su cara en el reflejo. El gran señor lo utilizaba como espejo. Peter puso la parte pulida hacia él. No quería correr el riesgo de delatar su posición. Miró hacia oriente y sonrió. El cielo estaba despejado. Pasó el tiempo. El cielo, hacia oriente, se hizo más claro, después adquirió un tono rojo y luego oro, hasta que empezó a resplandecer. A continuación, sobre la distante bahía, vio la abrasadora esfera del sol naciente.

Estaba listo, pero corría el riesgo de delatarse cuando diera la señal. Si los sitiadores irlandeses lo descubrían, seguramente lo matarían; él habría hecho lo mismo en su lugar. No obstante, aquello era un riesgo muy pequeño comparado con los favores que podía esperar por parte de Strongbow si la operación se culminaba con éxito. Estaba eufórico, pero esperó pacientemente. Empezaba a hacer calor, pues el sol se elevaba sobre la bahía.

Las patrullas del Rey Supremo habrían salido ya. Había

visto algunas abandonando el campamento. Transcurrió media mañana y no vio señal de actividad alguna. Las patrullas habían salido más tarde que el día anterior. Quizá no se bañaran, después de todo. Soltó una maldición en voz baja. Pasó otra hora, era casi mediodía. Finalmente advirtió que en el campo sucedía algo. Un grupo de hombres apareció en la orilla con un gran objeto, pero no supo lo que era. Dejaron el bulto en lo alto de la pendiente. De momento, no llegaban más hombres. Parecía que transportaban cubos. Siguieron yendo y viniendo, arremolinándose alrededor del gran objeto. Entonces entendió lo que estaban haciendo. Estaban llenando una gran bañera. Sabía que a los irlandeses les gustaba bañarse en una bañera con agua caldeada con piedras calientes. El que hubieran colocado esa bañera allí solo podía significar una cosa: el Rey Supremo de Irlanda iba a darse un baño ceremonial.

Así fue. Antes de que acabaran de llenar el recipiente regresó la primera patrulla. En aquella ocasión, parecían más. Peter calculó que bajaban hacia el río unos doscientos hombres, y seguían llegando más. En cuanto todo estuvo preparado, vio a una figura que salía del campamento acompañada de una docena de hombres. La levantaron y la metieron en la bañera. Mientras sus soldados chapoteaban en el río, el rey O'Connor, rodeado de sus compañeros, se entregaba a sus abluciones reales.

Era perfecto. Peter no daba crédito a su suerte. Giró el reflector metálico, cuidando mucho el ángulo en que lo situaba, y empezó a moverlo adelante y atrás.

En el tejado de la iglesia de Cristo, el centinela vio un ligero destello de luz verdusca que provenía de un árbol y que reflejaba el brillo del sol. Un momento después, las puertas meridional y occidental de la ciudad se abrieron y cien hombres a caballo ligeramente armados, además de otros quinientos a pie detrás de ellos, se dirigieron hacia el vado, mientras doscientos caballeros con armadura tronaron al galope por el puente de madera.

La repentina brecha en el cerco a Dublín aquel día de verano por parte de las tropas inglesas fue fundamental en la historia de Inglaterra e Irlanda; cogió completamente desprevenidos a los sitiadores irlandeses, quizá confiados tras semanas de inacción. Cuando las fuerzas inglesas desbarataron las líneas irlandesas y se precipitaron por el Liffey hacia donde el Rey Supremo se estaba bañando, al rey O'Connor solo le dio tiempo de coger la ropa y salir corriendo en busca de refugio. Los soldados irlandeses de a pie que rodeaban el campamento fueron masacrados. En cuestión de horas, las fuerzas sitiadoras sabían que el Rey Supremo había sido humillado y que el ejército de Strongbow había roto el sitio. Los veteranos de guerra ingleses se movían a gran velocidad. Los accesos a la ciudad estaban asegurados y los ataques en punta de lanza de los caballeros armados devastaron todos los campamentos. Los irlandeses fueron incapaces de hacer frente a la bien entrenada maquinaria de guerra europea, una vez que esta pudo luchar en campo abierto. La oposición fue desapareciendo gradualmente. El Rey Supremo decidió retirarse, sabiamente, al menos de momento. El Leinster, sus ricas tierras, su ganado y sus prósperas cosechas estaban en las manos despiadadas y competentes de Strongbow.

El futuro de Peter FitzDavid parecía prometedor. Aquella misma noche, Strongbow lo recompensó con una pequeña bolsa de oro. A aquello, sin duda, seguirían cosas mejores. No era un héroe público. Al fin y al cabo, no había sido nada más que un explorador secreto. Lo que se contaría en todas partes y llamaría la atención de los cronistas sería la audaz rotura del asedio y la humillación del Rey Supremo al que habían sorprendido bañándose en el Liffey.

Pero a pesar de que el trabajo de Peter FitzDavid quedaría rápidamente olvidado, el papel que desempeñó Fionnuala en esos importantes acontecimientos no llegaría a conocerse jamás. Peter no la mencionó nunca, ni siquiera a Strongbow. Al día siguiente, cuando a Fionnuala le llegaron rumores de la actuación de Peter, imaginó algo de lo que había sucedido. Tras derramar lágrimas durante media hora, entendió que no podría contar a nadie, ni siquiera a Una, su infame conducta, ya que se sentía directamente implicada. De hecho, cayó en la cuenta, con gran frialdad, de que Peter podría hacerle mucho daño si algún día se decidía a contar lo que había hecho.

Dos días más tarde, lo encontró en el mercado. Fue hacia ella sonriendo, pero Fionnuala se percató de la vergüenza que había en sus ojos. Permitió que se acercara y armándose de toda la dignidad de la que fue capaz, dijo con tranquila frialdad:

—No quiero volver a verte nunca más.

A Fionnuala le pareció que quería decir algo, pero le dio la espalda y se alejó. Peter tuvo el suficiente sentido común como para no seguirla.

En su cálculo de los beneficios que podría reportarle el triunfo de Strongbow, había algo que Peter FitzDavid había olvidado.

Un mes después de la derrota del Rey Supremo, pasaba cerca de los aposentos del monarca cuando vio que Strongbow salía de allí. Inclinó la cabeza ante el gran hombre y sonrió, pero le dio la impresión de que Strongbow no lo había visto. Parecía distraído, casi demacrado. Se preguntó cuál podría ser la causa. Al día siguiente se enteró de que Strongbow se había ido. Había tomado un barco por la noche. Preguntó a uno de los comandantes dónde había ido y este lo miró de forma muy extraña: «A buscar al rey Enrique antes de que sea demasiado tarde. Strongbow tiene problemas».

El rey Enrique Plantagenet fue el soberano más dinámico de su tiempo. Su talento para sacar el mayor provecho a su favor en todas las situaciones, su éxito a la hora de expandir su poder y su agresiva administración lo hacían temible. Enrique también tenía otra devastadora habilidad: se movía con una extraordinaria velocidad. Todos los reyes medievales tenían cortes itinerantes que viajaban por sus dominios, pero los viajes que hacía Enrique eran vertiginosos. Cruzaba el canal de la Mancha varias veces en una misma estación y rara vez se detenía más de dos o tres días en el mismo sitio. Iba de una punta a otra de su imperio y aparecía cuando menos se lo esperaba. Y si alguien imaginaba que ese despiadado y hábil monarca iba a permitir que uno de sus vasallos estableciera una base de poder rival dentro de sus fronteras estaba muy equivocado.

Enrique llevaba tiempo observando los progresos de Strongbow en Irlanda. Mientras el rey Dermot estuvo vivo, el gran señor inglés siguió siendo un mercenario, sin importar lo que Dermot le hubiese prometido. Inmediatamente después de la muerte de Dermot, llegaron noticias de que Strongbow estaba atrapado en Dublín; sin embargo, ahora, de repente, Strongbow tenía un reino en el Leinster y obviamente la posibilidad de conquistar toda la isla.

Era una amenaza y una oportunidad al mismo tiempo.

—No le di permiso para que fuera rey —anunció. Ya había tenido suficientes problemas con uno de sus subordinados después de haber nombrado arzobispo de Canterbury a Becket—. Es mi vasallo. Si Irlanda es suya, entonces es mía —decidió.

Muy pronto, Strongbow se enteró de la noticia: «El rey Enrique no está contento. Viene en persona a Irlanda».

Con el fin del asedio, Una tuvo noticias de su padre y se puso muy triste. Parecía que la continua preocupación por la pérdida de la caja fuerte estaba teniendo un grave efecto en su salud y ella sabía que no era fuerte. El que se culpara por aquello y el estar separados no hacía más que aumentar su aflicción. En el mensaje que le había enviado le decía de nuevo que permaneciera donde estaba. Una pensó en la posibilidad de desobedecerle e ir a verlo a Rouen, pero el Peregrino le aconsejó que no lo hiciera. Sin embargo, lo que sí hizo fue enviarle un mensaje en el que le decía que según cómo se desarrollaran los acontecimientos, al cabo de algunos meses, podría regresar y el Peregrino y ella lo ayudarían a comenzar de nuevo. Así que trabajó duramente en el hospital y esperó a ver qué sucedía.

Una de las cosas que le gustaba era el cambio que se había producido en Fionnuala. «No cabe duda de que la visita del sacerdote le hizo mucho bien», pensó. Durante los días siguientes, Fionnuala estuvo triste y pensativa y le pareció que había adquirido una nueva calma y seriedad.

—Has cambiado, Fionnuala —se atrevió a decirle un día con amable aprobación—. Estaba pensando que seguramente se debe al tiempo que pasaste con el sacerdote.

—Eso será —murmuró esta y Una se alegró.

En aquel tiempo, aparecieron dos nuevas personas en su vida. Ya se había enterado por parte de Una de que los dos O'Byrne habían hecho una segunda visita y habían hablado con su padre, pero no esperaba que aparecieran en el hospital. Sin embargo, cuando lo hicieron una mañana, el Peregrino les enseñó el lugar y a Una le pareció que este mostraba un gran respeto a Brendan O'Byrne y no tanto a su primo Ruairi. Al final de la visita, como era hora de que Fionnuala se fuera, los dos O'Byrne se ofrecieron a acompañarla, pero esta fue a preguntarle al Peregrino si daba permiso para que Una fuera con ellos. «Pues claro», contestó el amable hombre. Así que salieron los cuatro y como el día era agradable decidieron pasear un rato por la Slige Mhor.

Una tuvo oportunidad de observarlos a todos. Fionnuala se estaba portando de maravilla: recatada, seria, con la cabeza baja, pero levantando la vista para sonreír amablemente a Brendan de cuando en cuando. Brendan le pareció impresionante. De pelo oscuro con un atisbo de canas prematuras y apuesto, irradiaba una seria estabilidad que le agradó muchísimo. Hablaba despacio, pero muy bien, y meditaba antes de dar una opinión. Hizo preguntas muy acertadas sobre el hospital. Si Fionnuala lo conseguía como esposo, ¿no harían una maravillosa pareja?

Su primo Ruairi era muy diferente. Era más alto que Brendan y de huesos más largos. Tenía el pelo castaño claro y muy corto. Llevaba barba de unos días, lo que le confería un aspecto varonil, como de joven guerrero. No parecía tan profundo y serio como Brendan, y en vez de hacer preguntas mientras recorrían el hospital, pareció contentarse con escuchar y observarlo todo esbozando una sonrisa, con lo que, al cabo de un tiempo, uno se preguntaba qué estaría pensando. A pesar de que sus pálidos ojos a veces se veían distantes, como si estuviera inmerso en un diálogo interior con él mismo, Una pensó que había tomado buena nota de todo lo que había visto. Se preguntó en qué se habría fijado de ella y de Fionnuala.

Al principio caminaron en grupo por la carretera hablando relajadamente, unos junto a otros. Ruairi comentó algo acerca de uno de los enfermos que había visto en el hospital que los hizo reír a todos. Después se dividieron en dos parejas, Brendan y Fionnuala delante; Una y Ruairi detrás.

Durante un rato dio la impresión de que a Ruairi le bastaba con seguir paseando mientras hacía algún comentario ocasional. Una, que todavía sentía un poco de vergüenza, se alegró de que todo fuera tan fácil y cuando le hizo alguna pregunta sobre él, Ruairi empezó a hablar y la conversación se animó.

Daba la impresión de que había estado en todas partes y había hecho de todo. Una se sorprendió de que alguien de su edad —seguramente todavía no tenía veinticinco años— pudiera haber hecho tantas cosas en tan poco tiempo. Le habló de los tratantes de caballos y ganaderos que conocía en el Ulster y el Munster y le explicó algunos de sus trucos. Le describió las costas del Connacht y las islas que allí había. Le habló de sus viajes con comerciantes, «cuando vivía en Cork». Había estado en Londres y en Bristol, así como en Francia. Una le preguntó con impaciencia si había estado en Rouen. No lo había hecho, pero le contó una buena historia acerca de un comerciante al que habían sorprendido en un turbio negocio.

—¿Tu primo Brendan también viaja tanto? —le preguntó.

—¿Brendan? —Una expresión que no logró descifrar le recorrió el rostro—. Prefiere quedarse en casa y ocuparse de sus asuntos.

—¿Y tú? ¿No te ocupas de tus asuntos en casa?

—Sí que lo hago —contestó mirando al frente, como si estuviese pensando en otra cosa—, pero pronto emprenderé otro viaje corto. Me voy a Chester.

Sin saber por qué, Una se entristeció al enterarse de aquello. Le dio la impresión de que, a pesar de todas las maravillas que había visto en sus viajes, en la vida de aquel refinado joven y en su alma inquieta faltaba algo.

—Tendrías que estar junto a un cálido fuego en tu casa —le recomendó—. Al menos durante un tiempo.

—Es verdad. Puede que lo haga cuando regrese.

Brendan y Fionnuala habían dado la vuelta. Parecía que querían seguir paseando, y Una estaba ansiosa porque así fuera, así que se dio la vuelta rápidamente para que ella y Ruairi fueran delante durante el camino de regreso. Ruairi habló menos durante el trayecto, pero a ella no le importó. A pesar de que casi no lo conocía, le pareció extraño lo cómoda que se sentía en su compañía. Jamás había conocido semejante sensación de serenidad, ni siquiera con el Peregrino. Era un buen hombre, el mejor. No lograba explicarse por qué. Volvieron al hospital intercambiando algunas palabras de vez en cuando y, aunque recorrieron una considerable distancia, no notó el paso del tiempo. Cuando se separaron, no pudo evitar desear que volvieran a verse algún día, a pesar de saber que aquello era una tontería.

El séptimo día de octubre de 1171, el rey Enrique II de Inglaterra llegó a Irlanda. Era el primer monarca inglés que lo hacía. Atracó en el puerto meridional de Waterford con un vasto ejército. Su intención no era conquistar la isla, por la que no sentía gran interés, sino arrebatarle el poder a su vasallo Strongbow y que le jurase obediencia. Antes de llegar ya había logrado hasta cierto punto su objetivo, puesto que el preocupado Strongbow lo había visto en Inglaterra y le había ofrecido todas sus conquistas en Irlanda; sin embargo, Enrique quería inspeccionar el lugar y ver si la sumisión de Strongbow era cierta.

El ejército que el rey Enrique había llevado consigo era verdaderamente formidable: quinientos caballeros y casi cuatro mil arqueros. Con ello y sin contar las ya vastas fuerzas de Strongbow, si quería podía barrer la isla por completo y aniquilar cualquier oposición en una batalla abierta. Enrique lo sabía muy bien, pero como sus siguientes actos demostrarían, el despiadado Plantagenet intentó, prudentemente, actuar con cautela, limitando sus objetivos. ¿Intentar someter a una isla cuyos habitantes estaban contra él? Era mucho más inteligente. ¿Esperaría a que a las señales y situaciones le fueran ventajosas? Precisamente eso fue lo que hizo.

Gilpatrick se quedó en pie con su padre y observó la extraordinaria escena que tenían delante. No sabía qué pensar. En el extremo de Hoggen Green, entre la puerta occidental de la ciudad y el túmulo de la Asamblea, donde estaba enterrado su antepasado, se había levantado un gran recinto de mimbre. Era parecido a los grandes salones que se construían en los viejos tiempos para el Rey Supremo, pero aquél era mayor. «Hace que el túmulo de la Asamblea parezca un grano», oyó que comentaba un trabajador. Y en ese inmenso recinto estaba el rey de Inglaterra.

Éste no había perdido el tiempo. Veinticinco días después de llegar a Waterford había arreglado todos sus asuntos en el Leinster y había llegado a Dublín. En aquel momento recibía en audiencia, perfectamente a salvo, rodeado por un ejército de miles de hombres. Incluso el padre de Gilpatrick estaba atemorizado. «No creía que pudiera haber tantos soldados en el mundo», le confesó en voz baja.

Los reyes y jefes de Irlanda habían acudido para someterse a él desde su llegada a la isla. El Rey Supremo y los grandes señores del Connacht y el oeste se mantenían al margen, pero los jefes de los grandes clanes irlandeses, de buena gana o a regañadientes, iban a verlo desde el resto de las provincias.

El padre de Gilpatrick se mostró desdeñoso y pesimista.

—Entrarán en su casa incluso más rápido de lo que lo hicieron con Brian Boru, porque tiene un ejército para obligarlos; aun así, una vez se haya ido, olvidarán sus promesas rápidamente.

Sin embargo, Gilpatrick se había fijado en que tenía lugar un proceso más sutil. Se dio cuenta de que Enrique era un astuto estadista. En cuanto llegó a Irlanda anunció que se encargaría de Dublín y todos sus territorios, Wexford y Waterford. Permitiría que Strongbow se quedara con el resto del Leinster como arrendatario feudal, pero otro gran señor inglés, lord de Lacy, que Enrique había llevado consigo, se encargaría de Dublín como representante personal de Enrique o como virrey. Así que aparentemente, un jefe irlandés que mirase hacia la parte oriental de la isla vería un arreglo típico irlandés: un rey del Leinster, un rey de Dublín y algunos puertos parcialmente extranjeros. Sin embargo, detrás de ellos habría un rey supremo rival —mucho más poderoso incluso que Brian Boru—, un rey supremo al otro lado del mar. Y si querían protección contra el rey supremo O'Connor del Connacht, cosa probable, o si Strongbow o incluso de Lacy empezaban a comportarse como siempre habían hecho e intentaban invadir sus territorios, ¿no sería más inteligente entrar en la casa del rey Enrique y tenerlo como protector contra sus vecinos, ya fueran irlandeses o ingleses? Así era como siempre se habían hecho las cosas en la isla. Se pagaba tributo en ganado y se tenía protección. «Está utilizando a sus propios lores para que se vigilen unos a otros y para asustar a los otros jefes a fin de que se pasen también a su bando», pensó.

—Este hombre es muy listo —murmuró Gilpatrick—. Juega nuestro juego incluso mejor que nosotros.

Después estaba la cuestión de Dublín. Al parecer iba a entregarse a la comunidad de comerciantes de Bristol, pero nadie sabía a ciencia cierta qué significaba aquello. Los hombres de Bristol tendrían los mismos derechos de comercio en Dublín que en su ciudad. La poderosa ciudad de Bristol gozaba de antiguos privilegios, organizaba grandes ferias y era una de las grandes puertas de salida hacia el mercado inglés. Sus comerciantes eran ricos. ¿Quería decir que el puerto de Dublín disfrutaría de un estatus similar? También se decía que el Rey quería que regresasen los comerciantes y artesanos que se habían ido.

—En este momento es difícil saberlo, pero si los hombres de Bristol traen dinero y comercio, puede ser beneficioso para Dublín —le había comentado el Peregrino el día anterior.

Con todo, lo que realmente sorprendía a Gilpatrick eran las noticias de las que se había enterado esa mañana. Mientras miraba el inmenso campamento real, se las transmitió a su padre.

—No puede ser verdad.

—Me lo ha dicho el arzobispo O'Toole esta mañana.

—¿Asesina a un arzobispo y después reúne a los obispos en un concilio? ¿Para discutir la reforma de la Iglesia? —Su padre lo miró estupefacto—. ¿Qué dice O'Toole?

—Va a ir. Me lleva con él. No podemos afirmar que la culpa fuera del rey Enrique.

La cuestión de si el rey Enrique había ordenado el asesinato de Tomás Becket las anteriores navidades todavía se discutía vivamente en toda Europa. El sentimiento general era que aunque no hubiese ordenado el asesinato, era responsable de que hubiera ocurrido, y por ello, culpable. El Papa todavía no había dictaminado nada al respecto.

—¿Y dónde y cuándo se va a celebrar ese concilio? —preguntó su padre.

—Este invierno. En el Munster, creo. En Cashel.

Durante los meses de otoño, Una observó a Fionnuala con interés y preocupación. Ruairi O'Byrne se había ido a Chester, pero durante las semanas previas a la llegada del rey Enrique, Brendan había acudido dos veces a Dublín. En ambas ocasiones había ido a visitar a Fionnuala antes de irse, pero sus intenciones seguían sin estar claras. Fionnuala continuaba ayudando en el hospital, quizá para olvidarse de su situación. Una no lo sabía. Imaginaba que, en aquel momento, Brendan tenía otras cosas en la cabeza más importantes que casarse.

Al poco de la llegada del rey Enrique, el primo de Brendan volvió a aparecer por Dublín. Al principio no lo vieron, pero se enteraron de que lo habían encontrado en la ciudad. Lo que no sabía era si estaba allí solo unos días o si iba a quedarse.

—Lo he visto en el muelle —le dijo la mujer del Peregrino una mañana.

—¿Y qué estaba haciendo?

—Jugando a los dados con los soldados ingleses, tal y como ha hecho toda su vida.

Una se lo encontró al día siguiente. A pesar de que las puertas permanecían abiertas y el mercado estaba más concurrido que nunca, abarrotado de soldados de las tropas que había en los alrededores, a Una no le apetecía entrar en la ciudad y cuando lo hacía, se encargaba de evitar la calle donde estaba su casa porque le traía unos recuerdos demasiado dolorosos. Pero, por alguna razón, cuando bajó de las Casetas de pescado al caer la tarde, decidió ir en esa dirección para echar un vistazo rápido. Acababa de mirar por la puerta y ver el pequeño brasero de su padre, cuando se fijó en una figura sentada en el camino, que tenía la espalda apoyada en la valla. Miraba pensativo el suelo que tenía delante, pero al pasar a su lado, por la forma en que le colgaba la cabeza y el olor a cerveza, Una pensó que estaba borracho. No tenía miedo. Cuando lo esquivó para no pisarlo, lo miró a la cara y descubrió que era Ruairi.

¿La había visto? Creía que no. ¿Debía hablarle? Quizá no. No estaba escandalizada. La mayoría de los jóvenes se emborracha de vez en cuando. Anduvo un rato y entonces se dio cuenta de que iba en la dirección equivocada y que tendría que volver sobre sus pasos.

Caía la noche de noviembre, empezaba a hacer frío y notó que se levantaba un viento cortante. Cuando se acercó a Ruairi, vio que tenía los ojos cerrados. ¿Qué pasaría si se quedaba allí y nadie se daba cuenta de dónde estaba en toda la noche? Se helaría. Se detuvo y lo llamó por su nombre.

El joven parpadeó y levantó la vista. Una supuso que no la veía con claridad debido a la oscuridad. Su expresión denotaba que no entendía lo que estaba sucediendo.

—Soy Una, del hospital. ¿Te acuerdas de mí?

—¡Ah! —¿Era eso el comienzo de una sonrisa?—. Una.

Entonces se desplomó hacia un lado y se quedó completamente inmóvil.

Una permaneció donde estaba varios minutos para ver si volvía en sí, pero no lo hizo. En ese momento, apareció un hombre por el camino que venía empujando una carretilla desde las Casetas de pescado. Era el momento de entrar en acción.

—Soy del hospital —le dijo—. Es uno de nuestros enfermos. ¿Puedes ayudarme a llevarlo a casa?

—Seguro, llegaremos enseguida. Abre los ojos, muchacho —le gritó al oído a Ruairi.

Al no obtener ninguna respuesta, lo cargó en la carretilla, no sin algún que otro topetazo, y echó a andar detrás de Una, que abría la marcha.

A finales de noviembre, el padre Gilpatrick se sorprendió al encontrar a Brendan O'Byrne en la puerta de su casa. En un primer momento, se preguntó si por alguna razón querría hablar con él de su hermana y pensó en qué podría decir a su favor que no faltara a la verdad; pero después le dio la impresión que Brendan tenía asuntos más importantes que discutir. Le explicó que necesitaba consejo y le hizo saber que había acudido a él en particular por su discreción y su conocimiento de Inglaterra, debido al tiempo que había vivido allí.

—Ya sabes que los O'Byrne, al igual que los O'Toole, con sus territorios en el sur y el oeste de Dublín, han de tomar siempre buena nota de todo lo que sucede tanto en Dublín como en el Leinster. Ahora parece que tenemos reyes ingleses en ambos sitios. Los O'Byrne nos preguntamos qué podemos hacer.

A Gilpatrick le caía bien Brendan O'Byrne. Tenía una imperturbable precisión y el cerebro de un erudito. Que él supiera, el jefe de los O'Byrne todavía no había ido a ver al rey Enrique a su salón de mimbre. Por ello, le habló del tipo de juego que creía que Enrique se llevaba entre manos para que los reyes irlandeses le rindieran pleitesía, amenazándolos con Strongbow.

—Fíjate en la astucia de ese hombre —añadió—. Además de la de Lacy en Dublín como contrapeso, tiene las otras tierras de Strongbow en Inglaterra y Normandía a las que amenazar si alguna vez Strongbow le causa algún problema.

O'Byrne escuchaba atentamente. Gilpatrick notó que había comprendido los puntos sutiles de su valoración; sin embargo, su siguiente comentario aún se le antojó más impresionante.

—Me pregunto, padre Gilpatrick, qué es exactamente lo que nuestros jefes irlandeses están jurando. Cuando un rey irlandés entra en la casa de un rey más importante, eso implica protección y tributo, pero al otro lado del mar, en Inglaterra, eso puede entrañar otra cosa. ¿Puedes decirme qué?

—Buena pregunta —dijo Gilpatrick mirándolo admirado. Era un hombre que buscaba la raíz de las cosas. ¿Acaso no era aquélla la misma conversación que había tenido con el rey supremo O'Connor y con el arzobispo, y ninguno de los dos, cayó en la cuenta, había entendido realmente lo que estaba intentando decirles? Le hizo un resumen de cómo funcionaba el sistema feudal en Inglaterra y Francia—. Un vasallo del rey Enrique jura lealtad y promete proporcionarle servicio militar todos los años. Si un caballero no puede ir completamente equipado y armado, paga a un mercenario. Así que podrías pensar que eso es parecido al tributo en ganado que recibe un rey irlandés. Un vasallo también acude a su lord para pedir justicia, igual que hacemos nosotros, pero ahí acaba el parecido. Irlanda ha estado dividida en territorios tribales desde tiempos inmemoriales. Cuando un jefe hace un juramento, lo hace por él mismo, por el clan que gobierna, por su tribu; sin embargo, allí, las tribus desaparecieron hace mucho tiempo. La tierra está dividida en pueblos de pequeños granjeros y siervos, que son casi como esclavos o bienes, van con la tierra. Y cuando un vasallo rinde homenaje, no ofrece lealtad por protección, sino que está confirmando su derecho a ocupar esa tierra y sus pagos dependerán de su valor.

—Esos arreglos no son desconocidos en Irlanda —observó Brendan.

—Es verdad —dijo Gilpatrick—. Al menos desde los tiempos de Brian Boru hemos visto a reyes irlandeses conceder grandes fincas a sus seguidores en lo que antes se habrían considerado tierras tribales; aun así, eso son excepciones, mientras que al otro lado del mar, todo el mundo tiene que mantener su tierra de esa manera. Y eso no es todo. Cuando un vasallo muere, su heredero debe pagar al monarca una gran cantidad de dinero para heredar, se llama «derecho de relevo». También tiene muchas otras obligaciones.

»Y en Inglaterra hay un sistema incluso más estricto. Cuando Guillermo el Normando le arrebató Inglaterra a los sajones, reclamó que todo aquello le pertenecía por derecho de conquista. Poseía todas las fanegas de Inglaterra valoradas según lo que podían producir y lo tenía todo anotado en un voluminoso libro. Sus vasallos ocupaban la tierra a disgusto. Si alguno se portaba mal, no solo iba a castigarlo y reclamarle el tributo, sino que también le quitaba la tierra y se la daba a quien quería. Son poderes que van más allá de lo que ningún rey supremo de Irlanda podría imaginar.

—Los ingleses son gente dura.

—Los normandos lo son, para ser más precisos. Algunos de ellos tratan a los sajones como si fueran perros. Un irlandés es un hombre libre dentro de su tribu. Los campesinos sajones, no. A veces me daba la impresión de que a los normandos les preocupaban más las propiedades que la gente —confesó Gilpatrick—. Aquí en Irlanda, discutimos, nos peleamos, a veces matamos, pero a menos que estemos realmente enfadados, entre nosotros existe una cordialidad y un respeto muy humanos. —Suspiró—. Puede que sea simplemente una cuestión de conquista. Después de todo, a nosotros nos parece bien tener esclavos ingleses.

—¿Crees que alguno de nuestros príncipes irlandeses cree que podrá cumplir esas obligaciones cuando entre en la casa de Enrique? —preguntó Brendan.

—Supongo que no.

—¿Se lo ha dicho Enrique?

—Seguramente no.

—Entonces, imagino lo que ocurrirá —dijo Brendan pensativo—. Dentro de un tiempo, los ingleses, no Enrique, que evidentemente es muy astuto, sino los lores ingleses, creerán realmente que los irlandeses han jurado una cosa y los irlandeses que han jurado otra; y las dos partes desconfiarán la una de la otra —dijo antes de lanzar un suspiro—. Este rey Plantagenet es un enviado del diablo.

—Es lo que se dice de toda su familia. ¿Qué vas a hacer?

—No lo sé, pero gracias por tu consejo, padre. Por cierto, no he tenido oportunidad de ver a tu familia y a tu hermana —comentó sonriendo—. Salúdalos de mi parte. A Fionnuala en especial, por supuesto.

—Lo haré —contestó Gilpatrick.

Cuando Brendan se fue, no pudo evitar pensar para sí: «Para esa familia sería estupendo que te casaras con ella, pero eres demasiado bueno para esa muchacha. Demasiado bueno».

A Una no le costó mucho ver el lado bueno de Ruairi O'Byrne. Tras la primera noche que durmió en el hospital, al día siguiente estaba suficientemente recuperado y Una pensó que se marcharía; sin embargo, a mediodía seguía allí. De hecho, parecía muy contento hablando con los enfermos, a los que parecía gustarles su compañía. Fionnuala no estaba y, al ver que Una necesitaba ayuda, se acercó a ella en más de una ocasión para colaborar en sus tareas. La mujer del Peregrino pensó que era un joven muy simpático. El propio Peregrino, aunque no de manera desagradable, murmuró que seguro que un joven de esa edad tenía mejores cosas que hacer, con lo que se ganó un reproche por parte de su mujer.

Ruairi no mostró ningún deseo de irse de allí en todo el día e incluso dijo que no le importaría dormir en el dormitorio de los hombres. A la mañana siguiente le explicó a Una que tenía que comprar un caballo en Dublín para poder ir a ver a los O'Byrne. Fionnuala tenía que trabajar ese día, pero Ruairi se fue antes de que llegara y no regresó hasta que esta se había ido. Cuando volvió, estaba un poco pálido. El comerciante con el que había tratado había intentado venderle un caballo que no estaba en condiciones, pero se había dado cuenta a tiempo de la debilidad del animal. Parecía molesto por no poder marcharse y tener que pasar otra noche en el hospital.

A la mañana siguiente, parecía deprimido. Se sentó en el jardín con aspecto apenado, no estaba claro si tenía intención de ir a algún sitio. Cuando pudo ausentarse momentáneamente de sus obligaciones, Una fue a sentarse con él. Durante un rato no dijeron gran cosa, pero luego él le contó que intentaba tomar una decisión difícil.

—Debería regresar —dijo indicando hacia el sur, hacia el valle del Leinster y los montes de Wicklow, con lo que Una asumió que se refería a las tierras de los O'Byrne—. Pero tengo otros planes.

—¿Vas a hacer otro viaje? —preguntó, pensando que acababa de volver de uno.

—Puede —contestó dubitativo y después añadió—: O quizás un gran viaje.

—¿Dónde?

—Estoy pensando en hacer una peregrinación —confesó—. A Compostela quizás, o a Tierra Santa.

—¡Por todos los santos! —exclamó—. Esa sí que es una

forma prolongada y difícil de recorrer mundo —dijo, mirándolo detenidamente para saber si hablaba en serio—. ¿Irás hasta Jerusalén como el Peregrino?

—Haré algo mejor que volver allí —murmuró señalando otra vez hacia donde vivía su familia.

Una no pudo por menos que compadecerse de él y se preguntó por qué parecía tan poco dispuesto a estar con su familia.

—Deberías quedarte unos días —le aconsejó—. Es un sitio muy tranquilo en el que puedes descansar la mente y el cuerpo. ¿Has rezado? —preguntó, y cuando él dio la impresión de estar indeciso, le suplicó—: Reza y tus plegarias serán atendidas.

Ella ya había decidido que rezaría por él.

Así que se quedó otro día más. Cuando le contó al Peregrino los problemas del pobre Ruairi y sus planes, este torció el gesto y comentó:

—No pierdas demasiado tiempo con un joven como él.

La chica se sorprendió de que un hombre tan bueno y que había sido peregrino dijera una cosa así y solo pudo llegar a la conclusión de que no lo entendía. También le ofendió ligeramente su tono, que creyó condescendiente. El Peregrino, al notar su enfado, añadió:

—Me recuerda a un joven que conocí.

—Y quizá tampoco conocías tan bien a ese joven —replicó malhumorada.

Jamás le había hablado en semejante tono y se preguntó si habría ido demasiado lejos, pero, para su sorpresa, el Peregrino no dio muestras de estar enfadado.

—Quizá —contestó con una repentina tristeza de la que Una no sabía el motivo.

A la mañana siguiente, volvió Fionnuala. Saludó a Ruairi educadamente, pero este no pareció estar particularmente interesado en conversar con ella. Cuando Una se lo comentó, le dijo: «A mí me interesa Brendan», y no hablaron más del tema.

Pero, por la tarde, mientras Fionnuala platicaba con uno de los enfermos, Una se acercó a Ruairi, que seguía sentado y triste en el jardín. Tras su conversación, Una había pensado que debía de ser difícil pertenecer a una familia principesca como los O'Byrne, especialmente si se comparaba con la reputación de un hombre como Brendan. Sin duda, una peregrinación a Tierra Santa haría de él una figura respetable, pero ¿era eso lo que realmente quería hacer?

—¡Me torturan! ¡Me desprecian! —profirió de repente, antes de volver a hundirse en la tristeza—. «¡Ruairi es un desgraciado», dicen. Brendan es el hombre.» Y lo es, esa es la verdad. Y ¿qué he hecho yo en toda mi vida?

—Debes tener paciencia, Ruairi —lo animó—. Dios tiene un proyecto para ti, igual que para el resto de nosotros. Si rezas y escuchas, descubrirás cuál es. Estoy segura de que tienes capacidad para hacer grandes cosas. ¿Es eso lo que quieres? —le preguntó.

Él contestó que sí.

Se sintió honrada, además de enternecida, de que hubiese compartido cosas tan íntimas con ella. En ese momento, con su largo cuerpo inclinado y su hermosa cara sumergida en la tristeza, le pareció tan noble y magnífico que su corazón se hinchó al pensar en lo que podía llegar a ser. «Si se encuentra, hará cosas mucho más importantes de lo que la gente cree», pensó. Sin darse cuenta de lo que hacía, le cogió la mano y la mantuvo entre las suyas un momento. Entonces oyó que Fionnuala la llamaba y tuvo que irse.

Ojalá no hubiese hablado con ella, ojalá se hubiera guardado las confidencias de Ruairi. Después no pudo perdonarse su estupidez. Pero así eran las cosas. Cuando estaban trabajando juntas le dijo a Fionnuala que Ruairi estaba pensando en hacer un viaje a Tierra Santa y que estaba preocupada por él.

Y, con todo, se preguntó qué podría haberla impulsado a espetarle de repente lo que aquella misma tarde le dijo.

—Así que te vas a Tierra Santa, Ruairi. ¿Habrá muchos tragos durante el camino? —preguntó antes de echarse a reír.

Ruairi no dijo nada, pero miró a Una con tanto reproche que casi le rompió el corazón. A la mañana siguiente, había desaparecido. Y por si eso no fuera suficientemente malo, ¿quién podía haber supuesto la reacción de Fionnuala cuando le recriminó que había tratado a Ruairi de forma tan vergonzosa? Se rio en su cara.

—Estás enamorada de él. ¿No te das cuenta?

—¡Mentirosa! Estás loca.

—No tanto como tú, por enamorarte de un tipo tan inútil.

—¡No lo es!

Una estaba tan confundida y enfadada que casi no podía hablar, y Fionnuala seguía riéndose, lo que propiciaba que Una la odiara todavía más. Entonces, la muy insensata se fue y Una solo consiguió preguntarse, furiosa, cómo era posible que la gente entendiera tan mal las cosas.

No volvió a ver a Ruairi hasta diciembre. Fue el día después de que el padre Gilpatrick fuera a Cashel para el gran concilio que se iba a celebrar allí. La mayoría de las personas que había en el campamento real también se habían marchado y Dublín estaba mucho más tranquilo de lo que lo había estado en los últimos tiempos. La mujer del Peregrino había ido al mercado y, cuando Una y Fionnuala estaban a punto de volver a casa, vieron que regresaba con un joven. Era Ruairi.

—Me lo he encontrado en el mercado —les explicó—. No iba a permitir que se fuera sin ver a nuestras jóvenes.

Si Ruairi no deseaba estar allí, tuvo la delicadeza de no demostrarlo. Fue a saludar a varios de los enfermos, que le mostraron su agradecimiento, y les explicó que había estado con su familia. Una quería preguntarle cómo iba su preparación del peregrinaje, pero no lo hizo. Fue Fionnuala, tras un momento de incómodo silencio, la que entabló conversación con él.

—¿Has visto a tu primo Brendan? Esta última semana no ha venido por aquí.

—Sí.

¿Parecía incomodo? Una pensó que sí. Cuando miró a Fionnuala creyó que ella también se había dado cuenta.

—Está bien, ¿verdad? —continuó Fionnuala.

—Oh, sí. Sí que lo está. Brendan siempre está bien.

—¿Se va a casar? —preguntó Fionnuala abiertamente.

En ese momento, quedó claro que Ruairi estaba verdaderamente azorado.

—He oído decir algo. Con una O'Toole, pero no puedo asegurar si la cosa es definitiva. Sin duda, seré el último en enterarme —añadió con ironía.

«No, la última que se enterará será Fionnuala», pensó Una mirando a su amiga compasivamente, pero Fionnuala lo había encajado con buena cara.

—Es un hombre excelente, no cabe duda. Puede que su mujer no tenga motivos para reírse a menudo, pero mientras sea formal, será feliz —dijo sonriendo alegremente—. ¿Vuelves a Dublín, Ruairi?

—Sí.

—Entonces te acompaño, voy a casa.

Fionnuala jamás volvió a mencionar a Brendan después de aquello. Y en cuanto a Ruairi, Una no volvió a verlo. En alguna ocasión, se enteró de que había estado en Dublín y le preguntó a Fionnuala si lo había visto o había oído algo acerca de él, pero esta le contestó que no.

La roca de Cashel. Habían pasado setenta años desde que el rey O'Brien cediera a la Iglesia la fortaleza del Munster, con sus espléndidas vistas de la campiña, para uso del arzobispo. Era ciertamente un lugar magnífico y apropiado para celebrar un concilio como ése. «Demasiado», pensó Gilpatrick, ya que algunos de los eclesiásticos del Munster que conocía eran tan propensos a la reforma de la Iglesia como él. Iba a ser una gran reunión. Allí estarían la mayoría de los obispos, muchos abades y un enviado papal. Y, sin embargo, cuando se aproximaba al promontorio de piedra gris, sintió un ligero desasosiego.

Había resultado interesante ver al rey Enrique.

Aunque había sido él quien lo había convocado, durante la mayor parte del concilio pidió al enviado papal que lo presidiera, delegando en él y sentándose en silencio en un rincón de la gran sala donde se habían reunido. La mayoría de los días se vestía sin gran ceremonia, con la sencilla casaca verde de caza que tanto le gustaba. Su pelo, corto, tenía un débil tinte rojizo que recordaba al de uno de sus antepasados vikingos normandos. Pero su cara era viva, taimada y observadora, y Gilpatrick pensó que era como un zorro al cuidado de demasiadas gallinas eclesiásticas.

Además del enviado papal, estaban presentes algunos distinguidos religiosos ingleses; fue uno de ellos, el primer día de la reunión, quien le dio a Gilpatrick y a Lawrence O'Toole una interesante información.

—Tenéis que entender —les dijo discretamente durante un receso en la reunión— que el rey Enrique está deseoso de causar una buena impresión. El asunto de Becket... —En ese momento bajó la voz—. En Inglaterra hay obispos que piensan que este tuvo tanta culpa como Enrique, pero puedo deciros que, simplemente por cuestiones de gobierno, es inconcebible que Enrique ordenase su muerte. Comoquiera que fuese —continuó—, el Rey está dispuesto a mostrar piedad, que puedo aseguraros es genuina —se apresuró a añadir—, y está decidido a que el Papa vea que hace todos los esfuerzos posibles para ayudar a la reforma de la Iglesia de Irlanda que ambos queréis acometer. Por supuesto —continuó con una débil sonrisa—, no todos los eclesiásticos irlandeses comparten la misma intención de purificar la Iglesia con vosotros.

El enviado les rogó en primer lugar que elaboraran un informe sobre cualquier deficiencia de la Iglesia de Irlanda. Como en anteriores concilios de ese tipo, los obispos estaban generalmente deseosos de acercar el culto irlandés al del resto de la cristiandad occidental, en el que el poder residía en los obispados y parroquias, en vez de en los monasterios. Los abades que heredaban el cargo argumentaban justificadamente que los antiguos acuerdos monásticos y tribales seguían adecuándose más al país, tal como estaba. Gilpatrick se sorprendió al ver que el arzobispo O'Toole, abad además de sacerdote, y príncipe como la mayoría de ellos, los apoyaba con reservas:

—Creo que hay espacio para los dos sistemas, dependiendo del territorio.

Y respecto a la petición de que los eclesiásticos no siguieran heredando el cargo, también se mostró amable.

—La verdadera cuestión —señaló— es si están cualificados para ese puesto. Si no lo están, deberían renunciar; pero el hecho de que el cargo se haya transmitido a lo largo de su familia no debería ser una descalificación. En la antigua Israel, todo el sacerdocio era hereditario. El espíritu proviene de Dios, no de dictar normas arbitrarias.

Sobre otras cuestiones incluso presionó más: en la reforma dentro de los monasterios; en el ordenamiento de los curas de parroquia, que a menudo era poco riguroso; en la ampliación de las parroquias y en la recaudación de diezmos. Era maravilloso ver cómo entre esos hombres, muchos de los cuales procedían de familias tan nobles como la suya, ese hombre santo y nada materialista podía imponer tanto respeto solo con su autoridad espiritual.

En su debido momento se redactó un informe que, en opinión general, se ajustaba al caso.

Fue el sacerdote inglés el que se llevó aparte al arzobispo y a Gilpatrick.

—El informe es muy prometedor, pero incompleto —dijo—. Le falta… —buscó la palabra— convicción. —Miró seriamente al arzobispo—. Por supuesto, tú eres reformista, pero algunos de tus colegas… Tal como están las cosas, el enviado papal puede usarlo, o incluso el rey Enrique, si quiere, y no estoy diciendo que quiera, para declarar que la Iglesia de Irlanda no se toma en serio la Reforma. En Roma pueden incluso decir, quizá, que se necesitan otros obispos de fuera de Irlanda.

—No creo —repuso O'Toole.

—¿Qué estáis pensando? —preguntó Gilpatrick.

—La cuestión de que los eclesiásticos hereden el cargo será un problema —contestó el sacerdote a O'Toole—, y en Inglaterra dejó de haber sacerdotes casados hace un siglo. —En ese momento miró a Gilpatrick—. El Papa no lo aprobará. —Gilpatrick pensó en su padre y se ruborizó—. Pero lo más importante es el cuidado de la grey. ¿Podemos hacer la vista gorda ante la falta de rigor que se ha dado en tantos sitios de Irlanda? ¿Por qué, incluso en Dublín, según se nos ha dicho, se contraen abiertamente matrimonios que están a todas luces fuera del derecho canónico? Por ejemplo, un hombre que se casa con la mujer de su hermano. ¡Es intolerable! —dijo sacudiendo la cabeza mientras Gilpatrick se ruborizaba aún más—. Y sin embargo, no se dice ni una palabra de ello en este informe.

—¿Qué creéis que deberíamos hacer? —dijo Gilpatrick.

—Sugiero —comenzó a decir suavemente el inglés— que un pequeño comité estudie las acciones que se deben emprender para reforzar las partes más débiles y dejar como están las más sólidas. —Se volvió hacia el arzobispo O'Toole—. Me pregunto si el padre Gilpatrick, como tu representante, se avendría a trabajar con nosotros a fin de preparar un borrador para que lo estudies.

Y así se hizo. A los pocos días, se presentó un nuevo informe que el propio enviado papal recomendó al concilio. Costó días convencer a los eclesiásticos irlandeses de que lo aceptaran, lo que no era de extrañar, pues el informe era crítico. Todo vicio, toda negligencia, toda desviación irlandesa del código continental aceptado había sido anotada con toda su crudeza. Cuando Gilpatrick y el sacerdote inglés se lo enseñaron a O'Toole, el arzobispo dudó.

—Es muy duro —dijo.

—Lo es, estoy completamente de acuerdo —dijo el sacerdote inglés—, pero piensa en el fervor que muestra. —Sonrió—. Ahora nadie puede acusar a la Iglesia de Irlanda de falta de convicción.

—¿No debería de haber alguna mención del trabajo de reforma que ya se ha llevado a cabo en Irlanda y del que pretendemos hacer en el futuro? —inquirió O'Toole.

—Por supuesto. Esa es la clave de todo este asunto. Y eso es lo que debemos abordar en el segundo de nuestros informes. Cuanto antes podamos hacerlo, mejor —añadió con tono alentador.

Así que el crítico informe fue aprobado y el enviado papel les instó a que tuvieran en cuenta las reformas que ya se habían llevado a cabo y cómo promover el trabajo bien hecho. Esa parte del concilio fue sin duda fácil, pero a principios de febrero el trabajo estaba acabado y se presentó un segundo informe. El enviado papal les dio las gracias y el rey Enrique, que había permanecido como un humilde observador, se levantó para felicitarlos por su excelente trabajo. Así acabó el concilio de Cashel.

El arzobispo O'Toole no estaba ni mucho menos contento con algunos detalles, pero Gilpatrick sintió que, en conjunto, lo habían hecho bien.

Y

El marinero llegó una gris mañana de marzo. Unas nubes cargadas pasaban por encima del Liffey. El Peregrino y su mujer habían ido al campamento real, dejando a Una y a Fionnuala a cargo del hospital hasta que regresasen. El marinero llevaba gotas de lluvia en el pelo. Preguntó por Una.

—Tengo un mensaje de tu madre —dijo—. Tu padre ha estado muy enfermo, pero si puede volver a caminar, vendrá a Dublín, porque quiere ver Irlanda antes de morir.

Los ojos de Una se llenaron de lágrimas. Había deseado mucho ver a su familia, pero no de ese modo. Las preguntas de tipo práctico se arremolinaron en su mente. ¿Cómo iban a vivir? Si su padre moría o estaba demasiado enfermo para trabajar, sus hermanos eran demasiado jóvenes para ganarse la vida como artesanos. Su madre y ella tendría que mantenerlos lo mejor que pudieran. ¿Dónde se alojarían? Si pudieran conseguir que les devolvieran su antigua casa en las condiciones que fuera... Si algo podía ayudar a que su padre se recuperase, sería eso. Se preguntó si quizás el Peregrino podría hacer algo por ellos y decidió pedirle consejo en cuanto regresase.

Mientras tanto, discutió el problema con Fionnuala. Su amiga había estado un poco apagada desde la pérdida de Brendan en invierno. A veces había vuelto a ser la joven animada de siempre, pero en las dos o tres últimas semanas parecía ensimismada, como si algo le preocupara en secreto. Con todo, había que decir en su favor que ese día se mostró comprensiva y le puso un brazo en el hombro y le dijo que todo saldría bien.

Cuando el Peregrino y su mujer regresaron poco después del mediodía, notó enseguida que este no quería hablar, pues cuando se le acercó, sonrió tristemente y le dijo:

—Ahora no, pequeña.

El hombre se retiró a sus aposentos acompañado de su esposa. Pasaron dos horas y no salió ninguno de los dos. Las chicas se preguntaban qué ocurriría.

Fionnuala estaba en el jardín cuando vio a la figura que salía por la puerta. El cielo se había despejado, aunque la brisa de marzo provocaba un sonido molesto y silbante en el techo de bálago. La puerta golpeó justo en el momento en el que la figura entraba. Una salió del dormitorio de mujeres y Fionnuala se dio cuenta de que no les quitaba los ojos de encima a los dos. Se percató de que, posiblemente, Una no sabía quién era esa persona. Fionnuala lo miró.

Peter FitzDavid tenía la expresión seria. Si se sintió incómodo ante aquella mirada glacial, tuvo cuidado de no demostrarlo.

—Tu hermano Gilpatrick me ha enviado para que te lleve con él —dijo lentamente—. Te acompañaré a casa. Lo he visto en el campamento del Rey —añadió para explicar su presencia.

Fionnuala sintió una ligera punzada de miedo. ¿Estaba herido alguno de sus padres? Una se puso a su lado.

—¿Por qué? —preguntó.

—¿No os habéis enterado? ¿No os lo ha dicho el Peregrino? —Pareció sorprendido y después meneó la cabeza lentamente—. Se trata del rey Enrique. Ha acabado sus asuntos en Irlanda y está a punto de marcharse. Solo le quedan por solucionar la cuestión de Dublín y es lo que está haciendo en este momento. Me temo, Fionnuala —hizo una pausa— que tu padre no ha salido bien parado, aunque lo han tratado con una consideración especial. Se quedará con la parte sur de sus tierras, donde está tu hermano. Ésas, por supuesto, las mantendrá como vasallo del Rey; sin embargo, toda la parte norte de sus dominios, los que están cerca de Dublín, han sido concedidos a un hombre llamado Baggot. Tu padre está muy enfadado... Me temo que todas estas concesiones y cambios de concesiones son muy normales, dadas las circunstancias.

Las dos jóvenes lo miraron, atónitas. La primera que se repuso fue Una.

—Y al Peregrino, ¿le ha sucedido eso mismo?

—A él le ha ido peor. El Rey le ha quitado todas sus tierras en Fingal para dárselas a sus caballeros. Solo le ha dejado las tierras cercanas a Dublín, con lo que le llega justo para mantenerse él y al hospital. El Rey ha tenido en cuenta que no tiene herederos y que lo único que le preocupa es el hospital.

Una se quedó callada. Después de semejante golpe, ¿cómo iba a molestar al Peregrino con las insignificantes preocupaciones de su familia?

—Ha habido privilegios que han caído sobre los afortunados como hojas en otoño. Incluidas las casas en el interior de la ciudad —explicó Peter.

—¿Y qué sacas tú de todo eso? —preguntó fríamente Fionnuala.

—¿Yo? —se extrañó Peter encogiéndose de hombros—. Yo no saco nada, Fionnuala. Strongbow tiene su propia familia en la que pensar y, cuando vino el Rey, su poder se redujo considerablemente. El rey Enrique apenas me conoce. No me darán nada en Irlanda. Seguramente me iré cuando lo haga él. Strongbow le ha convencido para que me lleve, así que quizás haga fortuna en otras tierras.

Fionnuala asimiló aquella información y sonrió con tristeza.

—No volveremos a verte, Galés —dijo con un poco más de amabilidad.

—No.

—Bueno, espero que hayas disfrutado del tiempo que has pasado aquí.

—Lo hice, y mucho.

Se miraron un momento en silencio. Después, Fionnuala suspiró.

—No hace falta que me acompañes a casa, Galés. Tengo trabajo aquí y después puedo irme sola.

Durante ese breve intercambio de palabras, que creyó inútil, la mente de Una se había concentrado en algo que había dicho Peter.

—Me pregunto qué habrá sido de la casa de mi familia —le murmuró a Fionnuala.

—Galés, esta es Una MacGowan, cuya familia vivió en tus aposentos. Le gustaría saber qué ocurrirá con la casa.

—No lo sé. Van a venir unos cuantos comerciantes de Bristol. Esa casa, junto con otras, le ha sido concedida a uno de ellos. De hecho, se la han otorgado a un hombre que conozco, se llama Doyle.

Una esperaba que Fionnuala se fuera en cuanto Peter se hubiera marchado, pero, para su sorpresa, pasó media hora y Fionnuala seguía allí. Cuando fue a buscarla estaba en la habitación que había al fondo del dormitorio de los hombres, donde había tenido el encuentro en privado con el sacerdote. Estaba arrodillada y lloraba en silencio. Una se sentó a su lado con intención de consolarla.

—Podía haber sido peor, Fionnuala —le recordó—. Tu familia sigue siendo más rica que muchas otras. Estoy segura de que tu hermano llegará a obispo algún día. Y no escasearán los jóvenes que quieran casarte contigo.

Nada de aquello parecía confortarla. Los hombros de Fionnuala seguían temblando.

—Brendan se ha ido, mi galés se ha ido. Todo el mundo se ha ido —murmuró.

A Una le pareció que aquello no venía al caso.

—Quizá deberías ver otra vez a ese sacerdote —sugirió con intención de consolarla, aunque solo consiguió que llorara más.

Finalmente, levantó la cabeza y volvió la cara llena de lágrimas hacia su amiga.

—No lo entiendes, Una. No lo entiendes en absoluto, estoy embarazada.

—¡Por Dios, Fionnuala! ¿Y quién ha sido?

—Ruairi O'Byrne. Dios me perdone. Ruairi.

En el barco había todo tipo de gente: alfareros, carpinteros, talabarteros, canteros, artesanos y pequeños comerciantes. Él mismo llevaba a muchos de ellos desde Bristol. El barco también era suyo, por supuesto.

Aquel día de abril, cuando el barco llegó, desde el verdoso mar soplaba una ligera brisa.

Mientras se aproximaban a Dublín, Doyle observó el muelle de madera con sus ojos oscuros.

—¿Estás listo? —Doyle no se volvió para hacer esa pregunta.

—Más listo que nunca —respondió el joven que había a su lado.

Si era casi un adolescente cuando llegó a casa de Doyle hacía seis años, en ese momento, su puntiaguda y corta barba era ya enmarañada, y los viajes por mar a los que le habían enviado le habían curtido el rostro.

—¿Te atendrás a las consecuencias de tu crimen?

—No me quedará más remedio. No me has dado otra alternativa —dijo sonriendo forzadamente—. Una vez que lo haga no tendrás que mantenerme más.

—No olvides que seguirás trabajando para mí.

—Es verdad, pero haré fortuna en Dublín y después me libraré de ti.

Doyle no respondió. A saber lo que podían ocultar los oscuros y profundos recovecos de aquella mente taimada. Y de hecho, el comerciante de Bristol tenía mucho en lo que pensar. A pesar de haber comerciado con Dublín, llevaba muchos años sin ir por allí. Al aceptar las nuevas oportunidades que le brindaba el rey Enrique, que acababa de marcharse, tendría que actuar con más cautela. Para el joven que estaba a su lado, era un halago que Doyle lo hubiera elegido para ocuparse de sus negocios en Dublín. La primera vez que había ido a su casa, era un joven arruinado, un inútil, pero al cabo de seis años, Doyle lo había convertido en un hábil comerciante y en un hombre hecho y derecho. A su debido tiempo, si las cosas salían bien, uno de los nietos de Doyle iría allí y se ocuparía de todo, pero para eso faltaban años. Con todo, antes de dejar al cargo del negocio a ese joven, Doyle sabía que necesitaría familiarizarse con el lugar y su comercio. Muchos de los comerciantes con los que había tratado hasta hacía poco tiempo habían abandonado la ciudad, pero seguía habiendo un par de ellos en los que confiaba. También estaba, por supuesto, aquel amable hombre con el que había iniciado una amistad en una visita anterior: Ailred, *el Peregrino*. Sería el primero al que iría a ver.

En el momento en que lo vio, a Una se le cayó el alma a los pies.

Ese día, cuando se había enterado de quién iba a ser la visita de Ailred, dudó en hablar con el Peregrino. Estaba tan impaciente por pedirle una ayuda, que sabía que no podría darle, que, incluso en aquel momento, todavía no le había hablado del regreso de su padre; sin embargo, como al final iba a enterarse y le parecería muy extraño que no se lo hubiese mencionado, se había armado de valor y había ido a verlo por la tarde.

—Así que este comerciante que quiere verme es el que tiene la casa de tu padre. Y dices que tu padre va a volver pronto… —Ailred parecía pensativo—. Le explicaré los pormenores de tu situación, evidentemente, pero lo que él haga es otra cosa. —Suspiró—. Jamás he tenido que suplicar, pero debo aprender a hacerlo.

Al oír aquellas palabras, el corazón de Una se llenó de tristeza.

Cuando vio al comerciante entrar por la puerta del hospital y desaparecer en la salita que había al fondo con el Peregrino y su esposa, cualquier esperanza que pudiera haber albergado se desvaneció.

Alto, severo, moreno y con una aterradora mirada de ojos oscuros, de un solo vistazo supo que estaba perdida. Un hombre como ese no hace favores. Un hombre como ese coge lo que quiere y fulmina a quien se interponga en su camino. Se dio cuenta de que iba a dejar que su padre se muriera a la puerta de su propia casa y que su madre tendría que mendigar en la calle, al menos hasta que el Peregrino le diese cobijo.

¿Qué podía hacer cuando Doyle rechazara la propuesta del Peregrino? Esa era la pregunta a la que había estado dando vueltas mientras el comerciante de Bristol comía con Ailred y su esposa. Era un asunto de difícil solución y decidió que, si era necesario, iría ella misma a ver a ese hombre y le suplicaría. No tenía otra opción.

Intentó imaginarlo. Suplicarle que tuviera caridad era evidentemente una pérdida de tiempo, pero ¿qué podía ofrecerle? ¿Trabajar sin cobrar como sirvienta? Eso no bastaría para poder recuperar la casa. ¿Venderse como esclava? Probablemente no sería mejor. ¿Qué otra cosa tenía?

Solo se le ocurrió una, su cuerpo. ¿Y si fuera su sirvienta y le ofreciera eso también? Suponía que a un hombre como Doyle le gustaría algo así. Si la encontraba atractiva, claro, pero de eso no tenía ni idea. Pensó en su cuerpo alto y moreno, y en su cara endurecida, y se estremeció. Ofrecer su cuerpo, como una ramera, a un hombre como ése. ¿Sería capaz de hacerlo?

Imaginó que para una mujer como Fionnuala no sería muy difícil. Hasta llegó a desear ser como ella, pero no lo era y sabía que nunca lo sería. Entonces pensó en su pobre padre y, mordiéndose el labio, se dijo: «Si tengo que hacerlo, lo haré por él».

Ailred, *el Peregrino*, se acordaba de Doyle a pesar de que sus tratos, que habían tenido lugar hacía seis o siete años, no habían sido muy abundantes. Sabía bien lo importante que era en Bristol y en cierto modo le halagó el que hubiese ido a pedirle consejo en ese momento.

—Desde que abrí el hospital casi no he tomado parte en ningún negocio del puerto, así que no estoy seguro de si podré ayudarte en gran cosa —le informó.

Cuando Doyle miró al distinguido escandinavo y a su amable mujer, le dio pena que estuvieran pasando por unos momentos tan difíciles y se preguntó si, como recién llegado, el Peregrino estaría molesto por su presencia. Con todo, tenía una misión que cumplir y no era un hombre que se desviase fácilmente de su objetivo. De manera educada pero con firmeza, acosó a Ailred con preguntas sobre la ciudad: qué artesanos había, qué se compraba y se vendía, y en qué mercaderes se podía confiar. Tal como esperaba, el Peregrino estaba bien informado. Cuando acabaron la carne y sacaron las tartas de frutas y los quesos, el comerciante de Bristol se relajó, bebió vino, empezó a hablar de temas más generales y a responder algunas de las preguntas que le hizo Ailred.

El Peregrino quería información sobre la ciudad de Bristol y su organización, sus concejales, sus privilegios de comercio y qué impuestos pagaba al Rey.

—Ya que, supongo, es lo que tendremos ahora en Dublín.

Doyle no escatimó palabras a la hora de contestarle ésas y otras cuestiones.

Mientras hablaban, Ailred se dedicó a observar atentamente al comerciante de Bristol. No estaba muy seguro de lo que andaba buscando, quizás algo que le ayudara a comprender mejor la mente de su visitante; alguna pista sobre su carácter que pudiera utilizar, por ejemplo, para persuadirlo a tener una muestra de amabilidad con Una y su familia. El nombre de Doyle sugería una ascendencia irlandesa y Ailred recordó que había oído decir que tenía familia en Irlanda. Acaso aquello sirviera para abordarlo.

—¿Vivirás en Dublín? —le preguntó.

—De momento, no. Tengo un joven socio que cuidará de mis asuntos aquí. Es muy competente.

—Entonces, ¿no tienes familia en Dublín? —aventuró el Peregrino.

—Provenimos de Waterford. Allí tengo algunos parientes —contestó Doyle. Después, sonrió por primera vez—. El último familiar que tenía en Dublín dejó su cuerpo aquí, en la batalla de Clontarf. Era escandinavo, como tú, pero danés. Era uno de esos antiguos viajeros de los mares.

—Muchos hombres valientes murieron en aquella batalla —corroboró Ailred—. Puede que lo conociera.

—Es posible, a decir verdad, mis parientes en Waterford no sabían mucho de él, excepto que era un gran guerrero. Fue uno de los que atacó el campamento de Brian Boru. Que yo sepa, pudo haber sido el que asestó el golpe mortal al propio Boru.

Estaba claro que aquel comerciante de Bristol, por muy arisco que fuera, estaba orgulloso de su antepasado.

—¿Y qué fue de él? —inquirió el Peregrino.

—Nunca lo supimos. Dicen que salió en persecución del enemigo y no lo vieron nunca más. Imagino que lo matarían los guardias de Brian Boru.

—¿Y cómo se llamaba?

—Sigurd —contestó orgullosamente Doyle—. Igual que yo, Sigurd.

—¡Ah!

—¿Habéis oído hablar de él? —preguntó Doyle ansioso.

—Es posible. Tengo que pensarlo, pero es posible.

No había duda. Debía de ser el Sigurd que había acudido a la heredad de su antepasado Harold, que lo había asesinado. Se preguntó quién lo conocería. Seguramente solo él y la familia de Fionnuala, sin duda. Evidentemente, Doyle no conocía la mala reputación de su antepasado. Y ahí estaba él, perdida su honrada fortuna, a punto de suplicarle un favor a aquel descendiente de un asesino despiadado, que creía que su antepasado era un héroe. Durante un momento, solo un instante, estuvo a punto de humillar a ese hombre que se había vuelto más poderoso que él, pero después pensó en la pobre Una y su buen carácter se impuso.

—Creo que he oído decir que era un demonio —aseguró sin mentir.

—Ese debía de ser él —aseguró Doyle con satisfacción.

Durante la breve pausa que siguió a aquel comentario, dio la impresión de que el comerciante de Bristol iba a introducir otro tema en la charla, pero al ver que la conversación sobre su antepasado le había procurado semejante placer, Ailred aprovechó la oportunidad para comentar el delicado problema de Una.

—Tengo que pedirte un pequeño favor —dijo, y observó que los ojos de Doyle se agrandaban con recelo, pero continuó y le explicó el triste caso de Una y su padre—. Ya puedes imaginar mi situación. Puedo darles cobijo temporalmente, pero... ¿Crees que puedes ayudarlos de alguna manera?

Doyle lo miró fijamente. Resultaba difícil saber en qué estaba pensando, pero en algún rincón de sus oscuros ojos, Ailred creyó ver un débil resplandor de regocijo. No supo la razón, como no fuera que aquel hombre de Bristol estuviera reflexionando sobre la ironía de la pérdida de su fortuna y de su necesidad de suplicar de esa manera; aun así, el que pide favores no puede permitirse resentimientos, por lo que aguardó pacientemente su respuesta.

—Iba a instalar a mi joven socio allí —repuso Doyle—. No creo que le guste quedarse sin alojamiento. No suelo hacer favores a gente que no conozco y a la que no le debo nada —añadió en voz baja.

Si aquello era un aviso para que no se hiciera demasiadas ilusiones, Ailred lo aceptó y no contestó; no obstante, su mujer continuó incluso con mayor amabilidad.

—Siempre he creído —dijo con gran dulzura— que hemos obtenido más felicidad por el trabajo que hacemos en el hospital que por nuestra antigua fortuna. —Le sonrió amablemente—. Estoy segura de que has sido amable y has recibido amabilidad a cambio, alguna vez en tu vida.

Ailred miró con nerviosismo a Doyle mientras su mujer hacía ese comentario, preocupado por si no le gustaba a su visitante; pero ya fuera por su inocente proceder o por algo que captó en sus palabras, al hombre de Bristol no pareció importarle.

—Es verdad que me han hecho favores una o dos veces en la vida —confirmó mirándola con recelo—. Que yo los haya devuelto es otra cosa.

Acto seguido, guardó silencio y dio la impresión de que no quería seguir hablando del tema, pero la esposa de Ailred no se desanimaba con tanta facilidad.

—Dime —insistió—, ¿cuál es el mayor favor que te han hecho?

Doyle la miró pensativo un momento, como si estuviese pensando en otra cosa y después, cuando aparentemente llegó a una conclusión, volvió a hablar:

—Podría hablarte de uno. Ocurrió hace muchos años —dijo asintiendo lentamente, como si hablara con él mismo—. Tengo dos hijos. El mayor siempre ha sido formal, pero el segundo, de joven, frecuentaba malas compañías. Nunca me preocupé porque pensé que siendo mi hijo tendría suficiente sentido común como para no cometer ninguna tontería. —Suspiró—. Eso demuestra lo poco que lo conocía. Un día desapareció, así, sin más. Pasaron los días y no sabía dónde estaba. Después me enteré de que había estado robándome dinero, para apostar, sobre todo, y también para otras cosas. Era una cantidad elevada. Por supuesto, no podía devolverlo. Me tenía tanto miedo, y con razón, y estaba tan avergonzado que huyó. Se fue de Bristol. Ni siquiera su hermano conocía su paradero. Pasaron meses, años...

—¿Y qué hiciste? —preguntó la mujer de Ailred.

—La verdad es que mentí —confesó Doyle—. Quería proteger su buen nombre, pero también mi orgullo. Así que dije que se había ido a Francia a encargarse de unos negocios familiares; sin embargo, como jamás volvimos a saber de él, pensé que había muerto. Finalmente nos llegaron noticias suyas. Lo había recogido un comerciante de Londres. Por raro que parezca, conocía por encima a aquel hombre. Había acogido a mi hijo en su casa, se había comportado con él como un padre, bastante severo, y le había ayudado a iniciar un negocio con el que devolverme el dinero. Después, ese comerciante le pidió que volviera y me pidiera perdón. Para mí, eso es un favor —dijo antes de hacer una pausa—. La verdad es que no se puede devolver algo así, simplemente hay que aceptarlo.

—¿Y perdonaste a tu hijo? —inquirió la esposa de Ailred.

—Así es —contestó el comerciante de Bristol—. La verdad es que me alegré mucho de que estuviera vivo.

—¿Volvió a vivir contigo?

—Le puse dos condiciones. Tenía que dejar que le perdonara el resto del dinero que me debía. Supongo que fue mi propio sentimiento de culpa lo que me llevó a hacer algo así. Me culpaba a mí mismo por haber sido un padre tan duro como para haberlo alejado de mí.

—¿Y la otra condición?

—Tenía que casarse con la mujer que yo le eligiera. No hay nada extraño en ello. Le encontré una mujer buena y formal. Son felices. —Se levantó bruscamente—. Se me hace tarde. Gracias por vuestra hospitalidad. —Se volvió hacia la mujer de Ailred—. Un buen favor merece otro. Pensaré en esa joven y en su familia y os haré saber algo por la mañana.

Cuando se fue, el Peregrino y su mujer se sentaron a solas en su salón.

—Estoy seguro de que la ayudará —dijo ella.

—No le digas nada a Una —replicó Ailred—. Esperemos a ver qué hace.

Permanecieron un tiempo sin decir nada; finalmente, la mujer rompió el silencio.

—Qué extraño que su hijo hiciera lo mismo que Harold. Incluso contó una mentira como nosotros. Excepto que nosotros dijimos que Harold se había ido a hacer una peregrinación.

—Él recuperó a su hijo —dijo Ailred con tristeza—. Supongo que yo también alejé a Harold.

—Nunca fuiste severo.

—No, fui demasiado blando —dijo haciendo un gesto en dirección a los dormitorios—. ¿Qué se puede hacer cuando un hijo roba a su padre y este es Ailred, *el Peregrino*?

Su mujer estuvo a punto de decir que quizás Harold también estuviera vivo, pero se dio cuenta de que el tema era demasiado doloroso para él. En vez de ello, comentó:

—Esperemos que Doyle haga algo por Una.

A la mañana siguiente, Una estaba en la carretera que pasaba al lado del hospital cuando llegó un hombre alto, apuesto y pelirrojo, de cara curtida. Preguntó por el Peregrino, pero la chica no se dio cuenta de que iba de parte de Doyle, el comerciante de Bristol.

Empezó a enseñarle el camino, pero él parecía conocerlo. Entró por la puerta justo en el momento en el que Ailred había salido al jardín desde el hospital. Una iba detrás de él. Vio que Ailred lo miraba desconcertado, pero no creyó que lo conociera. Y ciertamente, el Peregrino lo estaba mirando con el mayor de los asombros cuando el hombre se hincó de rodillas y lo llamó: «Padre».

A mediados del siguiente invierno, nueve meses después de que el rey Enrique de Inglaterra hubiera abandonado la isla, el arzobispo O'Toole de Dublín llamó al padre Gilpatrick a sus aposentos privados y le dio tres documentos. Cuando acabó de leerlos, el joven sacerdote siguió mirando los pergaminos como si hubiese visto un fantasma.

—¿Estáis seguro de que es auténtico? —preguntó.

—No cabe duda —replicó el arzobispo.

—No sé lo que dirá mi padre —comentó en voz baja Gilpatrick.

Había resultado un año agotador. El matrimonio de Fionnuala y Ruairi O'Byrne había sido necesario, por supuesto. Su padre se había mostrado inquebrantable, y con razón. Los propios O'Byrne habían reaccionado con la misma insistencia. «Ruairi no deshonrará a los Ui Fergusa», dijeron. De hecho, Gilpatrick sospechó que la presencia de Brendan O'Byrne en la boda se debía en parte a asegurarse de que Ruairi no se fugaría y que aquel asunto se zanjaba con éxito. Todo el mundo le había restado importancia a la cuestión. El padre de Gilpatrick ofició la ceremonia. No cabía duda del estado de la novia, y, aunque el arzobispo O'Toole acudió en prueba de amistad, toda la familia pensó que se habían rebajado a los ojos de los demás. Después de que el Rey les arrebatara sus tierras, aquello les había supuesto un golpe de lo más amargo.

De hecho, habían sido tiempos duros para la mayoría de las antiguas familias de Dublín, con una notable excepción.

Ailred, *el Peregrino,* había recuperado a su hijo. Aquello había sido maravilloso. A pesar de que no había conseguido hacer una peregrinación a Jerusalén, como había hecho su padre, había regresado como socio de Doyle, el comerciante de Bristol y, por tanto, se había asegurado una posición más o menos acomodada en el puerto de Dublín. En aquel momento vivía en una casa cerca de las Casetas de pescado, pero lo más extraordinario de todo había sido su matrimonio con Una MacGowan. Daba la impresión de que la había aceptado por respeto a los deseos de su padre y, más en concreto, de su madre. Y como resultado de esa unión feliz, cuando ese verano volvió el padre de Una, enfermo, con su familia, su nuevo yerno lo instaló en su propia casa, ya que pertenecía a Doyle, el comerciante. A pesar de que no los conocía mucho, Gilpatrick se alegró de la formación de aquella familia, en especial por Una, a la que en una ocasión había rescatado de un aciago percance; sin embargo, si aquel giro de los acontecimientos le había recordado que Dios siempre velaba por las vidas de los seres humanos, el pergamino que tenía en las manos parecía demostrarle —si no era sacrilegio siquiera pensarlo— que Dios tenía la vista puesta en otro lado.

Los documentos en cuestión eran cartas del Papa de Roma. Una estaba dirigida al arzobispo y a sus obispos; la segunda a los reyes y príncipes de Irlanda, y la tercera era una copia de una carta al rey Enrique de Inglaterra.

La más corta era la dirigida a los príncipes irlandeses. En ella les recomendaba que se sometieran a: «nuestro más querido hijo en la Iglesia, Enrique». Así era como se refería el Papa al hombre que había causado la muerte de Becket. Les decía que Enrique había ido a reformar la Iglesia de Irlanda y les aconsejaba ser humildes, sumisos, obedientes al rey inglés, si es que no querían enfrentarse a la cólera papal. A los obispos les recomendaba a Enrique como un gobernante cristiano que libraría a la Iglesia de Irlanda de su terrible vicio y corrupción, y les urgía a imponer la obediencia con «censura eclesiástica».

—¿Quiere eso decir que excomulgará a nuestros jefes que no le obedezcan? —preguntó O'Toole asombrado—. El Santo Padre también parece pensar que todos los príncipes de Irlanda han entrado en la casa del rey Enrique, cosa que no han hecho —añadió enojado.

Pero aún había algo mucho peor, ya que, cuando acabó de leer las cartas, Gilpatrick se dio cuenta de algo más: la terminología. El Papa había utilizado los términos de obediencia y obligación feudal con los que se habría dirigido a los barones franceses o ingleses. Y recordando su conversación con el inteligente Brendan O'Byrne, cayó en la cuenta de lo difícil que sería explicar todas aquellas diferencias al arzobispo.

—El Santo Padre no entiende la situación irlandesa —dijo apenado.

—Ciertamente —exclamó O'Toole—. ¡Mira esto! —le pidió, al tiempo que indicaba una frase de la primera carta—. ¡Y esto! —Cogió la tercera carta y la arrojó encima de la mesa, malhumorado.

No había duda, las cartas no solamente eran inapropiadas, sino que eran abiertamente insultantes. La de los irlandeses, según el Papa, era una raza «ignorante e indisciplinada» que se revolcaba en un «monstruoso y sucio vicio». Eran «bárbaros, incultos e ignoraban la ley divina». Uno podría pensar que en los setecientos años desde la llegada de san Patricio jamás habían existido las grandes escuelas monásticas, los misioneros irlandeses, el *Libro de Kells* y todas las demás glorias del arte cristiano irlandés. Daba la impresión de que el Santo Padre estaba muy contento de dirigirse a los obispos y príncipes irlandeses y decírselo a la cara.

—¿Qué quiere decir? ¿En qué está pensando? —preguntó el santo arzobispo.

Pero Gilpatrick ya lo sabía. Lo había visto con claridad. La respuesta estaba en la tercera carta, la que iba dirigida al rey Enrique.

Felicitaciones. No había otra palabra para ello. El Papa le enviaba sus felicitaciones al rey inglés por la maravillosa ampliación de su poder sobre los testarudos irlandeses, que habían rechazado la práctica de la fe cristiana. Además, para obtener un completo perdón por sus pecados —ésos, sin duda, serían principalmente su complicidad en el asesinato del arzobispo de Canterbury—, el Rey solo tenía que continuar esa labor. Así que Enrique había conseguido todo lo que quería: no solo el perdón por haber asesinado a Becket, o eso parecía, sino también la bendición por su cruzada contra los irlandeses.

—Podía haberla escrito el Papa inglés —se quejó O'Toole.

¿Y cómo lo había conseguido Enrique? El texto de la carta lo dejaba claro. El Papa explicaba que se había enterado de la desgraciada situación de la moral en la isla occidental a través una fuente irreprochable: a saber, ¡el mismo eclesiástico que el rey Enrique le había enviado! ¿Y acaso no confirmaban esas palabras el informe que ellos, los eclesiásticos irlandeses, le habían enviado? Enumeraba algunos de los abusos: matrimonios impropios, falta de pago de diezmos; las mismas cosas que el concilio de Cashel había tenido el cuidado de abordar. Sin embargo, el Papa no mencionaba ese concilio. Evidentemente, desconocía que hubiera tenido lugar y las reformas que se habían aprobado allí; al igual que parecía ignorar todo el buen trabajo que había llevado a cabo Lawrence O'Toole y otros como él.

Por fin, Gilpatrick comprendía la astucia del rey Plantagenet. Había engañado a los eclesiásticos irlandeses para que redactaran ese maldito informe y después había corrido a Roma con él, como prueba de la situación en Irlanda. Había suprimido cualquier referencia al concilio. Los representantes en Roma que, en cualquier caso, sabían poco de Irlanda, habían encontrado la anterior carta del papa Adriano y el engaño estaba completo. La incursión del rey inglés en Irlanda para solucionar el problema de Strongbow se había convertido en una cruzada papal.

—Y le dimos excusa para hacerlo. Nosotros mismos nos hemos condenado —murmuró Gilpatrick.

Aquello era marrullero, era una traición. Era una brillante lección de política por parte de un maestro de ese juego.

1192

El día de San Patricio del año de nuestro Señor de 1192, tuvo lugar una importante ceremonia en Dermot. Encabezada por el arzobispo de la ciudad, una procesión de dignatarios eclesiásticos salió de la catedral de la iglesia de Cristo y atravesó la puerta meridional de la ciudad. Entre ellos estaba el padre Gilpatrick. A doscientos metros por ese camino estaba el pozo de San Patricio, a cuyo lado, durante mucho tiempo, se elevó una pequeña iglesia. Pero, en ese momento, había una estructura enorme, aunque inacabada. De hecho, su tamaño y sus espléndidas proporciones sugerían que pretendía rivalizar con la gran catedral de la iglesia de Cristo. Tampoco iba a ser simplemente una iglesia, ya que podían verse los cimientos de la escuela que la acompañaría. A los espectadores de aquella procesión, que se dirigía a esos magníficos y nuevos cimientos dedicados al santo patrón de Irlanda, podría haberles parecido incongruente una cosa: el arzobispo de Dublín que la encabezaba se llamaba John Cumin y era inglés.

De hecho, en la nueva basílica de San Patricio todo iba a ser inglés. La estaban construyendo en el nuevo estilo gótico, de moda por aquel entonces en Inglaterra y Francia. A pesar de sus sólidos cimientos, que eran monásticos, el nuevo colegio de San Patricio iba a ser una iglesia colegial para sacerdotes y no monjes, siguiendo la última moda inglesa. La mayor parte de los sacerdotes eran ingleses, no irlandeses. Y difícilmente podía escapar a nadie que ese nuevo cuartel general del obispo inglés estaba situado fuera de la muralla de la ciudad y a varios cientos de metros de distancia de la antigua iglesia de Cristo, donde los monjes aún recordaban al santo arzobispo O'Toole con reverencia y cariño.

La húmeda brisa de marzo golpeó al padre Gilpatrick en la

cara. Supuso que debía estar agradecido. Al fin y al cabo, era un halago que el arzobispo inglés lo hubiera elegido a él, un irlandés, para ser uno de los nuevos canónigos. «Todo el mundo te tiene en gran consideración —le había dicho Cumin con toda franqueza—. Sé que utilizarás tu influencia sabiamente.» Dadas las circunstancias en las que se encontraba en ese momento, a Gilpatrick no le cupo ninguna duda de que era su deber aceptar; sin embargo, cuando miró a la izquierda, hacia donde se alzaba el viejo monasterio de su familia, y cuando pensó en el hombre al que le había pedido, a regañadientes, que se reuniese con él en cuanto acabara la consagración, solo pudo pensar: «Gracias a Dios que mi pobre padre ya no está vivo para ver esto».

El año anterior no había sido agradable para su padre. Tras la visita del rey Enrique, el anciano había visto cómo habían hecho gradualmente una carnicería con su mundo, era como un cuerpo al que hubieran arrancado los miembros uno a uno. El golpe final había sido que el nuevo concilio de la Iglesia declarara que todos los sacerdotes que habían heredado el cargo como él debían ser destituidos y desposeídos. El arzobispo se opuso por completo a permitir que le ocurriera semejante cosa, pero después de aquello el anciano se descorazonó. El final había llegado medio año después de la muerte del propio Lawrence O'Toole. Su padre había ido a dar un paseo al viejo túmulo de la Asamblea y allí, junto a la tumba de su antepasado Fergus, sufrió un ataque y cayó muerto al instante. Había sido un final adecuado para el último de los Ui Fergusa, pensó Gilpatrick, ya que su padre había sido el último de los jefes. Él, como sacerdote célibe, no tenía herederos y su hermano Lorcan, ya fuera por el destino o por castigo divino por casarse con la viuda de su hermano, había sido agraciado con hijas, pero no con hijos. Por tanto, en la línea masculina, la familia que había guardado Ath Cliath desde antes que llegara san Patricio estaba a punto de extinguirse.

Aún quedaba una última humillación, que le habían reservado para ese día. Era realmente misericordioso que su padre no estuviera allí para ver lo que iba a hacer después de la misa de consagración.

Y

La misa se dijo de manera impecable, eso no podía negarse. Después, todo el mundo fue muy agradable con él, elogioso incluso; sin embargo, a él no le causó ningún placer. No se hacía ilusiones. La Iglesia seguía siendo predominantemente irlandesa. Necesitaban a un hombre como él de intermediario. De momento, hasta que los ingleses fueran mayoría. A su manera, el arzobispo no era mala persona. Había conocido a otros eclesiásticos como él la última vez que había estado en Inglaterra. Era un administrador, un servidor del Rey, inteligente y frío; cómo echaba de menos a veces el espíritu menos refinado de O'Toole. Cuando acabó la ceremonia, salió y miró a su alrededor. Al cabo de un momento, vio que se acercaba una figura señorial y se encogió de miedo. Todo aquello era culpa de su hermano.

Durante un breve espacio de tiempo, después de que el rey Enrique completara su visita a la isla, había dado la impresión de que las dos partes que ocupaban esas tierras podían vivir en una incómoda paz. El monarca Plantagenet y el jefe supremo O'Connor incluso habían firmado un nuevo tratado con el que se repartían la isla entre ellos, como si la hubiesen dividido en las dos mitades de Leth Cuinn y Leth Moga, norte y sur, igual que en los tiempos antiguos. En el territorio ocupado por los ingleses empezaron a aparecer castillos normandos de mota y patio, formados por unas grandes empalizadas de madera que rodeaban un montículo de tierra coronado por un torreón también de madera. Estas pequeñas y sólidas fortificaciones provisionales dominaban las haciendas, los nuevos predios que había edificado Strongbow y sus seguidores, pero ¿había acabado ahí la cosa? Evidentemente, no. Los irlandeses no estaban contentos; los colonizadores ambicionaban más tierra. Al poco se rompió la tregua y los señores de las heredades fronterizas hicieron incursiones en los dominios del Rey Supremo para robarle territorio. Por irónico que resulte, Strongbow, que había sido el causante de todo aquello, murió en ese momento, aunque eso no implicó ningún cambio. El robo de tierras había adquirido velocidad propia. Un aventurero aristócrata llamado

Courcy había llegado incluso al Ulster y se había apoderado, allí arriba, de un pequeño reino para él.

Esos acontecimientos en la frontera no habían afectado en gran manera a la familia de Gilpatrick, que vivía en la relativa tranquilidad de Dublín; pero un nuevo suceso iba a tener profundas consecuencias para su hermano. En el año 1185, Irlanda recibió una segunda visita real; en esa ocasión no de Enrique, sino de su hijo más joven.

El príncipe Juan carecía de la brillantez de su hermano mayor, Ricardo Corazón de León. Parecía que se había pasado la vida ganándose enemigos. Era inteligente, pero carecía de tacto. Lo hacía todo con torpeza. Cuando llegó a Irlanda y se reunió con jefes irlandeses cuyas vestimentas y largas barbas le parecieron divertidas, el joven se burló de ellos en la cara y los insultó con toda tranquilidad. En realidad, tras esa arrogancia y vulgaridad se escondía una forma de pensar oscura y calculadora. Al príncipe Juan no le importaban nada los sentimientos de los irlandeses: había ido allí para imponer orden y con él había llevado unos crueles administradores de familias feudales con nombres como los de Burgh y Walter, conocidos como los mayordomos y que eran muy buenos a la hora de imponer orden.

Irlanda iba a ser gobernada según las normas inglesas: los antiguos territorios tribales se gobernarían como baronías y se establecerían señoríos, a imagen y semejanza de los cientos ingleses. Las residencias de los jefes poco importantes se convertirían en las heredades fortificadas de los caballeros ingleses armados. Tribunales ingleses, impuestos ingleses, costumbres inglesas, incluso se planeaba crear condados ingleses. También había más contingentes de caballeros, muchos de ellos amigos del príncipe, a los que había que concederles predios. Y si todo eso significaba echar a patadas a unos cuantos irlandeses más de sus tierras, al príncipe Juan le importaba poco.

Entre los que habían sufrido todas esas medidas estaba Ailred, *el Peregrino*. Un día le informaron de que las parcelas al oeste de la ciudad, en las que se hallaba el hospital, habían sido concedidas a dos conocidos ingleses del príncipe Juan, y a pesar de que tanto su hijo Harold como Doyle eran en ese momento hombres importantes en Dublín, ni siquiera su influencia fue capaz de impedir que aquello sucediera. En cuestión de meses, el amable Peregrino y su esposa, en vez de dejarse llevar por la cólera, consiguieron persuadir a esos dos hombres que habían obtenido sus tierras para que cedieran gran parte de ellas al hospital, que pronto recibiría la bendición papal. «Ves —dijo su mujer con dulzura—, al final todo ha salido bien.»

Ojalá su hermano hubiera sido igual de inteligente, pensó Gilpatrick, que se preguntó a sí mismo: «Pero ¿ha sido en parte por mi culpa? ¿He estado tan ocupado en asuntos religiosos que no me he percatado del peligro que corría mi hermano?».

Cuando el rey Enrique se apropió de las antiguas tierras de los Ui Fergusa, las dividió en dos grandes fincas, una al norte y otra al sur. La septentrional seguía en manos de Baggot y la meridional en las de su hermano. Por tanto, y según la forma de pensar de su hermano, él seguía siendo el jefe. Y el hecho de que nunca hubiera entendido completamente su nuevo estatus, pensó Gilpatrick, se debía en parte a que quería hacerse ilusiones, pero también porque, como irlandés, no entendía un rasgo muy importante del feudalismo europeo: el propietario ausente.

Aquella práctica era de lo más habitual en Inglaterra y Francia. El Rey concedía a sus grandes señores tierras desperdigadas y ellos a su vez tenían arrendatarios. El señor de la finca podía vivir en ella, estar ausente o incluso ser propietario de varios predios y estar representado por un administrador ante el que respondían las personas que hubiera en la finca, desde los arrendatarios de las grandes haciendas a los más humildes siervos.

En el caso de las tierras de Ui Fergusa, el señor de la finca era el propio Rey, representado por el justicia: un administrador que se ocupaba del día a día. Hasta ese momento, y por comodidad, habían permitido que el hermano de Gilpatrick fuera el único arrendatario del lugar. Durante los primeros años, las rentas exigidas por el administrador habían sido poco cuantiosas y el hermano de Gilpatrick las había considerado iguales a los tributos que habitualmente pagaba un jefe irlandés a un rey. Sin embargo, con la llegada de los nuevos albaceas del príncipe Juan, la situación cambió y comenzaron los problemas. Cuando el administrador le exigió el pago por el servicio de caballero que le debía por el predio, el hermano de Gilpatrick no pagó. Citado por el lord del tribunal del distrito, no se presentó. Cuando el administrador, un hombre paciente, había ido a verlo, había tratado a ese servidor real con desprecio.

—Hemos sido jefes aquí antes de que se supiera nada de la familia de tu rey —le dijo al administrador sin faltar a la verdad—. Un jefe no responde ante un sirviente. Cuando el Rey vuelva a Irlanda, entraré en su casa.

El administrador no dijo nada y se retiró.

Y, sin embargo, se preguntaba Gilpatrick, ¿era responsabilidad suya el que su hermano se hubiese comportado de una forma tan estúpida? Si no hubiese estado tan entregado a los asuntos de la Iglesia, ¿se habría ocupado de asegurar y dejar en orden la situación de su familia? Hacía tres días que su hermano había llegado a casa y en el momento en el que le hizo una pregunta, a Gilpatrick se le cayó el alma a los pies.

—Gilpatrick, explícame qué es un arrendatario a voluntad.

Había distintos tipos de hombres en una finca. Los inferiores eran los siervos de la gleba que, atados a la tierra, eran poco menos que esclavos. Por encima de ellos había varios grupos de personas, algunos eran obreros especializados con derechos y deberes claramente definidos. En la cima de esa jerarquía estaban los arrendatarios libres, que poseían una granja o dos por las que pagaban un alquiler legalmente estipulado. Podían ser campesinos libres ricos, lores feudales o una fundación religiosa con participación recíproca o parte en los beneficios. Por debajo del arrendatario libre había una clase más precaria. El arrendatario a voluntad era normalmente un hombre libre, con posibilidad de ir o venir cuando le apeteciese, pero que ocupaba su tierra en la finca sin contrato fijo. El señor tenía derecho a poner fin al arriendo cuando quisiese.

Cuando el rey Enrique se quedó con las tierras de los Ui Fergusa, nadie se preocupó de obtener un privilegio adecuado. Como habían permitido que se quedaran, la familia de Gilpatrick había asumido que tenían derecho de posesión. Después de todo llevaban allí mil años. ¿No dejaba aquello bien clara su situación? Por supuesto, no lo hacía, pensó Gilpatrick, y él debería haberlo sabido mejor que nadie.

El administrador había asestado un golpe doble. Le recordó al justicia que para la próxima vez que el Rey necesitara recompensar a uno de sus hombres, la heredad que quedaba al sur de las tierras de los Ui Fergusa seguía libre. Y una vez concedida, el administrador había informado al nuevo señor de que tenía un arrendatario problemático:

—De todas formas —le explicó—, como no ha existido nunca un acuerdo formal, podemos considerarlo un arrendatario a voluntad.

La semana anterior, el administrador había ido a ver al hermano de Gilpatrick y le había dicho con toda calma:

—El nuevo señor llegará en breve. Quiere que salgas antes de que llegue. Así que recoge tus cosas y márchate.

—¿Y dónde voy a ir? —preguntó enfurecido el hermano de Gilpatrick—. ¿A los montes de Wicklow?

—Por lo que a mí respecta, como si te vas al Infierno —respondió fríamente el administrador.

Así que, en aquel momento, arreglar la situación dependía del padre Gilpatrick.

Era muy duro saber que, seguramente, su familia, incluso por línea femenina, perdería para siempre aquellas tierras ancestrales. Afortunadamente, casi todas las hijas de su hermano estaban felizmente casadas, aunque aún quedaban dos a las que mantener. «Al menos podré conseguirle un par de años más», pensó Gilpatrick. Tal como había señalado con gran acierto su hermano, si alguien tenía alguna posibilidad de persuadir al nuevo señor de la heredad de que se aplacase, era él. A fin de cuentas, lo conocía.

Así que hizo todo lo posible por sonreír cuando aquella conocida figura llegó hasta donde estaba y lo miró desde el caballo.

—Hace mucho tiempo que no nos vemos, Peter FitzDavid —lo saludó Gilpatrick.

Había pasado mucho tiempo, Peter no iba a negarlo. Un cuarto de siglo desde que había partido; llevaba más de veinte años esperando su recompensa. Algunos de esos años los había pasado fuera de Irlanda, aunque había regresado a menudo. Había luchado en el oeste, en Limerick; había organizado guarniciones y mandado a las órdenes del justicia. Era muy conocido y respetado entre los hombres de armas de la isla. Los irlandeses lo llamaban Peter, *el Galés*; y la tropa que hablaba inglés y los colonos también se referían a él como Peter, *el Galés*, o «*Walsh*», como lo pronunciaban.

Dejaron que Peter FitzDavid, más conocido como Walsh, trabajara duramente durante años, ya que confiaban en él. Aprendió a ser paciente y observador; no obstante, al mismo tiempo, les había hecho saber que debían darle una recompensa y, ahora, cuando esta finalmente le llegaba, era mucho mejor de lo que había esperado. Una fantástica heredad, no en la frontera donde los furiosos irlandeses estaban siempre haciendo incursiones como venganza por lo que les habían robado, sino en la rica y segura costa del Leinster, cerca de la guarnición de Dublín.

Había llegado el momento de echar raíces y, aunque fuera tarde, de casarse y tener un heredero. Años de servicio seguidos de un tardío matrimonio no era nada extraño en la carrera de un caballero. Ya había encontrado una novia, una hija joven de Baggot, el caballero cuya finca lindaba con la suya. Tenía intención de disfrutar de la fortuna que se había ganado.

Cuando supo que le habían concedido las tierras de los Ui Fergusa, pensó en Gilpatrick, a buen seguro, pero no le avergonzaba encontrase con él. Había llegado a un punto en su edad madura en el que no tenía más tiempo ni emociones que desperdiciar. La tierra era suya. Así estaban las cosas. La fortuna de la guerra. El asunto del hermano menor de Gilpatrick era otra cuestión. Sabía muy bien que esa era la razón por la que el sacerdote le había pedido entrevistarse con él y que, por cortesía, debía escuchar lo que Gilpatrick tuviera que decirle; aun así, quizás había un elemento debidamente calculado en el hecho de que al ver a su antiguo amigo no hubiera desmontado. Ni siquiera lo hizo cuando Gilpatrick propuso dar un paseo y dejó que el sacerdote caminara a su lado.

El sendero los llevó hacia el este, hacia el abierto campo comunal desde el que un riachuelo descendía hacia la antigua piedra de los vikingos y el borde del estuario. Hacía poco tiempo que habían levantado allí un segundo hospital, uno pequeño para leprosos, dedicado a san Esteban. Fue pasada esa pequeña fundación cercana a las marismas, adonde se dirigieron las dos figuras, una a caballo y la otra a pie, y Peter escuchó las tribulaciones que aquejaban al pobre hermano de Gilpatrick.

Mientras escuchaba sintió... Nada. Escuchó la historia de la familia, las circunstancias atenuantes, el hecho —el sacerdote le dijo que estaba seguro de que le comprendería— de que su hermano no había entendido completamente la nueva situación. Gilpatrick le habló de su padre y de su amistad en el pasado. Y con todo, casi sorprendido consigo mismo, Peter siguió sin sentir nada. O, mejor dicho, al cabo de un rato, empezó a sentir algo. Era desprecio.

Despreciaba al hermano de Gilpatrick. Lo despreciaba porque no había luchado y, sin embargo, había perdido. Lo despreciaba por ser tan arrogante como débil. Lo despreciaba por estar voluntariamente mal informado, por ser poco formal y por ser idiota. ¿Acaso no había tenido él que luchar, soportar privaciones y aprender a ser sabio y paciente? El éxito desprecia al fracaso. Peter siguió montado en su caballo y finalmente, mientras miraban hacia el túmulo de la Asamblea y la piedra de los vikingos, dijo:

—Gilpatrick, no puedo hacer nada.

Los dos sabían que era verdad.

—Te has endurecido con los años —dijo el sacerdote apenado.

Peter tiró de las riendas de su caballo y se alejó lentamente. La entrevista había acabado. Ya había oído suficiente. Quería espolear a su caballo para ir al trote y dejar a su antiguo amigo allí plantado. Y, a pesar de lo grosero que hubiera sido aquello, lo habría hecho si, justo en ese momento, no hubiera visto a una mujer que atravesaba los campos y se dirigía hacia ellos. En vez de seguir adelante, la miró.

Se trataba de Fionnuala, era imposible confundirla. Habían pasado casi veinte años desde que se habían separado, pero incluso, a distancia, la habría reconocido solo con mirarla. Cuando se acercó a ellos, saludó a Gilpatrick con la cabeza.

—Me han dicho que os encontraría aquí.

—No sabía que estabas en Dublín —dijo el sacerdote un tanto desconcertado—. ¿Te acuerdas de mi hermana Fionnuala? —preguntó volviéndose hacia Peter.

—Sí que se acuerda —lo interrumpió ella en voz baja.

—Le estaba explicando a Peter que nuestro hermano…

—Ha sido un tonto —dijo mirando fijamente a Peter—. Tan tonto como lo fue su hermana en una época —pronunció aquellas palabras con sencillez, no con malicia—. Me han dicho que te habías reunido con él —le dijo a Gilpatrick—. Así que he pensado que debería venir a Dublín también.

—Por desgracia… —comenzó a decir Gilpatrick.

—Se ha negado —aventuró volviendo la mirada hacia Peter—. ¿Verdad, Galés?

Los años habían sido más que amables con Fionnuala. Si de joven había sido hermosa, pensó Peter, solo había una manera de describirla en ese momento: estaba espléndida.

Sus hijos le habían dejado el cuerpo ágil, aunque más lleno. Seguía teniendo el pelo negro como el carbón, la cabeza erguida con orgullo y unos ojos de un asombroso verde esmeralda. En paz consigo misma y con el mundo, era exactamente la misma princesa irlandesa que había sido. «Y esta es la mujer con la que, en otras circunstancias, me habría casado», pensó Peter.

—Me temo que eso he hecho —admitió ligeramente incómodo.

—¡Lo han desahuciado! —gritó de repente Fionnuala—. ¡Nos han robado la tierra que hemos amado durante miles de años! ¿No lo ves, Galés? ¿No puedes entender su cólera? Ni siquiera nos conquistaron, sino que nos engañaron. —Calló y después continuó en voz baja—. Te da igual, no le debes nada.

Peter no contestó.

—Pero a mí sí que me debes algo.

Los dos intercambiaron una mirada mientras Gilpatrick se quedaba perplejo. No podía imaginar qué podía deberle el caballero a su hermana.

—Ahora disfrutas de buena fortuna, Galés —continuó con amargura—, pero no siempre ha sido así.

—Es normal que me recompensen por veinte años de servicio —le explicó.

—Tu rey inglés te ha recompensado; sin embargo, fui yo, como una tonta, la que consiguió que se fijaran en ti cuando te di Dublín.

—Lo que me diste fue tu cuerpo, no Dublín.

—Me traicionaste —le espetó Fionnuala con tristeza—. Me hiciste daño, Galés.

Éste asintió lentamente con la cabeza. Todas y cada una de aquellas palabras eran verdad. Notó que Gilpatrick parecía desconcertado.

—¿Qué quieres, Fionnuala? —preguntó finalmente.

—Mi hermano todavía tiene dos hijas a las que encontrar marido. Déjale la granja hasta que las haya casado.

—¿Eso es todo?

—¿Qué más podría pedirte?

Fugazmente, se preguntó si habría deseado casarse con él. ¿O solo lo odiaba? Jamás lo sabría.

—Debe pagar el alquiler.

—Lo hará.

Peter apretó los labios. Imaginó los futuros problemas que podría causarle su arrendatario. Serían años de hoscas miradas y de rabia. ¿Cómo iba a ser de otra manera? Quizá Fionnuala fuera capaz de mantener a raya a su hermano, o quizá no. Sin duda, un día acabaría echando a su hermano de su tierra ancestral. Así era como sucedían las cosas. De todos modos, supuso que podría vivir con ese tipo hasta que las dos últimas hijas se hubieran ido con sus maridos y con unas buenas dotes.

—No pides nada para ti —observó—. ¿No buscan tus hijas un buen marido? ¿Un caballero inglés quizá?

«Porque si se parecen a ti. Nada sería más fácil», pensó.

—¿Mis hijas? —respondió riéndose—. Tengo siete, Galés, que corren libres con los O'Byrne por las colinas. No se casarían con un caballero inglés, pero ten cuidado —añadió mirándolo directamente a los ojos—, porque es posible que bajen de las colinas para recuperar sus tierras.

—De acuerdo, Fionnuala, bien puede ser —dijo lentamente—. Al menos, tu hermano puede quedarse. Lo hago por ti. Te doy mi palabra de que lo cumpliré. Si es que crees en mi palabra, claro —añadió irónicamente.

Fionnuala asintió y luego se volvió hacia su hermano.

—Gilpatrick, ¿he de creer en la palabra de un hombre del Rey? —Mientras hacía esa pregunta miró a su antiguo amante con una sonrisa débil y burlona.

El padre Gilpatrick, aunque estaba confuso por aquella conversación, había sido testigo de demasiadas cosas desde que había cruzado el mar con Peter, y, en ese momento, a pesar de que el caballero había sido su amigo, solo pudo contestar a esa pregunta guardando silencio.

Siete

Dalkey

1370

El halcón batió las alas y trató de alzar el vuelo, pero la mano enguantada de Walsh lo sujetó con fuerza. El ave le atacó la mano con su gran pico curvado, pero John Walsh se limitó a reír. Le gustaba el espíritu libre y fiero del pájaro. Un compañero ideal para un lord francés o inglés. Sus ojos también eran una maravilla puesto que veían un ratón a mil pasos de distancia.

Walsh oteó desde la muralla de su castillo. Como casi todos los hombres de su familia, tenía un rostro fuerte, soldadesco. Con sus ojos azules, poseía un sentido de la vista muy desarrollado. Allí, en las tierras fronterizas, convenía que así fuera. Y ahora los fijaba en algo y los entrecerraba. Era un pequeño objeto en movimiento que no tenía ninguna importancia. Muy ordinario. Demasiado ordinario. Aquello le resultó extraño. En las tierras fronterizas nunca nada era ordinario.

El castillo de Carrickmines. Carrickmines significaba «pequeña llanura de rocas». Y ciertamente había rocas en abundancia, esparcidas por el terreno, pero el auténtico carácter del lugar residía en las majestuosas laderas de los montes de Wicklow, que se alzaban justo delante del pequeño castillo de piedra; detrás estaban las seis leguas de carretera que llevaban hacia el norte cruzando la rica franja costera que se extendía hasta Dublín.

El objeto en movimiento era una muchacha joven. La última vez que la había visto, poco después, unas cabezas de ganado habían desaparecido.

Y

El castillo estaba construido en piedra y ya había sido reforzado en diversas ocasiones. Gran parte de los montículos arbolados y de las murallas de los colonos originales se habían convertido ahora en unas robustas plazas fuertes, diseminadas a lo ancho de las inmensas extensiones de la isla. En los extremos norte y sur de la amplia bahía se alzaban los tres mejores exponentes de la región de Dublín: había uno en la península septentrional de Howth y, un poco por encima, se hallaba el sólido castillo de Malahide; y allí, en Carrickmines, justo debajo del alto promontorio que constituía el extremo meridional de la bahía, la familia Walsh vigilaba sus tierras de cultivo y los accesos al gran centro verde del poder inglés.

El territorio que rodeaba Dublín era un enorme mosaico de fincas. El terrateniente principal era, con diferencia, la Iglesia, pues el arzobispado de Dublín poseía abundantes terrenos. Su gran señorío de Shankill se encontraba justo al sur del castillo de Walsh: más abajo de la ciudad, había un feudo aún mayor llamado «El Santo Sepulcro», que abarcaba las tierras que antes pertenecieran a Rathmines. Pero casi todos los conventos de Dublín —y ahora había muchos de ellos— tenían fértiles fincas en la región: los monjes de la iglesia de Cristo, las monjas de Santa María, los caballeros de San Juan. El hospital de Ailred, *el Peregrino*, poseía dos hermosas heredades; hasta el pequeño lazareto de San Esteban contaba con unas fructíferas tierras de labranza a poca distancia de los Walsh, conocidas como Leopardstown. Algunos de los terrenos de estas fincas eclesiásticas eran cultivados directamente por los mismos religiosos, pero, por lo general, se arrendaban a granjeros. El resto del territorio estaba en manos de hombres como Walsh. «Y qué gran tranquilidad da saber que los campos de los alrededores están seguros en manos de ingleses leales», le había comentado un mercader de Dublín en una ocasión.

Walsh se preguntó si eso era cierto. Arriba, en Fingal, probablemente sí. En la región quedaban todavía algunos elementos residuales de la antigua aristocracia celta, aunque el único ejemplo que le venía a la mente era una pequeña familia llamada O'Casey. Las antiguas familias vikingas habían sido prácticamente expulsadas de Fingal. En su lugar había nombres normandos e ingleses: Plunkett y Field, Bisset y Cruise, Barnewall y los lores Talbot de Malahide. Todos eran ingleses recios; se casaban entre sí o con otras familias inglesas. Pero en todos los demás lugares, las cosas eran menos inequívocas. Si los noruegos ya no estaban en Fingal, ¿qué ocurría con el antiguo arrabal de la ribera septentrional del Liffey? La gente ahora lo llamaba Oxmantown, pero el origen del nombre, Ostmanby, el pueblo de los hombres del este, no se había olvidado.

En la zona había muchas personas de ascendencia escandinava. Y en la gran curva que describía el río al oeste y al sur de la ciudad uno encontraba lores locales con nombres que eran cualquier cosa menos ingleses. Estaban los Harold, descendientes del hijo de Ailred, *el Peregrino*, que eran nórdicos, lo mismo que los poderosos Archbold.

En cuanto a la familia, descendía de un antiguo rey nórdico de la ciudad, leal al justicia, sin duda, pero a cuyos miembros no podía considerarse ingleses. Y finalmente, había familias como la suya. Había un grupo de ellas en el territorio que se extendía al sur de la ciudad y que vivían en fértiles granjas fortificadas. Howell, Lawless, y las distintas ramas de la familia Walsh: sus nombres podían o no evidenciarlo, pero todas procedían de Gales. ¿Eran también ellos leales a Inglaterra? Pues claro que sí. Tenían que serlo.

A pesar de todo, en las heredades meridionales se vivía de forma muy distinta que en las que quedaban al norte de Dublín. Debido a los agrestes montes de Wicklow, que se alzaban a poca distancia y que aún estaban en manos de los antiguos clanes irlandeses, la zona era más bien una frontera. La madre de John procedía del asentamiento de Fingal y le había preocupado que a su hijo se le permitiera corretear con los niños irlandeses locales, pero su padre era de otra opinión: «Si ha de vivir junto a esas gentes, mejor que las conozca», decía de buena gana. Y conocerlas fue lo que hizo. Incluso a la heredad de los Walsh llegaban a veces arpistas o bardos que se brindaban a entretener a su padre en la sala, una oferta que este nunca rechazaba y que siempre pagaba con generosidad. En cuanto al joven John, no pasaba nunca más de un mes sin salir con los pescadores de Dalkey, el pueblo costero cercano, o sin subir a los montes de Wicklow y correr con los O'Toole y los O'Byrne. Todos sabían quién era, por supuesto; era un galés, uno de los colonizadores que les habían arrebatado las mejores tierras, pero los niños tienen licencia para ir a lugares que a los adultos les están vedados y, durante un buen número de años, el muchacho apenas fue consciente de la barrera que había entre él y sus compañeros de juego. Hablaba su lengua, vestía y montaba a pelo como ellos. En una ocasión descubrió un vínculo incluso más cercano.

Un grupo de muchachos, montados en ponis, había subido a los montes para ir hasta los lagos de Glendalough. El viejo monasterio era una sombra de lo que antaño fuera, pues el obispado se había trasladado hacía mucho a Dublín y ahora solo quedaba un puñado de monjes, pero a John le impresionó la serena belleza del lugar. Se habían detenido junto al pequeño asentamiento cercano cuando advirtió que una muchacha de cabello moreno lo estaba observando. Tendría más o menos su edad, era delgada y se le antojó muy hermosa. Estaba sentada en la hierba, comiendo una manzana, y lo estudiaba en silencio con un par de brillantes ojos verdes. Sintiéndose algo incómodo por aquella mirada fija, se acercó a ella.

—¿Qué miras? —quiso saber, aunque lo dijo en un tono completamente amistoso.

—Te miro a ti —dijo la muchacha, que dio otro mordisco a la manzana.

—¿Te conozco?

—Sé quién eres —respondió ella tras masticar unos segundos.

—¿Y quién soy?

—Eres mi primo. —Estudió con interés su cara de asombro—. Eres el galés, ¿verdad?

Él asintió.

—Yo también podría ser galesa, si quisiera —prosiguió la chica—, pero no quiero —añadió con firmeza antes de dar otro mordisco a la manzana.

A continuación, se puso en pie de repente y se marchó corriendo.

Aquella noche, cuando su padre volvió a casa, John le preguntó si aquella muchacha podía estar emparentada con ellos.

—Oh, debe de ser tu prima —su padre parecía divertido—, aunque yo nunca la he visto. Tu tío Henry era muy mujeriego y en el Leinster tienes más primos de los que imaginas. Aquí en las montañas hubo una vez una muchacha muy bonita. La chica que viste hoy debe de ser hija suya, no me cabe ninguna duda. Fue una lástima que tu tío muriera cuando lo hizo, pero lo cierto es que, a su fallecimiento, dejó un buen historial. —El hombre suspiró con afecto—. ¿Es bonita?

—Sí, lo es —respondió John, ruborizándose.

—Bien, pues es tu prima —le había confirmado su padre—. Y te diré algo más: casi todo el territorio de los alrededores, y hacia el norte hasta Dublín, pertenecía a la familia de la madre de la chica. Los llamaban los Ui Fergusa. Nosotros llevamos aquí desde los tiempos de Strongbow, cuando se nos otorgó la finca, pero tienen mucha memoria. Para los descendientes de Ui Fergusa, nosotros somos los ocupantes de sus tierras.

El recuerdo de la muchacha lo había fascinado un buen tiempo. En una ocasión había ido a Glendalough para preguntar por ella, pero le dijeron que se había trasladado a otro sitio y nunca más volvió a verla.

De hecho, al año siguiente, llegó a preguntarse si no habría muerto, porque, por aquella época, se declaró la terrible peste.

La Muerte Negra había llegado finalmente a Irlanda, lo mismo que a toda Europa. De 1347 en adelante, la peste, transmitida por las pulgas y las ratas con las que, sabiéndolo o no, los humanos siempre convivían, había asolado todo el continente. En su forma bubónica, causaba unas llagas terribles a las víctimas, y en su forma neumónica, que era todavía más mortal, atacaba los pulmones y se contagiaba de una persona a otra a través del aliento con una rapidez tremenda. Murió tal vez un tercio de la población europea y llegó a la costa oriental de Irlanda en agosto de 1348.

Los Walsh habían sido afortunados. El padre se encontraba en Dublín el día en que llegaron las noticias de que la epidemia ya estaba en la isla. Las noticias de la Gran Mortandad, como la denominaban, habían llegado un poco antes con los barcos mercantes que atracaban en el puerto, por lo que Walsh, en cuanto se enteró de que en la ciudad había ya personas afectadas de una repentina enfermedad, regresó a casa. Durante más de un mes, la familia permaneció en la granja y, al parecer, Dios debía de haber ordenado que sobrevivieran, ya que, si bien otras granjas sufrieron el azote de la peste, igual que el cercano pueblo de pescadores de Dalkey —llegaron incluso a haber muertes arriba, en Glendalough—, a ellos no los atacó.

Sin embargo, el efecto en la región de Dublín fue devastador. En la ciudad y sus arrabales quedaron calles vacías casi por completo y las fincas de la Iglesia perdieron numerosos arrendatarios. Reinaba la desolación y el desorden, como si el territorio hubiese vivido una guerra. Por eso, a la familia Walsh no le extrañó que los O'Toole y los O'Byrne de los montes de Wicklow, sabedores de la debilidad de las llanuras de abajo, empezaran a descender a fin de aprovecharse de la situación. Había ganado y pocos hombres para vigilarlo. Nadie que estuviera familiarizado con la forma de vida tradicional de los clanes se sorprendería si se producían incursiones de robo de reses.

—Llevan robándose ganado los unos a los otros desde antes de los tiempos de san Patricio, por lo que no debe asombrarnos que nos hagan extensivo ese cumplido —comentaba tranquilamente el padre de John.

Para el joven John, y suponía que también para su padre, había cierta emoción en la perspectiva de una incursión tal, así como en la persecución y la posibilidad de una pequeña escaramuza con gentes que, con toda probabilidad, ya conocía. Eso formaba parte de la vida fronteriza; sin embargo, el justicia real de Dublín veía las cosas de una forma más pesimista. Para él, y para los ciudadanos de Dublín, había que deplorar aquellas muestras de desorden y debían afrontarlas con firmeza. Se necesitaban fortificaciones. Por este motivo, el castillo de Carrickmines —que había estado abandonado durante muchos años— fue reparado y reforzado; de hecho, al padre de John Walsh se le pidió que dejara su heredad y que ocupara el castillo como señor del lugar. «Necesitamos a un hombre bueno y digno de confianza», le había dicho el justicia. El joven John apenas se había dado cuenta de que aquel cambio también representaba un ascenso social para su padre. A los ojos de los representantes reales Dublín, él era ahora uno de los oficiales del Rey, un caballero más que un granjero, más próximo al estatus de su antepasado, Peter FitzDavid, al que antaño se le concediera la tierra.

Y fue un pequeño incidente de aquella época lo que le enseñó lo que significaba todo eso para su propia identidad.

La familia solo llevaba unos meses instalada en el castillo cuando se presentó un oficial de Dublín a lomos de un caballo. Era una hermosa mañana y el joven John había decidido acercarse a visitar a uno de sus primos Walsh en una granja vecina. Como era habitual cuando se movía por la zona, vestía solo una camisa y una túnica, llevaba las piernas desnudas y montaba su caballito a pelo, de modo que podría haber pasado por uno de los jóvenes O'Byrne.

El hombre procedente de Dublín iba tan elegantemente ataviado como cualquier caballero inglés y John lo observó, no sin admiración. Cuando el hombre se acercó a la puerta del castillo, miró a John y le preguntó lacónicamente si Walsh estaba dentro.

—¿Quién debo decirle que lo busca? —inquirió el muchacho.

El caballero frunció el entrecejo. No sabía si aquel joven que tenía delante pertenecía al castillo o no. Y con la intención de serle de ayuda, explicó:

—Soy John Walsh, su hijo.

No había esperado ninguna respuesta concreta a aquella afirmación, por lo que le sorprendió en grado sumo lo que sucedió a continuación. En vez de limitarse a asentir, el caballero lo miró boquiabierto.

—¿Eres hijo de Walsh? ¿De Walsh, el guardián de este castillo? —Una expresión de repugnancia cruzó su rostro—. ¿Y tu padre te deja salir a cabalgar así?

John se miró las piernas desnudas y el lomo sin silla del caballo. Ya le había quedado claro que aquel joven caballero debía de ser un recién llegado, miembro de una compañía que había venido de Inglaterra hacía poco a fin de ayudar al justicia de Dublín. A pesar de todo, bajo la desdeñosa mirada del noble, John se sintió algo avergonzado.

—Solo iba a una granja vecina —dijo, poniéndose a la defensiva.

—¡Dios mío, hombre! —gritó el caballero—. ¡No tendrías que vestir como un nativo! —Al ver que el muchacho parecía confundido, le dijo en tono cortante—: Aséate.

Acto seguido, siguió cabalgando para cruzar la puerta del castillo.

Al principio, John había tenido la intención de continuar viaje, pero solo había recorrido cincuenta pasos cuando se detuvo y regresó. El caballero se había comportado de una forma muy ruda —era evidente que sabía muy poco de Irlanda—, pero a John no le gustaba que se mofara de él un hombre que, al fin y al cabo, era de los suyos. Por tanto, al cabo de poco se presentó en los aposentos de su madre donde le cepillaron vigorosamente el cabello, se puso una camisa limpia de color blanco y se calzó unas botas de cuero. Cuando el caballero se disponía a marcharse, se encontró en el patio con un joven que podía haber sido el apuesto escudero de cualquier castillo inglés.

—Mucho mejor —comentó con concisión al pasar junto a él y, tras haber montado, le indicó con una seña que lo acompañara al otro lado de la puerta.

Cuando salieron, detuvo el caballo y señaló los fértiles pastizales que se extendían ante ellos:

—Dime una cosa, joven Walsh —murmuró en un tono más amistoso—. ¿Quieres conservar la posesión de esta tierra?

—Sí —respondió John.

—Entonces, será mejor que aprendas que la única manera de hacerlo es recordar siempre que eres inglés. —Y con ese breve consejo, se alejó.

Ahora, veinte años después, en la muralla del castillo, Walsh no habría discrepado de la valoración que había hecho el caballero. De una forma u otra, el dominio del rey de Inglaterra se extendía por diversas partes de Irlanda, pero, desde los primeros días de la expansión colonial del tiempo de Enrique II y de su hijo, se había producido una retirada gradual. La isla estaba ahora dividida entre los nativos irlandeses y los colonizadores en un vasto mosaico de territorios que se componían de una serie de viviendas y establos. Las autoridades inglesas estaban a la defensiva, no solo contra los clanes gobernantes irlandeses, sino también contra algunos de los colonos que, después de cinco o seis generaciones en las tierras fronterizas, se habían vuelto como los jefes irlandeses y eran casi tan difíciles de controlar como ellos. Cuando los administradores ingleses de Dublín observaban el mundo lleno de incertidumbres que los rodeaba, solo podían sacar una conclusión: «Tenemos que endurecer la columna vertebral de los nuestros, poner un poco de orden inglés o este lugar degenerará en un caos. Hemos de recordar a nuestros colonos que son ingleses».

¿Qué significaba ser inglés? Estaba la cuestión de la indumentaria, por supuesto. Uno no salía por ahí con las piernas al aire o montaba a pelo. Uno no permitía que su esposa llevara un chal de brillante color azafrán como las irlandesas. Uno no hablaba irlandés como no fuera con los nativos. Se debía hablar inglés. Walsh recordó que, en tiempos de su abuelo, un caballero hablaba francés normando y era la lengua que todavía se usaba en los procedimientos judiciales más formales, pero, si ahora uno bajaba a Dublín, los mercaderes y los oficiales reales hablaban el inglés afrancesado habitual de lugares como Bristol o Londres. Y, por encima de todo, uno no debía casarse con una mujer irlandesa. «Solo casarte con ellas y comienzan los problemas», le había dicho un pariente de Fingal.

De hecho, el Gobierno inglés se había obsesionado tanto con aquella cuestión, que cuatro años antes, en una sesión parlamentaria celebrada en la ciudad de Kilkenny, se había promulgado una serie de estatutos que declaraban ilegales aquellos matrimonios entre miembros de comunidades distintas.

En el ámbito privado, a Walsh el estatuto de Kilkenny no lo había sorprendido. Los colonos llevaban casándose con las irlandesas desde que Strongbow obtuviera por primera vez el Leinster mediante su matrimonio con la hija del rey Dermot, igual que en otros tiempos los irlandeses y los escandinavos se habían casado entre sí. Aquel intento de segregar a las comunidades en mundos separados podía resultar factible, pero Walsh creía que denotaba pánico. Las leyes que no podían ponerse en práctica no eran buenas leyes.

Pero aun cuando no pensara demasiado en el asunto a una

escala más general, Walsh comprendió perfectamente lo que significaba ser inglés allí, en aquella ubicación. Significaba proteger de los O'Byrne sus tierras de cultivo y las de sus vecinos.

La situación era tranquila casi siempre, todo hay que decirlo, pero de vez en cuando las cosas se ponían interesantes. Diez años atrás, el jefe de los O'Byrne de ese momento, un hombre más que ambicioso, había descendido con un gran ejército y había rodeado el castillo. «¿Creéis que podréis mantener la heredad, si me la arrebatáis?», les había gritado desde la muralla, pero solo había recibido una lluvia de proyectiles como respuesta. El asedio se prolongó varios días, hasta que el justicia —el conde de Ormond— había salido de Dublín con un gran grupo de caballeros y había ahuyentado a los invasores. «Personalmente, creo que lo único que hace O'Byrne es jugar. Intentará convertirse en una molestia, a ver lo que puede sacar del justicia», le dijo Walsh a su esposa. Y cuando unos meses más tarde, O'Byrne llegó a un acuerdo con Ormond y corrieron aquellas noticias tan extraordinarias: «A ese hombre asilvestrado de las montañas se le ha concedido el título de caballero», Walsh se rio hasta que se le saltaron las lágrimas. Pese a ello, las murallas fueron reforzadas de nuevo y de vez en cuando se habían estacionado allí tropas de caballería. Después, el ambiente se había mantenido tranquilo durante diez años, pero la verdad subyacente a la situación seguía siendo la misma: las heredades al sur de Dublín eran seguras porque el castillo las protegía, y el castillo estaba allí porque los ingleses gobernaban Dublín.

Como le había indicado hacía poco a uno de sus primos: «El rey inglés nos dio las tierras y el estatus. También puede quitárnoslo». Sí, pensó John Walsh, eso era, en definitiva, lo que significaba ser inglés.

¿Qué demonios hacía aquella muchacha? En el lado oriental de la pequeña planicie donde se asentaba el castillo se alzaba la alta joroba del promontorio meridional que ocultaba de su vista el pueblo pescador de Dalkey.

Aproximadamente, a un kilómetro de distancia, con el promontorio como magnífico telón de fondo, Walsh había montado una gran conejera. Aquélla era otra de las útiles costumbres que los colonos habían traído consigo. La conejera le proporcionaba un suministro continuado de carne y pieles. Y era junto a la conejera desde donde acechaba la muchacha. ¿Tenía la intención de robar unos conejos?

Sabía quién era, por supuesto. Se trataba de la hija de aquella hermosa prima de cabello moreno que vivía en las montañas. Su prima se había casado con uno de los O'Byrne, según había oído decir unos años atrás. Aquella niñita guardaba un extraordinario parecido con ella. Los mismos ojos verdes y brillantes. Walsh esbozó una sonrisa. Si hurtaba un conejo, fingiría que no lo había visto. En otra ocasión, meses atrás, la había encontrado una vez acechando en sus tierras, y poco después había perdido unas cabezas de ganado. Aquél era un asunto más serio.

Entonces, le vino a la mente otro pensamiento y frunció el entrecejo. Hacía poco habían surgido conflictos en el Munster, y las autoridades de Dublín, preocupadas, habían llegado a enviar tropas. Ahora había un nuevo jefe O'Byrne, y al ver que las fuerzas inglesas estaban ocupadas en otro lugar, había aprovechado la oportunidad para intentar apoderarse de algunos pequeños fuertes a lo largo de la costa. Era arriesgado, pero Walsh imaginó que el jefe irlandés probablemente lo conseguiría, al menos de momento. ¿Era aquello el preludio de un nuevo ataque a Carrickmines? En opinión de Walsh, el asalto sería una acción imprudente. Los habitantes de Dublín ya se habían puesto nerviosos. Hacía un par de semanas, habían enviado un escuadrón de caballería para que acampara en Dalkey, en caso de que trataran de escabullirse siguiendo la costa hacia el norte. A la primera señal de problemas, desde las montañas, más escuadrones se pondrían de camino a Carrickmines, y eso sin tener en cuenta el hecho de que el lugar era ahora demasiado sólido para que O'Byrne pudiera entrar en él. Con todo, uno nunca podía estar completamente seguro de ello. ¿Era posible que su primita acechara junto a la conejera por un motivo más siniestro? ¿Vigilaba para saber si había tropas? ¿Inspeccionaba el estado de las murallas y de la puerta del castillo? De ser así, no se había ocultado demasiado bien. Walsh lamentaría que aquella joven allegada fuese descuidada en aquel aspecto.

¿O tal vez ocurría otra cosa? Estudió las pendientes de los montes. ¿Estaban ya allí arriba, esperando para bajar cuando la niña corriera de regreso o les hiciera una señal? Inspeccionó las montañas. No le pareció que fuera así. La chica comenzaba a moverse. ¿Qué dirección tomaría?

El halcón que estaba posado en su muñeca empezaba a inquietarse de nuevo. Con un único movimiento de la mano, lo soltó y contempló cómo se elevaba, magnífico y vigilante, en el cielo de aquella mañana estival.

Tom iba camino de la iglesia cuando se cruzó con ella. Normalmente acudía allí cada tarde, pero aquel día lo hacía con una hora de retraso, pues uno de los pescadores había insistido en hablar con él hasta mucho después de que, valle abajo, sonara el ángelus.

Era una cosita pequeña y bonita, con una larga melena negra. No la había visto hasta entonces. La muchacha estaba holgazaneando a la vera del camino que cruzaba los pastos comunales desde la orilla. Cuando pasó junto a ella, la chica lo miró con unos extrañísimos ojos verdes.

Tom Tidy era un hombre menudo. El bigote rubio y la barba puntiaguda formaban un pequeño triangulo con la inclinación de sus hombros echados hacia delante. Destilaba una serena determinación, aunque también una pizca de melancolía, como si Dios le hubiera impuesto la tarea de labrar un surco que, al parecer, no tenía fin. Quizá Tom Tidy no fuera un individuo impresionante, pero uno siempre podía confiar en él. Todo el mundo lo decía. Precisamente el otro día, mientras pagaba el arrendamiento en la oficina diocesana, el propio arzobispo había entrado y había dicho: «Si hay un hombre en el que puedo confiar, maese Tidy, ese sois vos». Lo había llamado «maese Tidy», un título de respeto que lo hizo sonrojar de orgullo.

Cuando vivía en el suburbio meridional de Dublín, Tom Tidy iba cada día a la iglesia. Después de que sus hijos se casaran y de la muerte de su esposa, con la que había convivido treinta años, le apeteció un cambio; entonces, el administrador del arzobispo, que buscaba inquilinos dignos de confianza, le había ofrecido unas condiciones muy buenas para que se mudara al pueblo pescador de Dalkey.

Dalkey era un lugar agradable. Situado en un resalte llano de terreno baldío, entre la alta joroba del promontorio meridional de la bahía y el mar, consistía en una sola calle con una pequeña iglesia y parcelas de terreno con viviendas y huertas. Aquellas casas eran denominadas domicilios. La parcela de Tom Tidy era de un tamaño medio, treinta metros por cuarenta, pero también tenía derecho a varios espacios en el campo comunal de detrás de las parcelas y a llevar sus reses a los pastos comunes que estaban en el lado de mar. Las parcelas que componían la población eran conocidas como burgos, y los dueños de tales propiedades en los núcleos habitados —a diferencia de los campesinos y de los siervos que moraban en cabañas más pequeñas— eran ciudadanos libres conocidos como burgueses.

Dalkey era una población diminuta, no tenía carta de privilegios propia y formaba parte de una de las grandes fincas del arzobispo. Éste era el señor feudal y su administrador recaudaba las rentas de las tierras, la tasa sobre las capturas de los pescadores y otros tributos. Para casi todos los delitos, los habitantes tenían que comparecer ante el tribunal del obispo, para el que su administrador elegía a los jurados. En resumidas cuentas, el asentamiento irlandés de Dalkey estaba organizado a la manera típicamente inglesa.

Tom Tidy pagaba tres chelines al año por el alquiler de su tierra, que ocupaba poco más de media fanega. Desde esta base, gestionaba un pequeño negocio de transporte, llevando suministros del pequeño puerto a las granjas locales o a Dublín. Su domicilio era uno de los más grandes. La vivienda, con techumbre de bálago, era modesta, pero detrás de ella había un patio de considerable tamaño que albergaba un largo establo en el que guardaba varios vehículos: la carreta del pescado, un carro grande para los toneles de vino y los barriles de sal y otro para balas de tela y pieles. También elaboraba cerveza que vendía en la localidad y por la que tenía que pagar un impuesto al administrador por cada calderada que fabricaba. Los negocios eran ocasionales. Algunos días trabajaba; otros, no. Al viudo Tom, el ritmo pausado de Dalkey le sentaba de maravilla.

En Dalkey había treinta y nueve burgos, aunque, como algunos de ellos se habían unido, el número de burgueses era menor. La mayor parte de burgueses, sin embargo, no vivía en Dalkey. Los propietarios y mercaderes de Dublín alquilaban los burgos y luego los subarrendaban, divididos a menudo en parcelas menores, a individuos de menor rango. Tom Tidy, por tanto, era una de las personas más importantes del lugar. De hecho, como el cargo de magistrado estaba vacante en aquel momento, el administrador le dijo: «Aunque no llevas en Dalkey demasiado tiempo, estamos pensando nombrarte para el puesto».

Lo que había dado a Dalkey el nombre era la costa. A cierta distancia de la playa, una pequeña isla y una línea de rocas habían sugerido el nombre celta de Deilginis —que significaba la isla de la Espina o de la Daga—, que más tarde los colonos vikingos habían convertido en Dalkey. Allí no llegaba ningún gran río procedente del interior, por lo que la mayor parte de su existencia había sido una aldea de pescadores; sin embargo, en tiempos más recientes, Dalkey había adquirido una importancia nueva.

Los bancos de arena y las llanuras mareales del estuario del Liffey siempre habían sido peligrosos para los barcos, pero, desde los tiempos de los vikingos, las actividades del puerto habían contribuido a la acumulación de cieno en el río. Con sus amplios baos y su mayor calado, a los achaparrados *cogs* medievales les resultaba ahora más difícil navegar por los bajíos de Dublín, aunque con mucha frecuencia alquilaban pilotos de la ciudad para que los guiaran. Cerca había otras abras de aguas más profundas. El pequeño puerto de Howth, en la península septentrional de la bahía, era una de ellas; la otra era Dalkey, más abajo del extremo meridional de la rada. La isla actuaba de rompeolas natural que protegía a los barcos que entraban, y el lugar tenía unas excelentes aguas profundas, de unas ocho brazas, incluso con la marea baja. Los barcos mercantes de gran calado descargaban allí, a veces toda la carga, a veces justo la necesaria para aligerar el barco y poder salvar los bajíos de Dublín. En cualquier caso, el puerto implicaba trabajo para los habitantes del asentamiento, entre ellos Tom Tidy.

Después de dejar atrás a la muchacha, Tom Tidy siguió caminando unos pasos y se detuvo. En aquel momento, no había ningún barco en el pequeño puerto. Los botes de pesca habían salido todos. Entonces, ¿por qué la joven venía del agua? Allí abajo no había nada que ver. ¿Qué se traería entre manos? Se volvió para mirarla otra vez, pero se había esfumado.

La pequeña iglesia de piedra de San Begnet se alzaba en el extremo septentrional de la calle. Junto a ella había un camposanto y la vivienda del párroco. El último párroco había muerto aquella primavera y se había nombrado cura temporal al sacerdote de otra parroquia, que acudía los domingos a oficiar la misa. Por otra parte, a Tom le habían confiado las llaves, tanto de la iglesia, que cerraba cada noche, como de la casa parroquial, que, en aquel momento, estaba siendo utilizada por el oficial del escuadrón visitante, cuyos hombres habían acampado en el jardín trasero. Dos de estos hombres estaban siempre apostados en la orilla, vigilando la llegada de los O'Byrne o de cualquier barco que pudiera trasladarlos.

Tom entró en la iglesia y, tras una genuflexión, se abrió paso hasta el altar, cruzó al otro lado de una celosía de madera y se arrodilló a rezar en un reclinatorio situado en aquel lugar íntimo y recogido. Pasó varios minutos perdido en el mundo de la plegaria y apenas oyó que se abría la puerta de la iglesia. Tampoco alzó la cabeza. Si había entrado alguien que acudía a orar en el silencio de aquella pequeña nave, no deseaba molestarlo y se quedó donde estaba. Al cabo de pocos minutos, oyó el leve roce de unos zapatos de cuero en el suelo, pero debido a la celosía no podía ver quién era y presumiblemente tampoco lo veían a él. Entonces oyó una voz.

—He intentado encontrarte en el muelle.

—¿Viste a los centinelas?

—Claro.

La primera voz parecía la de una muchacha y la otra pertenecía a un hombre. Hablaban en irlandés, pero él los comprendía bien.

—¿Tienes un mensaje de O'Byrne para mí?

—Sí. No vendrá a Dalkey —dijo la muchacha.

—Comprendo. Y si no viene a Dalkey, ¿adónde irá?

—A Carrickmines.

—¿Cuándo?

—Dentro de una semana, cuando no haya luna. Será entonces. Con la oscuridad. Hacia medianoche.

—Estaremos preparados. Díselo.

De nuevo sonaron pasos en el suelo y se abrió la puerta para volver a cerrarse enseguida.

Tom se quedó muy quieto. Tan pronto oyó el nombre O'Byrne sintió una punzada de pánico frío. Uno nunca sabía qué podía estar tramando esa gente y, según cómo, mejor no saberlo. Los que se enteraban de demasiadas cosas, los que podían convertirse en informadores, tenían una manera de desaparecer muy extraña. Diez años atrás, recordó, un individuo de Dalkey se había enterado de que se estaba cociendo algo y había informado a las autoridades. Como resultado, uno de los O'Byrne había muerto y, una semana después, habían sacado del mar el cadáver del informante. Lo habían decapitado.

Mientras le llegaba el resto de la conversación, deseó poder meterse bajo tierra. Si ellos —quienesquiera que fuesen— se adentraban más en la iglesia y lo descubrían, ¿qué harían? Era presa del pánico y tenía la frente bañada de sudor. Incluso después de que la puerta se cerrara y la iglesia recuperase el silencio, seguía temblando. Permaneció allí muy quieto, aún arrodillado, escuchando.

Al cabo de un rato, sin embargo, asomó la cabeza con cautela al otro lado de la celosía. El recinto estaba vacío. Se puso en pie, se dirigió a la puerta y la abrió despacio. No había nadie a la vista. Salió y buscó alguna indicación de la pareja que había hablado en el santuario. Parecían haberse esfumado. No estaban en el patio ni los vio en la calle cuando llegó a ella. Volvió atrás para cerrar la puerta de la iglesia y se encaminó hacia casa. Siguió sin verlos.

Estaba en mitad de la calle cuando, mirando el sendero que

cruzaba las tierras comunales en dirección al sur, divisó a la muchacha. Corría como un cervatillo y la larga melena ondeaba a su espalda. Era ella, seguro, la mensajera, corriendo hacia O'Byrne. Sintió el repentino y estúpido impulso de correr tras la joven, pero advirtió que era inútil. Miró alrededor en busca de su acompañante, pero no lo vio. Debía de ser un habitante de Dalkey, pero ¿quién? ¿Estaba el hombre allí, observándolo en aquel mismo momento, desde alguna de las viviendas?

Tom Tidy siguió caminando despacio y con cautela. Cuando llegó a casa, se ocupó de su carro de seis caballos. Después de haber alimentado a los animales y haberlos encerrado en el establo para la noche, entró en la casa, sacó un pastel de carne de la despensa, cortó una gran porción y lo sirvió en un plato de madera que depositó en la mesa. Vertió cerveza de la jarra en un vaso de loza y se sentó a comer. Y a pensar. Aquella noche, no salió de su domicilio.

A la mañana siguiente, Tom Tidy se levantó con el alba y se puso a trabajar en el patio, al lado del granero. Era un carpintero pasable y había decidido hacer una puerta de cola nueva para su carro de pescado. Eligió la madera y trabajó en silencio durante más de dos horas hasta que la tuvo cortada a su satisfacción. Nadie fue a molestarlo.

La noche anterior había cavilado intensamente sobre el asunto que lo inquietaba y ahora lo revisó con calma. Tom Tidy era una persona leal que sabía cuál era su deber, pero no era un estúpido. Tenía que transmitir la peligrosa información que había llegado a sus oídos, pero si descubrían que lo había hecho él su vida correría peligro. ¿Cómo iba, pues, a transmitirla? ¿Y a quién? Lo más natural sería informar de ello al oficial que estaba al mando del escuadrón, pero se hallaba demasiado cerca de casa. El pueblo notaría enseguida si los soldados daban muestras de estar enterados de los hechos y, quienquiera que hubiese estado en la iglesia con la muchacha, probablemente adivinaría que había sido Tom el que los había delatado. También estaba el administrador de la finca del arzobispo, pero siempre se le había antojado un hombre indiscreto. Si se lo decía a él, al cabo de poco lo sabría toda la región. Lo más prudente, decidió, sería hablar con alguien de Dublín, pero aquello requeriría una cuidadosa planificación. ¿Quién era poderoso a la par que discreto? ¿Quién lo protegería? ¿En quién podía confiar? No lo sabía.

Cuando terminó la puerta del carro, Tom Tidy guardó las herramientas, salió de la casa y recorrió la calle, mirando las viviendas de la derecha y de la izquierda. La brisa que soplaba del puerto traía consigo un aroma intenso y salado que resultaba agradable y vigorizante. Había llegado la hora de pedir consejo.

Mientras que los burgueses que habían arrendado las tierras de Dalkey eran de la alta nobleza o procedían de familias de Dublín como los Dawe y los Stackpool, los inquilinos que realmente las ocupaban eran de lo más variopinto. En algunas de las familias de pescadores había individuos pelirrojos y corpulentos de origen irlandés y vikingo a la vez. Otros eran burgueses y pequeños propietarios ingleses que habían llegado a Irlanda en las décadas que siguieron a la invasión de Strongbow, hombres con apellidos como Fox y Whote, Kendal y Crump. Casi todos llevaban allí un par de generaciones y ya no se les distinguía de sus convecinos irlandeses y nórdicos. Fuese como fuere, a la hora de buscar consejo, Tom prescindió de todos ellos.

La casa a la que finalmente acudió era distinta de todas las demás. En realidad, parecía un pequeño castillo. La casa principal, aunque no mucho más grande que las de techumbre de bálago a dos aguas de los vecinos, tenía tres plantas de altura, era de planta cuadrada y estaba construida en piedra. Aquella vivienda fortificada pertenecía a Doyle, un destacado mercader de Dublín, que la utilizaba como almacén de mercancías. Y era el hombre que vivía en la casa y trabajaba para Doyle a quien Tom iba a ver. Era buen amigo suyo y la única persona de Dalkey en quien podía confiar.

Nadie se sorprendería de verlo entrar allí. Tom y Michael MacGowan eran amigos desde que el primero llegara a la población. Pese a la diferencia de edad, tenían mucho en común. Ambos eran naturales de Dublín. El hermano de MacGowan era un reputado artesano de la ciudad. A él, Doyle lo había contratado como aprendiz, y ahora, con veinticuatro años, llevaba más de cinco cuidando del almacén de su patrón. La muchacha a la que cortejaba en Dublín estaría muy contenta de mudarse a Dalkey si se casaban, por lo que probablemente se quedaría mucho tiempo en la población. Tom Tidy lo consideraba un joven formal y con la cabeza sobre los hombros. Podía confiar en su discreción.

Encontró a MacGowan en el patio. Se trataba de un hombre menudo, moreno, con una buena mata de pelo negro y una cara que parecía observar el mundo con cierta ironía. Saludó a Tom y, cuando este le indicó que quería hablarle, lo llevó a un par de bancos situados bajo un manzano. Tom le explicó lo ocurrido y el problema en que se encontraba. Su amigo lo escuchó atentamente.

Cuando pensaba, Michael MacGowan hacía un gesto muy peculiar. Echaba la cabeza hacia atrás, cerraba un ojo y abría el otro por completo bajo una ceja enarcada. En esta ocasión, mirando hacia el cielo, a Tom le pareció que el ojo abierto de MacGowan se había hecho casi tan grande como una de las manzanas maduras del árbol. Cuando Tom terminó, su amigo permaneció en silencio, pero no por mucho rato.

—¿Me pides consejo acerca de lo que debes hacer?

—Sí.

—Pues creo que no deberías hacer nada. No se lo digas a nadie, olvídate de lo que has oído. —MacGowan volvió el ojo abierto hacia su amigo y le dirigió una desconcertante mirada—. En ello hay peligro, Tom Tidy.

—He pensado que tal vez Doyle… Creía que dirías que se lo contáramos a él.

El gran mercader que poseía aquella casa fortificada no solo era uno de los fundadores de la población, sino que también tenía una reputación pasmosa y era amigo personal del justicia.

Una de las razones de la popularidad de Dalkey como puerto de desembarque se debía a que allí se ahorraban las tasas de aduanas que pagaban todos los productos que entraban en el muelle de Dublín. Se trataba de unos impuestos considerables. El mercader que los evitase aumentaba sus beneficios en una tercera parte. Para evadir a los inspectores de aduanas sin demasiada dificultad, llevaban la mercancía desde Dalkey en una barcaza, siguiendo la costa, o por tierra en una carreta. El problema había causado cierta irritación en el Gobierno.

Cuando se sugirió a los oficiales reales de Dublín que nombrasen administrador marítimo de Dalkey a Doyle, les pareció una buena solución al problema. Y de hecho, desde que ocupaba el cargo, de aquel pequeño puerto procedía un goteo constante de ingresos. Allí abajo nadie se atrevería a hacer nada a espaldas de Doyle. Su influencia era mucha, por lo que no resultaba extraño que Tom Tidy hubiera pensado en el poderoso mercader como posible solución a su problema.

—Dicen que guarda los secretos y que es audaz y poderoso a la vez —se aventuró a decir.

—Tú no lo conoces, Tom. —MacGowan sacudió la cabeza—. Doyle es un hombre riguroso. Si se lo decimos, ¿sabes qué ocurrirá? Pues que se asegurará de que O'Byrne y sus amigos caigan en la trampa que les tenderá para matarlos a todos. Y se enorgullecerá de ello. Le dirá a todo el mundo en Dublín que lo ha hecho él. ¿Y en qué situación crees que me dejará esto a mí, aquí en Dalkey? Los O'Byrne son un clan muy numeroso, Tom. Vendrán a por mí. Y no bien descubran cómo ha sucedido todo, te matarán a ti también, puedes estar seguro de eso. Ni Doyle podría evitarlo aunque lo intentara, algo que seguramente no haría—añadió en tono sombrío.

—¿Quieres decir que no debo hacer nada para salvar a los Walsh y a su gente de Carrickmines?

—Que los protejan sus murallas.

Tom asintió con tristeza. Lo que había dicho MacGowan era muy cruel, pero lo comprendió. Se puso en pie para marcharse.

—Tom.

La voz de MacGowan denotaba ansiedad. Miraba a su amigo con un solo ojo, el ojo de una criatura que hubiera caído en una trampa y sufriese.

—¿Sí?

—Tom, hagas lo que hagas, no se lo digas a Doyle. ¿Me lo prometes?

Tidy asintió y se marchó, pero mientras MacGowan lo veía caminar hacia la puerta, pensó: «Te conozco, Tom Tidy, y conozco tu sentido del deber. Vas a buscar a alguien a quien contárselo».

Y

No había ninguna duda acerca de las buenas intenciones del individuo. Cuando Tom Tidy se presentó en casa de Harold con un carro lleno de mercancías y pidió entrevistarse con él, Harold lo miró con cierta admiración. Era una treta inteligente para evitar sospechas y él había comprado de buen grado unas cuantas provisiones útiles para brindarle a Tidy la coartada que necesitaba.

—Has hecho lo correcto —le dijo al transportista, cuando se enteró de la razón de su visita— y has acudido a la persona adecuada.

Tidy estaba en lo cierto al pensar que Harold era un hombre digno de confianza, a la par que discreto. No había en Irlanda ningún defensor más acérrimo del dominio inglés que Robert Harold. Habían transcurrido dos siglos desde que su antepasado Harold regresara junto a su padre, Ailred, *el Peregrino*. En esa época, la familia llegó a ser conocida como los Harold, y como los Harold prosperaron. Habían adquirido una gran extensión de tierra que comenzaba al sur de Dublín, en un lugar llamado la Cruz de Harold y que se extendía hacia el sudoeste a lo largo de la frontera del territorio de la ciudad, a través de la Marca, como los ingleses la llamaban, más allá de la cual, el gobierno de la Corona era, en aquellos tiempos, inestable. Las familias de la Marca, como los Harold, con sus fanegas, sus casas fortificadas y sus hombres armados, eran importantes a la hora de mantener el orden inglés establecido en aquella parte de la isla.

Habían pasado diez años desde que lo nombraran jefe de su familia. Algunas de las familias de la Marca, como los clanes célticos, habían decidido elegir al jefe de la familia mediante una votación. En ocasiones, invitaban incluso a otras familias o a una figura de importancia, como el arzobispo, para que las ayudaran a elegir. Que los Harold hubieran hecho aquello era una prueba más de su determinación de contar con un liderazgo potente en momentos difíciles.

Robert Harold no era alto, sino de mediana estatura. Sus cabellos habían encanecido cuando todavía era muy joven. Sus ojos, que eran de un sorprendente azul nórdico, solían tener una expresión dulce, pero podían endurecer de repente y, cuando lo hacían, quien lo hubiera contrariado descubría su crueldad. Harold había demostrado ser un líder eficaz, cauteloso pero fuerte.

Mientras Tidy se lo contaba todo —su encuentro con la muchacha y la conversación de esta con un hombre al que no había visto en la iglesia—, Harold lo estudió con atención. Era obvio que el individuo estaba de lo más nervioso. Una y otra vez, Tom insistió en que había recurrido a él y no al administrador del arzobispo o a los hombres del justicia para que nadie de Dublín lo relacionara con aquel asunto. «No reveles de dónde has sacado esta información», le suplicó. Harold lo tranquilizó hasta cierto punto. No veía razón para que hubiese que mencionar a Tidy por su nombre.

A veces, Harold pensaba que él era prácticamente la única persona que sabía lo que sucedía en Irlanda. Si había otra, tenía que ser el justicia. Tal vez también tuvieran algún conocimiento los contables de la Real Hacienda, pero algunos de los nobles de su clase, como Walsh de Carrickmines, no eran capaces de comprender lo serio que era el caso. En privado, los consideraba débiles.

La crisis había comenzado cuando su padre era niño. En el transcurso de los acontecimientos, dos factores habían señalado el declive. Había habido varios años de malas cosechas y hambrunas. Aquello no había contribuido a mejorar la situación. Además, no cabía olvidar la guerra entre los ingleses y los escoceses. El rey Eduardo I, conocido popularmente como el Zancudo, por sus largas piernas, o como el Martillo de los escoceses, tal vez hubiese vencido a Wallace, el héroe escocés, pero después, los escoceses habían atacado de nuevo. Roberto Bruce y su hermano Eduardo habían derrotado a la armada inglesa en Bannockburn y aquello había dado un vigor nuevo a los escoceses. No era de extrañar, pues, que los grandes clanes irlandeses hubiesen empezado a preguntarse si no podrían ellos también librarse del yugo inglés. Finalmente, llegaron a un acuerdo: los O'Connor y los O'Neill se aliaron con Eduardo Bruce, que había llevado a Irlanda un gran ejército de escoceses. «De ese modo, presentaremos batalla a los ingleses en dos frentes, y tal vez consigamos expulsarlos de Irlanda y de Escocia a la vez», decidieron. Si lo lograban, los jefes irlandeses habían prometido a Eduardo Bruce el trono de rey supremo.

¿Podrían haberlo logrado? Posiblemente. Bruce y sus aliados habían hecho una gran exhibición en el norte y luego habían avanzado casi hasta las murallas de Dublín, pero los dublineses los habían dejado fuera y el resto de Irlanda no había conseguido sublevarse con ellos. Era el viejo problema irlandés: en la isla no había unidad. Los antiguos y poderosos O'Neill descubrieron que solo contaban con el apoyo de sus amigos. Bruce no tardó mucho en morir asesinado y el renacimiento militar céltico se debilitó.

Y sin embargo, algo había cambiado. Para empezar, Irlanda era más pobre. Los colonos ingleses iban menos a la isla, algunos incluso comenzaban a marcharse de ella, y el Gobierno inglés invertía menos. La Peste Negra solo había hecho que empeorar una tendencia ya existente. Cuando Robert Harold llegó a la edad adulta, Inglaterra y Francia estaban enzarzadas en aquel conflicto interminable conocido como la guerra de los Cien Años y el monarca inglés tenía pocos proyectos para Irlanda, excepto obtener todo el dinero que pudiera darle y que, con cada década que pasaba, era menor en la cuantía. Por lo que Harold sabía, el rey de Inglaterra ahora solo recibía unas dos mil libras anuales de Irlanda, cuando en tiempos del Zancudo era el triple de esa cantidad. El Rey mandó a sus justicias, a sus sirvientes reales y, en una ocasión, incluso a su hijo, pero el interés real por la isla se había enfriado bastante.

Hacía unos años, los oficiales de la Real Hacienda habían levantado el campamento y en un ataque de pánico se habían retirado a una plaza fuerte de Carlow, ya que habían supuesto, erróneamente, que Dublín no era seguro. Era la suerte de cobardía y debilidad mental que Harold más despreciaba. No tenía demasiada confianza en los hombres del Rey.

«Si los ingleses quieren mantener el orden en Irlanda, han de hacerlo ellos mismos», solía decir Harold. Tenían sus propios parlamentos, los cuales gozaban de un considerable poder, y que a menudo se reunían en Dublín. «Pero carecemos de líderes. Ese es el problema», añadía.

Y no solo fue la Corona la que sufrió. Muchos grandes señores con fincas tanto en Inglaterra como en Irlanda habían decidido que la isla occidental, con su desafecta población nativa, no merecía que malgastaran esfuerzos y dejaron las heredades irlandesas en manos de sus administradores, instalándose al otro lado del mar. E igual de perjudicial fue que las grandes fincas feudales, como la inmensa propiedad del mismísimo Strongbow, se dividiera entre los herederos y, en generaciones posteriores, se dividiese otra vez. Así, los grandes señores que habían formado un baluarte contra las fuerzas del desorden habían, en gran parte, desaparecido. Al reconocer esta debilidad, el rey inglés había tomado una importante medida: había creado tres grandes condados que solo podían legarse, sin subdivisiones, por la línea masculina. El condado de Ormond se lo dio a la poderosa familia Butler y los condados de Kildare y de Desmond fueron a parar a las dos ramas de los Fitzgerald, que habían llegado con Strongbow. Estos condados dominaban regiones que se hallaban más allá de los territorios que controlaba el rey de Dublín, pero, aunque tenían poder suficiente para imponer el orden inglés en grandes zonas del interior de la isla, eran más como reyes celtas que como nobles ingleses, y los jefes irlandeses los trataban como tales. Tenían intereses en toda la isla. Harold sospechaba que si el dominio inglés se desmoronaba alguna vez en Irlanda, los grandes condes seguirían allí, junto a los monarcas irlandeses.

No, mantener el orden inglés, si no en toda Irlanda al menos en el amplio arco de territorios costeros de los aledaños de Dublín, era asunto de la nobleza, de hombres como él. La casa solariega, la iglesia parroquial y el pueblo, las poblaciones con mercado y sus pequeños consejos municipales; las comarcas inglesas con sus tribunales y sus justicias reales. Aquél era el orden establecido que Harold quería preservar, para sí mismo y para la gente modesta como Thomas Tidy. Y solo podría preservarse si los ingleses de Irlanda se mantenían firmes.

Pero ¿lo harían? No hacía mucho, en el sur, un descendiente del viejo y malvado rey Dermot se había autoproclamado monarca del Leinster. Kavanagh, lo llamaban. Había sido un gesto vacío, un brindis al sol inútil de un jefe nativo, pero, aun así, era un recordatorio. Si ahora mostraban debilidad, habría otros Kavanagh. Los O'Connor y los O'Neill siempre podían volver a sublevarse. La incursión planeada en Carrickmines podía o no ser un asunto serio, pero la incapacidad de hacerle frente se interpretaría como una señal de debilidad del poder inglés y toda Irlanda lo notaría. Había que afrontarla y con la mayor firmeza.

Tidy casi había terminado.

—Lo esencial —comentó— es que no demos a entender a los O'Byrne o a sus amigos que los esperamos. Si las tropas acuden desde Dublín, tendrá que ser en el último instante, al amparo de la noche.

—De acuerdo —asintió Harold.

—Y el escuadrón de Dalkey —prosiguió Tidy nervioso—, tendrá que quedarse donde está, para no ponernos en evidencia —explicó.

«Y para no despertar sospechas», pensó Harold, sombrío.

—No te preocupes, Thomas Tidy —dijo en voz alta—. Hemos de ser cuidadosos. —Harold le dedicó una sonrisa tranquilizadora.

¿Creía aquel pobre individuo que podían permitirse el lujo de dejar un escuadrón entero en Dalkey mientras Carrickmines era atacado? Bueno, en cualquier caso, aquello era asunto del justicia, pero sería mejor que Tidy se diese cuenta de una cosa: si quería vivir en una Irlanda segura, tendría que correr algunos riesgos, como todos los demás. Harold no deseaba sacrificar a Tom Tidy, pero, si era necesario, lo haría.

La reunión estaba fijada para el mediodía. Doyle observaba el muelle con sus ojos oscuros. Parecía satisfecho. Hasta aquel momento, las cosas estaban saliendo muy bien.

Si Irlanda había sufrido durante el último siglo, quien viese el puerto de Dublín nunca lo habría dicho. Para empezar, desde los tiempos de Strongbow, se había llevado a cabo un proceso de recuperación de tierra en las dos orillas que había alterado la forma del río Liffey de tal modo que, a su paso por la ciudad, era la mitad de ancho que antes. Un nuevo rompeolas de piedra discurría ahora a lo largo de la fachada fluvial, unos ciento cuarenta metros delante de la vieja muralla, desde el muelle de madera hasta el puente. Fuera de las murallas de la ciudad, se habían formado arrabales dispersos, sobre todo siguiendo la carretera que llevaba hacia el sur, de modo que si uno contaba Oxmantown, situado al otro lado del río, había casi tres personas viviendo extramuros por cada una que habitaba dentro de las murallas. Iglesias parroquiales y edificios monásticos embellecían estos arrabales. Y para asegurar el suministro de agua adecuado, uno de los ríos meridionales había sido desviado de curso y se distribuía, con un flujo regular, mediante canales y acueductos por una ciudad cada vez más grande.

Y en el nuevo Dublín a pocos les había ido mejor que a Doyle. Hasta la Peste Negra lo había beneficiado, ya que cuando el comercio de la ciudad sufrió el impacto de la epidemia, dos de los comerciantes rivales habían muerto y él se había quedado con sus respectivos negocios y había comprado sus propiedades a precios muy razonables. Veinte años después de la terrible peste, buena parte del comercio de Dublín se había recuperado. Las guerras ya no proporcionaban barcos de carga llenos de cautivos y las incursiones costeras eran cosas del pasado, por lo que el antiguo mercado de esclavos de la ciudad había dejado de existir, aunque Irlanda tenía abundantes productos para exportar a Inglaterra, Francia y España.

Durante muchas generaciones, la principal exportación del ámbito inglés había sido la lana. El comercio se regulaba a través de un limitado número de puertos, conocidos como «puertos habilitados» donde se imponían los arbitrios aduaneros. Dublín era uno de ellos. «Nunca hemos criado ovejas con el más fino de los vellones, como el mejor de los rebaños ingleses, pero también hay mercado para la lana burda», admitía Doyle. Del puerto de Dublín salía gran cantidad de cuero de los grandes rebaños isleños y pieles de los animales salvajes de sus bosques. En el mar de Irlanda, las capturas de pescado eran enormes y el pescado, fresco o salado, se llevaba constantemente al otro lado del mar. Asimismo se suministraba madera a Inglaterra procedente de los interminables terrenos boscosos de Irlanda. Los artesonados de algunas de las catedrales inglesas más monumentales, como la de Salisbury, eran de roble irlandés.

Doyle tenía influencia en todos aquellos cargamentos, pero descubrió que le interesaba más el comercio de importación. Los robustos *cogs*, con su único mástil y sus hondas bodegas, traían productos de todo tipo: hierro de España, sal de Francia, alfarería de Bristol, tejidos de calidad de Flandes... Los mercaderes italianos llegaban con cargamentos de especias orientales para las grandes ferias estivales que tenían lugar fuera de la puerta occidental; no obstante, el producto que más le gustaba era el vino procedente del suroeste de Francia, toneles de vino rojo rubí de Burdeos. Le gustaba su aspecto, su textura, el aroma de los grandes barriles de quince arrobas mientras los descargaban del barco. Las cargas eran tan inmensas que a menudo se calculaban por medio de los llamados *tun*, unos toneles de sesenta arrobas cada uno. Era el comercio del vino, con todos sus barcos, lo que había hecho de Doyle un hombre tan rico.

El día anterior, el justicia había convocado a Doyle en el castillo, poco después de la visita de Harold. En realidad, el representante del Rey había llamado al mercader antes incluso de informar al alcalde de la ciudad. Como casi todas las grandes ciudades inglesas, Dublín tenía un consejo de cuarenta y ocho miembros que gobernaba sobre sus aproximadamente siete mil habitantes. El consejo interno, para el que cada año se elegía al alcalde, estaba formado por los veinticuatro hombres más poderosos de la ciudad, y Doyle era uno de ellos. El justicia estaba tan impresionado con él que le dejaba recaudar los valiosos impuestos sobre las importaciones y sabía además que el mercader estaba muy bien informado. «Doyle tiene ojos y oídos en todas partes. Es poderoso, pero también sutil. Si desea que ocurra algo, intervendrá para que suceda», solía decir. El justicia le hizo un relato pormenorizado de las noticias que acababa de recibir de Robert Harold y Doyle lo escuchó con atención.

—Así, si esta información es correcta —resumió el justicia—, atacarán Carrickmines dentro de pocos días. La pregunta es: ¿qué debemos hacer?

Si Doyle no se había sorprendido del todo, no lo dio a entender y consideró la cuestión cuidadosamente.

—Aun en el caso de que estas noticias sean erróneas —dijo Doyle con cautela—, pienso que no debemos pasarlas por alto. Creo que tendríais que llamar a Walsh y a Harold y algunos otros en los que confiéis y reuniros lo antes posible en una asamblea de guerra.

—Mañana, a mediodía —dijo el justicia con decisión—. Y, desde luego, también quiero que vengáis vos —añadió.

Mientras caminaba por el muelle en dirección a la asamblea, Doyle miró complacido la escena que se desarrollaba a su alrededor. De las varias calles que llevaban al nuevo muro del río, la mejor, que discurría al oeste de las viejas casetas de pescado y paralela a ella, era Winetavern Street, o calle de las Tabernas, donde los principales comerciantes de vino, entre ellos Doyle, tenían sus casas. Algunas de ellas eran realmente espléndidas.

El cambio más impresionante acaecido en Dublín en los últimos dos siglos no se debía tanto a lo que había crecido como a su arquitectura. En toda Europa ocurría lo mismo. En vez de viviendas de techumbre de bálago y mimbre situadas detrás de cercas de madera, las calles de Dublín estaban orilladas ahora de casas de robustas vigas de madera, de dos o tres plantas y con tejados a dos aguas y pisos superiores en voladizo sobre la calle. Algunos de los tejados eran de bálago, pero muchos estaban cubiertos de pizarra o tejas. Las ventanas estaban protegidas con postigos, aunque las de las familias ricas además tenían cristales. Mientras Doyle recorría, satisfecho, la calle de las Tabernas, ataviado con su magnífica casaca roja y luciendo un sombrero azul pastel, por el aspecto se sabía exactamente lo que era: un rico prohombre en una próspera ciudad medieval. Al llegar al final de la calle, se detuvo ante un puesto y compró un poco de mostaza. Le gustaba el sabor picante de la mostaza con la carne. Y aunque se le veía complacido, su largo y taciturno rostro parecía aportar algo de oscuridad a aquella clara y soleada mañana.

Cruzó una puerta de la antigua muralla y entró en los terrenos de la iglesia de Cristo. No había acudido allí a rezar una plegaria, sino que dejó atrás el gran edificio sagrado para salir al cruce de encima de las Casetas de pescado, donde se encontraba la picota. A poca distancia a su derecha se alzaba la Cruz Alta, de seis metros de altura, en medio de la calle que desembocaba ante el Thosel, o gran ayuntamiento, con sus diversos tejados a dos aguas, donde los notables de la ciudad se reunían cuatro veces al año en una asamblea gremial. Símbolos de orden, símbolos de estabilidad. Doyle defendía aquellos conceptos.

¿Y el asunto de Carrickmines amenazaba de algún modo aquel orden? Sabía que Harold creía que sí, y que el justicia, también. Hombres benévolos, los dos. Y en última instancia, probablemente ambos tuvieran razón, pero mientras Doyle contemplaba aquella ciudad medieval de altos tejados a dos aguas, supo que solo él tenía una información secreta adicional. Solo él comprendía la verdadera naturaleza del peligro que corrían Walsh y Harold, Tom Tidy y MacGowan en Dalkey, e incluso él mismo. Cualquiera que fuese la acción que se decidiera en la asamblea de aquel día, habría riesgos escondidos.

Estaba decidido a correrlos. A Doyle le gustaban los riesgos. Dobló a la izquierda y continuó caminando hacia el castillo.

Mientras Doyle subía desde el muelle, John Walsh entraba en los arrabales de la ciudad. La noche anterior le había llegado la convocatoria del justicia, pero en ella no le daba ninguna explicación. Pulcro y acicalado, y ataviado con su mejor casaca, Walsh salió temprano de Carrickmines para estar seguro de que llegaría a tiempo. Dejó atrás la alta silueta gótica de la catedral de San Patricio y poco después entró en la ciudad por una de sus puertas meridionales.

El castillo estaba situado en el extremo sudoriental de la urbe. Donde antaño estuviera el antiguo palacio real, ahora había un amplio patio separado del resto de la ciudad por un muro alto y un foso. La entrada, a través de un puente levadizo, consistía en un gran portal con dos torres redondas. Dentro estaba el gran salón de plenos, la ceca donde se acuñaban las monedas y las numerosas oficinas y residencias de los oficiales del Rey. También había una capilla, consagrada a Eduardo el Confesor, anterior monarca inglés y también santo.

A su llegada, condujeron a Walsh a una amplia estancia de elegante mobiliario, donde, ante una gran chimenea había media docena de hombres conocidos, entre ellos Doyle y Harold. El justicia abrió la sesión.

—Nada de lo que aquí se diga habrá de repetirse fuera —les advirtió—. De otro modo, perderíamos el factor sorpresa decisivo. —Hizo una pausa—. Hoy, caballeros, afrontamos una grave amenaza. —El justicia explicó el ataque previsto a Carrickmines—. Tenemos una semana para prepararnos. Eso es todo. —Se volvió hacia Walsh—. ¿Habéis tenido algún indicio de ello?

Walsh iba a decir que no cuando se acordó de la pequeña O'Byrne de cabello moreno y describió la manera en que la había encontrado acechando en las proximidades de Carrickmines.

—No creí que fuera importante —confesó.

—Pues lo era —lo interrumpió Harold. Los otros lo miraron—. Preferiría no decir cómo lo he descubierto, pero esta muchacha es la emisaria. Lo sé seguro.

—¿Tenemos una idea de la envergadura del supuesto ataque? —preguntó Walsh—. No estoy muy seguro de que los O'Byrne cuenten con fuerzas suficientes para tomar Carrickmines.

Oyó que Harold gruñía de impaciencia.

—Debemos tomarnos en serio esta amenaza, Walsh —le recriminó el justicia—. Es nuestra responsabilidad. Y la vuestra —añadió con una mirada inflexible.

—Yo puedo aportar diez hombres a caballo y completamente armados —ofreció Harold—. Sin duda alguna, Walsh puede hacer lo mismo.

Dos de los otros caballeros indicaron que podían enviar pequeños contingentes. El justicia les dijo que esperaba noticias de las fuerzas que la ciudad podía reunir.

—Pero lo más importante —señaló— es que reunamos nuestros contingentes sin que nos vean. No quiero que los O'Byrne sepan que los esperamos. Eso, desde luego —añadió—, limitará el número de hombres que podamos congregar.

—¿Y qué hay del escuadrón que está en Dalkey? —inquirió Walsh—. Es una valiosa fuerza de hombres perfectamente adiestrados.

Pero, para su sorpresa, el justicia pareció dubitativo y Harold también frunció los labios.

—No podemos estar seguros de que O'Byrne no ataque también Dalkey —señaló Harold—. Tenemos que pensar asimismo que si llevamos el escuadrón de Dalkey a Carrickmines antes del ataque —dijo mirando al justicia—, O'Byrne se enterará. Y no queremos ahuyentarlo.

Se produjo un silencio incómodo. Aunque la hipótesis de Harold parecía del todo razonable, Walsh tuvo la sensación de que había algo que no le estaban contando sobre el escuadrón de Dalkey. También notó que hasta entonces Doyle había escuchado, pero no había dicho nada. Llegado este punto, sin embargo, el mercader habló.

—Siempre me ha parecido improbable —observó en voz baja— que O'Byrne fuera a atacar Dalkey. Si quiere saquear las tierras de la zona de Dublín, primero ha de tomar Carrickmines, porque no puede permitirse saber que detrás de él, el fuerte está activo. En cuanto a Dalkey, la única cosa de valor que hay allí es mi casa, donde da la casualidad de que ahora tengo almacenada muy poca mercancía, pero, en cualquier caso, sacrificaría de buen grado mi casa y un cargamento de un barco por una buena causa. —Los miró a todos con aire sombrío—. El justicia ha dicho que nos enfrentamos a un grave peligro. Permitidme que discrepe. Si esta información es correcta, entonces no es tanto un peligro como una gran oportunidad. Si O'Byrne ataca Carrickmines, nos brindará la provocación que necesitamos. Dejémosle venir. Lo esperaremos y le tenderemos una trampa terrible. Luego lo aplastaremos. —Se golpeó la palma de la mano con el puño cerrado de la otra—. Lo destruiremos por completo. Lo mataremos. Y toda Irlanda lo sabrá.

Hasta Harold estaba algo nervioso. El propio Walsh había palidecido ante la siniestra crueldad del dublinés, pero Doyle todavía no había terminado.

—La noche anterior, llenaremos de hombres Carrickmines. Se moverán en la oscuridad. Concentraremos nuestras fuerzas.

Al escuadrón de Dalkey se le ordenará que regrese a Dublín de inmediato, ese mismo día, y nadie sospechará nada. En cualquier caso, lo único que han estado haciendo allí abajo es parrandear. Entonces los esconderemos en Carrickmines con los demás.

—Pero si llevamos todas las tropas a Carrickmines, corremos el riesgo de que O'Byrne las localice —señaló Harold.

—Escondedlas donde queráis —dijo Doyle, impaciente, encogiéndose de hombros—. Escondedlas en la catedral de San Patricio, si queréis, a mí no me importa, pero habréis de tenerlas a punto para llevarlas allá arriba de una manera decisiva antes de que llegue O'Byrne. Eso sí que importa.

—Estoy de acuerdo —dijo el justicia—. Tenemos la oportunidad de vencer a esa gente de una vez por todas.

Y pese a su lealtad a la Corona inglesa, Walsh no pudo por menos que sentir lástima por los O'Byrne y toda su gente.

Al día siguiente, el escuadrón partió de Dalkey. Nervioso, Tidy había preguntado a los soldados adónde iban, pero estos le aseguraron que les habían dicho que ya no había ninguna necesidad de permanecer allí y que iban a regresar a Dublín. Como no había habido señales de los O'Byrne desde su llegada, aquellas órdenes no los sorprendieron. Michael MacGowan y un Tom Tidy mucho más tranquilo los vieron partir.

Tom no le había hablado a MacGowan de su encuentro con Harold; ni tampoco MacGowan le había preguntado si había divulgado su secreto. Sin embargo, Tom imaginó que debía de sentir curiosidad al respecto. Cuando las tropas se marcharon, ninguno de los dos dijo nada, pero una vez dejaron la población, mientras caminaban por la calle, MacGowan preguntó:

—¿Crees que van a Carrickmines?

—Dicen que van a Dublín.

MacGowan no preguntó nada más.

El día siguiente fue tranquilo. Por la mañana, Tom se acercó al alto promontorio que coronaba la aldea y oteó el horizonte. La gran bahía de Dublín era de un azul sereno. Hacia el este, el sol se fundía con el mar. Al contemplar la costa hacia el sur, donde allende la alfombra verde de la llanura costera los suaves conos de las montañas se alzaban en una brumosa tranquilidad, resultaba difícil creer que, en algún lugar detrás de aquellos montes, los O'Byrne estaban preparando un ataque terrible contra el castillo de Walsh.

Aquella tarde, llegó un pequeño barco que fondeó detrás de la isla. Era una embarcación pintada de colores y de anchos baos; justo debajo del extremo superior de su único mástil había un cesto de madera en el que podía apostarse el vigía. Muchos de los *cogs* tenían esa suerte de nido de cuervos. Sobre el nido, un gallardete rojo y azul ondeaba, garboso, en la brisa. Los habitantes de Dalkey salieron en sus botes y descargaron cinco barriles de clavos, cinco de sal y diez toneles de vino. Así, aligerado, el barco prosiguió su camino. Mientras, la mercancía se trasladó a la casa fortificada de Doyle, donde MacGowan procedió a inventariarla. Por la noche, le preguntó a Tom si a la mañana siguiente llevaría un carro de sal a Dublín.

Cuando Tom se presentó al amanecer para cargar la mercancía, MacGowan anunció que lo acompañaría.

—Tengo que darle el inventario a Doyle —explicó— y luego iré a ver a mi prometida.

La mañana era buena y el viaje transcurrió sin incidentes. Cuando llegaron a la Cruz Alta y se encaminaron hacia la calle de las Tabernas, los vendedores comenzaban a abrir sus comercios.

Tom pasó un día de lo más agradable en Dublín. El tiempo era templado. Visitó el viejo hospital de San Juan, de Ailred, *el Peregrino*, cruzó el puente para acercarse hasta Oxmantown y después salió por la puerta oriental, pasó ante San Esteban y siguió el riachuelo que bajaba hasta la vieja piedra larga de los vikingos que todavía se alzaba junto al estuario, detrás del túmulo de la Asamblea. A última hora de la tarde, cuando recogió a MacGowan para llevarlo a casa, Tom se sentía bastante animado.

Mientras el carro pasaba por delante de San Patricio, MacGowan también parecía contento, aunque quizás algo pensativo.

La zona de San Patricio tenía un sabor especial. Varios conventos de religiosos tenían allí casas solariegas cuyos privilegios las hacían casi independientes de los tribunales y administradores reales. Aquellas propiedades feudales independientes eran conocidas como «libertades», y los dublineses llegaron a referirse a toda la zona con ese nombre. Habían dejado atrás las libertades y habían tomado el sendero hacia el este camino del mar cuando MacGowan se dirigió a Tom diciendo:

—Alguien estuvo haciendo averiguaciones sobre ti.

—Oh, ¿y quién era? ¿Fue en Dublín?

—No —respondió MacGowan, dubitativo—. En Dalkey. —Se detuvo antes de continuar—. Un pescador, qué más da quién. En cualquier caso, no importa. Ayer acudió a verme y me preguntó: «La otra noche vi a Tom Tidy saliendo de la iglesia. ¿Alguna idea de por qué estaba allí a esas horas?». Yo le dije que no lo sabía, que suponía que se te había hecho tarde. Entonces me dijo: «Y, ¿no te comentó nada? ¿Nada inusual?». Así que yo lo miré un poco intrigado y dije: «Nada en absoluto. ¿Qué iba a comentarme?». Y él asintió y dijo: «Olvídalo, tienes razón». —MacGowan miró al frente, queriendo evitar, al parecer, los ojos de Tom—. Ayer no sabía si decírtelo, pero esto solo puede significar una cosa, Tom. Se preguntan si no habrás oído algo. No sé si le has contado a alguien lo que me dijiste a mí, pero si en Carrickmines las cosas salen mal, será a ti a quien busquen. He pensado que debía decírtelo.

El carro avanzó un rato en silencio. Tom no dijo nada. MacGowan supuso que ya hablaría cuando hubiera terminado de digerir aquella información, pero no lo hizo. El vehículo tomó el sendero que llevaba hacia el sur a través de un pueblo llamado Donnybrook.

—Tom —dijo MacGowan al cabo—, será mejor que vuelvas a Dublín por un tiempo. Puedes alojarte en casa de mi hermano, que te acogerá encantado. Hoy ya le he dicho que quizá necesitarías quedarte con él una temporada, aunque, como es natural, no le he explicado por qué. Vive intramuros y allí no te molestará nadie. Y en Dalkey yo te vigilaré la casa. Tal vez puedas regresar dentro de un mes. Intentaré averiguarlo, pero no corras el peligro de quedarte, Tom. No hay ninguna necesidad.

Tom no respondió. Poco después tomaron el largo camino que llevaba a la gran playa de la bahía, pero incluso entonces, mientras doblaban el familiar promontorio del extremo meridional y divisaban por primera vez la isla de Dalkey, Tom Tidy siguió sin pronunciar palabra.

Si Doyle se ponía una moneda de plata entre dos dedos, podía hacerla pasar por encima de los nudillos de un dedo al otro con una rapidez y una facilidad asombrosas. Este acto de prestidigitación lo entretenía y lo relajaba y, mientras pensaba, a menudo lo ejecutaba. Y ahora, sentado en su contaduría, jugaba con la moneda y pensaba en la situación de Dalkey.

La casa de Doyle, en la calle de las Tabernas, constaba de tres pisos y una bodega subterránea. En la planta baja estaban el salón principal y la cocina. En el primer piso, que se suspendía sobre la calle en voladizo, había tres estancias, una de las cuales la utilizaba como contaduría. En ella se abría una ventana acristalada que daba a la calle de las Tabernas. Junto a la ventana había una mesa de roble con varios montones de peniques de plata. También dispersas sobre la mesa había varias monedas cortadas por la mitad o en cuatro partes, a fin de ser utilizadas como medios peniques y cuartos para las transacciones pequeñas.

Si el penique había recorrido los nudillos de Doyle adelante y atrás una docena de veces se debía a que la cuestión que ocupaba su mente no era en absoluto sencilla.

Los planes para defender Carrickmines y para enfrentarse a los O'Byrne se habían trazado cuidadosamente y todo estaba saliendo a pedir de boca. Los preparativos habían sido tan minuciosos que, de haberlos ordenado él mismo, pensó, no habría podido mejorarlos en absoluto. Solo quedaban dos días de espera.

El único problema que había se llamaba Tom Tidy. Sabía que mucha gente lo consideraba un hombre arisco, pero su entrevista secreta con MacGowan había disipado todas las dudas. Tidy no tenía que quedarse en Dalkey. Ya había cumplido su función y lo había hecho muy bien, pero si Tidy permanecía ahora en el pueblo, a Doyle le parecía inevitable que mataran al transportista. No veía otra salida. Si bien Doyle estaba dispuesto a correr grandes riesgos —y a mostrarse implacable cuando fuese necesario—, no deseaba ver a Tom Tidy sacrificado. Después de que MacGowan le diese aquella desalentadora información, con un poco de suerte, Tidy regresaría a Dublín por voluntad propia. Eso era, al menos, lo que Doyle esperaba.

Dos noches más. Cuando Tom Tidy se separó de Michael MacGowan, consiguió controlar el nerviosismo, al menos exteriormente. Todavía no había mencionado el peligro en el que podía hallarse y, al dar las buenas noches a MacGowan, le alegró constatar que lo hacía de la manera más tranquila posible. Entonces, y como era su costumbre, se ocupó de los caballos con la misma determinación que siempre. Después entró en la casa, cortó dos rebanadas de pan de la hogaza del día anterior, dos trozos generosos de queso y se sirvió una jarra de cerveza. Todo como siempre. Acto seguido, se sentó, muy sereno, y empezó a dar buena cuenta de ello, mirando al frente mientras lo hacía. Después, aunque era verano y todavía quedaban algunas horas de luz, decidió acostarse.

Sin embargo, no pudo conciliar el sueño. Por más que lo intentó, su cansado cerebro no quería librarse a la inconsciencia. ¿Qué iba a hacer? ¿Tenía razón MacGowan? ¿Debía regresar a Dublín? La pregunta, en sus diversas formas, seguía cobrando fuerza, como una voz en su cabeza que no quisiera callar. Al cabo de un rato, se levantó y salió al patio.

El sol se hundía detrás del cerro. A esa hora, el campo comunal tachonado de rocas que se extendía entre el pueblo y la costa se iluminaba con unas grandes franjas naranja y oro, y la lana de las ovejas dispersas adquiría un brillo cálido. Aquella noche, sin embargo, se había formado una barrera de nubes en el horizonte occidental que ocultaba el atardecer. Al otro lado del patio de Tom Tidy, bajo la luz que se desvanecía desapaciblemente, los campos con la cosecha ya casi madura parecían haberse tornado de un bronce mortecino; más allá, el terreno comunal se veía desolado y extraño. El aire era cálido. Tom se quedó donde estaba, contemplando en silencio el cambio que se había obrado en el campo, que pasó de verde intenso a gris.

El cielo estaba ya muy oscuro cuando divisó la primera sombra que se movía. Enseguida supo de qué se trataba, por supuesto. Llevaba tanto tiempo mirando una pequeña piedra que ahora le parecía que se movía. La imaginación le jugaba una mala pasada, nada más. Y enseguida comenzó a ver otras piedras que se movían en la luz crepuscular. Pero ¿de veras eran piedras? ¿O eran ovejas? ¿No serían fantasmas o incluso personas los que andaban acechando allí fuera? ¿Lo estaban vigilando? ¿Esperaban para entrar en la casa? ¿Llamarían a la puerta en mitad de la noche o entrarían por la fuerza? ¿Y entonces? Sintió que el corazón se le desbocaba en el pecho. Respiró hondo y se dijo que no debía comportarse como un estúpido.

Cada vez era más de noche, pero él no se movió. Sobre su cabeza y hacia el este, encima del mar, el centelleante cielo nocturno estaba despejado. Pronto, la última astilla de luna menguante aparecería suspendida como un suspiro de plata entre las estrellas. Una noche más y... Negrura. La noche del ataque. La noche de cualquier trampa terrible que Harold y el justicia hubiesen preparado. Y Doyle también, sin duda alguna. Ahora, la oscuridad estaba en todas partes. Las sombras del campo comunal habían desaparecido. Allí podría haber cien hombres, caminando hacia él, y no los vería.

Oscuridad. La hora de dormir. No dormiría. Una oleada de fatiga oprimiría su cerebro, pero entonces el miedo, como una pálida daga, se le clavaría en el corazón. Antes, Dalkey había sido un sitio tan agradable... El alto promontorio con vistas a la bahía le había hecho compañía, pero ya no. La forma oscura de la colina parecía un montículo inmenso y amenazador desde el cual, en cualquier momento, las fuerzas fantasmales de la venganza podían lanzarse contra él. Los O'Byrne no se encontraban lejos. En Dalkey, había pescadores que se habían confabulado con ellos, seguro. ¿En cuáles de sus vecinos podía confiar? Lo ignoraba. Sus caras se le aparecieron una a una, caras familiares que, de repente, se transformaban en máscaras de rabia y de odio, hasta que al final, incluso su amigo MacGowan parecía estar entre ellas, con un ojo cerrado y el ojo abierto que crecía cada vez más y se tornaba terrible, frío y malévolo.

¿Por qué estaba allí? ¿A qué esperaba? ¿A que quemaran su casa y sus carretas, si querían, y que lo redujeran a la pobreza? ¿Por qué había de esperar su propia destrucción?

Al final, sin embargo, la fatiga venció incluso al miedo. Cansado, Tom Tidy entró en la casa y se durmió; sin embargo, antes de acostarse, hizo algo que nunca había hecho: atrancó la puerta.

A la mañana siguiente, Tom fue directo a casa de MacGowan y le dijo que se marchaba a Dublín.

—No te preocupes por nada —le dijo MacGowan—. Cada día haré la ronda de tu casa y la vigilaré. —Prometió que llevaría los caballos que quedasen a su propia casa—. Estás haciendo lo correcto, Tom —lo tranquilizó.

Tom notó que su amigo estaba muy aliviado. De regreso a su casa, enjaezó sus dos mejores caballos al carro grande y se llevó otro atado a un cabestro en la parte de atrás. A continuación, emprendió la marcha hacia Dublín.

El transportista no pudo por menos que experimentar una agradable sensación de alivio al recorrer la larga y recta calle de San Francisco, en la que se apiñaban casas de altos tejados a dos aguas. Tras llegar a la encrucijada, tomó el camino de la derecha para entrar en la ciudad. Unos cien metros a su espalda se alzaba el antiguo hospital de Ailred, *el Peregrino*; a su derecha, el césped donde tenían lugar las grandes ferias de verano, y delante, la gran puerta occidental, la puerta Nueva la llamaban desde que había sido reconstruida con sus dos macizas torres y una pequeña prisión. Por la puerta Nueva entró, por tanto, con algo más de confianza que cuando había salido de Dalkey y enseguida estuvo en la casa del hermano de MacGowan.

—¿Cuánto tiempo te quedarás? —le preguntó el hermano de MacGowan—. Michael me dijo que vendrías —añadió sin más cometario.

Era evidente que se alegraba de ver al amigo de su hermano, aunque no parecía excesivamente jubiloso.

—Una par de semanas, tal vez —dijo Tom, sintiendo de repente que se estaba aprovechando del buen carácter del hombre.

La casa del artesano era bastante espaciosa y contaba con un gran patio. La esposa y los hijos se sorprendieron un poco de ver a Tom, pero le dieron la bienvenida e insistieron en que durmiera en la casa, junto a la cocina, en vez de hacerlo en el altillo de encima del establo, como él se había prestado a hacer. Un buen irlandés sabría cómo hundirse confortablemente en un asiento y pasarse allí unas cuantas horas del día sin preocuparse de nada, pero, aunque Tom Tidy había vivido en Irlanda toda su vida, su carácter inglés no le permitía relajarse con facilidad. Sí, podía sentarse una hora y aquélla era su máxima cordialidad, pero después sentía que se estaba entremetiendo en la vida de sus anfitriones y, tras presentar cualquier excusa, salía a pasear.

La casa estaba a poca distancia de la antigua y hermosa iglesia de San Audoen, que se encontraba dentro de las otrora murallas de la orilla. Debajo de estas, el terreno descendía en una pendiente pronunciada hasta la zona llana ganada al río. Desde la antigua muralla que se alzaba junto a la iglesia había magníficas panorámicas del Liffey y probablemente era tenido por un lugar agradable, pero a Tom Tidy, con su estado de ánimo actual, sus piedras grises y los escalones caídos en desuso del río le parecieron lúgubres y sombríos. Hasta la esbelta silueta de San Audoen se le antojaba opresiva. Después de pasear un rato por allí, se sintió cada vez más intranquilo y, como no quería regresar aún a casa, se dedicó a vagar sin ningún objetivo concreto en dirección a la cresta de la colina de la ciudad y a los terrenos de la iglesia de Cristo.

Tal vez se debió a que allí el ambiente era más soleado que abajo, pero una vez en el recinto, Tom se sintió mejor. La gruesa mole de la iglesia de Cristo se veía sólida y reconfortante y decidió entrar.

No cabía ninguna duda de que la iglesia de Cristo constituía el corazón cristiano de Dublín. San Patricio, con sus encumbradas bóvedas góticas, era alta y magnífica y parecía que tenía toda la intención de mirar desde lo alto a la vieja iglesia de Cristo o a cualquier otro santuario que se atreviera a levantar la cabeza. De hecho, durante mucho tiempo, los cánones de San Patricio y los monjes de la iglesia de Cristo habían andado a la greña, pero aquella rivalidad había decaído y entre las dos catedrales reinaba ahora la amistad.

No obstante, era en la quietud de la iglesia de Cristo donde uno sentía la presencia de la antigua tradición celta de Patricio y de Colum Cille. A Tom, las columnas y los arcos se le antojaban tan protectores como un castillo. Las ventanas de cristal emplomado, como páginas de un antiguo manuscrito de los Evangelios, brillaban tenuemente con una luz misteriosa. De vez en cuando, un monje caminaba entre las sombras.

Tom recorrió el santuario satisfecho. Contempló un fragmento de la Vera Cruz y otras reliquias sagradas. Caminó entre las tumbas. La más impresionante era la gran losa elevada de Strongbow con su efigie tallada. Era típico de los Plantagenet haberse asegurado de que su vasallo fuera enterrado y se le erigiera un monumento en uno de los lugares más sagrados de la isla. La tumba de Strongbow era el símbolo de su soberanía sobre Irlanda, pero el mayor tesoro de la iglesia de Cristo, más venerado incluso que la Vera Cruz, era el báculo del propio san Patricio.

Habían pasado casi dos siglos desde que los monjes de la iglesia de Cristo, bajo la autoridad del arzobispo O'Toole, consiguieran aquel gran tesoro que hasta entonces había estado en un santuario del Ulster. Había sido un triunfo para su propio prestigio, desde luego, pero la presencia del báculo en Dublín tenía también un significado más sutil.

Si los ingleses habían fracasado a la hora de imponer orden en toda Irlanda, la Iglesia también sufría un cisma similar. Por lo que al Papa se refería, el rey de Inglaterra era el patrono de la Iglesia de Irlanda y los obispos de la isla le debían la lealtad propia de un monarca feudal. El rey inglés había insistido cada vez más en nombrar obispos ingleses para su territorio irlandés y, en ocasiones, el Papa ponía reparos, pero la mayor parte de las veces terminaba accediendo. En la práctica, sin embargo, el dominio inglés solo era verdaderamente efectivo si estaba bajo control real. Casi todos los sacerdotes del norte y del oeste eran irlandeses que predicaban para la población de habla irlandesa. De hecho, las discrepancias eran tan grandes que el arzobispo inglés del trono de san Patricio, en Armagh, del Ulster, ni siquiera residía en Armagh, donde no era bienvenido, sino en una zona de habla inglesa más al sur. Por tanto, resultaba en cierto modo irónico que el báculo del santo patrón irlandés estuviera en el corazón de Dublín, administrado por los ingleses.

El báculo era magnífico. La gran vitrina de oro que lo contenía estaba adornada con piedras preciosas. Se decía que el santo lo había recibido de manos del mismísimo Jesucristo y a menudo se le llamaba el «báculo de Cristo», el Bachall Iosa. Tom lo contempló con un temor reverente.

—El báculo de un héroe —dijo un sacerdote que se había acercado a él.

Era un joven de piel clara, con una cara cándida y sincera; se había dirigido a Tom en el dialecto inglés local, lo cual indicaba que debía de haber llegado a Irlanda hacía poco.

—Desde luego —dijo Tom, cortés.

—Nada lo aterrorizaba —comentó el joven sacerdote—. Ni cualquier rey supremo, ni los druidas. Era muy valiente.

En los siglos transcurridos desde los orígenes de la Iglesia de Irlanda, las leyendas sobre sus fundadores no habían hecho más que crecer. Tom las conocía y, como todo el mundo, creía en ellas. Sabía que san Patricio, como si de un profeta del Antiguo Testamento se tratase, había desafiado al Rey Supremo y a sus druidas a ver qué dios podía encender un fuego inextinguible; sabía que san Patricio había realizado muchos milagros e incluso había desterrado a las serpientes, una leyenda que habría sorprendido al propio santo.

—Sí —convino—. Era muy valiente.

—Porque confiaba en Dios —dijo el joven clérigo, y Tom inclinó la cabeza en señal de reconocimiento. El sacerdote, sin embargo, no había terminado sus reflexiones y esbozó una cautivadora sonrisa—. Para nosotros es una buena cosa que la tumba de Strongbow y el báculo de san Patricio estén aquí, en esta catedral —comentó.

—Pues sí —dijo Tom que, con cierta curiosidad, añadió—: ¿Y por qué?

—Porque los dos eran ingleses —dijo el joven en tono triunfante—. Como nosotros —añadió—. Valientes de corazón.

Después de expresar aquella gran verdad, saludó cordialmente a Tom con la cabeza y siguió su camino.

Tom Tidy sabía historia suficiente para que no se le escapase la ironía de la cuestión. San Patricio era británico, sin duda, pero ¿podía uno llamarlo inglés? En cuanto a Strongbow, ¿consideraba que aquel gran señor anglonormando era inglés como él o como aquel simple sacerdote? No lo sabía. Pero una de las cosas que había dicho el clérigo no tenía nada de irónica: «Valientes de corazón». Strongbow y san Patricio, cada uno a su manera, lo habían sido. Miró el reluciente Bachall Iosa. ¿Era él valiente de corazón? En aquella situación, huyendo presa del pánico de Dalkey a Dublín, imponiéndose como huésped a una familia que apenas conocía y todo por causa de una amenaza que quizá ni siquiera fuese cierta... No, no era valiente de corazón en absoluto. Sacudió la cabeza con tristeza. Aquel día no podía enorgullecerse demasiado; por el contrario, comenzó a pensar que su conducta era harto despreciable.

Al cabo de media hora, los MacGowan de Dublín se sorprendieron cuando Tom Tidy regresó y les informó de que, finalmente, no se alojaría allí y, a última hora de la tarde, su carro pasó de regreso ante la Cruz de Harold. Y todavía quedaban algunas horas de luz cuando, para su horror, Michael MacGowan vio a Tom Tidy aparecer calle arriba y, corriendo hacia él, le dio la noticia con cara de felicidad.

—He cambiado de idea. Voy a quedarme aquí.

—No puedes —farfulló MacGowan, pero Tom ya había pasado de largo.

Aquella noche, mientras oscurecía, Michael MacGowan hizo cuanto pudo para convencer a su amigo de que se marchara de nuevo.

—¿Qué necesidad tienes —le dijo— de correr peligro sin motivo?

Pero Tom se mostró inflexible y su amigo no logró persuadirlo. A consecuencia de ello, MacGowan no consiguió conciliar el sueño en toda la noche. Antes de que rompiera el alba, salió al patio, montó en su caballo y se marchó de Dalkey. Mientras cabalgaba bajo la luz grisácea que precede al amanecer, las palabras de una conversación secreta que había mantenido recientemente resonaron frías en sus oídos.

—Tiene que marcharse porque si no…

—Lo comprendo —había respondido él—, pero yo no voy a matarlo, eso ya lo sabes.

—No se te pedirá que lo hagas, aunque los O'Byrne podrían demandártelo —había replicado el otro en tono calmado—. Que se marche.

Se presentaron en Carrickmines durante la noche. Lo hicieron con inteligencia. No llegaron en grupo, sino uno a uno, llevando los caballos por la oscuridad con los cascos envueltos en sacos para que no los oyeran ni los vieran. Y así fue, pues hasta las estrellas estaban ocultas detrás de un manto de nubes. De ese modo, en lo más oscuro de la noche, el escuadrón de Dalkey, los hombres de Harold y todos los demás —sesenta jinetes y otros tantos soldados de infantería— cruzaron las puertas de Carrickmines y desaparecieron en su interior como otros tantos guerreros fantasmales dentro de una montaña mágica.

Cuando rompió el alba, Carrickmines tenía el mismo aspecto que antes. La puerta estaba cerrada, pero eso no era inusual. Encerrados dentro, los caballos hacían a veces un poco de ruido, pero los gruesos muros de piedra atrapaban los sonidos en el interior. A media mañana, Walsh apareció en las murallas con su halcón y lo soltó hacia el cielo, donde voló un rato antes de regresar. Ese fue el único movimiento que se vio aquella mañana en el castillo de Carrickmines.

Por la tarde, cuando subió solo a la muralla, a Walsh le pareció ver a la muchacha escondida detrás de unas rocas, a poca distancia, hacia el sur. A menos que se encontrase allí desde la noche anterior, no debía saber que Carrickmines estaba lleno de soldados. Al cabo de poco, bajó otra vez. Para que todo pareciese normal, abrió la puerta y permitió que una carreta, conducida por uno de sus hombres, saliera del castillo y, chirriando, se acercara a una granja vecina, de la que regresó más tarde con provisiones. Mientras, la puerta permaneció abierta y dos de sus hijos salieron a jugar. Los chicos practicaron *hurling* hasta que el carro volvió. Entonces montaron en él de un salto y cruzaron la puerta, que siguió entornada incluso después de que hubiesen entrado. Sabía que la muchacha morena debía de haber observado todo aquello, porque cuando subió a la muralla mientras los niños entraban, la había visto vigilando atentamente desde otro lugar elevado ladera arriba.

Al atardecer, sin embargo, subió de nuevo y ya no la vio, por lo que llegó a la conclusión de que se había marchado.

—Estoy seguro de que atacarán esta noche —le dijo a Harold cuando descendió.

Aquel día en Dalkey había algo extraño. Tom lo notó en cuanto salió a la calle. ¿Era solo su imaginación? ¿Un problema de nervios? Tuvo en cuenta aquellas posibilidades, pero no creía que se tratara de eso. Y sin embargo, había sido una mañana perfecta. La niebla del amanecer había dado paso a una bruma leve y salada. Mientras el cielo clareaba hasta volverse de un pálido azul, llegaron unas nubecitas, blancas como espuma del mar y, cuando salió de su casa y comenzó a caminar calle abajo, Tom incluso experimentó una sensación de jovialidad. Al ver a uno de sus vecinos, le deseó buenos días, como hubiera hecho cualquier otra jornada. Y aunque el hombre le respondió algo, Tom captó cierta incomodidad en su expresión. Al cabo de unos minutos vio que uno de los pescadores, que estaba sentado remendando redes ante su cabaña, le dirigía una extraña mirada y, cuando siguió caminando, tuvo la clara impresión de que lo vigilaban desde ambos lados de la calle. Era una sensación muy rara, como si de repente se hubiera convertido en un espectro mal acogido en su propio pueblo.

Luego había ido a casa de MacGowan, donde descubrió que su amigo había desaparecido. Había paseado por Dalkey y preguntado a varias personas, pero nadie tenía ni idea de adónde había ido. Era de lo más extraño. Al cabo de un rato, Tom había vuelto a su casa y se había quedado allí el resto de la mañana. A mediodía se dirigió de nuevo a casa de MacGowan, pero seguía sin haber ni rastro de él. En esta ocasión, mientras regresaba a su casa, se encontró con un par de hombres y una mujer. Aunque correspondieron a su saludo, volvió a notar la misma incomodidad. Uno de los hombres intentó evitar su mirada y la mujer dijo: «Creía que estabas en Dublín», como dando a entender que no pertenecía a aquel lugar sino a Dublín. Cuando llegó de nuevo a su casa, su estado de ánimo era sombrío.

Solo faltaban unas horas: una tarde cálida, un largo y lento atardecer estival y luego, por fin, la oscuridad. Y en medio de la negrura, la terrible trampa de Carrickmines. Solo de pensarlo, era presa de una suerte de opresión; deseó poder apartar la idea de la mente. Más de una vez, sentado solo en su casa, Tom se preguntó qué habría hecho mal. MacGowan se había esfumado. ¿Se había marchado porque tenía miedo? Sus vecinos parecía que ya no eran sus amigos. ¿Sabían algo que él ignoraba? ¿Debía volver a Dublín? Dos cosas se lo impidieron. La primera era la vergüenza. Si se presentaba de nuevo en casa del hermano de MacGowan, lo tomarían por un idiota. La segunda podía haber sido el valor, o quizá la obstinación porque, ¿no había tomado la decisión de quedarse en Dalkey y afrontar el peligro? Sí, eso sería lo que hiciese y no iba a volver a Dublín.

La tarde transcurrió despacio. Tom intentó distraerse con lo que fuera. Lavó los caballos y encontró tareas que hacer dentro de la casa. Nadie se acercó por allí. Deambuló nervioso por el patio, de un lado a otro. A media tarde le apeteció ir a la iglesia pequeña a rezar, pero se obligó a esperar un rato. Iría a la hora de siempre, antes no. Entró en el establo y limpió todas las carretas, no porque lo necesitasen, sino para ocupar el tiempo hasta que, por fin, sintió que se aproximaba la hora. Y mientras estaba en el patio, calculando la luz que quedaba y a punto de salir, al mirar hacia el campo comunal, divisó algo junto a una de las rocas. Resultaba difícil saber qué era. Una oveja oscura, quizá. Muchas de las ovejas de Dalkey tenían la lana negra. ¿Una jugarreta de la luz?

O tal vez otra cosa. ¿Un cabello oscuro de muchacha?

La muchacha del cabello moreno. ¿Por qué le venía a la mente? Qué absurdo... La imaginación le estaba jugando una mala pasada y lo sabía. Sacudió la cabeza, impaciente.

Desde allí, la chica debía de tener una buena panorámica de su patio. Habría visto todos sus movimientos. ¿Había alguien allí vigilando el otro lado de su casa? En Dalkey cualquiera podría hacerlo. Miró la mancha oscura junto a la peña para ver si podía distinguir una cara. No pudo y la razón de que no pudiera, se dijo, era porque allí no había ninguna cara. Respiró hondo y se volvió, negándose a mirar de nuevo el lugar. Decidió marcharse del patio. En cualquier caso, ya había llegado la hora de ir a la iglesia. Cuando salió a la calle vacía, miró a su espalda y vio a la muchacha morena, que se incorporaba de repente y salía corriendo de su escondite hacia el otro extremo del pueblo.

La iglesia estaba tranquila. Los rayos de sol de la tarde se colaban por sus pequeñas ventanas y bañaban el interior en una leve y cálida luz. Dentro no había nadie más. Se dirigió a su lugar habitual detrás de la celosía y, temblando, se arrodilló a orar. Rezó un padrenuestro y varias avemarías. Luego, otro padrenuestro. Las palabras parecían envolverlo, calmantes, curativas; y él, agradecido, aceptó su poder protector.

Llevaba un tiempo rezando en silencio cuando oyó que se abría la puerta del santuario.

Eran dos. Los pasos de uno eran leves; los del otro sonaban más fuertes, como si calzara unas botas recias. No había ningún motivo para que dos personas no entraran en la iglesia, por supuesto, pero a su mente volvió todo lo que le había sucedido la semana anterior. No podía evitarlo. ¿Sería de nuevo la muchacha, acompañada de aquel hombre desconocido? Se quedó paralizado.

—¿Estás seguro de que ha entrado aquí? —preguntó una voz profunda.

—Sí, del todo —dijo suavemente una voz que le sonó conocida.

—¿Dónde está, entonces?

Si hubo respuesta, esta fue inaudible, pero eso no cambió las cosas. Los pasos avanzaban en su dirección.

Iban a encontrarlo y no podía hacer nada al respecto. Qué idiota había sido, pudiendo haberse quedado en Dublín; sin embargo, ahora era demasiado tarde. Ni siquiera tenía un arma con la que defenderse. Lo matarían, lo sabía seguro. ¿Lo matarían allí mismo, en la iglesia? No, aquello era Irlanda. No lo harían. Lo llevarían a un lugar tranquilo. Tal vez no tardaría mucho en yacer enterrado bajo el campo comunal de Dalkey. Dudaba entre seguir arrodillado o ponerse en pie y enfrentarse a ellos como un hombre. Los pasos estaban cada vez más cerca. Se detuvieron. Tom se volvió y alzó los ojos.

Se trataba de MacGowan y un hombre alto de aire taciturno al que reconoció. Era Doyle. Frunció el ceño. ¿Su amigo y el mercader de Dublín? ¿No serían aliados de O'Byrne? Ante la posibilidad de tamaña traición, en su mente se arremolinaron ideas disparatadas. Entonces Doyle habló.

—Debes marcharte, Tidy. Ahora tienes que venir con nosotros. —Tom lo miró sin comprender y la cara sombría del mercader se iluminó con una amable sonrisa—. MacGowan me lo ha contado todo. Eres un hombre valiente, Thomas Tidy, pero no podemos permitir que te quedes aquí. —Doyle extendió un largo brazo y agarró a Tom por el codo, con suavidad y firmeza a la vez—. Es hora de marcharnos.

—¿Quieres decir...? —Tom se levantó despacio y se encogió de hombros.

—Quiero decir que voy a llevarte a Dublín —respondió Doyle en voz baja—. Te quedarás en mi casa un tiempo, hasta que todo este asunto haya terminado.

—¿Crees que lo saben? Tal vez sospechan —señaló Tom—, pero quizá no lo sepan.

—Estoy seguro de que lo saben —replicó el mercader con determinación.

Tom se quedó pensativo unos momentos.

—Harold debe de haberse ido de la lengua —dijo con tristeza—. No hay nadie más. —Suspiró—. Pero aun así, no sé cómo han podido saberlo los O'Byrne —añadió.

Vio que MacGowan y Doyle intercambiaban una mirada. Ignoraba qué sabían, pero recordó que Doyle poseía informantes por doquier.

—En Irlanda no hay secretos, Tidy —dijo el mercader.

Lo hicieron salir a la calle y Tom ya no discutió más. Doyle tenía un carro que los esperaba con un criado que asía las riendas.

—MacGowan se ocupará de vigilar tu casa —dijo Doyle, mientras llevaba a Tom hacia el vehículo.

Fuera, una docena de personas se habían congregado a curiosear. Tom les dirigió una mirada y aunque lo miraban a él, era a Doyle a quien observaban. Cuando el mercader subió al carro detrás de Tom, los miró con el ceño fruncido y expresión sombría y todos agacharon la cabeza. Tom no pudo por menos que admirar a aquel hombre. Su poder era palpable. Mientras la carreta salía de Dalkey y tomaba el camino de Dublín, tuvo que admitir que experimentaba una secreta sensación de alivio.

Era casi medianoche. En lo alto del firmamento, unas nubes ocultaban las estrellas y la sombra negra de la luna se suspendía, invisible, en otro mundo.

Para Harold, en pie junto a Walsh en la muralla del castillo, la negrura que los rodeaba era tan silenciosa, tan íntima, que parecía que Carrickmines estaba encerrado dentro de la concha de una ostra gigantesca. Abajo, en el patio del castillo, los sesenta caballos estaban juntos y sus suaves relinchos y resoplidos y los roces ocasionales de sus pezuñas contra el suelo eran los únicos sonidos que se oían dentro de las murallas.

Harold miró la llanura llena de rocas. Aunque sus ojos estaban acostumbrados a la oscuridad y a veces podía distinguir formas vagas en la distancia, no detectó ninguna señal de movimiento. Aguzó el oído, pero no oyó nada. Aquel silencio oscuro y sofocante se le antojaba irreal y siguió esperando, muy tenso.

A pesar de la tensión, sin embargo, no pudo evitar que su mente divagara un par o tres de veces. De repente, se descubrió pensando en su familia. Al fin y al cabo, era por su familia por la que estaba haciendo aquello. Aunque esta noche me maten, pensó, el sacrificio habrá sido necesario, habría merecido la pena. Recordó las reuniones con el justicia y con Tom Tidy. A su manera, el individuo de Dalkey se había portado con valentía. Harold se alegraba de que el justicia no lo hubiera obligado a revelar quién era su fuente de información y así había podido proteger al hombre de Dalkey. Había sido muy discreto, no había hablado de Tidy ni siquiera con su esposa, por lo que, a menos que Tidy hubiera contado su secreto a alguien más, estaría a salvo.

Notó que alguien le daba un golpecito en el codo.

—Escucha —le dijo Walsh en voz muy baja.

Caballos, en algún lugar delante de la puerta. Harold los oyó. Un leve sonido de cascos, un relincho. ¿Cuántos? Imposible saberlo. No menos de una docena, pensó, pero podían ser cien. Así que O'Byrne ya estaba allí…

—Que los hombres monten sus caballos —le susurró Walsh—. Yo seguiré vigilando.

Harold se volvió y bajó de la muralla a toda prisa. Y mientras lo hacía, le pareció oír sonido de pasos en dirección a la puerta. ¿Habían venido con escaleras para escalar las murallas? Al cabo de un momento, corrió a dar la orden de montar mientras uno de sus hombres instaba a encender antorchas.

Estaban todos bien preparados. Nadie habló. Hasta los caballos parecían saber que no tenían que hacer ruido. Los hombres de la puerta ya habían recibido sus órdenes. Los soldados de infantería se habían congregado a esperar en el salón de Walsh. Cada uno llevaba dos antorchas que ahora debían de estar encendiendo en el brasero del interior. Cuando recibieran la orden, saldrían y darían una antorcha a cada jinete y luego subirían a defender las murallas o saldrían por la puerta detrás de la caballería. Aquella orden la daría Walsh.

El tiempo pasaba. Harold esperó. Iba en cabeza de la caballería y sería el primero en salir. Sentía que su caballo temblaba y le dio unas suaves palmadas en el lomo. Seguía escuchando con atención a fin de enterarse de lo que sucedía fuera, pero las murallas del castillo eran tan gruesas que no le llegaba ningún sonido. Alzó la mirada hacia donde se encontraba Walsh. Creyó distinguir su oscura silueta, pero no estaba seguro de si era él.

¡Bang! El golpe repentino contra la puerta pescó a todo el mundo por sorpresa. El caballo de Harold se encabritó y casi lo derribó.

—El ariete —dijo Walsh en voz baja pero clara desde la muralla—. Preparados.

—¡Traed antorchas! —ordenó Harold.

Al cabo de un momento, las luces aparecieron a su espalda y avanzaron en fila hacia los jinetes.

Un segundo golpe. La puerta tembló y le llegó el sonido de madera astillada.

—Uno más —dijo Walsh.

Harold señaló a los hombres de la puerta. Ahora todos los soldados de caballería portaban teas, él también.

—Las murallas están expeditas —gritó Walsh.

Se produjo una breve pausa. Y entonces sonó un tercer golpe atronador en la puerta.

—¡Ahora! —gritó Harold.

Las puertas se abrieron.

Los atacantes no poseían un ariete adecuado, suspendido en eslingas. No tenían más que un poste grueso y difícil de manejar con el que habían golpeado la puerta. Mientras retrocedían para hacer un cuarto intento, en vez de permanecer cerradas, las puertas se abrieron de repente y salió una hilera de soldados de caballería con antorchas ardiendo, que cargó contra ellos. Fue una visión terrible. Los atacantes soltaron el ariete y se dispersaron en la oscuridad.

Harold avanzó al galope. Había antorchas por doquier que trazaban arcos en el aire y se precipitaban de acá para allá en el suelo. Los asaltantes eran como sombras que huían entre destellos de luz. Las espadas tajaban y el metal chocaba contra el metal. De algún lugar, allá adelante, le llegó una voz que gritaba:

—¡Nos han destrozado!

Los habían cogido por sorpresa, sí, pero la situación no iba a resolverse fácilmente. El terreno era desigual y su caballo casi había tropezado. La antorcha que llevaba proporcionaba luz, pero también le ocupaba la mano que tenía libre. Harold se detuvo y miró alrededor. Oyó la voz de Walsh, que se le aproximaba por detrás, y vio los contornos de los soldados de infantería que corrían, pero ¿dónde estaban los de a caballo? Aunque la tea iluminaba todo lo que quedaba cerca, resultaba difícil ver algo más allá del brillo de su luz. Un poco por delante, sin embargo, creyó distinguir las formas vagas de unos hombres montados. Con un único movimiento del brazo, lanzó la antorcha al aire y esta describió un arco en dirección a las siluetas que veía delante.

El primer destello se había producido justo antes de medianoche. Una chispa diminuta, un reflejo al otro lado del agua, una candela dentro de una caja con la parte delantera de cristal, pequeña pero efectiva. La luz procedía del extremo de la isla Dalkey. Casi de inmediato, se encendió como respuesta una señal luminosa en el primero de los tres barcos. Luego destelló otra luz en el bote anclado justo después de las últimas rocas. Aquellas lámparas con la parte delantera de cristal eran útiles. En Dalkey nadie poseía un objeto así; las habían traído de Dublín. En los otros barcos centellearon dos señales más. La noche era tan oscura que, de no haber sido por aquellas pequeñas indicaciones procedentes del agua, sus silenciosas siluetas apenas se habrían distinguido en la negrura. Corría brisa suficiente para que los barcos llegaran a vela hasta el fondeadero. A medida que entraban, los botes de la orilla se situaban a sus costados. Después se lanzaron cuerdas y aparecieron más lámparas. Sonaron unas voces apagadas. En tierra esperaban unas carretas. Toda la población de Dalkey estaba despierta y atareada aquella noche, porque la oscuridad sería breve y había mucho que hacer.

Walsh cabalgaba al lado de Harold. Los jinetes formaban un grupo compacto. Las antorchas se habían apagado, pero el cielo se había serenado y las estrellas daban luz suficiente para ver el sendero.

En su primer avance rápido desde Carrickmines, O'Byrne había conseguido alejarse de ellos, pero no había incrementado la distancia. Mientras seguían el camino hacia los montes de Wicklow, en ocasiones lo perdían de vista, pero no por mucho tiempo. A veces, Walsh oía ruido de cascos por delante, y otras veces, no. Al principio había pensado que los irlandeses se dispersarían a fin de que les perdieran la pista, pero no habían dejado el sendero y enseguida quedó claro que pretendían utilizar los puentes de los dos ríos que tenían que cruzar antes de poder llegar a la seguridad de los terrenos elevados y bravíos del otro lado.

Y aquello fue lo que ocurrió. Había pasado una hora desde que cruzaron el segundo puente y allí estaban, cabalgando entre las crestas de los montes, bajo las relucientes estrellas, en la gran meseta que se extendía hasta Glendalough. Los luceros bañaron el oscuro brezal con una leve pátina mientras los dos grupos de jinetes pasaron por él. Avanzaron en silencio casi todo el tiempo, pero cuando llevaban un tiempo cabalgando por la meseta Walsh comentó:

—Más adelante hay bosques. Allí seguramente se dispersarán para que los perdamos.

—Los alcanzaremos primero —replicó Harold.

Walsh no estaba tan seguro. En Harold había una fuerza implacable que, en el fondo, admiraba, pero eso no significaba que fueran a dar alcance a aquel irlandés tan listo. Ya había notado que cada vez que apresuraban el paso, O'Byrne hacía lo mismo, y que cuando tenían que caminar para dar descanso a los caballos, el irlandés hacía lo propio. Aunque O'Byrne les permitiese verlo, nunca los dejaba acercarse demasiado. En Carrickmines lo habían pescado desprevenido, pero desde entonces había obrado de una manera fría y calculadora. De hecho, pensó Walsh incómodo, era como si O'Byrne estuviera jugando con ellos. Aquella idea llevaba un buen rato inquietándolo y no habló hasta haberla meditado minuciosamente.

—Creo que nos está llevando al huerto —comentó por fin.

—¿Qué quieres decir?

—O'Byrne quiere que lo sigamos.

Harold recibió aquella información en silencio. Cabalgaron otro medio kilómetro. Entonces gruñó:

—Lo atraparemos.

Siguieron avanzando como antes. O'Byrne mantuvo la distancia y sus perseguidores no consiguieron acortarla. Delante, se reveló la silueta oscura del bosque y poco a poco se volvió más definida. Se acercaron y los hombres de vanguardia se adentraron en él. Su negrura se los tragó al instante. Ellos también habían llegado casi al bosque y, al cabo de un instante, entrarían en él. Walsh seguía al lado de Harold y este avanzaba con confianza.

—¡Alto! —gritó Walsh.

No pudo evitarlo. Una intuición abrumadora, una certeza nacida de los muchos años que había vivido en la frontera lo instaron a hacerlo.

—Es una trampa —dijo, finalmente, deteniendo el caballo.

Los otros jinetes lo adelantaron y oyó que Harold soltaba una maldición; sin embargo, no se detuvieron y, al cabo de un momento, la negrura del bosque los engulló; a pesar de todo, siguieron avanzando.

Era una trampa. Estaba convencido de ello. En aquel bosque desierto de los terrenos elevados, a kilómetros de distancia de cualquier tipo de ayuda, serían el objetivo perfecto para una emboscada. O'Byrne conocía cada palmo de aquellas forestas y probablemente podría cruzarlas a caballo con los ojos cerrados. Para él sería fácil aguardarlos en la oscuridad y masacrarlos a todos. Estaban haciendo exactamente lo que él quería. Walsh aguzó el oído. Esperaba escuchar en cualquier momento los gritos de angustia de sus amigos mientras caían en la emboscada. No oyó nada, pero solo era una cuestión de tiempo.

Suspiró. ¿Y él qué hacía, esperando allí? ¿Iba a dar media vuelta y abandonar a los otros a su destino? Por supuesto que no. No podía hacer eso. Por estúpido que resultara y cualesquiera que fuesen las consecuencias, tenía que seguirlos. Desenfundó la espada, redujo el paso y penetró en la oscuridad del bosque.

El sendero era como un túnel. Las ramas más altas ocultaban las estrellas. A cada lado, los árboles eran presencias esbeltas que, más que verse, se adivinaban en la negrura. Se detuvo y aguzó el oído por si captaba sonidos de cascos o cualquier otro movimiento, pero no oyó nada, solo silencio. El sendero se curvaba. Todavía nada. El caballo casi tropezó, pero él lo paró. Se preguntó cuán adelante estarían los demás y si debía llamarlos.

A su derecha, hubo un movimiento tan repentino que no tuvo tiempo de pensar. Oyó un fuerte ruido en la maleza y vio que un caballo y un caballero se materializaban en el camino y casi chocaban con él. Instintivamente, tajó con la espada en la dirección en que creía que estaba el hombre, pero la hoja no alcanzó nada. Volvió grupas para atacar otra vez, pero ¿cómo iba a luchar a ciegas, en la oscuridad? Había que pelear con el instinto, se dijo, ya que no podía hacer nada más. Blandió la espada y golpeó de nuevo. Sintió un dolor como de hierro al rojo en la muñeca y se encogió. La espada que portaba en la mano le pareció de repente muy pesada, pero la alzó para atacar otra vez.

Un golpe. El porrazo le dio en la base de la hoja con tanta fuerza que la espada se le resbaló de la mano y contuvo un grito de dolor. Tenía la muñeca doblada en un ángulo extraño y no podía moverla. Oyó que la espada golpeaba contra el suelo. Solo tuvo tiempo de adivinar dónde estaba su atacante y de comprobar si veía algo en la oscuridad cuando, para su horror, notó que una mano le agarraba el pie y lo alzaba, derribándolo de la silla. Impactó contra el suelo con un gran estruendo. Cual daga cortante, el dolor de la muñeca medio torcida se expandía ahora brazo arriba. Walsh palpó el suelo con la otra mano en busca de su espada, que no debía de estar muy lejos, pero no la encontró. Entonces oyó una voz que decía:

—Estás derrotado, John Walsh. —Le hablaban en irlandés.

—Sabes mi nombre —dijo, alzando la mirada—, pero ¿quién eres?

—Mi nombre no te hará ningún bien.

Walsh no necesitó escuchar nada más. Era el mismísimo O'Byrne. Lo sabía por intuición y sin asomo de duda. Con la mano izquierda seguía buscando la espada.

—Estás acabado, John Walsh.

Era cierto. Walsh respiró hondo.

—Si vas a matarme —dijo—, hazlo cuanto antes.

Esperó el golpe, pero este no llegó. En cambio, creyó escuchar una queda carcajada.

—Me llevaré tu caballo. Es una buena montura. Puedes regresar a casa caminando. —Walsh oyó que su caballo se movía. O'Byrne había agarrado las riendas—. ¿Cómo se llama?

—*Finbarr*.

—Un buen nombre irlandés. ¿Estás herido?

—Creo que me he roto la muñeca.

—Ah. —O'Byrne ya había comenzado a alejarse.

Dolorido, Walsh se puso en pie. Por la mañana estaría lleno

de cardenales. Vislumbró las siluetas de los dos caballos que se marchaban camino abajo. Los siguió con la mirada y gritó:

—¿Qué juego es este?

No obstante, la única respuesta que creyó distinguir fue una leve carcajada.

El alba quebraría enseguida por encima del mar. El cielo estaba todavía oscuro, pero había un débil atisbo de luz en el horizonte oriental y la isla de Dalkey pronto dejaría de ser una sombra y cobraría forma.

Michael MacGowan miró hacia el agua. El último de los tres barcos ya estaba mar adentro. El asunto había terminado.

La organización había sido brillante, eso era indudable, y se sentía orgulloso de ello. Todo el pueblo de Dalkey había trabajado con ahínco aquella noche en lo que probablemente fuera la carga más grande que había llegado a aquel pequeño puerto. Toneles de vino, balas de finas telas, barriles de especias... Y no cayó al agua ni un solo bulto. Un milagro, verdaderamente.

Al amanecer ya estaba todo almacenado. Parte de la mercancía se hallaba en la casa fortificada de Doyle, pero MacGowan había preparado los escondites secretos. Para el traslado de los productos se utilizaron todos los carros y carretillas de mano de la población. Los vehículos de Tom Tidy les habían resultado muy prácticos; de hecho, su inesperado regreso de Dublín el día anterior había implicado que podían disponer de otro gran carro con el que MacGowan no había contado. En general, las cosas no podían haber salido mejor, pero, de todos modos, tratar con Tidy había resultado exasperante. Su presencia allí podía haberlo estropeado todo porque, aunque llevaba ya tiempo viviendo en Dalkey, no sabía nada del negocio de Doyle.

Cuando Doyle había maquinado para que lo nombraran administrador marítimo, a nadie le había quedado ninguna duda acerca de cuál sería la naturaleza de la componenda. En realidad, el mundo feudal se basaba muy a menudo en aquellos arreglos. Era cierto que las obligaciones que un rey feudal y sus oficiales podían imponer a los señores y a los terratenientes eran mucho más exactas que los pagos aproximados de tributo del viejo mundo celta, pero, sobre todo en las grandes libertades feudales en las que el señor era casi un reyezuelo, y en las tierras fronterizas de la Marca, donde la ley y el orden solo existían si lograba imponerlos el señor local, el terrateniente feudal pagaba esencialmente a la Corona una renta por la tierra, después de lo cual era libre de hacer lo que quisiera con el lugar. De igual modo, los recaudadores de los impuestos reales eran en la práctica, y a veces también nominalmente, ciudadanos privados. Los oficiales de la Corona en Dublín, con unos modestos efectivos y unos ingresos en declive, se alegraban de recolectar todas las tasas que podían. Así, si Doyle podía aportarles unos ingresos estables procedentes de los impuestos aduaneros de Dalkey, lo más probable sería que no lo molestaran acerca de los detalles de la contabilidad. Si existían ciertas irregularidades y discrepancias, si había cierto porcentaje de los cargamentos que no se contabilizaba bien, eso era el beneficio que sacaba el mercader por ocupar el cargo. Tal vez no fuese del todo legal, tal vez no fuese ético, pero dadas las circunstancias en la isla durante aquellos tiempos, era seguramente la manera más inteligente de proceder. El talento empresarial, tanto en el gobierno como en el comercio, prospera gracias a los beneficios.

Eso era lo que Doyle había hecho. Las cuentas que enviaba siempre eran meticulosas y parecían estar completas. Y casi lo estaban. Pero la contabilidad que MacGowan llevaba siempre difería de los registros oficiales de Doyle en un diez por ciento. La mercancía que salía de la fortaleza de Doyle llevaba toda un sello oficial que declaraba que se habían abonado las tasas de aduana, y así había sido, pero un chelín de cada diez había ido a parar a su bolsillo en vez de a la Real Hacienda. Una interesante variación del tema, y aún más difícil de detectar, era sellar los productos y mandarlos a precio de coste a Bristol, donde podían desembarcarse libres de impuestos. El procedimiento era un tanto engorroso, pero había recurrido a él dos o tres veces como favor a los familiares o amigos con los que tenía tratos comerciales en el puerto inglés.

Tal vez sería inevitable que un día sintiera la tentación de ir más lejos. Aquella idea se le había ocurrido en el pasado, desde luego, pero probablemente no lo habría intentado si MacGowan no hubiese resultado tan hábil a la hora de tratar con la gente de Dalkey. Cuando se presentó la oportunidad, una oportunidad verdaderamente espléndida, MacGowan ya lo había convencido de que podía aumentar los beneficios de una manera segura y con éxito. Y aun así, el poderoso mercader había dudado. Los riesgos eran muy grandes. Si lo pescaban en su apropiación de los impuestos aduaneros —y demostrarlo habría sido harto difícil—, se arriesgaba a poco más que a una reprimenda y al pago de una multa a las autoridades. Tal vez no llegaría a perder siquiera el cargo, pero aquel contrabando a gran escala era harina de otro costal. Para empezar, significaba implicar no solo a su empleado sino a todo Dalkey. El descubrimiento tendría serias consecuencias: pérdida del puesto, una elevada multa y quizás algo aún peor. El beneficio, las tasas de aduana de tres cargamentos enteros de mercancías valiosas, sería enorme, pero, en cualquier caso, ya era un hombre rico y no necesitaba dinero. Así pues, ¿por qué lo había hecho?

Se había formulado aquella pregunta muchas veces y creía que sabía la respuesta. Lo había hecho por el riesgo. Lo que realmente le atraía era la dificultad y el peligro que entrañaba. Sus lejanos antepasados vikingos habrían sentido lo mismo, sin duda alguna. Había pasado mucho tiempo desde que el poderoso y taciturno mercader y fundador de la ciudad hubiera experimentado emociones verdaderas. Aquélla era una aventura en alta mar.

La planificación y la logística habían sido formidables. Los tres barcos debían llegar de puertos distintos, reunirse en la costa meridional de Irlanda y seguir viaje juntos. La mercancía tendría que descargarse a una velocidad increíble, a oscuras; y luego tendrían que esconderla y después distribuirla para su venta en mercados distintos sin despertar sospechas. Había sido después de que se hubieran ocupado de todos aquellos problemas cuando había surgido la dificultad mayor, la aparición repentina del escuadrón en Dalkey para que vigilara la costa. Tan pronto como informó de ello, MacGowan pensó que los planes tendrían que abortarse.

—Supongo que se ha terminado —le había dicho a Doyle con tristeza.

—En absoluto —había respondido el mercader con toda la calma, dejándolo asombrado.

En realidad, Doyle había disfrutado con aquel riesgo añadido. ¿Cómo iba a convencer al escuadrón de que se marchara de Dalkey? Persuadiendo a los soldados de que el enemigo que andaban buscando se disponía a atacar en otro lugar. El castillo de Carrickmines había sido la opción más obvia, pero la genialidad del mercader residía en la forma en que lo había decidido todo. Había sido MacGowan quien le había hecho reparar en Tom Tidy, cuando le había avisado de que el transportista era la única persona de Dalkey que no participaría en el contrabando.

—Si llega a adivinar lo que ocurre siquiera, irá directo a las autoridades —le había advertido a Doyle—. He tenido que llevármelo de Dalkey por un tiempo.

—Entonces, utilicemos a Tidy para que nos haga el trabajo —le había dicho Doyle al atónito joven.

Había sido idea de Doyle que a Tidy lo siguieran cuando fuese a la iglesia a rezar, y que oyera a los conspiradores planificando el ataque a Carrickmines.

—Habrás de fingir que lo disuades de hablar con alguien, si acude a ti en busca de consejo, algo que es probable que haga —le había dicho Doyle a MacGowan—. De esa forma, nunca imaginará que lo has traicionado. Y si lo que me cuentas de ese sujeto es cierto, entonces nuestro amigo irá de todos modos a hablar con las autoridades.

Y así resultó ser. Tanto MacGowan como el propio Doyle, convocados por el justicia, habían interpretado sus respectivos papeles a la perfección. Todos se habían creído el plan de ataque contra Carrickmines, el escuadrón se había retirado y la costa había quedado despejada de nuevo para el desembarco. Pero Doyle no se había detenido allí. A fin de que el relato sonara convincente, le había explicado a MacGowan: «Necesitaremos una incursión en Carrickmines».

Solo un hombre con tanta influencia como Doyle podía haber organizado algo así —ni siquiera le dijo a MacGowan cómo lo haría— y le envió la noticia a O'Byrne, a fin de que llegaran a un acuerdo. El jefe irlandés dirigiría un ataque convincente contra el castillo durante la noche y se aseguraría de que sus hombres se llevaran a los defensores bien lejos de Dalkey. Al parecer, el plan había divertido a O'Byrne, que había recibido una generosa paga. En realidad, Doyle tendría que sacrificar una buena parte de los beneficios de la operación, pero ya estaba demasiado metido en ella como para echarse atrás. El irlandés había sido advertido del peligro que suponían Harold y el escuadrón, pero el riesgo de la operación solo había supuesto un mayor aliciente.

—En cualquier caso —había comentado—, mis muchachos se desvanecerán en la noche. —Había sido él quien había enviado a la chica morena a que rondara por el puerto y por el castillo—. Le he dicho —le prometió a Doyle— que se asegure de que la ven.

Y así lo habían planeado todo. A Doyle, por supuesto, no volverían a verlo. Desde Dublín, podía incluso negar que tuviera conocimiento del asunto, aunque, si las cosas salían mal, MacGowan sabía perfectamente bien que Doyle lo escondería en un lugar seguro; si era necesario, cruzaría el mar antes de que los hombres del justicia lo apresaran.

Solo había surgido un problema. No se había dado cuenta de lo difícil que sería sacar a Tom de Dalkey. Había hecho todo lo posible por asustarle y que se marchara a Dublín, tal como Doyle le había sugerido, con historias de peligro inventadas y la hostilidad simulada de los habitantes de la población, pero cuando Tom había aparecido de nuevo la noche anterior al desembarco, MacGowan se había desesperado. Al final, el propio Doyle había ido a llevárselo. Aquello al mercader no le había complacido.

Sin embargo, pensaba ahora MacGowan, mientras observaba cómo se completaba el trabajo de la noche, probablemente Doyle no tardaría mucho en perdonarle aquel único error de cálculo.

Tres semanas después, John Walsh cabalgaba por la falda de la montaña y se encontró con la muchacha.

La vida había transcurrido relativamente tranquila en el castillo de Carrickmines desde la noche del ataque. El plan de infligir una severa derrota a O'Byrne no había tenido éxito. Algunos de sus hombres habían resultado heridos, pero, sin saber cómo, cada uno de ellos había conseguido escapar en la oscuridad, aunque la búsqueda por el piedemonte se había prolongado hasta muy avanzado el día. En cuanto a Harold y su grupo, habían terminado vagando sin rumbo fijo al amanecer, con las manos vacías, por los bosques de encima de Glendalough. La persecución había resultado un fracaso, pero no pasó mucho tiempo —menos de una semana— antes de que lo considerasen un éxito.

«Les hemos dado un buen susto. Los hemos ahuyentado. Es una lección que tardarán en olvidar.» Aquél fue el veredicto que pronto estuvo en boca de todos en Dublín. Así son las historias de las guerras.

Walsh no dijo nada. Sabía que todo había sido un engaño, una suerte de fraude, pero aún no había descubierto cuál. Era obvio que O'Byrne estaba al tanto de lo que iba a suceder. Si sabía que las tropas lo estarían esperando, entonces seguramente había sido porque quería que estuvieran allí. Sin embargo, tras seguir pensando en el asunto, le pareció que si O'Byrne o la persona para la que estuviera trabajando querían todas las fuerzas militares disponibles en Carrickmines, eso solo podía significar que no las querían en otro lugar. Entonces, ¿de dónde habían venido las tropas? De Dublín, de la Cruz de Harold y de Dalkey. Que él supiera, no había ocurrido nada en ninguno de aquellos lugares, pero cuanto más pensaba en ello, más se centraban en Dalkey sus sospechas. Acaso nunca lo sabría, pero lo recordaría y en el futuro observaría con interés. La vida en la frontera, decidió satisfecho, no era nunca monótona.

La chica estaba tumbada al sol encima de una roca. Debía de haberse quedado dormida. De otro modo, no habría podido acercase a ella. Su larga melena morena caía como una cascada por el costado de la piedra. Se puso en pie de un salto y le lanzó una mirada llena de enojo, a la que él respondió con una sonrisa. Le divirtió recordar que aquella evasiva figura era, en realidad, su prima. La muchacha se volvió para escapar, pero él la llamó.

—Tengo un mensaje para ti.

—No tienes nada que decirme —le gritó ella, desafiante.

—Llevarás un mensaje a O'Byrne —replicó él—. Dile —decidió deprisa— que la muñeca se me está curando, pero que no voy a sacar ningún beneficio de ello.

No había planeado transmitir aquel mensaje, sino que se le ocurrió de manera impensada, pero le gustó. Luego, antes de que la muchacha pudiera hacer ningún otro comentario, volvió grupas y se alejó.

Una semana más tarde, saliendo del castillo poco después del amanecer, encontró una docena de toneles de vino que alguien había dejado por la noche a la puerta.

Sonrió para sí. Conque aquél era el juego... Dalkey estaba cerca de Carrickmines, carretera abajo. Tal vez había llegado el momento, pensó, de que la familia Walsh empezara a tomarse más interés por aquel lugar.

Ocho

The Pale

I

Si los historiadores quieren designar una fecha que señale el final de la Edad Media y el principio de la Edad Moderna, el viaje de Cristóbal Colón al Nuevo Mundo en 1492 es una opción razonable. En la historia británica, la convención ha elegido 1485 porque fue durante ese año cuando la larga disputa conocida como la guerra de las Dos Rosas, entre las ramas York y Lancaster de la casa real de los Plantagenet, tocó a su fin tras la muerte en combate de Ricardo III, el último rey Plantagenet, a manos de Enrique Tudor. Bajo la nueva dinastía Tudor, Inglaterra entró en el mundo del Renacimiento, de la Reforma y en la época de las exploraciones.

Pero en la isla occidental de Irlanda es más apropiada una fecha dos años posterior. El 24 de mayo de 1487, la ciudad de Dublín presenció un acontecimiento único en la historia de Irlanda y cuyas repercusiones a largo plazo iban a ser muy profundas: los irlandeses se dispusieron a conquistar Inglaterra.

La multitud congregada en la iglesia catedral de Cristo era numerosa. Se encontraban presentes los hombres notables de Irlanda, así como casi toda la nobleza local.

—Me gustaría que pudiéramos entrar, padre —dijo la muchacha pelirroja—. ¿No nos han invitado?

—Pues claro que sí, pero hemos llegado demasiado tarde —replicó el hombre con una sonrisa—. Ahora no conseguiríamos pasar entre toda esa muchedumbre. Además —añadió—, así es mejor. Cuando salga la procesión, la veremos desde aquí.

Margaret Rivers miró la iglesia de Cristo con anhelo. Su rostro pecoso había palidecido de emoción y los ojos azules le brillaban. Sabía que su familia era importante. Ignoraba exactamente por qué, pero sabía que debía ser cierto, porque su padre se lo había dicho.

—Tendrás un gran éxito —le comentaba a veces.

—¿Cómo lo sabes, padre? —preguntaba ella.

—Porque eres mi chica especial —respondía el hombre como ella sabía que haría, y a Margaret la embargaba la felicidad.

Tenía tres hermanos, pero ella era la única muchacha, y la más pequeña. Pues claro que era su chica especial. No sabía muy bien qué debía hacer para tener un gran éxito, pero, un poco antes, aquel año, el día en que cumplía ocho, su padre anunció a toda la familia: «Margaret contraerá un matrimonio brillante, con un hombre rico y notable». Por eso la niña imaginaba que el gran éxito debía de guardar relación con la boda.

Sabía que su padre era un hombre encantador. A veces había visto a su madre poner los ojos en blanco mientras él hablaba y Margaret ignoraba qué significaba aquel gesto, pues ella nunca lo había explicado, pero su madre, a veces, sufría extraños cambios de humor.

Cuando su padre visitaba el viejo monasterio, las monjas siempre lo trataban con el mayor de los respetos. Allí solo residían siete hermanas, una de las cuales era sorda, pero parecía que habían depositado por completo su confianza en manos del padre de Margaret. «¿Qué haríamos sin vos?», solían decir. Él se ocupaba de todos los asuntos de las religiosas, administraba sus extensas tierras y las aconsejaba para que nunca tuvieran que preocuparse si las grandes donaciones de la abadía no alcanzaban para cubrir sus pocas y modestas necesidades. «Sabemos que podemos confiar siempre en tu querido padre —le dijo a Margaret en cierta ocasión una de las leales hermanas—. Tu padre es todo un caballero.»

Un caballero. Su casa en el barrio de Oxmantown quizá no se diferenciara mucho de las de los mercaderes locales, pero Margaret sabía que en todo Fingal, y más allá, los propietarios de las tierras estaban de una manera u otra emparentados con ellos. «Somos parientes de todas las familias notables de la Empalizada», solía decir su padre con placer.

The Pale, la Empalizada, así era como llamaban ahora a los distritos de los aledaños de Dublín, un nombre que sugería que una empalizada invisible cercaba la zona. Allí, las condiciones de vida no habían cambiado demasiado con respecto al siglo anterior. Como en Inglaterra, dentro de la Empalizada había una serie de parroquias y distritos cuyos alguaciles recaudaban los impuestos reales. Por su parte, los justicias dictaban sentencia según el derecho consuetudinario inglés. En las lindes de la Empalizada, los señores de la Marca todavía llevaban una existencia fronteriza y, más allá de esta, tanto si estaba en manos de los jefes irlandeses como de los grandes señores Butler o Fitzgerald, se encontraba el mundo de la Irlanda gaélica. En opinión del padre de Margaret, la civilización se terminaba al otro lado de la Empalizada, pero, dentro de ella, el orden lo garantizaban los ingleses de Irlanda, los irlandeses de sangre inglesa, hombres como él mismo: tal vez no era todo lo que le habría gustado ser, pero, al menos a sus propios ojos y a los de las monjas, era un caballero inglés.

Y ahora, sin embargo, en la iglesia catedral de Cristo de Dublín, los caballeros como él se preparaban para invadir el reino inglés.

—Mira, padre.

Las puertas de la catedral se abrieron y por ellas salieron soldados, que empujaron a la multitud hacia atrás hasta dejar un amplio pasillo. En el umbral empezaron a aparecer personajes ataviados con brillantes casacas. Su padre la levantó en brazos y Margaret los vio con toda claridad: abrían la procesión tres obispos tocados con mitras y luego iban los abades y los priores. A continuación, iban el alcalde y el concejal de la ciudad, con sus togas oficiales, rojas, azules y doradas; detrás de ellos caminaban el arzobispo de Dublín y el representante del rey inglés, que era el conde Kildare, jefe del potente clan de los Fitzgerald y el hombre más poderoso de toda Irlanda. A continuación iban el canciller y el tesorero, seguidos de los oficiales mayores y de la nobleza. Y entonces salió el niño.

Era solo un muchachito, apenas mayor que ella. Le habían colocado encima de la cabeza, a modo de corona, un aro de oro que hasta entonces había formado el halo de una imagen de la Virgen bendita. Y para asegurarse de que todo el mundo viera bien a aquel nuevo rey niño, habían seleccionado a un caballero de Fingal, de nombre Darcy, un hombretón que medía unos dos metros, para que llevara al rey niño montado en los hombros.

Cerraban la comitiva doscientos mercenarios germanos que la duquesa de Borgoña había enviado desde los Países Bajos, y que portaban unas temibles picas e iban acompañados por la música de flautines y tambores.

El niño, que se llamaba Edmundo y era duque de Warwick, acababa de ser coronado rey de Inglaterra y estaba a punto de ponerse en marcha para reclamar el reino que legítimamente era suyo; sin embargo, ¿por qué lo habían coronado en Dublín?

Hacía una generación, durante un periodo en que la casa real de York predominaba por encima de la casa de Lancaster, uno de los príncipes de York había gobernado Irlanda unos cuantos años y se había hecho popular, algo que, tratándose de un inglés, resultaba inaudito. Desde entonces, en muchas zonas de la comunidad irlandesa, y sobre todo en Dublín, había habido una gran lealtad hacia la causa de los York. Pero ahora, la casa de los York había sido derrotada. Enrique Tudor, que disfrutaba de la corona por derecho de conquista, basaba sus aspiraciones al trono en el hecho de que uno de sus antepasados —aunque solo se tratara de una familia noble advenediza natural de Gales— había emparentado mediante matrimonio con la casa de Lancaster. Aquella pretensión del trono, sin embargo, era bastante discutible, y el nuevo rey Tudor, que con toda la astucia se había casado con una princesa de la casa de York para fortalecer su posición real, no podría dormir tranquilo mientras hubiera otro heredero Plantagenet más legítimo.

Y de repente, hacía unos meses, había aparecido un heredero con unas aspiraciones al trono más legítimas que las de Enrique Tudor. Era Edmundo, duque de Warwick, un príncipe real de la casa de los York. Su presentación, bajo la tutela de un sacerdote, había causado consternación en la corte de los Tudor y el rey

Enrique se había apresurado a calificarlo de impostor. Había declarado que su nombre auténtico era Lambert Simnel, hijo de un fabricante de órganos de Oxford, aunque el artesano en cuestión estaba convenientemente muerto. Entonces Enrique presentó a otro muchacho, al que había tenido en la Torre de Londres, y anunció que era el verdadero Edmundo de Warwick. El problema estaba en que, después de interrogar a los chicos, dos parientes de Edmundo Plantagenet —uno de ellos la duquesa de Borgoña, una princesa partidaria de los York— habían declarado que el muchacho del sacerdote era el auténtico Edmundo, mientras que el que había presentado Enrique era el impostor. El sacerdote había llevado al niño a Irlanda para que estuviera a salvo. Y en estos momentos iban a coronarlo.

Sin embargo, y por más que los hombres notables de la comunidad inglesa de Irlanda prefirieran la casa de York, ¿por qué decidían desafiar al rey Tudor? Visto con la perspectiva de los siglos, puede parecer extraño, pero en el año 1487, después de décadas de que los York y los Lancaster se alternasen en el poder, no había ninguna razón especial para suponer que Enrique Tudor, que solo era de sangre real a medias, pudiera conservar la Corona. Aunque muchos de los grandes nobles opinaban que vivirían mejor bajo la soberanía de un príncipe de York que bajo la de un aguerrido Lancaster, los obispos, los abades y los oficiales de la monarquía no habrían coronado al muchacho de no haber estado sinceramente convencidos de que era, en realidad, el heredero legítimo.

La procesión acababa de empezar calle abajo cuando un joven se unió a Margaret y a su padre y este con afecto le preguntó:

—Y bien, John, ¿ya has tomado una decisión?

Era John, su hermano mayor. Igual que Margaret, había heredado el cabello rojo de la familia de su madre, que era descendiente de los Harold. Pero si bien el de Margaret era oscuro, casi cobrizo, el de John era claro y se alzaba de su cabeza como una llama color zanahoria. Con veinte años, alto y de constitución atlética, Margaret siempre lo había considerado un héroe y nunca tanto como aquel día, ya que, durante la última semana, su padre y él habían discutido sobre la conveniencia de que se alistase a la inminente expedición.

—Sí, padre. Me marcharé con ellos —anunció.

—Muy bien —asintió el padre—. He hablado con un hombre que conoce a Thomas Fitzgerald. Es el monje de Kildare, ¿sabes? —le explicó a Margaret—. No irás como un soldado ordinario de infantería. Espero que tengan cierta consideración con mi hijo —añadió en tono majestuoso.

—Gracias, padre.

El hermano de Margaret esbozó una cariñosa sonrisa. El joven tenía una hermosa sonrisa.

—¿Vas a Inglaterra? —quiso saber su hermana, emocionada—. ¿A luchar por el niño?

El hermano asintió.

—Haces bien en ir —comentó el padre—. Obra bien y habrá recompensas.

—Sigamos a la procesión —gritó el chico que, levantando en vilo a Margaret, se la sentó en los hombros y comenzó a caminar por la calle.

Su padre andaba a su lado con un porte augusto. Y qué contenta y orgullosa se sintió Margaret a hombros de su hermano, igual que el rey niño que iba delante de ellos en aquella soleada mañana de mayo.

Caminaron calle abajo entre las casas de altos tejados a dos aguas, mientras los flautines y los tambores tocaban una alegre melodía. Cruzaron la puerta oriental, conocida como puerta de las Damas, y llegaron a Hoggen Green y al antiguo túmulo de la Asamblea. Después de recorrerlos, y seguida todavía de una numerosa multitud, la procesión regresó a la ciudad antes de desaparecer finalmente tras la puerta del castillo de Dublín, donde iba a celebrarse un banquete en honor del rey niño.

—¿Vas a asistir al banquete, padre? —preguntó Margaret mientras su hermano la dejaba en el suelo.

—No —respondió y luego sonrió confiado—, pero muchos de los grandes lores de ahí dentro serán tus parientes. Recuerda siempre este día, Margaret —prosiguió con firmeza—, porque quedará escrito en la historia. Recuerda que estuviste aquí, con el valiente de tu hermano y con tu padre.

Y no era solo su padre quien se sentía tan confiado. Al cabo de pocos días, el Parlamento irlandés se había reunido con los caballeros ingleses y los representantes de la Iglesia y todos habían ratificado con entusiasmo la coronación. Habían proclamado su soberanía y habían incluso acuñado monedas nuevas —los gröts y los medios gröts— con la cara del muchacho grabada en ellas. Además de mercenarios germanos, Thomas Fitzgerald había reclutado mercenarios irlandeses y jóvenes entusiastas como John, de modo que, antes de finales de mayo, pudo decirle a su hermano, lord Kildare: «Estamos preparados para partir. Y deberíamos atacar de inmediato». Y en realidad, en aquellos días solo sonó una nota discordante.

Tal vez fuera lo que cabía esperar. Si los dos poderosos condados del clan Fitzgerald —Kildare, que se extendía desde el centro de la Empalizada, y Desmond hacia el sur— eran los señoríos más influyentes del territorio, el gran tercer señorío, el condado de Ormond, de la familia Butler, era todavía un poder impresionante que había que tener en cuenta. A veces, los Fitzgerald y los Butler mantenían buenas relaciones, pero lo más frecuente era que no fuese así y apenas podía sorprender a nadie que los Butler tuvieran celos del dominio de los Fitzgerald. Así, cuando Enrique Tudor ocupó el trono de la casa de York, de la que los Fitzgerald, como todo el mundo sabía, eran muy amigos, los Butler se habían apresurado a comunicar a Enrique que se alegrarían de prestar su apoyo a la causa de los Lancaster.

Y ahora, inmediatamente después de que el Parlamento de Dublín lo ratificara, había llegado un mensajero del conde de Ormond, el patriarca de los Butler: «Lord Ormond se niega a rendir pleitesía a este niño impostor y declara ilegales todos estos procedimientos», anunció.

La reacción de los Fitzgerald no se hizo esperar. Lord Kildare ordenó que llevaran al mensajero al túmulo de la Asamblea de Hoggen Green y que lo colgaran.

—Esto es una crueldad —declaró el padre de Margaret, sacudiendo la cabeza—. No era más que el mensajero.

No obstante, la muchacha captó un tono de admiración disimulada en su voz. Dos días después, el hermano Thomas de Kildare y su pequeño ejército zarparon hacia Inglaterra y se llevaron consigo a su hermano John.

Y

La expedición del rey niño arribó a Inglaterra el cuarto día de junio. Mientras avanzaban hacia York, se les unieron los lores partidarios de los York y sus respectivos séquitos, y pronto su número creció hasta los seis mil quinientos hombres. Entonces se dirigieron hacia el sur. Y cogido por sorpresa, Enrique Tudor podía muy bien haber perdido su reino si varios de los grandes señores ingleses, que le debían lealtad y creían que ofrecía mayores posibilidades de orden, no se hubieran unido a él de inmediato con unos contingentes de tropas inesperadamente grandes. La mañana del 16 de junio, cerca de un pueblo llamado East Stoke de la región de las Midlands, el ejército del rey niño se encontró ante quince mil hombres armados y bien adiestrados para luchar. Aunque los germanos tenían unas ballestas mortales, los tripulantes ingleses y galeses de los *drakares* de Enrique Tudor podían lanzar continuas andanadas de flechas que caían como una granizada. Contra los contingentes irlandeses mal preparados y casi sin armamento, Enrique tenía jinetes armados y piqueros.

El ejército irlandés fue derrotado. Enrique capturó al rey niño y una vez lo tuvo en su poder, no dio cuartel. En el lugar donde lucharon había una acequia que, desde aquel día, fue conocida como el canal Rojo, porque se decía que, al final de la mañana, estaba llena de sangre. Los soldados de Enrique masacraron y despedazaron a los germanos y a los irlandeses.

Por fortuna, Margaret solo supo que su hermano había muerto en la batalla.

Enrique Tudor, además de cruel, era listo. Como había apresado con vida a Edmundo, no lo mató ni lo encerró en la cárcel. Tras insistir en que no era más que un impostor llamado Lambert Simnel, lo puso a trabajar en las cocinas de palacio de las cuales a veces lo llamaba para que sirviera a los invitados en los banquetes. Durante el reinado de Enrique, y en los siglos que siguieron, nadie creyó que el muchacho fuese el príncipe que, muy posiblemente, era realmente.

Sin embargo, las lecciones que extrajo Margaret de aquellos acontecimientos guardaban muy poca relación con el rey niño.

En los días que siguieron a la tragedia, experimentó una sensación de dolor que la aturdió. Y como se había criado orgullosa de ser inglesa, en su mente se formó el pensamiento inconsciente de que Inglaterra era un lugar extranjero y amenazador. ¿Cómo podía ser, se preguntaba, que si había un Dios en el Cielo, el rey inglés hubiera acabado con su hermano de ese modo? Pero cuando creció y reflexionó sobre los acontecimientos que habían llevado a su muerte, se le ocurrió una pregunta nueva y más perspicaz.

—¿Cómo fue, padre, que a John lo mataron y en cambio los Fitzgerald no recibieron ningún castigo?

Era una pregunta que iba directa a las raíces de la situación política de Irlanda.

Tras la coronación del rey niño en Dublín, fue el propio Kildare —patriarca de los Fitzgerald y representante en la isla del rey Enrique Tudor, del que era virrey— quien urdió la traición. Los Butler, en cambio, se mantuvieron leales. Y sin embargo, Enrique perdonó a Kildare, pero los Butler no recibieron ninguna recompensa por su fidelidad.

—Los Fitzgerald poseen casi todo el territorio. Se han casado con tantas familias nobles y con tantos príncipes irlandeses importantes que pueden reunir más hombres y recibir más favores que cualquier otro clan —respondió el padre—. Además —añadió—, aunque el poder de los Butler también es enorme, su territorio se halla entre dos condados de los Fitzgerald, Kildare en el lado norte y Desmond en el sur. Si los Fitzgerald quisieran, podrían oprimir a los Butler —hizo un gesto con las dos manos— como una pinza. Así que ya ves, Margaret, de los dos dominios en manos de los lores ingleses, lo más natural sería que gobernara Fitzgerald. Y si el monarca inglés intenta prescindir de ambos y envía a su propio virrey, le harán la vida tan difícil que enseguida renunciará.

Y durante el resto de su infancia, ese fue exactamente el devenir político que Margaret iba a presenciar. Incluso cuando Enrique envió a Poynings, el delegado de su confianza —el cual dijo con contundencia al Parlamento irlandés que no podrían aprobar ninguna ley sin el beneplácito del rey Tudor y que incluso arrestó a Kildare, que fue enviado a Londres—, los Fitzgerald le dificultaron la tarea de gobernar de tal modo que no pasó mucho tiempo hasta que Poynings renunciara al cargo de virrey. Y cuando estuvo de vuelta en Inglaterra, le dijo a Enrique Tudor: «Toda Irlanda no puede gobernar a Kildare y a sus Fitzgerald», a lo que el monarca Tudor, que era un auténtico pragmático, con toda tranquilidad replicó: «Si toda Irlanda no puede gobernar a Kildare, será mejor que Kildare gobierne Irlanda». Y volvió a nombrar a Fitzgerald como virrey.

—Es Kildare quien reina en Irlanda, Margaret —le dijo su padre—, y siempre lo hará.

Margaret tenía trece años cuando supo que a su padre lo habían engañado. Sucedió casi por casualidad.

La mañana parecía que iba a transcurrir sin acontecimientos en Oxmantown. Ese día, su padre había estado en la casa sin trabajo concreto que hacer cuando un vecino apareció a preguntar si pensaba ir al otro lado del río a presenciar el espectáculo.

—¿No te han dicho —preguntó— que un grupo de hombres de Butler y otro de Fitzgerald están peleando junto a San Patricio?

—¿Y por qué?

—A saber. Porque son Butler y Fitzgerald.

—Sí, supongo que iré —dijo el padre.

Y se hubiera marchado sin Margaret si esta no le hubiese suplicado que la llevara.

—Si hay algún peligro —le dijo con firmeza—, tendrás que volver directa a casa.

Cuando llegaron a San Patricio, encontraron una multitud congregada fuera. La gente parecía contenta y el vecino, que se había adelantado para ver qué sucedía, enseguida regresó a informarles de que la pelea había terminado. Los grupos rivales, ambos en la catedral, habían acordado una tregua.

—Solo hay un problema —explicó—. Los hombres de Butler están a un lado de la gran puerta y los de Fitzgerald al otro; pero la puerta está cerrada y nadie tiene la llave. Y hasta que se hayan estrechado la mano, ninguno de los dos bandos se moverá de donde está, debido a la desconfianza que reina entre ellos.

—Entonces, ¿se quedarán ahí para siempre?

—No, en absoluto. Harán un agujero en la puerta, pero se trata de una puerta gruesa y tardarán un buen rato.

Fue entonces cuando Margaret vio a la niñita.

Se encontraba de pie, con su madre, a poca distancia. Podía tener unos cinco años, pensó Margaret, pero era muy menuda. Lucía un vestido estampado de alegres colores y tenía los ojos oscuros. Con la tez aceitunada, sus facciones se veían hermosas y delicadas. Era la personita más bonita que Margaret nunca hubiera visto. Una mirada a su madre, una mujer mediterránea, pequeña y elegante, le confirmó lo que imaginaba. Debía de ser española.

—Oh, padre —suplicó—, ¿puedo ir a jugar con ella?

Encontrar habitantes con rasgos españoles en Irlanda era inusual, pero no insólito. La gente los llamaba «irlandeses negros». A pesar de la leyenda de que algunos de los primeros habitantes de la isla procedían de la península Ibérica, la razón de que existieran los llamados irlandeses negros era muy sencilla: siglos de comercio entre los puertos españoles e irlandeses habían dado lugar a unos cuantos matrimonios entre gentes de los dos territorios; no obstante, la mayor fuente de esos irlandeses negros eran las frecuentes visitas de las grandes flotas pesqueras españolas que, desde hacía generaciones, acudían a la costa meridional de la isla debido a las abundantes capturas, sobre todo ante las tierras de los O'Sullivan y los O'Driscoll en el lado occidental de Cork. Los barcos de estas flotas a menudo fondeaban en las calas, donde salaban el pescado y pagaban un impuesto por el privilegio a los señores O'Sullivan y a los señores O'Driscoll. En ocasiones, un marinero se enamoraba de una muchacha local y se establecía allí o le dejaba un hijo.

La madre no puso objeciones a que Margaret distrajera a su hijita. Se llamaba Joan. Margaret jugó con aquella suerte de muñequita durante un rato y era evidente que la pequeña estaba encantada con la muchacha pelirroja y no apartaba sus inmensos ojos castaños de ella. Pero al final, el padre llamó a Margaret y le dijo que era hora de volver a casa. Acababa de sonreír con cortesía a la española y a su hija y comenzaba a volverse cuando unos vítores de la multitud anunciaron que los hombres de la catedral ya salían y padre e hija se quedaron a verlo.

Los Fitzgerald, un grupo numeroso de ellos, salieron primero y avanzaron deprisa hacia la puerta de la ciudad. Al cabo de un rato, salió la cuadrilla de los Butler. Casi todos comenzaron a marcharse en dirección al hospital de San Esteban, pero unos pocos se separaron y uno de ellos se abrió paso entre la multitud para ir al encuentro de la española. Era un hombre apuesto y fornido, con el cabello castaño y una ancha cara de rasgos ingleses. Mientras caminaba entre el gentío, la niña lo vio y, gritando «¡Papá!», se le echó a los brazos. Margaret sonrió. Era una escena entrañable. Por eso, cuando miró a su padre, le sorprendió verlo con el ceño fruncido de rabia.

—Nos vamos —dijo Rivers de repente, y tomándola del brazo, se la llevó casi a rastras.

—¿Qué ha sucedido? —preguntó Margaret—. ¿Es el padre de Joan?

—Nunca pensé que fuera hija suya —murmuró.

—¿Quién es ese hombre, padre?

—Henry Butler —respondió.

El tono airado de su voz la hizo desistir de preguntar más. Y no fue hasta que llegaron al puente del río cuando él rompió su silencio.

—Hace muchos años, Margaret, hubo una herencia, no inmensa pero sí bastante cuantiosa, que correspondía a dos primos de la familia de mi madre, pero la engañaron y la desposeyeron de lo que era legítimamente suyo. Con la connivencia de Ormand, todo fue a parar a la madre del hombre que acabas de ver. Se llama Henry Butler. Es de una rama joven de los Butler, pero, en cualquier caso, es pariente lejano del conde. Y ha estado viviendo de los frutos de la espléndida heredad que tendría que haber sido mía. Por eso me duele y me enfurece verlo. —Calló unos instantes—. Nunca te había contado esto porque no me gusta hablar de ello.

Una disputa por una herencia. Margaret había oído a menudo historias de aquéllas. Las disputas entre herederas, sobre todo, eran muy comunes en Irlanda.

—¿Henry Butler sabe que se ha quedado con tu herencia?

—Casi seguro que sí —respondió el padre—. Una vez me lo presentaron y no bien oyó mi nombre, dio media vuelta y se alejó.

—Joan es una niña muy dulce —dijo Margaret, a quien entristecía que aquella niñita tan linda fuera hija del enemigo de su padre.

Ya no hablaron más del asunto, pero aquella noche, cuando su madre pensó que dormía, Margaret oyó la conversación que sus padres mantenían.

—Fue hace tanto tiempo… —suplicaba la madre, en voz baja—. No pienses más en ello.

—Pero por culpa de esto me veo obligado a vivir así, a ser un intermediario miserable que trabaja por cuenta ajena, en vez de ser un caballero con mi propia heredad.

—Nos las arreglamos bastante bien. ¿Por qué no eres feliz con lo que tienes, una mujer y unos hijos que te aman?

—Ya sabes que amo a mi familia más que a nada en el mundo —dijo bajando la voz para que la muchacha no lo oyera; después, subiéndola otra vez, añadió—. Pero ¿cómo puedo manteneros si Herny Butler lo tiene todo? ¿Dónde está la dote de Margaret, dime? La tiene la niñita española. —Hizo una pausa y su voz sonó de nuevo, casi ahogada por las lágrimas—. Oh, qué dolor… Qué dolor…

Después de aquello, Margaret se tapó los oídos y permaneció tumbada, temblando, y tuvo que pasar mucho rato antes de que conciliara el sueño.

Margaret contaba dieciocho años cuando su padre comenzó a buscarle esposo.

—Tenemos que mirar en Fingal —le dijo, lleno de confianza—. Fingal es el lugar apropiado —añadió con firmeza—, para una muchacha inglesa como tú.

Margaret sabía a qué se refería. No se trataba solo de que Fingal fuera la zona de las heredades inglesas, donde los hacendados dominaban inmensos y ordenados campos de trigo y cebada; Fingal era un entramado familiar. Estaban los Fajan, los Cobran y los Cusan; y arriba, en Swords, la familia Finglas, los Ussher, los Bealing, los Ball y los Taylor, todo familias inglesas que se casaban entre sí y con las grandes familias comerciantes de Dublín. Aquella retícula matrimonial se extendía también hacia fuera, a los Dillon de Meath, los Bellwe, los Sarsfield y los Plunkett, que eran algunas de las mejores familias inglesas de Irlanda. Y las más importantes de Fingal eran tres, cuyas tierras se extendían junto a la costa. La familia de Saint Lawrence dominaba el promontorio de Howth; hacia el norte y, junto a la cala siguiente, estaba la rama irlandesa de los Talbot, una gran familia aristocrática, y cerca se encontraba la finca de los Barnewall. A aquella gente se refería su padre cuando hablaba de las familias de Fingal.

Margaret conocía a un buen número de estas familias, no muy bien, pero lo bastante como para conversar con ellas. Cuando su padre tenía que acercarse a alguna hermosa heredad por asuntos de negocios, a veces la llevaba consigo. En otras ocasiones, invitaban a toda la familia a asistir a una fiesta en alguna de las fincas o uno de sus hermanos llegaba a casa acompañado de un amigo perteneciente a las familias de Fingal. Hacía dos años, había tenido la oportunidad de trabar amistad con la hija menor de los Saint Lawrence y se habían hecho inseparables durante casi un año. Margaret iba a Fingal y se quedaba en casa de su amiga varios días. Paseaban por la playa que había después del estuario del Liffey hasta la desembocadura del río Tolka en Clontarf, o, en los días soleados, pasaban horas en lo alto del promontorio, mirando hacia el sur, al otro lado de la bahía y costa abajo, hasta donde las montañas volcánicas se alzaban, mágicas, entre la bruma. La familia Saint Lawrence siempre había sido amable con ella, pero luego encontraron un esposo para su amiga y la muchacha se marchó de Fingal. Ya no había ningún motivo para que Margaret fuera a Howth.

«El cabello de Margaret es su mejor valor», decía su padre. Y nadie lo contradecía.

Algunos tal vez dijesen que era feúcha de cara, pero gracias al cabello solo tenía que entrar en una reunión y todas las cabezas se volvían. Abundante y de un color rojo oscuro, si no se lo recogía parecía una cortina brillante que le caía hasta media espalda. Esperaba tener, además, otros atractivos: una piel hermosa, una bonita figura, una personalidad vivaz…, pero no era una estúpida. «Se fijarán en ti por el cabello, Margaret. Lo demás es cosa tuya», le decía su madre.

El verano de sus dieciocho años le llegó la oportunidad para que la viera todo Fingal.

Era un día de mediados de junio cuando su padre llegó a casa una tarde, satisfecho de sí mismo, y anunció:

—¿Sabéis que uno de los muchachos Talbot acaba de regresar de Inglaterra? Se trata de Edward Talbot. Ha vivido allí tres años, ¿sabéis? Estuvo de visita en la corte real. Un joven caballero, magnífico en todos los sentidos. Habrá una gran fiesta en Malahide para darle la bienvenida. Acudirá todo Fingal. —Hizo una pausa, para que pensaran que ya no tenía nada más que decir—. Y nosotros también iremos, por supuesto —añadió con una cara seria que gradualmente se quebró en una sonrisa triunfal.

¿Cómo había logrado su padre que lo invitaran a un acontecimiento tan espléndido? Margaret lo ignoraba, pero pasó la semana siguiente ayudando a su madre a confeccionar un hermoso vestido nuevo y ocupada en los demás preparativos que requería una celebración de tamaña importancia. Por otro lado, resultó que sus dos hermanos estaban fuera y que el día antes, su madre se cayó y se torció el tobillo, por lo que decidió quedarse en casa; no obstante, la tarde de la fecha en cuestión, Margaret y su padre, de muy buen humor, se pusieron en camino. El vestido de Margaret, de brocado de seda verde y negra, fue un éxito. «Te realza perfectamente el cabello», la tranquilizó su madre. Y aunque su padre no dijo mucho, la muchacha notó que estaba emocionado. Y cuando comentó: «Serás la damita más atractiva de la fiesta», le complació haberlo hecho tan feliz como se sentía ella ante la idea de despertar admiración.

El castillo de Malahide se encontraba en el otro extremo de la antigua llanura de las Bandadas de Pájaros, en unos territorios que lindaban con el ondulado campo que siglos atrás Harold, *el Noruego*, oteaba desde su finca. En el límite norte de la heredad, donde fluía un riachuelo hacia el mar por un arenoso estuario, se alzaba la pequeña y activa población de Malahide. Más abajo, en su flanco oriental, estaba el mar abierto. Las fincas de la nobleza de Fingal no eran grandes —la mayoría tenían entre ochenta y cuatrocientas fanegas, ninguna llegaba a las ochocientas—, pero la tierra de Malahide era buena, y la heredad, valiosa. El castillo estaba situado en un agradable parque con algunos robles y fresnos, hermosos y viejos, que daban un aire majestuoso al lugar. Durante mucho tiempo no había sido más que una triste torre de defensa, pero hacía dos décadas los Talbot habían añadido algunas dependencias, entre ellas un gran salón, gracias a lo cual se había convertido en un edificio más impresionante y doméstico. Frente a la entrada principal se extendía un gran campo de hierba. A un lado había un jardín rodeado de tapias. Mientras se aproximaban, la luz reflejada en la piedra daba al castillo un aspecto agradable y tranquilo bajo el sol de la tarde.

Ya habían llegado numerosos invitados. Hacía calor y fuera habían instalado mesas de caballete repletas de dulces y otros bocaditos. Unos criados con librea servían vino. Margaret miró a su alrededor y vio bastantes rostros conocidos, concejales y oficiales reales de Dublín y nobleza de las distintas partes de la región. «Ésos son la flor de Fingal —murmuró el padre, que como si todos estuvieran allí para solaz de Margaret, añadió—: Elige el que más te guste.»

Si bien se sintió algo amedrentada por tal cantidad de personas importantes, se alegró de ver a gente conocida de su edad, como la muchacha Saint Lawrence, de la que había sido tan amiga, por lo que, en un abrir y cerrar de ojos, se encontró enfrascada en una fluida conversación. También advirtió que atraía la mirada de algunos hombres, ya que cuando pasaba, las cabezas se volvían hacia ella. Su madre estaba en lo cierto, la combinación de la seda verde y el cabello rojo le favorecía mucho. Un anciano y distinguido caballero se acercó a saludarla. Su amiga le dijo que era un miembro de la notable familia Plunkett.

El banquete en el castillo resultó espléndido. La sala estaba abarrotada. El padre de Margaret se había sentado a cierta distancia de la muchacha, mientras que esta estaba rodeada de jóvenes alegres. Se sirvieron tres platos de pescado. Un ternero giraba en un espetón y también había cerdo, venado y hasta cisne. La muchacha sabía muy poco de vinos, pero notó que los franceses que se servían eran los mejores. Nunca había asistido a un ágape tan suntuoso, pero se tomó la molestia de recordar el consejo de su padre: «Prueba de todo lo que te ofrezcan, pero solo una porción diminuta de cada cosa. Es la mejor manera de disfrutar de una gran festín». Había tantos invitados que no quedaba sitio para bailar, aunque unos gaiteros y un arpista entretenían a los comensales. Mientras se servían los postres, Edward Talbot, en cuyo honor tenía lugar aquella celebración, se puso en pie y pronunció un amable discurso de agradecimiento. Tendría unos veinticinco años, el rostro ovalado y unas facciones hermosas. A Margaret le pareció inteligente y agradable. Su cabello era castaño con algunas hebras canosas y ya empezaba a ralear, pero la muchacha decidió que la hermosa frente que revelaba lo haría aún más atractivo cuando envejeciera. Una vez se sentó, sin embargo, quedó oculto tras otras personas y ya no volvió a verlo.

Al final del banquete, Margaret se reunió con su padre. Fuera aún había luz y pronto actuaría un grupo de bailarines. Algunos de los invitados se habían congregado en la parte delantera del castillo para asistir al espectáculo, mientras que otros se dividían en grupos y paseaban. Cuando su padre le preguntó si había visto el jardín y ella respondió que no, la llevó siguiendo el lateral del castillo hasta una puerta en la muralla y la hizo pasar.

Mientras que los monasterios tenían sus claustros para el ejercicio tranquilo y la contemplación, la casa solariega medieval contaba con su jardín rodeado de tapias. El jardín que se extendía ante Margaret era de trazado geométrico, con setos cortados bajos; aquí y allá había cenadores umbrosos donde los caballeros y las damas se sentaban y disfrutaban de aquel íntimo sosiego hablando, quizás, hasta del amor. Cuando entraron, Margaret captó la deliciosa fragancia del espliego y de la azalea. En un extremo del recinto había un huerto de hierbas aromáticas; en el otro, toda la tapia estaba cubierta de rosales trepadores. Entre los setos discurrían senderos y en el centro había un pequeño césped con fresas silvestres y un solo peral de cuyas ramas colgaban, como piedras preciosas verde pálido, las frutas por madurar. Había otras personas que, por respeto a la paz del jardín, hablaban en voz baja. Se dirigieron hacia el huerto de hierbas aromáticas y recorrieron el sendero en silencio.

—Estás teniendo un gran éxito, Margaret —murmuró el padre, satisfecho—. La gente quiere saber quién eres. De hecho, uno de los caballeros ya me ha preguntado si puede hablar contigo y por eso te he traído aquí. —Esbozó una sonrisa—. Es mayor de lo que a mí me habría gustado, pero por hablar con él no pierdes nada. Cáusale una buena impresión y hablará bien de ti. ¿Lo harás por mí?

—Haré lo que tú quieras, padre —dijo ella con cortesía, porque deseaba, por lo menos, hacerlo feliz.

—Quédate aquí y yo iré a buscarlo —dijo, y salió por la puerta.

Margaret se sentía contenta. Bajó hasta el huerto de hierbas aromáticas y comenzó a recorrerlo. Primero quiso contar de cuántos tipos las había; estaba tan absorta que no notó que alguien se acercaba hasta que oyó una suave tos a su espalda. Se volvió esperando ver a su padre y se encontró en cambio delante de un joven al que enseguida reconoció. Era Edward Talbot.

—¿Te gustan las hierbas?

—Iba a contarlas.

—Ah —dijo él con una sonrisa—. ¿Cuántas conoces?

—Hay tomillo, perejil, albahaca, nuez moscada... —Margaret nombró una docena de plantas.

—¿Y esta? —Edmund señaló una.

Ella sacudió la cabeza.

—Es originaria de Persia —explicó.

Sus conocimientos eran extraordinarios. Caminaron junto al parterre y le fue mostrando hierbas de Francia, África, Tierra Santa y de más allá, hierbas de las que ella nunca había oído hablar y cuya historia Edward conocía; no obstante, él hacía gala de su erudición con tan buen humor, inteligencia y entusiasmo que, en vez de sentirse abrumada, se descubrió sonriendo complacida.

Él le preguntó quién era y Margaret pudo darle información suficiente sobre su familia y sus parientes en Fingal para que el joven descubriera que estaba emparentada con varios conocidos suyos.

—Tal vez seamos parientes —sugirió.

—Oh, no, mi familia no puede tener tales pretensiones, no somos notables en absoluto —se apresuró a decir—. En cuanto a mí —sonrió—, mis padres dicen que mi único valor es el cabello.

—Estoy seguro de que tienes otros —replicó tras una carcajada. Luego, mirándole el cabello con la misma atención minuciosa con que había estudiado las plantas, comentó—: Es muy bonito. Hermoso de veras.

Sin darse cuenta de lo que hacía, alzó la mano como si fuera a acariciárselo, pero se contuvo riendo. Margaret se estaba preguntando adónde llevaría aquella conversación, cuando su padre apareció por la puerta y caminó hacia ellos.

Iba solo. Era evidente que no había encontrado al pretendiente que buscaba, pero cuando su hija le explicó a Talbot que aquél era su padre, el hombre sonrió.

A Margaret le agradó ver la cortesía con que Talbot saludaba a su padre y lo bien informado que este parecía cuando formuló al joven algunas preguntas sobre Inglaterra, a las que Talbot respondió encantado. Los dos hombres acababan de entablar una interesante conversación cuando Margaret vio que una elegante dama que había entrado en el jardín mientras Edmund Talbot y ella hablaban de hierbas se dirigía hacia ellos a toda prisa. Llevaba un vestido de damasco blanco y oro que a cada paso que daba susurraba en el sendero.

—Oh, madre —dijo Edmund Talbot.

Estaba a punto de presentarle a Margaret, cuando la dama se volvió hacia el padre de la muchacha y, con frialdad, le preguntó:

—¿Es esta tu hija?

La dama Talbot era alta y de rostro fuerte. Sus ojos grises parecían contemplar el mundo desde una gran altura.

—Sí, milady. Ésta es Margaret.

Margaret fue entonces objeto de una mirada aristocrática,

pues la dama Talbot la observó de la misma manera desapasionada con que habría contemplado un mueble.

—Tienes un cabello muy bonito. —Aunque aquello, en teoría, era un cumplido, su tono de voz sugería que podía haber añadido: «De ti, no hay nada más qué decir». Se volvió hacia su hijo y anunció—. Tu padre te busca, Edward. Hay invitados del castillo de Dublín a los que deberías atender.

Tras una cortés inclinación de cabeza al padre de Margaret y una sonrisa a la joven, Edward Talbot se alejó. Su madre, sin embargo, no se movió. Esperó a que Edward hubiese salido del jardín y, entonces, volviéndose al padre como si Margaret ni siquiera estuviese presente, le habló con una extrema frialdad.

—¿A cuántos de tus parientes recurriste para obtener una invitación a este banquete?

—Sé que varios de mis parientes os conocen, milady.

—Has venido a exhibir a tu hija, a que la viera todo el mundo.

—Soy su padre, milady. ¿Qué otra cosa puede hacer un padre?

—Accedí a que te invitaran, aunque, por derecho, no deberías estar aquí. —Hizo una pausa—. Accedí a que viniera tu hija y exhibiera su melena..., pero lo que no acepto es que tu hija intente insinuarse a mi hijo. Has abusado de mi confianza.

Aquello era tan pasmoso que, por un momento, ni el padre ni la hija supieron qué decir, pero sonaba tan injusto que Margaret no pudo contenerse y profirió:

—Yo no he hablado nunca con vuestro hijo hasta que él me ha abordado.

Los ojos gris pétreo de la mujer se posaron de nuevo en la muchacha. ¿Había en ellos un leve asomo de aceptación de que lo que decía era cierto?

—Tal vez sea así —reconoció, volviéndose de nuevo hacia el padre—. Acaso tú sepas más que tu hija.

Margaret miró a su padre. ¿Era posible que él hubiera concertado el encuentro? En vez de salir a buscar a un pretendiente maduro, ¿no habría ido a llamar a Edward Talbot al jardín? Frente a la fría acusación de la dama, Margaret se alegró de que su padre no se ruborizara o se encolerizara y de que, en cambio, permaneciese muy tranquilo.

—Yo no he traído aquí a mi hija para que ninguno de nosotros dos se vea insultado —replicó con voz serena.

—Pues entonces no la traigas más —respondió, lacónica, lady Talbot, que volviéndose a Margaret le dijo—. Búscate un comerciante en Dublín, jovencita pelirroja. Tu lugar no es el castillo de Malahide.

Acto seguido, se marchó con andares majestuosos.

En el camino de regreso a casa, ni a Margaret ni a su padre les apeteció demasiado hablar. Mientras el carro recorría la verde soledad de la llanura de las Bandadas de Pájaros, el sol del atardecer todavía proyectaba sombras alargadas. Margaret se preguntó si la acusación de lady Talbot era cierta, pero aquello era algo que no quería preguntar a su padre. Fue él, al final, quien rompió el silencio.

—No ha sido nuestra familia lo que la ha impulsado a hablar de ese modo. Soy un caballero, ya lo sabes.

—Lo sé.

—Es porque soy pobre, Margaret, por lo que te ha tratado de esa forma.

El hombre hablaba con amargura y había agachado la cabeza de vergüenza. La muchacha le pasó un brazo por el hombro.

—Gracias por todo lo que has hecho por mí, padre —dijo con cariño—. Eres un padre maravilloso.

—Ojalá lo fuera. —Sacudió la cabeza—. No quería que descubrieras la crueldad del mundo —dijo, abatido—. No de este modo… Esperaba que… —Se interrumpió.

Al notar que sollozaba, Margaret no supo seguro si seguir estrechándolo o soltarlo, pero dejó el brazo donde lo tenía.

—Eso no es importante —dijo al cabo de un momento.

—Para mí lo es —murmuró y luego calló un rato hasta que sus hombros dejaron de temblar con los sollozos—. Esos Talbot no son tan buenos —farfulló al cabo—. Dicen que están confabulados con los Butler. Algún día probablemente lo lamentarán. Será mejor que nos fijemos en los Barnewall. —Pareció animarse un poco—. Eh, ¿sabes que somos parientes lejanos?

—Oh, padre, por el amor de Dios —le suplicó, frustrada—. Búscame un chico de Dublín que me ame tal como soy.

En aquel momento, y cuando aquella noche se acostó llorando en secreto, era eso precisamente lo que Margaret quería; sin embargo, cuando se despertó, descansada, a la mañana siguiente, sintió una rebeldía nueva. Los orgullosos Talbot tal vez no la quisieran, pero ya les daría su merecido.

II

1518

Era una visión inusual. Las mujeres, cientos de ellas, esperaban en la fachada fluvial junto a la casa de las grúas. Las que reían y charlaban allí en aquella soleada mañana de septiembre no eran solo mujeres comunes, pues muchas de ellas pertenecían a la nobleza y vestían elegantes atavíos.

La casa de las grúas era un edificio sólido y feo de dos pisos, que se utilizaba como aduana y del que sobresalía una maciza estructura de madera cuyas ruedas crujientes y poleas chirriantes permitían alzar y pesar grandes cargas desde los buques amarrados en el puerto. Se encontraba, aproximadamente, en el centro de la fachada fluvial ampliada. Hacia el este, se hallaba el viejo muelle de madera, que ahora, con la continua reconstrucción, había avanzado muchos metros hacia el río. Hacia el oeste, en las tierras ganadas al río que discurrían camino del puente, la orilla era conocida con el nombre de Merchant Quay o muelle de los Comerciantes. Por otro lado, aunque la grúa era un artilugio muy poco atractivo y había comenzado a soplar una brisa helada, las alegres mujeres hacían caso omiso del frío. Al fin y al cabo, aquélla era una ocasión especial.

La Ronda de las Franquicias solo tenía lugar cada tres años. Al amanecer de dicho día, el alcalde de Dublín, luciendo los atavíos de su cargo y precedido de un hombre que llevaba la espada ceremonial de la ciudad, salía de la puerta de las Damas, en el lado este, cabalgaba hasta más allá del túmulo de la Asamblea y la Piedra Larga de los vikingos y recorría el estuario del

Liffey hasta el mar. Detrás, a caballo, iban los veinticuatro concejales, los miembros del consejo comunal y un gran grupo de caballeros locales, casi cien jinetes en total. Ya en la orilla, el administrador marítimo arrojaba una lanza al agua que simbolizaba los derechos de la ciudad sobre la costa de Dublín, tras lo cual salían a recorrer los límites de la ciudad.

Se trataba de un recorrido muy largo porque —con la excepción de las libertades, casi todas pertenecían a la Iglesia— la autoridad de la ciudad se extendía más allá de las murallas y en algunos lugares de las carreteras de acceso estaba ahora señalada con puertas y casetas de peaje. Su ronda los llevó primero costa abajo, casi hasta mitad de camino de Dalkey, luego doblaron tierra adentro, cruzaron el pueblo de Donnybrook, siguieron por los aledaños de San Esteban y de las libertades de San Patricio y luego continuaron aún más hacia el oeste hasta la aldea de Kilmainham, a unos tres kilómetros de la ciudad río arriba, donde el alcalde cruzaba el Liffey en el transbordador tirado por caballos. Más al norte del Liffey, la frontera describía un inmenso arco que pasaba un kilómetro y medio al norte de Oxmantown, cruzaba el Tolka y seguía la costa hasta Clontarf —lugar de la batalla de Brian Boru—, y más de kilómetro y medio más allá.

Era mediodía. La comitiva, después de cabalgar una distancia de casi cincuenta kilómetros, regresaba por Oxmantown y pronto cruzaría el puente para entrar de nuevo en la ciudad. Las esposas comenzaban a distinguir a sus esposos en la distancia y los saludaban agitando pañuelos de seda. Había risas y nadie parecía tan alegre como la gente que rodeaba a una mujer menuda de rasgos españoles, que lucía un espléndido vestido de brocado con el cuello de piel para protegerse del viento.

Margaret esperaba a cierta distancia de aquel grupo. A algunas de las otras mujeres las conocía más que de vista. No viajaba a Dublín con frecuencia porque en la granja siempre había mucho trabajo, pero iba bien vestida, por eso no debía pasar apuro. Con una familia en la que pensar, no habría permitido que su marido le regalase un vestido costoso, ribeteado en piel, aun cuando se lo hubiese ofrecido, y se volvió hacia una mujer que estaba a su lado.

—Aquella dama de aire español, ¿con quién está casada?

—Oh. —La mujer bajó la voz en señal de respeto—. Es la esposa del concejal Doyle. La gente dice que es muy rica. —Miró a Margaret con cierta sorpresa—. ¿Conoces al concejal Doyle? Es uno de los hombres más poderosos de Dublín.

Los dublineses eran gente que estaba orgullosa de su riqueza y de su poder. Al fin y al cabo, la ceremonia de aquel día trataba de eso. Al recorrer las franquicias, el alcalde y sus acompañantes inspeccionaban y confirmaban las lindes externas de los extensos territorios de la ciudad. A menudo era un acontecimiento ceremonial, pero no siempre. Y si cualquier otro de los terratenientes, la santa Iglesia incluida, discutía el alcance o la línea fronteriza de las posesiones de la ciudad, podía estar seguro de que el alcalde se ocuparía de sus reclamaciones, ya fuera mediante un juicio o por la fuerza física. Aunque Dublín midiese solo una décima parte de la poderosa Londres, era una ciudad importante en todos los aspectos y resultaba clave para el control de Irlanda. Desde hacía ya mucho tiempo, los dublineses se habían acostumbrado a que los reyes de Inglaterra quisieran granjearse sus favores y alimentaran su orgullo. La gran espada que portaba un hombre delante del alcalde había sido donada a la ciudad hacía un siglo por un rey agradecido después de que el alcalde de la época hubiera librado una victoriosa campaña en los montes de Wicklow contra los levantiscos O'Byrne. Ahora, el alcalde ocupaba también el cargo de almirante, lo cual le daba derecho a los impuestos de aduana reales de los puertos de la costa de Dublín, hasta Dalkey y más allá, aunque los oficiales reales habrían estado más que dispuestos a renunciar a estas tasas, habida cuenta de la gran dificultad que tenían para recaudarlas.

A los dublineses no los había perjudicado siquiera su implicación en el asunto de Lambert Simnel, el rey niño. En realidad, solo había provocado que Enrique Tudor desease aún más estar en buenas relaciones con ellos y, durante los últimos nueve años, su hijo, Enrique VIII, había seguido la misma política. El mensaje de la corte real a los ciudadanos más poderosos de Dublín estaba claro: «El rey de Inglaterra os quiere como amigos». Por tanto, ser la mujer del concejal Doyle no era moco de pavo.

No era la primera vez que Margaret veía a la esposa de Doyle. Se había encontrado con ella hacía solo dos semanas.

Uno de los acontecimientos de Dublín a los que Margaret siempre asistía era a la feria de Donnybrook. Tenía lugar a finales de agosto, en el pueblo de ese nombre, algo menos de dos kilómetros al sur de San Esteban. En ella, su esposo, a menudo, compraba o vendía ganado. Allí se ponían a la venta toda suerte de tejidos, con mercaderes llegados de toda Europa. Ella, por lo general, adquiría algunas golosinas y especias para la despensa de casa. Por otro lado, estaban los puestos de comida y las diversiones: cantantes y malabaristas, músicos y magos. «Donnybrook es mi excursión anual favorita», solía decir Margaret.

Había sido durante la feria. Se había fijado enseguida en la mujer por su aire español, pero no había pensado mucho en ella, al menos al principio. Solo después, mientras curioseaba un tenderete de hierbas medicinales, advirtió que la cara de la mujer le resultaba familiar, pero ¿por qué?

Habían pasado veinticinco años desde que su padre y ella vieran a la familia de Henry Butler, y si no hubiese sido por aquella cosa terrible que su padre le había contado sobre ellos y el dolor que le había causado, se habría olvidado de los Butler enseguida. Pero a causa de lo sucedido, las tres caras —la de Butler, la esposa y la niñita— se le habían quedado grabadas en la mente. Y ahora, de repente, se daba cuenta de que aquella mujer de la feria de Donnybrook guardaba un extraordinario parecido con la mujer que había visto hacía tantos años. ¿Era posible que se tratara de la niñita? Conmocionada, Margaret advirtió que, por la edad que tenía ahora, bien podía serlo.

Se había vuelto a observarla y notó que la mujer, mientras tanto, la había estado mirando con una expresión que denotaba que la conocía. «Así que sabe quién soy», pensó Margaret. Se preguntaba cómo debía actuar y si debía hablar o no con ella, cuando vio algo que la dejó paralizada y dolida. La mujer había sonreído con vanidad y presunción. No cabía ninguna duda, había esbozado una sonrisita de triunfo y desdén. Entonces, mientras Margaret la miraba enfurecida, había dado media vuelta y se había marchado. Poco después, la había visto irse de la feria.

Margaret no había hecho nada al respecto. ¿Qué podía hacer? Ni siquiera había tratado de averiguar quién era. Cuando su esposo le preguntó aquella noche por qué estaba triste, le puso algunas excusas. Quería borrar de su mente lo sucedido.

Pero ahora, allí, en la fachada fluvial, había descubierto quién era la mujer. La esposa de un rico concejal, con una gran casa, sin lugar a dudas, y todos los lujos que el dinero podía comprar. No se trataba de que ella tuviera algo de lo que avergonzarse. Doyle podía ser rico, pero seguía siendo un comerciante; sin embargo, su esposo era un caballero, nieto de Walsh de Carrickmines, nada menos, y con la suficiente importancia como para que lo invitaran a participar en la Ronda de las Franquicias. Aunque la heredad estaba en la frontera meridional y no en Fingal, como a ella le habría gustado, y aunque quizá produjera solo beneficios pequeños, su esposo se había educado en Inglaterra y sus ganancias como abogado compensaban las carencias de la finca. No había ninguna razón, se dijo, para que se sintiera en desventaja si se encontraba con aquella mujer cuya familia había robado a la suya; no obstante, cuando recordó aquella desagradable mueca de presunción, sintió que se tensaba de rabia. Lo mejor sería evitarla por completo, no acercarse a ella y olvidarlo todo.

Así pues, ¿qué instinto autodestructivo la llevó, al cabo de unos momentos, a abrirse paso en dirección a la esposa de Doyle?

—Ahí está. Ese es mi hombre. —Joan Doyle agitaba un pañuelo de seda—. Todavía no me ha visto. —Se rio—. Una cosa sí sabemos —proclamó, alegre—: volverán hambrientos.

Joan Doyle había conocido las penas, pero ahora le parecía que era la persona más afortunada del mundo. A los dieciocho años se había casado felizmente con un caballero cerca de Waterford. Seis años después, tras perder dos hijos por culpa de la fiebre, el esposo y el tercer hijo murieron en un accidente marítimo. A los veinticuatro se quedó viuda y pasó muchos meses sumida en una callada tristeza de la que no veía cómo escapar.

Pero entonces conoció a John Doyle, quien, con gran paciencia y halagos, la hizo salir de su abatimiento y, al cabo de un año, la convirtió en su esposa. Eso había ocurrido hacía seis años y, con una casa y dos niños, Joan Doyle conoció más felicidad de la que nunca hubiera soñado. Y en cualquier caso, como se trataba de un alma afectuosa y cálida, y habiendo conocido lo que era sufrir un gran dolor, había decidido, siempre que fuera posible, no causar dolor a los demás. Siempre hacía pequeños favores y a su rico y jovial marido le gustaba que nunca pasara una semana sin que lo abordase con un nuevo plan para ayudar a alguien en dificultades.

«Debe de ser la sangre española lo que te hace tan cariñosa», decía él entre bromas. Como en ella no había malicia, no imaginaba que en otros la hubiera. Aquello también agradaba mucho al esposo, pues le hacía sentir que la protegía.

Cuando Margaret se encontraba a poco más de diez de pasos de distancia, Joan reparó en su presencia. Al principio no se volvió a mirarla, pues la mujer que estaba a su lado había comenzado a darle conversación, pero por el rabillo del ojo vio que se trataba de la mujer en la que se había fijado la semana anterior en la feria de Donnybrook. Era imposible que en la zona de Dublín hubiera dos mujeres con aquella hermosa cabellera cobriza. En su melena tampoco había asomo de canas, aunque calculó que era mayor que ella. La propia Joan tenía unas cuantas hebras grises en el cabello, aunque las disimulaba habilidosamente. Pensando que la pelirroja no necesitaba de tales artificios, sonrió con contenida ironía. Margaret, al observarla, tomó aquella expresión por una mueca presuntuosa.

La valoración que hizo Margaret de Joan Doyle se basaba en una interpretación errónea, pues Joan no sabía nada de la desavenencia entre las dos familias. La disputa por la herencia había sucedido hacía tanto tiempo que Henry Butler ni se había molestado en contársela a su hija. Y en cuanto a Margaret, Joan ignoraba por completo quién era.

Así, cuando Margaret llegó a una distancia desde la que podía oír lo que hablaban, la mujer que estaba con Joan tuvo la mala fortuna de comenzar a explicar unas desavenencias que habían surgido en Dublín por una herencia. La familia perdedora, comentaba, estaba muy amargada.

—Mi esposo dice que el momento de asegurarse una herencia es antes de que alguien muera, no después —replicó Joan—. Es un hombre terrible —prosiguió con una carcajada—. ¿Sabes lo que dice? —Y para imitar la voz del concejal, habló más fuerte—: «Los desheredados solo pueden echarse la culpa a ellos mismos».

Fueron estas últimas palabras las que Margaret escuchó. Joan se volvió hacia ella, riéndose.

Si la gente oye lo que desea oír, con aquello se cumplían todas las expectativas que Margaret pudiera haber tenido. En su mente no quedó ninguna duda: había escuchado lo que había escuchado. Aquella dublinesa pequeña y rica, cuya familia había robado la herencia a su pobre padre, estaba burlándose de ella ante aquel grupo de mujeres y la insultaba en público. Bien, pensó, pues que me lo diga a la cara.

—Dime —murmuró, introduciéndose tranquilamente en la conversación—, ¿cómo te sentirías si te desheredasen?

Le lanzó una mirada fría e inflexible. Joan Doyle no se la devolvió, aunque, ciertamente, la captó. Tal vez pensó que aquella desconocida era muy desconsiderada por haberse entremetido en la charla de aquel modo; además, estando como estaban en una ocasión festiva, ponía una cara muy larga. Sin embargo, no era propio del carácter de Joan criticar a la gente y resultaba indudable que aquella mujer de semblante serio tenía el cabello más hermoso de la ciudad.

—No lo sé —se limitó a contestar. Y entonces, con la intención de aligerar el ánimo circunspecto de Margaret con un cumplido alegre, se rio y dijo—: Si tuviera un cabello como el tuyo, estoy segura de que podría soportarlo.

No bien hubo pronunciado aquellas palabras, la distrajo otra de las mujeres comentando que los jinetes ya estaban en el puente y que su esposo la saludaba. Cuando se volvió de nuevo, la pelirroja había desaparecido. Preguntó a sus amigas de quién se trataba, pero ninguna lo sabía.

Al mes siguiente, sin embargo, se enteraría.

Si los ingleses de la Empalizada se enorgullecían de algo era de su religión. Tenían su lengua, sus leyes, sus costumbres, y eran importantes, por supuesto, pero después de tres siglos de convivir con los irlandeses en la isla, ¿cuál era para ellos la seña de identidad más significativa, la que daba cohesión a la comunidad y mostraba su supremacía incluso sobre los nativos más destacados? ¿Qué les daba superioridad moral? La respuesta era sencilla: los ingleses sabían que eran superiores porque pertenecían a la Iglesia católica y romana.

Los nativos también eran católicos, por supuesto, pero fuera de la Empalizada, en el vasto interior de la isla, todo el mundo sabía que la Iglesia celta no había cambiado. Permitía el divorcio, los sacerdotes se casaban, los abades de los monasterios eran los jefes locales... En resumen, la Iglesia nativa todavía toleraba aquellas prácticas degeneradas con las que el Papa había pedido a los ingleses que terminaran cuando invadieron por primera vez la isla. Para los ingleses en Irlanda, una cosa estaba clara: el catolicismo verdadero, el catolicismo romano, solo se encontraba dentro de la Empalizada inglesa.

En realidad, de todos los reinos de la cristiandad, ninguno era más leal al Papa de Roma que el de Inglaterra. En Alemania o en los Países Bajos, a los herejes protestantes, seguidores de Lutero y otros que amenazaban el buen orden católico, se los toleraba, pero no así Inglaterra. El joven Enrique VIII y su fiel esposa Catalina, princesa de España, se ocupaban de ello. El rey de Inglaterra detestaba a los protestantes y estaba dispuesto a ejecutarlos. Por tanto, los ingleses de Irlanda podían afirmar: «Somos los guardianes de la fe romana».

Sin embargo, durante mucho tiempo, en Irlanda había faltado una cosa. La Iglesia era la depositaria de la cultura y en sus manos estaba la enseñanza; los sacerdotes de más alto rango siempre eran hombres educados. En Irlanda, empero, no había universidad. Los jóvenes ambiciosos que pensaban consagrar su vida a la Iglesia tenían que ir a París, a Italia o, con más frecuencia, a Oxford o Cambridge. Y en 1518, se dio un primer paso para corregir esta situación.

Formaban un grupo jovial. Estaba Doyle, alto y apuesto, y que lucía una espléndida estola de piel en la que había prendido una medalla circular con piedras preciosas incrustadas. Sentada a su lado se encontraba Joan, con aspecto feliz y ataviada con un suntuoso vestido de terciopelo marrón ribeteado con perlas. El carro era hermoso, con bancos almohadillados y cortinas de seda. Dentro del vehículo también viajaban James MacGowan y su esposa. Vestían menos majestuosamente, como correspondía a su condición inferior, y aunque MacGowan a buen seguro habría podido permitirse comprar unos ropajes tan elegantes como los de Doyle, sabía que le convenía más no llevarlos. Sentado delante, junto al cochero, iba Tidy, un guantero que estaba terminando su aprendizaje, a quien Doyle había llevado consigo. Aquel día de octubre el cielo estaba encapotado, pero entre las nubes se abrían franjas brillantes; mientras avanzaban hacia el oeste, no cayó ni una gota. Se dirigían a Maynooth.

El castillo de Maynooth se encontraba a unos veinte kilómetros de Dublín. Mucho más grande que las fincas fortificadas de la nobleza como Malahide, era uno de los varios centros impresionantes donde el poderoso conde de Kildare se reunía con la corte. Y que el conde hubiera elegido Maynooth para erigir su institución religiosa, se debía sin duda a la proximidad con Dublín y con el corazón de la Empalizada.

Porque si los ingleses de la Empalizada se enorgullecían de su fe, también invertían en ella. En Dublín, sobre todo, los hombres acaudalados como Doyle podían mostrarse reacios a contribuir a la financiación de los edificios civiles, pero sus funerales y las capellanías donde los clérigos cantaban las misas por sus almas en las iglesias recibían más donaciones que nunca.

¿Qué iban a hacer pues los Fitzgerald sino algo de una envergadura mayor?

El colegio de Maynooth estaba situado cerca del castillo. Constaba de un salón, una capilla y un dormitorio. Su objetivo era convertirse en una pequeña comunidad para la instrucción y los estudios religiosos. «Pero, conociendo la ambición de los Fitzgerald, esto será solo el principio», había comentado Doyle. Todo el mundo sabía que las universidades de Oxford y Cambridge se habían desarrollado a partir de colegios tan pequeños como aquél.

Y con el edificio completado, el conde había invitado a gente de todas partes a presenciar la ceremonia de su consagración.

Joan miró a sus acompañantes con afecto. Su esposo era alto, moreno, capaz. Sabía que algunas personas lo temían, pero para ella era fuerte como un león, aunque manso como un cordero. MacGowan era más joven que su esposo, aunque resultaba muy difícil calcular su edad, con su calva incipiente, su labio caído y su ojo siempre tan alerta. Comerciaba en toda la Empalizada y más allá. «Yo sé muchas cosas, pero nuestro amigo MacGowan lo sabe todo», le había dicho una vez su esposo. Y en diversas ocasiones había regresado a casa sacudiendo la cabeza de asombro y le había dicho: «Ese individuo es más astuto que el mismísimo diablo». Pero a Joan, en cambio, MacGowan y su hogareña esposa siempre le habían parecido una pareja entrañable. Tal vez, pensó, ambas opiniones eran ciertas. Y en cuanto al joven Tidy, su caso era de lo más simple: «La familia Tidy está compuesta de muy buena gente. Una de las mejores familias artesanas; devota en grado sumo», le había explicado su esposo. Henry Tidy pronto sería guantero. Un buen oficio. Al cabo de unos años, imaginó Joan, el joven Tidy buscaría esposa. Tal vez, pensó complacida, pudiera ayudarlo a encontrar una.

Aquella mañana, más tarde, el grupo de Doyle llegó de buen humor al castillo de Maynooth. Aquel estado de ánimo era el idóneo, pues enseguida quedó claro que, al menos ese día, todas las discrepancias quedarían olvidadas.

Allí estaba todo el mundo. Los Fitzgerald y los Butler, los Talbot y los Barnewall, los oficiales reales de Dublín y algunos de los jefes irlandeses principales de fuera de la Empalizada. Y aunque el nuevo colegio era un triunfo para los Fitzgerald y se hallaba en la Empalizada inglesa, seguía siendo, a su manera, una institución que proporcionaba prestigio a toda la isla.

Después de entrar, un grupo de gente se acercó a saludar a los Doyle. Hasta los Talbot de Malahide acudieron a cambiar unas amistosas palabras con ellos. Pese a todas sus riquezas, que los orgullosos Talbot tuvieran la oportunidad de saludar al concejal Doyle no era algo que ocurriese todos los días. «Es porque saben que tu apellido de soltera es Butler», le dijo a Joan con una sonrisa, pero lo que realmente esta esperaba era tener la oportunidad de ver de cerca al conde de Kildare.

Lo había visto de vez en cuando en Dublín, por supuesto, yendo o viniendo del castillo o de la mansión que los Kildare tenían en la ciudad. Pero, protegido por su séquito, siempre le había parecido una presencia distante. Incluso en su casa de la ciudad, había centinelas que montaban guardia en las puertas, armados con mosquetes germanos. La última vez que se había cruzado con él por la calle, lo rodeaba una falange de «gallowglasses», como llamaban a los temibles mercenarios escoceses con sus terribles hachas de guerra, a quienes algunos jefes de la isla contrataban como guardaespaldas y tropas de choque.

Si veinte años atrás Enrique Tudor había decidido, con todo cinismo, que era más fácil dejar en paz al viejo conde que derrotarlo, entre la nueva generación las relaciones eran más fluidas. El conde actual y el rey Enrique VIII eran amigos y en los últimos años, el monarca inglés le había permitido gobernar Irlanda casi como le viniera en gana. A Kildare se le habían asignado todos los ingresos de la Corona; además, siempre y cuando mantuviera el orden, nunca tendría que rendir cuentas.

«La verdad es que, ahora, Kildare es, en la práctica, el rey supremo de Irlanda.» Y la analogía era válida, ya que, después de generaciones de matrimonios con los príncipes irlandeses más notables, el patriarca de los Fitzgerald no solo tenía una red política enorme entre los príncipes nativos de la isla, sino que también corría por sus venas la sangre de los reyes irlandeses. En los banquetes que daba en sus plazas fuertes allende la Empalizada, los bardos irlandeses cantaban canciones sobre sus antepasados isleños; por otro lado, él impartía justicia según las antiguas leyes brehon-irlandesas con la misma facilidad que en los demás lugares recurría a las leyes inglesas. «Utiliza la ley que más le conviene», se quejaban algunos litigantes. Al rey inglés le decía: «Majestad, sin vos no soy nada». A los poderosos parientes O'Neill, que lo reconocían como jefe supremo, les comentaba: «Gracias a esta actitud nos está yendo muy bien».

Por otro lado, para mantener el orden organizaba incursiones en el territorio de cualquier jefe que le diera problemas y le robaba el ganado, como los reyes supremos habían hecho en los siglos anteriores. La única diferencia entre los viejos tiempos y aquéllos residía en que Kildare tenía la artillería de los Tudor.

Y ocurrió que el deseo de Joan se hizo realidad antes de lo que esperaba. Fue después de que los Talbot siguieran adelante cuando advirtió que otro grupo se dirigía hacia ellos. Los acompañaba el alcalde de Dublín, pero parecían extranjeros. Había un sacerdote que, por su aspecto, le pareció italiano, un caballero de la aristocracia vestido de negro que, sin lugar a dudas era español, y dos damas, cuyos corpiños y faldas, que centelleaban con piedras preciosas, eran mucho más suntuosos que nada de cuanto se había visto nunca en Dublín. Pero lo que más le sorprendió fue la apuesta figura que los acompañaba. Vestía unas medias calzas con los pies almohadillados. Su ceñido jubón, cosido con hilo de oro y tachonado con perlas, se abría a partir de los hombros en unas amplias mangas acuchilladas. Nunca había visto a nadie ataviado de aquella manera, pero supuso que era la moda aristocrática de la corte inglesa. Se acercó a ellos con unos sutiles andares felinos. Joan lo oyó dirigirse en francés a las damas, las cuales se rieron. Se preguntó quién debía de ser aquella augusta y exuberante criatura. Entonces, de repente, lo reconoció con un sobresalto. Era el conde de Kildare.

Al cabo de un momento, el alcalde comenzó a presentarlos. Kildare, cuyos ojos centelleaban agradablemente, les dirigió unas cuantas palabras corteses y el grupo siguió caminando. Joan se quedó observándolos, fascinada.

Sabía que el padre del conde lo había enviado a la corte de Inglaterra donde había permanecido muchos años. Allí había trabado amistad con el rey actual, Enrique VIII. Y Joan sabía que la corte inglesa era ahora un centro de cultura, donde los cortesanos estaban familiarizados con la literatura clásica y las artes, y además sabían danzar, tocar el laúd y componer poemas. Pero aquélla era la primera vez que atisbaba el rostro dorado del Renacimiento, y captó que se trataba de un mundo nuevo, aunque no sabía exactamente lo que era.

—¿Impresionada? —Su esposo la observaba divertido.

—Es como si ese hombre viviera en otro mundo —dijo ella sonriendo—. Con los ángeles, en el Paraíso.

—Pues sí —asintió Doyle cuando Kildare y su grupo se alejaron—. Y algunos dicen —prosiguió en voz baja— que lo hace a nuestras expensas. Siempre que le apetece, hace que las tropas se alojen en las casas de la gente. Exige tributos muy cuantiosos y se queda todo el dinero. Así ha conseguido financiar fácilmente este nuevo colegio.

Joan llevaba prácticamente toda la vida oyendo a la gente murmurar sobre la Reforma en Irlanda, pero había aprendido a no tomárselo demasiado en serio.

—Mis parientes Butler se quejaban de los Fitzgerald —comentó, riendo—, pero si se les hubiera presentado la oportunidad, estoy segura de que se habrían comportado del mismo modo. —Miró a Doyle más seria—. Cuenta con la amistad del Rey —indicó—. Ahora más que nunca, dicen.

Doyle asintió, pensativo. Ella lo vio seguir a Kildare con la mirada, mientras este continuaba saludando a los invitados.

—Te contaré una historia —dijo—. Hace un tiempo, el padre del Rey tenía dos consejeros. Lo habían servido con la máxima lealtad durante muchos años y gracias a ellos, cuando Enrique Tudor murió, había más dinero en las arcas reales que nunca antes en la historia de Inglaterra. El monarca actual conocía a esos dos hombres desde siempre, para él eran como unos tíos, pero, al servir tan bien a su padre, se habían ganado muchos enemigos. Así, cuando el anciano murió, el Parlamento inglés quiso cesarlos en sus cargos. —Hizo una pausa—. ¿Y sabes lo que ordenó el joven Enrique? Que los ejecutaran a los dos. Sin pensárselo dos veces. Le convenía. —Volvió a detenerse—. La amistad del rey Enrique VIII es peligrosa, pues él solo se ama a sí mismo.

Joan se descubrió mirando la figura dorada de Kildare. La luz grisácea de octubre que caía sobre sus hombros se veía más sombría, hasta melancólica.

Entonces Joan reconoció a la mujer del cabello rojo.

En esta ocasión, descubrió con facilidad quién era. MacGowan se hallaba todavía a su lado y enseguida se lo dijo.

—Es la esposa de William Walsh. He hecho negocios en su finca. Ella rara vez viene a Dublín.

—¿William Walsh, el abogado? —inquirió Doyle—. Dicen

que es buen hombre. ¿Por qué no vas a buscarlos? —le dijo a MacGowan.

William Walsh miró a su esposa, sorprendido.

—Quedará muy extraño si no lo haces —le dijo.

Era un hombre alto y delgado, con las piernas largas, el cabello entrecano y muy corto y una energía nerviosa en su amable cara, aunque la mandíbula fuerte evocaba unos antepasados militares. No sabía por qué su esposa se mostraba tan reacia a hablar con los Doyle, sobre todo en aquella feliz celebración. Aunque estaba acostumbrado a los cambios de humor de Margaret, creyó que debía mantenerse firme.

—Son personas a las que no quiero ofender —le dijo con suavidad mientras ella lo acompañaba con desgana.

Doyle los saludó con cortesía. A Margaret se le antojó sincero. La señora Doyle les dedicó su sonrisita característica.

—Sé quiénes sois —le dijo a William Walsh, y volviéndose hacia Margaret con la misma sonrisa en los labios, añadió—: Y de ti lo sé todo.

Aquélla era una de esas frases brillantes que podían significar cualquier cosa o nada en absoluto. Margaret no replicó, pero permaneció alerta.

Doyle fue el que llevó el peso de la conversación, pero era evidente que quería escuchar la opinión de William Walsh sobre distintas cuestiones. La impresión de Margaret fue que el concejal se enorgullecía de relacionarse con todas las personas importantes de la Empalizada, y que, habiendo oído hablar de William Walsh, el abogado, decidió conocerlo mejor. Y por lo que a Margaret le pareció, su esposo lo estaba dejando impresionado.

Durante este rato, sin embargo, ninguna de las esposas fue requerida para que interviniera en la charla, pero entonces la conversación derivó hacia las respectivas familias.

—Eres pariente de Walsh de Carrickmines, supongo —comentó Doyle. Era una señal, un educado reconocimiento del estatus del abogado entre la nobleza.

—Pariente, sí —respondió William con amabilidad.

—Acabamos de hablar con los Talbot de Malahide —prosiguió Doyle, visiblemente complacido—. Mi esposa los conoce bien —dijo exagerando un poco—, pues como ella es una Butler... ¿Los conoces, tal vez?

—Un poco —dijo William Walsh, ciñéndose a la verdad. Y luego, con una serena sonrisa, añadió—: Malahide queda muy lejos de donde vivo.

Entonces, Joan Doyle se volvió hacia Margaret, con aquella sonrisita siempre a punto.

—Ir hasta allí no te gustaría, estoy segura. —Se volvió hacia todos los demás—. Ir a Fingal, quiero decir. Está tan arriba...

Parecían unas palabras por completo inocentes. Margaret advirtió que nadie, excepto ella, entendería a qué se refería la esposa de Doyle. «De ti lo sé todo», había dicho. Y era evidente que ahora la estaba humillando con lo que sabía. Era obvio que estaba al corriente de que la familia de Margaret procedía de Fingal. Los Talbot debían de haberle explicado cómo habían despachado a Margaret cuando era joven. Después de todos esos años, aquel amargo recuerdo todavía le dolía profundamente. Y ahora, la esposa del concejal había decidido mofarse de ella aparentando una amigable charla. La perversidad de aquella mujercita morena la dejó asombrada.

Pero nadie más notó nada y, al cabo de un momento, la conversación derivó hacia el nuevo colegio y hacia Kildare.

—He de decir —comentó Walsh— que el conde se ha portado muy bien conmigo. —En realidad, el que hubiera insistido en acudir con su esposa aquel día a Maynooth era, en parte, una expresión de lealtad y gratitud—. Gracias a él —explicó— puedo cultivar unas buenas tierras de la Iglesia.

Si los ingleses de la Empalizada apoyaban con orgullo a la Iglesia, esta a su vez se portaba bien con ellos. Como abogado, William Walsh administraba los negocios de varios monasterios, entre ellos el convento de monjas, cuya gestión le había encomendado el padre de Margaret algunos años antes de morir. La Iglesia también recompensaba a la nobleza local mediante el arrendamiento de tierras propias a unas rentas muy modestas. Los miembros de la familia Walsh —una sólida aristocracia que también había dado varios clérigos distinguidos a lo largo de las generaciones— eran buenos candidatos a recibir aquel trato, pero lo que recientemente había hecho a William Walsh merecedor del alquiler de la granja de un monasterio, a un precio casi irrisorio, habían sido unas palabras amables de Kildare.

Margaret comprendió bien que al informar a Doyle de aquel hecho, su esposo estaba poniendo dos cosas en conocimiento del concejal: primera, que contaba con el favor de Kildare y que le era leal, y segunda, que estaba muy interesado en acumular riqueza. Doyle lo miró impresionado.

—¿Tienes la intención de optar a un escaño del Parlamento? —inquirió el concejal.

Aunque, en teoría, el Parlamento irlandés representaba a toda la isla, en la práctica, sus treinta o cuarenta miembros eran de Dublín y de la Empalizada cercana. Aunque el Parlamento veía limitado su poder por el rey inglés, pertenecer a él era una señal de prestigio.

—Sí, pienso en ello —dijo Walsh—. ¿Y tú? —preguntó, pues en el Parlamento había varios mercaderes ricos.

—Sí, yo también —asintió Doyle, que le dirigió una mirada que decía: «Ya hablaremos más a fondo del asunto».

Margaret observó este intercambio en silencio. Sabía con cuánto ahínco había trabajado su esposo para la familia, esa era una de las cosas que más le gustaban de él, y se alegraba de ver que estaba cosechando éxitos. No tenía nada en contra de Doyle. Ojalá su esposa hubiese sido otra mujer…

La conversación siguió adelante y los dos hombres comenzaron a hablar del monarca. Margaret no prestaba mucha atención, pero, de repente, oyó que la esposa de Doyle le decía a este:

—Deberías contarle la historia que acabas de contarme a mí.

Y el concejal procedió a explicarles que el Rey había ejecutado a dos consejeros.

—Esos Tudor son muy crueles, quizá más de lo que lo fueron los Plantagenet —le oyó decir Margaret.

Entonces, rápidamente, su mente se trasladó a aquella fatal expedición de su infancia, en la que los caballeros irlandeses, en un acto de imprudencia, habían invadido Inglaterra y Enrique

Tudor los había matado a todos. Y por primera vez en los años transcurridos desde entonces, se le presentó la cara juvenil de su hermano John, aquella cara feliz y emocionada, antes de partir hacia la muerte, y sintió que la embargaba una tristeza muy honda.

Dejó de escuchar lo que hablaban a su alrededor y, cuando prestó atención de nuevo, oyó que la esposa de Doyle decía:

—Mi esposo es muy cauto, sobre todo con los ingleses. Dice —y a Margaret le pareció que la miraba de soslayo para asegurarse de que escuchaba— que las personas que tienen problemas con los Tudor no pueden echar la culpa de ello a nadie salvo a ellas mismas.

La misma frasecita, las palabras exactas que había utilizado antes sobre las herencias. ¿Era posible que la mujer fuese tan malvada, tan perversa, que se refiriera a la muerte de su hermano con tamaña crueldad? Margaret miró a los dos hombres. Ninguno de los dos había notado nada, pero ello era imposible. Era exactamente el mismo truco que la mujercita morena había empleado antes. Joan Doyle le sonreía como si la mantequilla no fuera a fundirse en su boca.

—Tienes un cabello muy hermoso, de veras —le dijo.

—Gracias. —Margaret le devolvió la sonrisa.

«Para mí eres transparente, pero esta vez has llegado demasiado lejos», pensó. Si lo que la esposa de Doyle quería era guerra, la tendría.

Y cuando, al cabo de unos minutos, su esposo y ella se alejaron, Margaret murmuró:

—Cómo odio a esa mujer…

—¿Ah, sí? ¿Por qué? —preguntó Walsh.

—No importa. Tengo mis motivos.

—Pues a mí me ha parecido bonita —dijo con necedad su marido.

III

1525

El rostro de Sean O'Byrne no se inmutó. Eso era propio de él, pero no estaba contento. La húmeda brisa de la Marca le alborotaba el cabello. Alzó los ojos al pálido cielo azul y luego miró las caras de los que lo acusaban. Qué superiores se creían...

En cualquier caso, la acusación era cierta. Se había acostado con la muchacha, pero era improbable que ellos lo supieran. Eso era lo que le molestaba. Lo acusaban a raíz de una sospecha y debido a su reputación, lo cual le parecía injusto. En realidad, era intolerable. A su peculiar manera de ver las cosas, eso los hacía más culpables que él.

Por otro lado, no podía culpar a su esposa. Dios sabía que, a lo largo de los años, le había dado innumerables motivos de queja. Y probablemente no debía estar resentido con el fraile, ya que el fraile era un hombre bueno y santo que, al menos de momento, no había dicho ni una palabra. El sacerdote, en cambio, era harina de otro costal. En un lugar pequeño como aquél, la gente necesitaba permanecer unida.

Sean O'Byrne nunca olvidaba que llevaba sangre de príncipe. Cuatro generaciones atrás, a un antepasado suyo, hijo pequeño del jefe de los O'Byrne, se le habían otorgado unos apetecibles territorios de la vertiente oriental de los montes de Wicklow. Ahora, buena parte de esa herencia se había perdido y al trozo que quedaba le llamaban Rathconan. Sean, que era conocido como el O'Byrne de Rathconan, le tenía mucho apego a la finca.

Le gustaba la pequeña torre cuadrada de piedra, con sus cuatro pisos de altura y una habitación por piso, que antaño fuera el centro fortificado de la soberanía familiar de la zona y que ahora, a decir verdad, no era más que una modesta granja. Le agradaban los manojos de hierba que crecían por doquier en la mampostería que se desmoronaba. Le gustaba contemplar desde el tejado la gran extensión verde que descendía hasta la costa. Le agradaba el conjunto de edificios de la granja, con sus niños desaseados que jugaban, y la diminuta capilla de piedra donde el padre Donal administraba los sacramentos. Amaba sus campos, el pequeño huerto, los pastos donde pacían las reses, las cuales constituían en invierno su principal ocupación; de cualquier manera, por encima de todo, le gustaban las crestas de las montañas que se alzaban más allá, adonde llevaba los hatos en verano y donde podía vagar sin rumbo fijo, libre como un pájaro, día tras día.

Amaba a sus hijos. Las niñas habían crecido fuertes y se estaban convirtiendo en auténticas bellezas. La mayor era morena, y la pequeña, rubia. Las dos tenían los ojos azules de la madre. Ya había recibido varias ofertas de matrimonio para la morena. «Solo tendrás que dar una dote simbólica para verlas bien casadas», le había dicho hacía poco un vecino. Aquello lo complació y esperaba que fuese cierto. Su única preocupación era Seamus, su hijo mayor. El muchacho era un buen trabajador y conocía bien el rebaño, pero ya tenía dieciséis años y Sean lo notaba inquieto. Pensaba que tenía que darle alguna responsabilidad, aunque todavía no sabía cuál. El hijo pequeño, Fintan, solo contaba con cinco años. Todavía no tenía que preocuparse por él.

Sean también amaba a su esposa. La había elegido bien. Era una O'Farrell, de las Midlands de la isla, mucho más allá de Kildare, tierra de ganado. Se trataba de una mujer hermosa y honrada de cabello rubio. La había cortejado y se la había ganado a la manera tradicional; desde entonces, a la manera tradicional la había tratado. Ese era el problema.

—Es el orgullo lo que hace que te comportes de este modo —le decía ahora el padre Donal—. El terrible pecado del orgullo.

Sean no era solo un O'Byrne principesco. Su antepasado, el que había recibido Rathconan, se había fijado en la asombrosa muchachita de ojos verdes que llevaba los recados de su padre al puerto de Dalkey o a la fortaleza de Carrickmines, se había enamorado de ella y habían contraído matrimonio. Sean sabía que por sus venas fluía la sangre de los Walsh de Carrickmines y hasta la de los «medio olvidados» Ui Fergusa de Dublín. Como parte de su exigua dote, había aportado a la familia de Sean una antigua calavera de beber con el borde de plata, un recuerdo temible y extraño del pasado principesco del clan. ¿Se enorgullecía de ser descendiente de todos aquellos soberanos de la tierra? Por supuesto que sí. ¿Y eso le hacía pensar que tenía derecho sobre todas las mujeres que le salían al paso? No, en aquello el sacerdote estaba equivocado.

De joven, había sido la codicia lo que lo había llevado a perseguir a las mujeres. Simple codicia. Lo sabía muy bien. ¿Acaso no era cada mujer una prueba fehaciente de que estaba viviendo la vida al máximo? Si alguna vez había ido de una a otra, si había yacido con dos en un día, se sentía como un hombre ante el banquete de la vida, decidiendo cuántos platos podía probar. Era codicia. Y vanidad. Tenía una reputación que conservar. «Sean O'Byrne de Rathconan. Sí, es un auténtico diablo con las mujeres.» Eso era lo que todos decían de él. Estaba orgulloso de su fama y no iba a renunciar a ella, al menos mientras todavía pudiera procurarse mujeres. Y además, había otra cosa, por supuesto. Tal vez era algo que llegaba al madurar, pero a Sean le parecía que había estado con él desde el principio. El miedo a la muerte. ¿No era cada mujer una prueba de que todavía se mantenía joven y estaba vivo y de que no desperdiciaba ni un solo momento de la vida que le quedaba? Sí, era eso. Vivir a fondo antes de morir, antes de que fuera demasiado tarde.

En lo que a la moza se refería, no era mala. Era la mujer de Brennan. Brennan era arrendatario suyo desde hacía cinco años, y cultivaba una parte de la tierra de Sean O'Byrne. Su casita —en realidad era poco más que una cabaña— se encontraba al otro lado de un pequeño bosque, a menos de un kilómetro de distancia, cuesta abajo. Brennan era un hombre digno de confianza, pagaba el alquiler puntualmente y era un buen trabajador. Como muchos de esos arrendatarios, no tenía seguridad. Según la ley irlandesa, O'Byrne podía echarlo cuando quisiera, pero costaba encontrar buenos inquilinos y Sean se alegraba de tenerlo en su finca, aunque fuera un individuo obtuso y torpe. Por extraño que resultase, Sean nunca se había fijado demasiado en su mujer hasta el año anterior, y supuso que

Brennan debía de haberla tenido en la cabaña, fuera del alcance de su vista; sin embargo, un anochecer, en la época de la cosecha, la vio sola en un campo y se acercó a hablar con ella.

Era una cosita menuda y bonita, con la cara ancha y pecosa. Olía a granja, por supuesto, pero había en ella otro aroma más sutil, algo propio de la naturaleza de su piel. En otoño, aquel aroma, junto con todo lo demás de ella, se había convertido en una obsesión para Sean. Y antes de que comenzara el invierno la poseyó, pero lo hizo con cuidado. Nunca había folgado con una mujer tan cerca de su casa. Estaba seguro de que su esposa nunca los había visto, pero ignoraba si Brennan tenía conocimiento de la aventura. La moza decía que no lo sabía y que, si lo sabía, no lo daba a entender. Probablemente temía perder el arrendamiento. Y por lo que respectaba a la muchacha, parecía dispuesta. Sean pensó que debía estar harta de Brennan. También podía ser que la moza lo complaciera porque sabía que tenía poder sobre ellos, pero él prefería no pensar en eso. Su marido y ella debían de estar ahora en la cabaña, ajenos al vergonzoso interrogatorio que tenía lugar en la torre.

—No es cierto —le decía a su esposa, haciendo caso omiso del padre Donal—. No hay nada más que decir.

Se preguntó por qué su mujer habría decidido atacarlo en aquel momento. La mujer de Brennan estaba demasiado cerca de casa, pensó. Sí, debía de ser por eso. En los ojos de su esposa había una mirada fija y helada, como si estuviera reflexionando sobre algo. Pero ¿acerca de qué? ¿Había dolor escondido en la mirada fría de aquellos ojos? Sabía muy bien que sí y lo que hacía era disimularlo. No dudaba de que conseguiría persuadirla, como siempre había hecho, aunque supuso que probablemente tendría que renunciar a la mujer de Brennan. Bueno, si se trataba de renunciar a ella, lo haría.

—¿Lo niegas? —intervino el padre Donal—. ¿De veras quieres que te creamos?

En un par de ocasiones, sus ausencias habían quedado sin explicación, y una vez, Brennan había acudido en busca de la muchacha. Y una vez, solo una, su esposa lo había visto con el brazo alrededor del hombro de la chica, pero él se había inventado una excusa para explicar el gesto. Su esposa y el sacerdote no podían demostrar nada. Nada. Entonces, ¿por qué lo miraba con ojos acusadores aquel sacerdote alto y huesudo?

Sean se había portado bien con el padre Donal. En cierto modo, eran afortunados de tenerlo allí. A diferencia de muchos de los curas de las parroquias pequeñas, aquel hombre poseía cierta educación, tenía incluso algo de poeta y se había ordenado, con lo cual podía administrar los sacramentos. Pero también, como muchos párrocos de las parroquias irlandesas más pobres, se veía obligado a trabajar para ganarse la vida. De vez en cuando, salía con los pescadores de Dalkey o de algún otro puerto de la región, para embolsarse algo de dinero extra. «El mismísimo san Pedro era pescador», gruñía. Como muchos sacerdotes de la Iglesia de Irlanda, estaba casado y tenía varios hijos. «Abajo, en la Empalizada inglesa, no podríais», le había comentado Sean en más de una ocasión. «Que los clérigos se casen siempre ha sido una costumbre de la Iglesia de Irlanda», replicaba él, encogiéndose de hombros. Y en realidad, se decía que el Santo Padre estaba al corriente de la costumbre y que había decidido no crear controversia con aquel asunto. Sean no sabía si entre los dos se había celebrado la ceremonia del matrimonio y nunca lo había preguntado. Todo lo que sabía era que el padre Donal era bueno con los niños, les daba pequeños recados que hacer y contribuía a que estuvieran bien alimentados. Por ello, no parecía muy apropiado que el cura adoptara con él aquel severo tono moral ante sus pecadillos.

—¿Estás dispuesto a jurarlo?

Los ojos del padre Donal lo traspasaban desde debajo de sus cejas de hierro. Era desconcertante. Y de repente, Sean creyó comprender. ¿Le ofrecía el sacerdote una salida? Tal vez ese fuera el juego. Miró a su esposa, la cual observaba la escena en silencio. Tenía que responder ahora.

—Sí —dijo sin ruborizarse—. Lo juro por la Virgen.

—Tu esposo lo ha jurado —le dijo el sacerdote a Eva O'Byrne—. ¿Estás satisfecha?

Pero ella ya se había alejado.

En aquel momento, no pudo mirarlo. Le habría resultado demasiado doloroso.

A veces, cuando volvía la vista atrás, Eva echaba la culpa de todos los problemas de su vida al matrimonio a prueba. No era raro que, fuera de la Empalizada inglesa, las parejas vivieran juntas un tiempo antes de comprometerse en un matrimonio oficial. Su padre no lo había aprobado, pero, en aquel tiempo, Eva era muy testaruda y se había ido a vivir con Sean O'Byrne. Aquéllos habían sido los meses más felices y emocionantes de su vida. Ojalá hubiera prestado más atención a su carácter y menos a las alegrías del amor, pensaba ahora. De todos modos, si pensaba en su cuerpo atlético y magnífico y en sus expertas caricias, ¿cómo iba a sentir de otra manera? Incluso ahora, después de todos esos años, su espléndido físico apenas había cambiado. Todavía lo deseaba, pero los años de sufrimiento también habían hecho mella en Eva.

¿Cuándo había yacido por primera vez con otra mujer? En la época en que nació su primer hijo. Eva sabía que aquellas cosas no eran infrecuentes. Los hombres tienen necesidades, pero, en aquella época, le había dolido mucho. ¿Y no sería culpa suya que hubiera seguido descarriándose desde entonces? Durante un tiempo pensó que sí, pero con el paso de los años, decidió que no. Había cuidado con esmero su apariencia. Todavía era atractiva y sabía que su marido la encontraba hermosa. Su vida doméstica era por completo satisfactoria y creía que debía dar gracias a Dios por ello. Y por encima de todo, siempre había sido una buena esposa. La tierra que habían dejado en Rathconan alcanzaba para mantenerlos. El jefe de los O'Byrne podía ser pariente de ellos, pero, como casi todos los jefes irlandeses locales, exigía unos pagos muy cuantiosos por su soberanía y protección, igual que él, a su vez, había de pagar unos elevados impuestos al conde de Kildare. El sistema podía ser oficialmente inglés, pero a fines prácticos, el dominio de Kildare sobre los O'Byrne era el de un rey irlandés tradicional. Era ella, tanto como su disoluto marido, la que se encargaba de que cada año pudieran cumplirse aquellas obligaciones; era ella quien se aseguraba de que se cosecharan los campos cuando él salía, no pocas veces, con el ganado a las montañas; era ella la que vigilaba a los Brennan y a los demás sirvientes del lugar. Precisamente por eso le dolía que hubiera entablado una relación con la mujer de Brennan. «¿Cómo puedes ser tan estúpido? Tienes un buen inquilino y no se te ocurre otra cosa que hacer el idiota con su mujer», le había increpado.

Pero, por encima de todo, ¿cómo podía humillarla de aquel modo? Prácticamente en su propia casa. Casi dos décadas de matrimonio, una esposa tierna, los niños, ¿no significaba eso nada para él? ¿No tenía ningún respeto por ella? No era la mujer de Brennan lo que la fastidiaba, sino el hecho de que Sean mintiera. Eso era lo que realmente le dolía. Sean sabía que ella lo había descubierto y, sin embargo, la engañaba. ¿No se percataba siquiera del profundo desprecio que le demostraba con eso? Precisamente por esa razón, había convencido al sacerdote de que lo hiciese jurar, con la esperanza de que, por una vez, dijera la verdad. Quería llegarle a lo más hondo, conseguir que algo cambiara.

Eva había pensado que Sean dudaría antes de mentirle al sacerdote, sobre todo teniendo en cuenta que allí también había un fraile. Sabía que, fuera cual fuese la conducta de su esposo, este respetaba su religión. Lo había visto dar dinero extra a los monjes viajeros cuando creía que ella no miraba. Y a Eva le había gustado el detalle. Como casi todo el mundo, incluidos aquellos que se mostraban cínicos con los sacerdotes mundanos o con los monjes sedentarios, Eva sentía un gran respeto por los pobres frailes que predicaban y cuidaban de los enfermos llevando una vida sencilla. Y tampoco se trataba de que Sean no fuese temeroso de Dios. En una ocasión, habían ido a la iglesia catedral de Cristo a ver el Bachall Iosa y las otras reliquias sagradas y Eva lo había visto mirarlas con temor reverente. En sus ojos había incluso miedo. A Sean O'Byrne le gustaba aparentar que era un individuo audaz, pero las reliquias sagradas lo asustaban como a cualquier otro.

Y sin embargo, había mentido otra vez. Había pronunciado un juramente sagrado con la misma facilidad con que había seducido a la moza. Probablemente había sido un error haber elegido al padre Donal para aquella tarea, decidió Eva. El sacerdote lo conocía demasiado bien. Sean debía de haber pensado que podía mentir al padre Donal y que no importaría. En cuanto al fraile, era solo un espectador sin apenas capacidad para intervenir. Y así, después de aquella vergonzosa escena, no se sintió mejor que antes. Sabía muy bien que él la miraba, incluso ahora, con una sonrisa triunfal en los labios. Era demasiado doloroso. No había conseguido nada. No era de extrañar, pues, que diera media vuelta y se alejara.

El fraile, que había llegado a la casa con el padre Donal, iba de camino a visitar a un eremita que vivía arriba, en Glendalough. Su esposo se dirigía ahora al fraile y lo invitaba a quedarse. Al buen fraile había que alimentarlo, desde luego. Eva respiró hondo y se dispuso a ocuparse de sus quehaceres; sin embargo, incluso derrotada, juró en secreto que todavía no había terminado con Sean O'Byrne.

A Cecily la apresaron una mañana mientras cruzaba la puerta de las Damas. Dos hombres la agarraron por los brazos y un tercero caminó delante, con aires de estar satisfecho de sí mismo. La habían pescado tan desprevenida que, durante un momento, solo pudo emitir un gritito. Cuando comprendió lo que estaban haciendo, ya la llevaban, triunfantes, colina arriba.

—No podéis arrestarme —protestó—. No he hecho nada malo.

—Eso ya lo veremos —replicó el hombre que marchaba delante— cuando lleguemos al Tholsel.

El viejo y ruinoso edificio del ayuntamiento, con sus pesados gabletes, no era algo de lo que la corporación de Dublín pudiera enorgullecerse. Cada año, alguno de los concejales declaraba que el lugar debía ser restaurado y todo el mundo se mostraba de acuerdo, pero los fondos no alcanzaban nunca. «Ya lo haremos el año próximo», decían siempre. Sin embargo, con su vieja y desvencijada fachada, que miraba soñolienta la iglesia de Cristo, el Tholsel poseía una suerte de raída dignidad. Aquel día, debido a las confabulaciones que se daban en su interior, un grupo de funcionarios de la ciudad había decidido enviar brigadas de hombres a vaciar las calles de delincuentes y ponerles unas provechosas multas. Y esperaban a Cecily en la sala del primer piso.

Su delito —una falta leve— era llevar un pañuelo color azafrán en la cabeza.

—¿Tu nombre?

Ella lo dijo: «Cecily Baker». Un nombre absolutamente inglés, lo cual resultaba engañoso, pues, como muchas otras personas con apellidos ingleses en Dublín, la madre de Cecily era irlandesa, una O'Casey, para más señas. Sin embargo, ella era oficialmente inglesa, residente de Dublín y, por tanto, no le estaba permitido llevar el pañuelo color azafrán, que era tan popular entre las irlandesas nativas.

Pero aquel día, los guardianes de la ley no buscaban solo el atuendo irlandés prohibido desde hacía tanto tiempo. En Dublín, como en Londres y en otras ciudades, había numerosas leyes antiguas que regulaban cómo debía vestir la gente. Los artesanos no tenían que vestir como concejales, que eran las personas de más rango. A las monjas les estaba prohibido llevar prendas de piel fina. Esas regulaciones servían para mantener el orden social y las normas morales. Algunas de estas leyes se cumplían más que otras, pero existían para ser recordadas cada vez que las autoridades decidían reafirmar su poder o necesitaban recaudar dinero. En respuesta a sus preguntas, Cecily les dijo que no estaba casada, aunque sí prometida, que era costurera y que vivía fuera de la ciudad, a poca distancia de la puerta meridional.

—¿Puedo marcharme ya? —preguntó.

Si querían acusarla, ya sabían dónde encontrarla; sin embargo, para su irritación, todavía no permitieron que se fuera. Alguien debía responder por ella, insistieron, así que les dio el nombre del joven con el que iba a contraer matrimonio: Henry Tidy, el guantero. Enviaron a un hombre a buscarlo y a ella le dijeron que se sentara a esperar en el banco de madera.

Cecily Baker era una joven seria. Tenía la cara redonda, las mejillas sonrosadas, la nariz afilada y una sonrisa dulce. Era una muchacha muy bonita y tenía unas fuertes opiniones.

Cecily opinaba que la santa Iglesia era sagrada; aunque otros criticaran los defectos de algunas órdenes religiosas, lo importante era la fe y había que defenderla con firmeza. Los que en otros países querían alterar el orden santificado por los siglos —Cecily había oído hablar de Lutero y los llamados protestantes reformistas del continente— eran, en su opinión, criminales y ladrones, y si los sensatos monarcas católicos como Enrique VIII de Inglaterra querían quemarlos, ella no tenía nada que objetar. Pensaba que probablemente sería lo mejor. Iba a misa con regularidad y confesaba sus pecados al sacerdote; en cierta ocasión, el cura olvidó cuántas avemarías le había impuesto como penitencia por un pecado leve cometido el mes anterior, con lo que en la siguiente ocasión le indicó que rezara muchas menos, entonces, ella le recordó su error. También tenía las ideas muy claras sobre qué podía hacer una joven pareja como Tidy y ella, prometidos y con la intención de casarse muy pronto. Y aquellas ideas eran físicas y libres, tanto que el joven Tidy se había quedado de lo más asombrado. En opinión de Cecily, el hecho de que aquellos pecados de la carne tuvieran que ser luego confesados al sacerdote formaba parte del proceso.

Y tal vez era la confianza de saber que había cumplido con todas sus obligaciones religiosas lo que le daba a Cecily la convicción de que las autoridades laicas no tenían derecho a imponerse de aquella manera tan injusta. El que la hubieran arrestado por llevar un pañuelo viejo de su madre era absurdo. Conocía la ley, pero comprendía que los hombres del Tholsel solo querían recaudar el importe de unas cuantas multas. No estaba impresionada y mucho menos asustada, pero deseaba que Henry Tidy apareciera cuanto antes. Al cabo de un rato, allí sentada en el duro banco, empezó a sentirse sola.

Tuvo que aguardar casi una hora. Cuando apareció por fin su prometido, no iba solo y parecía preocupado.

Cecily se puso en pie para saludarlo. Aquél era el joven que amaba. Sonrió. Dio un paso hacia él, esperando recibir un beso, pero, para su sorpresa, él no se aproximó, sino que se quedó donde estaba, con la cara tensa y una mirada de reproche en sus ojos azules.

—Has dado mi nombre.

Pues claro que sí. ¿No iban a casarse? ¿No se suponía que él debía protegerla?

—Han dicho que necesitaban que alguien respondiera por mí.

—He traído a MacGowan.

—Ya lo veo.

La muchacha saludó educadamente al mercader con la cabeza. ¿Por qué la hacía sentir incómoda? ¿Se debía a su ojo escrutador o al hecho de que tenía fama de ser listo, y ella nunca sabía lo que pensaba? Sabía, sin embargo, que mucha gente confiaba en MacGowan y acudía a él en busca de consejo.

—Él tiene la libertad, es un ciudadano —explicó Tidy.

Tener la libertad era una importante cuestión de estatus en Dublín. Ser un ciudadano permitía votar en el consejo municipal, comerciar libremente sin pagar gravámenes y hacer incluso negocios con mercaderes de ultramar. A punto de establecerse como maestro artesano, Henry Tidy pronto sería candidato a la libertad y un comité de consejeros decidiría si se la concedían o no. El hecho de que hubiera traído consigo a un ciudadano en posesión de la libertad indicaba que, al menos en su mente, aquel estúpido arresto era un asunto serio. MacGowan ya se había acercado a hablar con los hombres que se encontraban cómodamente sentados ante una mesa de caballete y parecían tratarlo con más respeto que el que habían utilizado con ella. Cecily los oyó murmurar.

Mientras, Henry Tidy no se comportaba con mucha amabilidad. La miraba como si en todo aquello hubiese algo que no pudiera comprender.

—¿Cómo has podido hacerlo, Cecily? Conoces la ley. —Cecily conocía la ley, claro, pero aquella detención era absurda. ¿No lo veía?—. Ya conoces la ley, Cecily —repitió.

Su actitud empezaba a herirla y a irritarla. ¿Por qué tenía que ser tan tímido?

Los hombres de la mesa habían terminado su conversación. Cecily vio que MacGowan asentía. Al cabo de un momento, se acercó y le dijo que podía marcharse, pero cuando Tidy lo miró inquisitivamente, su amigo sacudió la cabeza. Tan pronto como estuvieron en la calle, anunció:

—No retirarán la acusación.

—¿Y qué debemos hacer?

—Mi consejo es que vayas a ver a Doyle.

—Doyle —dijo Tidy, pensativo.

Ella sabía que hacía años que conocía un poco al concejal, porque él se lo había contado con cierto orgullo. Cecily también sabía que su novio le profesaba un temor reverente. Dubitativo, Henry se volvió hacia ella y le dijo:

—Supongo que sería mejor que tú también vinieras.

Cecily lo miró. ¿Eso era todo lo que tenía que decir? ¿Seguía sin dedicarle una sola palabra de compasión? ¿De veras pensaba que todo había sido culpa suya?

Tenía los hombros algo encorvados hacia delante. Hasta entonces no se había fijado mucho en ello, excepto para pensar que le daba un aire de determinación, una señal de fortaleza. Ahora se preguntó de repente si no parecía un jorobado. Su barbita puntiaguda y rubia sobresalía hacia delante. A Cecily le produjo irritación, aunque no supo por qué.

—No es necesario —dijo de pronto—. Me voy a casa.

Se volvió sobre sus talones y se alejó.

Por su parte, Henry Tidy ni siquiera trató de detenerla.

La casa del concejal estaba cerca. Doyle había salido, pero su esposa se encontraba en casa, por lo que MacGowan dejó a Tidy con ella y se fue a buscar al concejal.

Sentado en la gran mansión del concejal, en compañía de su atractiva esposa española, Henry Tidy al principio se sintió algo incómodo. Conocía a la dama Doyle, como respetuosamente se refería a ella, desde que era un aprendiz y siempre la había admirado en secreto, pero nunca había estado con ella en su casa, como en ese momento. Se hallaba en su salita, delante del torno de hilar con una de sus hijas; no hablaron mucho, pero, de vez en cuando, ella le formuló preguntas a las que él respondió con timidez. Al cabo de un rato, envió a su hija a un recado y se quedaron solos. Entonces le dedicó a una amable sonrisa.

—Estás preocupado, ¿verdad?

Tidy no tardó mucho en confiar en ella. El problema no era solo el arresto, explicó. Sabía que a Cecily la habían tratado con rudeza y quería defenderla, pero las cosas no eran tan sencillas como eso. En Dublín las noticias corrían deprisa. Sabía que mucha gente diría que el joven Tidy se había prometido con una estúpida, una perturbadora del orden. ¿No creía la dama Doyle que Cecily tendría que haber pensado en eso? Él no quería enfadarse, pero ¿no debería haber mostrado más consideración? También le preocupaba que no hubiera demostrado más inteligencia. Mientras expresaba sus quejas, Joan Doyle lo observó con atención.

—Estáis prometidos, ¿verdad? —preguntó ella; al ver que Tidy asentía, prosiguió—. ¿Y ahora tienes dudas? Es bastante habitual, ¿sabes?

—No se trata de ella —confesó—. Resulta que —continuó, incómodo— pronto decidirán si me conceden la libertad.

Y la dama Doyle lo comprendió al momento.

—Oh, querido —dijo—. Eso sí que es un problema.

En Dublín, como en muchas ciudades, había varias maneras de obtener la libertad. Una de ellas consistía en afiliarse a uno de los gremios. La otra, y que se utilizaba con la misma frecuencia, era la concesión directa por parte de los notables de la ciudad. Sin embargo, lo que hacía que Dublín fuese inusual era el papel que otorgaba a las mujeres. Quizá fuese un reflejo del elevado estatus del que tradicionalmente habían gozado las isleñas, pero en Dublín tenían más oportunidades que en cualquier ciudad inglesa. Una viuda no solo asumía la ciudadanía y el derecho a voto de su esposo cuando este fallecía, sino que las mujeres, en Dublín, solteras o casadas, también podían obtenerlos por derecho propio. Doyle le había prometido a su esposa que conseguiría la libertad para cada una de sus hijas. Además de la dote que podía permitirse aportar, la condición de ciudadanas libres las haría unas esposas muy apetecibles.

Pero si la viuda de un hombre debía heredar su libertad, a Tidy le parecía que, cuando él la solicitase, los notables de la ciudad tendrían en cuenta la mujer con la que iba a casarse. Y a juzgar por lo ocurrido aquel día, no estaba muy seguro de lo que pensarían de Cecily. De hecho, comprendería muy bien que la juzgasen no apta. ¿Qué impulso la había llevado a comportarse de aquella manera?

—Me pregunto si debo casarme con ella —confesó con tristeza— después de lo que me ha hecho hoy.

—Estoy segura de que no pretendía herirte —lo tranquilizó la esposa del concejal, que lo observaba con atención—. ¿La amas?

—Oh, sí. Sí, claro.

Era cierto, la amaba.

—Bien —continúo ella con una sonrisa—. Oh —exclamó—, aquí está mi esposo.

El concejal entró con energía, besó a su esposa y saludó a Tidy con la cabeza.

—Este estúpido asunto no debe preocuparte —le dijo con firmeza al guantero—. MacGowan me ha contado lo que han hecho. Puedo conseguir que retiren la acusación, aunque recibirá una amonestación, por supuesto. De eso no se librará. —Miró a Tidy con cierta severidad—. Si tienes influencia sobre esta joven, debes persuadirla de que en el futuro sea más cuidadosa.

El cabello moreno del concejal se había tornado gris en las sienes, lo cual reforzaba su autoridad.

Por lo que a Doyle concernía, la entrevista ya se había terminado y sonrió a Tidy amablemente para indicarle que podía marcharse.

—Van a casarse —intervino su esposa con suavidad—. Y él va a solicitar la libertad y teme que...

Doyle hizo una pausa y frunció los labios. Se volvió hacia Tidy y le formuló varias preguntas sobre su posición en el gremio de guanteros, sobre la muchacha y acerca de la familia de esta. Entonces sacudió la cabeza. Hacía tiempo que sabía que, si había que dar una mala noticia, cuanto antes mejor.

—Creo que rechazarán tu solicitud —le dijo con franqueza—. Dirán que tu esposa es irlandesa.

Si las viejas prohibiciones contra la indumentaria irlandesa todavía estaban en vigor en la Empalizada, se suponía que la franquicia de Dublín estaba reservada a los ingleses, y los notables de la ciudad eran muy estrictos a la hora de excluir a los irlandeses, pero más sutil era la cuestión de quién era inglés y quién irlandés. MacGowan, por ejemplo, era irlandés de nombre y de ascendencia, pero los MacGowan habían sido importantes artesanos en la ciudad desde los tiempos de Brian Boru. Dublineses respetables desde hacía siglos, contaban como ingleses, y MacGowan poseía la libertad. Entre los consejeros de la ciudad, era impensable encontrar apellidos irlandeses, aunque un rico mercader de la isla llamado Malone había logrado tal riqueza y relieve que había llegado incluso a concejal y no se había tenido en cuenta su condición de irlandés. Y a la inversa, durante generaciones, los Harold habían defendido duramente la soberanía inglesa contra los irlandeses en las marcas, pero, en opinión de los concejales de Dublín, algunos de los Harold se habían vuelto un tanto asilvestrados y celtas en sus maneras, y a uno de ellos acababan de negarle la libertad. Tal vez quien expresó mejor la realidad fue Doyle cuando, un día, en un pleno, con toda mordacidad, proclamó: «Las personas son inglesas si yo digo que lo son».

Cecily Baker podía haber nacido de madre irlandesa, pero de no haber sido por el incidente de aquel día, nadie le habría cuestionado su condición de inglesa. Doyle podía hacer que retiraran el cargo, pero la mujer había llamado la atención. La gente hablaría y cuando Tidy presentara su solicitud al comité, algún chismoso sacaría el asunto a colación y el incidente no gustaría. Tidy no era más que un individuo modesto de uno de los gremios menores de artesanos y no lo apoyaban personas poderosas. Su prometida andaba por ahí molestando, vestida de irlandesa. Nunca le concederían la libertad. Doyle no conocía a Cecily, pero le pareció que no podía ser muy sensata. Para sus adentros se preguntó si el joven Tidy no sería igual. Eso era lo que decía la triste mirada que le dedicó a su esposa

—Él la ama —dijo Joan Doyle con dulzura—. ¿No podríamos hacer algo?

¿Hacer algo? ¿Qué? ¿Decirle al concejal del gris y viejo Dublín que Henry Tidy amaba a Cecily Baker y que había que concederle la libertad? Miró a su esposa con afecto. Eso sería probablemente lo que ella haría, pensó, y lo lograría; no obstante, no era tan fácil. Si realmente se empeñaba en ello, podría conseguirle la libertad a Tidy. Pero hasta un hombre tan poderoso como él tenía solo la influencia que podía corresponderle y aún no había obtenido la libertad para sus hijas. ¿Debía realmente arriesgar su valioso buen nombre por esa muchacha? Además, probablemente, a Tidy le iría mejor sin ella.

—Podrían ser tan felices como nosotros —dijo con dulzura la esposa, como si le leyera los pensamientos.

¿Encontraría Tidy de veras el cariño, la ternura, la generosidad de espíritu que él conocía? Hijos, relaciones, amigos y ahora incluso aquel sombrío joven y la estúpida de su muchacha... Su esposa los atraía a todos al círculo de bondad en que había convertido su casa. Doyle sacudió la cabeza y rio.

—Tú también te involucrarás en esto, ¿sabes? —Le dio un pequeño pellizco en el hombro—. Hemos de hacer comprender a Cecily Baker que no debe repetir esa conducta nunca más. Tiene que ser una ciudadana modelo. Y si transgrede de nuevo la ley —miró a su esposa con severidad—, dañará mi reputación y mi capacidad de ayudar a mi familia. Así que asegúrate de que va a reformarse. —Se volvió hacia Tidy—. No puedo prometerte nada, pero hablaré en tu nombre. —Lo miró con expresión inflexible—. Si te casas con esta muchacha, procura que no altere el orden o dejaré de ser tu amigo.

Tidy le prometió que lo haría y, al día siguiente, la dama Doyle acudió en persona a hablar con Cecily.

Para la familia Walsh, la primavera transcurrió sin incidentes dignos de mención. Durante el verano Margaret notó que su esposo estaba preocupado.

Una de las razones era obvia. En primavera, el tiempo había sido bueno, pero el verano estaba siendo un desastre. Días nublados, vientos fríos, lloviznas. No recordaba verano peor; era evidente que la cosecha se estropearía. Todo el mundo estaba triste. Para la heredad de Walsh, sería un año de escasez.

De todos modos, fue en julio cuando intuyó que en la mente de su esposo había algo más. Siempre que estaba preocupado, ella lo notaba, porque tenía la curiosa costumbre de entrelazar los dedos y mirárselos, pero también sabía que era mejor esperar a que él le contara lo que sucedía. Una semana antes del festival de Lughnasa, le habló.

—Pronto tendré que bajar al Munster —anunció.

Unos meses antes, le habían pedido que se ocupara de los asuntos legales del monasterio del Munster, lo cual había constituido una agradable sorpresa. Sus emolumentos servirían para compensar la mala cosecha. Durante las últimas semanas, Walsh había estado trabajando en Dublín en cuestiones relacionadas con el monasterio.

—¿Crees que no podré apañármelas sola, mientras no estés? —le preguntó ella, bromeando.

—No es eso. —Walsh sonrió con tristeza—. Sé que te alegrarás de tenerme lejos de casa por un tiempo…, pero no quiero que digas adónde voy.

—¿No he de decir que has bajado al Munster?

—Podría ser malinterpretado.

—Y eso, ¿por qué? —inquirió ella.

William Walsh era un atento observador del panorama político. Todavía esperaba conseguir un escaño en el Parlamento, pero los últimos siete años no habían sido un periodo fácil para dedicarse a la política.

En el plano superficial, la situación en Irlanda era igual que siempre. El Rey estaba muy lejos; los Butler y los Fitzgerald seguían compitiendo por el poder; por su parte, los Fitzgerald, como siempre, eran los más fuertes. De todos modos, había una diferencia sutil.

Walsh recordaba la historia que Doyle le había contado acerca del rey Enrique cuando se habían encontrado en Maynooth y la advertencia que contenía aquella conversación. Y al cabo de un año, después de que el carácter de Enrique quedara en evidencia, Kildare y su amigo real se habían enemistado. La causa había sido un complejo asunto legal concerniente a la herencia de Butler: Enrique había expresado una opinión y Kildare, en Irlanda, lo había contradicho por completo. Poco después, Enrique había convocado a Kildare en Inglaterra, y había enviado a Irlanda a un gran noble inglés para gobernar en su lugar. Walsh había cultivado calladamente al concejal desde su amistosa conversación en Maynooth y fue durante una de sus charlas en Dublín cuando el concejal se había extendido en la cuestión que él había discutido antes.

—Tienes que comprender —comentó— que, bajo todo el esplendor real, Enrique es como un niño mimado. Nadie le ha dicho nunca que no. Si quiere algo, piensa que ha de obtenerlo. Gracias a la enorme fortuna que le dejaron los leales consejeros de su padre, ha podido construir palacios nuevos y organizar estúpidas expediciones al continente. Todo en busca de gloria. Su riqueza pronto se acabará. Su padre tuvo que amoldarse a las circunstancias, perdonó a Kildare por el asunto de Simnel y le permitió gobernar Irlanda porque nadie más podía hacerlo. El padre era un pragmático, el hijo es un vano. Y si Kildare lo contradice o lo deja como un estúpido, no lo soportará. Su amistad, como ya te he dicho, no vale nada.

Y aunque Walsh sospechaba que el concejal probablemente tenía razón, también creía que los Fitzgerald seguirían queriendo hacer las cosas a su manera, algo que los acontecimientos parecían confirmar. Después de poco más de un año, el gran noble inglés había rogado que lo llamaran de vuelta. «Para traer el orden inglés a esta isla se necesitaría un inmenso ejército y una campaña de diez años. Os iría mejor si se lo dejarais a Kildare», le dijo al Rey. Enrique no cedió tan fácilmente y puso a Butler en el cargo; sin embargo, como era habitual, los Fitzgerald enseguida se dedicaron a impedir que los Butler gobernaran y hubo numerosos incidentes. Uno de los Talbot, que era buen amigo de los Butler, murió a manos del hermano de Kildare. Tal acto no tuvo consecuencias: el año anterior, Kildare había sido enviado de nuevo a Irlanda a gobernar, con la condición de que cooperara con los Butler en la Administración. Y todo, desde luego, se hizo de la mejor manera para salvar el honor. Enrique lo estrechó contra su pecho y los dos hombres se juraron amistad y lealtad eternas. Enrique incluso dio a su amigo una de sus primas para que tuviera una esposa inglesa; aun así, sus ojos no sonreían. Los Fitzgerald, por su parte, no quedaron decepcionados. «Le gustaría destruirnos, pero no puede», concluyeron. No estaban alarmados. Llevaban generaciones sobreviviendo a los reyes ingleses.

A William Walsh le parecía que su lealtad a la casa de Kildare ahora lo beneficiaría. En realidad, había surgido hacía poco la posibilidad de que quedara vacante un escaño parlamentario y esperaba que, con el apoyo de Fitzgerald y la recomendación de un número importante de hombres de Dublín, Doyle incluido, pronto podría sentarse en el Parlamento; no obstante, de todos modos, tenía que andarse con cuidado, con mucho cuidado. Y ahora más que nunca, porque los últimos rumores que había oído en Dublín lo habían asustado y con toda la razón. Tenían que ver con el Munster.

Cuando en el consejo real de Inglaterra habían comenzado a filtrarse los informes de los espías en los que se decía que los Fitzgerald estaban mandando emisarios a los enemigos del rey Enrique, este no dio crédito a aquellas informaciones. «¿Qué demonios se llevan entre manos esos condenados Fitzgerald? Tengo para mí que es una traición», comentó funestamente.

En realidad, era el otro gran lord Fitzgerald, el conde de Desmond, pariente de Kildare, quien había enviado emisarios al rey de Francia desde el Munster, algo que, en realidad, no era tan extraño como podía parecer. Gracias a los antiguos vínculos comerciales con Francia y España, la provincia del Munster siempre había cuidado de sus propios intereses de ultramar. De hecho, los condes de Desmond habían enviado representantes a Francia y a la corte de Borgoña desde los tiempos de los Plantagenet. En este caso, sin embargo, el rey Enrique tenía razón al sospechar. Lo que Desmond había acordado realmente con el rey francés, en un tratado secreto, era que si la soberanía de los Tudor en Irlanda se volvía muy insoportable, Desmond trasladaría su lealtad a Francia y pediría la protección del Rey. Para Desmond, acostumbrado a generaciones de vieja independencia irlandesa en su territorio del Munster, aquello podía parecer un descaro, pero era lo de siempre. El rey inglés estaba muy lejos. Para Enrique, Desmond era un súbdito, y el envío de embajadores, una traición.

Cuando Enrique inquirió a Kildare acerca de esas informaciones, el gran señor irlandés se lo tomó a risa:

—Desmond es un tipo extraño —le dijo— y no puedo responder de todo lo que trame en el Munster.

—Pues será mejor que lo hagas —contestó el Rey—, pues serás responsable de ello.

Eso había ocurrido hacía unos meses, y en Dublín, por lo menos, el asunto parecía en suspenso. Pero hacía poco que Walsh había oído otro rumor mucho más alarmante.

Todavía quedaban vivos algunos miembros —miembros genuinos— de la dinastía de los Plantagenet y gozaban de buena salud. Casi todos preferían mantenerse al margen de los problemas y lejos de Inglaterra, pero era todavía posible que uno de ellos fuese utilizado por una potencia extranjera para amenazar al rey Enrique, y Walsh lo sabía. Así, cuando oyó el rumor de que el rey de Francia planeaba ahora hacer exactamente lo mismo con uno de los Plantagenet, pudo estar seguro de dos cosas: que el rey Tudor sospecharía de cualquiera que fuese a ver a Desmond y que se encargaría de enviar espías a Dublín y a los otros puertos para que vigilasen.

—El problema está —le explicaba ahora a Margaret— en que alguien como yo, un abogado que ha contado con el favor de los Fitzgerald, tiene que bajar al Munster, y no solo eso, sino que, además, parte de mi trabajo allí consiste en entrevistarme con el conde de Desmond.

—¿Y debes ir?

—Sí, debo ir. Llevo posponiéndolo mucho tiempo, pero el asunto ya no puede esperar.

—¿Y qué puedo hacer yo para ayudarte?

—Iré directo al monasterio. Con un poco de suerte, tal vez hasta pueda ver a Desmond allí mismo. Pero no puedo decir que voy al Munster y no quiero que tú lo digas tampoco. Si alguien pregunta, que no lo hará, di que he subido a Fingal. Bajo ningún concepto expliques que he ido a ver a Desmond.

—No se lo diré a nadie —prometió Margaret.

La segunda semana de agosto tendría que haber sido tiempo de cosecha, pero no la hubo. Los tallos de los campos estaban marrones y empapados. El verano se había venido abajo. Hacía poco, sin embargo, un calor extraño y húmedo se había acumulado en la atmósfera y hasta en el suelo. En la bahía de Dublín, bajo el cielo gris, el mar estaba alborotado y de color mate, como la leche en un cazo antes de que se hinche y se derrame. Hasta el mozo le había comentado a Joan Doyle aquella mañana: «No parece en absoluto la fecha que es».

Joan y su esposo habían bajado a Dalkey hacía tres días. En el último siglo y medio, el aspecto general del pueblo no había cambiado mucho, pero a la casa fortificada de los Doyle se había añadido media docena de ciudadelas similares que pertenecían a importantes comerciantes y nobles que deseaban sacar provecho de su puerto de aguas profundas, entre los que se contaban los Walsh de Carrickmines. Doyle iba a Dalkey de vez en cuando a pasar revista del almacén o a supervisar la descarga de una mercancía, y Joan solía acompañarlo. A Joan le gustaba la íntima tranquilidad de aquella pequeña aldea de pescadores al pie de la colina. Llevaban allí dos días cuando Doyle fue llamado a Dublín por asuntos de negocios y ella decidió regresar al día siguiente, sin prisas, con el criado.

Fue un error. Tenía que haberse marchado por la mañana. La atmósfera opresiva y el cielo que se oscurecía por el sur tenían que haberla advertido, pero se había demorado en la casa, terminando pequeñas tareas que, en realidad, podía haber dejado para otra ocasión. Cuando por fin se pusieron en camino a primera hora de la tarde, resultaba obvio que la tormenta se acercaba. «Podemos llegar a Dublín antes de que nos alcance», dijo Joan. Mientras pasaban por Carrickmines y oían el ruido distante del trueno sobre los montes de Wicklow, comentó con pesar que tal vez se mojarían un poco; al cabo de un rato, cuando el cielo se tornó negro y empezaron a soplar las primeras ráfagas de viento entre los árboles, dijo riendo: «Nos vamos a ahogar». Pero cuando al fin la tormenta descendió desde las montañas y se cernió sobre ellos, fue mucho peor de lo que podía haber imaginado.

Se oyó un golpe atronador y vieron el destello de los relámpagos. Su caballo se encabritó y casi la tiró al suelo. Los cielos se abrieron y al cabo de un momento llovía con tanta intensidad que apenas veían el camino que tenían delante. Avanzaron con dificultad, en busca de un lugar donde refugiarse. Al principio no vieron nada, pero luego, a su izquierda, a poca distancia, distinguieron una forma gris y achaparrada y corrieron hacia ella.

De momento, el día había transcurrido apaciblemente. Walsh ya se había marchado y Margaret solo tenía en casa a una de sus hijas y al hijo pequeño, Richard. El chico estaba haciendo una silla nueva en el establo, pues era muy hábil con las manos. La hija se encontraba en la cocina, ocupada con los sirvientes. Margaret contemplaba la tormenta a través de los verdosos cristales —se sentía orgullosa de los cristales que habían puesto hacía poco en el gran salón de la casa— cuando un criado la llamó para que saliera a la puerta. Al encontrarse con dos figuras empapadas que buscaban refugio, las hizo pasar de inmediato.

—¡Dios bendito! —exclamó—. Será mejor que os demos ropa seca.

Así, se quedó asombrada cuando una de ellas se quitó el pañuelo que llevaba en la cabeza y, en tono alegre, exclamó:

—Vaya, si se trata de la mujer de cabellos hermosos.

Era la maldita esposa de Doyle. Durante unos instantes se preguntó si, por algún oscuro motivo, la mujer del concejal se había presentado deliberadamente a molestarla, pero el ruido descomunal de un trueno le hizo comprender lo absurda que era aquella idea.

Habían pasado siete años desde que se conocieran en Maynooth. De vez en cuando, su esposo le decía que había visto a la mujer en Dublín y ella misma también la había encontrado en sus raras visitas a la ciudad, aunque siempre se había vuelto de lado para evitarla. Y ahora aquella criatura estaba en su propia casa. Sus ojos de color castaño claro se encendían de placer y su cara bonita, en opinión de Margaret, no revelaba los treinta y siete años que tenía.

—La pelirroja —dijo de nuevo, aunque en el cabello se veían ya algunas hebras de color gris.

—Será mejor que os acerquéis al fuego —dijo Margaret.

Con un poco de suerte, pensó, la tormenta pasaría rápido y aquella visitante no deseada se marcharía.

Pero la tormenta no pasó, sino todo lo contrario. Parecía que después de haber cruzado los montes de Wicklow, se había detenido junto a la gran curva de la bahía de Dublín y tenía la intención de descargar todo su ruido, sus vivos destellos y su gran aguacero sobre Dalkey, Carrickmines y los aledaños.

Mientras el criado era acompañado a la cocina, Margaret envió a su hija a buscar ropa seca para la esposa del concejal, mientras que Joan Doyle, animada, se quitaba la mojada junto al fuego y aceptaba, agradecida, el vaso de vino que le ofrecían. Luego, tras ponerse una bata de Margaret y comentando que tal vez tendría que quedarse en la casa un rato, se sentó en un gran banco de roble, metiendo los pies debajo del cuerpo, y se acomodó para lo que dijo que sería una buena charla.

Quizá fue su jovialidad lo que a Margaret se le antojó irritante. La cosecha se había perdido y William Walsh estaba lejos, arriesgando su reputación. Y, sin embargo, mientras los truenos retumbaban en el exterior, la pequeña dublinesa charlaba sin parar como si en el mundo no ocurriera nada malo. Habló de acontecimientos de la ciudad y de su vida allí. De repente, sin ningún motivo que Margaret alcanzara a entender, comentó: «Pero tú eres muy afortunada de vivir aquí». Luego enumeró todos los encantos de Dalkey y describió una visita que había realizado a Fingal. Cuando, de pronto, y sin que viniera al caso —o eso creyó Margaret—, Joan expresó el dolor que había sentido por el asesinato de Talbot a principios del año anterior, la dueña de la casa perdió la paciencia y, sin poder contenerse, le espetó con amargura:

—Un Talbot menos que andará por ahí haciendo daño.

En realidad, aquel comentario era imperdonable. Habría resultado cruel, aun en el caso de que ignorase que la familia de Joan Butler estaba muy unida a los Talbot. Y, sin embargo, por más que la esposa de Doyle en otros tiempos la hubiera ridiculizado, era de muy mala educación insultarla de aquel modo habiéndola invitado a su propia casa. Las palabras apenas habían salido de su boca y ya se había arrepentido de ellas. El insulto había dado en el blanco, pues vio que Joan contenía una exclamación y se ruborizaba. Y no sabía adónde habría ido a parar la conversación si su hijo Richard, de quince años, no hubiera entrado en la casa procedente del establo.

—¿Éste es tu hijo?

La dublinesa se volvió y sonrió; Margaret suspiró aliviada.

Su hijo pequeño era un muchacho muy apuesto, eso era innegable. Se trataba de un chico delgado, con el cabello rojo, no tan oscuro como el de ella, con unas cuantas pecas y un carácter tranquilo. Aunque tenía repentinos cambios de humor, como casi todos los chicos de su edad, con desconocidos como la esposa del concejal siempre se mostraba encantador. Margaret vio que cautivaba a la dublinesa de inmediato. Gracias a Dios, pensó con tristeza, que su padre tenía buenos modales. El chico se dedicó a responder a todas las preguntas que le hacía la invitada sobre sí mismo y la sencilla vida de campo que llevaba con un entusiasmo tan ingenuo que Joan Doyle quedó encantada. En ese momento, si no había olvidado el insulto de Margaret, fingió que así había sido, de modo que la anfitriona, contenta, los dejó hablar y solo interrumpió una vez. La mujer le había estado preguntando a Richard por sus hermanos y hermanas cuando, de repente, inquirió:

—Y tu padre, ¿dónde está?

—Ha subido a Fingal —respondió Margaret incisivamente antes de que lo hiciera su hijo.

Éste la miró con un asomo de fastidio, como si le dijera: «¿Crees que soy tan estúpido como para darle la respuesta indebida?».

—Mi esposo tiene en mucha estima a tu padre —se limitó a decir Joan Doyle, que se había dado cuenta de la mirada que habían intercambiado madre e hijo.

A última hora de la tarde, la tormenta no había amainado. Los truenos se habían desplazado ahora hacia la bahía, pero la lluvia seguía cayendo con el mismo repiqueteo monótono.

—Esta noche no podréis marcharos —se oyó decir Margaret.

Cuando fue a la cocina a supervisar la preparación de la cena, Joan Doyle la acompañó, pero esperó y no se entremetió hasta que vio que había que pelar unos guisantes y se ocupó de ello. Fueran cuales fuesen sus sentimientos hacia la mujer, Margaret no podía quejarse de ella.

Empezaron a cenar avanzada la tarde. En circunstancias normales, fuera aún habría habido luz, pero las nubes de tormenta eran tan negras que Margaret tuvo que encender velas en la gran mesa de roble. Además de pescado estofado, ternera y dulces —al fin y al cabo la invitada era la esposa de un concejal de Dublín—, Margaret sirvió una jarra de su mejor vino. Pensó que ella también necesitaba beber para aguantar aquella velada. Sin embargo, durante la cena, en la que a la manera irlandesa tradicional, todos los ocupantes de la casa comieron juntos, la dublinesa pareció estar tan a gusto con todo el mundo, riendo y bromeando con los niños y el novio y el criado, los trabajadores del campo y las sirvientas de la casa, que Margaret tuvo que reconocer a regañadientes que, a fin de cuentas, Joan Doyle era una mujer y una madre no tan distinta de ella. Y tal vez se debió al vino que bebió —porque, normalmente, el vino le suavizaba el carácter—, pero de repente se descubrió riendo con los chistes de Joan y contando ella también algunos propios. Todos permanecieron sentados hasta muy tarde y cuando hubieron terminado y la mesa estuvo recogida, las dos mujeres aún se quedaron charlando y bebiendo un rato más. Al llegar la hora de retirarse a dormir, Joan Doyle comentó que podía acostarse perfectamente en el ancho banco de la sala.

—Solo necesitaré una manta —apuntó.

Margaret dudó unos instantes. Al criado lo habían acomodado en la cocina, y era habitual que en un hogar tradicional como aquél los invitados durmieran en el gran salón. Pero arriba, en el dormitorio de la antigua casa, Margaret y su esposo tenían una cama con dosel, grande y hermosa. Era el mueble más valioso de la familia y Margaret se sentía orgullosa de él.

—En absoluto —le dijo—. Subirás al piso de arriba y dormirás en mi cama.

Se trataba de una estancia muy bien decorada. El año anterior, William había recibido un hermoso tapiz, como pago por cierto trabajo, que habían utilizado para adornar una de las paredes. Mientras Margaret dejaba la vela en la mesa, el gran lecho de roble brilló suavemente y Joan Doyle comentó que era una buena cama. Margaret se soltó el cabello y se lo cepilló como hacía siempre. Mientras, la dublinesa se sentó en la cama y la miró:

—Tienes un cabello muy hermoso —dijo.

Cuando Margaret se tumbó en un lado de la cama, Joan Doyle se desnudó y Margaret advirtió con admiración que conservaba una hermosa figura, solo algo más llena de lo que debía haberla tenido de joven. Joan se acostó al lado de Margaret y apoyó la cabeza en la almohada. A Margaret le resultaba extraño estar tan cerca de aquella hermosa mujer.

—Tus almohadas son excelentes —dijo Joan, antes de cerrar los ojos.

La lluvia repiqueteaba suavemente en la ventana y Margaret también cerró los ojos.

El fuerte retumbo de un trueno en mitad de la noche fue tan intenso y repentino que, como movidas por un resorte, ambas se incorporaron a la vez. Entonces Joan Doyle se echó a reír.

—Yo no dormía, ¿y tú?

—Creo que no.

—Ha sido el vino. He bebido demasiado. ¿Oyes la tormenta? —Ahora la lluvia caía a cántaros y fuera se encendían destellos cegadores, seguidos de un fragor que parecía sacudir la estancia—. Creo que no podré dormir —dijo Joan Doyle con un suspiro.

Empezaron a hablar de nuevo. Tal vez se debió a aquella extraña intimidad en la penumbra, pero, mientras seguía diluviando y los truenos retumbaban en el cielo, la conversación derivó hacia cuestiones personales. Joan habló de sus hijos y de las esperanzas que se había hecho para ellos. También explicó que había intentado ayudar al joven Tidy y a Cecily.

—No sabes el rapapolvo que tuve que darle a esa chica —dijo.

Su amabilidad y sus buenas intenciones eran tan evidentes que Margaret se preguntó si no la habría juzgado mal en el pasado. La tranquila conversación se prolongó una hora más, y la dublinesa le hizo confidencias. Al parecer, estaba preocupada por su esposo. Detestaba los ambientes políticos de la ciudad.

—No me importa demasiado que los Fitzgerald quieran gobernar nuestras vidas —dijo—, pero ¿por qué tienen que ser tan brutales?

El Talbot a quien habían matado el año anterior era un buen hombre al que ella tenía en gran estima, explicó. Margaret no estuvo segura de si aquello era un suave reproche a su comentario anterior, pero Joan prosiguió.

—Mantente al margen de todo, le digo siempre a mi marido. No puedes imaginar la de rumores ridículos y llenos de odio que corren por Dublín. Y los divulgan unos chismosos, que no saben el daño que hacen, o los espías del rey inglés. ¿Sabes que los consejeros reales sospechan de todo aquel que visite el Munster por cualquier motivo? Y eso porque ahora lord Desmond es sospechoso de algún asunto turbio que trató con los franceses. ¿Puedes creerlo? Sin ir más lejos, el otro día mi marido tuvo que responder por un inocente. —Joan hizo una pausa y dio unas palmaditas a Margaret en el brazo—. Te aconsejo que aquí no os involucréis en cosas de este tipo.

Y entonces, debido tal vez a que había decidido que podía confiar en aquella mujer y quizá porque pensó que, si era necesario, el concejal brindaría a su esposo una protección similar, y también porque aquel último comentario podía sugerir que ella no era una mujer avezada en los asuntos del mundo, Margaret le confió:

—Oh, pero si ya estamos involucrados. —Y le contó que William Walsh había ido al Munster de visita—. Tienes que prometerme que no se lo dirás a nadie —le suplicó—, pues si William se enterase de que lo he comentado contigo, se pondría furioso.

—Es muy prudente —la tranquilizó Joan—. No se lo diré a nadie, ni siquiera a mi esposo. En qué mundo tan estúpido vivimos —suspiró— que nos vemos obligadas a guardar estos secretos… —Calló unos instantes—. Creo que ahora ya podré dormir —murmuró.

Cuando se despertaron ya había salido el sol. La tormenta había pasado y el día era claro. Joan Doyle agradeció calurosamente a Margaret su hospitalidad y la besó, sonriendo complacida.

Cuando ya cabalgaba por el patio en dirección a la puerta, se volvió hacia su anfitriona por última vez.

—Lamento de veras que no aprecies a los Talbot —le dijo con una sonrisa.

Pasaron otros diez días antes de que William Walsh regresara del Munster. Margaret se alegró de ver que parecía satisfecho de sí mismo. La gestión había ido bien y se había entrevistado sin problemas con el conde de Desmond en el monasterio.

—A menos que me hayan seguido —comentó—, creo que nadie se ha enterado de nuestro encuentro.

Margaret le habló de Joan Doyle, omitiendo por completo que le había hablado de su viaje al Munster y él pareció divertido.

—La esposa de Doyle es una buena mujer —dijo—. Ahora Doyle es más poderoso que nunca. Me alegro de que os hayáis hecho amigas.

William se quedó en casa varios días, antes de ir una mañana a Dublín.

Aquella noche volvió tarde. No bien hubo entrado en la casa, Margaret advirtió que algo iba mal. Cenaron los dos solos y él, con aire pensativo, apenas habló. Al final de la cena, sin embargo, le preguntó en voz baja:

—No le dijiste a nadie que había ido al Munster, ¿verdad?

—¿Al Munster? —Margaret se sintió palidecer—. ¿Por qué iba a hacerlo? ¿Qué ha sucedido?

—Es muy extraño —respondió—, pero ya sabes que cabía la posibilidad de que me ofrecieran un escaño en el Parlamento. Hoy he estado hablando de ello con un oficial del consejo real y me ha dicho que no hace falta que me moleste en solicitarlo. Yo esperaba reunir muchos apoyos, ya lo sabes, de hombres como Doyle, así como de los Fitzgerald. Pero según este hombre, ahora Kildare tiene compromisos con otros, que es otra manera de decir que no secundará mi nombramiento. Pregunté por ahí y la impresión que he sacado es que alguien ha hablado en mi contra. —Walsh sacudió la cabeza—. Hasta

Doyle, en el que confío plenamente, parecía incómodo y dijo que no sabía nada, pero justo cuando me marchaba me lanzó una extraña mirada y susurró: «En estos momentos, corren tantos rumores por Dublín que ninguno de nosotros está a salvo». Éstas fueron sus palabras exactas. Y lo único que se me ocurre que pueden sostener contra mí es que alguien se haya enterado de mi visita al Munster y haya propagado el rumor. ¿Estás segura de que no se lo has dicho a nadie?

Margaret miró por la ventana. Fuera todavía quedaba algo de luz. Los cristales formaban unos tenues rectángulos verdes.

Había sido Joan Doyle, no podía tratarse de nadie más. Debía de habérselo contado a su esposo. ¿Lo había hecho de manera inocente, como una confidencia, o con malicia? Margaret recordó sus palabras de despedida: «Lamento que no aprecies a los Talbot». Sí, era eso. Había obtenido información con la que perjudicar a la familia Walsh y quería hacerle saber que recordaba el insulto y que era su enemiga. Y de repente, a la mente de Margaret acudió un pensamiento que la abatió y le heló el corazón. La historia que la mujer había contado acerca de su amigo que había ido al Munster, ¿la habría inventado? Después de aquellos momentos de incomodidad con Richard, cuando le había preguntado por el paradero de su padre, ¿había adivinado Joan Doyle que tal vez fuese un viaje al Munster lo que la familia le estaba ocultando? Todas sus dulces palabras durante la noche, ¿habían sido una treta para sonsacarle información?

—No —respondió—. A nadie.

Le avergonzaba mentir, pero ¿cómo podía decirle que ella era la fuente del rumor? Jamás la perdonaría. Imaginó que la esposa de Doyle también habría previsto aquello.

—Nunca lo descubriré —dijo Walsh con tristeza—. Cuando esa gente decide no hablar, es como si preguntaras a una tumba —dijo antes de suspirar—. Silencio.

—Tal vez —murmuró ella sin demasiadas esperanzas—, cambiarán de idea acerca del escaño en el Parlamento.

—Tal vez —repitió él.

Margaret supo que no lo creía.

Así, todo lo que Margaret pudo hacer fue pensar en Joan Doyle y preguntarse cuándo y en qué forma se vengaría de ella.

Y

Cuando su esposo llegó a casa, Eva O'Byrne no dijo una palabra. Lo había preparado todo con sumo cuidado.

Al día siguiente sería veintinueve de septiembre, el día San Miguel, una de las fechas más señaladas del calendario de la Iglesia para ajustar cuentas. No pudo por menos que sonreír para sí ante tal coincidencia. Era tan apropiada...

Durante la mañana, había bajado a la cabaña de Brennan, quien había salido al campo con el rebaño. Vio que miraba con curiosidad en su dirección. La moza se encontraba junto a la puerta del habitáculo. Tenía la cara ancha, la piel pecosa y sus ojos se le antojaron deshonestos. Era una perra graciosa, pensó, y no merecía su atención. A sus pies, jugando con la tierra, había un niño de tres años. De pronto, un pensamiento cruzó su mente: aquella criatura podía ser de su esposo. Estudió atentamente al niño, pero no encontró ningún parecido y se encogió de hombros. ¿Qué importaba aquello? Dijo unas palabras sin trascendencia a la muchacha y se preguntó cómo estaría la cabaña por dentro. Eso sí que lo consideraba importante. Cuando había entrado en ella hacía tres años, le había parecido muy vacía, pero ahora, desde fuera, no la veía. Dejó que sus ojos vagaran por el campo que se extendía pendiente abajo. Era una tierra buena. Al cabo de unos momentos, saludó a la muchacha con la cabeza y regresó a su casa. Los Brennan debían de estarse preguntando por qué había ido hasta allí. Ya se enterarían.

El resto de la mañana lo pasó con sus hijos. Seamus, el mayor, se había marchado con su padre. Había cinco más, un chico y cuatro chicas. Los amaba a todos, pero si tenía un favorito —algo que en público nunca admitiría— ese era Fintan. Con cinco años, se parecía mucho a ella, con el mismo cabello rubio y los ojos azules, pero, según Eva, era en la forma de pensar en lo que más se asemejaban. Sincero, honrado y digno de confianza. Había pasado una hora contándole historias de su propia familia en las Midlands. A él le gustaba saber cosas de sus parientes por el lado materno y ella siempre le recordaba que aquéllos también eran sus allegados, igual que los O'Byrne. El día anterior, el muchacho le había dicho que le apetecía ir a visitar a la familia materna. «Te prometo que un día te llevaré. Tal vez no tardemos mucho», prometió.

El fraile llegó a primera hora de la tarde. Eva lo vio acercarse y salió a su encuentro.

—¿Lo habéis traído?

—Sí, está aquí —asintió el religioso al tiempo que daba unos golpecitos a un pequeño bulto que escondía bajo el hábito.

Como casi todos los habitantes de la isla, ya fueran de la Empalizada inglesa o de las zonas irlandesas del interior, Eva veneraba a los frailes. El padre Donal era un buen hombre y lo respetaba. Cuando recibía la comunión de sus manos, estaba absolutamente segura de que se había obrado el milagro de la misa; cuando la confesaba, le imponía la penitencia y le daba la absolución, el hecho de que fuera esposo en todo menos en el nombre y padre de unos hijos no la inquietaba lo más mínimo. Era un hombre paternal, culto y llevaba en su interior la autoridad de la Iglesia, que, en sí misma, era temible. Sus reprimendas también tenían la misma autoridad moral incontestable, pero el fraile era algo especial. Era un místico. Su rostro delgado y ascético no era severo, pero contenía un fuego interior. Era como un ermitaño, un cenobita, un hombre que había caminado solo en la terrible presencia de Dios. Cuando sus ojos se posaban en alguien, parecían atravesarlo como cuchillos hasta llegar a la verdad.

Había sido en primavera, al marcharse por la mañana camino de Glendalough, cuando ella le pidió consejo por primera vez. Sus palabras habían sido amables, pero no alentadoras. Mientras el fraile estaba en el monasterio de la montaña, Eva había urdido un plan y, cuando el religioso pasó por la casa de regreso, hablaron a solas y le hizo la petición. Aun así, tuvo que suplicarle mucho rato para que accediera a ayudarla.

El fraile había pasado la tarde con el padre Donal, mientras Eva, ayudada por sus hijos, se ocupaba de los preparativos para la cena.

Se sentía orgullosa de su casa. En muchos aspectos, la torre de O'Byrne no se diferenciaba demasiado de la de Walsh. La modesta fortificación contaba con una sala en la que tenían lugar casi todas las actividades de la casa. Aunque había despensas y almacenes aparte, Eva cocinaba en el fuego del suelo del centro de la estancia, a la manera tradicional, en vez de utilizar la cocina. Sean O'Byrne y ella tenían alcoba propia, una concesión a la moda del momento que el padre de Sean no se habría tomado la molestia de seguir. Los Walsh hablaban en inglés entre sí, y como Walsh era un abogado que se había formado en Londres, en la escuela de los Inns of Court, el inglés que tenía era de un gran nivel, aunque todos los Walsh se habrían sentido absolutamente cómodos hablando irlandés en casa de los O'Byrne. Walsh vestía un jubón inglés y unas calzas; O'Byrne utilizaba camisa y prefería llevar las piernas desnudas. Walsh tocaba el laúd bastante mal y O'Byrne tocaba el arpa muy bien. Walsh poseía una pequeña colección de libros impresos; O'Byrne tenía un pequeño salterio ilustrado y, cuando había bardos de visita en la casa, podía pasarse horas recitando poesía con ellos. Walsh tenía los ojos algo débiles de tanto leer a la luz de las velas, mientras que la vista de O'Byrne era muy aguda.

La cena que ahora Eva preparaba, las esterillas nuevas que había puesto en el suelo y las grandes bandejas y jarras que sus hijas depositaban sobre la mesa, no eran muy distintas de las que hubiera utilizado Margaret Walsh. Al contemplar aquella escena doméstica, con las niñas y los dos criados ocupados de una manera tan productiva, esperó que la velada resultase un éxito. Le dolería, por supuesto, tener que dejar todo aquello.

Cuando Sean O'Byrne llegó a casa, le sorprendió encontrar allí al fraile y al padre Donal, pero había que ser hospitalario con ellos, por supuesto, y los habitantes de la casa se acercaron a la mesa con buen humor. Aunque la cosecha se había echado a perder, Eva había servido unas deliciosas tartas de avena y un estofado de carne en honor de los visitantes.

El fraile bendijo los alimentos y, aunque comió de manera frugal, como cortesía hacia sus anfitriones probó de todo y aceptó un poco de vino que Sean le ofreció. Se interesó por Seamus, el chico mayor.

—Te estás haciendo un hombre —le dijo muy serio— y deberías asumir las responsabilidades de la adultez.

Cuando la cena tocó a su fin, el fraile indicó que le gustaría mantener una conversación privada con el padre y la madre O'Byrne.

Eva observó a su esposo. Aunque parecía algo extrañado, ella estaba segura de que no sabía lo que iba a ocurrir. Tal vez había olvidado que, en primavera, había jurado su inocencia ante aquellos dos hombres. Conociéndolo, eso era incluso posible, pensó Eva con ironía. Cuando los hijos se marcharon y se quedaron solos los cuatro, el fraile comenzó a hablar.

Se expresó con mucha suavidad. Los dos debían comprender, dijo, que el sacramento del matrimonio no era solo una cuestión de conveniencia para un mejor ordenamiento de la sociedad.

—Tradicionalmente, aquí en Irlanda —señaló—, el carácter indisoluble del matrimonio y la importancia de la castidad no se han considerado requisitos indispensables. Y sin embargo, es una lástima, porque si seguimos las enseñanzas de nuestro Señor, deberían serlo. Pero, por encima de todo y aunque no logremos alcanzar esa perfección, entre dos personas unidas en matrimonio ha de haber comprensión y respeto mutuos. Tal vez uno deba pedir perdón al otro, pero los maridos no han de desdeñar a las esposas, ni estas a sus maridos. —El fraile miró a Sean con severidad—. Porque si uno humilla a la persona a quien debería amar, ese pecado es más grave que la infidelidad —dijo con tal autoridad y serenidad que Sean fue incapaz de replicarle.

Y sin embargo, al principio, cuando Eva y el religioso habían hablado de ello en verano, este le había dicho que dejara de lado aquel asunto:

—Tu esposo ha hecho un juramento —le había recordado— y tú debes aceptarlo.

—¿Incluso sabiendo que es mentira? —le había preguntado ella.

—Tal vez sí —había respondido él con franqueza y la había aleccionado en el deber de acatar con humildad aquellas tribulaciones—. Puede ser que Dios te esté poniendo a prueba —explicó.

Pero aunque se lo hubiera dado el santo fraile, ella no había podido seguir aquel consejo.

—Es la humillación —había exclamado—, el desdén de su mentira le permite seguir acostándose con esa moza casi en mi propia casa. Es demasiado —dijo entre sollozos—. No lo aguanto más. No hace más que mentirme, y si trato de hacerle afrontar los engaños, se marcha. Algo tiene que cambiar. —Miró al fraile desesperada—. Si sigue comportándose de ese modo, no respondo de lo que pueda hacer yo. Tal vez —había añadido en tono amenazante—, le clavaré un cuchillo en el corazón mientras duerme. —El fraile la había mirado con horror; sin embargo, ella había repetido la amenaza—. Aun cuando vaya al Infierno por ello.

Fue entonces cuando el fraile se avino a ayudarla.

—Tal vez yo pueda hacer algo —le había dicho.

Eva miró a su esposo. Resultaba difícil saber lo que pensaba. A aquellas alturas, ya podía imaginar lo que le esperaba y debía de estar preparando su defensa habitual; no obstante, había algo que O'Byrne ignoraba.

—Brennan, tu inquilino —comenzó el fraile dedicando a Sean una dura mirada—, tiene una esposa con la que…

—Eso ya lo he jurado —lo interrumpió O'Byrne, raudo como una centella.

—Ya lo sé —el fraile alzó la mano—, pero tal vez quieras reconsiderar ese juramento. Sería terrible, Sean O'Byrne, que tuvieras que cargar en la conciencia con el pecado de un falso juramento, cuando lo único que deberías hacer es pedir perdón a esta mujer —dijo señalando a Eva—, que te ama y está dispuesta a aceptar que lo pasado, pasado está. ¿No ves que tu crueldad le está haciendo daño? —preguntó con apremio.

Pero si Sean lo veía, no quería admitirlo; encajó la mandíbula con obstinación.

—Se lo he jurado al padre Donal, aquí presente —dijo.

—Entonces, no creo que te importe volvérmelo a jurar a mí —apuntó el fraile.

A Eva le pareció que su esposo dudaba un momento, pero estaba acorralado.

—Lo juraría ante el mismísimo arzobispo —declaró, furioso.

—Muy bien.

El fraile metió la mano dentro del hábito y sacó un paquete pequeño.

—¿Qué es eso? —preguntó Sean con desconfianza.

El religioso desenvolvió la tela que cubría la cajita de madera y la depositó sobre la mesa. La madera estaba oscurecida por el paso del tiempo. Alzó la tapa con un gesto reverente para revelar la otra caja que había en su interior, hecha de plata y con piedras incrustadas en el cierre.

—Esto procede de la iglesia de San Kevin de Dublín —dijo en voz baja—. Contiene la falange del mismísimo san Kevin de Glendalough.

Eva oyó que su marido contenía el aliento. Todos miraban la preciosa cajita con un temor reverente.

Las reliquias más espléndidas, como el Bachall Iosa de san Patricio, se encontraban en la iglesia catedral de Cristo; pero algunas de las iglesias menos sobresalientes albergaban tesoros de gran santidad que tenían unos poderes pasmosos, como todo el mundo sabía. Cuando uno tocaba la reliquia que ahora admiraban, era llevado en presencia del mismísimo santo de Glendalough.

—Sean O'Byrne, ¿pondrás la mano sobre el cuerpo de san Kevin y jurarás que nunca has conocido carnalmente a la mujer de Brennan? —le dijo el monje con suavidad—. ¿Lo harás?

En la sala reinó el silencio. Los tres lo observaban. Sean miró primero al fraile y luego la cajita. Por un momento, pareció que realmente iba a alargar la mano.

Pero fueran cuales fuesen sus faltas, Sean O'Byrne seguía teniendo un sano temor de Dios y del poder de sus santos. Tras unos de momentos de agónicas dudas, los miró con el ceño fruncido y apartó la mano.

—No puedes hacerlo —dijo el fraile—, y deberías alegrarte de que así sea, Sean O'Byrne, porque, de otro modo, habrías cometido un pecado tan terrible que nada te habría librado del fuego eterno. Gracias a Dios que no lo has hecho.

Pero si Sean O'Byrne estaba dando gracias a Dios, su actitud no lo revelaba. Mientras el fraile tapaba la caja de madera oscura, se sentó de cara a la mesa, con aire malhumorado y no pronunció palabra alguna. Al final, fue Eva la que habló.

—Los Brennan se marchan y Seamus ocupará su lugar.

Sean se volvió hacia ella y la traspasó con la mirada.

—Eso lo decidiré yo —gruñó.

—Puedes decidir lo que te venga en gana —replicó ella—, pero si los Brennan se quedan, la que mañana se marchará seré yo.

Hablaba en serio y él lo notó. Lo tenía bien planeado: se llevaría al pequeño Fintan y a la menor de las chicas. Los mayores podían quedarse. Y Sean no podía hacer mucho al respecto. Cualquier cosa sería mejor que quedarse allí con Sean y esa moza burlándose de ella cada día.

El padre Donal rompió el silencio que siguió a aquellas palabras.

—Sería bueno que Seamus tuviese esa tierra —comentó.

—Perderé el dinero del alquiler que Brennan me paga —farfulló Sean tras una pausa.

—Puede que la tierra tenga más valor —apuntó el sacerdote.

—Los Brennan tendrán que marcharse —anunció O'Byrne finalmente, como si diciéndolo recuperase el control de la situación—. Son arrendatarios a voluntad, en cualquier momento se les puede decir que se marchen. —Miró a Eva, que asentía en silencio—. Les diremos que necesitamos la granja para Seamus.

Al día siguiente, despacharon a los Brennan. Como explicación, les dijeron que necesitaban la tierra para el joven Seamus, pero no quedó claro si Brennan los creyó o no.

Y tendría que haberlo creído, pues igual que O'Byrne ocupaba una pequeña porción de los grandes territorios de sus principescos antepasados, mientras una generación sucedía a la anterior, en toda Irlanda estas fincas más pequeñas eran subdivididas entre los descendientes hasta que incluso los inquilinos más humildes podían encontrarse en la calle para que uno de los muchos herederos de la familia ocupase su lugar. Los O'Toole, los O'Byrne y hasta los poderosos O'Neill… A todos les sucedía lo mismo. «Cualquier granjero irlandés piensa que es descendiente de príncipes, maldita sea», se quejaban a veces los ingleses;

sin embargo, en realidad, muchos de ellos lo eran de verdad.

Así, los Brennan se marcharon a buscar otro sitio y el joven Seamus O'Byrne tomó posesión de la cabaña. Eva la mandó reparar con dignidad.

Antes de marcharse, el fraile dio un buen consejo a la pareja:

—Has hecho lo correcto —le dijo a Sean—. Tienes una buena esposa y espero que poseas la inteligencia necesaria para darte cuenta. Y tú —añadió, volviéndose hacia Eva—, tienes un buen marido. Recuerda esto y hónralo.

En las semanas y los meses que siguieron, Eva había hecho todo lo posible por seguir aquel consejo: había cuidado su aspecto y se había mostrado agradable para que su esposo la encontrara atractiva. Y funcionó, porque él se volvió tierno, aunque no exactamente afectuoso. «Y Dios sabe que puedo estar agradecida por esto», pensaba Eva. Durante el invierno y tiempo después no encontró motivo para lamentar lo que había hecho.

Sea como sea, no se le ocurrió pensar que el día que el fraile se presentó con la reliquia, en realidad, en la mente de Sean O'Byrne solo había sucedido una cosa: lo habían engañado y ella lo había humillado en presencia del sacerdote. Le habían usurpado la posición. Ya no era el amo en su propia casa. Eso era todo lo que Sean sabía, pero, de momento, no dijo nada.

Nueve

Silken Thomas

1533

Para Cecily, los años que siguieron a la boda tendrían que haber sido felices y, en cierto modo, lo fueron. Amaba a su marido y tuvieron dos hijas preciosas. El negocio de Tidy prosperaba y confeccionaba unos de los mejores guantes de Dublín. MacGowan y la dama Doyle lo habían recomendado a todas sus amistades y ya tenía un muchacho como aprendiz en el taller. Además, se había vuelto un activo miembro de su gremio de artesanos. Los días festivos, Cecily lo veía salir con la brillante librea de la agrupación de guanteros, tan satisfecho de sí mismo que su estampa conmovía. Y, por supuesto, había conseguido la libertad.

—Tu marido se está haciendo un buen nombre —le dijo la dama Doyle con una sonrisa una vez que se encontraron en la calle—. Debes de estar orgullosa de él.

¿Estaba orgullosa de él? Sabía que tenía motivos para estarlo. Era todo lo que un buen artesano dublinés tenía que ser, muy trabajador y digno de confianza. Al atardecer, cuando lo veía sentado en su silla, con una niña en cada rodilla, Cecily experimentaba una honda sensación de felicidad y contento; se acercaba a él, lo besaba y él le sonreía, alegre, y ella rezaba en secreto pidiendo más niños y esperaba poder darle un varón porque —aunque él lo negaba— sabía que lo anhelaba. Sí, su marido era un buen hombre y ella lo amaba. Podía acudir a su confesor con la conciencia bien tranquila, sabedora de que nunca trataba con frialdad a su esposo, nunca le negaba su cuerpo, muy pocas veces se enojaba, y cuando así era, lo enmendaba. ¿Qué podía confesar salvo que, de vez en cuando —con bastante frecuencia, tal vez— deseaba que él fuese distinto?

Y sin embargo, su primera desavenencia seria no guardó relación alguna con la vida doméstica. Tenía que ver con acontecimientos que ocurrían en la lejana Inglaterra.

Para casi todos los habitantes de Dublín, los ocho últimos años habían transcurrido más o menos como siempre. La rivalidad entre los Butler y los Fitzgerald había continuado. A raíz de las crecientes sospechas que tenía el rey Enrique de las intrigas extranjeras de la familia Fitzgerald, los Butler habían convencido al monarca de que les diera el cargo de virrey por un tiempo, pero la gran pinza de poder de los Fitzgerald se lo había impedido. Dublín había vivido unos años relativamente pacíficos, pero en el interior de la isla, los aliados irlandeses de los Fitzgerald se habían dedicado a la extorsión, cobrando dinero a cambio de protección a los jefes más débiles y a los hacendados —la renta negra—; en una ocasión, habían secuestrado a uno de los comandantes Butler y lo habían tenido cautivo varios meses hasta que pagó una fianza. Incluso en Dublín, aquellas tretas se contemplaban con cierta ironía. «Esos tipos son unos descarados», decía la gente, pues en Irlanda siempre había un elemento de chanza en aquellas escaramuzas. Los jóvenes y valientes guerreros celtas habían hecho incursiones en los territorios de sus enemigos desde tiempos inmemoriales.

Sin embargo, en Londres, el obtuso rey Enrique y sus oficiales amantes del orden no veían la gracia en ningún sitio. «Ya os he dicho que si no os gobernáis vosotros mismos, os gobernaremos desde Inglaterra», declaró. Y así, en 1528, llegó un oficial inglés para hacerse cargo del orden de la isla. Nadie lo quería, por supuesto, pero además llegó con una enorme desventaja.

Si el rey Enrique enviaba a un oficial de palacio a gobernar en su nombre, dicho oficial ejercía plenamente las prerrogativas regias. En teoría, todo el mundo tenía que obedecerlo, pero no era así como se veían las cosas en Irlanda. Las genealogías de los jefes irlandeses, tanto las reales como las imaginarias, se perdían en las brumas de los tiempos célticos. Hasta los grandes señores ingleses como los Butler y los Fitzgerald eran aristócratas cuando llegaron a la isla por primera vez hacía más de tres siglos. La sociedad irlandesa era y siempre había sido aristocrática y jerárquica. Los sirvientes irlandeses en las casas tradicionales podían dormir al lado de sus amos, pero a la familia del jefe se la veneraba. Era algo místico.

El nuevo virrey era el maestro armero del Rey, un soldado fanfarrón cuya sangre era de un color rojo intenso, pero no azul. Comunicó a los irlandeses que había venido «a imponer el orden inglés». Aquellos hombres se mostraron escépticos: «¿Los príncipes de Irlanda van a arrodillarse ante este plebeyo? Nunca». Y despectivamente lo llamaron el Cañonero. Y aunque hizo todo lo que pudo y el propio Kildare, siguiendo las órdenes del rey Enrique, lo apoyó a regañadientes, no pasó mucho tiempo sin que su poder se viera socavado.

El rey Enrique estaba furioso. De hecho, de no haber tenido unos problemas mucho más grandes que afrontar en su reino, quizás habría tomado medidas más severas, pero como carecía del dinero y la energía necesarios para implicarse más profundamente en Irlanda, volvió a dar el gobierno de la isla a Kildare. «Dejemos que de momento se haga cargo del territorio, hasta que se nos ocurra algo mejor», declaró rezongando. Los irlandeses interpretaron lo ocurrido como una prueba más de que el monarca inglés no podía someterlos. Para mejor o para peor, Kildare había vuelto y las cosas seguirían como siempre.

No obstante, en Inglaterra, mientras tanto, comenzaban a producirse grandes cambios.

En la misma época que el Cañonero llegaba a Irlanda, el rey Enrique comunicaba su deseo de ver anulado su duradero matrimonio con la princesa española Catalina de Aragón. Se produjeron algaradas en Londres porque allí la piadosa reina era muy popular; por otro lado, en Irlanda poca gente se había interesado por aquel asunto. En los territorios de fuera de la Empalizada, el divorcio nunca había sido algo pavoroso. Incluso en la Empalizada inglesa, mucho más estricta, todo el mundo sabía que a los aristócratas y a los príncipes se les concedían anulaciones con frecuencia y, en cualquier caso, el monarca creía que sus motivos para la anulación eran válidos. Era un asunto entre el rey inglés y el Santo Padre. Además, en Dublín la gente estaba tan ocupada oponiéndose al Cañonero que no tenía tiempo para pensar demasiado en la reina Catalina.

Entonces, ¿por qué la cuestión del rey Enrique se había convertido en motivo de la desavenencia entre Cecily y su esposo? A decir verdad, ella misma lo ignoraba. Todo había comenzado de una manera muy inocente, con un comentario casual por parte de la mujer, que opinaba que después de todos esos años de matrimonio no era correcto que el monarca repudiase a su fiel esposa.

—Ah —dijo el hombre, que la había mirado con un asomo de condescendencia—, pero has de tener en cuenta la posición de Enrique. Solo tiene una hija y necesita un hijo.

—Así, si yo solo te diera hijas —quiso saber—, ¿también me repudiarías?

—No seas estúpida, Cecily —replicó él—. Yo no soy un rey.

En sus maneras había algo que la irritaba. ¿Era el leve asomo de presunción en su voz? En opinión de Cecily, desde que había conseguido hacerse un nombre en el gremio, a veces se daba demasiada importancia.

—Su hija podría ser reina. Ya ha habido otras mujeres que han reinado por derecho propio —señaló acertadamente.

—Tú no comprendes la situación en Inglaterra —replico él para invalidar las palabras de su esposa.

Ahora ya no había duda de ello: le hablaba como si fuera una idiota. Cecily lo miró con furia. ¿Quién se creía que era? En cualquier caso, siempre había habido un atisbo de desdén en su actitud hacia ella, desde aquel estúpido incidente con el pañuelo color azafrán, antes de que se casaran. Sin embargo, no le apetecía discutir con su marido y no le rebatió el argumento.

Con el paso del tiempo, los acontecimientos de Inglaterra se volvieron más escandalosos. Sobre la pobre Catalina se ejercieron presiones de todo tipo para que renunciara a su posición, pero el orgullo español y la devoción le hicieron declarar, y con toda la razón, que sería la leal esposa del rey Enrique hasta que el Santo Padre dijera lo contrario. Y mientras, el monarca, decían los rumores, había sucumbido al hechizo de una joven dama llamada Ana Bolena y quería contraer matrimonio con ella lo antes posible. Y aunque el Papa había prometido estudiar el asunto, todavía no le había concedido al rey Enrique la anulación, por más que el monarca hubiera comenzado a insinuar que seguiría adelante con sus planes de todos modos.

—¿Cómo se le ocurre siquiera casarse con esa perra? —Así llamaba mucha gente a Ana Bolena, pese a su bien conocida negativa de entregar su cuerpo al Rey sin que mediara una boda—. Debería esperar a que el Santo Padre dictaminara sobre el caso —comentó Cecily.

—Has de tener en cuenta la posición del Papa —replicó Tidy en un tono algo pomposo.

Y le explicó que el nuevo rey de España, que era sobrino de la reina Catalina, también había heredado los vastos dominios de la familia Habsburgo en otros lugares de Europa, junto con el título de emperador del sacro Imperio romano. El orgullo de la familia Habsburgo era desmesurado. El Emperador nunca permitiría que un advenedizo, el rey Tudor de la insignificante Inglaterra, repudiase a su tía.

—El Papa no se atreverá a ofender al Emperador, por lo que no concederá la anulación de matrimonio a Enrique —concluyó Tidy—. Eso lo sabe todo el mundo —añadió innecesariamente.

Pero, para Cecily, aquélla no era la cuestión. El rey Enrique osaba desafiar al Papa. Y cuando el rey Enrique declaró que él era el jefe supremo de la Iglesia de Inglaterra, y no el Papa, y le dijo al Santo Padre que «le importaba un higo» si lo excomulgaba, la rabia y el desdén que Cecily sintió por el Rey fueron absolutos. El canciller inglés, sir Tomás Moro, dimitió de inmediato.

—Al menos, Moro es un verdadero católico —declaró.

Pero ¿qué ocurría con todos los demás súbditos de Enrique? ¿Qué sucedía con los católicos ingleses de Dublín y de la Empalizada?

—Fuisteis tú y tus amigos —dijo Cecily a su marido— quienes dijisteis que yo era demasiado irlandesa. Al principio, los ingleses vinieron a Irlanda con la bendición papal a defender la verdadera Iglesia, ¿no es cierto? Y en cambio, soy yo quien protesta ante esta infamia y todavía no he oído una palabra de repulsa por vuestra parte. —Al ver que su marido no tenía respuesta para aquel argumento, Cecily añadió—: Dicen que la perra Bolena es además una hereje luterana.

—Que se diga no significa que lo sea —le espetó Tidy.

Aun así, Cecily sabía que él también había oído aquellas habladurías y pronto llegó a puerto el rumor de que el Emperador podía invadir el reino inglés con la ayuda de Irlanda.

—Pues que venga, digo yo —profirió Cecily, irritada.

—Dios mío, ni siquiera deberías pensar en esas cosas —le suplicó él, horrorizado—. Eso sería una traición. ¿Cómo puedes decir estas perversidades?

—¿Perversidades? —replicó—. ¿Es una perversidad que la pobre reina Catalina rehúse abjurar de sus votos matrimoniales y del Santo Padre y que rechace volverse una hereje como la perra del rey Enrique?

Cecily creía que veía el asunto con total claridad. Imaginaba la pena de la pobre Reina. ¿Tidy no pensaba en eso? También captaba la crueldad del monarca inglés. ¿El dolor de una esposa no contaba para nada? En el implacable mundo de la política, no. La desgraciada reina de Inglaterra estaba siendo humillada, del mismo modo que a ella, de una manera mucho más insignificante, también la habían humillado aquel día en que la habían arrestado estúpidamente. Todo era lo mismo: la tiranía de los hombres que nunca serían felices hasta que obligaran a todas las mujeres a someterse a sus necedades. Admiraba a la Reina por defender la verdad y sus derechos, y admiraba de veras a los pocos, como Tomás Moro, que tenían el coraje de expresar sus convicciones. Cecily veía ahora que detrás de sus pomposas bravuconadas, en el resto de los hombres —esos que, ya fueran de Inglaterra o de Dublín, creían saberlo todo—

no había más que cobardía. Y le resultaba doloroso pensar que su marido no era mejor que los demás. Y a medida que en Inglaterra sucedían aquellos tormentosos acontecimientos, en el fondo de su corazón —aunque nunca lo había reconocido ante el confesor y apenas tampoco a sí misma— cada vez amaba menos a su esposo.

Fue poco después de esta última conversación cuando Cecily comenzó a desear una nueva casa.

Su vivienda estaba situada extramuros, en la libertad de San Patricio y consistía en un taller y dos habitaciones. Allí habían sido felices, pero las estancias no eran grandes y había un pequeño patio donde, desde los edificios más altos, todo el mundo los veía. Los niños crecían, por lo que no resultó extraño que Cecily le dijera un día a su esposo: «Necesitamos más espacio». Durante los dos últimos años, Tidy se había dado cuenta del mal humor ocasional y la insatisfacción de Cecily, pero nunca había sabido qué hacer al respecto, de modo que lo alegró sobremanera que se le presentara la oportunidad de hacer algo que le diera felicidad y se puso a buscar de inmediato una nueva casa. Al cabo de un mes, sin embargo, no había encontrado nada que lo complaciera, y se preguntaba qué hacer cuando un día, caminando con Cecily por la antigua ciudad amurallada, ella de repente comentó: «Cómo me gustaría vivir en una torre de ésas».

En la muralla de Dublín había ahora numerosas torres, pues cada siglo había añadido las suyas. Había torres en las cinco entradas grandes de la muralla exterior, eso sin contar las diversas puertas del río en la fachada fluvial. Además de esta, había abundantes torres pequeñas entre una puerta y la siguiente, varias de las cuales eran habitables. Algunas de ellas proporcionaban alojamiento a los funcionarios del ayuntamiento, sobre todo, pero unas pocas eran asignadas a los artesanos.

—Estaría bien poder mirar desde lo alto, en vez de que nos miren —suspiró ella.

—Si tuvieras una de estas torres, ¿crees que serías feliz? —preguntó él.

—Sí, creo que sí.

—Me parece que no hay muchas posibilidades —balbució.

En realidad, se puso en secreto a buscar una, y acudió a Doyle para que lo ayudase. Sería una hermosa manera de sorprender y complacer a su esposa.

Los meses siguientes fueron especialmente exasperantes. En varias ocasiones le llegaron noticias de que quizás una torre quedara libre, pero siempre resultaron ser falsas. Estaba tan decidido a sorprenderla que nunca le contó lo que se llevaba entre manos, mientras ella, por su parte, lo importunaba para que buscara una vivienda nueva. En diversas ocasiones, ella también salió a ver si encontraba algo. Mientras tanto, en Inglaterra las cosas iban de mal en peor. El rey Enrique no solo había conseguido que todo el clero se sometiera a él, sino que había nombrado también un obispo propio que declaró nulo su matrimonio y lo casó de buen grado con Ana Bolena, la cual había olvidado, al parecer, sus anteriores escrúpulos porque estaba embarazada. El acontecimiento final que conmocionó a Cecily tuvo lugar en mayo de ese año cuando, con toda la pompa y ceremonia, Ana fue oficialmente coronada. Disgustada, Cecily estaba fuera de sí.

—Si no encuentro pronto una torre —le confesó Tidy al concejal Doyle una mañana de junio—, mi vida no merecerá la pena.

—Pues resulta que, casualmente, tengo noticias para ti. Hay un arrendamiento que pronto quedará libre y podré procurártelo. Dispondrás de él enseguida, para la fiesta del Corpus Christi.

Si Margaret Walsh examinaba los últimos ocho años, podía sentirse razonablemente satisfecha. Los primeros, mientras había gobernado Butler, habían sido los peores. No le había sorprendido que, en aquel tiempo, Doyle se hubiera convertido en miembro del Parlamento irlandés y su esposo no, pero le dolió de todos modos. En las escasas ocasiones en que se había encontrado con Joan Doyle, la dublinesa la había saludado siempre con afecto, como si fueran amigas, pero Margaret había perfeccionado la técnica de sonreír enigmáticamente y se marchaba tan pronto como educadamente podía.

Dos años después, cuando el Cañonero fue nombrado virrey y a Kildare se le permitió regresar a la isla con la condición de que lo apoyase, Walsh revivió las esperanzas de llegar a ocupar un escaño en el Parlamento. Cualesquiera que fuesen las sospechas que había despertado su visita al Munster, el paso de los años y ciertos cambios en la Administración habían bastado para disiparlas.

—Me han dicho que el Cañonero no tiene nada contra mí —le explicó a Margaret— y Kildare está de mi parte. Creo que ha llegado el momento de volverlo a intentar.

Y la oportunidad de que Margaret le ayudara llegó un día de primavera.

—Necesito que vengas conmigo al castillo de Dublín —anunció Walsh— y que seas amable con el Cañonero.

La celebración tuvo lugar a la semana siguiente. Pese a que el viejo y gris castillo era normalmente oscuro y un tanto lúgubre, Margaret vio que se habían esforzado en alegrar un poco el patio; por su parte, el gran salón, decorado con tapices e iluminado con un millar de velas, había adquirido un aspecto festivo. Ella había cuidado de su apariencia hasta lo indecible. Había rescatado un vestido antiguo que apenas se había puesto en muchos años y le había hecho transformaciones audaces, añadiéndole un trozo de brocado de seda recién confeccionado en la parte delantera para que pareciera nuevo. Gracias a un juicioso uso del tinte y con la ayuda de su hija mayor, entró en el salón con un cabello que había casi recuperado el tono rojo de hacía una década. Hasta se puso esencia de un pequeño frasco de perfume oriental que había comprado unos años antes en la feria de Donnybrook con cierto sentimiento de culpa. Su apuesto y distinguido esposo se volvió hacia ella y le dijo con admiración:

—Margaret eres la mujer más hermosa del castillo. —Ella se ruborizó de placer—. Lo único que debes hacer —prosiguió Walsh— es causar una buena impresión al Cañonero. Casi todos los nobles han dejado claro que lo desprecian, por lo que le alegrará encontrar a alguien atento. Si quieres, puedes incluso coquetear con él —añadió con una sonrisa.

Y resultó que el Cañonero le cayó bastante bien. Se trataba

de un hombre bajo y jovial, con unos ojos penetrantes. Lo imaginaba dirigiendo su cañón con gran efecto. Cuando se acercaron, y al ver que en el grupo que lo rodeaba se hallaban los Doyle, el ánimo de Margaret se ensombreció unos instantes. Tampoco le había agradado el que Joan Doyle, al verla, hubiera sonreído, anunciando: «Aquí está mi amiga, la del hermoso cabello. Tiene un aspecto inmejorable». Margaret le había devuelto la sonrisa, pensando que si aquélla era su manera de decir que se lo había teñido, no conseguiría avergonzarla. Pero cuando le presentaron al menudo virrey, este le hizo una pronunciada reverencia. Y al cabo de unos instantes, cuando un noble inglés que estaba de visita en Dublín se unió al grupo, la mujer del concejal le fue presentada como «la dama Doyle», mientras que a Margaret, como esposa de un caballero hacendado, la llamaron «lady Walsh», una distinción que la complació en grado sumo.

De todos modos, Margaret debía de haber causado una buena impresión, ya que al cabo de un rato, se encontraba sola y vio que el Cañonero caminaba con paso enérgico hacia ella para darle conversación. El militar se comportó con mucha amabilidad. Le formuló preguntas sobre su casa y su familia y ella insistió mucho en dejar claros sus orígenes. Pertenecía a la leal nobleza inglesa de Fingal. Aquello pareció relajarlo y muy pronto empezó a contarle con toda franqueza las dificultades de su cargo.

—Tiene que reinar el orden —declaró—. Ojalá toda Irlanda fuera como Fingal, pero fijaos en los problemas a los que nos enfrentamos. No son solo los jefes irlandeses los que hacen incursiones y saquean. Fijaos en el asesinato del pobre Talbot, o en el secuestro de uno de nuestros comandantes hace menos de un año. —Como Margaret había aplaudido lo primero y sabía que los Fitzgerald estaban detrás de lo segundo, se contentó con murmurar, diplomáticamente, que había que hacer algo—. El problema es el dinero, lady Walsh —admitió él—. El Rey me ha dado artillería y soldados, pero no dinero. En cuanto al Parlamento irlandés…

Margaret sabía que el Parlamento, como todos los cuerpos legislativos, no soportaba pagar impuestos. Incluso cuando Butler, el anterior representante del Rey, había conseguido que hombres de los suyos, como Doyle, ocuparan escaño en el Parlamento, estos no se habían prodigado con los fondos.

—Estoy segura de que mi esposo comprende vuestras necesidades —dijo con firmeza.

Aquello pareció gustar al inglés, porque enseguida comenzó a hablar de la situación política.

—Con el asunto del divorcio del Rey —explicó—, tememos de veras que el Emperador quiera utilizar Irlanda como lugar para fomentar descontento contra el Rey. Para empezar, no podemos estar seguros de que el conde de Desmond no conspire con potencias extranjeras.

La miró con dureza. ¿Estaría informado de los problemas que había tenido su esposo a causa del viaje que había hecho al Munster? ¿Era aquello una advertencia?

—Mi esposo siempre dice —comentó con cautela— que el conde de Desmond parece vivir en un mundo distinto que los demás.

Aquello pareció satisfacerlo, pues asintió vigorosamente.

—Vuestro esposo es sabio, pero en privado debo deciros que estamos vigilando a todos los comerciantes por si alguno de ellos estuviese en contacto con el Emperador.

Y entonces Margaret vio que se le presentaba una oportunidad.

—Eso debe de ser muy difícil —apuntó—. En Dublín hay tantos mercaderes que comercian con España y otros puertos donde el Emperador tiene agentes... Fijaos en Doyle, por ejemplo. Y sin embargo, seguro que nadie pensaría que los Doyle pueden estar involucrados en algo así, por supuesto.

—Cierto —admitió él.

Margaret vio que parecía pensativo y sintió un pequeño estremecimiento de excitación por lo que había hecho. Acababa de ponerle la idea en la mente, asegurando en la misma frase que los Doyle eran inocentes. Nunca había hecho una cosa así y se le antojó una obra maestra de diplomacia. Podía pagar a Joan Doyle con la misma moneda. Poco después, el Cañonero se alejó, no sin antes darle un pequeño apretón de manos.

Al cabo de dos meses, William Walsh supo que ocuparía un

escaño en el Parlamento siguiente, y a ella le pareció justificado atribuirse una parte del mérito, aunque nunca supo si el Cañonero había investigado a los Doyle durante el resto del tiempo en que ocupó el cargo.

Otro éxito para la familia fue el que obtuvo su hijo Richard. Su padre se había empeñado en que fuera a Oxford; al principio, Margaret se había opuesto a la idea, en parte porque no soportaba la idea de tener que separarse de él, pero también porque, por encantador que fuera, nunca había demostrado interés alguno por los estudios.

—En cualquier caso, posee un buen cerebro —había insistido el padre—, y como no hay ninguna herencia de la que hablar, tendrá que abrirse camino en el mundo. Es preciso que reciba una educación y eso significa ir a Inglaterra.

Aunque se habían depositado muchas esperanzas en el nuevo colegio que los Fitzgerald habían fundado en Maynooth, la institución nunca había llegado a convertirse en algo que se asemejara a una universidad. Para eso todavía era necesario cruzar el mar.

Walsh había preparado personalmente al muchacho, dándole clases en sus ratos libres y tratándolo con firmeza. Y Richard se había empleado tan a fondo y había progresado tanto que al cabo de un año le dijo a Margaret que ya estaba a punto. Ocultando las lágrimas tras una sonrisa, Margaret lo despidió en el barco que lo llevaría a Inglaterra. Aún no había regresado. De Oxford pasó a The Inns of Court, en Londres, para estudiar abogacía, como su padre.

—Si puede abrirse camino en Londres, mucho mejor —le dijo Walsh—, y si no, regresará y aquí siempre le saldrán perspectivas interesantes.

Margaret esperaba que regresase. Se le hacía muy duro no verlo nunca.

Aquellos éxitos, sin embargo, conllevaron problemas. El ascenso de William a una posición más alta en la sociedad le obligaba a pasar más tiempo en Dublín y a veces era necesario que Margaret lo acompañara. Walsh vestía ropa más cara y le compró a Margaret trajes nuevos, cosas que eran necesarias, pero que no salían baratas. La estancia de Richard en Inglaterra también suponía para los recursos de la familia una sangría más cuantiosa que lo que Margaret había imaginado. Como estudiante de Oxford, había podido pasar con poco, pero no bien se hubo instalado en The Inns of Court, sus cartas pidiendo dinero se volvieron más frecuentes. A Margaret, que a veces se preocupaba porque su esposo trabajaba demasiado, le resultaba extraño que necesitase tanto, pero William sacudía la cabeza con ironía y le decía: «Recuerdo cómo eran las cosas cuando yo estaba allí, viviendo con aquellos jóvenes crápulas...». Cuando ella preguntaba si su hijo favorito no podía llevar una vida más tranquila, menos elegante, su esposo se limitaba a decirle: «Deja que viva como un caballero». En sus cartas había indicaciones de que triunfaba entre las damas y Margaret recordó la facilidad con que, de pequeño, había cautivado a Joan Doyle. Pero aquellas cosas suponían gastos. ¿No debería ya mantenerse solo? Y William le explicaba que tardaría un tiempo en ganar lo necesario. «Mientras tanto, ha de vivir en estancias decentes y dejarse ver en el mundo.»

Cuánto se parecía a su propio padre cuando decía esas cosas... Margaret casi oía a su padre manifestando que su hermano John no debía ir a Inglaterra como un simple soldado de infantería. Pobre John, nunca había regresado; pobre, su padre, con aquel deseo de ser un caballero. Y ahora, mirando a su esposo, comprendió que Richard, en Londres, era una extensión de él mismo, y sintió una oleada de afecto hacia ambos. «Por mucho menos dinero, podría vivir como un caballero y ser también un motivo de orgullo para ti en Dublín», le dijo en cierta ocasión.

Era tan grande el flujo de dinero que salía que, aunque a Walsh le iba económicamente muy bien, Margaret sabía que los ingresos no alcanzaban para cubrir los gastos. En un par de ocasiones, había sacado a relucir la cuestión, pero William le había dicho que lo tenía todo controlado y, como siempre había sido un hábil administrador, creyó que debía de ser verdad. Y sin embargo, le parecía que su esposo estaba más preocupado de lo habitual. Una manera de aumentar los ingresos habría sido adquirir otra finca eclesiástica con unas buenas condiciones de pago. Walsh estaba dispuesto a hacerlo y ya había dado voces de que buscaba algo; no obstante, entonces había surgido otra dificultad, procedente ni más ni menos que del arzobispo de Dublín.

Ahora que el rey Enrique se había autoproclamado jefe supremo de la Iglesia de Inglaterra, había puesto enseguida los ojos en su inmensa e infrautilizada riqueza. La Iglesia necesitaba reformas, declaró, y con eso no pretendía pasarse a las doctrinas protestantes —porque el rey Enrique todavía se consideraba mejor católico que el Papa—, pero debía organizarse mejor y producir más beneficios. Los rumores decían que los oficiales reales, codiciosos, también tenían los ojos puestos en algunos de los antiguos y ricos monasterios cuyos enormes ingresos se utilizaban solo para la manutención de un puñado de monjes. Así, no resultó sorprendente que el arzobispo Alen, un funcionario real inglés que también había ocupado el cargo de canciller y que estaba dispuesto a complacer a su regio señor, anunciara: «Se han acabado los arrendamientos baratos. Sean quienes sean, los inquilinos irlandeses han de comenzar a pagar a la Iglesia unas rentas adecuadas por sus tierras».

—En parte tiene razón —reconoció Walsh ante su esposa—, pero en Irlanda las cosas siempre se han hecho así. A la nobleza no le gustará. —Hizo una mueca—. Sin ir más lejos, yo no puedo decir que me guste.

—¿Podremos apañárnoslas? —preguntó ella, algo nerviosa.

Aunque él le aseguró que sí, durante la primavera de 1533 Margaret vio que su esposo estaba inquieto.

Fue alrededor del solsticio de verano cuando detectó cambios en su estado de ánimo. William caminaba más ligero y las arrugas de preocupación de su rostro ya no eran tan profundas. ¿Había sabido algo de la finca eclesiástica que buscaba? No, le dijo él, pero sus negocios marchaban mejor. Sin embargo, a Margaret le pareció que en él había una felicidad nueva y que se le veía casi excitado. Hacía muchos años que era un distinguido caballero de cabello cano, pero de una manera inexplicable, y tal como ella le comentó, parecía más joven. Tres semanas después del solsticio, recibieron una larga carta de Richard en la que les contaba las diversiones de las que había disfrutado en casa de un caballero, en el campo, donde al parecer había estado, y les prometía que pronto iría a Dublín a visitarlos; además, les pedía una considerable suma de dinero. Al leer aquella cifra, Margaret se asustó, pero William se lo tomó con una perfecta ecuanimidad, tanto que su esposa se preguntó si no tendría la cabeza en otro sitio. Al cabo de una semana, MacGowan fue a visitarlos.

Margaret apreciaba a MacGowan, pues su posición en la sociedad mercantil de Dublín era especial. Casi todos los comerciantes de Dublín vendían sus productos en los mercados de la ciudad; sin embargo, también necesitaban comprar bienes como madera, cereales y ganado en las enormes tierras del interior, más allá de la Empalizada. Había, por tanto, unos cuantos mercaderes que comerciaban libremente al otro lado de la frontera y que hacían las veces de intermediarios entre las comunidades inglesa e irlandesa. Se les conocía como los «mercaderes grises», y MacGowan era uno de los más prósperos. Se había especializado en la compra de madera a los O'Byrne y a los O'Toole en los montes de Wicklow, pero hacía negocios de todo tipo y a veces trabajaba a comisión para Doyle. Debido a sus viajes, MacGowan no solo se ganaba la vida de maravilla, sino que además era una mina de información sobre lo que sucedía en el país. William, que casualmente se encontraba en casa el día en que se presentó de visita, estuvo encantado de verlo.

Llegó a mediodía, contando que había pasado la noche en la casa de Sean O'Byrne de Rathconan, más al sur. Margaret había oído decir que Sean O'Byrne era un mujeriego, pero no lo conocía. Intentó persuadir a MacGowan de que se quedara con ellos, pero después de tomar un refrigerio ligero, anunció que tenía que reanudar el camino hacia Dublín; William salió a despedirlo. Casualmente, Margaret subió a la gran alcoba y oyó lo que los dos hombres hablaban debajo de su ventana.

—¿Tus asuntos con Doyle van bien? —preguntó William.

—Sí. ¿Y los tuyos? Me refiero a tu asunto privado con su esposa —dijo MacGowan en voz baja—. ¿Sabes que te considera muy atractivo? Ella misma me lo ha dicho —añadió el viajero con un cloqueo.

¿El asunto privado de William con Joan Doyle? ¿De qué podía tratarse?

—Conoces los secretos de todo el mundo —murmuró Walsh—. Eso te convierte en un hombre peligroso.

—Si la gente me confía secretos —le respondió MacGowan—, te aseguro que es porque soy de lo más discreto. Pero no has contestado a mi pregunta sobre la dama.

—Todo va bien, supongo.

—¿Doyle lo sabe?

—No, no lo sabe.

—¿Y tu esposa?

—No, Dios me libre.

—Bueno, tu secreto está a salvo conmigo. ¿Y ya has llevado el asunto a una conclusión?

—Se consumará el día de Corpus Christi. Ella me lo ha prometido.

—Bueno. Hasta la vista.

Margaret oyó que los pasos de MacGowan se alejaban.

Se quedó donde estaba, paralizada. Su esposo y la mujer de Doyle. Aunque ambos estaban entrados en años, sabía que su marido era físicamente capaz de consumar cualquier asunto. Por completo. Pero que le hiciera una cosa así… Eso era lo que la había sorprendido. Durante unos instantes apenas pudo dar crédito a lo que había oído. Habían sido como voces de otro mundo.

Entonces se acordó: la esposa de Doyle lo consideraba atractivo, y lo era, pero ¿qué había dicho de ella, hacía tantos años, cuando se conocieron en Maynooth? Que la había encontrado bonita. Se atraían. Todo cuadraba. Las voces no procedían de otro mundo, sino del suyo propio. Y le parecía que su mundo acababa de desmoronarse y convertirse en ruinas.

¿La fiesta de Corpus Christi? Faltaban dos días. ¿Qué iba a hacer?

Si Eva O'Byrne juzgaba los últimos ocho años, una cosa estaba clara: había hecho lo correcto cuando había convocado al fraile, pues los años que siguieron habían sido de los mejores de su vida.

Si Sean O'Byrne yacía con otras mujeres, las mantenía lejos de la vista. Cuando estaba en casa se portaba como un esposo atento. Un año después de que los Brennan se marcharan, ella dio a luz a otra niña, que la mantuvo de lo más ocupada. Sean disfrutaba con la niña. Al verlo jugar con ella en la hierba, delante de la vieja torre, Eva vivía momentos de pura felicidad. Mientras, Seamus había convertido el terreno que antes fuera de Brennan en unos fértiles cultivos. Había reconstruido la casa prácticamente con sus propias manos y había encontrado esposa. Hija de uno de los O'Toole menores, no era un gran partido, pero se trataba de una muchacha sensata a quien Eva tomó afecto.

En cuanto a Fintan, el chico se había convertido en su compañero especial. Era casi divertido, pensaba, que siempre la vieran con su hijo más pequeño, pues, a aquellas alturas, ya le había quedado claro a todo el mundo que ambos se parecían y pensaban del mismo modo. Salían a pasear juntos y ella le enseñaba todas las plantas y flores que conocía. Y por lo que hacía a los animales, era un ganadero nato. A Eva le recordaba a su propio padre. Y él le daba afecto, constantemente. Cada invierno hacía algo para ella —un peine de madera, una prensa para la mantequilla— y aquellos pequeños obsequios se convirtieron en tesoros; cada vez que los utilizaba se le dibujaba una sonrisa en la cara. Ella y el chico estaban tan unidos que temía que el esposo pudiera ponerse celoso; sin embargo, Sean O'Byrne parecía más divertido que otra cosa y contento de que el muchacho le diera tanta felicidad. En cuanto a su relación con Fintan, era muy sencilla: «Gracias por darme un hijo tan buen granjero». Y él, a su vez, le había traído otro maravilloso regalo a su esposa.

La niña tenía dos años cuando Sean llegó un día de un viaje al Munster y, como quien no quiere la cosa, le preguntó:

—¿Qué te parecería añadir un nuevo miembro a la familia?

La mujer no entendió qué quería decir con aquello.

—Un hijo adoptivo. Un chico de la edad de Fintan —aclaró su marido.

Aunque la práctica de la adopción se remontaba años y años en la historia celta, todavía estaba muy viva entre las familias nobles de la isla, ya fueran inglesas o irlandesas. Cuando el hijo de una familia iba a vivir con otra, se creaba entre ellas un vínculo que era casi como un matrimonio. Enviar a un niño a la casa de un gran jefe era ayudarle a abrirse camino en el mundo; y para una familia importante, que le confiaran la custodia de un hijo suponía un enorme cumplido. Al creer que su marido hacía un favor a una familia más pobre, no se entusiasmó demasiado; Sean lo notó y esbozó una sonrisa.

—Es un Fitzgerald —le contó con voz serena—, pariente del conde de Desmond.

Un Fitzgerald, emparentado con el poderoso conde de Desmond. Un pariente lejano, de una rama modesta de los grandes Fitzgerald del sur, pero un Fitzgerald al fin y al cabo.

—¿Y cómo lo has conseguido? —preguntó ella con sincera admiración.

—Debe de haber sido por mis encantos —dijo sonriendo—. Es un chico muy guapo. ¿Tienes alguna objeción?

—Para Fintan será muy bueno tenerlo como amigo —respondió—. Que venga cuando quiera.

El muchacho llegó al cabo de un mes. Se llamaba Maurice y tenía la misma edad que Fintan; no era rubio como este, sino moreno, era más delgado, un poco más alto y con unos rasgos celtas perfectos que servían para recordar que los Fitzgerald eran tanto príncipes irlandeses como nobles ingleses. Además, tenía unos ojos hermosos que a ella se le antojaron extraños y exigentes. Era muy educado y declaró que la casa era muy similar a la de sus padres, salvo que la de ellos «estaba a orillas de un río». Aunque era delgado, tenía un cuerpo atlético, conocía el ganado y pareció introducirse con facilidad en la vida de Fintan como un amigo retraído. Pero se notaba que procedía de una familia aristocrática, pensó Eva. Aunque era muy callado, sus modales eran corteses en grado sumo. Siempre se refería a ella como «lady O'Byrne», obedecía al marido de esta con un respeto instantáneo y decía «por favor» y «gracias» mucho más de lo que ellos acostumbraban. También leía y escribía considerablemente mejor que Fintan y tocaba el arpa. Pero más allá de esto, había en él una finura que no era capaz de describir y que lo hacía destacar. Eva le confió a su esposo que esperaba que Fintan aprendiera de él.

Los dos muchachos se hicieron buenos amigos. Al cabo de un año, estaban tan unidos como si fueran hermanos; entonces, Eva empezó a considerar a Maurice como a un hijo más. Sean era un buen padre adoptivo. No solo se aseguró de que el muchacho aprendiera todo lo que era preciso saber sobre los cultivos y los asuntos locales de los montes de Wicklow y de la llanura del Liffey, sino que además lo mandaba en ocasiones con MacGowan para que visitara fincas y casas como las de los Walsh, o que bajara a Dalkey e incluso a Dublín con el mercader gris.

Eva había supuesto que al joven también le apetecería conocer a sus allegados Kildare en esos viajes, pero Sean le había explicado que, teniendo en cuenta las sospechas que había despertado el conde de Desmond en los últimos tiempos, no sería prudente. «Ya se encargarán sus padres de eso cuando lo crean conveniente. No es cosa nuestra presentarlo a sus familiares», había dicho. Por otro lado, Maurice parecía completamente satisfecho con su vida tranquila en casa de los O'Byrne.

Sin embargo, y de alguna extraña manera, era un ser distante. No se trataba solo de su amor por la música, aunque, a veces, cuando tocaba el arpa, parecía sumirse en una suerte de sueño. Tampoco era cuestión solo de su aptitud para las materias intelectuales, aunque el padre Donal, que daba clases a los dos muchachos, de vez en cuando comentaba con anhelo: «Es una pena que no esté destinado a ser sacerdote». En realidad, lo que llamaba la atención eran sus estados de ánimo melancólicos. No se presentaban con frecuencia, pero cuando caía en ellos vagaba solo y sin rumbo fijo por las montañas y a veces se pasaba fuera un día entero. No caminaba vigorosamente como Sean, más bien avanzaba como si estuviera en trance. Hasta Fintan había aprendido que en esas ocasiones era mejor no acompañarlo y lo dejaba solo hasta que la melancolía se marchaba. Y cuando lo hacía, aparecía como renovado. «Eres un tipo extraño», le decía Fintan con afecto. Por eso, a nadie le sorprendió que cuando el fraile pasó por la casa un par de veces, camino de Glendalough a visitar a un ermitaño, el muchacho se sentara a hablar con él a solas durante horas y que el clérigo le diese la bendición antes de marcharse.

Y sin embargo, nada de todo aquello afectaba a la amistad

del chico Fitzgerald con Fintan. Trabajaban juntos, salían de caza y gastaban bromas como todos los chicos sanos de su edad. Una vez, Eva le preguntó a su hijo quién era su mejor amigo y Fintan la había mirado atónito y había dicho: «Pues Maurice, claro».

En cuanto a la relación del muchacho con Eva, era como la de un hijo hacia una madre, salvo que, con la leve reserva propia de un sacerdote, siempre se mantenía a cierta distancia de ella, algo que al cabo de uno o dos años casi le había dolido, hasta que se había dado cuenta de que el muchacho lo hacía para asegurarse de que no se interponía en la relación entre ella y Fintan. Su finura era admirable.

Aunque nadie podía decir cuándo o por qué, lo cierto era que con la llegada de Maurice Fitzgerald se habían producido cambios sutiles en la casa de los O'Byrne de Rathconan. Hasta Sean, poco a poco, se volvió más considerado con ella. Y qué mejor prueba de ello podía haber que, a medida que se acercaba el cumpleaños de Eva, en el verano de 1533, invitara a todos los vecinos a una fiesta en la casa. Hubo un violinista, danzas y un bardo ambulante que recitó, a la manera tradicional, historias de Cuchulainn, de Finn Mac Cumaill y de otros héroes legendarios. Sean y Fintan se sentaron junto a ella y Maurice también tocó el arpa para todos los reunidos. Sean le regaló un par de guantes con hermosos bordados hechos por Henry Tidy y una pieza de brocado de seda que también le gustó mucho, pues intuyó que la había elegido Maurice en uno de sus viajes a Dublín con MacGowan.

Y de este modo, festejaron, cantaron y danzaron hasta altas horas de aquella noche, la víspera del Corpus Christi.

En el calendario de Dublín había varias celebraciones importantes. Algunos años era la Ronda de las Franquicias; por otro lado, siempre había desfiles y procesiones el día de San Patricio y el día de San Jorge, patronos de Irlanda y de Inglaterra, respectivamente; sin embargo, la fiesta más destacada de todas llegaba en julio, cuatro viernes después del solsticio de verano. Era la fiesta del Corpus Christi.

Corpus Christi, el Cuerpo de Cristo, la celebración del milagro de la eucaristía. ¿Qué mejor día para que la corporación de la ciudad, las hermandades religiosas y los gremios disfrutasen y lo celebraran juntos? El alcalde, los concejales y los ciudadanos libres eran los que regían el destino de Dublín y casi todos ellos pertenecían a uno u otro de esos estamentos. Había grandes hermandades religiosas, como la de la Santísima Trinidad, a la que Doyle pertenecía, con su capilla en la iglesia de Cristo y que se dedicaba a la caridad y a las obras pías; y había numerosos gremios —mercaderes, sastres, orfebres, carniceros, tejedores, guanteros y muchos otros— que regulaban su propio comercio. Muchos de estos gremios tenían modestas capillas en iglesias menos importantes. Todos, en la festividad de Corpus Christi, organizaban una procesión.

La tradición del desfile se había mantenido durante generaciones. Cada gremio presentaba su carroza con decorados pintados, como si de un pequeño escenario se tratase. De unos dos metros y medio de ancho —para que pudiera pasar por la puerta de las Damas, tirada por seis u ocho caballos— las carrozas se esmeraban en contribuir al espléndido espectáculo. Cada una representaba una escena de la Biblia o de una leyenda popular. El orden del desfile estaba establecido en el Libro Cadena de las regulaciones de la ciudad que se guardaba en el Tholsel. Primero iban los guanteros, representando a Adán y Eva; luego los zapateros, luego los marineros que representaban a Noé y el arca, y luego los tejedores seguidos por los herreros; eran casi una veintena de carrozas en total, incluido un espléndido retablo del rey Arturo y sus caballeros de la Mesa Redonda, interpretados por los auditores de la ciudad. Finalmente, y abriéndose camino como un caballo de pantomima formado por dos hombres y moviendo majestuosamente la cabeza arriba y abajo, iba el gran dragón de san Jorge, emblema de la corporación de Dublín.

La comitiva se congregaba a primera hora de la mañana en el campo abierto cercano al hospital de Ailred, *el Peregrino*, fuera de la puerta occidental, y luego entraba por ella, discurría por la calle Alta hasta la Cruz Alta, junto al Tholsel, pasaba ante la iglesia de Cristo y el castillo y bajaba por la puerta de las Damas, terminando junto a Hoggen Green, donde algunos de los gremios representaban obras breves de teatro desde sus carrozas.

Tidy estaba emocionado. Aquel año, sus compañeros del gremio de guanteros lo habían elegido para interpretar a Adán. Durante la procesión, iría de pie en la carroza, con calzas blancas y un jubón, con una gran hoja de parra de diseño un tanto indecente. Pero también había tenido que aprenderse el guion; durante semanas, Cecily lo oyó ensayar con voz solemne frases como: «Oh, ¿qué has hecho, mentecata?».

El sol ya estaba alto cuando Tidy se puso en marcha, con aire complacido, pero con determinación. Al cabo de una hora, Cecily dejó a los niños con una vecina y fue a la ciudad a ver el desfile.

A Margaret le pareció que aquel día toda la región se había desplazado hasta Dublín. Tan densas eran las multitudes que se vio obligada a dejar el caballo en una taberna cercana a San Patricio, por un precio de escándalo, y unirse a la muchedumbre que se abría paso a pie hacia la puerta meridional. Aquello tenía la ventaja de que podía pasar inadvertida, pero se preguntó si llegaría a ver a su esposo.

Walsh había salido al amanecer y ella había esperado una hora. Luego le había dicho al mozo que volvería al anochecer. Sin más explicación, había cabalgado tras él y se había preguntado si llegaría a atisbarlo, pero William era demasiado veloz y no lo había visto. En cuanto a la explicación que daría al regresar a casa por la noche, eso dependería de lo que hubiera sucedido durante el día.

Se preguntó si debía confrontarlo con su aventura con la mujer de Doyle, pero decidió no hacerlo porque carecía de pruebas. Si él lo negaba, ¿cómo quedaría ella? En un estado de perpetua incertidumbre. Sabía que algunas mujeres habrían pasado por alto el asunto, y, sin duda, aquella actitud simplificaba la vida, pero ella pensaba que no podía. Tampoco tenía una amiga en quien confiar; así pues, ante aquella inesperada crisis en su vida se encontró sola. Por ello, había decidido seguirlo a Dublín.

Sabía que era una necedad. Sabía que tal vez no lo vería. Y si lo veía con Joan Doyle, ¿qué haría? Tampoco lo sabía.

Qué contento estaba todo el mundo... La pintoresca riada de gente cruzaba la puerta riendo y charlando, y Margaret, con el cabello escondido debajo de un gorro de terciopelo negro, el rostro enjuto y solemne, se dejaba llevar como un palito en una corriente. Siguieron la calle de San Nicolás, dejaron atrás el callejón de los Zapateros y luego llegaron al gran cruce con la calle Alta, desde donde se divisaban los altos tejados a dos aguas del Tholsel. La muchedumbre era tan densa que apenas podía pasar por el cruce, pero por fortuna los senescales permitieron que un grupo, en el que iba Margaret, entrara en el recinto de la iglesia de Cristo, donde había más sitio para que el gentío pudiera ver el espectáculo. Al cabo de un momento, la calle fue desalojada de nuevo. La procesión se acercaba.

Abría la marcha un grupo de jinetes compuesto por los sargentos de la ciudad y otros oficiales del ayuntamiento. Luego iba una banda de gaitas y timbales. Y detrás, avanzando despacio, llegaba la primera de las carrozas.

Los guanteros habían conseguido que el desfile comenzase de manera brillante. En medio de su carroza había un árbol hecho de madera recortada, pintada de hojas verdes y manzanas doradas. Adán y Eva, hombres los dos, llevaban las pertinentes hojas de parra. Eva lucía unos grandes senos, sostenía una manzana dorada del tamaño de una calabaza y realizaba movimientos lascivos que levantaban vítores entre la multitud, mientras que Adán, con rostro solemne, de vez en cuando gritaba: «Oh, ¿qué has hecho, mentecata?». La serpiente —un hombre alto y delgado— llevaba una ingeniosa pieza en la cabeza que, con la ayuda de una cuerda, hacía que se retorciera a uno y otro lado y que moviera la cabeza hacia la multitud con aire amenazante.

Margaret vio pasar la carroza con una sonrisa sombría y empezó a abrirse paso hacia el este entre el gentío. Se acercaba otra carroza con Caín y Abel. Poco después llegó al sitio que deseaba y encontró un lugar en una tapia baja a la que se habían encaramado varios niños. Desde allí, por encima de las cabezas de los espectadores, gozaba de una buena vista de las puertas de las casas del otro lado de la calle.

La zona de la calle Alta que quedaba delante de la catedral era conocida como el callejón de los Desolladores. En las grandes casas de tejados a dos aguas residían los nobles y la aristocracia provinciana, entre los que se contaban los Butler. Otras pertenecían a los grandes comerciantes como Doyle. Sus plantas superiores en voladizo sobre la calle constituían perfectas galerías para contemplar la procesión y todas las ventanas estaban atestadas. El lugar que Margaret había elegido quedaba delante de la casa del concejal Doyle.

Era una mansión impresionante: de cuatro plantas de altura, construida en piedra al nivel de la calle y de madera y yeso más arriba, con dos gabletes y los tejados de pizarra, era como una exhibición inmóvil de la riqueza del concejal. Margaret contempló sus ventanas, llenas de rostros. Criados, niños, amigos en todas ellas. En la más grande divisó a Doyle y a su esposa. ¿Estaba su marido también allí? No lo veía.

Las carrozas seguían pasando: Noé y el arca, el faraón de Egipto con su ejército, varias escenas de la Natividad y Poncio Pilatos acompañado de su esposa. Inmediatamente después de esta, la cara de Doyle desapareció de la ventana y cuando llegó el rey Arturo con sus caballeros, vio al concejal, con la toga escarlata propia de su cargo, que salía de su casa y caminaba hacia el Tholsel. Margaret siguió mirando hasta que el dragón rojo y verde de san Jorge, que también tenía alas plateadas, cerró la procesión, acompañado de otra banda de gaitas y timbales.

Cuando terminaron de pasar los músicos, mucha gente los siguió. Margaret pensó que quizá llamaba un poco la atención y se retiró junto a un arbolito desde donde se divisaba también la casa de los Doyle. Las caras habían abandonado ya las ventanas y la gente comenzaba a salir a la calle, para seguir presumiblemente el desfile hasta Hoggen Green y asistir a las representaciones teatrales. Parecía que salía todo el mundo, criados incluidos, y que la casa se quedaba vacía, pero no vio a la mujer de Doyle. Esperó a que la gente que seguía la procesión se redujera a unas pocas personas. ¿Había salido Joan Doyle? ¿Y si se le había pasado por alto? Margaret no sabía qué hacer.

Entonces vio a su esposo caminando garbosamente por la calle. Se detuvo delante de la puerta de los Doyle, miró alrededor y parecía que iba a llamar cuando la puerta se abrió y allí, sonriendo en el umbral, apareció Joan Doyle. Él entró y la mujer cerró la puerta a su espalda.

Margaret se quedó paralizada y el corazón le dio un brinco en el pecho: su esposo y Joan Doyle. Sintió un frío helado en el pecho y notó que de repente le faltaba el aliento.

¿Qué debía hacer? ¿Estaban realmente solos? En la casa habría al menos un criado, aunque tal vez ella los había mandado salir a propósito. Sí, debía de ser eso: la procesión del Corpus Christi era la excusa perfecta. Todo el mundo iría a ver el espectáculo y su esposo se colaría en la casa. Miró en la dirección en que se habían marchado las carrozas. La riada de gente comenzaba a retirarse de la picota que se alzaba al final del callejón de los Desolladores. Oyó que alguien daba un trompetazo en la puerta de las Damas, un sonido inquietante, como una señal de alarma.

Tenía que entrar en la casa y afrontar la realidad. Era ahora o nunca, pero ¿qué excusa pondría? ¿Que aquel día había ido a Dublín por casualidad? ¿Que lo había visto entrar allí? ¿Y si su visita se debía a un motivo absolutamente inocente? Sería, como poco, embarazoso. Mientras intentaba decidir lo que diría, se percató de la inutilidad de todo ello, porque si realmente estaban haciendo el amor, la puerta estaría cerrada para que no los pescaran con las manos en la masa. Si se dedicaba a aporrear la puerta, William podía esfumarse por una ventana trasera o tras vestirse abriría con una excusa a punto para justificar su presencia en la casa. Margaret quedaría como una estúpida y quizá sabiendo tanto como antes. Se preguntó si era conveniente que se acercara al edificio a mirar por las ventanas.

Decidió que lo mejor sería esperar y ver lo que ocurría. El tiempo transcurría, pero se sentía tan afligida que, al cabo de un rato, advirtió que no sabía cuánto tiempo llevaba allí mirando. ¿Un cuarto de hora? ¿Media hora? Se le antojaba una eternidad. Cuando trató de calcular el rato transcurrido, la puerta se abrió y salió William. Su esposo se volvió y caminó con paso rápido hacia el Tholsel mientras la puerta se cerraba. Margaret se quedó donde estaba. Pasó el tiempo y la puerta no volvió a abrirse.

Las carrozas de la procesión se habían detenido cerca de Hoggen Green, junto a una pequeña capilla consagrada a san Jorge. Mientras los caballos pacían en la hierba, cinco carrozas se habían dispuesto en un gran semicírculo. Iban a representar una sucesión de piezas breves, comenzando con el Adán y Eva de los guanteros. Cecily sonrió. Era una escena encantadora, con el túmulo de la Asamblea como telón de fondo. Habían instalado unos cuantos tenderetes donde vendían cerveza y otros refrescos. El cielo era azul pálido y el sol abrasaba. Olía a sudor de caballo y de hombres, y también a cerveza de cebada, un aroma que no resultaba desagradable.

Aunque fue corta, la obra de los guanteros estuvo muy bien representada. El grito de Tidy: «Oh, ¿qué has hecho, mentecata?», fue coreado por la multitud, y todos juntos lo repitieron con jarana y buen humor. Adán, Eva y la serpiente fueron debidamente expulsados del Paraíso entre los aplausos del público y pronto le tocaría al siguiente grupo, que interpretaría la historia de Caín y Abel.

A Cecily le había llamado la atención una cuadrilla de hombres que se había situado cerca de ella mientras los guanteros representaban su obra. Por sus brillantes camisas de seda y sus casacas era obvio que se trataba de jóvenes aristócratas y algunos de ellos parecían visitantes de Londres. También era obvio que habían estado bebiendo, pero parecían inofensivos. Y no le había chocado que, al ver que los miraba, hubiesen comenzado a tomarle el pelo.

¿Qué hacía una mujer tan bonita allí sola? ¿Dónde estaba su marido? «En el escenario», les dijo. ¿Quién era? Adán. Aquello fue acogido ruidosamente. Entonces tú debes de ser Eva. ¿Era tentadora como ella? ¿A cuál de ellos tentaría? Cecily se tomó todo aquello con buen humor, pero cuando comenzó la siguiente obra, comenzaron a hacer comentarios más obscenos y ella decidió ponerlos en su lugar.

—Prestad atención a la obra, caballeros —gritó—, no a mí. Recordad —añadió— que esta sigue siendo la celebración del Corpus Christi.

Sin embargo, si su intención era acallarlos con aquella reprimenda, su efecto fue el contrario, pues comenzaron a hacer comentarios y bromas vulgares y a preguntarle si ella también «se haría carne» el día de Corpus Christi. Finalmente, Cecily tuvo bastante.

—No os burléis del milagro de la eucaristía —gritó, enrabiada, con la esperanza de silenciarlos de una vez por todas.

Se quedó estupefacta cuando uno de los crápulas, que claramente era inglés, hizo un comentario despectivo sobre la eucaristía. No lo dijo muy alto, pero fue audible, y lo que todavía le resultó más pasmoso fue que sus compañeros se rieran.

Cecily se había olvidado de la representación y los miraba enojada. ¿Quién se creían que eran aquellos ingleses lechuguinos? ¿Y por qué sus amigos ingleses les dejaban salirse con la suya? Tal vez fueran hijos de grandes lores, aunque no lo sabía ni le importaba, pero no tendrían que permitirles venir a Dublín a hacer comentarios profanos. Se dirigió hacia ellos.

—En Londres tal vez seáis protestantes y herejes —gritó con voz firme—, pero no debéis traer vuestra blasfemia a Dublín.

Se dio cuenta de que si bien algunos parecían incómodos, otros no.

—¡Oh, Tom —gritó el lascivo—, tenéis unas mujeres muy fieras aquí en Irlanda!

Cecily notó que estaba un poco ebrio, pero aquello no era excusa. Y cuando le hizo una reverencia insolente, todavía se enfureció más. ¿Por qué un petimetre extranjero pensaba que podía ser condescendiente con ella solo porque estaban en Irlanda y era una mujer?

—¿Somos, pues, herejes, en Inglaterra, señora?

—Como vuestra reina es una hereje —pronunció la palabra «reina» con desprecio—, quizá vosotros también lo sois.

—Me ha alcanzado, Tom, me ha alcanzado —voceó el joven lord, llevándose la mano al pecho—. Me ha alcanzado. —Se tambaleó de costado como si estuviera herido y la gente que los rodeaba, en vez de seguir la obra de teatro, se volvió a mirarlo. Y entonces, dejando de lado la comedia, le lanzó una temible mirada y le dijo—: Tened cuidado, señora, antes de acusar a la Reina de herejía. El Rey es el jefe supremo de nuestra Iglesia.

—No de la mía, señor —replicó amargamente—. El Santo Padre es el jefe de mi Iglesia, gracias a Dios —añadió con fervor.

En la práctica, aquello todavía era cierto. Como el asunto de la supremacía del rey Enrique aún no se había llevado al Parlamento irlandés, todavía no era ley en Irlanda, y Cecily podía correctamente decir que ella respondía ante el Papa. Lo miró con rabia. En aquel joven elegante y en sus repentinos cambios de humor había algo afeminado. La mirada se volvió desdeñosa y él lo notó.

—Vaya, señora —gritó para que lo oyeran todos los que lo rodeaban—. Lo que habéis dicho es una traición.

La última palabra se quedó suspendida, horrible, en el aire. Hasta Caín y Abel, en lo alto del escenario, habían hecho una pausa y habían mirado hacia ella, nerviosos. Pero Cecily estaba tan encendida que ni se dio cuenta.

—Preferiría que me acusaran de traición que renegar de la fe verdadera y del Santo Padre —chilló—. Y en cuanto a vos, que os pudráis en el Infierno al lado del rey Enrique.

La representación se detuvo y todo el mundo se volvió a mirar a la mujer que acababa de condenar al Infierno al rey Enrique. Por fuera de sí que estuviese, Cecily sabía que había ido demasiado lejos. Aquél era un territorio peligroso, la frontera de la traición, pero aún peor que las miradas de la muchedumbre era la expresión en el rostro del hombre que se le acercaba a grandes zancadas.

El rostro de Tidy estaba tan pálido como su disfraz, pero tenía los ojos encendidos. MacGowan iba con él. Se abrían paso entre el gentío. Iba vestido de Adán, con la ridícula hoja de parra golpeándole en las costillas. La agarró por el brazo.

—¿Estás loca?

Para los jóvenes aristócratas aquello fue demasiado, pero al menos la peligrosa tensión del momento quedó desactivada.

—¡Adán! —lo llamaron—. ¡Adán, mira a tu esposa! —Y entonces, contagiándose la idea unos de otros, añadieron—: Oh, ¿qué has hecho, mentecata?

Tidy no dijo nada. Agarrando a su mujer por un brazo mientras MacGowan la tomaba por el otro, se la llevó de allí mientras los jóvenes, con fingida solemnidad, gritaban: «¡Traición! ¡Que le corten la cabeza! ¡Traición!». Tidy no se detuvo hasta que llegaron a la puerta de la ciudad.

Así que aquél era el día especial; lo había planeado todo con tanto cuidado... Cuando se acabase la representación teatral, iba a llevarla intramuros, y, con cualquier excusa, la conduciría a la torre de la puerta occidental, donde se encontrarían con el concejal Doyle y les daría las llaves de su nueva morada. Y entonces habría contemplado su cara mientras observaba sus nuevos aposentos, espaciosos y aireados. Qué contenta se habría puesto... Menuda sorpresa. Un día perfecto. Lo tenía todo planeado.

—Has maldecido al Rey, Cecily —dijo con tristeza—. La gente dirá que somos unos traidores. ¿No comprendes lo que has hecho?

—Se ha burlado de la eucaristía —balbució con amargura.

—Oh, Cecily. —Los ojos de Tidy estaban colmados de reproche.

—¿Sabes quiénes eran? —intervino MacGowan en voz baja—. Eran amigos ingleses del joven lord Thomas. Estaba con ellos —y al ver que Cecily no comprendía, añadió—: Lord Thomas Fitzgerald, el heredero del conde de Kildare.

—¿El hijo de Kildare? —gritó Tidy, consternado.

—Entonces no deberían haber hablado como lo han hecho —replicó Cecily a la defensiva.

—Tal vez sea así —reconoció MacGowan—, pero son unos jóvenes libertinos que han estado bebiendo. Todo era una broma.

Tidy sacudió la cabeza.

—Ahora Kildare y los consejeros reales se enterarán de que mi esposa ha maldecido al Rey —comentó en tono sombrío; aunque no dijo nada más, lo que sinceramente pensaba era que ojalá se hubiera casado con otra.

Más tarde, con el corazón acongojado y sin ninguna sonrisa de placer, llevó a Cecily a la vivienda de la torre y tras enseñarle aquella magnífica residencia, le preguntó:

—¿Crees que ahora serás más feliz?

—Creo que sí —respondió—. Sí, seguro que sí.

Sin embargo, para sus adentros se preguntó si sería cierto.

Y

Mientras los Tidy se dedicaban a inspeccionar su torre, Margaret llegaba a casa. Había esperado una hora a la puerta de la casa de los Doyle, había visto por fin salir a Joan y la había seguido en dirección a la puerta de las Damas, donde la había perdido de vista. Al final, renunció a encontrarla y regresó a casa.

Aquella noche William no llegó hasta muy tarde y Margaret lo notó satisfecho de sí mismo. Contó que había cenado en la ciudad y parecía haber bebido bastante. Tras decir que estaba cansado, se retiró a la alcoba y se quedó dormido.

El día siguiente lo pasó tranquilamente en casa. Al otro, dijo que tenía asuntos que resolver en Dublín, pero volvió a media tarde. Y durante unas dos semanas la vida prosiguió como siempre. ¿Tenía encuentros ilícitos con Joan Doyle en Dublín? No lo sabía seguro. En una ocasión había regresado de la ciudad y le había hecho el amor de la manera habitual. ¿Qué significaba todo aquello? ¿Había sucedido algo el día de Corpus Christi en Dublín? Si ese era el caso, ¿se estaban repitiendo las citas? A Margaret le costaba creer que no fuese así. Y sin embargo, ¿qué podía hacer? ¿Compartir el esposo con Joan Doyle hasta que la aventura terminase? ¿Confrontarlo con algo de lo que no tenía pruebas? ¿Esperar? ¿Vigilar? No imaginaba que la incertidumbre pudiera doler tanto.

Al cabo de dos semanas, William fue a Dublín y volvió por la noche muy tarde. Una semana después, marchó a Fingal y se quedó allí varios días. En aquellas ausencias no había nada insólito, pero ahora todos sus movimientos habían adquirido una importancia nueva. Y Margaret no sabía lo que habría hecho después si durante el mes de agosto no se hubiera presentado con aire abatido y le hubiese dicho:

—El monasterio necesita que vuelva a bajar al Munster; pero no lo encuentro prudente.

—Debes ir —le dijo ella—. De inmediato.

Estuvo fuera tres semanas. Cuando volvió, lo vio tan ocupado que creyó que no tenía tiempo para una aventura.

Y además, durante su ausencia, Margaret había introducido un cambio en sus actividades cotidianas y había comenzado a ir a Dublín.

No tenía un programa fijo. Algunas semanas no iba, pero desde finales de aquel verano, solía ir a caballo, recorría los mercados y regresaba más tarde. En la ciudad, al pasar a pie ante la casa de los Doyle en el callejón de los Desolladores o al entablar una conversación casual en un puesto del mercado, le resultaba fácil averiguar el paradero de los Doyle, de modo que cuando en octubre William tuvo que ausentarse varios días para ir a Fingal, ella pudo comprobar que Joan Doyle estaba en casa y no cerca de William. Fue una comprobación imperfecta, pero siempre era mejor que nada. En noviembre, el matrimonio Doyle fue a Bristol, donde permaneció casi cuatro semanas. Tampoco creyó que su esposo y Joan Doyle se hubieran visto en diciembre. A medida que se aproximaban las navidades, le pareció posible que la aventura, si es que había comenzado, hubiera quedado olvidada. Podía incluso pensar que todo había sido una jugarreta de su imaginación.

Así, con un humor animado, pocos días antes de navidades acompañó a William a Dublín para asistir a un banquete de invierno que daba el gremio de la Trinidad.

Fue la típica y festiva celebración ciudadana a la que asistió la flor y la nata de Dublín. Notables de la ciudad ataviados con sus casacas y levitas, caballeros de la Empalizada, muchos miembros del gremio de la Trinidad y hombres libres de la ciudad. Pero el interés máximo de la reunión residía en saber si el jefe de los Fitzgerald asistiría.

No había sorprendido a nadie que, durante el otoño, el rey Enrique hubiera mandado llamar de nuevo a Londres al conde de Kildare. Todo el mundo sabía que el monarca estaba todavía dolido por la manera en que los Fitzgerald lo habían obligado a devolverles el cargo de virrey, y era indudable que los Butler suministraban información a la corte inglesa para ser utilizada en su contra. Si bien Kildare envió excusas corteses al monarca, a sus amigos les dijo que se tomaría su tiempo antes de ir de nuevo a Inglaterra y, para recordarle el rey inglés que con los Fitzgerald no se podía bromear, hizo gala de una gran frialdad y retiró todos los cañones reales del castillo de Dublín y los puso en sus propias plazas fuertes. Y durante los últimos meses, Kildare se había quedado tranquilamente en Irlanda, mientras el rey Enrique echaba chispas.

De todos modos, en los últimos tiempos, Walsh había oído decir que Kildare no estaba bien. Las heridas sufridas en campaña habían vuelto a molestarle. Se rumoreaba que sufría intensos dolores y que su estado era grave. «Me pregunto si no ha sido una enfermedad fingida, una excusa para no ir a Inglaterra, aunque muchos aseguran que la salud del conde está francamente deteriorada», le dijo Walsh a Margaret. Y así, en vez de asistir al banquete, Kildare envió a su hijo Thomas como representante. La familia Kildare era extensa, pues el conde tenía cinco hermanos. «Pero si al conde le ocurre algo, será Thomas y no sus tíos quien lo suceda en el título y en el señorío», señaló Walsh. Eran pocos en Dublín los que sabían del joven, salvo que era un pimpollo elegante que se presentó con unos crápulas ingleses borrachos en la última procesión del Corpus Christi. «Silken Thomas, Thomas, *el Sedoso*, lo llaman sus amigos», dijo el abogado con cierta desaprobación; no obstante, como los demás caballeros de Dublín, sentía una inmensa curiosidad por verlo.

Y el joven lord Thomas causó una impresión favorable. Tenía el apuesto aire aristocrático de la familia. Vestía una casaca de una seda finísima ceñida con un cinturón, algo que debía de ser la última moda en las cortes de Inglaterra o Francia, pero mientras saludaba a los invitados antes de que comenzase el banquete, trató a todo el mundo con suma cortesía. Después de que lo llamaran para hablar con él, Walsh regresó junto a su esposa y comentó:

—Es joven, pero está bien informado. No es un estúpido.

El ágape fue excelente. Después de comer, los invitados departieron por grupos. Mientras acompañaba a su esposo por el salón, se encontró con Joan Doyle frente a frente. El concejal se había detenido a hablar con Silken Thomas y su esposa se encontraba sola. Al ver a los Walsh, la cara de la dama se iluminó.

No había manera de evitarla. En respuesta a su saludo, Margaret esbozó su mejor sonrisa fingida. Los tres intercambiaron las habituales cortesías vacuas y luego Joan se volvió hacia Margaret.

—Deberías venir más por Dublín, querida —le dijo.

—Vengo a veces a los mercados —replicó Margaret en voz baja.

—¿No crees que debería hacerlo? —le preguntó Joan a Walsh.

—Pues claro que sí —respondió con amabilidad.

Margaret los juzgó. La conversación parecía de lo más inocente, pero si estaban utilizaban tácticas evasivas, no se dieron cuenta de que ella los observaba atentamente.

—Tal vez tengáis razón —dijo—. Debería venir para los festivales, cuando menos —asintió, y como si hablara consigo misma, añadió—: Como el del Corpus Christi.

¿Se habían intercambiado una mirada? Sí, seguro que sí. Entonces la dama Doyle se echó a reír.

—El día de Corpus fue muy hermoso —dedicó una sonrisa a Walsh y este se la devolvió.

Se estaban burlando de ella. Creían que no lo sabía.

—En realidad, este año vine a Dublín para el Corpus —dijo Margaret con vivacidad.

—¿De veras?

Ya no le cabía ninguna duda. Su esposo había palidecido.

—No te lo conté, ¿verdad? Fue un impulso repentino. Vi las carrozas desfilar por el callejón de los Desolladeros —les dijo sonriendo—. Vi todo tipo de cosas.

Fue un momento perfecto. En su silencio, Walsh y Joan Doyle parecían aturdidos. Joan Doyle se recuperó primero.

—Pues tendrías que haber venido a casa —exclamó—. Estábamos todos en las ventanas. Lo habrías visto todo mejor.

—Oh, desde donde estuve lo vi muy bien —sentenció Margaret.

Los había pescado. Experimentó una maravillosa sensación de poder. El dolor que había sufrido casi había merecido la pena. Veía que los dos intentaban descifrar cuánto sabía y si sus comentarios eran irónicos o no, pero eran incapaces de saberlo. Los tenía perplejos.

Margaret sonrió y tomó a su esposo por el brazo.

—Tenemos que ir a presentarle nuestros respetos —murmuró, refiriéndose a un caballero de Fingal que se encontraba cerca.

Acto seguido se alejaron, dejando sola a la mujer de Doyle.

Y sin embargo, se le antojó un triunfo vacío, porque si bien ellos se habían quedado con la incertidumbre, su incomodidad le había dicho todo lo que necesitaba saber acerca de la complicidad de su esposo y Joan Doyle. Ya la habían engañado otra vez, por lo que era fácil que volvieran a intentarlo.

Aquella noche, en la cama, se volvió hacia él y le dijo:

—Así que Joan Doyle te parece atractiva…

—¿Crees que la encuentro atractiva? —dijo perspicaz antes de hacer una pausa como si estuviera pensando en la respuesta—. Es una buena mujer —comentó—, pero las prefiero pelirrojas.

Durante las navidades estuvo especialmente tierno y atento, y ella lo agradeció. Conociendo la naturaleza perversa de Joan Doyle, ni siquiera culpó demasiado a su marido de la situación. Nunca había pensado que llegaría a hacerle aquello, pero ahora que ya había sucedido, el principal objetivo de Margaret era que se terminase la aventura; aunque no la mencionó, le hizo una clara advertencia.

—No confíes en Joan Doyle. Tiene dos caras y es peligrosa.

Sin embargo, sus sentimientos hacia la mujer se endurecieron en una rabia secreta y fría. Se ha burlado de mí y me ha engañado toda la vida, y ahora se dedica a robarme el marido. Todavía ignoraba qué defensa iba a adoptar, pero si Joan Doyle pensaba que iba a salirse con la suya, descubriría el significado de la venganza.

Quizá se debió a este estado de fluctuación en su propia vida, pero en algún momento de la primavera de 1534, a Margaret le pareció que a su alrededor todo estaba cambiando. Había en el aire una sensación de incertidumbre y de peligro.

Poco después de Navidad cayó una copiosa nevada y el tiempo invernal retuvo a Walsh en casa durante casi todo el mes de enero. En febrero realizó unos cuantos viajes a Dublín; iba por la mañana y regresaba por la noche. La situación allí, decía, era incierta.

—Es indudable que Kildare está enfermo. Finalmente, va a ir a Londres, pero corren rumores de que lo hace solo para convencer al rey Enrique de que confirme a su hijo Thomas como virrey en su lugar.

La semana después de la partida de Kildare, Walsh se quedó en Dublín durante tres días y Margaret se preguntó si se estaría viendo con Joan Doyle, pero, cuando volvió, su aspecto era grave y las noticias que trajo hicieron que todas las demás consideraciones de Margaret quedaran relegadas a un segundo plano.

—Son los arrendamientos de las tierras de nuestra Iglesia —explicó—. Ya sabes que este año toca renovar los contratos. Acabo de recibir las condiciones del arzobispo. —Sacudió la cabeza—. Al parecer, no está dispuesto a negociar siquiera —añadió en tono sombrío. Las condiciones eran leoninas y la renta se había doblado y más—. Y el problema —explicó— es que como abogado y administrador que soy, si estuviera en lugar del arzobispo, haría lo mismo. La tierra vale lo que pide —suspiró—, pero se ha quedado con casi todos mis beneficios.

Durante dos días reflexionó sobre el problema desde todos los ángulos. Y luego anunció: «Tendré que ir a Londres a ver a Richard». Partió a primeros de marzo.

Los Walsh no eran los únicos afectados por el cambio. Durante las semanas siguientes, Margaret supo que varias familias se habían visto obligadas a dejar sus fincas eclesiásticas, y algunas de ellas estaban incluso emparentadas con el propio Kildare. En circunstancias normales, hasta el arzobispo de Dublín dudaría a la hora de ofender a los Fitzgerald, y se preguntó qué significaría aquello. Mientras, las noticias que llegaban de Inglaterra indicaban que el rey Enrique también estaba teniendo algunas dificultades.

El Papa lo había excomulgado. Londres estaba controlado, pero se temía que se produjeran levantamientos en las provincias exteriores, sobre todo en el norte y en el oeste, donde las lealtades tradicionales eran muy fuertes. Incluso se rumoreaba que el emperador Habsburgo podía lanzar una invasión desde

España. Pese a sus arrogantes bravatas, si aquello sucedía, el rey Tudor podría perder el trono. Y entonces, a final de mes, regresó William Walsh. Margaret nunca olvidaría la noche de su llegada, cuando se detuvo en el umbral y dijo: «He traído a alguien conmigo».

Richard. Su Richard. El mismo Richard, con su pelo rojo, los ojos alegres y la cara risueña, pero más alto, más fuerte y hasta más apuesto que cuando se marchó. Richard, el joven fornido que la estrechaba entre sus brazos. Si sentía decepción y amargura por haberse visto obligado a abandonar Londres, lo disimuló por su madre. Porque aquélla era, según le contó Walsh por la noche, la conclusión a la que habían llegado Richard y él cuando habían hablado del asunto en Londres.

—No podemos permitirnos que siga en Londres más tiempo. Se quedará a vivir con nosotros una temporada. Y yo puedo ayudarlo a que se abra camino en Dublín.

Así que ya estaba por fin en casa y se quedaría. «No hay mal que por bien no venga», pensó. Luego le preguntó a su esposo qué iba a ocurrir con la finca de la Iglesia.

—Renunciaré a ella. Y mientras tanto —añadió con una mueca—, durante un tiempo, no habrá vestidos para ti ni casacas para mí.

El mes de abril estuvo dedicado a Richard. Su padre no le dejó quedarse en casa holgazaneando. Primero se lo llevó unos cuantos días a Fingal, luego bajaron al Munster y se quedaron allí una quincena. Y finalmente viajaron a Dublín y al regreso, su padre explicó, contento, que «había cautivado a todos los que le conocían». Margaret admiró la actividad de su esposo y, a principios de mayo, Richard ya conocía a todo el mundo.

—Y de Dublín, ¿quién te ha impresionado más? —preguntó a su hijo una noche mientras estaban sentados junto al fuego.

—Creo que Doyle, el comerciante —respondió tras pensarlo unos instantes—. Nunca he conocido a nadie que sepa tanto del negocio al que se dedica. Y su esposa —prosiguió, vivaz— es un encanto.

Y por más satisfecho que Walsh estuviese con su hijo, las noticias que le llegaban de Dublín no eran en absoluto halagüeñas. Cuando el conde de Kildare viajó a Londres, fue recibido con toda cortesía, pero a mediados de mayo, una parte de su séquito regresó a Dublín con la noticia de que su salud se había deteriorado y que el rey Enrique, repentinamente, lo había privado de su título y se negaba a dárselo a su hijo. Y lo que era aún peor, iba a nombrar de nuevo al Cañonero. También llegó la noticia de que varios miembros del clan Butler ocuparían cargos en puestos clave de la nueva Administración. Pero quizás el rumor más funesto de todos era el de que los Butler habían garantizado al rey Enrique que no apoyarían ninguna declaración que hiciera el Papa sobre Irlanda. «Eso solo puede querer decir una cosa: Enrique cree que los españoles nos invadirán», declaró Walsh.

¿Y qué harían los Fitzgerald? Todo el mundo observaba al joven Silken Thomas y a sus cinco tíos. Ya se había producido una terrible disputa con el arzobispo Alen sobre las fincas de la Iglesia. Antes de que concluyera el mes de mayo, el joven heredero Fitzgerald había estado en el Ulster hablando con los O'Neill y también había bajado al Munster. ¿Esperarían los Fitzgerald a que se les presentase la oportunidad o comenzarían a sembrar malestar en las provincias de la manera que era habitual en ellos? Margaret comprendió que la situación era peligrosa cuando, a finales de mayo, su esposo llegó a casa con un arcabuz, pólvora y proyectiles. «He comprado este arcabuz a un capitán de barco. Por si acaso», explicó.

¿Cómo era posible que, en medio de aquella incertidumbre, William Walsh encontrara tiempo y energía para dedicarse a su aventura con Joan Doyle? Margaret apenas podía creerlo, pero era eso lo que le parecía que andaba haciendo.

Desde su regreso con Richard, en varias ocasiones había intuido que su esposo se estaba viendo con la mujer del concejal. A principios de mayo, había ido a Dublín con Richard; entonces —Margaret lo había descubierto después— había mandado a su hijo a Fingal durante dos días. Y lo mismo había sucedido a la semana siguiente, cuando había enviado a Richard a Maynooth y a un monasterio cercano. ¿Cómo podía utilizar a su propio hijo para ocultar sus asuntos? Pero seguro que aquello había sido idea de la mujer de Doyle, pensó con repugnancia. Finalmente, si todavía albergaba alguna duda acerca de lo que estaba ocurriendo, a principios de junio quedó disipada.

Llegó a Dublín un barco con la noticia de que el impedido conde de Kildare había sido ejecutado. Los Fitzgerald estaban fuera de sí. Walsh apuntó que tal vez aquello no fuera cierto. En cualquier caso, se dirigió a la ciudad, llevando consigo a su hijo, para ver si podía enterarse de algo más. Al cabo de dos días, Richard apareció de nuevo en la casa.

—Silken Thomas ha sido llamado a Londres. Todavía no sabemos qué le ha sucedido a su padre —le explicó a Margaret—. Padre dice que deberías esconder todos los objetos de valor y estar preparada para afrontar los problemas que surjan. Quizá necesitaremos el arcabuz.

En la ciudad nadie sabía lo que iba a ocurrir. Hasta los hombres del Rey, en el castillo de Dublín, se habían quedado sin noticias, según explicó.

—Nadie sabe qué hacer. Le he dicho a padre que lo mejor sería que hablase con Doyle —prosiguió Richard, confiado—. Es una de las personas con mejor criterio, pero, hasta ahora —añadió con pesar—, no ha sido posible porque toda esta semana la pasará en Waterford.

—¿Estará fuera toda la semana?

De manera involuntaria elevó la voz hasta casi un chillido. Su hijo la miró sorprendido.

—Sí, ¿y qué?

—Nada —se apresuró a responder—. Nada.

Conque era eso… Ahora lo comprendía. Estaba todo planeado. Joan Doyle sabía que su marido estaría fuera y había vuelto a dejarla como una imbécil, enviándole al ingenuo de su hijo con el mensaje. ¿Qué iba a hacer? ¿Enviar a Richard de vuelta y arriesgarse a que el joven descubriera la verdad? La maldad y la audacia de Joan Doyle superaban cualquier expectativa. Sin embargo, nada había preparado a Margaret para lo que estaba por venir.

—Te contaré una extraña coincidencia que padre y yo hemos descubierto esta mañana —dijo Richard, esbozando una triste sonrisa—. ¿Sabes quién ha arrendado la finca de la Iglesia a la que nosotros hemos renunciado? El concejal Doyle. Sin embargo —añadió filosóficamente—, supongo que puede permitírselo.

¿Doyle? Margaret tardó unos instantes en asimilar por completo aquella información, pero luego le pareció comprenderla gradualmente. ¿No era exactamente eso lo que Joan Doyle ya había hecho una vez? La noche de la tormenta, la había sosegado, creándole una falsa sensación de seguridad y luego había utilizado la información que ella tan estúpidamente le había dado para perjudicar a la familia. Y ahora, se había lanzado a seducir a William, mientras que su esposo, que era íntimo del arzobispo Alen, se quedaba con las tierras de los Walsh. Lo que llegaría a hacer para destruirlos no tenía límite. Pobre William. Hasta sentía lástima por su marido. Al fin y al cabo, ¿qué era un hombre en manos de una mujer realmente decidida y sin escrúpulos? Joan Doyle lo había seducido y lo había engañado igual que en el pasado había engañado a Margaret. En aquel momento, odió a Joan Doyle con más intensidad de la que nunca hubiese odiado a nadie.

Lo vio todo con claridad. Por inteligente que fuese, era muy probable que William todavía no se hubiera percatado de que lo había traicionado. Joan Doyle tenía respuestas para todo, eso era indudable. Posiblemente, su esposo estuviera haciendo el amor con ella en ese mismo momento. Pobre imbécil.

Fue entonces cuando Margaret supo que iba a matarla.

MacGowan se hallaba con Walsh y Doyle frente al Tholsel cuando comenzó todo. Era el día después de que Walsh hubiera enviado a su hijo a casa. Doyle había llegado de Waterford aquella mañana. Cuando comenzó el tumulto, estaban hablando de la situación política.

Todo sucedió muy deprisa y eso fue lo que más le sorprendió. Los primeros gritos procedentes de la puerta, anunciando que se acercaba un grupo de hombres, apenas se habían acallado y ya se oían el matraqueo, el cascabeleo y el tamboreo de los cascos. Mientras los tres hombres retrocedían hacia el umbral del Tholsel, la enorme cabalgata de jinetes pasó ante ellos —eran tantos que tardaron varios minutos— seguidos de tres columnas de hombres de armas desfilando y de mercenarios escoceses. MacGowan calculó que eran más de mil soldados. En el centro, y acompañado de doce docenas de jinetes con cotas de malla, cabalgaba el joven lord Thomas, que no llevaba armadura, sino una elegante casaca de seda verde y oro y un sombrero con una pluma. Se le veía tan alegre como si estuviera participando en una cabalgata. Tales eran el estilo, la confianza y la arrogancia de los Fitzgerald.

Podía ser arrogancia, pero estaba cuidadosamente calculada. Después de haber cabalgado por toda la ciudad y haber cruzado el puente camino del salón donde se reunía el consejo real, Silken Thomas les entregó, con toda tranquilidad, la espada ceremonial que su padre, como virrey, custodiaba, al tiempo que retiraba su lealtad al rey Enrique. Era un gesto medieval: un potentado abjuraba de su voto de lealtad a su señor feudal. Y el rey inglés no solo perdía a su vasallo, sino que los Fitzgerald también se declaraban libres para jurar su lealtad a otro rey, al emperador del sacro Imperio romano en España o incluso al Papa. No había sucedido nada semejante desde que, cincuenta años antes, el abuelo de lord Thomas coronase al pequeño Lambert Simnel y enviara un ejército a invadir Inglaterra.

Y antes de que transcurriese una hora, todo Dublín lo sabía.

MacGowan pasó el resto del día con Walsh y Doyle. Aunque eran personas bien informadas, la radical decisión de Silken Thomas los había pescado por sorpresa a los dos y estaban conmocionados. Al verlos juntos, MacGowan los observó con cierta ironía. El abogado de cabello canoso y porte distinguido y el cetrino y poderoso comerciante, uno vinculado a los Fitzgerald y el otro a los Butler, eran adversarios políticos. Doyle acababa de apoderarse de las mejores tierras de Walsh; en cuanto a los tratos de Walsh con la mujer de Doyle, MacGowan no sabía si comprendía realmente el alcance del asunto. Y sin embargo, por más razones que hubiera habido para la desavenencia entre ambos hombres, allí estaban y la relación que mantenían era cortés e incluso cordial. Hasta aquel día, en que el joven Silken Thomas, a quien apenas conocían, había provocado una crisis tan seria que probablemente desembocaría en una guerra civil. ¿Se verían ahora obligados a una oposición mortal? Tal vez fue ese mismo pensamiento, mientras se despedían, el que impulsó a Doyle a decir con un suspiro: «Solo Dios sabe lo que será ahora de nosotros».

Sin embargo, el rasgo más destacado de los dos meses siguientes fue lo poco que pareció ocurrir. Después de haber dejado clara su postura, Silken Thomas y sus tropas no se quedaron mucho tiempo en Dublín. Primero se retiraron al otro lado del río y luego Thomas envió destacamentos a toda la Empalizada. Al cabo de diez días, le informaron de que nadie ofrecía resistencia. La Empalizada era segura.

A excepción de Dublín.

—No comprendo por qué Fitzgerald nos ha permitido hacerlo —le confesó Doyle a MacGowan—. Tal vez pensó que no nos atreveríamos. —Pero mientras las tropas de Fitzgerald estaban ocupadas asegurando las zonas rurales, los notables de la ciudad habían cerrado a la chita callando todas las puertas de Dublín—. Es como un juego de azar —reconoció Doyle—. Y nosotros apostamos por el rey inglés.

¿Tenían razón? No transcurrió mucho tiempo antes de que llegaran noticias de que el conde de Kildare todavía estaba vivo. No lo habían ejecutado, aunque el rey Enrique, no bien hubo sabido de la revuelta, había encerrado al conde en la torre. En cualquier caso, Kildare estaba agonizando y MacGowan sospechó que probablemente aprobaba las acciones de su hijo. Era obvio que el rey Enrique estaba desconcertado. Sus oficiales de la corte negaban que en Irlanda hubiera el más mínimo problema. En cuanto al Cañonero, que tendría que haber sido enviado a toda prisa a Dublín con tropas y artillería, no mostraba deseos de querer ocupar el cargo. A Irlanda, mientras tanto, había llegado un emisario español que había suministrado pólvora y munición a lord Thomas y le había dicho que pronto se le unirían tropas españolas. Aquéllas eran noticias interesantes. Si la gente había sospechado que su declaración en Dublín había sido un farol —la provocación habitual para obligar al rey Enrique a que les devolviera el cargo—, las noticias que llegaban de España hacían que los acontecimientos se entendieran de otra manera.

«Con tropas españolas —dijo el joven lord Thomas a sus amigos—, podré arrebatar Irlanda por la fuerza al rey Enrique.» Poco después hizo una afirmación asombrosa: «Los ingleses ya no son bienvenidos en Irlanda. Deben marcharse». ¿Y quién era inglés? «Todo el que no haya nacido aquí», declaró Fitzgerald.

Con ello se refería a los hombres del rey Enrique; además, en eso todo el mundo podía estar de acuerdo. El arzobispo Alen de Dublín y otros administradores reales se apresuraron a encerrarse en el castillo de la ciudad. Y en un gesto elegante, Silken Thomas incluso repudió a su joven esposa inglesa y la mandó de vuelta a Inglaterra.

Y si mucha gente había sentido simpatía con la causa de lord Thomas, ese sentimiento ganó fuerza durante el verano debido a los acontecimientos que ocurrieron en Inglaterra. Toda la cristiandad sabía que el rey Enrique había sido excomulgado. España hablaba de invadir y hasta el cínico rey de Francia creía que Enrique estaba loco. Pero durante el verano de 1534, el monarca Tudor fue incluso más allá. Los hombres valientes como Tomás Moro se habían negado a reconocer sus aspiraciones a convertirse en papa de los ingleses y ahora que la orden de frailes ingleses había hecho lo propio, Enrique cerró sus conventos y comenzó a encarcelarlos. Los santos frailes, las personas más amadas y veneradas de Irlanda, tanto dentro de la Empalizada como fuera de ella. Era un ultraje. No resultó, pues, extraño que ahora Silken Thomas declarase ante los irlandeses que su revuelta era en defensa de la Iglesia verdadera. Con este mensaje se mandaron emisarios a los Habsburgo y al Santo Padre. «Mis antepasados vinieron a Irlanda a defender la fe verdadera, al servicio de un rey inglés. Ahora debemos luchar contra un rey inglés para preservarla», expuso Fitzgerald.

A finales de julio, el arzobispo Alen intentó ponerse a salvo embarcando en una nave que zarpaba de Irlanda. Los hombres de Fitzgerald lo apresaron, hubo una escaramuza y el arzobispo resultó muerto. Nadie sintió consternación. Al fin y al cabo, no era más que un oficial del Rey tocado con una mitra. Los frailes, en cambio, eran santos.

A principios de agosto, a MacGowan le pareció que el joven Silken Thomas iba a salirse con la suya. El estado de ánimo de la ciudad era curioso. Las puertas estaban cerradas por órdenes del consejo, pero, como Fitzgerald se encontraba en Maynooth y sus tropas distribuidas por muchos lugares, las puertas pequeñas permanecieron abiertas para que la gente entrara y saliera; de este modo, la vida se desarrollaba casi con toda normalidad. MacGowan había salido para ir a visitar a Tidy a su torre cuando por casualidad se cruzó con el concejal Doyle. Se detuvieron a hablar unos minutos y expresó su opinión de que Dublín se vería pronto obligada a acatar la soberanía de lord Thomas y de las tropas españolas, pero Doyle sacudió la cabeza.

—Los españoles han prometido tropas, pero estas nunca llegarán. El Emperador se alegrará de avergonzar a Enrique Tudor, pero una guerra abierta le saldría muy cara. Lord Thomas tendrá que apañárselas solo. También lo debilitará el hecho de que los Butler ya estén aprovechando esta oportunidad para obtener favores de Enrique. Tal vez Fitzgerald sea más fuerte que los Butler, pero estos pueden socavar su poder.

—Sí, pero el rey Enrique ya tiene sus propias dificultades —señaló MacGowan—. Tal vez no pueda someter a lord Thomas. Al fin y al cabo, hasta ahora no ha hecho nada.

—Quizá le lleve tiempo —replicó Doyle—, pero, al final, Enrique lo aplastará, no me cabe la menor duda. Luchará y nunca se rendirá, por dos razones. La primera es que lord Thomas le ha hecho queda como un idiota a los ojos de todo el mundo y Enrique es una persona con una grandísima vanidad. No descansará hasta que lo haya destruido. La segunda es más profunda. Ahora Enrique Tudor afronta el mismo reto que Enrique Plantagenet afrontó hace casi cuatro siglos cuando Strongbow llegó a Irlanda. Uno de sus vasallos amenaza con instaurar un reino propio al otro lado del mar occidental. Y lo que es peor, podría convertirse en un trampolín para las potencias como España o Francia que quieren oponerse a él. Enrique no puede permitir que suceda tal cosa.

A Eva le quedó claro que Silken Thomas había dado a su esposo una nueva oportunidad en la vida. Sean O'Byrne se había apagado un poco en los dos últimos años, pero desde el inicio de la revuelta se le veía diez años más joven. Casi parecía un muchacho y se debía a las perspectivas de acción, lucha, emoción e incluso peligro. Eva creía que esas necesidades estaban profundamente arraigadas en la naturaleza de su esposo, como le ocurría a ella con la necesidad de tener hijos. Era la excitación bélica. Casi todos los hombres eran iguales. En su opinión, los mejores, al menos, eran de ese modo.

Sean O'Byrne no era el único. La excitación se había extendido por las comunidades de los montes de Wicklow con la sensación de que algo iba a cambiar aunque nadie sabía qué. El poder de los Fitzgerald no era tan ligero. Los O'Byrne y otros clanes como ellos no se hacían ilusiones de que les permitieran entrar en la Empalizada y expulsar a los Walsh y al resto de la nobleza de las tierras que antaño habían sido suyas, pero cuando el rey inglés fuera apartado de la escena nacería una nueva suerte de libertad. Si hasta entonces los Fitzgerald y los Walsh habían sido angloirlandeses, ahora serían irlandeses, lo mismo que Irlanda.

Sean se había entregado al asunto con ganas. Había mucho que hacer y había participado en diversas patrullas por la parte meridional de la Empalizada, asegurándose de que la zona apoyaba a Fitzgerald. Como O'Byrne que era, y con un hijo adoptivo Fitzgerald, por si fuera poco, Sean era un hombre digno de confianza y aquello lo satisfacía. Se había llevado a sus hijos y a Maurice con él. Eva se había inquietado un poco con su partida, pero no había surgido ningún problema. Sean creía que pronto habría una importante incursión en el territorio de los Butler. «Solo para asegurarnos de que se quedan tranquilos», le había contado a Eva, animado. Ella no sabía cómo tomárselo. ¿Se llevaría a los muchachos?

Eran sus muchachos, aunque a Seamus ya no lo consideraba un joven. Era un cabeza de familia y tenía sus propios hijos. Había ampliado la casa donde vivieran los Brennan y su hato ya tenía la mitad de reses que el de su padre, pero Fintan y Maurice seguían siendo sus muchachos.

Algunos niños se parecían unos años a un progenitor y luego al otro, pero no Fintan, que todavía guardaba un asombroso parecido con ella.

—¿No podrías dejar que se me asemejara en algo? —le reprochaba a menudo Sean.

—Es maravilloso con el ganado —replicaba ella.

—Igual que tú —señalaba Sean con una carcajada.

Fintan seguía teniendo el cabello tan rubio como cuando era niño y una sonrisa inocente todavía se asomaba con frecuencia a su rostro. Era tan dulce como de pequeño. Maurice también seguía siendo el mismo muchacho, apuesto y cuidadoso, y sus ojos se veían aún distantes y a veces melancólicos: «Un espíritu poético», como decía el padre Donal. Había habido momentos en los que Eva se había sentido casi culpable, temiendo amarlo tanto como a su propio hijo, pero entonces una mirada a los ojos azules de Fintan le recordaba, con un pequeño rubor de satisfacción que, por más apuesto que fuera el otro, era a Fintan a quien había dado a luz y quien era de su propia sangre.

Verlos juntos le provocaba una sonrisa. Se estaban volviendo tan masculinos... Tenían una energía desbordante y todavía eran un poco tímidos, pero ya se les veía orgullosos de sí mismos. Paseaban juntos. Maurice era esbelto y moreno, algo más alto; Fintan, rubio y blanco, de constitución fuerte como un buey joven. Constantemente, intercambiaban bromas en privado. Por las noches, Maurice a veces tocaba el arpa y su esposo lo acompañaba al violín; por su parte, Fintan, que tenía una hermosa voz, cantaba con ellos. Aquéllos eran los mejores momentos del día.

A principios de agosto la patrulla se volvió rutinaria. Las patrullas previas habían recorrido los lugares donde podían preverse problemas, pero ahora habían decidido ir incluso a las casas de los que apoyaban a Fitzgerald. Lord Thomas quería poner a prueba su nuevo voto de lealtad y a Sean O'Byrne se le había encomendado que cubriera una gran zona. Eva no sabía por qué aquella patrulla le resultaba particularmente inquietante. Todos los hombres se integrarían en ella. Seamus había venido desde su casa y Maurice y Fintan estaban preparados para marcharse, pero justo antes de que se pusieran en camino, Eva llamó a Sean:

—¿Vas a llevarte a todos mis hombres? —le preguntó—. ¿Voy a quedarme sola?

Él la miró y pareció comprender sus sentimientos. Decidió mostrarse amable.

—¿Con cuál quieres quedarte?

—Con Fintan —respondió tras dudarlo un instante, pero enseguida se arrepintió, pues vio decepción en la cara del muchacho.

—Pero madre... —comenzó a decir.

—No discutas —dijo Sean—. Te quedarás con tu madre.

Abrumada por la tristeza, Eva pensó que su hijo le echaría la culpa, pero no cambió de opinión. Cuando el muchacho se le acercó, se compadeció de él y lo miró con ternura. El grupo se marchó y ella le pasó el brazo por los hombros.

—Gracias por haberte quedado conmigo —le dijo.

Cuando la patrulla llegó, Margaret Walsh se encontraba a la puerta de casa con su esposo. Venían doce jinetes. La heredad de los Walsh era la tercera que los hombres de O'Byrne visitaban.

Conque aquél era O'Byrne, del que se decía que era un mujeriego... Margaret lo miró de arriba abajo. Era un individuo de piel cetrina, realmente apuesto, eso estaba claro. En sus cabellos había algunas canas, pero se mantenía esbelto y en buena forma. Captó su vanidad, pero no le disgustó, aunque no creía sentirse atraída por él. Mientras, O'Byrne los saludó a ambos con una helada cortesía.

Cuando Walsh los invitó a pasar y a tomar un refrigerio, le respondió que solo él y dos hombres más necesitaban hablar con él unos instantes; así pues, sin más discusión, Walsh los hizo entrar hasta la gran mesa de roble del salón, donde con aire formal, Sean O' Byrne sacó un pequeño libro de los Evangelios en latín y, dejándolo sobre la mesa, le pidió a Walsh que pusiera la mano sobre él.

—¿Es un juramento lo que quieres? —inquirió Walsh.

—Sí —se apresuró a responder O'Byrne.

—¿Y qué suerte de juramento será? —quiso saber Walsh.

—De lealtad a lord Thomas.

—¿De lealtad? —La expresión de Walsh se ensombreció—. No comprendo —dijo al tiempo que se erguía—, ¿por qué lord

Thomas quiere arrancarme un juramento, a mí, que tan libremente he dado mi lealtad a su padre, el conde, todos estos años? —Miró a O'Byrne con un asomo de reproche—. Me has ofendido —añadió con serena dignidad.

—No es ninguna obligación.

—Vienes con hombres armados.

—Diré a lord Thomas que has jurado por voluntad propia —replicó O'Byrne con aire congraciador—, si eso te satisface.

Sin embargo, no lo satisfizo, ya que Walsh parecía más que disgustado. Salió de la sala, le dijo a su esposa que hiciera entrar a todos los hombres y se apostó junto a la puerta hasta que estuvieron todos reunidos. Entonces, tras lanzarle una furibunda mirada a O'Byrne, se acercó a la mesa, puso la mano sobre los Evangelios y declaró;

—Juro por los Evangelios que profesaré a lord Thomas Fitzgerald el mismo amor, respeto y lealtad que siempre he profesado y todavía profeso a su padre, el conde de Kildare. —Recogió el libro y se lo devolvió a O'Byrne con determinación—. He jurado algo que nunca se me habría tenido que pedir que jurase, habida cuenta de lo conocidos que son mis afectos, pero de todos modos lo hago de buen grado. Y ahora —añadió con cierta frialdad—, os deseo que tengáis un buen día.

Después, con una breve inclinación de la cabeza, le indicó a O'Byrne que deseaba que se marchase.

—No basta —dijo Sean O'Byrne.

—¿No basta? —William Walsh no se enojaba con frecuencia, pero estaba a punto de estallar. Algunos de los hombres de O'Byrne parecían incómodos—. ¿Has venido a insultarme? —gritó—. Ya he jurado y no juraré nada más. Si lord Thomas duda de mi lealtad, lo cual no es cierto, que venga y me lo diga a la cara. Y con esto he terminado.

Acto seguido se encaminó hacia la puerta, pero Sean O'Byrne se interpuso.

—El juramento —dijo sin alzar la voz— exige que entregues tu lealtad a lord Thomas, al Santo Padre y también a Carlos de España, emperador del sacro Imperio romano.

Aquella treta había sido cuidadosamente planeada. Una vez hecho el juramento, ya no se podía volver con el monarca inglés. En cuanto al rey Enrique, cuando se juraba lealtad a otro, se cometía traición y el castigo de ese acto era ser ahorcado, despellejado y descuartizado. Para aquellos que entendían lo que conllevaba, la intención del juramento era pasmosa.

Pero Walsh estaba tan acalorado que apenas escuchaba.

—¡No juraré nada más! —gritó—. Que venga lord Thomas con un millar de hombres y yo le ofreceré mi cabeza si duda de mí, pero no permitiré que un villano como tú, Sean O'Byrne, me trate de este modo. —Miró con desdén al hombre de los montes de Wicklow. Walsh tenía el rostro ruborizado—. Y ahora, fuera de mi casa —vociferó furioso.

Pero Sean O'Byrne no se movió de donde estaba y desenfundó la espada.

—He matado a hombres mejores que tú, Walsh —empezó a decir en tono amenazante—, y he incendiado casas más grandes que esta —añadió, mirando a Margaret—. Así que la decisión es solo tuya —concluyó.

Se hizo el silencio y Walsh permaneció muy quieto. Margaret lo miraba con inquietud. Nadie pronunció una palabra.

—Lo haré —dijo Walsh con profunda repulsión— porque me estás amenazando con la espada. Vosotros sois testigos —añadió, mirando a los hombres allí congregados— de cómo me ha tratado este hombre.

Al cabo de unos momentos, en la mesa, O'Byrne pronunció el juramento. Walsh, por su parte, con aire digno y desdeñoso, repitió las palabras sin entonación ninguna. Posteriormente, la patrulla se marchó. Walsh no habló hasta que los hubieron perdieron de vista.

—Me alegro de que Richard estuviera hoy en Dublín —comentó—. Espero que él no tenga que hacer ese juramento.

—Por unos instantes creí que no lo harías.

—Intenté rehusar —explicó su esposo—. El juramento que hice voluntariamente en apoyo de lord Thomas, como ya había hecho antes con su padre, es totalmente inofensivo. A fin de cuentas, Kildare era el representante del rey en Irlanda, pero ya había oído hablar de este nuevo juramento de ellos y sabía lo terrible que era. La referencia al Emperador es lo peor. Pura y simplemente, es una traición. —Sacudió la cabeza—. Como no iba a dispensarme de él, he tenido que hacer entrar a esos hombres para que fueran testigos de que me lo ha extraído mediante coacción. No es una defensa completa, pero si a lord Thomas las cosas le van mal, yo tal vez salve mi cabeza.

Margaret miró a su esposo con admiración.

—No comprendía lo que estabas haciendo —comentó—. Has obrado muy bien.

—No olvides que soy abogado —le dijo con una sonrisa.

—Pero ¿crees de veras que lord Thomas fracasará? —preguntó ella.

—Cuando los Fitzgerald se enfrentan a los Butler es una cosa, pero luchar contra el rey de Inglaterra es otra muy distinta. Ya veremos qué ocurre.

Aquella noche, mientras se dormía, a la mente de Margaret acudieron dos imágenes. La primera era de Sean O'Bryne con la espada, amenazando a su marido, que, advirtió, era el más apuesto y sagaz de los dos. La segunda era de su hermano, tal como imaginaba que debía de haber sido, con la espada en la mano, yendo a la guerra contra el rey Tudor de Inglaterra. Aquella noche durmió muy mal.

Si Tidy creía que una nueva vivienda aportaría más armonía a su familia, durante el mes de agosto descubrió que mudarse era la peor decisión que había tomado en su vida.

A principios de agosto, Silken Thomas volvió a Dublín y encontró las puertas cerradas. Exigió que las abrieran y el alcalde y el concejal se negaron. Entonces les dijo que atacaría, pero aquello no los impresionó, por lo que Silken Thomas tuvo que acampar extramuros.

El asedio de Dublín fue un asunto improvisado. Fitzgerald no tenía bastantes tropas para acometer las murallas. Prendió fuego a unas cuantas casas de los arrabales, pero no sirvió de nada. Y aun en el caso de que hubiera podido cortar los suministros a la ciudad, los concejales ya se habían encargado de que intramuros hubiese provisiones suficientes para resistir unos meses. El joven lord Thomas solo pudo hacer una demostración de fuerza de vez en cuando, esperando asustar a los dublineses y que cambiaran de idea. Y eso era lo que estaba haciendo una mañana de agosto cuando el concejal Doyle se acercó a inspeccionar las defensas de la puerta occidental.

Las instrucciones a los guardias de la puerta occidental eran sencillas. La propia puerta estaba doblemente atrancada. No debían provocar a Fitzgerald y a sus hombres, pero si eran atacados, tenían que responder con arcabuces y arcos desde las almenas. Antes de que Doyle llegara, Tidy, desde una de las ventanas de la torre, había visto que lord Thomas y unos cien jinetes se aproximaban a la puerta, y había bajado a asegurarse de que los centinelas estaban enterados de lo que sucedía. Debido a ello, se encontró en pie junto al concejal a un lado de la puerta, mientras lord Thomas se encontraba al otro y oyó que el joven lord gritaba a los de las almenas o a los de detrás de la puerta que si no le abrían pronto la ciudad, se vería obligado a traer su cañón.

—Contando incluso lo que le ha dado el emisario español y su suministro propio —comentó Doyle, calmando a los hombres que lo rodeaban—, carece de pólvora y munición suficiente para tomar Dublín. Es una amenaza sin fundamento.

Parecía que Fitzgerald no iba a obtener respuesta, cuando de pronto se oyó otra voz. Procedía de una ventana de lo alto de la torre.

—¿Ese es el propio lord Thomas? —Era una voz de mujer.

Todo el mundo guardó silencio y entonces sonó ruido de cascos alejándose. Quizá los hombres de Fitzgerald habían creído que alguien iba a dispararle, pero Tidy sabía que eso no ocurriría. Se quedó paralizado. La voz pertenecía a Cecily. Al cabo de un momento, y para su sorpresa, el aristócrata respondió:

—Sí, lo soy.

Desde arriba, Cecily preguntó si era cierto que lord Thomas iba a defender a la santa Iglesia contra el hereje de Enrique. La respuesta fue afirmativa. ¿Era cierto que renegaba de la eucaristía? No. Pero entonces a Tidy le pareció notar un asomo de humor en la voz de Fitzgerald. Preguntaba a Cecily si ella era la mujer que había maldecido al rey Enrique en la festividad del Corpus. Respondió que sí y que también maldeciría a lord Thomas y a sus amigos si renegaban de la eucaristía.

—Ningún amigo mío, lo prometo —gritó.

Entonces le preguntó en tono afable por qué no lo dejaban entrar en Dublín. ¿No era bienvenido?

—Sois bienvenido por todos menos por unos cuantos concejales herejes —respondió—. Habría que darles una lección.

Hasta aquel momento, Tidy se había quedado tan pasmado que no se había movido. Sabía cómo se sentía Cecily, desde luego. Mientras se habían desarrollado los acontecimientos de aquella primavera, su mujer le había contado lo que pensaba del rey inglés excomulgado, pero él le había suplicado que se guardara esas opiniones para ella. Y aunque en los últimos tiempos la había visto bastante abatida, nunca había imaginado que sería capaz de hacer una cosa semejante. Miró a Doyle, su mejor protector, al que Cecily acababa de llamar hereje. La cara del concejal se oscurecía por momentos.

Tidy entró corriendo en la torre y subió la escalera de caracol. Irrumpió jadeante en la habitación superior desde la que Cecily les decía a los hombres de lord Thomas que serían acogidos con afecto si derribaban la puerta y la separó de la ventana. Ella se debatió y él le pegó dos veces, la primera de ira y la segunda de miedo —porque pensó que podía ponerse a gritar de nuevo— mucho más fuerte, tanto que Cecily cayó al suelo, sangrando. Sin importarle el daño que le hubiera hecho, la llevó a rastras escaleras abajo hasta la habitación inferior que carecía de ventana a la muralla. La dejó allí encerrada y bajó de nuevo a disculparse con Doyle, pero el concejal ya se había marchado.

En los días que siguieron al incidente, Cecily no habló mucho con su marido. Ambos comprendían lo que había sucedido; no había nada que decir. Delante de los niños y del aprendiz se portaban de manera atenta; cuando estaban solos, callaban. Si cada uno esperaba que el otro pidiera disculpas, la espera fue vana y la situación no mejoró.

Avanzado el mes de agosto, Silken Thomas decidió enviar un grupo a hacer incursiones a las granjas de Fingal. Para dicha tarea, eligió a un contingente de hombres de Wicklow, capitaneados por los O'Toole. Cuando los ganaderos irlandeses se desmandaron, incendiando y saqueando las ricas granjas de Fingal, una gran columna de dublineses, muchos de los cuales tenían propiedades allí arriba, salieron de la ciudad violentamente y corrieron hacia el norte en ayuda de los granjeros de Fingal.

Cecily los vio regresar desde la torre. Cruzaban el puente en hilera. Por su manera de cabalgar, supo que huían y, cuando se acercaron más, advirtió que muchos estaban heridos. Al cabo de una hora, Tidy regresó a casa con las horribles noticias.

—Han muerto ochenta hombres. —Había palidecido y la miraba con solemnidad—. Ochenta.

Cecily lo observó en silencio. Sabía que aquél era un buen momento para decir algo, para expresar una compasión que rompiera la barrera que se había alzado entre ambos. Lo sabía, pero no pudo hacerlo.

—No lo lamento —dijo.

Dejó que el silencio que siguió a sus palabras se quedara como un mar invisible hasta que se congeló y se volvió definitivo.

Durante los días siguientes, la ciudad vivió conmocionada. Apenas había familia que no hubiera perdido a un pariente o amigo. Cada vez había más dublineses que se preguntaban qué sucedería a continuación. ¿Empezarían los hombres de Fitzgerald a matar gente en Oxmantown? ¿Bajarían los O'Byrne a atacar las granjas meridionales? Doyle y sus amigos eran partidarios de esperar, pero hasta algunos concejales se preguntaban si no sería más prudente llegar a un compromiso con Fitzgerald. «Al menos negociemos», decían. Cuando se les permitió hacerlo, pronto se llegó a un acuerdo. Las puertas de Dublín se abrirían. Lord Thomas y sus tropas podían ocupar la ciudad a cambio de la promesa de que no harían daño a los habitantes. Todo se pondría a su disposición excepto la plaza fuerte del castillo. Los oficiales reales y una parte de los concejales se retirarían al castillo y, según lo que ocurriera, ya decidirían lo que harían. No era lo que lord Thomas quería, pero suponía una mejora con respecto a lo que tenía. Por ello, aceptó el trato.

—Me voy al castillo con Doyle. Va a llevarse a toda su familia. —Eran las once de la mañana cuando Tidy llegó a la torre y le dio a Cecily aquellas noticias—. Creo que debemos ir —añadió—. Tenemos que hacer los preparativos.

—Yo me quedo —se limitó a decir Cecily.

—¿Y los niños?

—Estarán más seguros conmigo. A los niños y a mí, Fitzgerald no nos hará ningún daño. Eres tú quien correrá peligro si ataca el castillo.

—Los muros son muy gruesos. Aquello está lleno de provisiones. Allí podríamos estar a salvo varios años.

Ella lo miró con expresión sombría.

—Tú temes ofender a Doyle; yo temo ofender a Dios. Creo que esta es la diferencia entre tú y yo.

—Si tú lo dices —farfulló él.

A mediodía se marchó de casa.

Y si fue la religión lo que había provocado que se separase de su marido o si esta solo le había proporcionado una excusa para distanciarse de él, Cecily no lo sabía con certeza.

El asedio al castillo de Dublín se prolongó durante el mes de septiembre sin que culminara con éxito; no obstante, a medida que pasaban los días, las noticias que llegaban de Inglaterra hacían que el asunto se volviera más urgente.

Por fin venían los ingleses. Las tropas se estaban congregando, los cañones eran llevados al puerto y se había financiado un barco. Hasta el propio Cañonero hizo una aparición. Parecía que al final iban a presentar batalla.

En la calle del castillo, MacGowan contempló las grises y viejas paredes del edificio y fue presa del desánimo. Hacía buen día y las musgosas piedras y pizarras de Dublín emitían un brillo verdoso que resaltaba bajo el cielo azul de septiembre. A unos pasos de él, unos cuantos hombres de Fitzgerald disparaban flechas por encima de la muralla en un gesto que probablemente resultaba inútil, a no ser que alguien del castillo fuese tan bobo como para ponerse en su trayectoria; aun así, nada de aquello le preocupaba. Lo que le inquietaba era cómo iba a ayudar a la esposa del concejal Doyle. No quería defraudarla.

El mes anterior había podido hacerle un buen favor al concejal. Doyle necesitaba un inquilino para la finca a la que los Walsh habían renunciado y el mercader gris pensó en la familia de los Brennan, que antes habían estado en las tierras de Sean O'Byrne y que ahora no se sentían a gusto en el nuevo arrendamiento. «Siempre lo sabes todo», le había dicho Doyle con admiración. Aquello había complacido mucho a MacGowan. El traslado de los Brennan había tenido lugar justo a tiempo de la cosecha y como ahora ya tenían varios hijos mayores y fuertes, a Doyle le habían sido de gran ayuda.

El asedio al castillo de Dublín había sido un asunto falto de lustre. Los débiles esfuerzos en la calle que tenía delante eran ahora bastante típicos; no obstante, incluso en los mejores días, cuando habían traído cañones, tropas y escaleras, la tarea había resultado harto difícil porque el castillo era un obstáculo formidable. Desde la muralla externa había una alta caída hasta la vieja laguna de Dubh Linn, ahora casi obstruida por el cieno. Sus otros muros, aunque se encontraban dentro de la ciudad, eran altos y gruesos y fáciles de defender. Si Fitzgerald hubiera tenido más munición, habría podido destruir las puertas o derribar un trozo de muralla, pero como iba corto de balas de cañón, no lo logró. Tampoco tenía tropas para lanzar un asalto masivo. Aunque había enviado una fuerza importante a los territorios de Butler para asustarlos y que se sometieran a él, los Butler todavía estaban dispuestos a atacar, por lo que Fitzgerald tenía tropas dispersas en varios sitios distintos. En cuanto a los habitantes de Dublín, obedecieron sus órdenes, pero cuando se trató de asaltar el castillo, lo hicieron sin demasiada convicción porque muchos de ellos tenían amigos dentro.

A MacGowan no le había resultado difícil enviar un mensaje al concejal Doyle. Lo había envuelto en una flecha roma que había disparado por encima de la muralla. En el mensaje le preguntaba al concejal si quería algo. Era la suerte de comunicación entre la ciudad y el castillo que se daba todos los días. La respuesta había llegado envuelta el día anterior en una piedra que cayó a sus pies frente a la puerta. Doyle estaba preocupado, le dijo al mercader gris, por dos cuestiones. La primera era que, con los ingleses probablemente en camino, creía posible que lord Thomas intentase lanzar un ataque más serio para hacerse con la fortaleza. En segundo lugar, su esposa no se encontraba bien y quería conseguirle un salvoconducto para que saliera del castillo y que MacGowan pudiera acompañarla a la casa de Dalkey, donde se hallaría más segura que en Dublín. Estaba dispuesto a recompensar generosamente a los asediadores por ese privilegio. Y eso era lo que MacGowan estaba tratando de solucionar.

El problema residía en que Doyle no era la primera persona que intentaba una negociación privada de aquel tipo. Para su sorpresa, el mercader gris había sido llevado en presencia del mismísimo Silken Thomas y el joven aristócrata le dijo: «Ya he dado demasiados salvoconductos; a menos que el concejal quiera pagarme con unas cuantas balas de cañón de las que, con gran imprudencia por mi parte, dejé en el castillo a principios de verano».

MacGowan se preguntaba qué iba a hacer a continuación, cuando vio que se acercaban William Walsh y su esposa y advirtió que aquel encuentro podía significar un singular golpe de suerte. Al cabo de un momento, se llevó al abogado a un aparte y hablaron a solas.

Por fortuna, Walsh no tardó en comprender el punto de vista de MacGowan. El abogado y su esposa habían acudido a Dublín para ver con sus propios ojos cómo evolucionaba el asedio. Como partidario de Fitzgerald, a quien, sin embargo, había molestado el juramento traicionero que había tenido que hacer, ahora que los ingleses podían estar en camino, Walsh seguía con ansiedad el devenir de los acontecimientos. Si el Cañonero resultaba demasiado fuerte para Silken Thomas, señaló MacGowan, no le perjudicaría en nada haber ayudado al concejal Doyle.

—Y yo diría —añadió el mercader gris con diplomacia— que te alegraría poder hacer también un favor a la dama Doyle.

Como partidario de los Fitzgerald desde hacía mucho tiempo, sugirió, Walsh quizá tendría más suerte que él persuadiendo al joven lord Thomas. Y el abogado accedió enseguida.

—En realidad, iré a ver si quiere hablar conmigo ahora mismo —dijo.

Y tras pedirle a MacGowan que cuidara de su esposa, se marchó a toda prisa.

MacGowan estuvo con Margaret Walsh casi una hora. Los hombres habían dejado de disparar por encima de las murallas, por lo que pasearon por el contorno del castillo. Hablaron de la situación política y ella le hizo un relato pormenorizado de cómo Sean O'Byrne había obligado a su esposo a pronunciar aquel peligroso juramento. Por todo lo que dijo, a MacGowan le quedó claro que la mujer compartía la inquietud del abogado.

—Siempre fuimos leales a Kildare —comentó—, pero con ese estúpido juramento ha llevado las cosas demasiado lejos.

Y cuando ella le preguntó qué asunto estaba tratando su esposo en aquellos momentos, MacGowan calló unos instantes, pues no estaba seguro de lo que Margaret había descubierto de la relación existente entre su esposo y Joan Doyle.

—Me está haciendo un favor —se limitó a decir—, para unas personas que están ahí dentro. —Señaló el castillo—. Pregúntaselo tú misma.

Margaret se quedo pensativa, pero pareció contentarse con la respuesta.

—Supongo que debe de tratarse del concejal Doyle —dijo al cabo de poco, alzando los ojos y en tono alegre—. Mi esposo lo aprecia mucho, ¿sabes? Y su esposa es buena amiga mía.

—¿De veras?

MacGowan se dejaba engañar pocas veces, pero en esta ocasión se tragó la mentira y, pensando que resultaría extraño que callara lo que sabía, le contó brevemente de qué se trataba la gestión. Ella pareció encantada.

Walsh regresó poco después de mediodía. Se le veía satisfecho de sí mismo.

—Le he explicado a tu esposa lo que estabas haciendo —se apresuró a decirle MacGowan—. Así que ya no tienes que hacerlo.

—¡Ah! —A Margaret le pareció que su esposo se sobresaltaba, pero, en todo caso, enseguida recuperó el aplomo—. He podido convencerlo —anunció con una sonrisa.

—¿Y cómo lo has hecho? —preguntó MacGowan con admiración sincera.

—Para eso es abogado —intervino Margaret, tomando cariñosamente del brazo a su marido—. Y la esposa de Doyle, ¿cuándo saldrá del castillo? —quiso saber.

—Mañana al anochecer, no antes. Tú la sacarás calladamente de la ciudad por la puerta de las Damas —le explicó Walsh a MacGowan.

Después, el abogado y su esposa se marcharon y regresaron a su heredad. MacGowan envió un mensaje al concejal para contarle los planes y regresó a casa. Había sido un golpe de suerte providencial que el caballero abogado hubiera aparecido cuando lo había hecho.

Y así el mercader gris no pudo encontrar explicación para la sensación que lo embargó aquella noche al pensar en la dama Doyle. En los planes que habían urdido había algo que no le gustaba. No sabía por qué. Era una intuición, una sensación de inquietud. Aquéllos eran tiempos peligrosos.

De todas formas, se dijo, tenía que acompañarla a Dalkey, puesto que le había dado su palabra a Doyle y este, además de ser un amigo, era un hombre poderoso; aun así, decidió tomar todo tipo de precauciones.

Al amanecer del día siguiente, tras dejar el recado para su marido de que se había marchado a Dublín y regresaría por la tarde, Margaret salió de su casa, pero solo había recorrido una corta distancia cuando volvió grupas y en vez de dirigirse a la ciudad, tomó el camino del sur, en dirección a los montes de Wicklow.

A los habitantes de Dublín tal vez les preocupara la amenaza del Cañonero y sus tropas inglesas, pero a Eva O'Byrne parecía traerla sin cuidado. Para los que moraban en las montañas, el ritmo lento del ganado moviéndose por lugares elevados y silenciosos no se había visto alterado en absoluto por la alternancia en el poder de los clanes fuertes a lo largo de los siglos, salvo cuando los enfrentamientos entre ellos servían de excusa para la excitación ocasional de las incursiones de robo de ganado. En la Empalizada, el gobierno podía cambiar de vez en cuando, pero, en opinión de Eva, aquellos rasgos inherentes a la vida y al carácter irlandés siempre serían los mismos.

Y aquél era el caso en esos momentos. Aunque la disputa entre Silken Thomas y el rey Enrique se debía a unos complicados asuntos que tenían lugar al otro lado del mar, para los O'Byrne se habían traducido en unas cuantas patrullas y una gran incursión en el territorio de los Butler. No obstante, ahora, mientras Dublín esperaba al Cañonero, los amigos de Fitzgerald en los montes de Wicklow estaban preparándose para que los Butler les devolvieran el cumplido. En cualquier momento, llegarían grupos de cuatreros a llevarse ganado e incluso a incendiar los predios. Los O'Byrne estaban preparados para vérselas con ellos. Sean, por su parte, había hecho importantes preparativos en Rathconan. Eva sabía que su marido esperaba en secreto que llegaran los hombres de Butler. En realidad, lo esperaba con ganas.

—En cuanto ataquen a los O'Byrne —le dijo animado—, les daremos una buena lección.

El extranjero llegó por la mañana temprano. Era un solo jinete que procedía del norte. Después de pedir a un sirviente que estaba en el patio que fuera a llamar a Sean O'Byrne, el jinete esperó fuera, sin desmontar, envuelto en una capa y con el rostro embozado. Cuando O'Byrne salió, el desconocido insistió en que se alejaran un poco de la casa para poder hablar a solas. Estuvieron un cuarto de hora juntos y después el visitante se marchó.

Cuando Sean entró de nuevo en la casa, Eva lo vio contento, pero también excitado. Se marcharía al cabo de una hora, le dijo, y no volvería hasta la mañana siguiente.

—Me llevaré a los chicos y también a alguno de los hombres —anunció y mandó al mozo de cuadras a buscar a Seamus—. Que traiga sus armas —añadió. Fintan iría a dos predios vecinos y les pediría que reunieran a todos los hombres armados que pudieran—. Te recogeré por el camino —le dijo su padre; sin embargo, ni siquiera aquello bastaría, tal como le indicó—. Necesito una docena de hombres como mínimo, veinte tal vez.

Eva preguntó qué sucedía. ¿Iban a enfrentarse con un grupo

de Butler? No, respondió él. Algo más. Al día siguiente se lo explicaría todo. Y mientras tanto, advirtió, no tenía que decirle una palabra a nadie. Solo que había salido con una patrulla. ¿Y no podía decirle a ella, por lo menos, adónde iba? No, no podía.

—¿Y si los cuatreros de Butler aparecen por aquí mientras tú y los hombres estáis fuera? —preguntó Eva—. ¿Qué voy a hacer?

Sean calló unos instantes.

—Todavía no hay ni rastro de él —dijo al cabo—. Y estaremos fuera menos de veinticuatro horas. —Se quedó pensativo y luego se volvió hacia Maurice—. Tú te quedarás aquí —dijo en voz baja—. Si hay peligro, coged los caballos y subid montaña arriba. ¿Comprendes?

Durante un instante, un breve instante, Eva vio frustración en los hermosos ojos del muchacho. Sabía muy bien lo mucho que le habría gustado ir con Fintan y su marido a aquella aventura, cualquiera que fuese, pero al cabo de un instante, aquella expresión desapareció de su rostro. Agachó la cabeza con cortesía, aceptando la orden, y se volvió a ella con una sonrisa.

—Será un placer para mí.

Su estilo aristocrático era admirable y Sean O'Byrne asintió con aprobación.

—La última vez, Fintan tuvo que quedarse en casa. Ahora te toca a ti.

Al cabo de poco, se marchó.

Era uno de esos días de septiembre en los que un inmenso cielo azul se extendía ininterrumpido sobre los montes y la anchurosa llanura de abajo hasta que se tornaba una bruma. En el aire había un leve rastro de humo.

Para Eva el resto de la mañana transcurrió con tranquilidad. Después de concluir los quehaceres domésticos, había salido al pequeño huerto y recogido las manzanas que habían caído, llevándolas a la despensa, donde las depositó en una larga mesa de madera. Luego las herviría y prepararía una conserva. Maurice se ocupaba del ganado. Los hatos ya habían bajado de la montaña y el joven contaba con la ayuda de un ganadero viejo y también de la esposa de Seamus y de sus hijos. Había un mozo de cuadras y tres mujeres que trabajaban de criadas en la casa, el padre Donal y su familia, y el viejo bardo. Aquéllas eran las únicas personas que estaban ese día en Rathconan.

El tiempo transcurría despacio. A primera hora de la tarde, Eva se sentó en el huerto. Estaba todo muy tranquilo. Salvo los ocasionales descensos de las reses en los pastos de arriba y el leve crujido de la brisa en las relucientes hojas del manzano, todo estaba en silencio. Se preguntó dónde andaría Sean y qué estaría haciendo. Fuera lo que fuese, lo había notado animado y seguro de sí mismo. Después de pasar allí una hora, se puso en pie para regresar a la casa. Tal vez comenzaría a hervir las manzanas; sin embargo, antes de llegar a la puerta, un grito la detuvo. Era de Maurice, que corría hacia ella. La familia de Seamus lo seguía y cerrando la marcha iban el padre Donal y el anciano bardo.

—¡Tropas! —gritó Maurice—. ¡Los hombres de Butler suben por el valle!

Eva las vio al cabo de un momento. Se trataba de un grupo, unos a pie y otros a caballo, que iba hacia Rathconan. No se encontraban a más de tres kilómetros de distancia.

—¿Creéis que son los hombres de Butler? —preguntó a Donal y al bardo.

—¿Quién sino?—replicó el sacerdote.

—Enseguida tendré preparados los caballos —le dijo Maurice—. Subiremos a las montañas.

—Se llevarán el ganado —indicó ella.

—Lo sé —el joven parecía apenado—, pero ésas son las instrucciones de tu esposo. —Calló unos instantes—. Tal vez si pudiéramos llevarte a ti y a las otras mujeres a un lugar seguro, el padre Donal podría quedarse con vosotras, mientras los hombres y yo…

Eva sonrió. Debían de ser unos veinte los hombres que se aproximaban. Aquel apuesto muchacho, ¿estaba de veras proponiendo enfrentarse a ellos, con la ayuda del viejo ganadero, el mozo del establo y el bardo?

—No —le dijo—. Permaneceremos todos juntos.

Sin embargo, no quería abandonar la casa y los hatos a los cuatreros. El ganado era su riqueza, su subsistencia, su estatus. En lo más hondo de su ser, generaciones de antepasados, ganaderos todos ellos, se sublevaron airados.

El imprudente de Sean había dejado las reses en peligro, pero ella haría todo lo que estuviera en sus manos para salvarlas, al menos una parte de ellas. ¿Era posible dividir los hatos y esconder algunos? ¿Había tiempo? Y fue entonces, al recordar algo que había visto de niña, cuando Eva tuvo una idea. Era intrépida y peligrosa. Y también requeriría destreza. Miró a Maurice Fitzgerald.

—¿Quieres que probemos una cosa? —le preguntó—. Es un poco arriesgada y si no sale bien, quizá nos maten a todos.

Entonces le explicó lo que se le había ocurrido.

Qué extraño era, pensó mientras observaba su cara. Unos momentos antes, con el corazón partido entre su deseo de hacer algo y su deber de seguir las órdenes de Sean, el apuesto muchacho de cabello moreno se había mostrado muy ansioso, pero mientras escuchaba la propuesta de Eva, que podía costarles a todos la vida, su rostro se relajó y sus ojos se iluminaron. En la cara de Maurice se dibujó una expresión que Eva había visto una o dos veces en el rostro de su esposo cuando era joven: una mirada de emoción rebelde e indisciplinada. Sí, pensó Eva, aquellos Fitzgerald eran irlandeses.

—Escucha —le dijo— y te diré lo que debemos hacer.

Mientras el grupo de cuatreros de Butler se acercaba a Rathconan, Sean O'Byrne y sus hombres se hallaban en lo alto de las montañas, mucho más al sur. Sean y sus hombres eran once. Todos ellos, el joven Fintan incluido, iban bien armados.

Sean no esperaba exactamente un enfrentamiento, sino más bien una escaramuza breve. Atacarían de noche, aprovechándose del factor sorpresa. El objetivo era limitado y estaba claramente definido. Además, era muy probable que su presa solo fuera acompañada por dos o tres hombres. Lo principal era encontrar el lugar adecuado para la emboscada antes de que cayera la noche y para que los caballos descansaran. Sean creía que ya sabía cuál era ese lugar, un sitio tranquilo con árboles en la carretera que llevaba a Dalkey.

Realmente le había sorprendido que la esposa de Walsh se presentara de ese modo. La recordaba del día en que habían ido a tomar juramento a su marido, el abogado, pero no le había prestado demasiada atención. Su propuesta de secuestrar a la mujer del concejal todavía lo había dejado más asombrado.

Le preguntó que por qué lo hacía, y ella respondió que tenía sus razones. Y no quiso decir nada más; no obstante, para querer dar aquel paso, debía de odiar considerablemente a la esposa de Doyle. ¿Por qué se peleaban las mujeres? Casi siempre por los hombres. Uno podía pensar que era un poco demasiado vieja para eso, pero quizá las mujeres no eran nunca demasiado viejas para sentir celos. En cualquier caso, cualesquiera que fuesen las razones, la recompensa que podía extraer de aquella acción era inmensa y eso fue lo que atrajo a Sean O'Byrne.

El acuerdo al que llegaron Margaret Walsh y él era de lo más simple. O'Byrne apresaría a la dama Doyle y pediría rescate. No sería el primer secuestro de ese tipo en los años recientes, pero normalmente si un individuo bastante desconocido como Sean O'Byrne se hubiera atrevido a raptar a la esposa de un hombre tan importante como Doyle las repercusiones habrían sido inmensas. En las circunstancias presentes, sin embargo, con Doyle enzarzado en un conflicto armado con los Fitzgerald, suponía una gran oportunidad y, aunque Silken Thomas le había proporcionado a Joan Doyle un salvoconducto para abandonar la ciudad, ese documento no se ampliaría más allá de los arrabales. En la carretera que llevaba a Dalkey estaría sola, y a lord Thomas Fitzgerald probablemente le importaba un comino lo que allí le sucediera. Una vez O'Byrne consiguiese el pago del rescate por parte del concejal, iba a pasarle la mitad de él a Margaret en secreto, en un secreto absoluto, pues ni la familia de él ni el esposo de Margaret iban a saber que ella había participado en el asunto. Que reclamara, sin embargo, la mitad del dinero era razonable. La idea había sido suya, le había dicho dónde y cuándo viajaría la dama. O'Byrne había aceptado el trato de inmediato.

Había solo una cosa que no habían acordado. ¿Cuánto dinero tenía que pedir como rescate? Advirtió que tendría que ser una cifra considerable, más dinero, probablemente, del que había visto en su vida; además, aunque sabía lo que valía cualquier res dentro o fuera de la Empalizada, no tenía ni idea de cuál era el precio de la esposa de un concejal de Dublín.

—Cuando la tengas —le había prometido la mujer de Walsh—, ya te diré lo que has de pedir. —O'Byrne estaba dispuesto a reconocer que la esposa de un abogado debía de saberlo mejor que él.

—Pero ¿y si no nos dan el precio que pedimos? —inquirió—. ¿Y si no se avienen a pagar nada?

Margaret Walsh esbozó una sombría sonrisa.

—Entonces, mátala —dijo.

Subieron la cuesta despacio, tomándose su tiempo. Eran veinte hombres, diez a pie y diez a caballo. Seis de los soldados de a pie eran simples *kerne*, campesinos de la zona que luchaban a cambio de un sueldo, pero había cuatro terribles mercenarios escoceses con sus hachas de mango largo y sus enormes espadas. Los harían picadillo a todos menos a los hombres de armas mejor preparados.

Ya habían estado en casa de Seamus y la habían encontrado desierta. Eva se había preguntado si le prenderían fuego, pero no se habían tomado la molestia de hacerlo. Cada vez estaban más cerca de su casa.

Había cuidado de todos los detalles. Si los cuatreros pensaban que la casa estaba defendida, tal vez se desplegarían para poder ponerse a cubierto; sin embargo, incluso desde la distancia, era evidente que habían abandonado la casa a toda prisa. La puerta estaba abierta de par en par y uno de los postigos de la ventana se movía con el viento, crujiendo y golpeando. Los hombres avanzaron en compacto pelotón.

El espacio abierto que rodeaba la casa estaba flanqueado a un lado por una hilera de árboles y al otro por una tapia baja. El terreno descendía suavemente. Los jinetes todavía se encontraban a unos cien metros de la casa cuando el padre Donal, que se había escondido entre los árboles, dio la señal.

El estruendo de los cascos comenzó de repente. Parecía que venían de dos direcciones al mismo tiempo, de modo que el grupo de cuatreros se detuvo un momento, presa de la confusión, mirando a uno y a otro lado. Entonces, con los ojos desorbitados por el horror, vieron de qué se trataba.

Los dos hatos de ganado llegaron rodeando la torre de la casa por ambos lados. Corrían de veras y cuando los dos grupos convergieron ante la torre, se convirtieron en una sola masa de cabezas enastadas. Detrás, los jinetes saltaban, gritaban y fustigaban con el látigo hasta que los animales se dispersaron en una estampida. Cien, doscientas, trescientas reses se precipitaban ladera abajo, un gran muro de cornamentas, diez, doce bestias en el fondo, que se abalanzaba de manera imparable sobre los jinetes. Los hombres buscaron una vía de escape, pero no había ninguna. El inmenso hato llenó todo el espacio entre los árboles y el muro y, en cualquier caso, no había tiempo para llegar a ninguno de ambos. Se volvieron para huir, pero ya tenían encima a las reses. Se oyó un chasquido, un estrépito, un estruendo terrible.

Eva avanzaba a caballo, junto a la línea de los árboles y desde allí vio el bloque de animales en movimiento caer sobre los hombres. Divisó una espada volando en el aire, oyó un grito y el relincho de un caballo y luego solo el avance del ganado, como un río que se desbordara. A su espalda, también montado, oía al viejo bardo que vitoreaba y reía, tan emocionado como un muchacho. Y al otro lado, junto a la tapia, con el rostro tenso, expresión concentrada y las mejillas algo ruborizadas, estaba Maurice, cabalgando entre el ganado. Qué hermoso se veía, qué intrépido... Durante un instante pensó que estaba medio enamorada de él. Quizás en medio de todo el ardor y la excitación se había convertido de nuevo en una mujer joven. En la esplendorosa ilusión del momento le pareció que el joven aristócrata era lo que su marido habría sido en sus años mozos si hubiese sido más apuesto.

El ganado ya había pasado por encima de los atacantes y se dispersaba pendiente abajo. Maurice rodeaba a las reses y las hacía volver con toda la destreza. Detrás, donde habían estado los cuatreros, solo quedaba una escena de matanza.

Si los jinetes hubieran sido más veloces, si no hubiesen vacilado; habrían podido salvar la vida dando media vuelta y corriendo en la misma dirección que el hato. Algunos lo habían intentado, pero para entonces ya era demasiado tarde y habían chocado unos contra otros o contra los soldados de a pie. Tres habían comenzado a correr, pero no lo bastante deprisa. Como resultado, el inmenso hato de ganado había impactado contra ellos o los había alcanzado desde atrás, los había derribado y luego pisoteado. La destrucción de los hombres todavía había sido más completa. No hubo diferencia en si eran caballeros, campesinos o poderosos mercenarios escoceses: las reses habían pasado por encima de todos ellos. Brazos, piernas, cráneos y esternones habían quedado quebrados y aplastados, y los cuerpos destrozados y mutilados. Las grandes hachas de los mercenarios estaban tiradas en el suelo, con los mangos rotos y los filos inutilizados.

Aquélla era la antigua estampida del ganado, una vieja táctica bélica de Irlanda, tan antigua como las montañas. Aunque Eva solo la había visto una vez cuando era niña, era algo que difícilmente se olvidaba. Y como todo el mundo en Rathconan, desde ella hasta el hijo pequeño de Seamus, sabía conducir el ganado; aunque eran pocos no les había resultado difícil organizar una estampida de trescientas reses.

La mujer de Seamus se acercaba. Había conducido el ganado desde detrás. También llegaron las criadas de la casa y contemplaron la masacre. Unos cuantos hombres estaban muertos y otros yacían gimiendo. Uno de los mercenarios intentaba levantarse, pero las mujeres supieron lo que tenían que hacer. A una señal de Eva, desenfundaron los cuchillos y fueron de uno a otro rebanándoles el cuello. Eva desmontó e hizo lo propio con los desafortunados caballos. Era una tarea cruenta, pero se sintió victoriosa. Los había salvado a todos. Cuando Maurice regresó, ella estaba terminando y el muchacho la miró con amor, regocijo y una sonrisa de triunfo.

Sean O'Byrne se tomó su tiempo. Una vez estuvieron de nuevo a salvo en las montañas descansaron un rato. No los habían seguido, por lo que no había ningún motivo para apresurarse. Era poco antes de romper el alba cuando se pusieron de nuevo en marcha a través de las montañas con el bulto.

La emboscada se había planificado a conciencia. Antes del anochecer había encontrado el lugar que buscaba y había situado a los hombres. Fintan y él irían a apresar directamente a la mujer de Doyle, mientras que el resto de grupo atacaría a su escolta. Aunque todos sus hombres iban armados, les había dicho que usaran la parte plana de la espada a menos que encontraran una seria oposición. Con suerte, podrían completar la tarea sin tener que matar a nadie. MacGowan era quien más le preocupaba. La esposa de Walsh sabía que el mercader gris acompañaría a la dama a Dalkey, y O'Byrne estaba seguro de que no permitiría que la secuestraran sin oponer resistencia. Apreciaba a MacGowan y lamentaría tener que herirlo, pero poco podía hacer al respecto. Había que llevar a cabo aquella acción. Lo demás estaba en manos del destino.

El otro problema sería verla. No obstante, la luna estaba en cuarto creciente y daría bastante luz, por lo que había esperado confiado con Fintan a su lado.

Había anochecido y la luna bañaba la carretera que serpenteaba entre los árboles en un pálido resplandor. Si la dama había salido del castillo a medianoche y suponiendo que el grupo cabalgara a una velocidad razonable, ya no tardarían en llegar. Pero el tiempo transcurrió y no había ni rastro de ellos. De todos modos, esperó con paciencia. La mujer de Walsh se le había antojado sincera y las indicaciones que le habían dado eran claras. Quizá se habían retrasado. Pasó una hora y las dudas comenzaban a asaltarlo cuando oyó unos sonidos. Eran pisadas. Un buen número de ellas. Qué extraño... Había pensado que el grupo iría a caballo. Avisó a sus hombres con un susurro para que se preparasen y oyó que montaban. Sintió que todo su cuerpo se tensaba de expectación. Entonces, a la luz de la luna, los vio doblar el recodo del camino.

No eran más que dos jinetes. MacGowan y la mujer cabalgaban delante. Detrás, sin embargo, marchaban veinte hombres a pie. Formaban un grupo variopinto: ciudadanos armados, soldados regulares, incluso iba Brennan, con una larga pica; procedían de la nueva finca de Doyle. Pero fueron los ocho hombres que marchaban delante los que le llamaron la atención. O'Byrne no daba crédito a sus ojos. Eran gallowglasses, los mercenarios escoceses. Llevaban sus enormes hachas y espadas colgadas del hombro. Debía de haberlos contratado MacGowan. Maldijo entre dientes y dudó.

¿Tenían que atacar? El número de efectivos en cada bando podía ser más o menos parejo, pero cada escocés valía por dos o tres de sus hombres mal preparados. No quería correr el riesgo.

—¿No vamos? —le preguntó Fintan, dándole un codazo.

—Son mercenarios escoceses —susurró.

—Pero van a pie. Podemos penetrar en el grupo a caballo y marcharnos al galope. Nunca podrán alcanzarlos.

Se le antojó razonable. Supo lo que su hijo pensaba, pero Fintan no comprendía. Sean sacudió la cabeza.

—No.

—Pero, padre… —En su tono no solo había un atisbo de decepción, sino también de reproche. ¿Cómo podía ser tan cobarde su padre?—. Mira.

Sean no daba crédito a sus ojos. Azuzando el caballo, salió de entre los árboles y galopó hacia los soldados a la luz de la luna. Pensando que ya habían dado la señal, Seamus y los demás también salieron como flechas y MacGowan y la mujer se detuvieron. Los gallowglasses se apresuraron a formar un círculo protector alrededor de ambos. Era demasiado tarde. Sean no podía hacer otra cosa que seguir adelante y se abalanzó contra los mercenarios escoceses para salvar a su hijo. Al fin y al cabo, tal vez el muchacho tuviera razón.

Aquello había ocurrido hacía ya horas y, sin embargo, la batalla le había dejado una sensación tan extraña que parecía que el enfrentamiento hubiese tenido lugar hacía siglos, como si hubiera acontecido en otro mundo. No era propiamente la lucha lo que recordaba, sino lo que había sucedido después de que de un golpe derribara a MacGowan del caballo. Entonces había visto a Fintan alargando los brazos para agarrar a la esposa de Doyle y había notado el roce del muchacho pasando a su lado mientras todos se alejaban al galope. Dejaron a cuatro hombres en la carretera con el gallowglass, pero eso no pudo evitarse. Incluso a la luz de la luna vio que habían muerto o que estaban agonizando. Recordó la carrera cuesta arriba con la voz del escocés soltando maldiciones desde atrás y cómo entonces Seamus llegaba a su lado, riendo ante la salvaje valentía del muchacho. Después, Fintan se había desmayado.

Cuando dejaron atrás las oscuras siluetas de las crestas de las montañas y comenzaron el descenso hacia Rathconan, las estrellas ya se desvanecían.

El sol se levantaba ya por el horizonte oriental y su luz destellaba en las laderas y dentro de las hendiduras de los montes de Wicklow cuando desde la casa vieron que Sean O'Byrne y su grupo regresaban. Mucho antes de que llegaran a ella, Eva, Maurice y el viejo padre Donal salieron a recibirlos. Todos lucían unas amplias sonrisas hasta que vieron que no traían consigo ningún trofeo, ningún cautivo, solo el bulto, envuelto en una manta y atado a su caballo. Fintan se había desangrado hasta la muerte en la ladera de la montaña de una gran herida que Sean no había llegado a ver y que no le había hecho el mandoble del gallowglass, sino la larga lanza de Brennan que, como una negra pica, le había atravesado el tórax mientras alargaba los brazos para agarrar a Joan Doyle.

Aquella mañana, más tarde, Margaret se dirigió al punto de encuentro en las montañas donde Sean O'Byrne le había dicho que le daría noticias de la expedición de la noche anterior. Esperó allí hasta media tarde, pero él no se presentó. Estuvo casi tentada de cabalgar hasta Rathconan, pero decidió que sería correr un riesgo demasiado grande. Al anochecer se alegró de no haber ido.

Aquella mañana, Richard Walsh había ido solo a Dublín y regresó por la noche con la noticia de que la dama Doyle había sido atacada cerca de Dalkey.

—Pero, por fortuna —añadió—, ha escapado. Cuatro de sus asaltantes resultaron muertos. Al parecer, venían de arriba, de Rathconan. Dicen que Sean O'Byrne está implicado. A MacGowan lo han tirado del caballo, pero no se ha hecho mucho daño.

—¿Y quieres decir que la dama Doyle ahora está en Dalkey, a salvo? —inquirió Margaret.

—Sí, gracias a Dios.

—¿Y qué harán con O'Byrne? —preguntó.

—Nada, supongo. Doyle está encerrado en el castillo y a lord Thomas no le importa. Y en cualquier caso, los que se han llevado la peor parte han sido los chicos O'Byrne.

Después de enterarse de lo ocurrido, a Margaret le pareció que no tenía demasiado sentido que fuera a ver a O'Byrne.

MacGowan acudió a visitarlos al cabo de pocos días. Como siempre, el abogado se alegró de verlo, comentando con jovialidad que se le veía muy recuperado de su último percance. MacGowan agradeció que lo invitaran a descansar en la casa y a beber vino. Cuando se sentaron en el salón, tenía un aspecto fatigado.

—Es por lo sucedido la otra noche por lo que vengo de ver a Sean O'Byrne —dijo en tono cansino—. He estado en el velatorio de su hijo.

—¿Su hijo? —Margaret alzó la mirada sorprendida—. ¿Ha perdido un hijo?

—Sí, Fintan. La otra noche. Ha sido un velatorio muy triste. Un suceso terrible.

—Pero... —Lo miró asombrada al tiempo que intentaba asimilar las implicaciones de aquella noticia—. Debieron de matarlo los hombres a los que contrataste.

—Sin lugar a dudas.

—Me sorprende que hayas ido al velatorio.

—Fui por el respeto que le profeso a su padre —replicó MacGowan en voz baja—. Su muerte no fue culpa mía y los O'Byrne lo saben. Lo hecho, hecho está.

Margaret guardó silencio y MacGowan cerró los ojos.

—¿Y te ha contado cómo supo que la dama Doyle iba a viajar a Dalkey? —preguntó Walsh—. Esto es lo que más me intriga.

—No, no me lo ha contado. —MacGowan seguía con los ojos cerrados.

—En Dublín no hay secretos, ya lo sé —comentó el abogado—. Tengo que pensar que cuando pedí el salvoconducto, uno de los hombres del círculo de lord Thomas lo oyó y organizó la emboscada.

—Debían de conocer a Sean O'Byrne —asintió MacGowan, que parecía que quería dormirse y todos callaron unos instantes—. Pero quienquiera que transmitiese esa información, lleva el peso de la muerte del joven Fintan O'Byrne en su conciencia.

Entonces, aquel hombre abrió un ojo y con él miró a Margaret.

Margaret le devolvió la mirada y MacGowan no apartó su ojo de ella. Se veía tan grande, tan omnisciente, tan acusador. ¿Qué sabía? ¿Cuánto había adivinado aquel astuto mercader? Si lo sabía, ¿iba a decírselo a su esposo o a los Doyle? Margaret intentó mantener la calma para que no se revelara su nerviosismo, pero solo sentía un pánico helado y horrible. Agachó la cabeza. No podía soportar más la mirada de aquel ojo horrible.

MacGowan se puso en pie despacio.

—Debo reanudar mi camino —anunció—. Muchas gracias por tu hospitalidad —le dijo a Walsh.

De Margaret no se despidió y esta no lamentó que se marchara; no obstante, si pensó que sus tribulaciones habían terminado con su partida, estaba muy equivocada.

Una hora más tarde, después de ocuparse de unos asuntos, su esposo fue al salón y la encontró sentada sola. Como había estado cavilando sobre el incómodo encuentro que había tenido con MacGowan, agradeció que alguien la distrajera de aquellos pensamientos y se volvió hacia él con una sonrisa. Él se sentó en la gran silla de roble cercana a la mesa y también parecía tener algo en la mente, porque estuvo callado unos instantes antes de hablar.

—Es un alivio que la otra noche no hicieran daño a Joan Doyle. Para nosotros es como de la familia.

—¿Oh? —Al oír que volvía a sacar a colación a la mujer, Margaret contuvo el aliento—. ¿Por qué?

—Porque… —Walsh dudó unos momentos—, hay algo que nunca te he contado.

Así que al fin iba a reconocerlo… Margaret sintió frío y

abatimiento. ¿De veras quería oírlo? La mitad de ella quería pedirle que se callara. Tenía la garganta seca.

—¿Qué?

—El año pasado, en la fiesta del Corpus, le pedí prestada una gran suma de dinero.

—¿En la fiesta del Corpus?

—Sí. Tal vez recuerdes —se apresuró a decir— que Richard nos había ocasionado unos gastos muy cuantiosos en Londres. Me sentía avergonzado, estaba muy preocupado. Más preocupado de lo que quería que supieras. Y fue nuestro amigo MacGowan quien un día, en Dublín, al verme tan consternado, me dijo que ella tal vez podría ayudarme. Así que fui a verla para pedirle un préstamo.

—¿Y ella presta dinero? ¿Sin su esposo?

—Sí. Ya sabes que las dublinesas gozan incluso de más libertad que las londinenses. He descubierto que ha concedido varios préstamos. Casi siempre lo consulta con el concejal, pero, en mi caso, como yo me sentía muy avergonzado, lo hizo en privado. Hemos firmado un acuerdo por escrito, un reconocimiento de deuda, pero, por lo que yo sé, es un asunto privado entre la dama Doyle y yo. —Se detuvo y luego soltó una pequeña carcajada—. ¿Sabes por qué me prestó el dinero? Porque se acuerda de Richard, de la vez que se refugió en esta casa. Me dijo que era un muchacho muy dulce y que había que ayudarlo. Y me dio el dinero, con unas condiciones muy aceptables, debo decir.

—¿El día de Corpus Christi?

—Fui a verla. Aparte de la vieja criada, estaba sola en la casa. Los demás habían salido a ver las representaciones teatrales. Y me dio el dinero allí y en aquel momento.

—¿Y cuándo hay que devolverlo?

—Me dio un plazo de un año, pues creí que podría retornarlo, pero después de que perdiéramos la finca de la Iglesia... Bueno, me ha concedido otros tres años. Unas condiciones generosas.

—Pero es su esposo quien tiene nuestras tierras.

—Lo sé. «Vuestra pérdida ha sido nuestra ganancia. Después de esto, no puedo negarme a extender el plazo», me dijo. —Walsh sacudió la cabeza—. Nos ha tratado —a mí, si prefieres— extraordinariamente bien. Mi fallo, Margaret, es que como estaba avergonzado, te lo he ocultado. Si la otra noche la hubieran matado, habrían encontrado el documento entre sus papeles y quién sabe si Doyle no habría venido a buscar el dinero. —Suspiró—. En cualquier caso, había llegado la hora de que te lo dijera. ¿Podrás perdonarme?

Margaret lo miró fijamente. ¿Aquélla era toda la verdad? No albergaba ninguna duda con respecto al préstamo. Si su esposo había dicho que era un préstamo, lo era. Lo que le había contado del Corpus Christi probablemente también fuese cierto. Pero ¿había en ella algo más que amabilidad y cariño por Richard? ¿No había nada entre aquella mujer, que siempre la había despreciado, y su marido?

Porque sino lo había, entonces ella había enviado a Sean O'Byrne a atacarla y el hijo de este había muerto por nada. Absolutamente por nada.

—Dios mío —dijo, sumida de repente en las dudas—. Dios mío.

Para Cecily, el mes de septiembre trajo una nueva y difícil decisión. Dos días después del regreso de MacGowan del velatorio de Fintan O'Byrne, la ciudad cambió de idea. Tal vez se debió a las noticias cada vez más apremiantes de la inminente llegada del ejército inglés o a que los dublineses estaban hartos de alojar y alimentar a las tropas de Fitzgerald, o a la percepción entre los miembros del consejo de que el Gobierno de Silken Thomas carecía de convicción, pero, cualesquiera que fuesen los motivos, la ciudad cambió.

Lo primero lo supo cuando uno de sus hijos subió a la torre con aspecto atemorizado. Entonces Cecily oyó los golpes y los gritos en la calle. Al asomarse a la ventana, vio a los gallowglasses de Fitzgerald, que se batían en rápida retirada por la puerta occidental. Una gran muchedumbre airada los seguía a poca distancia. La gente iba armada con espadas, hachas, bastones —cualquier cosa que tuviesen a mano— y cruzaba la puerta como una riada. Alcanzaron y mataron a docenas de hombres de Fitzgerald. Si Silken Thomas se había ofrecido a salvar Irlanda por una Iglesia verdadera, a los dublineses no parecía importarles. «¡Herejes!», los llamó ella, furiosa. Pero ahora Silken Thomas había regresado a Dublín y estaba fuera de las murallas y, aunque asediaba de nuevo la ciudad, no podía entrar. Al cabo de pocos días, Silken Thomas y el concejal acordaron una tregua de seis semanas. «No nos atacará. Esperará y se enfrentará a los ingleses», decían los dublineses.

Aquel retorno a una situación de parálisis tuvo otro resultado. El castillo de Dublín abrió sus puertas y Henry Tidy volvió a casa.

Fue una lástima que uno de los niños hubiera volcado una jarra de leche antes de que llegara y Cecily estuviera de mal humor. Llevaba tanto tiempo esperando aquel momento... Mientras su marido se hallaba en el castillo había pensado una y otra vez en su regreso. ¿Qué era lo que quería? Al mirar a sus hijos y recordar los primeros tiempos de casada, lo supo muy bien. Anhelaba recuperar la calidez de su matrimonio. No podía cambiar sus puntos de vista religiosos, aquello era imposible. Y tampoco creía que su marido pudiera cambiar de actitud, pero seguro que conseguirían vivir en paz.

Si él fuese amable... Aquel día aciago en que le había pegado, no había sido el golpe lo que más le había dolido —aunque se había quedado aturdida—, sino la frialdad que había notado detrás. Algo había muerto en su interior. ¿Podría resucitarlo?

Necesitaba saber que él la amaba. Cualquiera que fuese su opinión sobre el rey Enrique y por más que lo hubiese avergonzado delante de Doyle y las autoridades de la ciudad, necesitaba saber si la amaba de veras. Eso sería lo que intentaría averiguar cuando volviera. ¿Cómo se comportaría? ¿Qué significaría su conducta? ¿Podía confiar en él?

Fue, por tanto, una lástima que, en un momento de irritación, se volviera hacia él cuando apareció por la puerta y lo saludase con frialdad.

—No pareces muy contenta de verme.

Cecily lo miró fijamente. Quería sonreír, esa era su intención, pero ahora que había llegado el momento que tanto tiempo llevaba esperando y todo había comenzado mal, se sintió presa de una extraña parálisis. Algo se encogía en su interior.

—Dejaste a tu familia —replicó con tristeza.

¿Le pediría disculpas? ¿Daría él el primer paso? ¿Le daría algún tipo de seguridades?

—Tú te negaste a acompañarme, Cecily.

No. Ni una sola palabra. No había cambiado nada.

—No es culpa mía que hayan excomulgado al rey Enrique.

—Todavía soy tu marido.

—Y el Santo Padre sigue siendo el Santo Padre —replicó ella tras encogerse de hombros.

—En cualquier caso, he regresado. —Intentó esbozar una sonrisa—. Podrías hacer que me sintiera bienvenido.

—¿Por qué? —preguntó sin poder evitar amargura en el tono de voz—. ¿Deseas quedarte?

Henry la miró fijamente y Cecily se preguntó en qué estaría pensando: «Seguro que piensa que soy una mujer fría, y cruel; en parte es culpa mía».

—No.

Era eso. Había dicho la verdad. Pero ¿era cierto o solo estaba reaccionando de aquella manera como respuesta a su frialdad? Cecily esperó que dijera algo más, pero no lo hizo y se sintió hundida.

—No tenemos nada que decirnos el uno al otro —murmuró con intencionalidad y se quedó callada, esperando que la frialdad descendiera sobre ellos.

Al día siguiente, en la casa de los Tidy se había instaurado otra forma de vida. El taller estaba en la planta baja y allí trabajaban y dormían Tidy y el aprendiz. En el primer piso estaba la estancia principal donde la familia comía junta. Y encima, en la torre, estaba la alcoba donde dormían Cecily y los niños. Y desde la ventana de allí arriba, Cecily lanzaba gritos de ánimo a los hombres de Fitzgerald si se acercaban lo suficiente para oírlos.

Aquella ventana de la torre se convirtió en un refugio para ella. A veces, durante el día, subía hasta allí para estar a solas; por la noche, separada de su esposo, después de que los niños se hubieran dormido, pasaba horas ante ella contemplando la puesta de sol o las estrellas, mientras pensaba en lo que estaba sucediendo en el mundo.

Poco después de empezar sus vigilias, llegaron noticias de que el conde de Kildare había muerto de enfermedad en Inglaterra. Por triste que fuera, también significaba que Silken Thomas era ahora el nuevo conde, con toda la autoridad y el prestigio que ese apellido conllevaba. Cecily esperaba que no faltase mucho para que la causa se ganara. A mediados de octubre, llegaron por fin los barcos ingleses. Doyle y los otros concejales dieron la bienvenida a Dublín al Cañonero y a sus hombres. Las tropas inglesas eran numerosas y se las veía bien adiestradas. También traían artillería. Cecily había esperado verlo todo destruido en una batalla abierta con Silken Thomas, y sintió cierto disgusto cuando vio cómo las tropas de Thomas se retiraban en silencio. Sin embargo, Cecily se consoló con la opinión generalizada entre los partidarios de Kildare: «Esperará en Maynooth. Los Fitzgerald todavía tienen sus plazas fuertes. Fatigará al Cañonero y cuando lleguen las tropas españolas, expulsarán para siempre de Irlanda a los ingleses».

Al cabo de un mes, el Cañonero se puso en marcha. Llegaron rumores de que en Trim había recuperado uno de los castillos de los que Fitzgerald se había apoderado, pero aún eran más ominosas las noticias que decían que, de los cinco tíos de Thomas, dos colaboraban con el Cañonero. Aquel día, al asomarse a la ventana, se sintió consternada. ¿Cómo era posible que hubiese gente tan traidora? Sin embargo, cuando rezaba sabía que no podía perder la fe e hizo acopio de paciencia.

Y de hecho, en los meses invernales, hubo motivos para la esperanza. Era un invierno frío y lluvioso. El Cañonero se retiró a Dublín y se quedó allí, aunque pronto comenzó a quejarse de que no se encontraba bien. Cecily lo veía en ocasiones cabalgando por la calle con su escolta. Había sido un militar vigoroso, pero ahora estaba pálido y demacrado. Sus tropas también sufrían y había deserciones. Y lo que era aún mejor: Silken Thomas había regresado a las plazas fuertes que el Cañonero había antes tomado; no obstante, lo más importante de todo fue cuando, unos días antes de las navidades, Cecily oyó que los españoles iban a enviar diez mil hombres armados. Cuando llegaran, el Cañonero se marcharía.

Llegó enero, frío y temible. Las tropas inglesas fueron enviadas a guarniciones clave alrededor de la Empalizada, pero no hubo acción. Silken Thomas seguía esperando a las tropas españolas, pero no tuvo noticias de ellas. Un día de febrero, mientras comían en la sala principal, Tidy comentó en voz baja:

—¿Sabes lo que dicen ahora? Que el rey de España tiene cosas más importantes que hacer. Va a dejar plantado a Silken Thomas.

—Eso es lo que tú dices —replicó ella en tono monótono. En aquellos tiempos, rara vez hablaban.

—Ayer arribó un barco a puerto —prosiguió él con toda la calma—. Venía de España y allí no había ninguna señal de que vayan a enviar tropas. Nadie sabe nada de eso.

—Los enemigos de los Fitzgerald dirán lo que quieran —espetó ella.

—No lo comprendes. —La miró fijamente—. No son sus enemigos quienes lo dicen. Son sus amigos.

Aquella noche cayó una copiosa nevada. Por la mañana, cuando Cecily miró por la ventana en dirección al interior de Irlanda, solo vio un deprimente silencio blanco.

Pero el auténtico golpe llegó en marzo. El Cañonero se había finalmente movilizado para lanzar una verdadera campaña. Con toda la audacia, se había presentado en Maynooth, la poderosa plaza fuerte de Fitzgerald. Incluso con la artillería, pensó Cecily, aquella inmensa fortaleza no sería fácil de tomar. Luego, transcurrido muy poco tiempo, llegaron las noticias.

—Maynooth ha caído.

Era su marido, que había subido a su refugio en la torre para contárselo.

—¿La ha tomado el Cañonero?

Tidy sacudió la cabeza.

—Él declara que sí, claro —dijo con tristeza—, pero fueron algunos de los hombres de Fitzgerald quienes lo traicionaron y dejaron entrar a los ingleses.

Acto seguido, se marchó escaleras abajo.

Aquella noche, después de contemplar el atardecer, no pudo conciliar el sueño y se sentó a observar las centelleantes estrellas hasta que por fin se difuminaron en la fría y rigurosa aurora del cielo oriental.

En abril, mientras Silken Thomas se dedicaba a huir por las marismas, Cecily fue a ver a la dama Doyle. No le había resultado fácil acercarse a la casa del concejal que se había aliado tan alegremente con el hereje del rey Enrique, pero su esposa era distinta y Cecily confiaba en ella.

—No puedo seguir así —le dijo a la mujer—. No sé qué hacer.

A continuación, le explicó todo cuanto había ocurrido entre Henry Tidy y ella, pero si esperaba que la dama le expresara su simpatía o se ofreciese como mediadora, quedó decepcionada.

—Tienes que volver a vivir con tu esposo —le dijo Joan Doyle con contundencia—. Así de sencillo, aun cuando no lo ames —añadió en tono severo mientras la estudiaba atentamente—. ¿No podrías obligarte a amarle lo suficiente para convivir? —le preguntó con franqueza.

Eso era precisamente lo que Cecily llevaba tiempo preguntándose.

—El problema está en que creo que él no me ama —confesó.

—¿Estás segura de ello?

—Creo que sí.

—Tal vez podrías darle el beneficio de la duda —dijo la dama algo más amable—. En cierto sentido, el matrimonio es como la religión —apuntó en tono tranquilo—. Requiere un acto de fe.

—Pero no es lo mismo en absoluto —protestó Cecily—, porque sobre la verdadera fe no tengo ninguna duda.

—Bueno, al menos podrías tener esperanza —comentó la dama Doyle con una sonrisa; al ver que Cecily parecía dubitativa, añadió—: Pues entonces tendrás que confiar en la caridad. Sé amable con él y las cosas quizá mejoren. Además, tú misma has dicho que las cosas no pueden continuar como hasta ahora. En realidad, no tienes nada que perder —concluyó.

Así, aquella noche, después de acostar a los niños en la estancia principal, Cecily bajó al taller y sugirió a su marido que subiera con ella a su refugio del tercer piso.

El viejo llegó a Rathconan un espléndido día de finales de agosto. Era un brehon, dijo, un experto en las viejas leyes irlandesas y un consejero de los Fitzgerald en el Munster. Venía de parte de los padres de Maurice con un mensaje que solo podía entregar al muchacho y a Sean. Como habían subido con el ganado a los pastos de la montaña, Eva mandó a uno de los mozos a buscarlos. Después, con el debido respeto, sirvió una jarra de cerveza y un tentempié al hombre en el salón, donde dijo que quería descansar. Hasta que llegaron Maurice y Sean solo pudo hacerse cábalas sobre cuál podía ser el asunto que quería tratar con ellos el brehon.

Una posibilidad era que estuviera relacionado con la familia Fitzgerald. Cuando su guarnición lo había traicionado en Maynooth, Silken Thomas había escapado y había acudido a hacer un llamamiento a los jefes irlandeses que eran leales a su familia. Aunque el Cañonero tuviera ahora algunas fortalezas y poseyese casi toda la artillería, solo contaba con unos centenares de soldados y, además, no se encontraba bien. Al ejército inglés se lo podía fatigar y destruir.

Sin embargo, el Cañonero contaba con el apoyo de Inglaterra y los jefes irlandeses se mostraron cautos. Silken Thomas seguía diciendo que los españoles estaban a punto de llegar, pero pasaban las semanas y no había ni rastro de ellos. Silken Thomas estaba aprendiendo la amarga lección del poder: los amigos son la gente que cree que ganarás.

—Al menos, aquí arriba la gente es leal a los Fitzgerald —le comentó Eva a Sean un día.

Él se había limitado a torcer el gesto.

—Algunos de los O'Toole y nuestros propios allegados O'Byrne están ahora en tratos con el Cañonero —le dijo—. Ofrece buenas cantidades de dinero.

Para el solsticio de verano, Silken Thomas se hallaba escondido en los bosques y las marismas, como un jefe guerrero de los tiempos pretéritos.

Pero no era un antiguo jefe irlandés: era el joven y rico Silken Thomas. Si el Cañonero era lento, el joven Fitzgerald empezaba a descorazonarse y una semana antes, cuando uno de sus parientes de la aristocracia inglesa, un comandante real, lo había encontrado miserablemente acampado en la marisma de Allen y le había prometido su vida y el perdón si se entregaba,

Thomas había accedido hacerlo. Y aquellas noticias habían llegado a Rathconan hacía tres días.

Así, ahora, aunque a Eva le resultara difícil de creer, parecía que el poder de la formidable casa de Kildare comenzaba a decaer como el sonido de las gaitas desvaneciéndose por encima de la montaña. Si el poder de Kildare se desplomaba, ¿qué significaría eso para los Fitzgerald Desmond del sur? Incertidumbre, en el mejor de los casos. Tal vez los Fitzgerald meridionales querían que su hijo Maurice regresara con ellos.

Esperaba que no fuese así. Desde la muerte de Fintan, el joven Maurice había sido una torre de fortaleza, había ayudado a Sean y a ella le había ofrecido consuelo. Uno no podía tener para siempre un hijo adoptivo, por supuesto, pero ahora no soportaría separarse de él. Todavía no había llegado el momento.

Sean y Maurice regresaron a casa a última hora de la tarde. Sean saludó al brehon con todo respeto y, tras beber un poco de cerveza, se sentó en el gran asiento de roble de la sala con una estampa impresionante. Maurice se sentó en silencio en un taburete y observó al viejo con curiosidad. Eva se acomodó en un banco. Entonces Sean le pidió al brehon que explicara qué lo había llevado hasta allí.

—Soy Kieran, hijo de Art, brehon por herencia y vengo en nombre lady Fitzgerald, la madre de Maurice Fitzgerald, hijo adoptivo de Sean O'Byrne —comenzó en tono formal, lo que indicó la seriedad del asunto; volviéndose hacia Maurice, añadió—: ¿Quieres confirmarme que eres Maurice Fitzgerald?

El joven asintió

—¿Y que tú eres Sean O'Byrne?

—El mismo que viste y calza —respondió Sean—. ¿Y qué mensaje quieres transmitirnos?

—Este joven Maurice ha vivido en tu casa unos años, Sean O'Byrne, como hijo adoptivo —dijo antes de detenerse. A Eva le pareció que miraba a Sean con cierta severidad—. Pero como también sabes, este joven puede reclamarte algo más importante.

Sean reconoció aquella extraña frase con un elegante asentimiento de su hermosa cabeza.

—Y según las antiguas usanzas de Irlanda —prosiguió el

brehon—, he de decirte, Sean O'Byrne, que su madre, lady Fitzgerald, te nombra para que admitas tu responsabilidad en este asunto y para que tomes las medidas oportunas.

—¿Me nombra?

—Así es.

Maurice escuchó aquel diálogo completamente atónito. Eva miraba al viejo con una expresión de horror en su pálida cara. Solo Sean estaba tranquilo, sentado en su gran silla, asintiendo ante lo que el brehon estaba diciendo.

—¿Qué responsabilidad? ¿Qué medidas? —Su voz sonaba al filo del pánico—. ¿Qué estás diciendo?

El brehon se volvió hacia ella. Resultaba difícil descifrar la expresión de su rostro, que se veía viejo como las montañas.

—Que tu esposo, Sean O'Byrne, es el padre de este chico —respondió señalando a Maurice—. Lady Fitzgerald lo ha reconocido. ¿No lo sabías?

Eva no contestó. Su cara había palidecido por completo y su boca había formado una pequeña «O» de la que no salía ningún sonido. El viejo se volvió hacia Sean.

—¿Tú no lo niegas?

—No —dijo Sean con una sonrisa—. Lady Fitzgerald tiene razón.

Era ley y costumbre en Irlanda que si una mujer reconocía a un hombre como el padre de su hijo y el hombre ratificaba que así era, el niño tenía derecho a reclamar a su padre incluso una parte de sus propiedades cuando muriera.

—¿Cuándo? —farfulló Eva, recuperando el habla—. ¿Cuándo se supo todo esto?

Sean no se apresuró a responder, por lo que intervino el viejo.

—Fue reconocido en privado por las partes implicadas cuando Sean O'Byrne bajó a pedir a Maurice como hijo adoptivo.

—¿Cuando Maurice vino por primera vez? ¿Lo trajo porque era hijo suyo?

—Podría ser —dijo el brehon—. El esposo de lady Fitzgerald no quería pasar vergüenza ni que su esposa la pasara, por lo que una vez estuvo informado del asunto, accedió a que

Maurice se fuera con su padre como hijo adoptivo, pero como ahora ya no quiere mantenerlo más, ha reconocido la paternidad de Sean O'Byrne.

—¿Eres mi padre? —preguntó Maurice.

El joven estaba muy pálido. Había estado mirando a Eva, pero ahora se había vuelto hacia Sean.

—Sí —sonrió Sean, que parecía encantado.

—Pero ¿por qué? —La voz de Eva sonó desgarrada de dolor. No pudo evitarlo—. Por todos los santos, ¿por qué has traído al hijo que tuviste con otra mujer a mi casa, donde ha vivido todos estos años ante mis propias narices? ¿Por qué nunca me has dicho de quién se trataba? Me vigilabas para que lo cuidara y lo amara como si fuera de mi carne. ¡Y todo era mentira! ¡Una mentira para dejarme como a una idiota! ¿Lo has hecho por eso, Sean? ¿Para humillarme? Dios mío, cuando pienso en lo buena esposa que he sido contigo... ¿Por qué has hecho algo así? —Calló unos instantes y lo miró fijamente—. Llevabas años planeándolo.

Y cuando la miró con la más tierna de las sonrisas en su hermoso rostro, Eva también vio un brillo malévolo de triunfo en sus ojos.

—Fuiste tú quien trajiste al fraile y me hiciste jurar sobre las reliquias de san Kevin. —Calló unos instantes y se inclinó hacia delante, ante lo que su esposa cerró los puños sobre los brazos del sillón—. Fuiste tú quien me humilló, Eva, delante del fraile y del sacerdote, en mi propia casa —añadió, alzando la voz en una furia contenida. Volvió a retreparse en el asiento y esbozó una sonrisa—. Has hecho un buen trabajo cuidando de mi hijo, eso debo reconocerlo.

Y en un terrible destello abrasador, Eva comprendió mejor que nunca en su vida la vanidad de los hombres y el largo y frío alcance de su venganza.

En aquel momento, Maurice se marchó de la sala corriendo.

Aquella noche Sean y Eva cenaron en silencio. El brehon, que había ido a visitar al padre Donal, había mandado el mensaje de que se quedaría con el sacerdote y su familia hasta que se marchara a primera hora de la mañana. Maurice había ido al establo porque quería estar solo. Y aunque Eva le había rogado que volviera, Maurice le había pedido, educadamente como siempre, que le permitiera quedarse a solas con sus pensamientos, por lo que, después de darle un incómodo aunque afectuoso pellizco en el brazo, Eva lo dejó allí.

Sean, por su parte, anunció que a la mañana siguiente volvería a ir a los pastos de las montañas. Marido y mujer cenaron como de costumbre, él visiblemente satisfecho, ella sumida en un pétreo silencio. Finalmente, antes de comer los postres, ella comentó:

—¿Sabes que creo que nunca superaré esto?

—Con el tiempo lo harás. —Sean tenía una manzana en la mano. La cortó en cuatro partes con el cuchillo, no le quitó las semillas, y se comió uno de los cuartos, tragándose las simientes—. A lo hecho, pecho —susurró—. Y en cualquier caso, tú lo quieres mucho. Es un buen chico.

—Oh sí, lo es —admitió—. Lo único que me asombra —prosiguió con un deje de amargura— es que alguien tan apuesto pueda ser hijo tuyo.

—¿De veras lo crees? —Asintió pensativo—. Bueno, parece que con su madre pude hacer un hijo más hermoso que contigo.

Comió otro trozo de manzana.

Inclinó la cabeza hacia delante. El dolor que le causaron aquellas palabras crueles era tan grande que se sintió como si le clavaran una daga en el vientre. Eva pensó en Fintan.

—¿Amas a alguien? —inquirió finalmente—. ¿A alguien que no seas tú?

—Yo sí... —dejó las palabras suspendidas como un cebo delante de un pez en el río, pero ella tuvo la prudencia de no replicar.

Permanecieron en silencio todo el tiempo que Sean, con calculado placer, tardó en comerse los otros dos cuartos de manzana.

—Debe marcharse —dijo.

—Eres fantástica echando a gente de mi casa —comentó—. ¿Y ahora quieres librarte de mi propio hijo?

—Debe marcharse, Sean. Dices que lo amo y es cierto, pero no lo puedo soportar. Que se vaya.

—Mi hijo se quedará en la casa de su padre —declaró con determinación.

Acto seguido se puso en pie y se fue a la cama, dejándola sola en el salón. Eva no sabía qué hacer. ¿De veras quería que Maurice se marchara? Pensó en todo lo que el muchacho había significado para ella. Y todo aquello, ciertamente, no era culpa suya. ¿Cómo debía sentirse ahora, fuera, en el establo, pensando en el engaño de que había sido objeto todos aquellos años? Al insistir en que se marchara, ¿no estaba reviviendo la historia de la mujer de Brennan? ¿No era la misma batalla contra la voluntad de su esposo? ¿No era lo mismo, una y otra vez, salvo que ahora la había herido y humillado más? Ahora incluso la había hecho querer al muchacho, la causa de aquel dolor, y había envenenado ese amor. Sí, había sido muy listo, eso tenía que reconocerlo. Le había dado a beber un amargo brebaje.

Y precisamente por eso no quería que Maurice siguiera allí. Cuando rompió el alba le pareció que no tenía salida.

Sin embargo, unas horas más tarde, Maurice le quitó la decisión de las manos, porque por primera vez en los años que llevaba con ellos se negó a obedecer las órdenes del hombre que ahora sabía que era su padre: le dijo que quería marcharse.

—Vendré a visitarte a menudo, padre —dijo—, y a ti también, si lo deseas —añadió, volviéndose a Eva con una leve expresión de tristeza en aquellos hermosos ojos verde esmeralda tan extraños.

—No tienes por qué marcharte, Maurice —le suplicó—. No te vayas.

Pero su determinación era absoluta.

—Será lo mejor para todos —dijo.

—¿Y adónde irás? —preguntó Sean con la voz cargada de emoción—. ¿Al Munster?

—¿A ver a la madre que me traicionó y al marido de esta, que no me quiere? —Sacudió la cabeza, acongojado—. Si veo a mi madre, tal vez la maldiga.

—¿Adónde, entonces?

—He decidido, padre —respondió—, que iré a Dublín.

Y

Cuando Maurice llegó a su casa, MacGowan se sorprendió mucho y aún se quedó más atónito cuando el muchacho le contó lo que había sucedido. No era frecuente que el mercader gris se enterara de un secreto guardado mucho tiempo que él desconocía, por íntimo que fuera.

—¿Y me pides que te acoja como aprendiz? —quiso confirmar.

—Sí. Estoy seguro de que mi padre, Sean O'Byrne, quiero decir, pagará los honorarios del aprendizaje.

—No me cabe la menor duda.

—Si piensas que soy adecuado.

MacGowan pensó en ello, pero no demasiado tiempo. Estaba claro que con el conocimiento de la vida que había adquirido con los O'Byrne y su educación y sus modales cortesanos, el joven sería un mercader gris ideal, bien recibido al otro lado de la Empalizada y también en los mejores círculos de Dublín. Llegaría lejos, pensó MacGowan, más lejos que él.

—Hay un problema —dijo.

—¿Cuál?

—Tu apellido.

Maurice Fitzgerald. Vaya apellido el suyo. Sería algo espléndido, casi una desfachatez, que un mercader gris tuviera un nombre tan aristocrático, pero habida cuenta de la situación política de Dublín, tal vez no sería prudente que no lo utilizara.

—Ahora el apellido Fitzgerald puede ponerte en peligro —le dijo.

—Pero ya no es mi apellido —respondió Maurice con una sonrisa irónica—. Olvidas que ahora soy un O'Byrne.

—Lo eres —asintió MacGowan, pensativo—. Lo eres. —Calló unos instantes—. Y eso, en Dublín también puede ser un problema. —Esbozó una triste sonrisa—. Es demasiado irlandés.

Dado el carácter y las maneras del joven, con el tiempo vencería cualquier prejuicio. Sin embargo, presentarse como el hijo de Sean O'Byrne —el amigo irlandés de Fitzgerald que había intentado secuestrar a la esposa del concejal Doyle— no era una buena manera de empezar, le dijo al joven Maurice.

—Y un día querrás la libertad —predijo—. Puedes estar seguro de eso.

—En ese caso, y hablándote con sinceridad, me siento más un huérfano que un hijo de alguien, y como quiero ganarme la vida por mí mismo, me alegraría mucho tomar otro nombre. Realmente no me importa. —El joven miró unos instantes a MacGowan y sonrió—. El tuyo, por ejemplo. MacGowan en inglés sería Smith.*

—Sí, aproximadamente.

—Bien, entonces si me aceptas como aprendiz, déjame ser Maurice Smith. ¿Te parece bien?

—Me parece muy bien —respondió MacGowan con una carcajada—. Serás Maurice Smith.

Y así fue como, a principios del otoño de 1535, mientras Silken Thomas se encontraba en el proceloso mar con rumbo a Londres, el descendiente de los principescos O'Byrne y de los nobles Walsh, y —aunque él no lo sabía— de Deirdre, de Conall y del viejo Fergus, llegó a Dublín y adoptó el nombre inglés de Maurice Smith.

Para su sorpresa, al cabo de una semana Maurice recibió una visita. Era su padre.

Sean había tardado un poco en encontrar a su hijo. Imaginaba que había acudido a MacGowan, pero cuando se dirigió a la casa del mercader y preguntó si allí había un joven apellidado O'Byrne, los vecinos le dijeron que no. No pareció decepcionado al enterarse de que Maurice había decidido que no quería usar su apellido.

—Has vivido tantos años con un apellido que no era el tuyo que supongo que se ha convertido en una costumbre para ti —le dijo Sean con una sonrisa.

No se quedó mucho tiempo. Había traído consigo una caja cuadrada.

—Quizá no desees vivir en Rathconan —le dijo—, pero acaso quieras tener algo que te recuerde a tu familia.

Acto seguido se marchó.

Cuando se quedó solo, Maurice abrió la caja y para su sor-

* En inglés, *Smith* significa «herrero». (*N. de los T.*)

presa y alegría, descubrió que contenía la calavera de beber del viejo Fergus.

En el Parlamento irlandés, que se reunió entre mayo de 1536 y diciembre del año siguiente, no hubo miembro más persistente en sus esfuerzos por complacer al Rey que el abogado William Walsh.

Actuando bajo la dirección del Consejo Real de Londres, el Parlamento irlandés aprobó medidas para centralizar el gobierno de Irlanda en Inglaterra, para aumentar los impuestos y para reconocer al rey Enrique, y no al Papa, como jefe supremo de la Iglesia irlandesa y considerar válido su divorcio y su posterior matrimonio. Y si a William Walsh y a sus compañeros miembros del Parlamento no les gustaban aquellas medidas, las aprobaron igual, pues, en realidad, no podían hacer otra cosa.

La caída de los Fitzgerald fue terrible. Después de haber sido recibido educadamente en la corte de Londres tal como le habían prometido, Silken Thomas fue trasladado a la torre. Luego, sus cinco tíos, incluidos los dos que se habían puesto de parte de los ingleses, fueron conducidos a Londres y enviados también a la torre. «Vamos a acusarlos a todos de traición», le dijo Walsh a su esposa un día al regresar del Parlamento. En las profundidades de aquel invierno, los seis Fitzgerald fueron conducidos a la horca pública de Londres, en Tyburn, donde fueron brutalmente ejecutados. Fue una perversidad que terminó con las promesas que se habían hecho, ya que fue aprobado por un Parlamento. Era el proceder característico de Enrique.

Mientras, setenta y cinco de los notables irlandeses que habían apoyado a Silken Thomas fueron condenados a muerte, lo cual estremeció a toda la comunidad. Por otro lado, a los nobles menores, como William Walsh, que se habían puesto de parte de los Fitzgerald se les dijo que, dependiendo de la voluntad del Rey tal vez se les perdonaría a cambio del pago de una multa. «Gracias a Dios que tengo testigos que demuestran que juré coaccionado, pero todavía no sé cuál será la multa; además, la mitad de los miembros del Parlamento están en la misma situación que yo», comentó Walsh. Enrique los hacía esperar mientras aprobaban todas sus leyes. «Nos tiene exactamente donde quiere tenernos», confesó Walsh.

La misma oposición se dio entre caballeros que no estaban sometidos a tal amenaza. Cuando Enrique exigió un nuevo y cuantioso impuesto sobre la renta, aquellos hombres leales pudieron persuadirlo de que fuera más misericordioso. «Por la gracia de Dios, el impuesto solo tendrá que pagarlo el clero», dijo Walsh a su familia. Pero aquélla fue una de las pocas concesiones que hizo Enrique; además, para que nadie dudase de su determinación de ser el amo y señor de Irlanda, sus tenientes continuaron las incursiones alrededor de los límites de la Empalizada, a fin de someter los territorios y dar implacable caza a los miembros levantiscos de la familia Kildare que quedasen.

Aun así, a Margaret le sorprendió que no hubiera más protestas por la apropiación que había hecho Enrique de la jefatura de la Iglesia y su ataque contra el Papa.

—Algunos miembros del clero han protestado —le dijo William—, pero las voces más fuertes eran tan partidarias de Silken Thomas que las han desposeído de sus privilegios o han huido al extranjero. Lo que ocurre —había añadido— es que si bien Enrique ha ocupado el lugar del Papa, lo cual es un ultraje, desde luego, no parece que vaya a introducir cambios en las formas y las doctrinas de la fe.

En Dublín apareció un nuevo obispo llamado Browne, del que se decía que tenía inclinaciones protestantes, pero hasta entonces no había dicho o hecho nada ofensivo.

—El quid de la cuestión es saber qué quiere hacer Enrique con los monasterios.

En Inglaterra ya había comenzado el gran proceso. Bajo la apariencia de una reforma religiosa, el rey Tudor, que siempre gastaba el dinero más deprisa de lo que tardaba en conseguirlo, había planeado apoderarse de todas las tierras fértiles y las posesiones de los monasterios medievales ingleses y venderlos. ¿Haría lo mismo en Irlanda?

—Una consecuencia de ese asunto —le explicó Walsh a su hijo Richard durante la cena familiar— es que está generando abundante trabajo para los abogados. Todos los monasterios quieren un representante legal que defienda sus derechos. —Richard, que trabajaba con su padre, ya se había ganado el aprecio de muchas órdenes monásticas—. Para los abogados como nosotros, Richard —prosiguió el padre—, puede ser un negocio lucrativo.

Aunque no dijo nada, Margaret se quedó algo consternada ante aquella actitud. Cualesquiera que fuesen sus defectos, los antiguos monasterios de Irlanda no merecían aquel trato. Y cuando se presentó el proyecto de cerrar trece monasterios irlandeses ante el Parlamento, se alegró de saber que la idea había encontrado cierta oposición. Cuando William, que llevaba varios días en Dublín, asistiendo a los debates, volvió a casa una tarde, le interrogó con vehemencia.

—Estaba segura de que, al final, nuestra gente no apoyaría esa moción.

Pero William soltó una carcajada.

—Eso no es todo —le dijo—. El problema radica en quién se quedará con la tierra. Tememos que pase a manos de los oficiales de la Corona y de los Butler. Algunos de tus amigos, la nobleza de Fingal, van a acudir al rey Enrique para pedirles su parte. A Doyle y a los demás concejales ya les han prometido un monasterio como recompensa a la oposición de la ciudad a Silken Thomas.

—Hablas como si todo fuera cuestión de dinero —objetó.

—Me temo —dijo el abogado con un suspiro— que siempre es así.

En aquellos días, Walsh no podía alejar de su mente el dinero. No solo seguía sin resolver desde hacía meses el problema del perdón real a cambio del pago de una multa, sino que también tenía que devolver el préstamo a Joan Doyle. «Y sin embargo, estas dificultades también han tenido su lado bueno», le había comentado a Margaret en diversas ocasiones. Se refería al efecto que habían obrado en el joven Richard.

Richard, que tan caro le había costado a la familia mientras vivía en Londres como un caballero, era ahora perfectamente consciente de ello. Además, en ese momento, aunque no había perdido ni un ápice de su encanto juvenil y seguía poseyendo el mismo cabello rojo y espléndido de su madre, también era un buen abogado y tan decidido como cualquier otro joven a devolver a su familia lo que consideraba que le debía y a labrarse una fortuna. Trabajaba con ahínco junto a su padre y lo sustituía en los viajes que pensaba que a él le iban a resultar fatigosos. Si antes de terminar la jornada, su padre necesitaba leer viejos documentos, Richard se quedaba toda la noche despierto para que, cuando su padre se levantara, encontrara el trabajo hecho. Buscó nuevas oportunidades de negocio y suplió a su padre cuando este estaba ocupado en el Parlamento, aprendiendo todo cuanto pudo de las leyes de Irlanda. «A veces tengo que decirle que pare, pero es joven y fuerte y esos esfuerzos no le harán ningún daño», explicaba su padre, no sin orgullo.

Sin embargo, a pesar de todos aquellos afanes, los Walsh solo habían conseguido pagar el interés del préstamo que les había hecho Joan Doyle y ahorrar un poco de dinero para cuando llegara la multa real.

Si hasta entonces el concejal no había sabido nada de la transacción de su esposa, ahora ya estaba informado del asunto. Walsh lo descubrió una mañana en que se encontró con Doyle camino de la sesión parlamentaria.

El día anterior se había enterado de que a Mary, la hija menor del concejal, se le había otorgado la libertad, por lo que lo felicitó por aquel acontecimiento. Doyle le dio las gracias con cordialidad y luego, cuando comenzaron a caminar juntos, murmuró en tono afable:

—Éste es el hombre a quien mi esposa le ha prestado una fortuna. —Al ver que Walsh se sobresaltaba, esbozó una sonrisa y añadió—: Ella me lo ha contado todo y quiero que sepas que no tengo nada que objetar.

Walsh pensó con cierta envidia que a Doyle no le costaba demasiado ser optimista. Como leal concejal que se había opuesto a Silken Thomas, con una esposa emparentada con los Butler y que había sido atacada por O'Byrne, aquel rico comerciante era tomado en gran consideración por los círculos reales y era probable que se aprovechase de cualquier propiedad monástica o cargo público que pudieran ofrecerle.

—Puedo pagar el interés —le había contestado William—, pero devolver el capital me llevará bastante tiempo. He de pagar también una multa real.

—Dicen que tu hijo Richard te ayuda.

—Sí —asintió con un pequeño rubor de orgullo; le contó los esfuerzos que hacía el joven.

—Por lo que se refiere a tu préstamo —dijo Doyle cuando Walsh terminó—, prefiero que me debas dinero tú que otro, pues eres más sensato que la mayoría. —Hizo una pausa—. En cuanto a la multa, me alegrará hablar en tu nombre con los oficiales del Rey. En estos momentos, gozo de buena reputación entre ellos.

Al cabo de una semana, cuando se lo encontró otra vez, le dijo que la multa solo sería un pago simbólico, porque ya sabían que él no tenía la culpa.

Cuando William le habló de esas conversaciones a Margaret, esta recibió las buenas noticias con una sonrisa, pero, por dentro, seguía asustada. Nada se había dicho de su implicación en el intento de secuestro, por lo que imaginó que O'Byrne había guardado silencio o que si se lo había contado a MacGowan, el mercader gris tenía razones para no hablar; no obstante, podía cambiar de idea en cualquier momento o bien O'Byrne podía hablar. Y apenas pasaba un día sin que en sus recuerdos no se viera confrontada con el terrible ojo acusador de MacGowan o con el eco de las últimas palabras que le había dicho a O'Byrne cuando este le preguntó qué hacer si no conseguía completar el secuestro: «Mátala».

En otoño de 1537, con el Parlamento en plena deliberación, Richard Walsh se presentó en casa del concejal Alderman Doyle a fin de entregar un pago para su esposa. Tenía la intención de quedarse solo hasta que ella hubiera comprobado que la cantidad era la que le indicaba, y como aquella mañana había estado ocupado examinando registros de la iglesia de Cristo, su aspecto era un tanto desaliñado. Por eso, se quedó desconcertado cuando le hicieron pasar al salón donde lo esperaban varios miembros de la familia Doyle. Además de su esposa, estaba el concejal, que se veía resplandeciente con un jubón rojo y oro, uno de sus hijos, su hija Mary y una hermana más joven. Cualquiera los habría tomado por la familia de un comerciante o de un cortesano rico de Londres, mientras que él parecía un oficinista desaseado.

Le resultó un poco humillante, pero no pudo evitar el encuentro. Lo miraron con curiosidad.

—No era mi intención interrumpir una reunión familiar —le dijo con cortesía a la dama—. Solo he venido a traer parte del pago de la deuda —le tendió una bolsita con monedas—, pero puedo volver en otro momento.

—En absoluto. —Joan Doyle la aceptó con una amable sonrisa—. No necesito contarlo —comentó.

—Me han dicho que mientras tu padre y yo asistimos a las sesiones del Parlamento tú te haces cargo de todo su trabajo —dijo Doyle asintiendo. A Richard le alegró saber que aquel rico concejal y su padre estaban en buenas relaciones—. Habla muy bien de ti.

Le pareció que, pese a aquellas palabras elogiosas, el hijo del concejal no lo miraba con mucho respeto. Su hija Mary también lo miraba, pero resultaba difícil saber qué pensaba. Era la muchacha más joven —calculó que debía de tener unos trece años— la que se reía abiertamente. Richard la miró con expresión inquisitiva.

—Vas todo sucio —dijo señalándole el brazo.

No había visto la gran mancha de polvo que llevaba en un lado de la manga. También advirtió que el puño estaba completamente arrugado.

Podía haberse ruborizado, pero, por fortuna, los años que había pasado en Londres viviendo como un joven de la sociedad acudieron en su ayuda.

—Pues sí. No me había fijado. —Miró a Doyle—. Esto es lo que me ocurre por trabajar con los viejos documentos de la iglesia de Cristo. —Se volvió hacia Joan Doyle—. Espero no haber ido dejando una estela de polvo en toda la casa.

—Espero que no.

—Hay que decir, Richard —intervino Doyle en un tono que habría utilizado con un miembro de su familia—, que necesitas ropa nueva.

—Lo sé —replicó Richard con franqueza—. Es cierto, pero supongo que mientras nuestra situación económica no mejore, lo iré posponiendo todo el tiempo que pueda. —Se volvió hacia la niña, que se había reído, y con una sonrisa, añadió—: Cuando tenga un jubón nuevo, ten por seguro que vendré enseguida a enseñártelo.

Doyle asintió, pero aburrido al parecer con el asunto de la ropa, lo interrumpió.

—¿Quieres hacer fortuna, Richard?

—Si puedo, sí.

—Un abogado como tú puede apañárselas muy bien en Dublín —comentó Doyle—, pero en el mundo del comercio se gana más dinero. Y a los comerciantes les iría bien tener asesoramiento legal.

—Lo sé, y he pensado en ello, pero ahora no puedo especializarme en eso. He de trabajar con los conocimientos que tengo.

Doyle asintió y la entrevista concluyó. Richard se despidió de todos inclinando educadamente la cabeza y se dispuso a marcharse. Al llegar a la puerta, oyó que Joan Doyle decía:

—Tienes un cabello muy hermoso.

Richard ya estaba en el callejón de los Desolladores, cuando Mary Doyle habló. Era una muchacha linda, con los rasgos españoles de su madre y unos ojos duros y perspicaces como los de su padre.

—¿Estudió abogacía en los Inns of Court? —preguntó a su padre.

—Sí.

—¿Es de los Walsh de Carrickmines?

—De una rama de ellos, sí. —El padre la miró con curiosidad—. ¿Por qué?

Ella le devolvió la mirada con unos ojos idénticos a los suyos.

—Por nada.

Corría enero de 1538 cuando MacGowan, charlando una tarde con el concejal Doyle, se asombró de que el rico comerciante le preguntara qué opinión le merecía el joven Richard Walsh.

—Creo que mi hija Mary está interesada por él —le dijo.

MacGowan meditó su respuesta. Pensó en todo lo que sabía sobre las partes implicadas. Reflexionó sobre el asunto de O'Byrne y acerca de la extraña figura que había acudido a Rathconan. O'Byrne se había negado a decirle de quién se trataba. Si O'Byrne no se lo decía, decidió MacGowan, era que no se lo decía a nadie; aun así, él ya lo sabía. La idea se le había ocurrido no bien hubo comenzado el ataque. Aparte de unas cuantas personas del círculo de Silken Thomas, nadie más podía estar enterado del viaje de Joan Doyle. Y cuando al regresar del velatorio del pobre Fintan supo que aquel día aciago Margaret había salido a caballo muy temprano, ya no le quedó ninguna duda. No sabía seguro por qué había hecho una cosa así, pero tenía que ser la esposa de Walsh. ¿No lo había visto todo escrito en su cara cuando la había mirado: miedo, culpabilidad, terror?

¿Podía demostrarlo? ¿Serviría de algo si lo hacía? ¿Le haría algún bien a su amigo Doyle saber algo así? No, MacGowan creía que no. Había secretos tan oscuros, que lo mejor era enterrarlos para siempre bajo las montañas. Que Margaret le temiera y le agradeciera su silencio. Aquél había sido siempre su poder: conocer secretos.

—No he oído nada en contra del joven Richard Walsh —respondió, lo cual era verdad—. Todo el mundo le tiene afecto. —MacGowan miró a Doyle con curiosidad—. Habría pensado que estarías buscando un caballero joven y rico. Una muchacha como Mary, que incluso posee la libertad de la ciudad, sería un partido excelente para cualquier familia de Fingal.

—Sí, eso pensaba yo —gruñó Doyle—. Lo que ocurre —y aquí el comerciante suspiró con toda una vida de experiencia— es que los caballeros jóvenes y ricos casi nunca quieren trabajar.

—Ah —asintió MacGowan despacio—. Tienes toda la razón.

Cuando en verano de 1538, su hijo Richard le pidió que visitara a Joan Doyle, Margaret fue presa del pánico: entrar en la gran casa de Dublín, encontrarse frente a frente con la mujer cuya hija estaba a punto de casarse con Richard. Aquella mujer no sabía todavía que había intentado matarla. ¿Cómo podría sentarse ante ella y mirarla a la cara?

—Siempre me pregunta cuándo irás a verla —comentó Richard—. Si no lo haces, le parecerá una descortesía.

Y así, temblando por dentro, un cálido día de verano, Margaret Walsh se encontró cruzando la maciza puerta de la calle, cuyos contornos recordaba tan bien, para al cabo de unos momentos encontrarse cómodamente sentada en el salón, a solas con la acaudalada mujercita que la creía su amiga y que la desconcertó todavía más cuando, después de besarla con afecto, anunció con la más feliz de las sonrisas:

—Te confesaré un secreto. Siempre pensé que ocurriría esto.

—¿De veras? —Margaret la miró confundida.

—¿Recuerdas la vez que me acogiste en tu casa durante la tormenta y él habló con nosotras? Pues ya entonces pensé que era el muchacho apropiado para Mary. Y mira lo bien que ha terminado todo…

—Espero que sí. Gracias —farfulló la pobre Margaret. Ambas callaron unos instantes y luego Margaret añadió—: Fuiste muy bondadosa con nosotros haciéndonos el préstamo.

Dio gracias a Dios de que, por lo menos, la multa real ya estaba pagada y que, según le había dicho William, pronto podrían comenzar a devolverle el dinero a Joan Doyle. Ante la mención del préstamo, Joan sonrió de oreja a oreja.

—Fue un placer. Como le dije a tu marido: «Si es para ayudar a ese encantador muchacho, no necesito saber nada más». —La dama suspiró—. Tiene un cabello tan hermoso como el tuyo.

—Ah. —Margaret asintió débilmente—. Sí.

—Y que nuestros esposos estén juntos en el Parlamento… Mi esposo tiene al tuyo en la más alta estima, como bien sabes. Esto es algo que ha unido a las dos familias.

Durante unos instantes, Margaret se preguntó si sería conveniente decir que había sido una lástima que en la revuelta de Silken Thomas hubieran estado en bandos opuestos, pero decidió que sería mejor no hacerlo; aun así, a su mente acudió una pregunta.

—Hubo una época —dijo estudiando atentamente a Joan Doyle— en la que mi esposo esperaba obtener un escaño en el Parlamento y no fue así.

—Ah. —Joan Doyle parecía pensativa—. Mi marido me lo contó…, me dijo que no hablara de ello, pero de eso hace mucho. ¿Sabes lo que ocurrió? Algún chismoso del Munster, un espía del Rey, levantó sospechas acerca de tu esposo. Mi marido lo defendió. Estaba furioso. Dijo que todo el asunto era absurdo y respondió por él; sin embargo, no pudo hacer nada —añadió tras un suspiro—. Esos hombres y sus interminables sospechas... En mi opinión, los asuntos de Estado son de una estupidez supina.

Por incómodo que le resultara, ya que contradecía lo que había pensado siempre, Margaret se estaba enterando de tantas cosas que no pudo contenerse y sacó a colación otro asunto.

—De todos modos, me sorprende que permitas que tu hija se case con mi hijo, no siendo de una familia importante. —Hizo una pausa—. Como los Talbot de Malahide.

Joan Doyle la observó con curiosidad.

—¿Y por qué los mencionas ahora? —Se quedó pensativa unos momentos—. Me dijiste que no te gustaban, ¿verdad? Pero nunca he sabido por qué.

—Cuando estuve allí no fueron muy amables conmigo —dijo—. Al menos la madre no lo fue en absoluto. Yo era muy joven.

—Debió de ser la anciana lady Talbot. —Joan Doyle miró la pared de detrás de Margaret durante unos instantes—. Yo no la conocí. Murió antes de que fuera por primera vez a Malahide, por lo que nunca supe demasiado acerca de ella, pero los demás fueron muy amables. —Sonrió—. Mi hija Mary está muy enamorada de tu hijo, ¿sabes? Y tú, ¿estabas enamorada cuando te casaste?

—Sí —respondió Margaret—. Creo que sí.

—Es mejor estar enamorado. —Suspiró Joan Doyle—. Conozco a numerosas parejas que no lo están. —Esbozó una sonrisa de satisfacción—. Yo he sido muy afortunada. Comencé a amar a John Doyle muy despacio, pero cuando me casé, estaba enamorada de él, y desde entonces lo he estado todos los días de mi vida. —Sonrió con gran ternura—. Piensa en eso, enamorada todos los días desde hace más de veinte años.

Margaret advirtió que no podía haber ni la más mínima duda de que todo lo que había dicho Joan Doyle desde que se habían sentado a charlar era la pura verdad. Nunca habían informado en contra de Walsh, no sabía nada de la humillación a la que los Talbot la habían sometido y nunca había sido infiel a su esposo con William Walsh. Solo quedaba una cosa por descubrir.

—Dime —susurró Margaret—, ¿sabías que tu familia y la mía se pelearon muchísimo tiempo atrás?

A continuación, le contó la historia de la disputa por la herencia.

Joan Doyle no era actriz y su expresión de asombro y horror no era fingida, eso era obvio. Nunca en su vida había oído hablar de la herencia.

—Es terrible —dijo con la voz entrecortada—. ¿Quieres decir que tenemos el dinero de tu padre?

—Bueno, mi padre creía que los Butler se habían hecho con él de una manera injusta —matizó Margaret—. Quizá —se sintió obligada a añadir—, estaba equivocado.

—Pero eso debió de causarle un terrible dolor. —Joan parecía pensativa, pero, de repente, tuvo una idea—. Al menos —sugirió—, podríamos cancelar el préstamo.

—Dios mío —exclamó Margaret absolutamente confundida—. No sé qué decir.

Pero Joan Doyle no la oía. Parecía sumida en una honda reflexión. Finalmente, alargó la mano y tocó el brazo de Margaret.

—Podrías haberme detestado —dijo con una sonrisa—, pero fue muy bondadoso por tu parte no hacerlo.

—Oh —dijo Margaret, indefensa—. No habría podido hacerlo jamás.

En un frío y desapacible día invernal, la ciudad de Dublín presenció la más extraordinaria de las escenas, que atrajo la atención de los curiosos de toda la zona.

Cuando Cecily Tidy se enteró de lo que ocurría, corrió desde la puerta occidental hasta el callejón de los Desolladores. Allí, en el amplio recinto de la iglesia catedral de Cristo, y ante una multitud entre la que se contaba el concejal Doyle, ardía una hoguera. No era para que se calentaran los pobres del barrio, a quienes los monjes daban comida y refugio todos los días. Tampoco se trataba de ninguna celebración invernal. Habían reunido la leña y la habían encendido siguiendo las órdenes del mismísimo George Browne, arzobispo de Dublín, quien, solo unos minutos antes de la llegada de Cecily, había salido a asegurarse de que las llamas ardían con fuerza.

La hoguera del arzobispo tenía como objetivo quemar los más grandes tesoros de Irlanda.

Cuando Cecily llegó, dos pequeños carros, acompañados por media docena de gallowglasses, acababan de detenerse junto al fuego. Los dos escribanos que habían empezado a descargarlos venían de hacer un recorrido por algunas de las iglesias de los arrabales. Uno de ellos llevaba un martillo y un cincel. En aquel momento, su compañero, ayudado por uno de los soldados, transportaba una imagen pequeña aunque pesada de la Virgen María y la lanzaba a las llamas. El delito que había cometido la estatua, para merecer tal castigo, era que se la hubiera venerado.

—Dios mío —murmuró Cecily—, ¿nos van a hacer protestantes a todos?

Las ideas del arzobispo Browne de Dublín no siempre habían sido fáciles de seguir. Nombrado por el rey Enrique, durante su primer año en Dublín no había hecho nada y en los últimos dieciocho meses su principal contribución había consistido en insistir en que el clero debía elevar plegarias para que el rey Enrique fuera nombrado jefe supremo de la Iglesia. Al fin y al cabo, el de Browne era un nombramiento del Rey y el Parlamento irlandés había aprobado la legislación necesaria.

—Sin embargo, el hecho de que la legislación haya sido aprobada —le comentó el concejal Alderman un día al inglés con suma educación— no significa que vaya a ocurrir nada.

—Os aseguro, señor, que, cuando se conozca la voluntad del Rey y su Parlamento la haya proclamado, no habrá resistencia de ningún tipo —había replicado Browne—. Las órdenes están para obedecerlas.

—En Inglaterra tal vez sí —dijo el concejal con cortesía—, pero en Irlanda descubriréis que las cosas se arreglan de otro modo. Y sobre todo —advirtió—, no olvidéis que la nobleza de la Empalizada es muy devota de los usos y costumbres antiguos de su fe.

Y eso fue lo que descubrió el arzobispo. Bajo la amenaza de multas, la nobleza podía haber aprobado la legislación y el clero haber jurado lealtad al Rey, pero, en la práctica, nadie se acordaba casi nunca de la plegaria real. Y cuando protestó porque sus órdenes no se obedecían, hasta un obispo, que conocía mejor el territorio, le dio un sabio consejo: «Si estuviera en vuestro lugar, arzobispo, yo no me preocuparía demasiado por eso». Aun así, el arzobispo se preocupó. Predicó la supremacía en todas las iglesias que visitó. Los comerciantes como el concejal Doyle o los caballeros como William Walsh lo escuchaban, pero no se dejaban impresionar. Browne los consideraba indolentes o deshonrosos. No se le ocurría pensar que ellos, que no eran ni lo uno ni lo otra, lo consideraban un estúpido. Y quizá se debió a la creciente frustración que iba acumulando el arzobispo reformista por lo que aquel invierno concentrase su atención en una nueva campaña.

Si había un aspecto de la fe católica que irritase a los protestantes era la práctica, como ellos decían, del paganismo de la vieja Iglesia. Decían que las festividades de los santos se celebraban como si fueran festivales paganos; las reliquias de los santos, verdaderas o falsas, eran tratadas como amuletos mágicos y se rezaba a las imágenes de los santos como si de ídolos paganos se tratase. Estas críticas no eran nuevas, pues ya se habían dado antes en el seno de la Iglesia católica, pero el peso de la tradición era mucho y hasta los católicos reformistas llegaban a la conclusión de que la fe podía fortalecerse a través de esos cultos y veneraciones, si se realizaban con la guía adecuada.

Que el rey Enrique VIII de Inglaterra fuera un católico perfecto estaba fuera de toda duda, porque él mismo lo decía, pero, como su Iglesia había roto con la del Santo Padre, tenía que demostrar, de algún modo, que era mejor. Se afirmaba que la Iglesia de Inglaterra era catolicismo reformado y purificado. ¿Y cuál era la naturaleza de esta reforma? La verdad era que nadie, y el que menos el propio Enrique, tenía demasiada idea. A la población ordinaria laica se le decía que fuera más devota y en las iglesias había Biblias para que la gente las leyera. Pocos católicos encontraban objeciones a ello. La práctica de las indulgencias —que restaba tiempo en el Purgatorio a cambio de un donativo a la Iglesia— era claramente un abuso y había que acabar con ella. Y también estaba la cuestión de los ritos paganos, los ídolos y las reliquias. ¿Eran aceptables o no? El clero cuya visión reformista tenía un deje protestante afirmaba que se trataba de abusos. El Rey, cuyas opiniones parecían cambiar con el viento, no les había dicho que estuvieran equivocados. De este modo, cuando el arzobispo Browne anunció que iba a «limpiar la Iglesia de todas esas supersticiones papistas», no solo creía que estaba cumpliendo con la voluntad de Dios, sino también con la del Rey, lo cual era mucho más importante.

En los carros había una buena variedad de reliquias. Algunas, como los fragmentos de la cruz, que se encontraban por toda la cristiandad, quizá no fuesen verdaderas. Sin embargo, era muy probable que los objetos que pertenecían a los santos irlandeses se hubieran conservado a lo largo de los siglos para su piadosa veneración. Después de haber lanzado la imagen al fuego, los dos escribanos dedicaron su atención a las reliquias. En la carreta que había junto a la pira, en medio de relicarios y joyeros, había una calavera con el borde de plata, una suerte de vasija. Un soldado inglés se la había llevado de la casa de un aprendiz insolente que tenía unos asombrosos ojos verdes. El soldado no sabía lo que era exactamente, pero tenía órdenes de quemar todo cuanto evocara el pasado idólatra y pagano de la isla, por lo que la cargó en el carro con el resto del botín. En cualquier caso, la plata podía tener algún valor. El aprendiz de ojos verdes protestó con vehemencia, aduciendo que la calavera era una herencia familiar y trató de impedir que se la llevara, pero el soldado había desenfundado la espada y el joven le dejó marchar de mala gana.

Cecily contempló la escena horrorizada. Si se necesitaba algo para demostrar la verdadera naturaleza del rey hereje y de sus sirvientes, era aquello. Ante aquel acto impío, sintió una oleada de rabia y de desesperación por la terrible pérdida que supondría. Miró a la muchedumbre. ¿Nadie iba a hacer nada? Hacía tiempo que había perdido toda esperanza en los dublineses, pero resultaba difícil creer que nadie dijese algo siquiera.

Y ella, ¿qué estaba haciendo? ¿Qué iba a hacer?

Tres años atrás, habría por lo menos gritado y llamado herejes a los escribanos y se habría dejado arrestar, pero, desde el fracaso de la revuelta de Silken Thomas y el regreso de su esposo a la torre con la familia, en Cecily Tidy algo había cambiado. Tal vez se debía a que había madurado, a que sus hijos eran mayores o a que venía otro de camino; tal vez no quería perturbar a su trabajador marido o ya no podía afrontar la tensión de una desavenencia con él. Cualquiera que fuese la causa y, aunque sus convicciones religiosas no habían cambiado en lo más mínimo, algo había muerto en Cecily Tidy. Incluso ante la destrucción de todo lo que era sagrado, no iba a hacer una escena. Aquel día, no.

Entonces divisó al concejal Doyle que se hallaba entre la multitud con su yerno Richard Walsh, observando lo que ocurría con el mayor de los disgustos. En el pasado podían haber tenido sus diferencias, pero, al menos, era una figura de autoridad que no podía aprobar de ningún modo lo que estaba sucediendo. Cecily se acercó a ellos.

—Oh, concejal Doyle —dijo—. Esto es un sacrilegio terrible. ¿No podemos hacer nada por impedirlo?

No sabía lo que el hombre le respondería, pero, para su sorpresa, cuando la miró, a Cecily le pareció captar una expresión de vergüenza en sus ojos.

—Ven —le dijo en voz baja, y tomándola por el brazo la llevó hacia los escribanos.

Richard los siguió. Los gallowglasses parecían a punto de intervenir, pero uno de los escribanos, al reconocer a Doyle, dijo: «Buenos días, concejal», y los soldados se retiraron.

—¿Qué es esto? —preguntó Doyle.

—Son reliquias —respondió imperturbable uno de los escribanos. En aquel momento, su compañero astillaba un relicario de oro con piedras preciosas incrustadas—. Algunos son difíciles de abrir —comentó mientras el otro había conseguido levantar la tapa y lanzaba un mechón de cabello de santo a la hoguera, donde se encendió de inmediato.

—¿El estuche? —preguntó Doyle, señalando el relicario de oro que acaban de abrir con tanta brutalidad.

—Oro para el Rey.

Mientras lo decía, Cecily vio que el individuo del cincel acababa de soltar una de las gemas de la tapa y que, con toda la calma, la introducía en una bolsita de cuero que le colgaba del cinturón.

—La Iglesia ha de ser purificada —le indicó el funcionario al concejal.

Si Cecily estaba pasmada por la frialdad de aquella desvergüenza, no tendría que haberlo estado, porque en todas las parroquias de Inglaterra ocurría lo mismo. Mientras que el deseo de muchos protestantes honestos podía ser purificar su religión y alcanzar una mayor comunión con Dios, aquella reforma se estaba convirtiendo en una de las mayores campañas de saqueo público y privado que se había visto en muchos siglos.

—Han profanado los santuarios, Cecily —comentó Doyle en voz baja—, pero es el oro lo que quieren, como puedes ver.

Y la pálida Cecily comprendió por primera vez el verdadero carácter del rey Enrique VIII y sus seguidores, no tanto como herejes, por mucho que lo fueran, sino como ladrones vulgares.

—El Rey ha venido a saquear Irlanda —le recriminó al escribano, pero este se echó a reír.

—En absoluto —dijo sonriendo—. No solo Irlanda.

En aquel momento, su compañero había comenzado a abrir otra cajita dorada. Ésta se abrió con facilidad, pues contenía en su interior otra caja más pequeña y oscura.

—¿Qué es eso? —inquirió Doyle.

—El dedo de san Kevin de Glendalough —respondió el funcionario.

—Dámelo —dijo Doyle, señalando la cajita negra.

—Tiene una piedra preciosa —objetó el otro funcionario al tiempo que agarraba el cincel.

—Basta —ordenó Doyle con una voz que destilaba tanta autoridad que el funcionario se apresuró a tenderle el objeto.

—No puedo hacer más, concejal —dijo algo nervioso.

Doyle sostuvo la reliquia en la mano y la miró con devoción.

—El santo Kevin —comentó en voz baja—. Dicen que tiene mucho poder, ¿sabéis?

—¿La guardaréis vos? —preguntó Cecily, ansiosa.

Doyle calló unos instantes antes de responder. Su rostro cetrino parecía estar contemplando algo extrañamente distante. Entonces, para asombro de Cecily, se volvió hacia ella y, mirándola fijamente, depositó la pequeña reliquia en sus manos.

—No, no, consérvala tú —dijo—. Eres la persona de Dublín que la cuidará mejor. Y ahora márchate deprisa y escóndela —añadió.

Cecily acababa de cruzar la calle y se había detenido para echar un último vistazo a la gran hoguera cuando vio que llegaba MacGowan.

Doyle y Richard Walsh lo saludaron. Vio que MacGowan miraba las llamas y que señalaba hacia la catedral. Vio que Doyle y Richard se acercaban y que este les decía algo con apremio.

En ese preciso instante, un soldado lanzó a las llamas una vieja calavera amarillenta, despojada de su borde de plata.

Al cabo de dos horas, las noticias empezaron a correr por todo Dublín. Al principio, resultó tan impactante que la gente apenas daba crédito al rumor, pero al anochecer ya no les quedó ninguna duda.

El Bachall Iosa, una de las reliquias más sagradas y formidables de toda Irlanda, el relicario con piedras incrustadas del báculo de san Patricio, había desaparecido.

Algunos decían que lo habían lanzado al fuego delante de la iglesia de Cristo. Otros decían que el antiguo cayado había ardido en una hoguera de otro lugar. El arzobispo, que tuvo que hacer frente a un coro de voces horrorizadas, negó que se hubiera elegido el sagrado báculo para su destrucción, pero cuando los habitantes, ingleses o irlandeses, de dentro o de fuera de la Empalizada, advirtieron el desprecio del arzobispo por algo tan querido como el Bachall Iosa y recordaron el oro y las piedras preciosas con que estaba decorado, les pareció que no había ningún motivo para creerle.

Tampoco en los años que siguieron el báculo de san Patricio apareció.

Algunos dijeron que tal vez lo habían llevado lejos para ponerlo a salvo junto con otras reliquias; se esperaba que así hubiera sido, pero nadie lo sabía a ciencia cierta. Ninguno de los concejales de Dublín, ni siquiera John Doyle, tenía la menor idea. Y si MacGowan sabía algo, cosa que parece improbable, permaneció, como siempre, callado como una tumba.

Nota del autor

Apellidos

Las familias cuya fortuna sigue esta novela a lo largo de los siglos son ficticias. MacGowan y Doyle son apellidos comunes y en la narración se presentan sus probables orígenes. Los O'Byrne, de los que existen muchas ramas, destacaban en la región y sus actividades quedan reflejadas adecuadamente. Sin embargo, los O'Byrne de la narración y los O'Byrne de Rathconan son todos inventados. La familia nórdica de los Harold también fue importante y el apellido todavía existe en la región. Ailred, *el Peregrino*, y su esposa son personajes históricos y fundaron el hospital de San Juan Bautista hacia la fecha que aparece en la narración, aunque se cree que no tuvieron descendencia. Por eso me he permitido inventar un antepasado vikingo de los Harold y trazar su genealogía hasta Ailred, *el Peregrino*. Walsh es un apellido corriente y los Walsh de Carrickmines existieron realmente. John Walsh de Carrickmines, su antepasado Meter FitzDavid y los demás Walsh de la obra son, sin embargo, ficticios. Los Ui Fergusa existieron y se considera que fueron jefes de Dublín hasta la llegada de los vikingos, pero su identidad no está clara. Su lejano antepasado, Fergus, su hija Deirdre y Conall, el amante de esta, son todos inventados. Tidy es un apellido inglés, pero, hasta donde sabemos, no existió nunca una familia Tidy asentada en Irlanda; la familia Tidy de Dalkey y de Dublín es ficticia.

Para la ortografía de los apellidos personales y dinásticos, he recurrido a la siguiente convención: si un nombre antiguo ha pasado al uso moderno, aparece en su forma moderna más fácil de reconocer. Así, se emplea Deirdre, y no la forma antigua, Deirdriu, incluso en la época de san Patricio; por su parte, el nombre nórdico, Harald, aparece como Harold. En cambio, cuando un nombre se conoce solo en su forma antigua —Goibniu, por ejemplo—, se emplea esta. De igual modo, los arcaicos Ui Nelly y Ua Tuathail aparecen como los más conocidos O'Neill y O'Toole, pero Ui Fergusa queda, como se encuentra siempre en los relatos, en la forma arcaica.

Los lectores familiarizados con la historia de Irlanda sabrán que las antiguas agrupaciones familiares y tribales recibían el nombre de *septs*. Sin embargo, en la actualidad existen dudas respecto a cuál debería ser el término más adecuado para los diversos agrupamientos sociales en la Irlanda histórica. En ocasiones, he empleado el término clan, más general e inconcreto, para referirme a una familia gobernante extensa.

Lugares

Salvo en el caso de la propia Dublín, he preferido no cargar al lector con topónimos arcaicos y no he dudado en emplear términos hoy vigentes —Wicklow, Waterford, Munster, etcétera— en fechas muy anteriores a la de su aparición.

Los lugares son, en general, como se describen. El *rath* de Fergus está situado en el castillo de Dublín y es muy posible que existiera allí uno de tales *rath*, esos recintos circulares fortificados, rodeados de un muro de tierra, que se empleaban como fortaleza o como residencia; de igual manera, es posible que el *Thingmount* vikingo, o túmulo de la Asamblea, el montículo plano donde se reunían en asamblea los vikingos, se levantara sobre un monumento funerario preexistente. El jardín tapiado del castillo Malahide se ha añadido por conveniencias narrativas. Por otro lado, la finca de Harold y Rathconan son inventadas.

Hechos históricos

Cuando ha sido posible, he intentado proporcionar al lector en el cuerpo de la obra cierta exposición del contexto histórico, que con frecuencia ha sido revisado por eruditos modernos.

En particular, el lector habrá advertido una gran incertidumbre respecto a la misión de san Patricio. Por ejemplo, no he dado el nombre del rey supremo, pues no existe seguridad respecto a quién pudo ser. En realidad, las fechas indicadas al principio de los tres capítulos iniciales solo pueden tomarse como aproximaciones para ayudar al lector. Respecto a si san Patricio llegó a Dublín en algún momento, lo ignoramos, pero cabe tal posibilidad. La conocida leyenda de Cuchulainn podría haber surgido en un periodo posterior, en realidad, pero he elegido creer que ya existía entonces. Respecto a la cuestión del sacrificio de Conall, existen claras pruebas de que los sacerdotes druidas de la Europa celta practicaban los sacrificios humanos tal y como se describen. Respecto a que si tal ceremonia podría haber tenido lugar en la pagana isla de Irlanda, situada en el extremo occidental europeo, en fechas tan avanzadas, no hay constancia alguna, pero no es imposible.

El lector que conozca la historia de Brian Boru sabrá que los nombres de los diversos reyes del Leinster y de los reyes O'Neill pueden resultar muy confusos. Por esta razón, he decidido evitar los nombres siempre que resultara posible y referirme al rey O'Neill Mael Sechnaill, muy apropiadamente, como el rey de Tara.

El relato del asedio de Dublín de la época de Strongbow está bien documentado. Hay quien cree que los hombres del rey O'Connor tal vez fueron sorprendidos mientras se bañaban en el río Tolva, y no en el Liffey, pero he escogido este último como el más probable. En cuanto a la deliciosa idea de que, mientras los hombres se bañaban en el río, el propio monarca estuviera tomando su baño sentado en una bañera, estoy en deuda con el señor Charles Doherty por compartir conmigo su nota: «El baño de Ruaidhri Ua Conchobair».

La historia del contrabando en Dalkey en el siglo XIV y la incursión de los O'Byrne en Carrickmines son invención de novelista. Sin embargo, la descripción de las actividades de los O'Byrne en dicha época se ajusta a la verdad: en Dalkey se produjo sin duda una evasión organizada de impuestos portuarios durante este periodo; de hecho, una generación más tarde, un Walsh de Carrickmines fue acusado por las autoridades de Dublín de quedarse, en provecho propio, con las tasas aduaneras que había recaudado en Dalkey.

Me he permitido algunas simplificaciones de poca importancia en la cadena de acontecimientos, a menudo complejos, durante los años de tensión entre los Fitzgerald y los reyes Tudor de Inglaterra. Tal vez sorprenda a los lectores mi insinuación de que el pretendiente Lambert Simnel, en la época de Enrique VII, pudiera ser precisamente el regio conde de Warwick, como afirmaban sus seguidores.

Nunca lo sabremos con certeza, pero he seguido los argumentos del difunto profesor F. X. Martin, que presentó firmes pruebas circunstanciales de tal posibilidad. La versión de la curiosa disputa entre los Fitzgerald y los Butler en la catedral de San Patricio es mía. Por último, agradezco al doctor Raymond Gillespie que me señalara que, pese a la versión habitual de que el arzobispo Browne quemó las reliquias en 1538, algunas de ellas, incluido el gran báculo de san Patricio, podrían haber sobrevivido.

Agradecimientos

Durante el transcurso de la investigación realizada para escribir esta novela, he consultado unos cien libros. Además de los autores mencionados más abajo, me gustaría señalar al lector las obras de los autores siguientes, cuyos escritos serán muy útiles a todos aquellos que quieran saber más de la historia de Irlanda: Sean Duffy, Alan J. Fletcher, R. F. Foster, Emmett O'Byrne, Liam de Paor, y Alawyn y Brinley Rees.

También quiero dar las gracias a las personas siguientes, cuya amable cooperación y profesionalidad me resultaron de extraordinaria ayuda: el director y el personal de la Biblioteca Nacional de Irlanda; el director y los conservadores del Museo Nacional de Irlanda; el bibliotecario y el personal de la biblioteca del Trinity College; el director y el personal de Dublinia en la iglesia de Cristo; la dirección y el personal de la Oficina de Obras Públicas del castillo de Dublín.

También quiero agradecer especialmente a Sarah Gearty, de la Academia Real Irlandesa, la preparación de los mapas, y darle las gracias a la señora Jenny Wood, sin cuya paciencia y asombrosa habilidad en la elaboración y revisión del manuscrito, este libro nunca habría visto la luz.

También me siento en deuda con las siguientes personas, cuya ayuda, orientación y consejos técnicos fueron de un valor incalculable durante todo el proceso: el doctor Declan Downey, catedrático en la facultad de Historia del Colegio Universitario de Dublín; el doctor Raymond Gillespie, catedrático del Departamento de Historia Moderna de la Universidad Nacional de Irlanda, en Maynooth; James McGuire, editor del Diccionario de Biografía Irlandesa de la Academia Real Irlandesa, y a Mary Moloney Lynch.

Pero, por encima de todo, quiero dar las gracias a tres personas sin cuyos consejos, paciencia, aliento y esfuerzos extraordinarios, no habría podido afrontar este trabajo y ciertamente nunca habría podido concluirlo. Ellos han leído y me han ayudado a revisar el manuscrito completo, una tarea compleja que ha requerido mucho tiempo. Cualquier error que haya quedado en la obra es solo mío. Estas personas son el profesor Howard Clarke, catedrático de Historia Medieval del Colegio Universitario de Dublín; Charles Doherty, catedrático de Historia Antigua de Irlanda; y el profesor Colm Lennon, del Departamento de Historia Moderna de la Universidad Nacional de Irlanda, en Maynooth.

Y para terminar, como siempre, quiero dar las gracias a mi agente, Gill Coleridge, sin el que estaría totalmente perdido, y a mis maravillosos editores Oliver Johnson de Century y William Thomas de Doubleday, cuyas respuestas creativas y cabales a los problemas han contribuido a mejorar enormemente este libro.

Edward Rutherfurd

Nació en Salisbury, Inglaterra. Se diplomó en historia y literatura por la Universidad de Cambridge. Junto con *Rusia,* es el autor de *Sarum, Príncipes de Irlanda, Rebeldes de Irlanda, Nueva York, Londres* y *París,* todas ellas publicadas en **Roca**editorial.

En todas sus novelas Rutherfurd nos ofrece una rica panorámica de los países y de las ciudades más atractivas del mundo a través de personajes ficticios y reales que se ponen al servicio de una investigación minuciosa en lo que ya se ha convertido el sello particular de autor.